高等职业院校读书工程教材

文学作品选读

主　编　王金川
副主编　鲜跃勇　刘　波
　　　　文觐鳌　王　岚

重庆大学出版社

内容提要

本书是针对高职院校实施读书工程而编的阅读教材，书中收录了中外一些有影响的名家名作，内设作品简介、作品欣赏、作家简介、阅读提示、思考与练习等栏目，所选内容涉及当代、近代及古代等不同时期的作家作品，书后还附有建议阅读书目。阅读本书，可以让学生更多地了解不同时期、不同风格、不同流派的作家作品，扩大学生的视野，使学生在潜移默化中陶冶情操，提高人文素养，提升文化底蕴。该书适合广大青年学生阅读，也可作为大专、高职院校学生人文素质教育教材使用。

图书在版编目(CIP)数据

文学作品选读/王金川主编.—重庆：重庆大学出版社，2010.8(2022.1重印)

ISBN 978-7-5624-5526-4

Ⅰ.①文… Ⅱ.①王… Ⅲ.①文学—作品—简介—世界—高等学校：技术学校—教材 Ⅳ.①I106

中国版本图书馆CIP数据核字(2010)第118124号

文学作品选读

主　编　王金川

责任编辑：文　鹏　陈彦希　　版式设计：文　鹏

责任校对：王　倩　　责任印制：邱　瑶

*

重庆大学出版社出版发行

出版人：饶帮华

社址：重庆市沙坪坝区大学城西路21号

邮编：401331

电话：(023) 88617190　88617185(中小学)

传真：(023) 88617186　88617166

网址：http://www.cqup.com.cn

邮箱：fxk@cqup.com.cn (营销中心)

全国新华书店经销

重庆俊蒲印务有限公司印刷

*

开本：720mm×960mm　1/16　印张：21.25　字数：417千

2010年8月第1版　2022年1月第12次印刷

ISBN 978-7-5624-5526-4　定价：56.00元

编委会名单

目　录

中国文学部分

外国文学部分

附　录

中国文学部分

《穆斯林的葬礼》

霍　达

【作品简介】

《穆斯林的葬礼》是霍达的代表作之一。这部五十余万字的长篇小说，以独特的视角、真挚的情感、丰厚的容量、深刻的内涵、冷峻的文笔，宏观地回顾了中国穆斯林漫长而艰难的足迹，揭示了他们在华夏文化与穆斯林文化的撞击和融合中独特的心理结构，以及在政治、宗教氛围中对人生真谛的困惑和追求，塑造了梁亦清、韩子奇、梁君壁、梁冰玉、韩新月、楚雁潮等一系列栩栩如生、血肉丰满的人物，展现了奇异而古老的民族风情和充满矛盾的现实生活。作品含蓄蕴藉、如泣如诉，以细腻的笔触拨动读者的心灵，曲终掩卷，回肠荡气，余韵绕梁。本文节选自第十二章月恋。讲的是教师楚燕潮委婉地拒绝了谢秋思的感情，同时，真诚地向已经不是他班里学生的，病中的韩新月表达了自己的感情。

该书出版后，曾由中央人民广播电台两度全文广播，在海内外引起强烈反响，荣获中国长篇小说最高奖——茅盾文学奖，以及建国40周年北京市优秀文学奖等多项大奖，为最受读者欢迎的当代文学作品之一，列入"家庭书架百种常备书目"，至今畅销不衰。

【作品欣赏】

穆斯林的葬礼

月恋（节选）

雪花静静地落在未名湖上，冰封的湖面和萧疏的树木都披上了素妆，像是新嫁娘洁白的婚纱。湖心小岛上，徐徐走动着一个少女的身影。她在雪中待得太久了，墨绿色的哈味呢大衣和裹着头发的鹅黄色围巾都挂上了雪粉。一双做工精巧的半长筒墨色皮靴轻轻地走动，留下一串环绕小亭的脚印，雪花随之便又去充填它们，皮靴再次踏出新痕……

谢秋思久久地瞩望着北岸的备斋。她的脚下有一条小路，连着石桥也连着北岸，白雪一直铺到备斋门前，她只需要几分钟就可以走过去。但她却迟迟地没有向那边迈步。她已经两个星期没有走进那里。就在那天晚上，《红与黑》；第二天，

《我的失恋》、生活会；急风暴雨，电闪雷鸣……她就再也没敢叩动那间书斋的门。郑晓京已经明确告诉她了："楚老师对你根本就没这个意思！"她应该相信的，却又不愿意相信。楚老师仍然和过去一样上课，看不出对她有什么特别的亲近或者有意疏远。他很稳重。要"近君子"也很难，现在就更难了。今天下午，楚老师没有课，现在一定关在书斋里埋头用功。但她不敢去打扰他，担心碰上什么人，又添什么闲话。她只想在这里远远地看一看他住的那个地方，或者等他出来，凑巧了能往这边望一眼。那她就装作偶然路遇和他打个招呼，看他在没人监视的时候对她有什么表示。她知道这样做是有风险的，但她不能阻挡自己的意志。她在心里并不否认，自己已经真的坠入情网了，不再像过去和唐俊生在一起那样吃吃玩玩、过后又觉得无聊，现在有一种斩不断的激情撩拨着她、困扰着她，她对那个比她年长比她强大的男子汉不仅爱慕而且简直是敬仰，今生今世如果没有这样一个人为伴，她不知道该怎么生活。

她等着楚老师出现在备斋门口。

其实，楚雁潮此时根本没在他的书斋。今天是星期二，是同仁医院的探视时间，他答应了新月的，仍然按时前往。新月向他询问班上的情况，他小心地避开那些乱糟糟的事，只说"还好"。天近黄昏，就赶回了燕园。这两个星期以来，郑晓京向他所做的"汇报"，以及周围的人们对他若明若暗的"议论"，都使他很不安。他已经和唐俊生做了一次长谈，说明师生之间根本没有什么芥蒂，不必顾虑重重。并鼓励唐俊生把精力用在学习上去，他笔译的能力还是挺不错的。至于唐俊生所说的"对不起党"，他觉得话说得重了，一个普通的教师怎么能代表党呢！唐俊生感动得眼泪汪汪，说了一大堆"老师恩重如山"之类的话，并且表示对谢秋思抛却前嫌，不再"歧视"。按下了这一头儿，楚雁潮还得去解决另一头儿。不管谢秋思对他如何，也不管周围有怎样的舆论，他也必须和这个学生正面谈一谈。他走进二十七斋，女生宿舍里只有罗秀竹在背书，以为班主任是来找 monitor 的，一听他问"谢秋思同学呢？"惊得大睁两眼，说不出话。也许她以为这证实了谣言吧？

楚雁潮找不到谢秋思，只好作罢，往备斋走去。当他在漫天飞絮下走在湖岸上时，不禁往玉树琼枝的湖心小岛望了望，一个少女的身影映入他的眼帘，啊，那是……

当然不会是新月，新月正躺在医院里。他看清了，那是谢秋思，他的学生，和新月一样。他这样想着，却没有像过去遇见新月一样从容地向她走过去。最近，他和谢秋思被笼罩在一种奇怪的空气之中。天快黑了，她一个人待在那里干什么？脸还朝着备斋的方向！

他犹豫了片刻，还是命令自己走上了那条通往石桥的小路。他不正是要找谢秋思吗？他有话要对她说，无论在什么时候、什么地方都没有关系！

谢秋思的目光只盯着备斋，直到他出现在面前，才惊奇地叫了起来："哦，楚老师！侬从啥地方来？我一直以为侬嘞浪屋里厢……”

“从你们宿舍来，想找你谈谈。”楚雁潮说。

“我就是嘞浪格达等侬啊！”谢秋思眼里闪着泪花，“楚老师，我，我……”

积聚得太多的委屈、压抑得太久的情感，就等着向他倾诉，他终于来了！但他没有走近她，在距离两步远的地方停下了，温和地微笑着说：“不要哭，一个大学生了嘛，已经不是小孩子了！”

这一句话，反而把谢秋思含在眼眶中的泪珠催落，这是班会的唇枪舌剑都没能做到的！她当然“不是小孩子了”，一个十八岁的姑娘，她需要的已不是父母的慈爱，而是更高、更深的情感；这些，似乎同学们都不能理解，也许理解她的只有楚老师！

“楚老师，伊啦那样整我，好像我同侬犯了啥格罪，”她泪眼仰望着楚雁潮，“侬……侬勿会怕格，对哦？”

楚雁潮脸上的微笑褪去了，他哪还能笑得起来啊！“这根本谈不到‘怕’还是‘不怕’，”他说，“班上开那样的会，我是不赞成的，因为‘问题’并不成其为问题，我对你和对每个同学都一样，没有什么可‘议论’的！是不是这样？谢秋思同学！”

谢秋思愣住了。难道郑晓京所说的话就这样被证实了？“楚老师对你根本就没这个意思”！她苦苦寻找的、顶着压力追求的就是这样一个结果？楚老师从来都没有歧视过她的家庭出身，还在英语课上多次表扬她，并且对她的课外阅读提出比别人更高的要求，难道这些都和别的同学“一样”？一点儿特别之处也没有吗？楚老师的回答似乎是很肯定的：没有！

羞涩、懊恼烧红了她的面颊，对一个少女来说，没有什么能比爱情上的碰壁更难堪的了。小小的年纪，她已经两次失误：先是爱上了不值得爱的人，后是爱上了根本不爱她的人！她是自爱的，现在应该退却了，退到和别的同学“一样”。但是，后果是什么？她失去的不仅是爱情，还有人格，她将在同学们面前永远成为被嘲笑的对象，再也抬不起头来！她不能退。父亲常说：“成功往往在明知不可为而为之。”父亲解放前在事业上的成功、解放后对“进步”的追求，都是这种努力的体现。那么，她自己的爱情道路就封死了吗？也许楚老师在舆论的压力下不得不说违心的话，不得不把心中的那扇门暂时封闭，她为什么不再撞击一下呢？把它撞开！

“楚老师，我知道……”谢秋思不再使用上海方言，为的使自己显得更稳重、更“书生气”也就更靠近楚老师的气质，但下面要说的话却又有意和他拉开了距离，“您对学生是一视同仁的，特别是像我这样的出身‘资产阶级’家庭的人，也没有嫌弃……”

楚雁潮的神经不禁被刺了一下，他避开谢秋思探究的目光，向小亭走过去：“‘资产阶级’……‘无产阶级’……标准的‘无产阶级’应该是个什么样子呢？”

谢秋思当然不知道老师此时的心情，但她根据自己的理解来猜测：老师显然没有把她入“另册”，而且对于像郑晓京那一套盛气凌人的做法是否就算“无产阶级”也表示怀疑。这就更鼓起了她的信心，跟着他走过去，进一步大胆地提出了一个她苦思已久的问题：“老师，您说，一个人想到爱情……就是‘资产阶级思想’吗？”

“爱情？”楚雁潮心里一跳，这个女孩子好勇敢，她到底面对面地把这两个字说出来了！一个绕来绕去的话题，终于挑到了明处。楚雁潮不能回避，但他也只能就她提出的问题本身，按照自己的见解给以解答，“爱情当然不是资产阶级独有的东西。漫长的奴隶制社会、封建社会就没有爱情吗？无产阶级就没有爱情吗？我在英语课上说过：革命者也会有爱情。恐怕到一万年之后，人类之间已经没有了阶级，也仍然会有爱情！”

谢秋思脸上泛起了笑容，老师的话无疑给她那被重重绳索捆着而又试图挣扎的思想松了绑。既然爱情不受“阶级”的限制，她还怕什么？“就是嘛，爱情是每个人应有的权利，想爱谁爱谁，谁也无权干涉！楚老师，您说呢？”她的眼中闪耀着青春的光彩，热切地望着她所爱恋的人。“您说呢”三个字并不是简单的发问，而是要牵动他的心，让他更主动地袒露情怀，一个女孩子总不好先说“我爱你”。

然而很遗憾，楚雁潮自有楚雁潮的思路，并不由她牵着走。

“爱情当然是每个人的权利，但它很神圣，决不可滥用！滥施情感，必然葬送了最纯真、最珍贵的爱情！爱情对于人，就像生命。古人很崇尚‘士为知己者死’，但也不能为一时冲动便轻易献身，那样并没有什么价值。‘知己’应该是一种很高的精神境界，而且是双方面的、缺一不可的……”

谢秋思炽热的心冷却了！楚老师虽然一个字也没说到对她的情感，但字字都在告诉她，在他们之间并不存在那种“神圣”的东西。谢秋思俊美的外貌和缠绵的情感都没有牵动他的心！难道他是一个无情的人吗？不，无情怎么会这样谈论爱情？也许他的心目中已经有了更理想、更完美的“知己”？那应该是个什么样的人呢？

“爱情，是一种信仰，”楚雁潮踏着亭边的积雪，缓缓地说，“它贮存在人最珍贵、最真诚的地方——贮存在心里，它和生命同在，和灵魂同在……”

雪花飘飘。小亭周围的雪地上，两双脚留下两串印痕。周而复始，各人踏着自己的脚印。一男一女，谈论着一个并非存在于他们之间的、虚虚幻幻而又实实在在的神物：爱情。

1961 年 12 月 28 日，北京大学校务委员会审核了关于楚雁潮等教师的职称确定与提升问题的报审材料。

西语系党总支委员兼英语专业二年级班长郑晓京列席了会议。

根据 1960 年颁发的有关文件有关条款：

……

（三）高等学校教师必须接受共产党的领导，拥护社会主义制度和社会主义建设总路线，全心全意为人民服务；贯彻执行党的教育方针，努力做好教学、生产劳动、科学研究和思想政治教育工作；历史清楚，思想作风好，努力学习马克思列宁主义和毛泽东著作，不断提高马克思列宁主义的理论水平，积极参加劳动锻炼，自觉地进行思想改造，不断提高思想政治觉悟和共产主义道德品质的修养。

……

（五）合于本规定第三条要求，并且具备下列各项条件的助教，根据工作需要，可提升为讲师：

1.已经熟练地担任助教工作，成绩优良；

2.掌握了本专业必需的理论知识和实际知识与技能，能够独立讲授某门课程，并且有一定的科学研究能力；

3.掌握一门外国语，能够顺利地阅读本专业的书籍……

……

会议通过了对其他教师职称的确定或提升，但对楚雁潮却展开了争论。

多数委员认为：楚雁潮作为严教授的助教，一年来工作成绩极为突出。实际上，在严教授健康状况极差、根本不能授课的情况下，他完全独立地讲授英语课程，表现出出色的才干，并且具有很大潜力。在英语教学和对中国文学、外国文学的研究、讲述中，都有独到的见解。他已经完全具备提升为讲师的条件。

但是，这些毕竟都是第二位的，必须隶属于“合乎本规定第三条要求”的前提下。当然也没有人认为楚雁潮反对党的领导和“鼓足干劲，力争上游，多快好省地建设社会主义”的总路线，但“历史清楚”这一条一旦被郑晓京十分显眼地提出来，就谁也说不清楚了。况且还有“思想作风好”，他够不够，可以讨论嘛……

少数压倒了多数，结果楚雁潮的提升未获通过。他将继续以“助教”的身份做讲师的工作而实际上必须完全顶替严教授。

楚雁潮本人是没有资格听会的，等他知道了这个结果，命运已经被决定了。他感到蒙受了一次无法容忍的侮辱！不是因为那一点儿和工资待遇的差别，而是“名”，他和许多知识分子一样，不可能不十分珍重自己的“名”。既然我没有做讲师的资格，为什么还要我独立授课？不能另请高明吗？但是，他一想到恩师严教授，满腔的怒气却又不能发作。严教授也是校务委员，虽因病未能出席，但会议的决定也“代表”了他。严教授是他最尊敬的老师，他是严教授最喜爱的学生。两年前，他毕业的时候，外文出版社点名来要，严教授犹豫再三，尽管认为外文出版社是个非常理想的去向，还是建议他留在母校，先帮老师几年，因为北大师资缺乏，严教授需要一个得力的助手。他听从了老师的挽留。他知道，严教授这样做完全不是为自己，而是为了学生，未来的学生。他决心继承老师的风范，在教学园地上躬耕下去。他帮助老师甚至顶替老师做多少事情，都是应该的。现在，他难道能够一怒之下推掉这一切吗？

他默默地接受了校委会的决定，没有向任何人申诉。即使申诉，也没有任何意义。他知道造成这个结果的原因是什么……

12月30日，星期六。

雪还在下。严冬总要过去的吧？1962年的春天已经遥遥在望。窗外那漫天飞舞的雪花，令人向往阳春三月那拂着窗帘、撩人思绪的柳絮。

新月在医院里住得太久了。同室的那两位病友先后都出院了，现在只剩下她自己。她应该感谢这囚室似的病房，这里比她的西厢房温暖，整整一个冬季，她没有再被风寒侵袭，关节疼痛、胸闷气短、咳嗽等等症状渐渐消失了，抗"O"、血沉、心电图、X光……一系列的检查，她从卢大夫那儿得到的答案都是慈祥的微笑，她觉得自己在好起来。家里的亲人经常轮流来看她，她询问家里的情形，他们总说，挺好，挺好，好像家里什么事儿也没有，一切正常，她也就不必牵挂了。每个探视日，楚老师都准时到这儿来……

今天又是探视日，她等着楚老师。

陈淑彦却先到了，披着一身的雪，脸冻得通红。

"嫂子，这种天气，你还来？"新月感激地说。

"不来，我怎么放心呢？"陈淑彦放下手里的饭盒，掸着身上的雪。

"你……又带吃的来了？"

"趁热吃吧，姑妈特意为你炸的松肉，让我赶快送来，你瞅，还没凉呢！"陈淑彦打开饭盒盖，姑妈做的拿手好菜炸松肉：黄灿灿、香喷喷，冒着热气。

新月用筷子夹起一块松肉尝尝："真香啊，还是家里的菜好吃！"

陈淑彦笑笑说："你爱吃就好！姑妈本来要给你炸黄花鱼，哪儿都买不着，所以……"

"不要为我这么费事儿！"新月放下筷子说，"这儿又不是没饭吃，刚才的午饭就吃得挺饱，你送来这么多松肉，就只好留到晚上吃了。以后你再来，别带吃的了，见到你们，我就很高兴，感情比物质更珍贵！"

"那我以后就多带点儿感情来！"陈淑彦笑着，坐在她旁边，"看起来呀，姑妈对你的感情，比我更深，今儿非得亲自送来，我说天儿下雪，路滑，就没让她来……"

"那你怎么没和我哥一块儿来？"新月问。

"你哥？"陈淑彦对这个问题有点儿措手不及，竟然不知道该怎么回答。当然，她可以说：今儿不是星期六，你哥下班儿晚；也可以说：你哥最近太忙，我就多跑跑腿儿吧；或者随便说点儿别的原因，都可以。但是，这些都不足以说明她心里所想的。几个月来，她总觉得自己和天星之间好像隔着点儿什么，却又说不清。那天，他一夜都没着家，天明了才像个落汤鸡似地跑回来，问他上哪儿了，只说："加班儿！"问他车呢？雨衣呢？他愣愣地说："哦，忘了。"她又问他是不是在外头出了什么事儿，他只说："没有。"就再也一言不发了。她暗暗地为丈夫担心，后来却也没看出有什么事儿,还是照常上班、下班、吃饭、睡觉,话却越来越少了。虽然夫妻之间没吵过嘴,没打过架,有时候甚至互相很客气,但这就够了吗?两人从没有一块儿去看过电影、逛过商店,就连到医院里来看新月,也常是各来各的,这哪儿像两口子啊?她过去所憧憬的爱情、婚姻,是这样的吗?她怀疑丈夫是个木头人、石头人,根本不懂得爱情,怎么一颗热心暖不过来他的冷肠呢?她怀疑自己当初的决定是错误的,只看着公公婆婆好、小姑子好、家庭好,就以为一定是个美满婚姻,而这些,并不能代替丈夫,也并不等于爱情啊!……片刻之间,陈淑彦的心头翻起千头万绪,却一句都不能对新月说。新月毕竟是天星的亲妹妹,听她说这些,会怎么想呢?她不愿意给病中的新月再增添烦恼,影响病情,况且,她心里的那一团乱麻要想理出个头绪来,用语言表达清楚,也难。没法儿回答新月,她只好往别处扯了,勉强笑了笑,说:"你哥不能跟我一块儿来!"

"为什么?"新月觉得奇怪,也觉得好笑,"都结婚那么久的人了,还不好意思一块儿……"

"不是我们不好意思,"陈淑彦故意叹了口气说,"是因为医院只有两个探视牌儿,得给你那位楚老师留一个,人家大老远地来了,不能让他白跑啊!他不是每逢探视都来吗!"

"噢,你处处想着别人!"新月感激地说,她并没注意嫂子的话里有什么别的意思,却抓住淑彦的腕子看了看表,"哎,楚老师怎么还没来呢?"

这时,匆匆赶往同仁医院的楚雁潮还在路上。因为被一件重要的事情耽搁,他来晚了。

昨天晚上,他接到从燕东园打来的电话,他的恩师严教授病危!

他匆匆赶到,严教授已经到了最后的时刻,卧室里挤满了人,有严教授多年的挚友,有他教过的各种年龄的学生,有特地请来的大夫。教授夫人和子女们泣涕不止,恳求大夫再做最后的努力,设法把老人的生命延长一些,再延长一些。但垂危的严教授却无力地摇摇手,请大夫走开:"不必……再用药了,我……本无病,是生命到了……尽头,非人力可以挽回。"他躺在病榻上,睁着视力极弱的双眼,轻轻地呼唤着他的夫人,和他最喜爱的学生楚雁潮。

他们伏在他的床前,拉着他的手,不知道这位视外语事业为生命、执教将近半个世纪之久的老教授在临终之际要嘱咐些什么。

"不要哭,不要用哭泣为我送行……"严教授用低微的声音说,发出长长的叹息,似乎在回顾自己的一生,"我该走了,许多想做的事情……都无力去做了,只能留给我的学生,我……有幸教了那么多的……学生,你们不会让我失望,我可以走了……我不放心的是……你们的师母,我和她……一起走了那么长的路……从来还没想到……分手……"

教授夫人伏在床边痛哭,楚雁潮也落下滚滚热泪,落在严教授那苍白虚弱的手臂上！

“不要哭，不要用哭泣……和我告别……”严教授近乎失明的眼睛闪动着，那里面已经流不出眼泪，“雁潮，为我……背一首诗，让我在美好的……诗的意境中离开人间……”

“老师！”楚雁潮拭去脸上的泪水，俯下身去，把嘴凑在教授的耳边，“好……我背给您听，您要听哪一首？”

“背……我翻译的拜伦的诗，”严教授喃喃地说，“那一首……《好吧，我们不再一起漫游》，让我和你的师母一起听……”

楚雁潮强忍住悲痛，遵从老师的最后嘱托，他望着这一对年逾古稀仍然依依不舍的情侣，真挚的诗句像淙淙清泉涌流出来：

好吧，我们不再一起漫游，
消磨这幽深的夜晚，
尽管这颗心仍旧爱着，
尽管月光还是那么灿烂。
因为剑能够磨破了剑鞘，
灵魂也把胸膛磨得难以承受，
这颗心啊，它得停下来呼吸，
爱情也得有歇息的时候。
虽然这夜晚正好倾诉衷肠，
很快的，很快就要天亮，
但我们已不再一起漫游，
踏着这灿烂的月光。

诗句终止了，像清泉流尽了最后一滴，再也没有任何声响，病榻旁仿佛是空谷旷野，宁静肃穆，只有那一对手拉着手的白发情侣。

严教授在纯美纯情的诗意中停止了呼吸，他安详地闭着双眼，脸上浮现出淡淡的笑容，仿佛静静地睡去了……

楚雁潮在老师的灵前一直守到天亮。清晨，白色的灵车碾着白雪铺成的道路，送走了老师的遗体，他踏着白雪走向燕园的英语教室。十五名学生在那里等他，临时来不及请别人代课，为了他的学生，他不能再陪伴他的老师，“我们不再一起漫游”，每走一步，他的心里都回响着这令人断肠的诗句……

下了课，他重返燕东园。至亲好友都在忙碌，学校和系里也派来了人，起草讣告，撰写悼词，商量遗体告别和追悼会的日期。楚雁潮作为严教授的学生和助教，料理后事当然责无旁贷！可是，他却怀着深深的歉意，低声对教授夫人说：“师母，原谅我！我晚上再来，现在……我……我有一个卧病的学生在等我，我今天下午的时间，是属于她的！”

他挥泪离去了。

匆匆回到备斋，带上他给新月准备的东西，披着一肩风雪，去赶进城的公共汽车……

一路上，他反复想着两个字：生，死。严教授，为外语而生，为外语而死；昨天还活着，今天已经死去了；一位杰出的教育家、外语教育事业的楷模，被死神夺走了，死神结束一个生命，是那么轻而易举！这不仅使他痛惜，也使他感到恐惧！二十六岁的楚雁潮，想到“死”，未免为时过早；他想到的不是自己，而是新月！这几个月来，新月的脸上又恢复了笑容，渺茫的希望给她病弱的肌体注入了生机；但是，卢大夫那可怕的预言时时在他脑际盘旋，他无法否认也无法改变这样的事实：新月已经没有也不可能再有一颗健康的心脏，现有的一切医疗手段都只能是小心翼翼地“维持”，不知道在哪一天，突然的变故会降下灾难，后果将是一个可怕的大字：死！

啊，楚雁潮的心脏不禁战栗！新月才只有十八岁，人生的道路那么漫长，难道她也不能再“一起漫游”吗？不！多情的诗人拜伦啊，你的诗已经送走了一位老人，不能再送走这位少女！死亡，坟墓，不能属于她！他似乎看见了死神在一步步逼近新月，他比任何时候都更加急切地要马上见到她！

风雪扑打在他的脸上，他抬头看着天，银灰色的天空飞满白花，搅得他头晕目眩，脚下一滑，跌倒在雪地上。他急忙护住怀中抱着的东西，免得被摔坏。幸好，雪是软的，那东西完好无损！他小心地拂去沾在上面的雪粉，重新捧起来。他感到，有一股力量通过他的手指传遍全身，传到他的心脏，这力量，使他敢于无视卢大夫所宣称的科学，无视生命的仇敌——病魔和死神！我不信！我要用人的力量建立一座天堂，和你们的地狱对抗！

也许，他楚雁潮的力量太小了吧？他没有任何职权，只是一个小小的助教，连做讲师的资格都没有！是的，他所能给予新月的，太少了！但是，他毕竟还是一个身心健全的七尺男儿，他不能卸去肩上的责任！这责任，是自己的生命、自己的心灵赋予他的，是一种越来越清晰的某种神奇的启示所赋予他的！……学校里的一切都不要对新月说，让她感到老师的力量！

他站起身来，大踏步朝前走去。

风雪中，他望见了灰濛濛的崇文门城楼，望见了已经换上“庆祝元旦”标语的同仁医院大门。啊，新月，我来了！

他的身影刚刚出现在病房门口，新月就快活地叫起来：“噢，楚老师，您变成了雪人！”

“楚老师，您……”陈淑彦连忙站起来，为楚雁潮掸去肩上的雪，接过他怀抱着的东西，“这么大的雪，您还带来挺沉的东西？”

病房里暖融融的，和外边是两个世界，楚雁潮头发上、眉毛上的雪粉立即化成了水珠。看到新月那快活的笑脸，他心头的忧郁和悲伤就悄然退去了。窗台上，新月让家里送来的那盆巴西木顽强地伸展着葱绿的叶片，在隆冬季节勃发出一股盎然春意。啊，那生命的神木，是严教授传下来的！现在，楚雁潮连一个字都不能对新月提起严教授的死讯，他把目光从巴西木上收回来，动手打开他带来的那个纸箱，喃喃地说："这是'新年老人'送给新月的……"

"楚老师，这是什么呀？"新月伏在枕头上，好奇地看着他。

楚雁潮没有回答。他仔细地剥开纸箱，一台崭新的留声机出现在床头柜上，闪着漆黑的亮光。

"啊，留声机！太好了，您是让我作听力练习用的吧？"新月神往地问，"我们班的同学们已经开了听力课了吧？"

楚雁潮还是没有回答。对于新月，需要回避的问题太多了，她已经离开了的那个班集体的事情，最好不要提及。楚雁潮轻轻地打开留声机的盖子，放上一张唱片，摇着摇柄上足了弦，然后，提起摇臂，把唱针放在那缓缓转动的唱片的边缘。

开始，寂静无声的短暂的空白。像洁白的稿纸开头的几行空格，像沉重的大幕拉开之际的一息，像月明之夜推开临湖画窗之时的一瞬，静静的，静静的……

仿佛从遥远的天际，隐隐传来几声叮咚，几声鸣啭，随之，一个悠长徐缓的声音出现了，像舒卷的轻纱，像幽咽的泉流，像春蚕倾吐着缠绵不尽的丝丝缕缕……

"哦，是小提琴协奏曲《梁祝》，俞丽拿演奏的！"陈淑彦喃喃地说。这首在50年代末由上海的几位年轻的音乐家创作、演出的乐曲，在短短的时间里已经风靡全国，使多少颗年轻的心如醉如痴！曾经和新月一起读完了高中的陈淑彦自然对此也是略知一二的，并且也相当着迷，只是她不曾料到，在这冰封大地的隆冬季节，在这隔离尘世的病房，楚雁潮为新月送来了这醉人的乐曲，她能够有幸分享，那颗在婚后渐渐冷漠的心，不禁随着琴弓和丝弦震颤了！

新月没有说话，在此时此刻，任何语言都是多余的，任何声响都是对那天籁之音的破坏。"此曲只应天上有，人间能得几回闻"！她的全身心都沉浸在那熟悉的旋律之中，随着乐曲进入了一个纯净的世界，没有嘈杂，没有污染；只有月光照耀下的小路，清澈见底的小溪，迎着晨雾飞走的白鹤，倒映在水中闪闪发光的星斗。啊，那个世界，是为天下最真最善最美的心灵准备的，艺术家怀着虔诚的情感，用充满魔力的琴弦，在人们的心中筑起了一座不朽的天堂，它像天地一样长久，日月一样永恒！新月微微地闭着眼睛，她清清楚楚地看到了那座天堂，真真切切地触到了那座天堂，冰凌砌成墙壁，白云铺成房顶，雾霭织成纱幔，星星串成明灯；在那里，她的头发像淋浴之后那样清爽柔软，随风飘拂，她的肌肤像披着月光那样清凉润滑，她的那颗心啊，像浸润着濛濛细雨的花蕾，挂着晶莹的露珠，自由地呼吸……她沉醉于那个一尘不染的美好的境界，如歌如诗，如梦如幻，如云如月，如水如烟……

一个古老的、家喻户晓的故事，为什么会有如此巨大的魅力？它被改编成戏曲、电影，下里巴人，奔走相告；它被谱成乐章，阳春白雪，举国而和！人们并不关心历史上是否真的有一对梁山伯和祝英台，拨动人们的心弦的恰恰是活着的人们自己的感情，人类的子子孙孙啊，世世代代重复着常读常新的一部仅有一个字的书——情！

陈淑彦听得呆了。她并没有欣赏音乐的特殊天赋，但这故事太熟悉了，她把那千回百转、丝丝入扣的乐句和曾经看过的电影镜头相印证，节奏的疾徐，情绪的张弛，使她能够准确地辨别出哪一段是同窗共读，哪一段是十八相送，哪一段是楼台相会，情切切，意绵绵，她被梁祝之间那铭心刻骨的痴情所感染，为自己那麻木不仁、两相隔膜的婚姻而感慨，她流连于乐曲之中，又游离于乐曲之外，由此思彼，自怜自叹，眼睛中不禁涌出凄凉的泪花……

楚雁潮坐在新月床边的椅子上，一只手臂弯起来，托住疲惫的脸腮，经过一天一夜的奔波劳碌，他累了，也许正需要片刻的休息。那熟悉的乐曲，松懈了他疲劳的筋骨，昨夜师生之情的严酷摧折，在今天的师生之情中得到了安慰和补偿，看到新月那陶然怡然的神情，他满足了！

窗外，瑞雪纷飞，挺拔的白杨，娇柔的垂柳，婆娑的合欢树，都披上了白纱，轻轻地摇曳，仿佛和着这乐曲的节拍蹁跹起舞，仿佛这悠扬的琴声，在那串串玉珠、条条银丝、朵朵白花之间缠绕回旋……

琴声飞出了病房，惊动了邻室的病友，惊动了值班的护士，惊动了巡查工作的卢大夫。谁在病房里拉琴？这是从来没有过的！卢大夫循声走去，她要制止这种与医院的环境格格不入的娱乐活动！

她匆匆走过去。她看到在旁边的病房中，一个刚刚做完胃切除手术的老太婆在仰卧静听，颤抖的手攥着床栏；她看到一个患了糖尿病久治不愈、脾气又暴烈得想死的汉子，此刻安安静静地伏在枕头上倾听；她看到病情较轻的几个病人，被前来探视的妻子或是丈夫搀扶着在走廊里散步，也不禁驻足谛听……她走过那一排病房，终于找到了琴声的源头，脚步却不由自主地放慢了，放轻了。她看到新月那洋溢着青春气息的面庞，看到楚雁潮那疲惫的身姿，就什么话也不说了。缠绵的琴声向她诉说着一切，真挚的情怀感染着这位并非无情的科学工作者，科学在艺术和情感面前退让了，她站在门外驻足良久，又悄悄地退去，没有打扰他们。楚雁潮，这位不谙医学的青年学者，在用他的心灵帮助她治疗病人的痼疾，她的内心对他充满了感激之情。她抬起右手，拢了拢露在帽檐外面的一绺夹杂着银丝的头发，在循环往复的《梁祝》主旋律中缓缓地走去……

乐曲已告尾声，雨过天晴，一道七彩长虹飞跨苍穹，一双斑斓彩蝶翩翩起舞，如泣如诉、撼人心扉的主旋律又响起来，说不尽如梦佳话、似水柔情！

泪水涟涟的陈淑彦站起身来，她不忍再听下去了，也不忍打断这心灵的协奏，擦去腮边的泪珠，极力做出一丝笑容，默默地对楚雁潮点点头，再望望闭着眼睛的新月，没有惊动她，就步履轻轻地走出去了……

乐曲在春蚕吐丝的节奏中越来越淡，越来越远，最后归于一片纯净，一片空灵，任何声响都没有了。

新月还沉醉于那梦境诗情之中，久久没有醒来……

终于，她睁开了眼，面前有一双深透明亮的眼睛，正在等待她的目光。

“哦，楚老师，谢谢您！”她轻轻地说，“您给我送来了春天，送来了人间最美好的情感！只可惜……这不是您的琴声！”

“我？”楚雁潮笑了笑，“俞丽拿可比我拉得好啊！”

“不见得，俞丽拿是俞丽拿，您是您，每个人都有自己的心灵，自己的情感，谁也不能代替谁，”新月喃喃地说，“您的琴声，我听过的，在去年冬天，天也下着雪，不过我没有惊动您，是‘偷’听的……”

“噢，幸亏我当时不知道，不然……”楚雁潮脸上泛起腼腆的红晕，“以后吧，以后我一定当面拉给你听……”

“那，我就等着！”新月期待地说，“不过，我这就已经非常感谢您了，您那么忙，花费了那么多时间来看我，我去年说了那么一句喜欢这首曲子，您到现在还记着，我该怎么感谢您呢？”

“新月，我们之间，用不着说这些话，”楚雁潮似乎不假思索地说，“爱情，就是奉献，就是给予！”

新月愣住了，仿佛有两颗明亮的星星，突然在她面前升起！

那不是星星，那是楚雁潮贮满深情的眼睛！

楚雁潮热切地凝视着她，炽烈的诗句脱口而出：

请让我叫你相信，
我只盼一件事情——
给你献上我的心灵，
和这心灵中蕴藏的全部感情！

新月惊呆了，粉红的嘴唇轻轻颤动：“老师，您说的是……”

【作者简介】

霍达，女，中国人民政治协商会议全国委员会委员，中国文联全国委员会委员，国家一级作家，著有小说、报告文学、剧本、散文等多种体裁的文学作品约 500 万字，成就卓著，蜚声海内外。多年来，霍达曾参加美国爱荷华国际写作中心，并先后赴英国、法国、俄罗斯、日本、新加坡、马来西亚、西班牙、毛里塔尼亚、埃及、意大利等十余国及我国港、台地区进行学术交流。曾应邀出任《港澳大百科全书》编委、第 18 届开罗国际电影节国际评委、第 4 次世界妇女大会代表等。其生平成就载入《中华古今女杰谱》《中国专家大辞典》《中国作家大辞典》《中国电影家大辞典》《中国当代名人录》、英国剑桥版《世界名人录》等多部大型辞书。其中篇小说《红尘》获全国优秀中篇小说奖，报告文学《万家忧乐》获全国优秀报告文学奖，报告文学《国殇》获“中国潮”报告文学奖，报告文学《小巷匹夫》获“火凤凰”报告文学奖，电影剧本《龙驹》获建国40周年优秀电影剧本奖，电影剧本《我不是猎人》获全国优秀少年儿童读物奖，电视剧《鹊桥仙》获全国电视剧“飞天奖”。此外，代表作尚有报告文学《民以食为天》《海魂》，长篇小说《未穿的红嫁衣》，大型历史电影剧本《秦皇父子》等，作品有英、法、阿拉伯、乌尔都等多种文字译本及中国台湾出版中文繁体字版多部。

【阅读提示】

冰心在给《穆斯林的葬礼》写国际版的序言时，她说在读这本书之前，几乎对穆斯林一无所知。看过之后，我深深赞同这点，我缺乏对其他民族和宗教的了解，哪怕是最基本的了解都没有。当然，穆斯林和回族仅仅是小说的故事背景，要想真正理解民族和宗教，还是要看一些专门的书。小说大概讲述了一个北京玉器家族两代人的故事，章节交错的方式，让故事有穿越时空的感觉。讲述民国时的故事，让我想起了老北京的那些各行各业的老字号和文化；讲述北大燕园的景色，让我对北大和学生时代有些感伤；讲述避难伦敦，让我想起20世纪的世界战争。当然，最最重要的还是主人公新月的命运和与老师之间的爱情。新月还是死了，带着遗憾走了。但是让我们明白了一个真理：爱情及人性中美好的东西是可以超越宗教和种族的，虽然在现实中经常会被扼杀，而正因为现实的残酷，才越发觉得这些东西的珍贵。

【思考与练习】

1.看完全书，给你的朋友们讲讲这个故事，谈谈你的感受。

2.你怎样看楚燕潮这个人？

《天龙八部》

金　庸

【作品简介】

《天龙八部》是金庸创作的十五部武侠小说之一，先后被香港、内地影视机构改编为电影、电视剧。其主要情节是：北宋年间，外族纷纷觊觎大宋国土，形成宋、辽、西夏对立的局面。武林各派或效忠本国，或相助他族，一时间风云际会，英雄辈出。

武林第一大帮丐帮帮主乔峰，公正豪迈，威名远扬，人称之为武林霸主"北乔峰"。因其拒绝副帮主之妻康敏的求爱而遭报复，被指为契丹人后裔而一夜之间威名堕地，受尽中原武林人士唾弃。乔峰竭力为自己平反，遂四处云游追查身世，其间认识了大理国镇南王段正淳之子段誉及少林寺的虚竹和尚，三人结拜为兄弟。

乔峰追寻身世时屡遭奸人所害，含冤莫白，更错杀红颜知己阿朱，后又为救阿朱之妹阿紫而寻医至大辽国，辗转成为大辽国的南院大王。但其与中原武林的关系则更趋恶劣，并在聚贤庄一役中与不少英雄侠士决裂。

段誉之父是风流潇洒、处处留情的大理镇南王段正淳，而段誉也继承了父亲多情的性格，但他为人豁达开朗，对貌若天仙的王语嫣一见倾心。只可惜王语嫣只钟情自己的表哥——倜傥出众、江湖威名堪与乔峰比肩的"南慕容"慕容复，令三人陷入一段纠缠不清的苦恋。其间段誉迭遇险情，数次遭到不测，但幸有高人指点、红颜相助，屡获奇缘，最后竟然练成了一套高深莫测的骇人武功，更得与心上人双栖双飞。

天性纯良、宅心仁厚的虚竹，本是少林寺普普通通的小沙弥。因缘契合，他脱离了佛门，来到西北冰寒之地，结识了自己一生的最爱——梦姑，成就一段奇缘！他苦练武功，本领高强，后被选为西夏驸马，并成为全部由女性组成的灵鹫宫一派的掌门人，经历奇特非凡。

乔峰、段誉和虚竹在风云际会中相识、相知、相助，同时围绕在他们父辈之间的恩怨情仇，以及他们与红颜知己的爱恨分离，构成了《天龙八部》的主要情节。

【作品欣赏】

各路人马渐渐聚在一起，七嘴八舌，纷纷谈论适才南京城下的这场恶战。

萧峰躬身到地，说道："多谢各位大仁大义，不念萧某的旧恶，千里迢迢赶来相救，此恩此德，萧某永难相报。”

玄渡道：“乔帮主说哪里话来？以前种种，皆因误会而生，武林同道，患难相助，理所当然。何况乔帮主为了中原的百万生灵，不顾生死安危，舍却荣华富贵，仁德泽被天下，大家都要感激乔帮主才是。”

范骅朗声道：“众位英雄，在下观看辽兵之势，恐怕输得不甘，还会前来追击，不知众位有何高见？”群雄大声叫了起来：“这便跟辽兵决一死战，难道还怕了他们不成！”范骅道：“敌众我寡，平阳交锋，于咱们不利。依在下之见，还是向西退却，一来和宋兵距得近了，好歹有个接应；二来敌兵追得越远，人数越少，咱们便可乘机反击。”

群豪齐声称是。当下虚竹率领灵鹫宫下属为第一路，段誉率领大理国兵马为第二路，玄渡率领中原群豪为第三路，萧峰率领丐帮帮众断后。四路人马，每一路之间相隔不过数里，探子骑着快马来回传递消息，若有敌警，便可互相应援。迤逦行了一日。当晚在山间野宿，整晚并无辽兵来攻，众人渐感放心。

次晨一早又行，萧峰问阿紫道：“那位游君还在灵鹫宫中么？”阿紫小嘴一撇，说道：“谁知道呢？多半是吧，他瞎着双眼，又怎能下山？”语意中对他没半分关怀之情。

这一日行到五台山下的白乐堡埋锅造饭。范骅沿途伏下一批批豪士，扼守险要的所在，断桥阻路，以延缓辽兵的追击。

到第三日上，忽见东边狼烟冲天而起，那正是辽兵追来的讯号。群雄都是心头一凛，有些少年豪杰便欲回头，相助留下伏击的小队，却为玄渡、范骅等喝住。

这日晚间，群豪在一座山坡上歇宿，睡到午夜，忽然有人大声惊呼。群豪一惊而醒，只见北方烧红了半边天。萧峰和范骅对瞧一眼，心下均隐隐感到不吉。范骅低声道：“萧大王，你瞧是不是辽军绕道前来夹攻？”萧峰点了点头。范骅道：“这一场大火，不知烧了多少民居，唉！”萧峰不愿说耶律洪基的坏话，却知他在女真人手下吃了个败仗，心下极是不忿，一口怒气，全发泄在无辜百姓身上，这一路领军西来，定是见人杀人，见屋烧屋。

大火直烧到天明，兀自未熄。到得下午，只见南边也烧起了火头。烈日下不见火焰，浓烟却直冲霄汉。

玄渡本来领人在前，见到南边烧起了大火，勒马候在道旁，等萧峰来到，问道：“乔帮主，辽军分三路来攻，你说这雁门关是否守得住？我已派人不断向雁门关报讯。但关上统帅懦弱，兵威不振，只怕难抗契丹的铁骑。”萧峰无言以对。玄渡又道：“看来女真人倒能对付得了辽兵，将来大宋如和女真人联手，南北夹攻，或许能令契丹铁骑不敢南下。”

萧峰知他之意，是要自己设法与女真人的首领完颜阿骨打联系，但想自己实是契丹人，如何能勾结外敌来攻打本国，突然问道：“玄渡大师，我爹爹在宝刹可好？”

玄渡一怔，道："令尊皈依三宝，在少林后院清修，咱们这次来到南京，也没知会令尊，以免引动他的尘心。"萧峰道："我真想见见爹爹，问他一句话。"玄渡嗯了一声。

萧峰道："我想请问他老人家：倘若辽兵前来攻打少林寺，他却怎生处置?"玄渡道："那自是奋起杀敌，护寺护法，更有何疑?"萧峰道："然而我爹爹是契丹人，如何要他为了汉人，去杀契丹人?"玄渡沉吟道："原来帮主果然是契丹人。弃暗投明，可敬可佩！"

萧峰道："大师是汉人，只道汉为明，契丹为暗。我契丹人却说大辽为明，大宋为暗。想我契丹祖先为羯人所残杀，为鲜卑人所胁迫，东逃西窜，苦不堪言。大唐之时，你们汉人武功极盛，不知杀了我契丹多少勇士，掳了我契丹多少妇女。现今你们汉人武功不行了，我契丹反过来攻杀你们。如此杀来杀去，不知何日方了?"

玄渡默然，隔了半晌，念道："阿弥陀佛，阿弥陀佛。"

段誉策马走近，听到二人下半截的说话，喟然吟道："烽火燃不息，征战无已时。野战格斗死，败马号鸣向天悲。鸟鸢啄人肠，衔飞上挂枯枝树。士卒涂草莽，将军空尔为。乃知兵器是凶器，圣人不得已而用之。"萧峰赞道："'乃知兵器是凶器，圣人不得已而用之。'贤弟，你作得好诗。"段誉道："这不是我作的，是唐朝大诗人李白的诗篇。"

萧峰道："我在此地之时，常听族人唱一首歌。"当即高声而唱："亡我祁连山，使我六畜不蕃息。亡我焉支山，使我妇女无颜色。"他中气充沛，歌声远远传了出去，但歌中充满了哀伤凄凉之意。

段誉点头道："这是匈奴的歌。当年汉武帝大伐匈奴，抢夺了大片地方，匈奴人惨伤困苦，想不到这歌直传到今日。"萧峰道："我契丹祖先，和当时匈奴人一般苦楚。"

玄渡叹了口气，说道："只有普天下的帝王将军们都信奉佛法，以慈悲为怀，那时才不会再有征战杀伐的惨事。"萧峰道："可不知何年何月，才会有这等太平世界。"

一行人续向西行，眼见东南北三方都有火光，昼夜不息，辽军一路烧杀而来，群雄心下均感愤怒，不住叫骂，要和辽军决一死战。

范骅道："辽军越追越近，咱们终于将退无可退，依兄弟之见，咱们不如四下分散，教辽军不知向哪里去追才是。"

吴长风大声道："那不是认输了？范司马，你别长他人志气，灭自己威风，胜也好，败也好，咱们总得与辽狗拼个你死我活。"

正说之间，突然飕的一声，一枝羽箭从东南角上射将过来，一名丐帮弟子中箭倒地。跟着山后一队辽兵大声呐喊，扑了出来。原来这队辽兵马不停蹄地从山道来攻，越过了断后的群豪。这一支突袭的辽军有五百余人。吴长风大叫："杀啊！"当先冲了过去。群雄蓄愤已久，无不奋勇争先。群雄人数既较之小队辽军为多，武艺又远为高强，大呼酣战声中，砍瓜切菜般围杀辽兵，只小半个时辰，将五百余名辽军杀得干干净净。有十余名契丹武士攀山越岭逃走，也都被中原群豪中轻功高明之士，追上去一一杀死。

群豪打了一个胜仗，欢呼呐喊，人心大振。范骅却悄悄对玄渡、虚竹、段誉等人说道："咱们所歼的只是辽军一小队，这一仗既接上了，第二批辽军跟着便来。咱们快向西退！"

话声未了，只听得东边轰隆隆、轰隆隆之声大作。群豪一齐转头向东望去，但见尘土飞起，如乌云般遮住了半边天。霎时之间，群豪面面相觑，默不作声，但听得轰隆隆、轰隆隆闷雷般的声音远远响着。显着大队辽军奔驰而来，从这声音中听来，不知有多少万人马。江湖上的凶杀斗殴，群豪见得多了，但如此大军驰驱，却是闻所未闻，比之南京城外的接战，这一次辽军的规模又不知强大了多少倍。各人虽然都是胆气豪壮之辈，陡然间遇到这般天地为之变色的军威，却也忍不住心惊肉跳，满手冷汗。

范骅叫道："众位兄弟，敌人势大，枉死无益。留得青山在，不怕没柴烧，咱们今日暂且避让，乘机再行反击。"当下群豪纷纷上马，向西急驰，但听得那轰隆隆的声音，在身后老是响个不停。

这一晚各人不再歇宿，眼见离雁门关渐渐远了。群豪催骑而行，知道只要一进雁门关，扼险而守，敌军虽众，破关便极不容易。一路上马匹纷纷倒毙，有的展开轻功步行，有的便两人一骑。行到天明，离雁门关已不过十余里地，众人都放下了心，下马牵缰，缓缓而行，好让牲口回力。但身后轰隆隆、轰隆隆的万马奔腾之声，却也更加响了。

萧峰走下岭来，来到山侧，猛然间看到一块大岩，心中一凛："当年玄慈方丈、汪帮主等率领中原豪杰，伏击我爹爹，杀死了我母亲和不少契丹武士，便是如此。"一侧头，只见一片山壁上斧凿的印痕宛然可见，正是玄慈将萧远山所留字迹削去之处。

萧峰缓缓回头，见到石壁旁一株花树，耳中似乎听到了阿朱当年躲在身后的声音："乔大爷，你再打下去，这座山峰也要给你击倒了。"

他一呆，阿朱情致殷殷的几句话，清清楚楚地在他脑海呼响起："我在这里已等了你五日五夜，我只怕你不能来。你……你果然来了，谢谢老天爷保佑，你终于安好无恙。"

萧峰热泪盈眶，走到树旁，伸手摩挲树干，见那树比之当日与阿朱相会时已高了不少。一时间伤心欲绝，浑忘了身外之事。

忽听得一个尖锐的声音叫道："姊夫，快退！快退！"阿紫奔近身来，拉住萧峰衣袖。

萧峰一抬头，远远望出去，只见东面、北面、南面三方，辽军长矛的矛头犹如树林般刺向天空，竟然已经合围。萧峰点了点头，道："好，咱们退入雁门关再说。"

这时群豪都已聚在雁门关前。萧峰和阿紫并骑来到关口，关门却兀自紧闭。关门上一名宋军军官站在城头，朗声说道："奉镇守雁门关指挥使张将军将令：尔等既是中原百姓，原可入关，但不知是否勾结辽军的奸细，因此各人抛下军器，待我军一一搜检。身上如不藏军器者，张将军开恩，放尔等进关。"

此言一出，群豪登时大哗。有的说："我等千里奔驰，奋力抵抗辽兵，怎可怀疑我等是奸细?"有的道："我们携带军器，是为了相助将军抗辽。倘若失去了趁手兵器，如何和辽军打仗?"更有性子粗暴之人叫骂起来："他妈的，不放我们进关么?大伙儿攻进去!"

玄渡急忙制止，向那军官道："相烦禀报张将军知道：我们都是忠义为国的大宋百姓。敌军转眼即至，再要搜检什么，耽误了时刻，那时再开关，便危险了。"

那军官已听到人丛中的叫骂之声，又见许多人穿着奇形怪状的衣饰，不类中土人士，说道："老和尚，你说你们都是中土良民，我瞧有许多不是中国人吧？好！我就网开一面，大宋良民可以进关，不是大宋子民，可不得进关。"

群豪面面相觑，无不愤怒。段誉的部属是大理国臣民，虚竹的部属更是各族人氏都有，或西域、或西夏、或吐蕃、或高丽，倘若只有大宋臣民方得进关，那么大理国、灵鹫宫两路人马，大部分都不能进去了。

玄渡说道："将军明鉴：我们这里有许多同伴，有的是大理人，有的是西夏人，都跟我们联手，和辽兵为敌，都是朋友，何分是宋人不宋人?"这次段誉率部北上，严守秘密，决不泄露是一国之主的身份，以防宋朝大臣起心加害，或掳之作为人质，兼之大理与辽国相隔虽远，却也不愿公然与之对敌，是以玄渡并不提及关下有大理国极重要的人物。

那军官怫然道："雁门关乃大宋北门锁钥，是何等要紧的所在？辽兵大队人马转眼就即攻到，我若随便开关，给辽兵乘机冲了进来，这天大的祸事，有谁能够担当?"

吴长风再也忍耐不住，大声喝道："你少啰唆几句，早些开了关，岂不是什么事也没有了?"那军官怒道："你这老叫化，本官面前，哪有你说话的余地?"他右手一扬，城垛上登时出现了千余名弓箭手，弯弓搭箭，对准了城下。那军官喝道："快快退开，若再在这里妖言惑众，扰乱军心，我可要放箭了。"玄渡长叹一声，不知如何是好。

雁门关两侧双峰夹峙，高耸入云，这关所以名为"雁门"，意思说鸿雁南飞之时，也须从双峰之间通过，以喻地势之险。群豪中虽不乏轻功高强之士，尽可翻山越岭逃走，但其余人众难逾天险，不免要被辽军聚歼于关下了。

只见辽军限于山势，东西两路渐渐收缩，都从正面压境而来。但除了马蹄声、铁甲声、大风吹旗声外，却无半点人声喧哗，的确是军纪严整的精锐之师。一队队辽军逼关为阵，驰到弩箭将及之处，便即退住。一眼望去，东西北三方旌旗招展，实不知有多少人马。

萧峰朗声道："众位请各在原地稍候，不可移动，待在下与辽帝分说。"不等段誉、阿紫等劝止，已单骑纵马而出。他双手高举过顶，示意手中并无兵刃弓箭，大声叫道："大辽国皇帝陛下，萧峰有几句话跟你说，请你出来。"说这几句话时，鼓足了内力，声音远远传了出去。辽军十余万将士没一个不听得清清楚楚，不由得人人变色。

过得半晌，猛听得辽军阵中鼓角声大作，千军万马如波浪般向两侧分开，八名骑士执着八面迎风招展的金黄色大旗，驰出阵来。八面黄旗之后，一队队长矛手、刀斧手、弓箭手、盾牌手疾奔而前，分列两旁，接着是十名锦袍铁甲的大将簇拥着耶律洪基出阵。

辽军大呼："万岁，万岁，万万岁！"声震四野，山谷鸣响。

关上宋军见到敌人如此军威，无不凛然。

耶律洪基右手宝刀高高举起，辽军立时肃静，除了偶有战马嘶鸣之外，更无半点声息。耶律洪基放下宝刀，大声笑道："萧大王，你说要引辽军入关，怎么城门还不大开？"

此言一出，关上通译便传给镇守雁门关指挥使张将军听了。关上宋军立时大噪，指着萧峰指手画脚地大骂。

萧峰知道耶律洪基这话是行使反间计，要使宋兵不敢开关放自己入内，心中微微一酸，当即跳下马来，走上几步，说道："陛下，萧峰有负厚恩，重劳御驾亲临，死罪，死罪。"

刚说了这几句话，突然两个人影从旁掠过，当真如闪电一般，猛向耶律洪基欺了过去，正是虚竹和段誉。他二人眼见情势不对，知道今日之事，唯有擒住辽帝作为要挟，才能保持大伙周全，一打手势，便分从左右抢去。

耶律洪基出阵之时，原已防到萧峰重施当年在阵上擒杀楚王父子的故伎，早有戒备。亲军指挥使一声吆喝，三百名盾牌手立时聚拢，三百面盾牌犹如一堵城墙，挡在辽帝面前。长矛手、刀斧手又密密层层地排在盾牌之前。

这时虚竹既得天山童姥的真传，又尽窥灵鹫宫石壁上武学的奥秘，武功之高，实已到了随心所欲、无往而不利的地步；而段誉在得到鸠摩智的毕生修为后，内力之强，亦是震古烁今，他那"凌波微步"施展开来，辽军将士如何阻拦得住？

段誉东一晃、西一斜，便如游鱼一般，从长矛手、刀斧手相距不逾一尺的缝隙之中硬生生地挤将过去。众辽兵挺长矛攒刺，非但伤不到段誉，反因相互挤得太近，兵刃多半招呼在自己人身上。

虚竹双手连伸，抓住辽兵的胸口背心，不住掷出阵来，一面向耶律洪基靠近。两员大将纵马冲上，双枪齐至，向虚竹胸腹刺来。虚竹忽然跃起，双足分落二交枪头。两员辽将齐声大喝，抖动枪杆，要将虚竹身子震落。虚竹乘着双枪抖动之势，飞身跃起，半空中便向洪基头顶扑落。

一如游鱼之滑，一如飞鸟之捷，两人双双攻到，耶律洪基大惊，提起宝刀，疾向身在半空的虚竹砍去。

虚竹左手手掌一探，已搭住他宝刀刀背，乘势滑落，手掌翻处，抓住了他右腕。便在此时，段誉也从人丛中钻将出来，抓住了耶律洪基左肩。两人齐声喝道："走罢！"将耶律洪基魁伟的身子从马背上提落，转身急奔。

四下里辽将辽兵眼见皇帝落入敌手，大惊狂呼，一时都没了主意。几十名亲兵奋不顾身地扑上来想救皇帝，都被虚竹、段誉飞足踢开。

二人擒住辽帝，心中大喜，突见萧峰飞身赶来，齐声叫道："大哥！"哪知萧峰双掌骤发，呼呼两声，分袭二人。二人都是大吃一惊，眼见掌力袭来，犹如排山倒海般，只得举掌挡架，砰砰两声，四掌相撞，掌风激荡，萧峰向前一冲，已乘势将耶律洪基拉了过去。

这时辽军和中土群豪分从南北涌上，一边想抢回皇帝，一边要作萧峰、虚竹、段誉三人的接应。

萧峰大声叫道："谁都别动，我自有话向大辽皇帝说。"辽军和群豪登时停了脚步，双手都怕伤到自己人，只远远呐喊，不敢冲杀上前，更不敢放箭。

虚竹和段誉也退开三分，分站耶律洪基身后，防他逃回阵中，并阻契丹高手前来相救。

这时耶律洪基脸上已无半点血色，心想："这萧峰的性子甚是刚烈，我将他囚于狮笼之中，折辱得他好生厉害。此刻既落在他手中，他定要尽情报复，再也不肯饶我性命了。"却听萧峰道："陛下，这两位是我的结义兄弟，不会伤害于你，你可放心。"耶律洪基哼了一声，回头向虚竹看了一眼，又向段誉看了一眼。

萧峰道："我这个二弟虚竹子，乃灵鹫宫主人，三弟是大理段公子。臣曾向陛下说起过。"耶律洪基点了点头，说道："果然了得。"

萧峰道："我们立时便放陛下回阵，只是想求陛下赏赐。"

耶律洪基几乎不相信自己的耳朵，心想："天下哪有这样的便宜事？啊，是了，萧峰已然回心转意，求我封他三人为官。"登时满面笑容，说道："你们有何求恳，我自是无有不允。"他本来语音发颤，这两句话中却又有了皇帝的尊严。

萧峰道："陛下已是我两个兄弟的俘虏，照咱们契丹人的规矩，陛下须得以彩物自赎才是。"耶律洪基眉头微皱，问道："要什么？"萧峰道："微臣斗胆代两个兄弟开口，只是要陛下金口一诺。"洪基哈哈一笑，说道："普天之下，我当真拿不出的物事却也不多，你尽管狮子大开口便了。"

萧峰道："是要陛下答允立即退步，终陛下一生，不许辽军一兵一卒越过宋辽疆界。"

段誉一听，登时大喜，心想：“辽军不逾宋辽边界，便不能插翅来犯我大理了。”忙道：“正是，你答应了这句话，我们立即放你回去。”转念一想：“擒到辽帝，二哥出力比我更多，却不知他有何求？”向虚竹道：“二哥，你要契丹皇帝什么东西赎身？”虚竹摇了摇头，道：“我也只要这一句话。”

耶律洪基脸色甚是阴森，沉声道：“你们胆敢胁迫于我？我若不允呢？”

萧峰朗声道：“那么臣便和陛下同归于尽，玉石俱焚。咱二人当年结义，也曾有过但愿同年同月同日死的誓言。”

耶律洪基一凛，寻思：“这萧峰是个天不怕、地不怕的亡命之徒，向来说话一是一，二是二，我若不答允，只怕要真的出手向我冒犯。死于这莽夫之手，那可大大的不值得。”当下哈哈一笑，朗声道：“以我耶律洪基一命，换得宋辽两国数十年平安。好兄弟，你可把我的性命瞧得挺重哪！”

萧峰道：“陛下乃大辽之主。普天之下，岂有比陛下更贵重的？”

耶律洪基又是一笑，道：“如此说来，当年女真人向我要黄金三十车、白银三百车、骏马三千匹，眼界也忒浅了？”萧峰略一躬身，不再答话。

耶律洪基回过头来，只见手下将士最近的也在百步之外，无论如何不能救自己脱险，权衡轻重，世上更无比性命更贵重的事物，当即从箭壶中抽出一枝雕翎狼牙箭，双手一弯，啪的一声，折为两段，投在地下，说道：“答允你了。”

萧峰躬身道：“多谢陛下。”

耶律洪基转过头来，举步欲行，却见虚竹和段誉四目炯炯的望着自己，并无让路之意，回头再向萧峰瞧去，见他也默不作声，登时会意，知他三人是怕自己食言，当即拔出宝刀，高举过顶，大声说道：“大辽三军听令。”

辽军中鼓声擂起，一通鼓罢，立时止歇。

耶律洪基说道：“大军北归，南征之举作罢。”他顿了一顿，又道：“于我一生之中，不许我大辽国一兵一卒，侵犯大宋边界。”说罢，宝刀一落，辽军中又擂起鼓来。

萧峰躬身道：“恭送陛下回阵。”

虚竹和段誉往两旁一站，绕到萧峰身后。

耶律洪基又惊又喜，又是羞惭，虽急欲身离险地，却不愿在萧峰和辽军之前示弱，当下强自镇静，缓步走回阵去。

辽军中数十名亲兵飞骑驰出，抢来迎接。耶律洪基初时脚步尚缓，但禁不住越走越快，只觉双腿无力，几欲跌倒，双手发颤，额头汗水更是涔涔而下。待得侍卫驰到身前，滚鞍下马而将坐骑牵到他身前，耶律洪基已是全身发软，左脚踏入脚镫，却翻不上鞍去。两名侍卫扶住他后腰，用力一托，耶律洪基这才上马。

众辽兵见皇帝无恙归来，大声欢呼：“万岁，万岁，万万岁！”

这时雁门关上的宋军、关下的群豪听到辽帝下令退兵，并说终他一生不许辽军一兵一卒犯界，也是欢声雷动。众人均知契丹人虽然凶残好杀，但向来极是守信，与大宋之间有何交往，极少背约食言，何况辽帝在两军阵前亲口颁令，倘若日后反悔，大辽举国上下都要瞧他不起，他这皇帝之位都怕坐不安稳。

耶律洪基脸色阴郁，心想我这次为萧峰这厮所胁，许下如此重大诺言，方得脱身以归，实是丢尽了颜面，大损大辽国威。可是从辽军将士欢呼万岁之声中听来，众军拥戴之情却又似乎出自至诚。他眼光从众士卒脸上缓缓掠过，只见一个个容光焕发，欣悦之情见于颜色。

众士卒想到即刻便可班师，回家与父母妻儿团聚，既无万里征战之苦，又无葬身异域之险，自是大喜过望。契丹人虽然骁勇善战，但兵凶战危，谁都难保一定不死，今日得能免去这场战祸，除了少数在征战中升官发财的悍将之外，尽皆欢喜。

耶律洪基心中一凛："原来我这些士卒也不想去攻打南朝，我若挥军南征，也却未必便能一战而克。"转念又想："那些女真蛮子大是可恶，留在契丹背后，实是心腹大患。我派兵去将这些蛮子扫荡了再说。"当即举起宝刀，高声说道："北院大王传令下去，后队变前队，班师南京！"

军中皮鼓号角响起，传下御旨，但听得欢呼之声，从近处越传越远。

耶律洪基回过头来，只见萧峰仍是一动不动地站在当地。耶律洪基冷笑一声，朗声道："萧大王，你为大宋立下如此大功，高官厚禄，指日可待。"

萧峰大声道："陛下，萧峰是契丹人，今日威迫陛下，成为契丹的大罪人，此后有何面目立于天地之间？"拾起地下的两截断箭，内功运处，双臂一回，噗的一声，插入了自己的心口。

耶律洪基"啊"的一声惊叫，纵马上前几步，但随即又勒马停步。

虚竹和段誉只吓得魂飞魄散，双双抢近，齐叫："大哥，大哥！"却见两截断箭插正了心脏，萧峰双目紧闭，已然气绝。

虚竹忙撕开他胸口的衣衫，欲待施救，但箭中心脏，再难挽救，只见他胸口肌肤上刺着一个青的狼头，张口露齿，神情极是狰狞。虚竹和段誉放声大哭，拜倒在地。

丐帮中群丐一齐拥上来，团团拜伏。吴长风捶胸叫道："乔帮主，你虽是契丹人，却比我们这些不成器的汉人英雄万倍！"

中原群豪一个个围拢，许多人低声议论："乔帮主果真是契丹人吗？那么他为什么反而来帮助大宋？看来契丹人中也有英雄豪杰。"

"他自幼在咱们汉人中间长大，学到了汉人大仁大义。"

"两国罢兵，他成了排解难纷的大功臣，却用不着自寻短见啊。"

"他虽于大宋有功，在辽国却成了叛国助敌的卖国贼。他这是畏罪自杀。"

"什么畏不畏的？乔帮主这样的大英雄，天下还有什么事要畏惧？"

耶律洪基见萧峰自尽，心下一片茫然，寻思："他到底于我大辽是有功还是有过？他苦苦劝我不可伐宋，到底是为了宋人还是为了契丹？他和我结义为兄弟，始终对我忠心耿耿，今日自尽于雁门关前，自然决不是贪图南朝的功名富贵，那……

那却又为了什么?”他摇了摇头,微微苦笑,拉转马头,从辽军阵中穿了过去。

蹄声响处,辽军千乘万骑又向北行。众将士不住回头,望向地下萧峰的尸体。

只听得鸣声哇哇,一群鸿雁越过众军的头顶,从雁门关飞了过去。

辽军渐去渐远,蹄声隐隐,又化作了山后的闷雷。

虚竹、段誉等一干人站在萧峰的遗体之旁,有的放声号哭,有的默默垂泪。

忽听得一个少女的声音尖声叫道:“走开,走开! 大家都走开。你们害死了我姊夫,在这里假惺惺地洒几点眼泪,又有什么用?”她一面说,一面伸手猛力推开众人,正是阿紫。虚竹等自不和她一般见识,被她一推,都让了开去。

阿紫凝视着萧峰的尸体,怔怔的瞧了半晌,柔声说道:“姊夫,这些都是坏人,你别理睬他们,只有阿紫,才真正的待你好。”说着俯身下去,将萧峰的尸体抱了过来。萧峰身子长大,上半身被她抱着,两脚仍是垂在地下。阿紫又道:“姊夫,你现下才真的乖了,我抱着你,你也不推开我。是啊,要这样才好。”

虚竹和段誉对望了一眼,均想:“她伤心过度,有些神智失常了。”段誉垂泪道:“小妹,萧大哥慷慨就义,人死不能复生,你……你……”走上几步,想去抱萧峰的尸体。

阿紫厉声道:“你别来抢我姊夫,他是我的,谁也不能动他。”

段誉回过头来,向木婉清使了个眼色。木婉清会意,走到阿紫身畔,轻轻说道:“小妹子,萧大哥逝世,咱们商量怎地给他安葬……”

突然阿紫尖声大叫,木婉清吓了一跳,退开两步,阿紫叫道:“走开,走开! 你再走近一步,我一剑先杀了你。”

木婉清皱了眉头,向段誉摇了摇头。

忽听得关门左侧的群山中有人长声叫道:“阿紫,阿紫,我听到你声音了,你在哪里? 你在哪里?”叫声甚是凄厉,许多人认得是做过丐帮帮主、化名为庄聚贤的游坦之。

各人转过头向叫声来处望去,只见游坦之双手各持一根竹杖,左杖探路,右杖搭在一个中年汉子的肩头上,从山坳里转了出来。那中年汉子却是留守灵鹫宫的乌老大。但见他脸容憔悴,衣衫褴褛,一副无可奈何的神情,虚竹等登时明白,游坦之是逼着他领路来寻阿紫,一路之上,想必乌老大吃了不少苦头。

阿紫怒道:“你来干什么? 我不要见你,我不要见你。”

游坦之喜道:“啊,你果然在这里,我听见你声音了,终于找到你了!”右杖上运劲一推,乌老大不由自主地向前飞奔。两人来得好快,顷刻之间,便已到了阿紫身边。虚竹和段誉等正在无法可施之际,见游坦之到来,心想此人甘愿以双目送给阿紫,和她渊源极深,或可劝得她明白,当下又退开了几步,不欲打扰他二人说话。

游坦之道:“阿紫姑娘,你很好吗? 没有欺侮姑娘吧?”一张丑脸之上,现出了又是喜悦、又是关切的神色。

阿紫道:“有人欺侮我了,你怎么办?”游坦之忙道:“是谁得罪了姑娘?姑娘快跟我说,我去跟他拼命。”阿紫冷笑一声,指着身边众人,说道:“他们个个都欺侮了我,你一股脑儿将他们杀了吧!”

游坦之道:“是。”问乌老大道:“老乌,是些什么人得罪了姑娘?”乌老大道:“人多得很,你杀不了的。”游坦之道:“杀不了也要杀,谁教他们得罪了阿紫姑娘。”

阿紫怒道:“我现下和姊夫在一起,此后永远不会分离了。你给我走得远远的,我再也不要见你。”

游坦之伤心欲绝,道:“你……你再也不要见我……”

阿紫高声道:“啊,是了,我的眼睛是你给我的。姊夫说我欠了你的恩情,要我好好待你。我可偏不喜欢。”蓦地里右手伸出,往自己眼中一插,竟然将两颗眼珠子挖了出来,用力向游坦之掷去,叫道:“还你!还你!从今以后,我再也不欠你什么了。免得我姊夫老是逼我,要我跟你在一起。”

游坦之虽不能视物,但听到身周众人齐声惊呼,声音中带着惶惧,也知是发生了惨祸奇变,嘶声叫道:“阿紫姑娘,阿紫姑娘!”

阿紫抱着萧峰的尸身,柔声叫道:“姊夫,咱们再也不欠别人什么了。以前我用毒针射你,便是要你永远和我在一起,今日总算如了我的心愿。”说着抱着萧峰,迈步便行。

群豪见她眼眶中鲜血流出,掠过她雪白的脸庞,人人心下惊怖,见她走来,便都让开了几步。只见她笔直向前走去,渐渐走近山边的深谷。众人都叫了起来:“停步,停步!前面是深谷!”

段誉飞步追来,叫道:“小妹,你……”

但阿紫向前直奔,突然间足下踏一个空,竟向万丈深谷中摔了下去。

段誉伸手抓时,嗤的一声,只抓到她衣袖的一角,突然身旁风声劲急,有人抢过,段誉向左一让,只见游坦之也向谷中摔落。段誉叫声:“啊哟!”向谷中望去,但见云封雾锁,不知下面究有多深。

群豪站在山谷边上,尽皆唏嘘叹息。武功较差者见到山谷旁尖石嶙峋,有如锐刀利剑,无不心惊,玄渡等年长之人,知道当年玄慈、汪帮主等在雁门关外伏击契丹武士的故事,知道萧峰之母的尸身便葬在这深谷之中。

忽听关上鼓声响起,那传令的军官大声说道:“奉镇守雁门关都指挥张将军将令:尔等既非辽国奸细,特准尔等入关,唯须安分守己,毋得喧哗,是为切切。”

关下群豪破口大骂:“咱们宁死也不进你这狗官把守的关口!”“若不是狗官昏懦,萧大侠也不致送了性命!”“大家进关去,杀了狗官!”众人戟指关头,拍手顿足的叫骂。

虚竹、段誉等跪下向谷口拜了几拜,翻山越岭而去。

那镇守雁门关指挥使见群豪声势汹汹,急忙改传号令,又不许众人进关,待见群豪骂了一阵，渐渐散去，上山绕道南归，这才宽心。即当修下捷表，快马送到汴梁，说道亲率部下将士，血战数日，力敌辽军十余万，幸陛下洪福齐天，朝中大臣指示机宜，众将士用命，格毙辽国大将南院大王萧峰，杀伤辽军数千，辽主耶律洪基不逞而退。

宋帝赵煦得表大喜，传旨关边，犒赏三军，指挥使以下，各个加官晋爵。赵煦自觉英明武勇，远迈太祖太宗，连日赐宴朝臣，宫中与后妃欢庆。歌功颂德之声，洋洋盈耳，庆祝大捷之表，源源而来。

段誉与虚竹、玄渡、吴长老等群豪分手，自与木婉清、钟来、华赫艮、范骅、巴天石、朱丹臣等人回归大理。

进入大理国境，王语嫣已和大理国的侍卫武士，在边界迎接。段誉说起萧峰和阿紫的情事，众人无不黯然神伤。一行人迳向南行，段誉不欲惊动百姓。命众人不换百官服色，仍作原来的行商打扮。

这一日将到京城，段誉要去天龙寺拜见枯荣大师和皇伯父段正明，眼见天色渐黑，离开天龙寺尚有六十余里，要找个地方歇脚。忽听得树林中有个孩子的声音叫道："陛下，陛下，我已拜了你，怎么还不给我吃糖？"

众人一听，都感奇怪："怎地有人认得陛下？"走向树林去看时，只听得林中有人说道："你们要说：'愿吾皇万岁，万岁，万万岁！'才有糖吃。"

这语音十分熟悉，正是慕容复。

段誉和王语嫣吃了一惊，两人手挽着手，隐身树后，向声音来处看去，只见慕容复坐在一座土坟之上，头戴高高的纸冠，神色俨然。

七八名乡下小儿跪在坟前，乱七八糟的嚷道："愿吾皇万岁，万岁，万万岁！"一面乱叫，一面跪拜，有的则伸出手来，叫道："给我糖，给我糕饼！"

慕容复道："众爱卿平身，朕既兴复大燕，身登大宝，人人皆有封赏。"

坟边垂首站着一个女子，正是阿碧。她身穿浅绿色衣衫，明艳的脸上颇有凄楚憔悴之色，只见她从一只篮中取出糖果糕饼，分给众小儿，说道："大家好乖，明天再来玩，又有糖果糕饼吃！"语间呜咽，一滴滴泪水落入了竹篮中。

众小儿拍手欢呼而去，都道："明天又来！"

王语嫣知道表哥神志已乱，富贵梦越做越深，不禁凄然。

段誉见到阿碧的神情，怜惜之念大起，只盼招呼她和慕容复回去大理，妥为安顿，却见她瞧着慕容复的眼色中柔情无限，而慕容复也是一副志得意满之态，心中登时一凛："各有各的缘法，慕容兄与阿碧如此，我觉得他们可怜，其实他们心中，焉知不是心满意足？我又何必多事？"轻轻拉了拉王语嫣的衣袖，做个手势。

众人都悄悄退了开去。但见慕容复在土坟上南面而坐，口中兀自喃喃不休。

【作者简介】

金庸：本名查良镛，生于1924年，浙江宁海人。查家几百年来名人辈出，领尽风骚，清朝皇帝康熙称之为“唐宋以来巨族，江南有数人家”。8岁那年，查良镛无意中看到武侠小说《荒江女侠》，“琴剑二侠”的行侠生涯深深地吸引了他。这是查良镛看到的第一部武侠小说。之后，查良镛到处搜罗武侠小说，一睹为快。15岁时，查良镛编写的《给投考初中者》一书出版，畅销省内外，初露才华。1955年，查良镛偶试身手，写出第一部武侠小说《书剑恩仇录》，一举成名。“金庸”作为一个“神话”由此诞生。金庸自《书剑恩仇录》后，一发不可收。接着，《雪山飞狐》一出，石破天惊，全城争读。《射雕英雄传》更被视为“天书”，新派武侠小说的宗师地位，由此奠定。那年，查良镛34岁。35岁那年，查良镛拿着他的8万港币，自立门户，创立《明报》。很多人都认为不出一年半载，《明报》就会关门大吉；但查良镛凭着他的一支如椽妙笔，凭着他的武侠小说《神雕侠侣》和《倚天屠龙记》等，撑起《明报》大业，使《明报》得以苦苦维持下去。查良镛写武侠小说，最初是为了赚钱，而后是为了撑《明报》大业；到了60年代末期，则是试图在武侠小说创作方面进行一些新尝试，并表达自己的政治取向和对现实社会的一些看法。于是，便有了政治寓言——《笑傲江湖》，以及社会问题小说——《鹿鼎记》。1972年，金庸挂印封笔，金盆洗手。封笔之后，查良镛把近20年来所写的武侠小说逐字逐句地修改。经过10年的修订，一套15种共36册《金庸武侠小说全集》终于出版完毕。

从获得诺贝尔奖的教授，到贩夫走卒，从黄土高原到美利坚，各个阶层各个地方，到处都有“金庸迷”。从来没有一个作家的作品，能像查良镛的武侠小说那样广受欢迎。有人甚至说他是武侠小说创作的“真命天子”！

这正是：“武林”至尊，唯数金庸；风行天下，谁与争锋？

【阅读提示】

选文内容节选自《天龙八部》第五十章《教单于折箭　六军辟易　奋英雄怒》。

主要人物萧峰一生行侠仗义，正气在胸，但因为契丹人的身世，不能相容于天地之间，最后断箭插胸自尽，所有江湖恩怨都灰飞烟灭。阅读时应注意分析萧峰这一形象。

【思考与练习】

1.萧峰是一个什么样的人物？

2.《天龙八部》中的女性，你喜欢哪一个？试分析说明。

3.你看过的金庸的作品还有哪些？请列举出来。

《活　着》

余　华

【作品简介】

这是一部充满血泪的小说。通过一位中国农民的苦难生活讲述了人如何去承受巨大的苦难;讲述了眼泪的丰富和宽广;讲述了绝望的不存在;讲述了人是为了活着本身而活着……《活着》以第一人称的方式,让主人公徐福贵讲述了关于他、他的亲人们的故事。在经历了人生种种苦难之后,他和他的老牛仍然活着。

活着……以哭的方式笑,在死亡的伴随下活着。"活着",不管是屈辱还是风光;"活着",不管是甜蜜还是酸楚;"活着",不管愿不愿意,喜不喜欢,都得活着……

该书荣获台湾《中国时报》、香港《博益》好书奖,意大利格林扎纳·卡佛文学奖和第三届世界华文"冰心文学奖"等多项大奖。

【作品欣赏】

当　兵(1)

这样的日子过了一年后,我娘病了。开始只是头晕,我娘说看着我们时糊里糊涂的。我也没怎么在意,想想她年纪大了,眼睛自然看不清。后来有一天,我娘在烧火时突然头一歪,靠在墙上像是睡着了。等我和家珍从田里回来,她还那么靠着。家珍叫她,她也不答应,伸手推推她,她就顺着墙滑了下去。家珍吓得大声叫我,我走到灶间时,她又醒了过来,定定地看了我们一阵,我们问她,她也不答应,又过了一阵,她闻到焦煳的味道,知道饭煮煳了,才开口说道:"哎呀,我怎么睡着了。"我娘慌里慌张地想站起来,她站到一半腿一松,身体又掉到地上。我赶紧把她抱到床上,她没完没了地说自己睡着了,她怕我们不相信。家珍把我拉到一旁说:"你去城里请个郎中来。"请郎中可是要花钱的,我站着没有动。家珍从褥子底下拿出了两块银元,是用手帕包着的。看看银元我有些心疼,那可是家珍从城里带来的,只剩下这两块了。可我娘的身体更叫我担心,我就拿过银元。家珍把手帕叠得整整齐齐重新塞到褥子底下,给我拿出一身干净衣服,让我换上。我对家珍说:"我走了。"家珍没说话,跟着我走到门口,我走了几步回过头去看看她,她往后理了理头发向我点点头。自从家珍回来以后,我还是第一次离开她。我穿着虽然破烂可是干干净净的衣服，脚上是我娘编的新草鞋，要进城去了。凤霞坐在门口的地上，怀里抱着睡着的有庆，她看到我穿得很干净，就问："爹，你不是下田吧？"我走得很快，不到半个时辰就走到城里。我已有一年多没去城里了，走进城里时心里还真有点发虚，我怕碰到过去的熟人，我这身破烂衣服让他们见了，不知道他们会说些什么话。我最怕见到的还是我丈人，我不敢从米行那条街走，宁愿多绕一些路。城里几个郎中的医术我都知道，哪个收钱黑，哪个收钱公道我也知道。我想了想，还是去找住在绸店隔壁的林郎中，这个老头是我丈人的朋友，看在家珍的份上他也会少收些钱。

我路过县太爷府上时，看到一个穿绸衣的小孩正踮着脚，使劲想抓住敲门的铜环。那孩子的年纪就和我凤霞差不多大，我想这可能是县太爷的公子，就走上去对他说："我来帮你敲。"小孩高兴地点点头，我就扣住铜环使劲敲了几下，里面有人答应："来啦。"这时小孩对我说："我们快跑吧。"我还没明白过来，小孩贴着墙壁溜走了。门打开后，一个仆人打扮的男人一看到我穿的衣服，什么话没说就伸手推了我一把，我没料到他会这样，身体一晃就从台阶上跌下来。

我从地上爬起来，本来我想算了，可这家伙又走下来踢了我一脚，还说："要饭也不看这是什么地方。"我的火一下子上来了，我骂道："老子就是啃你家祖坟里的烂骨头，也不会向你要饭。"他扑上来就打，我脸上挨了一拳，他也挨了我一脚。我们两个人就在街上扭打起来。这小子黑得很，看看一下子打不赢我，就瞅着我的裤裆抬脚。我呢，好几次踢在他屁股上。

我们两个都不会打架，打了一阵听到有人在后面喊："难看死啦，这两个畜生打架打得难看死啦。"我们停住手脚，往后一看，一队穿黄衣服的国民党大兵站在那里，十来门大炮都由马车拉着。刚才喊叫的那个人腰里别着一把手枪，是个当官的。那仆人真灵活，一看到当官的就马上点头哈腰："长官，嘿嘿，长官。"长官向我们两个挥挥手说："两头蠢驴，打架都不会，给我去拉大炮。"我一听这话头皮阵阵发麻，他是拉我当壮丁的。那仆人也急了，走上前去说："长官，我是本县县太爷家里的。"长官说："县太爷的公子更应该为党国出力嘛。""不，不。"仆人吓得连声说，"我不是公子，打死我也不敢。排长，我是县太爷的仆人。""操你娘。"长官大声骂道："老子是连长。""是，是，连长，我是县太爷的仆人。"那仆人怎么说都没用，反而把连长说烦了，连长伸手给他一巴掌："少他娘的说废话，去拉大炮。"他看到了我。"还有你。"我只好走上去，拉住一匹马的缰绳，跟着他们往前走。我想到时候打个机会再逃跑吧。那仆人还在前面向连长求情，走了一段路后，连长竟然答应了，他说："行，行，你回去吧，你小子烦死我了。"仆人高兴坏了，他像是要跪下来给连长叩头，可又没有下跪，只是在连长面前不停地搓着手，连长说："还不滚蛋。"仆人说："滚，滚，我这就滚。"仆人说着转身走去，这时候连长从腰里抽出手枪来，把胳膊端平了，闭上一只眼睛向走去的仆人瞄准。仆人走出了十多步回过头来看看，这一看把他吓得傻站在那里一动不动，像只夜里的麻雀一样让连长瞄准。连长这时对他说："走呀，走呀。"仆人扑通一声跪在地上，连哭带喊："连长，连长，连长。"连长向他开了一枪，没有打中，打在他身旁，飞起的小石子划破了他的手，手倒是出血了。连长握着手枪向他挥动着说："站起来，站起来。"他站了起来，连长又说："走呀，走呀。"他伤心地哭了，结结巴巴地说："连长，我拉大炮吧。"连长又端起胳膊，第二次向他瞄准，嘴里说着："走呀，走呀。"仆人这时才突然明白似的，一转身就疯跑起来。连长打出第二枪时，他刚好拐进了一条胡同。连长看看自己的手枪，骂了一声："他娘的，老子闭错了一只眼睛。"连长转过身来，看到了站在后面的我，就提着手枪走过来，把枪口顶着我的胸膛，对我说："你也回去吧。"我的两条腿拼命哆嗦，心想他这次就是两只眼睛全闭错，也会一枪把我送上西天。我连声说："我拉大炮，我拉大炮。"我右手拉着缰绳，左手捏住口袋里家珍给我的两块银元，走出城里时，看到田地里与我家相像的茅屋，我低下头哭了。

我跟着这支往北去的炮队，越走越远，一个多月后我们走到了安徽。开始的几天我一心想逃跑，当时想逃跑的不只是我一个人，每过两天，连里就会少掉一两张熟悉的脸，我心想他们是不是逃跑了，我就问一个叫老全的老兵，老全说："谁也逃不掉。"老全问我夜里睡觉听到枪声没有，我说听到了，他说："那就是打逃兵的，命大的不让打死，也会被别的部队抓去。"老全说得我心都寒了。老全告诉我，他抗战时就被拉了壮丁，开拔到江西他逃了出来，没几天又被去福建的部队拉了去。当兵六年多，没跟日本人打过仗，光跟共产党的游击队打仗。这中间他逃跑了七次，都被别的部队拉了去。最后一次他离家只有一百多里路了，结果撞上了这一支炮队。老全说他不想再跑了，他说："我逃腻了。"我们渡过长江以后就穿上了棉袄。一过长江，我想逃跑的心也死了，离家越远我也就越没有胆量逃跑。我们连里有十来个都是十五六岁的孩子，有一个叫春生的娃娃兵，是江苏人，他老向我打听往北去是不是打仗，我就说是的。其实我也不知道，我想当上了兵就逃不了要打仗。春生和我最亲热，他总是挨着我，拉着我的胳膊问："我们会不会被打死？"我说："我不知道。"说这话时我自己心里也是一阵阵难受。过了长江以后，我们开始听到枪炮声，起先是远远传来，我们又走了两天，枪炮声越来越响。那时我们来到了一个村庄，村里别说是人了，连牲畜都见不着。连长命令我们架起大炮，我知道这下是真要打仗了。有人走过去问连长："连长，这是什么地方？"连长说："你问我，我他娘的去问谁？"连长都不知道我们到了什么地方，村里人跑了个精光，我望望四周，除了光秃秃的树和一些茅屋，什么都没有。过了两天，穿黄衣服的大兵越来越多，他们在四周一队队走过去，又一队队走过来，有些部队就在我们旁边扎下了。又过了两天，我们一炮还未打，连长对我们说："我们被包围了。"被包围的不只是我们一个连，有十来万人的国军全被包围在方圆只有二十来里路的地方里，满地都是黄衣服，像是赶庙会一样。这时候老全神了，他坐在坑道外的土墩上吸着烟，看着那些来来去去的黄皮大兵，不时和中间某个人打声招呼，他认识的人实在是多。老全走南闯北，在七支部队里混过，他嘻嘻哈哈和几个旧相识说着脏话，互相打听几个人名，我听他们不是说死了，就是说前两天还见过。老全告诉我和春生，这些人当初都和他一起逃跑过。老全正说着，有个人向这里叫："老全，你还没死啊？"老全又遇到旧相识了，哈哈笑道："你小子什么时候被抓回来的？"那人还没说话，另一边也有人叫上老全了，老全扭脸一看，急忙站起来喊："喂，你知道老良在哪里？"那个人嘻嘻笑着喊道："死啦。"老全沮丧地坐下来，骂道："妈的，他还欠我一块银元呢。"接着老全得意地对我和春生说："你们瞧，谁都没逃成。"刚开始我们只是被包围住，解放军没有立刻来打我们，我们还不怎么害怕，连长也不怕，他说蒋委员长会派坦克来救我们出去的。后来前面的枪炮声越来越响，我们也没有很害怕，只是一个个都闲着没事可干，连长没有命令我们开炮。有个老兵想想前面的弟兄流血送命，我们老闲着也不是个办法，他就去问连长："我们是不是也打几炮？"连长那时候躲在坑道里赌钱，他气冲冲地反问："打炮，往哪里打？"连长说得也对，几炮打出去要是打在国军兄弟头上，前面的国军一气之下杀回来收拾我们，这可不是闹着玩的。连长命令我们都在坑道里呆着，爱干什么就干什么，就是别出去打炮。

被包围以后，我们的粮食和弹药全靠空投。飞机在上面一出现，下面的国军就跟蚂蚁似的密密麻麻地拥来拥去，扔下的一箱箱弹药没人要，全都往一袋袋大米上扑。飞机一走，抢到大米的国军兄弟两个人提一袋，旁边的人端着枪，保护他们，那么一堆一堆地分散开去，都走回自己的坑道。

没过多久，成群结伙的国军向房屋和光秃秃的树木涌去，远近的茅屋顶上都爬上去了人，又拆茅屋又砍树，这哪还像是打仗，乱糟糟的响声差不多都要盖住前沿的枪炮声了。才半天工夫，眼睛望得到的房屋树木全没了，空地上全都是扛着房梁、树木和抱着木板、凳子的大兵，他们回到自己的坑道后，一条条煮米饭的炊烟就升了起来，在空中扭来扭去。

那时候最多的就是子弹了，往哪里躺都硌得身体疼。四周的房屋被拆光，树也砍光后，满地的国军提着刺刀去割枯草，那情形真像是农忙时在割稻子，有些人满头大汗地刨着树根。还有一些人开始掘坟，用掘出的棺材板烧火。掘出了棺材就把死人骨头往坑外一丢，也不给重新埋了，到了那种时候，谁也不怕死人骨头了，夜里就是挨在一起睡觉也不会做噩梦。煮米饭的柴越来越少，米倒是越来越多。没人抢米了，我们三个人去扛了几袋米回来，铺在坑道当睡觉的床，这样躺着就不怕子弹硌得身体难受了。

等到再也没有什么可当柴煮米饭时，蒋委员长还没有把我们救出去。好在那时飞机不再往下投大米，改成投大饼，成包的大饼一落地，弟兄们像牲畜一样扑上去乱抢，叠得一层又一层，跟我娘纳出的鞋底一样，他们嗷嗷乱叫着和野狼没什么两样。

老全说："我们分开去抢。"这种时候只能分开去抢，才能多抢些大饼回来。我们爬出坑道，自己选了个方向走去。当时子弹在很近的地方飞来飞去，常有一些流弹窜过来。有一次我跑着跑着，身边一个人突然摔倒，我还以为他是饿昏了，扭头一看他半个脑袋没了，吓得我腿一软也差一点摔倒。抢大饼比抢大米还难，按说国军每天都在拼命地死人,可当飞机从天那边飞过来时,人全从地里冒了出来,光秃秃的地上像是突然长出了一排排草,跟着飞机跑,大饼一扔下,人才散开去,各自冲向看好的降落伞。大饼包得也不结实,一落地就散了,几十上百个人往一个地方扑,有些人还没挨着地就撞昏过去了,我抢一次大饼就跟被人吊起来用皮带打了一顿似的全身疼。到头来也只是抢到了几张大饼。回到坑道里,老全已经坐在那里了,他脸上青一块紫一块的,他抢到的饼也不比我多。老全当了八年兵,心里还是很善良,他把自己的饼往我的上面一放,说等春生回来一起吃。我们两个就蹲在坑道里,露出脑袋张望春生。

过了一会,我们看到春生怀里抱着一堆胶鞋猫着腰跑来了,这孩子高兴得满脸通红,他一翻身滚了进来,指着满地的胶鞋问我们:“多不多?”老全望望我,问春生:“这能吃吗?”春生说:“可以煮米饭啊。”我们一想还真对,看看春生脸上一点伤都没有,老全对我说:“这小子比谁都精。”后来我们就不去抢大饼了,用上了春生的办法。抢大饼的人叠在一起时,我们就去扒他们脚上的胶鞋,有些脚没有反应,有些脚乱蹬起来,我们就随手捡个钢盔狠狠揍那些不老实的脚,挨了揍的脚抽搐几下都跟冻僵似地硬了。我们抱着胶鞋回到坑道里生火,反正大米有的是,这样还免去了皮肉之苦。我们三个人边煮着米饭,边看着那些光脚在冬天里一走一跳的人,嘿嘿笑个不停。

前沿的枪炮声越来越紧,也不分白天和晚上。我们呆在坑道里也听惯了,经常有炮弹在不远处爆炸,我们连的大炮都被打烂了,这些大炮一炮都没放,就成了一堆烂铁,我们更加没事可干了。那么一些日子下来,春生也不怎么害怕了,到那时候怕也没有用。枪炮声越来越近,我们总觉得还远着呢。最难受的就是天越来越冷,睡上几分钟就是冻醒一次。炮弹在外面爆炸时常震得我们耳朵里嗡嗡乱叫,春生怎么说也只是个孩子,他迷迷糊糊睡着时,一颗炮弹飞到近处一炸,把他的身体都弹了起来,他被吵醒后怒气冲冲地站在坑道上,对前面的枪炮声大喊:“你们他娘的轻一点,吵得老子都睡不着。”我赶紧把他拉下来,当时子弹已在坑道上面飞来飞去了。

国军的阵地一天比一天小,我们就不敢随便爬出坑道,除非饿极了才出去找吃的。每天都有几千伤号被抬下来,我们连的阵地在后方,成了伤号的天下。有那么几天,我和老全、春生扑在坑道上,露出三个脑袋,看那些抬担架的将缺胳膊断腿的伤号抬过来。隔上不多时间,就过来一长串担架,抬担架的都猫着腰,跑到我们近前找一块空地,喊一、二、三,喊到三时将担架一翻,倒垃圾似的将伤号扔到地上就不管了。

伤号疼得嗷嗷乱叫,哭天喊地的叫声是一长串一长串响过来。

老全看着那些抬担架的离去,骂了一声:“这些畜生。”伤号越来越多,只要前面枪炮声还在响,就有担架往这里来,喊着一、二、三把伤号往地上扔。地上的伤号起先是一堆一堆,没多久就连成一片,在那里疼得嗷嗷直叫,那叫喊我一辈子都忘不了，我和春生看得心里一阵阵冒寒气，连老全都直皱眉。我想这仗怎么打呀。

天一黑，又下起了雪。有一长段时间没有枪炮声，我们就听着躺在坑道外面几千没死的伤号呜呜的声音，像是在哭，又像是在笑，那是疼得受不了的声音，我这辈子就再没听到过这么怕人的声音了。一大片一大片，就像潮水从我们身上涌过去。雪花落下来，天太黑，我们看不见雪花，只是觉得身体又冷又湿，手上软绵绵一片，慢慢地化了，没多久又积上了厚厚一层雪花。

我们三个人紧挨着睡在一起，又饿又冷，那时候飞机也来得少了，都很难找到吃的东西。谁也不会再去盼蒋委员长来救我们了，接下去是死是活谁也不知道。春生推推我，问："福贵，你睡着了吗？"我说："没有。"他又推推老全，老全没说话。春生鼻子抽了两下，对我说："这下活不成了。"我听了这话鼻子里也酸溜溜的，老全这时说话了，他两条胳膊伸了伸说："别说这丧气话。"他身体坐起来，又说："老子大小也打过几十次仗了，每次我都对自己说，老子死也要活着。子弹从我身上什么地方都擦过，就是没伤着我。春生，只要想着自己不死，就死不了。"接下去我们谁也没说话，都想着自己的心事。我是一遍遍想着自己的家，想想凤霞抱着有庆坐在门口，想想我娘和家珍。想着想着心里像是被堵住了，都透不过气来，像被人捂住了嘴和鼻子一样。

到了后半夜，坑道外面伤号的呜咽渐渐小了下去，我想他们大部分都睡着了吧。只有不多的几个人还在呜呜地响，那声音一段一段的，飘来飘去，听上去像是在说话，你问一句，他答一声，声音凄凉得都不像是活人发出来的。那么过了一阵后，只剩下一个声音在呜咽了，声音低得像蚊虫在叫，轻轻地在我脸上飞来飞去，听着听着已不像是在呻吟，倒像是在唱什么小调。周围静得什么声响都没有，只有这样一个声音，长久地在那里转来转去。我听得眼泪都流了出来，把脸上的雪化了后，流进脖子就跟冷风吹了进来。

天亮时，什么声音也没有了，我们露出脑袋一看，昨天还在喊叫的几千伤号全死了，横七竖八地躺在那里，一动不动，上面盖了一层薄薄的雪花。我们这些躲在坑道里还活着的人呆呆看了半晌，谁都没说话。连老全这样不知见过多少死人的老兵也傻看了很久，末了他叹息一声，摇摇头对我们说："惨啊。"说着，老全爬出了坑道，走到这一大片死人中间翻翻这个，拨拨那个，老全弓着背，在死人中间跨来跨去，时而蹲下去用雪给某一个人擦擦脸。这时枪炮声又响了起来，一些子弹朝这里飞来。我和春生一下子回过魂来，赶紧向老全叫："你快回来。"老全没搭理我们，继续看来看去。过了一会，他站住了，来回张望了几下，才朝我们走来。走近了他向我和春生伸出四根指头，摇着头说："有四个，我认识。"话刚说完，老全突然向我们睁圆了眼睛，他的两条腿僵住似的站在那里，随后身体往下一掉跪在了那里。我们不知道他为什么这样，只看到有子弹飞来，就拼命叫："老全，你快点。"喊了几下后，老全还是那么一副样子，我才想完了，老全出事了。我赶紧爬出坑道，向老全跑去，跑到跟前一看，老全背脊上一摊血，我眼睛一黑，哇哇地喊春生。等春生跑过来后，我们两个人把老全抬回到坑道，子弹在我们身旁时时呼地一下擦过去。

我们让老全躺下，我用手顶住他背脊上那摊血，那地方又湿又烫，血还在流，从我指缝流出去。老全眼睛慢吞吞地眨了一下，像是看了一会我们，随后嘴巴动了动，声音沙沙地问我们："这是什么地方？"我和春生抬头向周围望望，我们怎么会知道这是什么地方？只好重新去看老全，老全将眼睛紧紧闭了一下，接着慢慢睁开，越睁越大，他的嘴歪了歪，像是在苦笑，我们听到他沙哑地说："老子连死在什么地方都不知道。"老全说完这话，过了没多久就死了。老全死后脑袋歪到了一旁，我和春生知道他已经死了，互相看了半晌，春生先哭了，春生一哭我也忍不住哭了。

后来，我们看到了连长，他换上老百姓的衣服，腰里绑满了钞票，提着个包裹向西走去。我们知道他是要逃命了，衣服里绑着的钞票让他走路时像个一扭一扭的胖老太婆。有个娃娃兵向他喊："连长，蒋委员长还救不救我们？"连长回过头来说："蠢蛋，这种时候你娘也不会来救你了，还是自己救自己吧。"一个老兵向他打了一枪，没打中。连长一听到子弹朝他飞去，全没有了过去的威风，撒开两腿就疯跑起来，好几个人都端起枪来打他，连长哇哇叫着跳来跳去在雪地里逃远了。

枪炮声响到了我们鼻子底下，我们都看得见前面开枪的人影了，在硝烟里一个一个摇摇晃晃地倒下去。我算计着自己活不到中午，到不了中午就该轮到我去死了。一个来月在枪炮里混下来后，我倒不怎么怕死，只是觉得自己这么死得不明不白实在是冤，我娘和家珍都不知道我死在何处。

我看看春生，他的一只手还搁在老全身上，愁眉苦脸地也在看着我。我们吃了几天生米，春生的脸都吃肿了。他伸舌头舔舔嘴唇，对我说："我想吃大饼。"到这时候死活已经不重要了，死之前能够吃上大饼也就知足了。春生站了起来，我没叫他小心子弹，他看了看说："兴许外面还有饼，我去找找。"春生爬出了坑道，我没拦他，反正到不了中午我们都得死，他要是真吃到大饼那就太好了。我看着他有气无力地从尸体上跨了过去，这孩子走了几步还回过头来对我说："你别走开，我找着了大饼就回来。"他垂着双手，低头走入了前面的浓烟。那个时候空气里满是焦煳和硝烟味，吸到嗓子眼里觉得有一颗一颗小石子似的东西。

中午没到的时候，坑道里还活着的人全被俘虏了。当端着枪的解放军冲上来时，有个老兵让我们举起双手，他紧张得脸都青了，叫嚷着要我们别碰身边的枪，他怕到时候连他也跟着倒霉。有个比春生大不了多少的解放军将黑洞洞的枪口对准我，我心一横，想这次是真要死了。可他没有开枪，对我叫嚷着什么，我一听是要我爬出去，我心里一下子咚咚乱跳了，我又有活的盼头了。我爬出坑道后，他对我说："把手放下吧。"我放下了手，悬着的心也放下了。我们一排二十多个俘虏由他一人押着向南走去，走不多远就汇入到一队更大的俘虏里。到处都是一柱柱冲天的浓烟。向着同一个地方弯过去。

地上坑坑洼洼，满是尸体和炸毁了的大炮枪支，烧黑了的军车还在噼噼啪啪。我们走了一段后，二十多个挑着大白馒头的解放军从北横着向我们走来，馒头热气腾腾，看得我口水直流。押我们的一个长官说："你们自己排好队。"没想到他们是给我们送吃的来了，要是春生在该有多好，我往远处看看，不知道这孩子是死是活。我们自动排出了二十多个队形，一个挨着一个每人领了两个馒头，我从没听到过这么一大片吃东西的声音，比几百头猪吃东西时还响。大家都吃得太快，有些人拼命咳嗽，咳嗽声一声比一声高，我身旁的一个咳得比谁都响，他捂着腰疼得眼泪横流。更多的人是噎住了，都抬着脑袋对天空直瞪眼，身体一动不动。

第二天早晨，我们被集合到一块空地上，整整齐齐地坐在地上。前面是两张桌子，一个长官模样的人对我们说话，他先是讲了一通解放全中国的道理，最后宣布愿意参加解放军的继续坐着，想回家的就站出来，去领回家的盘缠。

一听可以回家，我的心扑扑乱跳，可我看到那个长官腰里别了一支手枪又害怕了，我想哪有这样的好事。很多人都坐着没动，有一些人走出去，还真的走到那桌子前去领了盘缠，那个长官一直看着他们，他们领了钱以后还领了通行证。

接着就上路了，我的心提到了嗓子眼，那个长官肯定会拔出手枪来毙他们，就跟我们连长一样。可他们走出很远以后，长官也没有掏出手枪。这下我紧张了，我知道解放军是真的愿意放我们回家。这一仗打下来我知道什么叫打仗了，我对自己说再也不能打仗了，我要回家。我就站起来，一直走到那位长官面前，扑通跪下后就哇哇哭起来，我原本想说我要回家，可话到嘴边又变了，我一遍遍叫着："连长，连长，连长——"别的什么话也说不出来，那位长官把我扶起来，问我要说什么。我还是叫他连长，还是哭。旁边一个解放军对我说："他是团长。"他这一说把我吓住了，心想糟了。可听到坐着的俘虏哄地笑起来，又看到团长笑着问我："你要说什么？"我这才放心下来，对团长说："我要回家。"解放军让我回家，还给了盘缠。我一路急匆匆往南走，饿了就用解放军给的盘缠买个烧饼吃下去，困了就找个平整一点地方睡一觉。我太想家了，一想到今生今世还能和我娘，和家珍，和我一双儿女团聚，我又是哭又是笑，疯疯癫癫地往南跑。

我走到长江边时，南面还没有解放，解放军在准备渡江了。我过不去，在那里耽搁了几个月。我就到处找活干，免得饿死。我知道解放军缺摇船的，我以前有钱时觉得好玩，学过摇船。好几次我都想参加解放军，替他们摇船摇过长江去。

想想解放军对我好，我要报恩。可我实在是怕打仗，怕见不到家里人。为了家珍她们，我对自己说："我就不报恩了，我记得解放军的好。"我是跟在往南打去的解放军屁股后面回到家里的，算算时间，我离家都快两年了。走的时候是深秋，回来是初秋。我满身泥土走上了家乡的路，后来我看到了自己的村庄，一点都没变，我一眼就看到了，我急冲冲往前走。看到我家先前的砖瓦房，又看到了现在的茅屋，我一看到茅屋忍不住跑了起来。

离村口不远的地方，一个七八岁的女孩，带着个三岁的男孩在割草。我一看到那个穿得破破烂烂的女孩就认出来了，那是我的凤霞。凤霞拉着有庆的手，有庆走路还磕磕绊绊。我就向凤霞有庆喊："凤霞，有庆。"凤霞像是没有听到，倒是有庆转回身来看我，他被凤霞拉着还在走，脑袋朝我这里歪着。我又喊："凤霞，有庆。"这时有庆拉住了他姐姐，凤霞向我转了过来，我跑到跟前，蹲下去问凤霞："凤霞，还认识我吗？"凤霞张大眼睛看了我一阵，嘴巴动了动没有声音。我对凤霞说："我是你爹啊。"凤霞笑了起来，她的嘴巴一张一张，可是什么声音都没有。当时我就觉得有些不对劲，只是我没往细里想。我知道凤霞认出我来了，她张着嘴向我笑，她的门牙都掉了。我伸手去摸她的脸，她的眼睛亮了亮，就把脸往我手上贴，我又去看有庆，有庆自然认不出我，他害怕地贴在姐姐身上，我去拉他，他就躲着我，我对他说："儿子啊，我是你爹。"有庆干脆躲到了姐姐身后，推着凤霞说："我们快走呀。"这时有一个女人向我们这里跑来，哇哇叫着我的名字，我认出来是家珍，家珍跑得跌跌撞撞，跑到跟前喊了一声："福贵。"就坐在地上大声哭起来，我对家珍说："哭什么，哭什么。"这么一说，我也呜呜地哭了。

我总算回到了家里，看到家珍和一双儿女都活得好好的，我的心放下了。她们拥着我往家里走去，一走近自家的茅屋，我就连连喊："娘，娘。"喊着我就跑了起来，跑到茅屋里一看，没见到我娘，当时我眼睛就黑了一下，折回来问家珍："我娘呢？"家珍什么也不说，就是泪汪汪地看着我，我也就知道娘到什么地方去了。我站在门口脑袋一垂，眼泪便刷刷地流了出来。

我离家两个月多一点，我娘就死了。家珍告诉我，我娘死前一遍一遍对家珍说："福贵不会是去赌钱的。"家珍去城里打听过我不知多少次，竟会没人告诉她我被抓了壮丁。我娘才这么说，可怜她死的时候，还不知道我在什么地方。我的凤霞也可怜，一年前她发了一次高烧后就再不会说话了。家珍哭着告诉我这些时，凤霞就坐在我对面，她知道我们是在说她，就轻轻地对着我笑，看到她笑，我心里就跟针扎一样。有庆也认我这个爹了，只是他仍有些怕我，我一抱他，他就拼命去看家珍和凤霞。随便怎么说，我都回到家里了。头天晚上我怎么都睡不着，我和家珍，还有两个孩子挤在一起，听着风吹动屋顶的茅草，看着外面亮晶晶的月光从门缝里钻进来，我心里是又踏实又暖和，我一会儿就要去摸摸家珍，摸摸两个孩子，我一遍遍对自己说："我回家了。"

【注释】

(1)选自余华的长篇小说《活着》，题目是编者加的。

【作者简介】

余华，浙江海盐县人，祖籍山东高唐县。1984 年开始发表小说，是中国内地先锋派小说的代表人物，并与苏童、格非等人齐名。著有中短篇小说《十八岁出门远行》《鲜血梅花》《一九八六年》《四月三日事件》《世事如烟》《难逃劫数》《河边的错误》《古典爱情》《战栗》等，长篇小说《在细雨中呼喊》《活着》《许三观卖血记》《兄弟》，也写了不少散文、随笔、文论及音乐评论。其作品被翻译成英文、法文、德文、俄文、意大利文、荷兰文、挪威文、韩文、日文等在国外出版。长篇小说《活着》和《许三观卖血记》同时入选百位批评家和文学编辑评选的“90 年代最具有影响的 10 部作品”。1998 年获意大利格林扎纳·卡佛文学奖，2002 年获澳大利亚“悬念句子文学奖”，2004 年获法国文学骑士勋章。长篇小说《活着》已被改编成电影、电视剧。

【阅读提示】

作者余华这样解释“活着”：活着，在我们中国的语言里充满了力量，它的力量不是来自于叫喊，也不是来自于进攻，而是忍受，去忍受生命赋予我们的责任，去忍受现实给予我们的幸福和苦难、无聊和平庸。

主人公徐福贵在谈到死去的亲人的时候，“眼睛里流出了奇妙的神色，分不清是悲伤，还是欣慰。”徐福贵活着，好像就是为了看着身边的人一个个死去。在这出关于死亡的戏剧上演之前，他夜以继日地吃喝嫖赌，终于在一夜之间由阔少爷变成一文不名的穷光蛋，而他的父亲，在亲手处理掉所有的田产之后，死于由老宅迁到茅屋的当天。破败前的少爷不懂得伤心而破败后的福贵没资格伤心，因为他已经成了佃农，佃种着曾经属于自己的五亩田地。此后的日子里，他亲手埋葬了自己的儿子、女儿、妻子、女婿和年仅 7 岁的外孙苦根。他身边的人一个个死去了，而他却没有这种“幸运”，他只能活着，因为这是他的命运，一头牛在犁完所有该犁的地之前，一个人在挑足他应挑的担子之前，上天是不会让他的生命提前逃离的。

在失去了其他的亲人之后，福贵与苦根相依为命，他们共同的心愿就是攒钱买一头牛。钱终于攒够的时候，苦根却已经死了。福贵一人买回了牛。那本来是一头正要被宰杀的、濒死的老牛，它已经干了很多活受了很多罪，就算不杀它恐怕也活不长了。但是，因为不愿看着老牛在哭，早已不再会哭的福贵买下了它，起个名字也叫福贵。

一过 10 年，“两个老不死的”——徐福贵和老牛福贵——居然都没有死，他们活着。福贵赶着福贵去犁田，在吆喝福贵的时候嘴里也喊着所有死去亲人的名字，好像他们也都是些驾着轭正在埋头犁田的牛。

生活就是人生的田地，每一个被播种的苦难都会成长为一个希望。他们就是我们自己的驭手，不管身上承受着什么，不管脖子上套着什么，不管肩上负载着什么。

【思考与练习】

1.请谈谈你是如何理解“活着”的深刻内涵的。

2.怎样才能让自己活得更精彩？

《秦　腔》

贾平凹

【作品简介】

《秦腔》以贾平凹生长于斯的故乡棣花街为原型，通过一个叫清风街的陕南村镇近20年来的演变和街上芸芸众生的生老病死、悲欢离合，生动地表现了中国社会的历史转型给农村带来的震荡和变化。小说通过一个叫引生的“疯子”的眼光，书写了作者对农民沉重的负担及农村文化的失落所寄予的深层忧虑与深切同情。这是“一卷中国当代乡村的史诗”，一曲将要成为绝唱的农村生活的“挽歌”。

【作品欣赏】

第一章

要我说，我最喜欢的女人还是白雪。

喜欢白雪的男人在清风街很多，都是些狼，眼珠子发绿，我就一直在暗中监视着。谁一旦给白雪送了发卡，一个梨子，说太多的奉承，或者背过了白雪又说她的不是，我就会用刀子割掉他家柿树上的一圈儿皮，让树慢慢枯死。这些白雪都不知道。她还在村里的时候，常去包谷地里给猪剜草，她一走，我光了脚就踩进她的脚窝子里，脚窝子一直到包谷地深处，在那里有一泡尿，我会呆呆地站上多久，回头能发现脚窝子里都长满了蒲公英。她家屋后的茅厕边有棵桑树，我每在黄昏天爬上去瞧院里动静，她的娘以为我偷桑椹，用屎涂了树身，但我还是能爬上去的。我就是为了能见到她，有一次从树上掉下来跌破了头。清风街的人都说我是为吃嘴摔疯了，我没疯，他们只知道吃嘴，哪里晓得我有我的惦记。窑场的三踅端了碗蹴在碌碡上吃面，一边吃一边说：“清风街上的女人数白雪长得稀，要是还在旧社会，我当了土匪会抢她的！”他这话我不爱听，走过去，抓一把土撒在他的碗里，我们就打起来。我打不过三踅，他把我的饭吃了，还要砸我的碗，旁边人劝架，说甭打引生啦，明日让引生赔你个锅盔，拿手还比划了一个大圆。三踅收了拳脚，骂骂咧咧回去了，他一走，我倒埋怨劝架人：“为啥给他比划那么大个锅盔？他吃他娘的×去！”旁边人说：“你这引生，真个是疯子！”

我不是疯子。我用一撮鸡毛粘了颧骨上的血口子在街上走，赵宏声在大清堂药铺里对我喊："引生，急啥哩？"我说："急屁哩。"赵宏声说："信封上插鸡毛是急信，你脸上粘鸡毛没急事？进来照照镜子看你那熊模样！"赵宏声帽盔柿子大个脑袋，却是清风街上的能人，研制出了名药大清膏。药铺里那个穿衣镜就是白雪她娘用膏药贴好了偏头痛后谢赠的。我进了药铺照镜子，镜子里就有了一个我。再照，里边又有了白雪。我能在这块镜子里看见白雪，已经不是一次两次了，这秘密我不给任何人说。天很热，天再热我有祛热的办法，就是把唾沫蘸在乳头上，我也不告诉他赵宏声。赵宏声赤着上身给慢结巴武林用磁片放眉心的血，武林害头疼，眉心被推得一片红，磁片割了一下，血流出来，黑得像是酱油。赵宏声说："你汗手不要摸镜！"一只苍蝇就落在镜上，赶也赶不走。我说："宏声你把你家的苍蝇领走么！"赵宏声说："引生，你能认出那苍蝇是公的还是母的？"我说："女的。"赵宏声说："为啥？"我说："女的爱漂亮才来照镜哩。"武林高兴了，说："啊都，都，都说引生是疯子，引生不，不，不疯，疯么！"我懒得和武林说话，我瞧不起他，才要呸他一口，夏天智夹着红纸上了药铺门的台阶，我就坐到屋角不动了。

夏天智还是端着那个白铜水烟袋，进来坐下，呼噜呼噜先吸了一锅儿，才让赵宏声给他写门联。赵宏声立即取笔拿墨给他写了，说："我是听说夏风在省城结婚了，还想着几时上门给你老贺喜呀！明日待客着好，应该在老家待客，平日都是你给大家行情，这回该轮到给你热闹热闹了！"夏天智说："这就算我来请过你喽！"赵宏声说："这联写得怎样？"夏天智说："墨好！给戏楼上也写一副。"赵宏声说："还要唱大戏呀？！"夏天智说："县剧团来助兴的。"武林手舞足蹈起来。武林手舞足蹈了才能把话说出来，但说了上半句，下半句又口吃了，夏天智就让他不急，慢慢说。武林的意思终于说明白了，他是要勒着夏天智出水，夏天智爽快地掏了二十元，武林就跑去街上买酒了。赵宏声写完了对联，拿过水烟袋也要吸，吸一口，竟把烟水吸到嘴里，苦得就吐，乐得夏天智笑了几声。赵宏声就开始说奉承话，说清风街过去现在的大户就只有夏家和白家，夏家和白家再成了亲家，大鹏展翅，把半个天光要罩啦！夏天智说："胡说的，家窝子大就吃人呀？！"赵宏声便嘿嘿地笑，说："靠德望，四叔的德望高。我就说啦，君亭之所以当了村主任，他凭的还不是夏家老辈人的德望？"夏天智说："这我得告诉你，君亭一上来，用的可都是外姓人啊！"我咳嗽了一下。夏天智没有看我。他不理会我就不理会吧，我咳出一口痰往门外唾。武林提了一瓶酒来，笑呵呵地说："四叔，叔，县剧团演戏，戏哩，白雪演演，不演？"夏天智说："她不演。"赵宏声说："清风街上还没谁家过事演大戏的。"夏天智说："这是村上定的，待客也只是趁机挑了这个日子。"就站起身，跺了跺脚面上的土，出了铺门往街上去了。

夏天智一走，武林拿牙把酒瓶盖咬开了，招呼我也过去喝。我不喝。赵宏声说："四叔一来你咋撮口了？"我说："我舌头短。"武林却问赵宏声："明日我，我，我去呀，不去？"赵宏声说："你们是一个村里的，你能不去？"武林说："啊我没，没没，钱上,上礼呀!”赵宏声说:“你也没力气啦?!”他们喝他们的酒,我啃我的指甲,我说:“夏风伴了哪里的女人,从省城带回来的?”赵宏声说:“你装糊涂!”我说:“我真不知道。”赵宏声说:“人是归类的,清风街上除了白雪,夏风还能看上谁?”我脑子里嗡的一下,满空里都是火星子在闪。我说:“白雪结了婚?白雪和谁结婚啦?”药铺门外的街道往起翘,翘得像一堵墙,鸡呀猫呀的在墙上跑,赵宏声捏着酒盅喝酒,嘴突然大得像个盆子,他说:“你咋啦,引生,你咋啦?”我死狼声地喊:“这不可能!不可能!”哇地就哭起来。清风街人都怕我哭的,我一哭,嘴脸要乌青,牙关紧咬,倒在地上就得气死了。我当时就倒在地上,闭住了气,赵宏声忙过来掐我人中,说:“爷,小爷,我胆小,你别吓我!”武林却说:“啊咱们没没,没打,打他,是他他,他,死的!”拉了我的腿往药铺门外拖。我哽了哽气,缓醒了,一脚踹在武林的卵子上,他一个趔趄,我便夺过酒瓶,哐嚓摔在地上。武林扑过来要打我,我说:“你过来,你狗日的过来!”武林就没敢过来,举着的手落下去,捡了那个瓶子底,瓶子底里还有一点酒,他咂一口,说:“啊,啊,我惹你?你,你,你是疯子,不,不惹,啊惹!”又咂一口。

我回到家里使劲地哭,哭得咯了血。院子里有一个捶布石,提了拳头就打,打得捶布石都软了,像是棉花包,一疙瘩面。我说:“老天!咋不来一场地震哩?震得山摇地动了,谁救白雪哩,夏风是不会救的,救白雪的只有我!如果大家都是乞丐那多好,成乞丐了,夏风还会爱待白雪吗?我会爱的,讨来一个馍馍了,我不吃,全让白雪吃!哎嗨,白雪呀白雪,你为啥脸上不突然生出个疤呢?瘸了一条腿呢?那就能看出夏风是真心待你好呀还是我真心待你好?!”一股风咚地把门吹开,一片子烂报纸就飞进来贴在墙上。这是我爹的灵魂又回来了。

我一有事,我爹的灵魂就回来了。但我这阵恨我爹,他当村干部当得好好的偏就短命死了,他要是还活着,肯定有媒人撺掇我和白雪的姻缘的。恨过了爹我就恨夏风,多大的人物,既然已经走出了清风街,在省城里有事业,哪里寻不下个女人,一碗红烧肉端着吃了,还再把馍馍揣走?我的心如刀剜着疼,张嘴一吐吐出一节东西来,我以为我的肠子断了,低头一看,是一条蛔虫。我又恨起白雪了,我说,白雪白雪,这不公平么,人家夏风什么样的衣服没有,你仍然要给袍子,我引生是光膀子冷得打颤哩,你就不肯给我件褂子?!

那天下午,我见谁恨谁,一颗牙就掉了下来。牙掉在尘土里,我说:“牙呢,我的牙呢?”捡起来种到院墙角。种一颗麦粒能长出一株麦苗,我发誓这颗牙种下了一定要长出一株带着刺的树的,也毒咒了他夏风的婚姻不得到头。

第二章

第二天的上午,我去了一趟戏楼。戏台上有人爬高上低地还在装灯摆布景,台子下已经很多婆娘们拿着条凳占地方了,吵吵嚷嚷,听不清谁和谁都在说啥,有小儿就尿下了，尿水像蛇一样突然从条凳窜出来。书正的媳妇把柴火炉子搬在场边要卖炒粉，火一时吹不起，黑烟冒着。赵宏声猴一样爬梯子往戏楼两边的柱子上贴对联，对联纸褪色，染得他颧骨都是红的。把稳着梯子的是哑巴，还有文成站在远处瞅对联的高低，念道："名场利场无非戏场做出泼天富贵，冷药热药总是妙药医不尽遍地炎凉。"说："宏声叔，你这是贺婚喜哩还是给你做广告哩？"赵宏声说："话多！"屋檐里飞出个蝙蝠，赵宏声一惊，梯子晃动，人没跌下来，糨糊罐里的糨糊淋了哑巴一头。哑巴仍扶着梯子，哇哇地叫，示意我过去帮忙。我才不帮忙的，手痒得还想打哩！场北头的麦秸堆下一头猪瞪我，我就向猪走去踢它一脚。没想这呆货是个图舒服的，脚一踢在它的奶上，它就以为我逗它而趴下了。我呸了一口，不再理它，一股风就架着我往麦秸堆上去，又落下来，轻得像飘了一张叶子。

我现在给你说清风街。我们清风街是州河边上最出名的老街。这戏楼是老楼，楼上有三个字：秦镜楼。戏楼东挨着的魁星阁，鎏金的圆顶是已经坏了，但翘檐和阁窗还完整。我爹曾说过，就是有这个魁星阁，清风街出了两个大学生。一个是白雪同父异母的大哥，如今在新疆工作，几年前回来过一次，给人说新疆冷，冬天在野外不能小便，一小便尿就成了冰棍，能把身子撑住了。另一个就是夏风。夏风毕业后留在省城，有一笔好写，常有文章在报纸上登着。夏天智还在清风街小学当校长的时候，隔三岔五，穿得整整齐齐的，端着个白铜水烟袋去乡政府翻报纸，查看有没有儿子的文章。如果有了，他就对着太阳耀，这张报纸要装到身上好多天。后来是别人一经发现什么报上有了夏风的文章，就会拿来找夏天智，勒索着酒喝。夏天智是有钱的，但他从来身上只带五十元，一张币放在鞋垫子下，就买了酒招呼人在家里喝。"收拾桌子去，切几个碟子啊！"他这话是给夏风他娘说的，四婶就在八仙桌上摆出一碟凉调的豆腐，一碟油泼的酸菜，还有一碟辣子和盐。辣子和盐也算是菜，四碟菜。夏天智说："鸡呢，鸡呢吗？！"四婶再摆上一碟。一般人家吃喝是不上桌子，是四碟菜；夏天智讲究，要多一碟蒸全鸡。但这鸡是木头刻的，可以看，不能吃。

魁星阁底层是大畅屋，没垒隔墙，很多年月都圈着中街组的牛。现在没牛了，门口挂了个文化站的牌子，其实是除了几本如何养貂，如何种花椒和退耕还林的有关政策的小册子外，只有一盒象棋，再就是麻将，时常有人在里边打牌。

赵宏声从梯子上下来，想和我说话，风绕着他起旋儿，他说这是邪气，使劲地扑朔头发。我说扶着这风刚才我上到了麦秸堆上。赵宏声说："上去了？啊，你好好养病。"我说我真的上去了，麦秸堆上有个鸟窝。文成搭了梯子就爬上麦秸堆，果然从上面扔下来个鸟窝。众人说："咦？！"赵宏声还是推着我到了文化站门口，问我要不要在后心处贴一张膏药？他说："不收钱。"我说我真的上去了，他不再理我，探头往文化站屋里看。里边有人说："是不是么饼，我眼睛不行啦。"赵宏声说："你再打一天看啥全是黑的！"牌桌上有夏雨和会计李上善，两人为一个么饼吵闹。原来夏雨单钓幺饼,将手中的幺饼压在额头上,额头上就显出一个幺饼图案,上善暗示大家都不打出幺饼,等黄了局摊牌,三个人手里却多余着一个幺饼,夏雨就躁了。赵宏声说:“你家正忙着,你也打牌?”夏雨说:“我来借桌子板凳的,刁空摸两圈。”起身要走。一人说:“急啥的?你哥娶媳妇你积极!”一个说:“嫂子的勾蛋子,小叔子一半子么!”

这时候,门口有人说话:“来时我还说这一身衣服脏哩,到这儿了倒觉得干净!”我一回头,是几个剧团人。其中一个老女演员说:“你一到乡下都英俊了!”那人是齿齿牙,微笑了一下,嘴没有多咧,说:“这么还有文化站?”老女演员说:“清风街出了个夏风,能没文化站?”一直站在牌桌后头看热闹的狗剩往门口看了看,弯着腰就出来。狗剩是五十多岁的人,黑瘦得像个鬼,他把头伸到老女演员面前,突然说:“你是《拾玉镯》?”老女演员愣了一下,就明白了,笑着点了点头。狗剩说:“我的碕呀,你咋老成这熊样啦?!”老女演员变了脸。狗剩要和她握手,她把手塞到口袋里。

事后我听说啦,三十年前县剧团来清风街演了一场《拾玉镯》,拾玉镯的那个姑娘就是这老女人演的,狗剩爱上了那姑娘,晚上行房就让媳妇说她是那姑娘,惹得媳妇差点和他闹离婚。狗剩让名角生了气,上善出来忙解释狗剩没有恶意,只是不会说话,抬脚把狗剩踢走了。

名角是演《拾玉镯》成名角的,她也就一辈子只演《拾玉镯》。她的情绪没有缓过来,中午吃饭前的时候说胃疼,要回去。清风街之所以同意包场戏,就是冲着几个名角,这下要砸锅呀,夏天智就让赵宏声针灸治胃病,老女演员说不用,还要回去。白雪就老师长老师短地恳求,还将夏天智画的秦腔脸谱拿出来,其中一张就是专门画她的装扮的,老女演员才说:“我真的老了?”白雪说:“你没老!”老女演员说:“人咋能不老呢,我是老了。”白雪说:“人老了艺术不老啊!”老女演员说:“那好吧,我不走了,但晚上取消《拾玉镯》,我只来段清唱。”

我本来是不去夏家凑热闹的,上善硬拉着我去,我才去的。白雪穿了双瘦皮鞋,把脚收得紧紧的,真好看。中星他爹信佛,给我说过菩萨走路是一步一生莲的,我看见白雪走过来走过去,也是一溜儿一溜儿的花。赵宏声问我看啥哩,头老不抬,发痴眼儿?他鬼得很,知道我的心思,可我不敢瞅白雪的脸,我还不能瞅她的脚吗?我转了身,对着院子里的花坛,花坛上种着月季,花红艳艳的。赵宏声说:“你今日可别多喝酒!”我拿手去掐月季叶,叶子颤了一下,我知道叶子疼哩,就松了手。

院子里噼噼啪啪响过鞭炮,上善就主持了宴会。夏家待客虽然没有太多地请人,人还是来了许多。武林是最后到的院门口,他来训斥他老婆,他老婆黑娥来得早,他说:“你,你回呀不不回,一,一,一会儿上礼,啊你是有钱,钱,钱哩?”正好四婶出来,让武林快进去坐席,武林说:“我,我,我,没钱呀婶子!”四婶说:“谁要你上礼呀?!”武林就说:“啊过一个月,是,是,是我娘的三三三周年,你也,也来,啥都不,不,不要带噢,噢。”村主任君亭和支书秦安是相跟着来的,秦安先站在院门口念门联:不破坏焉能进步,大冲突才有感情。就锐声说:“是宏声写的吧,写得好!”上善就拥他们在主桌上坐了,开始讲话。上善能讲话,说得很长,意思是夏风是个才子,白雪是个佳人,自古才子配佳人,那是天设地造的。虽然在省城已办了婚礼,但在老家还得招呼老戚旧亲,三朋四友,左邻右舍,老规矩还是老规矩!那么,东街的本家,中街的他姨,西街的亲家,南沟来的他舅,西山湾来的同学,还有在座的所有人,都把酒杯端起来,先贺咱老校长福喜临门,再祝一对新人白头偕老!都端起酒杯了吧?众人说:“早都端起了,你说得太长!”上善说:“那就干杯,都得喝净!”干过了,众人都要坐下,上善又说:“先不急坐,再把酒倒上,让秦支书讲话!”秦安就让君亭讲,君亭说我是本家子哥,你讲。秦安说:“我不会说话,要我说呀,对这一对新人哇,我只说一个字,只一个字:很好!”众人都笑了,说:“明明两个字,怎么是一个字?”秦安愣了愣,也笑了,就坐下来。众人也就坐下来。席间,有人给夏天智脸上抹红,夏天智说婚结了给我抹啥子红?众人便起哄:“今日不要新郎新娘了,就要你,你得来个节目!”夏天智也不擦脸上的红,喃喃道:“我出啥节目呀?”就叫喊四婶把他画的那些秦腔脸谱拿出来让大家看看。四婶说:“你咋恁逞能的,拿那些脸谱有啥看的?”夏天智说:“你不懂!”四婶就从柜里搬出一大堆马勺,马勺背上竟都画着秦腔脸谱。我知道夏天智能画秦腔脸谱,但没见过能在马勺上画,画出了这么多,一件一件竟摆得满台阶上都是。众人便围进去瞧稀罕,你拿一个,他拿一个,掖在怀里,别在裤带上,也有拿了要出院门。夏雨急着喊:“哎!哎!”夏天智却说:“谁要爱上的,就拿上!”众人说:“四叔比夏雨舍得!”马勺立时就被抢光了。夏天智脸上放光,说:“热闹,热闹!我再给大伙放段戏!”又从卧屋取了个台式收音机,拧了半会儿,正巧播放着秦腔曲牌。音乐一起,满院子都是刮来的风和漫来的水,我真不知道那阵我是怎么啦,喉咙痒得就想唱,也不知道怎么就唱:眼看着你起高楼,眼看着你酬宾宴,眼看着楼塌了……我唱着,大家就看我,说:“这疯子,这疯子!”上善就过来拿了一只大海碗,满满地盛了米饭,又夹了许多肉在上面,给我说:“引生,你那烂锣嗓能唱个屁!把这碗端上,好好坐到花坛沿上吃,吃饱!”然后他高声说:“要唱我来上一板!”众人都起哄:“唱!唱!”上善真的就唱啦:为王的坐椅子脊背朝后,为的是把肚子放在前头,走一步退两步只当没走,他大舅他二舅都是他舅。唱着唱着,一只苍蝇站到了他鼻尖上,他拍苍蝇,就不唱了。音乐还在放着,哑巴牵着的那只狗,叫来运的,却坐在院门口伸长了脖子呜叫起来,它的呜叫和着音乐高低急缓,十分搭调,院子里的人都呆了,没想到狗竟会唱秦腔,就叫道:“上善上善,你唱得不如狗!”来运在这场合出了风头,喜得哑巴拿了一根排骨去喂它。但来运叼着排骨不吃,却拿眼睛看我。我也看着来运,我叫:“来运,来运!”来运就卧到我腿前,我看出了来运前世是个唱戏的,但这话我不说破。花坛边的痒痒树下,夏风和赵宏声说话,他们是小学同学,夏风说:“瞧我爹,啥事都让他弄成秦腔会了!”赵宏声笑着说:“四叔就好这个么。也真是,不是一家人不进一家门,白雪活该就是给你爹当儿媳的。”夏风说:“我就烦秦腔。”赵宏声说:“你不爱秦腔,那白雪……”夏风说:“我准备调她去省城,就改行呀。”米饭里边吃出了一粒沙子,硌了我的牙,我呸了一口米饭,又呸了一口米饭。起身要走时,秦安过来问起夏风:“新生没来?”夏风说:“没见来么。”秦安就给夏天智招手,夏天智端着白铜水烟袋走来,两人叽叽咕咕了一阵,我逮听着他们在商量着晚上给剧团演员披红的事,秦安说:“五条呀,一人还得十斤鸡蛋,一袋苹果,这笔账不好报哇?”夏天智吸了一阵烟,就把白雪叫来。白雪就站在我的旁边,她的身上有一股香,她的裤管上粘着一个棉花球儿,我想给她取下来,但我没敢。白雪说:“那就只给王老师一个披红吧,她称得上是表演艺术家了,到哪儿演出都披红哩。”秦安说:“这得和君亭研究一下。”就叫了君亭过来,君亭听了,口气很硬地说:“剧团是村上请来的,当然应该负担人家!”秦安看我,我把脸埋下吃我的饭。秦安低声说:“毕竟是给夏风白雪贺喜来的……”君亭说:“碕,那又咋啦?演戏还不是全村人看,如果没有夏风的婚事,你就是出钱人家肯来?庄稼一季一收的,人才是几百年才出一个,夏风是清风街的一张名片了!咱可以宣布,如果以后谁的事弄到像夏风这么大,家里的红白喜事村上就一揽子包了!咱明事明干,用不着偷偷摸摸的。”夏天智说:“这……”秦安说:“君亭说的也是,那咱班子就算决定啦。包场费一千元,红绸被面一条,还有鸡蛋,苹果都让新生那边办,款项从他的承包费里抵就是。”当下,秦安让夏雨去找新生,夏雨打了一个口哨,来运就厮跟了他,夏雨还说:“引生你和我去!”我看了一下白雪,白雪给各个席上敬酒哩,我说我不去,夏雨恨了恨,从饭桌上拿了一包纸烟才走了。

【作者简介】

贾平凹(1952—),原名贾平娃,陕西省商洛市丹凤县人。西北大学中文系毕业后任陕西人民出版社文艺编辑、《长安》文学月刊编辑。1982 年后从事专业创作。现为陕西省作家协会主席、西安市文联主席、西安建筑科技大学人文学院院长、《美文》杂志主编。

贾平凹是我国当代文坛屈指可数的文学大家和文学奇才,是一位当代中国最具叛逆性、最富创造精神和广泛影响的具有世界意义的作家,也是当代中国可以进入中国和世界文学史册的为数不多的著名文学家之一。他的作品被翻译成英语、法语、德语、俄语、越语、日语、韩语等多种语言在世界二十多个国家传播,并有多部作品获国际大奖。

贾平凹的作品主要以独特的视角准确而深刻地表现了 20 世纪末到 21 世纪初,中国在 30 年来的现代化进程中痛苦而悲壮的社会转型,不仅完整地复原和再现了现实生活中芸芸众生的生存本相,而且在一种原生态叙事中,深入当代中国人的心灵世界,突现了中华民族在现代化的全球语境中所遭遇的空前尴尬。他以中国传统美的表现方式，真实地表达了现代中国人的生活与情绪，为中国文学的民族化和走向世界做出了突出贡献。

【阅读提示】

作品以细腻平实的语言，采用“密实的流年式的书写方式”，集中表现了改革开放年代乡村的价值观念、人际关系在传统格局中的深刻变化，字里行间倾注了对故乡的一腔深情和对社会转型期农村现状的思考。书中大部分人和事都有原型。贾平凹称“我要以它为故乡竖一块碑”。

在表现手法上，《秦腔》用瓷实精到的描写重塑了一个鲜活真实的世界。贾平凹以对农村农民过着的“一堆鸡零狗碎的泼烦日子”的痛切感受，从细枝末节、鸡毛蒜皮的日常事入手的描写，细流蔓延，汇流成海，浑然天成，直达本质的真实。从某种角度而言，也是对近年来许多文学临空高蹈、不无夸饰的宏大叙事的一种“拨乱反正”。作者看清了在现代化、城市浪潮的冲击下，新一代农村正不可避免地面临着古老的农村文化势不可挡地解体的洪流。因此，他借用中国最古老的剧种之一的秦腔，赋予它成为小说中一种民间文化载体的意义，同时利用这一传统文化的表征，讲述农村宿命般走向衰败萧瑟的必然，讲述他对故乡这块碑的挚诚。《秦腔》所表现的情感冲突，绝非剑拔弩张，而是一种渗透在农民骨子里、浸透在日常生活的嬗变中的一种无奈；一种所有人都被裹挟到浪潮中的身不由己。热爱土地而又无法守住土地、一步步从土地出走的农民带给作家的道义和矛盾、忧患与焦灼、迷惘和悲凉，使贾平凹付出挽歌般的情感，写下了中国农村正发生着的千年未有的巨大变化；写下了原来乡村生活及其文化形态的分崩离析，写下了“中国一等伤心人”的心酸之情。

【思考与练习】

1.《秦腔》是一部什么样的作品？

2.作者主要采取了哪些艺术表现手法？

《白鹿原》

陈忠实

【作品简介】

这是一部渭河平原50年变迁的雄奇史诗，一轴中国农村斑斓多彩，触目惊心的长幅画卷。主人公六娶六丧，神秘的序曲预示着不祥。一个家庭两代子孙，为争夺白鹿原的统治争斗不已，上演了一幕幕惊心动魄的活剧；巧取风水地，恶施美人计，孝子为匪，亲翁杀媳，兄弟相煎，情人反目……大革命，日寇入侵，三年内战，白鹿原翻云覆雨，王旗变幻，家仇国恨，交错缠结，冤冤相报代代不已……古老的土地在新生的阵痛中战栗。

【作品欣赏】

第一章

白嘉轩后来引以为豪的是一生里娶过七房女人。

娶头房媳妇时他刚刚过十六岁生日。那是西原上巩家村大户巩增荣的头生女，比他大两岁。他在完全无知慌乱中度过了新婚之夜，留下了永远羞于向人道及的可笑的傻样，而自己却永生难以忘记。一年后，这个女人死于难产。

第二房娶的是南原庞家村殷实人家庞修瑞的奶干女儿。这女子又正好比他小两岁，模样俊秀眼睛忽灵儿。她完全不知道嫁人是怎么回事，而他此时已谙熟男女之间所有的隐秘。他看着她的羞怯慌乱而想到自己第一次的傻样反倒觉得更富刺激。当他哄唆着把躲躲闪闪而又不敢违拗他的小媳妇裹入身下的时候，他听到了她的不是欢乐而是痛苦的一声哭叫。当他疲惫地歇息下来，才发觉肩膀内侧疼痛钻心，她把他咬烂了。他抚伤惜痛的时候，心里就潮起了对这个娇惯得有点任性的奶干女儿的恼火。正欲发作，她却扳过他的肩膀暗示他再来一次。一当经过男女间的第一次交欢，她就变得没有节制的任性。这个女人从下轿顶着红绸盖巾进入白家门楼到躺进一具薄板棺材抬出这个门楼，时间尚不足一年，是害痨病死的。

第三个女人是北原上樊家寨的一户同样殷实人家的头生女儿，十六岁的身体发育得像二十岁的女人一样丰满成熟，丰腴的肩膀和浑圆的臀部，又有一对大奶子。她要么是早熟，要么是婚前有过男女间的知识，一钻进被窝就把他紧紧搂住，双臂上显示着急迫与贪婪，把丰满鼓胀的奶子毫不羞怯地贴紧他的胸脯。

当他进入她的身体时，她嗷嗷直叫，却不是痛苦而是沉迷。这个像一团绒球的女人在他怀里缠磨过一年就瘦成了一根干枯的包谷秆子，最后吐血而死了，死了也没搞清是什么病症。

第四个女人娶的是南原靠近山根的米家堡村的。对这个女人他几乎没有留下什么记忆。她似乎对他的所有作为毫无反应。他要来她绝不推拒，他不要时她从不粘他。她从早到晚只是做她应该做的事而几乎不说一句话。她死的时候，他不在家，到镇上去了。回来时看见她的嘴死死咬着被角儿，指甲抓掉了，手上的血尚未完全干涸，炕边和炕席上凝结着发黑的血污和被指甲抓抠的痕迹。说是午后突然肚子疼，父亲找他不在就去镇上请来冷先生急救。冷先生断为羊毛疔，扎针放血时血已变成黑色的稠汁放不出来。她死得十分痛苦，浑身扭蜷成一只干虾。

连着死了四个女人，嘉轩怕了，开始相信村人早就窃窃着的关于他命硬的传闻，怕是注定要打一辈子光棍了。他的老子秉德老汉为他张罗再订再娶，他劝父亲暂缓一缓再说。秉德老汉把嘬着的嘴唇对准水烟壶的烟筒，噗地一声吹出烟灰，又捻着黄亮绵软的烟丝儿装入烟筒，又嘬起嘴唇噗地一声吹着了火纸，鼻孔里喷出两股浓烟，不容置疑地说："再卖一匹骡驹。"

第二天上午，秉德老汉就牵着骡驹上白鹿镇去了。回来时天已擦黑，扔下那条半截铁链半截皮绳的缰绳，告诉儿子说："媳妇说成了，东原上李家村木匠卫家的三姑娘。"这个女子是一个穷家女子，门不当户不对已经无从顾及。木匠卫老三养下五个女子，正愁养活不过，只要给高金聘礼，不大注重男人命软命硬的事。这时候，远远近近的村子热烈的流传着远不止命硬的关于嘉轩的生理秘闻，说他长着一个狗的家伙，长到可以缠腰一匝，而且尖头上长着一个带毒的倒钩，女人们的肝肺肠肚全被捣碎而且注进毒汁。那些殷实人家谁也不去考虑白鹿村白秉德淳厚的祖德和殷实的家业了，谁也不愿眼睁睁把女儿送到那个长着狗逑的怪物家里去送死；只有像木匠卫老三这种恨不得把女子踢出门去的人才吃这号明亏。当婚事按照祖传的严格程序和礼仪加紧筹办的重要关头，秉德老汉自己却突然暴死了。

那是麦子扬花油菜干荚时节，刚交农历四月，节令正到小满，脱下棉衣棉裤换上单衣单裤的庄稼人仍然不堪燥热。午饭后，秉德老汉叮嘱过长工鹿三喂好牲口后晌该种棉花了，就躺下来歇息会儿。每天午饭后他都要歇息那么一会儿，有时短到只眨一眨眼眯盹儿一下，然后跳下炕用蘸了冷水的湿毛巾擦擦眼睑，这时候就一身轻松一身爽快，仿佛把前半天的劳累全都抖落掉了；然后坐下喝茶，吸水烟，浑身的筋骨就兴奋起来抖擞起来，像一匝一匝拧紧了发条的座钟；等得鹿三喂饱了牲口，他和他扛犁牵马走出村巷走向田野的时候，精神抖擞得像出征的将军。整个后晌，他都是精力充沛，意志集中于手中的农活，往往逼得比他年轻的长工鹿三气喘吁吁、汗流浃背也不敢有片刻的怠慢。他从来不骂长工更不必说动手动脚打了，说定了的身价工钱也是绝不少付一分一文。他和长工在同一个铜盆里洗脸，坐一张桌子用餐。他用过的长工都给他出尽了力气而且成了交谊甚笃的朋友，满原都传诵着白鹿村白秉德的佳话好名。秉德老汉刚躺下就滋滋润润地迷糊了。他梦见自己坐着牛车提着镰刀去割麦子，头顶呼地一个闪亮，满天流火纷纷下坠，有一团正好落到他的胸膛上烧得皮肉吱吱吱响，就从牛车上翻跌到满是黄土草屑的车辙里。惊醒后他已经跌落在炕下的砖地上，他摸摸胸脯完好无损并无流火灼烧的痕迹，而心窝里头着实火烧火燎，像有火焰呼呼喷出，灼伤了喉咙口腔和舌头，全都变硬了变僵了变得干涸了。他的女人大约听到响声，跑进屋来抱他拉他都无法使他爬到炕上去，立即惊慌失措呼喊儿子嘉轩和长工鹿三。三个人把秉德老汉抬到炕上，一齐俯下身焦急而情切地询问哪儿出了毛病。可是秉德老汉已经不能说话，只是用粗硬的指头上的粗硬的指甲抓扒自己的脖颈和胸脯，嘴里发出嗷嗷嗷呜呜呜狗受委屈时一样的叫声。嘉轩和母亲全都急傻了，只有长工鹿三尚未混乱，忙喊："快去请先生！"嘉轩得到提醒随即跑出院子，奔白鹿镇请先生去了。

白鹿镇在村子西边，一条小街，一家药铺，冷先生坐堂就诊，兼营中药。冷先生听嘉轩说了病状，心里就明白了八九成，从抽屉里取出一只皮包挂到腰带上，急忙赶到白家来。冷先生是白鹿原上的名医，穿着做工精细的米黄色蚕丝绸衫，黑色绸裤，一抬足一摆手那绸衫绸裤就忽悠悠地抖；四十多岁年纪，头发黑如墨染，油亮如同打蜡，脸色红润，双目清明，他坐堂就诊，门庭红火。冷先生看病，不管门楼高矮更不因人废诊，财东人用轿子抬他或用垫了毛毯的牛车拉他他去，穷人拉一头毛驴接他他也去，连毛驴也没有的人家请他他就步行着去了。财东人给他封金赏银他照收不拒，穷汉家给几个铜元麻钱他也坦然装入衣兜，穷得一时拿不出钱的人他不逼不索甚至连问也不问，任就诊者自己到手头活便的时候给他送来。他落下了好名望。他的父亲老冷先生过世的时光，十里八乡凡经过他救活性命的幸存者和许多纯粹仰慕医德的乡里人送来的金字匾额和挽绸挂满了半条街。冷先生坐上那张用生漆漆得黑乌锃亮的椅子，人们发现他比老冷先生更冷。他不多说话，倒不怠慢焦急如焚的患者。他永远镇定自若、成竹在胸，看好病是这副模样，看不好也是这副模样，看死了人仍是这副模样，他给任何患者以及比患者更焦虑急迫的家属的印象永远都是这个样子。看好了病那是因为他的医术超群，此病不在话下，因而不值得夸张称颂；看不好病或看死了人那本是你不幸得下了绝症而不是冷先生医术平庸，那副模样使患者和家属坚信即使再换一百个医生，即使药王转世也是莫可奈何。

冷先生一进门就看见炕上麻花一样扭曲着的秉德老汉，仍然像狗似的嗷嗷嗷呜呜呜地呻吟。他不动声色，冷着脸摸了左手的脉又捏了捏肚腹，然后用双手掀开秉德老汉的嘴巴，轻轻"嗯"了一声就转过头问嘉轩："有烧酒没有？"嘉轩的母亲白赵氏连声应着“有有有”，转身就把一整瓶烧酒取来了。冷先生又要来一只青瓷碗，把烧酒咕嘟嘟倒入碗里，用眼睛示意嘉轩将酒点燃。嘉轩满面虚汗，颤抖的双手捏着火石火镰却打不出火花来。鹿三接过手只一下就打燃了火纸，噗地一口气就吹出了火焰，点燃了烧酒。冷先生从裤腰带上解下皮夹再揭开暗扣，露出一排刀子、锥子、挑钩、粗针和一只闪闪发光的三角刮刀。冷先生取出一根麦秆粗的钢针和一块钢板，一齐放到烧酒燃起的蓝色火焰上烧烤，然后吩咐嘉轩压死老汉的双手，吩咐白赵氏压紧双腿，特别叮嘱鹿三挟紧主人的头和脖颈，无论发生什么情况都不能松动。一切都严格按照冷先生的嘱咐进行。冷先生把那块钢板塞进秉德老汉的口腔，用左手食指一分就变成一个V形的撑板，把秉德老汉的嘴撬撑到极限，右手里那根正在烧酒火焰上烧得发红变黄的钢针一下戳进喉咙，旁人尚未搞清怎么一回事，钢针已经拔出，只见秉德老汉嘴里冒出一股青烟，散发着皮肉焦灼的奇臭气味。冷先生一边擦拭刀具一边说：“放开手。完了。”随之吹熄了烧酒碗里的火苗儿。秉德老汉像麻花一样扭曲的腿脚手臂松弛下来，散散伙伙地随意摆置在炕上一动不动，口里开始淌出一股乌黑的黏液，看了令人恶心，嘉轩用毛巾小心翼翼地擦拭着。这时候，秉德老汉渐渐睁开眼睛。四个人同时发现了这一伟大的转机，同时发现了微启的眼睑里有一缕表示生命回归的活光，像是阴霾的云缝泄下一缕柔和的又是生机勃勃的阳光。三个人同时惊喜地“哦呀”一声，不约而同地转过溢着泪花的眼来看着冷先生。冷先生还是惯常那副模样，说：“给灌一点凉开水。”三个人手忙脚乱又是小心翼翼地给那个阔大的嘴巴灌了几勺开水，秉德老汉竟然神奇地坐了起来，抓住冷先生的手说开了笑话：“哎呀！冷侄儿！我给阎王爷的生死簿子上正打钩哩！猛乍谁一把从我手里抽夺了毛笔，照直捅进我的喉咙。我还给阎王爷说‘你看，你看这可怪不了我呀！’原来是你。”三个人流着眼泪笑出了声。秉德老汉嗔怪老伴说：“还不快给先生拾掇茶饭……”白赵氏带着怠慢了恩人的歉意慌忙离去了，灶间传来很响的添水的瓢声和风箱声。

冷先生坐下也不说话，接过嘉轩递给他的秉德老汉的那把白铜水烟壶就悠悠吸起来。白赵氏端来一只金边细瓷碗，里面盛着三个洁白如玉的荷包蛋。冷先生只用一个手势就表示出不容置疑的坚决拒绝。白赵氏还想说什么体贴关照的话，秉德老汉的手脚随着身子的突然仰倒又扭起了麻花，而且更加剧烈，眼里的活光很快收敛，又是一片垂死的神色，嗷嗷呜呜狗一样的叫声又从喉咙里涌出来。已经完全解除了心里负载的女人儿子和长工大惊失色，骤然间意识到他们高兴得太早了，危机并没有根除，一下子又陷入更加沉重的二次打击中。冷先生依然不慌不忙照前办理，重新在燃烧的烧酒的蓝色火焰里烧烤钢板和钢针。三个人不经吩咐已经分别挟制压死了秉德老汉头手和腿脚。通红的钢针再次捅进喉咙，又是一股带着焦臭气味蓝烟。秉德老汉又安静下来，继而眼里又放出活光来，这回他可没说给阎王生死簿上打钩画圈的笑话。三个人的脸上和眼里的疑云凝滞不散。冷先生收拾起那只磨搓得紫红油亮的皮夹，重新系到裤角带上，准备告辞。嘉轩和母亲以及长工鹿三一齐拉住冷先生的胳膊，这样子你咋敢走？你走了再犯了可咋办呀？冷先生不动眉平板着脸说："常言说，有个再一再二没有再三再四。再不发生了算是老叔命大福大，万一再三再四地发生……我夺了他打钩画圈的笔杆也不顶啥了！"说罢就走出屋门，走过院子，走到街门外头来。嘉轩一边送行一边问父亲得下的是啥病，冷先生说："瞎瞎病。"嘉轩几乎无力走进门楼。"瞎瞎病"不言自明的确切含义是绝症。

白秉德老汉死了。父亲的死是嘉轩头一回经见人的死亡过程。爷爷在他尚未来到人世就死掉了，奶奶死的时光他还没有记忆的智能。他的四个女人相继死亡他都不能亲自目睹她们咽下最后一口气，她被母亲拖到鹿三的牲畜棚里，身上披一条红巾，防止鬼魂附体。父亲的死亡是他平生经见的头一个由阳世转入阴世的人。他的死亡给他留下了永久性的记忆，那种记忆非但不因年深日久而暗淡、而磨灭，反倒像一块铜镜因不断地擦拭而愈加明光可鉴。冷先生掖着皮夹走回他在白鹿镇上的中医堂以后，嘉轩和他妈白赵氏以及长工鹿三在炕上和炕下把秉德老汉团团围定，像最忠诚的卫士监护着国王。他和母亲给病人喂了一匙糖水，提心吊胆、如履薄冰似的希望度过那个可怕的间隔期而不再发作。秉德老汉用十分柔弱十分哀婉的眼光扫视了围着他的三个人，又透过他们包围的空隙扫视了整个屋子，大约发觉冷先生不在了，迟疑一下就闭上了眼睛，再睁开时就透出一股死而无疑的沉静。他已预知到时间十分有限了，一下就把沉静的眼睛盯住儿子嘉轩，不容置疑地说："我死了，你把木匠卫家的人赶紧娶回来。"嘉轩说："爸……先不说那事。先给你治病，病好了再说。"秉德老汉说："我说的就是我死了的话，你当面答应我。"嘉轩为难起来："真要……那样，也得三年服孝满了以后。这是礼仪。"秉德老汉说："'不孝有三，无后为大。'你把书念到狗肚里去了？咱们白家几辈财旺人不旺。你爷是个单崩儿守我一个单崩儿，到你还是个单崩儿。自我记得，白家的男人都短寿，你老爷活到四十八，你爷活到四十六，我算活得最长过了五十大关了。你守三年孝就是孝子了？你绝了后才是大逆不孝！"嘉轩的头上开始冒虚汗。秉德老汉说："过了四房娶五房。凡是走了的都命定不是白家的。人存不住是欠人家的财还没还完。我只说一句，哪怕卖牛卖马卖地卖房卖光卖净……"嘉轩看见母亲给他使眼色，却急得说不出口，哪有三年孝期未过就办红事的道理？正僵持间，秉德老汉又扭动起来，眼里的活光倏忽隐退，嘴里又发出嗷嗷嗷呜呜呜的狗一样的叫声，三个人全都不知如何是好了。嘉轩的一只手腕突然被父亲捉住，那指甲一阵紧似一阵直往肉里抠，垂死的眼睛放出一股凶光，嘴里的白沫不断涌出，在炕上翻滚扭动，那只手却不放松。母亲急了："快给你爸一句话！"鹿三也急了："你就应下嘛！"嘉轩“哇”地一声哭了：“爸……我听你的吩咐……你放心……”秉德老汉立时松了手，往后一仰，蹬了蹬腿就气绝了。嘉轩一声哭嚎就昏死过去，被救醒时父亲已经穿上了老衣，香蜡已经在灵桌上焚烧。鹿三说：“你不能再哭了，先安顿丧事。你不做主，旁人没法举动。”嘉轩当即和族里几位长辈商定丧事，先定必办不可的事：派出四个近门子的族里人，按东南西北四路分头去给亲戚友好报丧；派八个远门子的族人日夜换班去打墓，在阴阳先生未定准穴位之前先给坟地推砖作箍墓的准备事项；再派三四个帮忙的乡党到水磨上去磨面，自家的石磨太慢了。下来就议到乐人的事，这需得主家嘉轩做主，请几个乐人？闹多大场面？继续多少时日？嘉轩说：“俺爸辛苦可怜一世，按说该当在家停灵三年才能下葬。俺爸临终有话，三天下葬，不用鼓乐，一切从简。我看既不能三年守灵，也不要三天草草下葬，在家停灵‘一七’，也能箍好墓室。叔伯爷们，你们指教……”远门近门的长辈老者都知道嘉轩命运不济，至今连个骑马坠灵的女人也没有，都同意嘉轩的安排。一位伯伯朗然说：“人说‘瞻前顾后’，前后总是不能兼顾，就只能是先瞻前而后顾后；生死不能同时顾全，那就先顾生而后顾死。”事情当即定下来，派一个人到临近村里去找乐人班主，讲定八挂五的人数，头三天和后一天出全班乐人，中间三天只要五个人在灵前不断弦索就行了。

整个丧事都按原定的程序进行。七天后，秉德老汉就在祖坟坟地上占据了一个位置，一个新鲜的湿漉漉的黄土堆成的墓圪塔。他的坟堆按照长幼排在父亲坟堆的下首靠左的位置，右边不言而喻是留给白赵氏将来仙逝时的安居之地。这件悲凉的丧事总算过去了。屋里走了父亲一个人，屋院里顿然空寂得令人窒息。母亲一个人在上房里屋，他一个人在厦屋。长工鹿三一个人在马号里。如果母亲不咳嗽一声，这个有着三进房屋的四合院里整个晚上和白天都没有一丝声息。这天晚上母亲问他打算啥时候娶妻，他说起码得过了头周年以后。母亲说不要等了，等也是白等，家里太孤清了；况且她一个人单是扫屋扫院洗衣拆被做饭都支应不下来，再甭说纺线织布等家务了。他说：“那就过了百日再办吧。”母亲说：“百日也不要等了，‘七七’过了就办。”实际的情况是过了两月，当麦子收割碾打完毕，地净场光秋田播种之后的又一个仅次于冬闲的夏闲时节里，他娶回来第五房女人——木匠卫老三家的三姑娘。新婚之夜，溽暑难耐。嘉轩插上了厦屋木门的门闩，转过身就抹下了长袖布衫和长裤。端坐在炕席上的新娘突然爬跪在炕上，对他作揖磕头，乞求他再不要脱短袖衫和短裤了。他问她怎么了？她说她生来就命苦，在穷苦人家里的三姑娘就更苦了[1]。他似乎意识到一点什么，就追问她是不是听到什么闲话了？她说她知道他娶过四房女人，都死了。她还说她听人说过他不光是命硬，而且那东西上头长着一个有毒汁的倒钩，把女人的心肺肝花全都捣得稀烂，铁打的女人也招不住捣腾。她竟然瑟瑟抖颤着身子哭起来：“俺爸图了你家的财礼不顾我的死活，逢崖遇井我都得往下跳。我不想死，不想早死，想多多伺候你几年，我给你端水递茶洗脚做饭扫地缝连补缀做牛做马都不说个怨字，只是你黑间甭拿那个东西吓我就行了，好官人好大哥好大大你就容让我了吧……”嘉轩一下子愣坐在椅子上，新婚之夜的兴味荡然无存。他早已听到过这个荒诞的流言却无法辩解，又着实搞不清别人的与自己的那个东西有什么区别。他曾经在逢集赶会时的公用茅厕里佯装拉屎尿尿偷偷观察过许多陌生的男人，全都是一个逑样又是百逑不一样，结果反而愈加迷惑。这个木匠卫家的三姑娘可怜兮兮地乞求饶命，不仅没有引起他的同情，反而伤害了他的自尊，也激怒了他。他从椅子上站起来，一步跨上炕去，三下五除二就扒光了衣裤，把自己的东西亮给她看，哪有什么倒钩毒汁！三姑娘又羞又怕又哭又抖。她越这样他越气恼，赌气扒下她的衣裤。事毕后他问她伤了什么内脏，却发现她已闭气。他慌忙掐住她的人中。她醒来后就躲到炕角缩作一团。他好气又好笑，亲昵她爱抚她给她宽心。无论如何，她的心病无法排除，每到夜晚，就在被窝里发疟疾似的打颤发抖。半年未过，她竟然神情恍惚，变成半疯半癫，最后一次到涝池洗衣服时犯了病，栽进涝池溺死了。

埋藏木匠卫家的三姑娘时，草了的程度比前边四位有所好转，他用杨木板割了一副棺材，穿了五件衣服，前边四个都只穿了三件。自然不请乐人，也不能再做更大的铺排，年轻女人死亡做到这一步已经算是十分宽厚仁慈了。嘉轩所以要对她稍显优厚待遇，完全是一种难以述说的心理因素。在这个女人被涝池奇臭难闻的淤泥涂抹得脏污不堪的身子行将就木之前，他心里开始产生了一种负罪感。结婚那天，他在新房里揭去她的盖头巾的一霎，发现她不独漂亮而且壮健，红扑扑的脸膛，黑如乌珠似的两只机灵的眼睛，透着强健气魄的手臂。她的手掌上竟然有一层薄茧儿，那是木匠出门揽活挣钱，由她和母亲操持田间农活的印证。劳动练就的一副强健的体魄终究抵御不住怪诞流言的袭击……当他又是一个人躺在厦屋炕上的每一天夜晚，都挥斥不开她在新婚之夜给他磕头哀告的情景，总是想到她在他怀里瑟瑟发抖的冰凉的手和冰凉的腿，她肯定从未得到过做爱的欢愉而只领受过恐惧，她竟然无法排除恐惧而终于积聚到崩溃的一步。他现在有点心灰意冷，从田间回来就躺到空寂冷落的土炕上。这个土炕接纳过五个姿态各异的女人，又抬走了五具同样僵硬的尸体。定娶这五个女人花费的粮食、棉花、骡子和银元合计起来顶得小半个家当且在其次，关键是心绪太坏了。他躺在炕上既不唉声叹气也不难过，只是乏力和乏心。他觉得手足轻若纸片，没有一丝力气，一股清风就可能把他扬起来抛到随便一个旮旯里无声无响，世事已经十分虚渺，与他没有任何牵涉。他躺在炕上直到天黑，听见母亲叫他吃晚饭，他说不饿不想吃了。母亲又喊鹿三。鹿三不好意思独自吃饭，跑进厦屋来开导他。他劝鹿三快去吃饭不要等自己。鹿三在院里葡萄架下吞食饭食的声音很响，吃得又急又快。他想不出世上有哪种可口的食物会使人嚼出这样香甜、这样急切的响声。

母亲拾掇完灶间的事在院子里扑打身上的尘灰，喊他。嘉轩走进上房里屋，母亲坐在父亲在世时常坐的那把简化了的太师椅上，姿势颇似父亲的坐姿。他在桌子另一边的椅子上坐下，尽量做出不在心亦不在意的样子。母亲说她准备明天一早回娘家去，托他的舅舅们给他再踏摸媳妇。他劝母亲暂缓一缓。母亲问他为什么要缓？二十几岁的年龄了还敢缓！母亲说着就上了劲儿："甭摆出那个阴阳丧气的架式！女人不过是糊窗子的纸，破了烂了揭掉了再糊一层新的。死了五个我准备给你再娶五个。家产花光了值得，比没儿没女断了香火给旁人占去心甘。"嘉轩再没有说什么。第五天，母亲从舅家归来，事情已有定局。南原上的一户姓胡的小康人家，赌场上掷骰子一夜之间输光了家当，赌徒们赶到家来，上楼灌净了囤子里的粮食，拉走了槽头的犍牛和骡子，用犍牛骡子拉着装满粮食的牛车走掉了。女人气得半死，赌徒羞愧难当，解下裤带吊到后院的核桃树上幸被人发现救活。这样一来答应以女儿许人，聘礼之高足使正常人咋舌呆脑，二十石麦子二十捆棉花或按市价折成银洋也可以，但必须一次交清。这个数字使嘉轩脊梁发冷，母亲却不动声色地说她已经答应了人家，下来该由充当媒人的二舅按照定婚的惯常程序去履行手续就是了。嘉轩惊异地发现，母亲办事的干练和果决实际上已经超过父亲，更少一些瞻前顾后的忧虑，表现出认定一条路只顾往前走而不左顾右盼的专注和果断。这样，赶在父亲的头周年祭祀到来之前一个月，正当桃花三月的宜人季节，第六个媳妇在呜哇呜哇的唢呐喇叭的欢悦的喜庆曲调里走进门楼来了。

第六个女人胡氏被揭开盖头红帕的时候，嘉轩不禁一震，拥进新房来看热闹的男人和女人也都一齐被震得哑了嘻嘻哈哈的哄闹。这个女人使人立即会联想到传说中的美女，或者是戏台上的贵妇人娇女子。当嘉轩从新房挤出来到摆满坐椅饭桌的庭院里的时候，有人就开始喊胡风莲了，那就是秦腔戏《游龟山》里一位美貌无双的渔女，几乎家喻户晓人人皆知。晚上，当他和她坐在一个炕上互相瞄瞅的美好时光里，她的光彩和艳丽一下子荡涤净尽前头五个女人潜留给他的晦暗心理，也使他不再可惜二十石麦子二十捆棉花的超级聘礼。然后同衾共枕。他很快发现事情并不美妙。他抚摸她搂抱她亲她的脸亲她的嘴她都温顺地领受了，当他的手试图拉开她的短裤的系带时她跳了起来，从枕头下迅即摸出一把剪刀执在手中。那剪刀显然经过用心的打磨，锋利的刀刃在蜡烛的红光里闪出一道道血花。她跪在炕上，裸着两只翘翘的雪白的奶子，把剪刀的刀尖对准他说："你要是敢扯开我的裤带，我就把你的那个东西剪掉。"

他妥协了，让步了，依允了胡氏。他觉得有这样一个女人陪睡在身边该当满足了，却又止不住夜夜遗憾。他甚至开始真的怀疑自己那个东西里头流出的货是否有毒，偷偷把那货抖落到猪食里观察猪吃了以后的动静，共计三次，猪的活动毫无异常。他把自己的心事述说给冷先生。冷先生听了就笑了,说他早就听到闲人们说的这个闲话了,纯属子虚乌有无稽之谈。在他行医的二十多年里经见过有精无精死精水精的男人,还没见过一个生有倒钩毒精的先例。冷先生笑毕说:“兄弟!干脆来个将错就错将计就计吧!”说吧铺纸捉笔蘸墨,开下一剂滋阴壮阳温补的药方,一次取了七服,并嘱连服百日。嘉轩拎着一捆药包回家交给胡氏,说这药是除毒的。胡氏喜不自胜,每日早晚煎熬,看着男人饮下。这一晚她偎在男人的怀里动情地说:“你就忍着苦喝到百日,只要除了毒,你想咋样你要咋样就咋样,我一点为难你的坏心都没有。”嘉轩大为欢心,喝那苦咧咧的药汁如同喝着蜂蜜。百日尽头,嘉轩经过药物补缀,容光焕发,胡氏解除了心头忌讳也就扯去了裤带,俩人一样热烈一样贪婪一样不觉满足也不感困乏,直到把两页炕面的土坯弄塌,俩人又嘻嘻笑着挪一个地窝儿。

胡氏放开腰禁后的狂热持续了整整三个通宵,俩人都累坏了。第四天夜里再也折腾不起,相依相偎着进入睡梦。酣睡里一声尖叫把嘉轩惊吓得不知所措,清醒后发觉胡氏紧紧缠抱着自己,浑身抖索如同筛糠,大气也不敢出。他急忙点着油灯,看见胡氏的眼睛里满是狐疑惊恐之色,目光恍惚游移不定。问她怎么了,她嘴里支支吾吾,好半天才挤出一句:“有鬼!”说罢把头埋进被窝,更加用力死抱住嘉轩。嘉轩听罢,顿觉头皮发麻后脊发冷,浑身暴起一层冷森森的鸡皮疙瘩。他问:“鬼在哪达?”胡氏颤着声说:“我不敢说,越说越害怕。”嘉轩挣脱开胡氏的手,勾上裤子光着上身赤着脚跑出厦屋爬上楼去挖来半升豌豆,一把连着一把摔打下来,从顶棚打到墙角,从炕上打到地下,一把把豌豆密如雨下,刷刷刷的响声令人毛骨悚然,炕上桌上地上洒满了绿莹莹的豌豆粒儿。小时候父亲就这样驱鬼为他压惊。经过这一番折腾,胡氏真的缓过气来,眼里有了活色,抱住他呜呜呜哭了起来,身子不再抖颤了。他抱着她坐到天明,她才敢于开口说出昨晚梦见的鬼怪。她说她看见他前房的五个女人了。那五个女人掐她拧她抠她抓她撕她打她唾她,都争着拉他去睡觉。令嘉轩大惑不解的是,胡氏并没有见过死掉的任何一个女人,而她说出的那五个死者的相貌特征一个一个都与真人相吻合!嘉轩说给母亲,母亲当即说:“今黑就去请法官,把狗日的一个一个都捉了。”

法官隐名瞒姓,人称一撮毛,左腮下一颗神秘的黑痣上缀下尺把长的一撮毛。嘉轩诉说了闹鬼的经过。法官只问了他的住址就催他回去,说自己随后就到。嘉轩知道法官行路如坐鬼抬轿,神速如风,就急急匆匆小跑回家来。法官果然随后就到了,刚到门口就把一只罗网抛到门楼上,乃天罗地网。法官进得屋来,头缠红帕腰系红带脚蹬红鞋,扑上楼去又钻到脚地。胡氏吓得蒙了被子。法官最后从二门的拐角抓住了鬼,把一个用红布蒙口扎紧了脖颈的瓷罐呈到灯下,那蒙口的红布不断弹动,像是有老鼠往外冲撞。法官吩咐说:“给锅里把水添足,把狗日煮死再焙干!"鹿三和嘉轩俩人轮换拉扯风箱,锅开水滚后,一股臭气溢出来令人作呕,嘉轩先吐了,鹿三接着也吐了,吐了之后再烧,直到把那半锅水烧得一滴不剩,法官接了赏钱提了瓷罐收了天罗地网又坐鬼抬轿回岭上去了。此后果真不再闹鬼。胡氏的精神却再也没能恢复过来,日见沉郁日见寡欢日见黑瘦下去,吃了冷先生几十服中药也不见起色,直至流产下来一堆血肉,竟然卧炕不起,不久就气绝了。

嘉轩完全绝望了,冷先生开导他说:"兄弟,请个阴阳先生来看看宅基和祖坟,看看哪儿出了毛病,让阴阳先生给禳治禳治……"

【注释】

(1)秦腔剧《五典坡》里的王宝钏排行为三,称三姑娘,乡间就把排行为三的女子视作命苦的人。

【作者简介】

陈忠实是我国当代著名作家,任中国作家协会副主席,《白鹿原》是其成名著作,其他代表作有短篇小说集《乡村》《到老白杨树背后去》,以及文论集《创作感受谈》。中篇小说集《初夏》《四妹子》《陈忠实小说自选集》《陈忠实文集》,散文集《告别白鸽》等。

【阅读提示】

"小说被认为是一个民族的秘史"。作者陈忠实以巴尔扎克这句名言作为小说的题记,表达出其创作这部长篇小说的宏愿与艺术追求。

白鹿原作为清末民初解放前夕中国历史的见证,可以视为民族历史发展的一个缩影。以政治文化角度看,其社会结构有以田福贤、岳维山为代表的国民党反动势力,有以鹿兆鹏、白灵为代表的共产党革命力量,有以鹿兆谦(黑娃),大拇指为代表的农民土匪武装。以民间文化角度看,有以白嘉轩、鹿子霖为代表的宗法家族团体,有以朱先生为代表的白鹿原的精神领袖。阶级矛盾、家族纷争、利欲情欲的角逐,相互融汇交织,构成白鹿原半个多世纪的"民族秘史"。

【思考与练习】

1.请概述《白鹿原》这部作品的故事情节。

2.请谈一谈《白鹿原》的主题。

《生死爱恨一念间》

刘　墉

【作品简介】

有生必有死，有爱就有恨，我们因爱而生，因生而爱，
又常怀恨而死，因死而恨；
我们用一辈子的时间，织这生死爱恨的网，
也用这一辈子的时间，解那生死爱恨的结；
本书中记录了许多小故事，有关于作者自己的家庭琐事的，也有写自然界的变化规律的。透过这些小故事，可以让我们明白生活中的许多道理，懂得爱、珍惜爱、学会爱，更加珍惜人生。

【作品欣赏】

蝉蛹之死(1)

刘　墉

自从搬来这林间的房子，蝉鸣就更猛烈了。有时候细细听，竟觉得那声音像是浪涛，排山倒海，一波一波地袭来，只是声音虽响，却不吵，而且因为掩盖了其他的杂音，四周反变得更安静了。只是蝉既多，便增加了许多可怕的蝉壳。树干上、枝丫间常挂着一串串褐色的小东西，冷不防地吓人一跳。

我本不该被吓，因为小时候不但常用竹竿卷上蜘蛛网，粘捕枝头的鸣蝉，而且专门收集蝉壳，据说那是一味药材，可以拿到中药店卖。小朋友们需求既殷，丑恶的蝉壳，也就成为至宝，每发现一个，不但不怕，反而有中了奖似的兴奋。

说那蝉壳丑恶，是绝不为过的，虽然早成为空空的虚壳，仍然面目狰狞，死抓住树干不放，它是即使在死后，还坚持完成任务的。唯有这样，里面的蝉才能安全地挤出背上一个裂缝，再一步步地蝉蜕出来。想想看，那是多么地一番挣扎，可不像茧里的蛾，只需咬破一个洞，就能顺利脱身。

那也不是蛇蜕皮能比的，因为蛇只有一条，蝉却有六只脚，且带着毛、连着刺，加上大大的头、圆凸的眼睛和薄薄的翅膀，丝毫无损地完成蜕变，岂是一件易事。

正因此，那蝉壳就愈得抓紧了，紧到里面的主子左摇右晃地挣扎，整个身躯都

挤出来之后，还能安稳地攀在自己的虚壳上等待恢复。

它使我想到产后的妇人，面色苍白地躺在恢复室里。只是不知那虚壳是母亲，抑或蜕出的蝉是孩子？又或它们都既是母亲，也是孩子？

一个死了！一个生了！死者原是生者的一部分！既然后者要生，前者就必须死。只是那壳若有知，是否要冤屈自己被遗弃？那生者在与虚壳相惜相守，一起成长十七年，终于钻出地表，见到光明，又奋力攀上枝头之后，在它决定脱离的刹那，又是否有一种痛心与不舍？那是生离，抑或死别？还是只不过换了一个身份，脱下一件衣服？

古人真是豁达，在中药里不称蝉壳，也不叫蝉蛹，而说那是蝉衣。

多么精巧的一件衣服啊！须眉俱在，毫发如生，怪不得成语说"金蝉脱壳"，妙的不是金蝉，而是令人疑惑的蝉衣。

或正因此，千年前的埃及人，就崇拜蝉，在金字塔里陪葬许多蝉形和甲虫的陶器，且涂上亮丽的蓝釉。中国人的老祖宗更用玉雕成蝉，放在死者的口中，成为"琀"。他们是怎么想呢？想那死者的灵魂脱壳飞去了？想那留下的尸身，并不是真正的死者，只是一件如同蝉衣般的人衣？

但是否所有的蝉蜕都那么成功，它们会不会像妇人难产，蜕不出去？而真真正正地与那蝉衣同朽？

傍晚，推开后门，阶前一个颤动的小东西，吸引了我的视线，那是一个蝉衣？不！应该说是一只蝉，又应该说是一个未脱去蝉衣的蝉。但是没有蝉蜕的，是否能称为蝉呢？

便说它是蝉蛹吧！这蝉蛹似乎刚钻出泥土，正四处找寻可以攀爬的东西。虽然长了眼睛，它好像是没有视觉的，盲目地向四方探索，攀住石阶，又滑了下去；进入草地，又翻身栽倒，仰面挣扎。

我没有理它，径自到院角坐着欣赏林景，只是回屋时发现它还不能自己翻身，尤其危险的是，附近有几只大蚂蚁逡巡。

顺着蚂蚁走去的方向望，更可怕的景象出现了，一只蝉已经身首异处，几只蚂蚁正钻入尸体的胸腔觅食，而那旁边离地不远的墙上，则有着一个完整的蝉壳。当然，我了解那是一只刚蜕出的蝉，还没来得及翔飞高鸣，就断送了生命。

我突然领悟，为什么蝉要坚持往上爬，必要到高高的地方，才开始脱壳。因为那里比较安全，使它们能有足够的时间，在没反应、无武装的情况下，完成蜕变。这使我想起武侠小说里形容闭关练功的高手，练成之后猛不可当，练功之时，却人人都可以置他于死地。

现在这仰面挣扎的蝉，就正要找个闭关的所在呢！

生怕落入蚂蚁的魔掌，我把蝉蛹拿起来，放到树干上，看它攀住了，才松手离开。只是刚转身，便听见“啪”一声，它又重重地跌回地面。

这大概是只笨蝉，自己没有本事攀高，又碰上强敌环伺。好人做到底，我何不为它安排一个蜕壳的地方，也正好观察那过程。

我把蝉蛹拿进画室，又找来一块由垦丁买来的奇木，让蝉蛹在上面攀着，只是不知奇木因为打过蜡而滑不留足，抑或这蛹本身不够强健，它一遍又一遍地跌了下来。眼看天已黑，只好把它放回树下。

第二天一大早，我就冲到后院，想它应该已经攀在干上，变成金蝉，却发现一只仰卧的蝉蛹，僵死在地面。

既攀不上，何不在地面蜕变算了？经过十几年的等待，难道还非要登上最高枝？抑或上天早限定了时间，若不能在几小时之内蜕变完成，就注定要死？又或是非找到一个自认安全的处所，它就宁可死在蝉衣之中？

它岂知未蜕变的蝉，依然只是只蛹，不能飞、不能鸣！如此说来，死死守着蝉衣，即使那蝉衣能千年不坏、万年不朽，又有什么意义。

“爸爸！你在看什么？”儿子突然探出头来，“喔！一只死蟑螂！怎么？咱们家有了蟑螂？”

我没答话，仰面向天，太阳穿过林梢，满林的蝉全叫了起来，先是抖抖颤颤地试音，渐渐找到共鸣的节拍，瞬间变得高亢。

我坐下来谛听，觉得那蝉鸣居然与往日的不同，带有一分特殊的欣喜，像是欢呼，又如同喝彩，哗啦哗啦地喊着……

【注释】

(1)摘自《生死爱恨一念间》，漓江出版社 2002 年 5 月版。

【作者简介】

刘墉，号梦然，1949 年生于台北，祖籍北京，画家、作家。纽约哥伦比亚大学博士研究生、圣若望大学东亚研究所硕士，“国立”台湾师范大学美术系学士，曾任美国丹维尔美术馆驻馆艺术家，纽约圣若望大学专任驻校艺术家、圣文森学院副教授，现任水云斋文化事业有限公司负责人及专业作家、画家。著有有声书《从跌倒的地方爬起来飞扬》《在灵魂居住的地方》及华文地区最畅销的励志书《萤窗小语》《超越自己》《创造自己》《肯定自己》，文学经典作品《花痴日记》《母亲的伤痕》《杀手正传》《那条时光流转的小巷》，处世系列《人生的真相》《我不是教你诈》《你不可不知的人性①②》《把话说到心窝里（合订本）》《不要累死你的爱》以及《刘墉山水写生画法（中英文版）》《白云堂画论画法（中英文版）》等文学、艺术作品七十余种。育有一子刘轩（1972）、一女刘倚帆（1989）。夫人毕薇薇。

【阅读提示】

《生死爱恨一念间》讲述了我们为爱来到这个世界，走完爱的一生，完成爱的责任，终于尘缘尽了，无喜、无怒、无怨、无悔、无牵挂地离去。天长地久，是多么完美的境界。人的一生，如果不能由幼年时的被关怀，成年时的关怀亲人，到有一天，关怀每个人，甚至一草一木，以母爱般的爱去爱这世上的一切，就不能成就伟大的人生。我们用一辈子的时间，织这生死爱恨的网，也用这一辈子的时间，解那生死爱恨的结；只是，看穿了，生死爱恨能有多少距离，看破了，生死爱恨只是一念之间！……正因为我们有死的恐惧，所以能珍视生的喜悦，而面对那难免的死亡，与其无谓地逃避，不如作积极的贡献。由创造生命、养育子女，到爱护生命，铺设美好的未来，《生死爱恨一念间》正是作者试着表达这样一些关怀的作品。

【思考与练习】

1.读了这本书后，你有什么感悟？

2.我们从《蝉蛹之死》悟出了什么？

《山居笔记》

余秋雨

【作品简介】

《山居笔记》是余秋雨的第二部散文集，写于《文化苦旅》之后，《霜冷长河》《千年一叹》《行者无疆》《借我一生》等之前。该书写作始于1992年，成于1994年，1995年8月在台湾出版。后因全国各省市的书市上出现了大批盗版，作者迫于无奈，于1998年9月交由文汇出版社出版了大陆版的《山居笔记》。主要写余秋雨以直接感悟方式探访中华文明。《苏东坡突围》是其中的第四篇文章。

【作品欣赏】

苏东坡突围

一

住在这远离闹市的半山居所里，安静是有了，但寂寞也来了，有时还来得很凶猛，特别在深更半夜。只得独个儿在屋子里转着圈，拉下窗帘，隔开窗外壁立的悬崖和翻卷的海潮，眼睛时不时地瞟着床边那乳白色的电话。它竟响了，急忙冲过去，是台北《中国时报》社打来的，一位不相识的女记者，说我的《文化苦旅》一书在台湾销售情况很好，因此要作越洋电话采访。问了我许多问题，出身、经历爱好，无一遗漏。最后一个问题是："在中国文化史上您最喜欢哪一位文学家？"我回答："苏东坡。"她又问："他的作品中，您最喜欢哪几篇？"我回答："在黄州写赤壁的那几篇。"记者小姐几乎没有停顿就接口道："您是说《念奴娇·赤壁怀古》和前、后《赤壁赋》？"我心里立即为苏东坡高兴，他的作品是中国文人的通用电码，一点就着，哪怕是半山深夜、海峡阻隔、素昧平生。

放下电话，我脑子中立即出现了黄州赤壁。去年夏天刚去过，印象还很深刻。记得去那儿之前，武汉的一些朋友纷纷来劝阻，理由是著名的赤壁之战并不是在那里的，苏东坡情感怀错了地方。现在我们再跑去认真凭吊，说得好听一点是将错就错，说得难听一点是错上加错，天那么热，路那么远，何苦呢？

我知道多数历史学家不相信那里是真的打赤壁之战的地方,他们大多说是在嘉鱼县打的。但是最近几年,湖北省的几位中青年历史学家持相反的意见,认为苏东坡不古没怀错地方,黄州赤壁正是当时大战的主战场。对于这个论争我一直兴致勃勃地关心着,不管争论前景如何,黄州我还是想去看看的,不是从历史的角度看古战场的遗址,而是从艺术的角度看苏东坡的情怀。大艺术家即便错,也会错出魅力来。好像王尔德说过,在艺术中只有美丑而无所对错。

于是我还是去了。

这便是黄州赤壁。赭红色的陡峭石坡直逼着浩荡东去的大江,坡上有险道可以攀登俯瞰,江面有小船可供荡桨仰望,地方不大,但一俯一仰之间就有了气势,有了伟大与渺小的比照,有了视觉空间的变异和倒错,因此也就有了游观的价值。客观景物只提供一种审美可能,而不同的游人才使这种可能获得不同程度的实现。苏东坡以自己的精神力量给黄州的自然景物注入了意味,而正是这种意味,使无生命的自然形式变成美。因此不妨说,苏东坡不仅是黄州自然美的发现者,而且也是黄州自然美的确定者和构建者。

但是,事情的复杂性在于,自然美也可倒过来对人进行确定和构建。苏东坡成全了黄州,黄州也成全了苏东坡,这实在是一种相辅相成的有趣关系。苏东坡写于黄州的那些杰作,既宣告着黄州进入了一个新的美学等级,也宣告着苏东坡进入了一个新的人生阶段,两方面一起提升,谁也离不开谁。

苏东坡走过的地方很多,其中不少地方远比黄州美丽,为什么一个僻远的黄州还能把如此深厚的历史意味和人生意味投给黄州呢？这一切,决定于他来黄州的原因和心态。

他从监狱里走来,他带着一个极小的官职,实际上以一个流放罪犯的身份走来,他带着官场和文坛泼给他的浑身脏水走来,他满心侥幸又满心绝望地走来。他被人押着,远离自己的家眷,没有资格选择黄州之外的任何一个地方,朝着这个当时还很荒凉的小镇走来。

他很疲倦,他很狼狈,出汴梁、过河南、渡淮河、进湖北、抵黄州,萧条的黄州没有给他预备任何住所,他只得在一所寺庙中住下。他擦一把脸,喘一口气,四周一片静寂,连一个朋友也没有,他闭上眼睛摇了摇头。他不知道,此时此刻,他完成了一次永载史册的文化突围。黄州,注定要与这位伤痕累累的突围者进行一场继往开来的壮丽对话。

二

人们有时也许会傻想,像苏东坡这样让中国人共享千年的大文豪,应该是他所处的时代的无上骄傲,他周围的人一定会小心地珍惜他,虔诚地仰望他,总不愿意去找他的麻烦吧？事实恰恰相反，越是超时代的文化名人，往往越不能相容于他所处的具体时代。中国世俗社会的机制非常奇特，它一方面愿意招待所和哄传一位文化名人的声誉，利用他、榨取他、引诱他，另一方面从本质上却把他视为异类，迟早会排拒他、糟践他、毁坏他。起哄式的传扬，转化为起哄式的贬损，两种起哄都起源于自卑而狡黠的觊觎心态，两种起哄都与健康的文化氛围南辕北辙。

苏东坡到黄州之前正陷于一个被文学史家称为“乌台诗狱”的案件中，这个案件的具体内容是特殊的，但集中反映了文化名人在中国社会中的普遍遭遇，很值得说一说。搞清了这个案件中种种人的面目，才能理解苏东坡到黄州来究竟是突破了一个什么样的包围圈。

为了不使读者把注意力耗费在案件的具体内容上，我们不妨先把案件的底交代出来。即便站在朝廷的立场上，这也完全是一个莫须有的可笑事件。一群大大小小的文化官僚硬说苏东坡在很多诗中流露了对政府的不满和不敬，方法是对他诗中的词句和意象作上纲上线的推断和诠释，搞了半天连神宗皇帝也不太相信，在将信将疑之间几乎不得已地判了苏东坡的罪。

在中国古代的皇帝中，宋神宗是不算坏的，在他内心并没有迫害苏东坡的任何企图，他深知苏东坡的才华，他的祖母光献太皇太后甚至竭力要保护苏东坡，而他又是非常尊重祖母意见的，在这种情况下，苏东坡不是非常安全吗？然而，完全不以神宗皇帝和太皇太后的意志为转移，名震九州、官居太守的苏东坡还是下了大狱。这一股强大而邪恶的力量，就很值得研究了。

这件事说来话长。在专制制度下的统治者常常会摆出一种重视舆论的姿态，有时甚至还设立专门在各级官员中找岔子、寻毛病的所谓谏官，充当朝廷的耳目和喉舌。乍一看这是一件好事，但实际上弊端甚多。这些具有舆论形象的谏官所说的话，中国人无法申辩，也不存在调查机制和仲裁机制，一切都要赖仗于他们的私人品质，但对私人品质的考察机制同样也不具备，因而所谓舆论云云常常成为一种歪曲事实、颠倒是非的社会灾难。这就像现代的报纸如果缺乏足够的职业道德又没有相应的法规制约，信马由缰，随意褒贬，受害者无处可以说话，不知情者却误以为白纸黑字是舆论所在，这将会给人们带来多大的混乱！苏东坡早就看出这个问题的严重性，认为这种不受任何制约的所谓舆论和批评，足以改变朝廷决策者的心态，又具有很大的政治杀伤力（“言及乘舆，则天子改容，事关廊庙，则宰相待罪”），必须予以警惕，但神宗由于自身地位的不同，无法意识到这一点。没想到，正是苏东坡自己尝到了他预言过的苦果，而神宗皇帝为了维护自己尊重舆论的形象，当批评苏东坡的议论几乎不约而同地聚合在一起时，他也不能为苏东坡讲什么话了。

那么，批评苏东坡的言论为什么会不约而同地聚合在一起呢？我想最简要的回答是他弟弟苏辙说的那句话：“东坡何罪？独以名太高”。他太出色、太响亮，能把四周的笔墨比得十分寒伧，能把同代的文人比得有点狼狈，引起一部分人酸溜溜的嫉恨，然后你一拳我一脚地糟践，几乎是不可避免的。在这场可耻的围攻中，一些品格的文人充当了急先锋。

例如舒亶。这个人可称之为“检举专业户”。在揭发苏东坡的同时他还揭发了另一个人，那人正是以前推荐他做官的大恩人。这位大恩人给他写了一封信，拿了女婿的课业请他提意见、辅导，这本是朋友间非常正常的小事往来，没想到他竟然忘恩负义地给皇帝写了一封莫名其妙的检举揭发信，说我们两人都是官员，我又在舆论领域，他让我辅导他女婿总不大妥当。皇帝看了他的检举揭发，也就降了那个人的职。这简直是东郭先生和狼的故事。就是这么一个让人恶心的人，与何正臣等人相呼应，写文章告诉皇帝，苏东坡到湖州上任后写给皇帝的感谢信中“有讥切时事之言”。苏东坡的这封感谢信皇帝早已看过，没发现问题，舒亶却苦口婆心地一款一款分析给皇帝听，苏东坡正在反您呢，反得可凶呢，而且已经反到了“流俗翕然，争相传诵，忠义之士，无不愤惋”的程度！“愤”是愤苏东坡，“惋”是惋皇上。有多少忠义之士在“愤惋”呢？他说是“无不”，也就是百分之百，无一遗漏。这种数量统计完全无法验证，却能使注重社会名声的神宗皇帝心头一咯噔。

又如李定。这是一个曾因母丧之后不服孝而引起人们唾骂的高官，对苏东坡的攻击最凶。他归纳了苏东坡的许多罪名，但我仔细鉴别后发现，他特别关注的是苏东坡早年的贫寒出身、现今在文化界的地位和社会名声。这些都不能列入犯罪的范畴，但他似乎压抑不住地对这几点表示出最大的愤慨。说苏东坡“起于草野垢贱之余”“初无学术，滥得时名”“所为文章，虽不中理，亦足以鼓动流俗”，等等。苏东坡的出身引起他的不服且不去说它，硬说苏东坡不学无术、文辞不好，实在使我惊讶不已了。但他不这么说也就无法断言苏东坡的社会名声和世俗鼓动力是“滥得”。总而言之，李定的攻击在种种表层动机下显然埋藏着一个最深秘的元素“妒忌”。无论如何，诋毁苏东坡的学问和文采毕竟是太愚蠢了，这在当时加不了苏东坡的罪，而在以后却成了千年笑柄。但是妒忌一深就会失控，他只会找自己最痛恨的部位来攻击，已顾不得哪怕是装装样子的可信性和合理性了。

又如王圭。这是一个跋扈和虚伪的老人。他凭着资格和地位自认为文章天下第一，实际上他写诗作文绕来绕去都离不开“金玉锦绣”这些字眼，大家暗暗掩口而笑，他还自我感觉良好。现在，一个后起之秀苏东坡名震文坛，他当然要想尽一切办法来对付。有一次他对皇帝：“苏东坡对皇上确实有二心。”皇帝问：“何以见得？”他举出苏东坡一首写桧树的诗中有“蛰龙”二字为证，皇帝不解，说：“诗人写桧树，和我有什么关系？”他说：“写到了龙还不是写皇帝吗？”皇帝倒是头脑清醒，反驳道：“未必，人家叫诸葛亮还叫卧龙呢！”这个王圭用心如此低下，文章能好到哪儿去呢？更不必说与苏东坡来较量了。几缕白发有时能够冒充师长、掩饰邪恶，却欺骗不了历史。历史最终也没有因为年龄把他的名字排列在苏东坡的前面。

又如李宜之。这又是另一种特例,做着一个芝麻绿豆小官,在安徽灵璧县听说苏东坡以前为当地一个园林写的一篇园记中有劝人不必热衷于做官的词句,竟也写信给皇帝检举揭发,并分析说这种思想会使人们缺少进取心,也会影响取士。看来这位李宜之除了心术不正外,智力也大成问题,你看他连诬陷的口子都找得不伦不类。但是,在没理性法庭的情况下,再愚蠢的指挥也能成立,因此对散落全国各地的李宜之们构成了一个鼓励。为什么档次这样低下的人也会挤进来围攻苏东坡?当代苏东坡研究者李一冰先生说得很好:"他也来插上一手,无他,一个默默无闻的小官,若能参加一件扳倒名人的大事,足使自己增重。"从某种意义上说,他的这种目的确实也部分地达到了,例如我今天写这篇文章时竟然还会写到李宜之这个名字,便完全是因为他参与了对苏东坡的围攻,否则他没有任何理由被哪怕是同一时代的人写在印刷品里。我的一些青年朋友根据他们对当今世俗心理的多方体察,觉得李宜之这样的人未必是为了留名于历史,而是出于一种可称作"砸窗子"的恶作剧心理。晚上,一群孩子站在一座楼前指指点点,看谁家的窗子亮就拣一块石头扔过去,谈不上什么目的,只图在几个小朋友中间出点风头而已。我觉得我的青年朋友们把李宜之看得过于现代派、也过于城市化了。李宜之的行为主要出于一种政治投机,听说苏东坡有点麻烦,就把麻烦闹得大一点,反正对内不会负道义责任,对外不会负法律责任,乐得投井下石,撑顺风船。这样的人倒是没有胆量像李定、舒亶和王圭那样首先向一位文化名人发难,说不定前两天还在到处吹嘘在什么地方有幸见过苏东坡、硬把苏东坡说成自己的朋友甚至老师呢。

又如——我真不想写出这个名字,但再一想又没有讳避的,还是写出来吧:沈括。这位在中国古代科技史上占有不小地位的著名科学家也因忌妒而陷害过苏东坡,用的手法仍然是检举揭发苏东坡的诗中有讥讽政府的倾向。如果他与苏东坡是政敌,那倒也罢了,问题是他们曾是好朋友,他所检举揭发的诗句,正是苏东坡与他分别时手录近作送给他留作纪念的。这实在太不是味道了。历史学家们分析,这大概与皇帝在沈括面前说过好话有关,沈括心中产生了一种默默的对比,不想让苏东坡的文化地位高于自己,另一种可能是他深知王安石与苏东坡政见不同,他投注到了王安石一边。但王安石毕竟也是一个讲究人品的文化大师,重视过沈括,但最终却得出这是一个不可亲近的小人的结论。当然,在人格人品上的不可亲近,并不影响我们对沈括科学成就的肯定。

围攻者还有一些,我想举出这几个也就差不多了,苏东坡突然陷入困境的原因已经可以大致看清了,我们也领略了一组有可有能超越时空的"文化群小"的典型。他们中的任何一个人要单独搞倒苏东坡都是很难的,但是在社会上没有一种强大的反诽谤、反诬陷机制情况下,一个人探头探脑地冒险会很容易地招来一堆凑热闹的人，于是七嘴八舌地组合成一种伪舆论，结果连神宗皇帝也对苏东坡疑惑起来，下旨说查查清楚，而去查的正是李定这些人。

苏东坡开始很不在意。有人偷偷告诉他，他的诗被检举揭发了，他先是一怔，后来还潇洒、幽默地说："今后我的诗不悉皇帝看不到了。"但事态的发展却越来越不潇洒，一〇七九年七月二十日，朝廷派人到湖州的州衙门来逮捕苏东坡，苏东坡事先得知风声，立即不知所措。文人终究是文人，他完全不知道自己犯了什么罪，从气势汹汹的样子看，估计会处死，他害怕了，躲在后屋里不敢出来，朋友说躲着也不是办法，人家已经在前面等着了，要躲也躲不过。正要出来他又犹豫了，出来该穿什么服装呢？已经犯了罪，还能穿官服吗？朋友说，什么罪还不知道，还是穿官服吧。苏东坡终于穿着官服出来了，朝廷派来的差官装模作样地半天不说话，故意要演一个压得人气都透不过来的场面出来。苏东坡越来越慌张，说："我大概把朝廷惹恼了，看来意得死，请允许我回家与家人告别。"差官说"还不到于这样"，便叫两个差人用绳子捆扎了苏东坡，像驱赶鸡犬一样上路了。家人赶来，号啕大哭时，湖州城的市民也在路边流泪。

长途押解，犹如一路示众，可惜当时几乎没有什么传播媒介，沿途百姓不认识这就是苏东坡。贫瘠而愚昧的国土上，绳子捆扎着一个世界级的伟大诗人，一步步行进。苏东坡在示众，整个民族在丢人。

全部遭遇还不知道半点起因，苏东坡只怕株连亲朋好友，在途经太湖和长江时都想投水自杀，由于看守严密而未成。当然也很可能成，那样，江湖淹没的，将是一大截特别明丽的中华文明。文明的脆弱性就在这里，一步之差就会全盘改易，而把文明的代表者逼到这一步境地的则是一群小人。一群小人能做成如此大事，只能归功于中国的独特国情。

小人牵着大师，大师牵着历史。小人顺手把绳索重重一抖，于是大师和历史全都成了罪孽的化身。一部中国文化史，有很长时间一直捆押在被告席上，而法官和原告，大多是一群群挤眉弄眼的小人。

究竟是什么罪？审起来看！

怎么审？打！

一位官员曾关在同一监狱里，与苏东坡的牢房只有一墙之隔，他写诗道：

遥怜北户吴兴守，
诟辱通宵不忍闻。

通宵侮辱、摧残到了其他独坐也听不下去的地步，而侮辱、摧残的对象，竟然就是苏东坡！

请允许我在这里把笔停一下。我相信一切文化良知都会在这里战栗。中国几千年间有几个像苏东坡那样可爱、高贵而有魅力的人呢？但可爱、高贵、魅力之类既构不成社会号召力也构不成自我卫护力，真正厉害的是邪恶、低贱、粗暴，它们几乎战无不胜、攻无不克、所向无敌。现在，苏东坡被它们抓在手里搓捏着，越是可爱、高贵、有魅力，搓捏得越起劲。温和柔雅如林间清风、深谷白云的大文豪面对这彻底陌生的语言系统和行为系统，不可能作任何像样的辩驳，他一定变得非常笨拙，无法调动起码的言词，无法完成简单的逻辑。他在牢房里的应对，绝对比不过一个变通的盗贼。因此审问者们愤怒了也高兴了，原来这么个大名人竟是草包一具，你平日的滔滔文辞被狗咬掉了？看你这副熊样还能写诗作词？纯粹是骗人家的吧！接着就是轮番扑打，诗人用纯银般的嗓子哀号着，哀号到嘶哑。这本是一个只需要哀号的地方，你写那么美丽的诗就已荒唐透顶了，还不该打？打，打得你淡妆浓抹，打得你乘风归去，打得你密州出猎！

开始，苏东坡还试图拿点儿正常逻辑顶几句嘴，审问者咬定他的诗里有讥讽朝廷的意思，他说："我不敢有此心，不知什么人有此心，造出这种意思来。"一切诬陷者都喜欢把自己打扮成某种"险恶用心"的发现者，苏东坡指出，他们不是发现者而是制造者。那也就是说，诬陷者所推断出来的"险恶用心"，可以看作是他们自己的内心，因此应该由他们自己来承担。我想一切遭受诬陷的人都会或迟或早想到这个简单的道理，如果这个道理能在中国普及，诬陷的事情一定会大大减少。但是，在牢房里，苏东坡的这一思路招来了更凶猛的侮辱和折磨，当诬陷者和办案人完全合成一体、串成一气时，只能这样。终于，苏东坡经受不住了，经受不住日复一日、通宵达旦的连续逼供，他想闭闭眼，喘口气，唯一的办法就是承认。于是，他以前的诗中有"道旁苦李"，是在说自己不被朝廷重视；诗中有"小人"字样，是讽刺当朝大人；特别是苏东坡在杭州做友谊赛时兴冲冲去看钱塘潮，回来写了咏弄潮儿的诗"吴儿生长狎涛渊"，据说竟是在影射皇帝兴修水利！这种大胆联想，连苏东坡这位浪漫诗人都觉得实在不容易跳跃过去，因此在承认时还不容易"一步到位"，审问者有本事耗时间一点点通过去。案卷记录上经常出现的句子是："逐次隐讳，不说情实，再勘方招。"苏东坡全招了。同时他也就知道必死无疑了。试想，把皇帝说成"吴儿"，把兴修水利说成玩水，而且在看钱塘潮时竟一心想着写反诗，那还能活？

他一心想着死。他觉得连累了家人，对不起老妻，又特别想念弟弟。他请一位善良的狱卒带了两首诗给苏辙，其中有这样的句子："是处青山可埋骨，他时夜雨独伤神，与君世世为兄弟，又结来生未了因。"埋骨的地点，他希望是杭州西湖。

不是别的，是诗句，把他推上了死路。我不知道那些天他在铁窗里是否抱怨甚至痛恨诗文。没想到，就在这里，隐隐约约地，一种散落四处的文化良知开始汇聚起来了，他的诗文竟然在这危难时分产生了正面回应，他的读者们慢慢抬起了头，要说几句对得起自己内心的话了。很多人不敢说，但毕竟还有勇敢者；他的朋友大多躲避了，但毕竟还有侠义人。

杭州的父老百姓想起他在当地做官时的种种美好行迹，在他入狱后公开做了解厄道场，求告神明保佑他；狱卒梁成知道他就是大文豪，在审问人员离开时尽力照顾生活，连每天晚上的洗脚热水都准备了；他在朝中的朋友范镇、张方平不怕受到牵连，写信给皇帝，说他在文学上“实天下之奇才”，希望宽大；他的政敌王安石的弟弟王安礼也仗义执言，对皇帝说：“自古大度之君，不以言语罪人”，如果严厉处罚了苏东坡，“恐后世谓陛下不能容才”。最有趣的是那位我们上文提到过的太皇太后，她病得奄奄一息，神宗皇帝想大赦犯人来为她求寿，她竟说：“用不着去赦免天下的凶犯，放了苏东坡一人就够了！”最直截了当的是当朝左相吴充，有次他与皇帝谈起曹操，皇帝对曹操评价不高，吴充立即接口说：“曹操猜忌心那么重还容得下祢衡，陛下怎么容不下一个苏东坡呢？”

对这些人，不管是狱卒还是太后，我们都要深深感谢。他们比研究者们更懂得苏东坡的价值，就连那盆洗脚热水也充满了文化的热度。

据王巩《甲申杂记》记载，那个带头诬陷、调查、审问苏东坡的李定，整日得意洋洋，有一天与满朝官员一起在崇政殿的殿门外等候早朝时向大家叙述审问苏东坡的情况，他说：“苏东坡真是奇才，一二十年前的诗文，审问起来都记得清清楚楚！”他以为，对这么一个哄传朝野的著名大案，一定会有不少官员感兴趣，但奇怪的是，他说了这番引逗中国人提问的话之后，没有一个人搭腔，没有一个人提问，崇政殿外一片静默。这静默算不得抗争，也算不得舆论，但着实透着点儿高贵。相比之下，历来许多诬陷者周围常常会出现一些不负责任的热闹，以嘈杂助长了诬陷。

就在这种情势下，皇帝释放了苏东坡，贬谪黄州。黄州对苏东坡的重要性，不言而喻。

三

我非常喜欢读林语堂先生的《苏东坡传》，前后读过多少遍都记不清了，但每次总觉得语堂先生把苏东坡在黄州的境遇和心态写得太理想了。语堂先生酷爱苏东坡的黄州诗文，因此由诗文渲染开去，由酷爱渲染开去，渲染得通体风雅、圣洁。其实，就我所知，苏东坡在黄州还是很凄苦的，优美的诗文，是对凄苦的挣扎和超越。

苏东坡在黄州的生活状态，已被他自己写给李端叔的一封信描述得非常清楚。信中说：

> 得罪以来，深自闭塞，扁舟草履，放浪山水间，与樵渔杂处，往往为醉人所推骂，辄自喜渐不为人识。平生亲友，无一字见及，有书与之亦不答，自幸庶几免矣。

我初读这段话时十分震动，因为谁都知道苏东坡这个乐呵呵的大名人是有很多很多朋友的。日复一日的应酬,连篇累牍的唱和,几乎成了他生活的基本内容,他一半是为朋友们活着。但是,一旦出事,朋友们不仅不来信,而且也不回信了。他们都知道苏东坡是被冤屈的,现在事情大体已经过去,却仍然不愿意写一两句哪怕是问候起居的安慰话。苏东坡那一封封用美妙绝伦、光照中国书法史的笔墨写成的信,千辛万苦地从黄州带出去,却换不回一丁点儿友谊的信息。我相信这些人都不是坏人,但正因为不是坏人,更让我深长地叹息。总而言之,原来的世界已在身边轰然消失,于是一代名人也就混迹于樵夫渔民间不被人认识。本来这很可能换来轻松,但他又觉得远处仍有无数双眼睛注视着自己,他暂时还感觉不到这个世界对自己的诗文仍有极温暖的回应,只能在寂寞中惶恐。即便这封无关宏旨的信,他也特别注明不要给别人看。日常生活,在家人接来之前,大多是白天睡觉,晚上一个人出去溜达,见到淡淡的土酒也喝一杯,但绝不喝多,怕醉后失言。

他真的害怕了吗?也是,也不是。他怕的是麻烦,而绝不怕大义凛然地为道义、为百姓,甚至为朝廷、为皇帝捐躯。他经过"乌台诗案"已经明白,一个人蒙受了诬陷即便是死也死不出一个道理来,你找不到慷慨陈词的目标,你抓不住从容赴死的理由。你想做个义无反顾的英雄,不知怎么一来把你打扮成了小丑;你想做个坚贞不屈的烈士,闹来闹去却成了一个深深忏悔的俘虏。无法洗刷,无处辩解,更不知如何来提出自己的抗议,发表自己的宣言。这确实很接近有的学者提出的"酱缸文化",一旦跳在里边,怎么也抹不干净。苏东坡怕的是这个,没有哪个高品位的文化人不怕。但他的内心实在仍有无畏的一面,或者说灾难使他更无畏了。他给李常的信中说:

吾侪虽老且穷,而道理贯心肝,忠义填骨髓,直须谈笑于生死之际……虽怀坎土禀时,遇事有可尊主泽民者,便忘躯为之,祸福得丧,会与造物。

这么真诚的勇敢,这么洒脱的情怀,出自天真了大半辈子的苏东坡笔下,是完全可以相信的。但是,让他在何处作这篇人生道义的大文章呢?没有地方,没有机会,没有观看者,没有裁决者,只有一个把是非曲直、忠奸善恶染成一色的大酱缸。于是,苏东坡刚刚写了上面这几句,支颐一想,又立即加一句:此信看后烧毁。

这是一种真正精神上的孤独无靠,对于一个文化人,没有比这更痛苦的了。那阕著名的《卜算子》,用极美的意境道尽了这种精神遭遇:

缺月挂疏桐,漏断人初静。谁见幽人独往来?缥缈孤鸿影。惊起却回头,有恨无人省。拣尽寒枝不肯栖,寂寞沙洲冷。

正是这种难言的孤独,使他彻底洗去了人生的喧闹,去寻找无言的山水,去寻找远逝的古人。在无法对话的地方寻找对话,于是对话也一定会变得异乎寻常。像苏东坡这样的灵魂竟然寂然无声,那么,迟早总会突然冒出一种宏大的奇迹,让这个世界大吃一惊。

然而,现在他即便写诗作文,也不会追求社会的轰动了。他在寂寞中反省过去,觉得自己以前最大的毛病是才华外露,缺少自知之明。一段树木靠着瘿瘤取悦于人,一块石头靠着晕纹取悦于人,其实能拿来取悦于人的地方恰恰正是它们的毛病所在,它们的正当用途绝不在这里。我苏东坡三十余年来想博得别人叫好的地方也大多是我的弱项所在,例如从小为考科举学写政论、策论,后来更是津津乐道于考论历史是非,直言陈谏曲直,做了官以为自己真的很懂得这一套了,洋洋自得地炫耀无知。三十多年来最大的弊病就在这里。现在终于明白了,到黄州的我是觉悟了的我,与以前的苏东坡是两个人(参见《致李端叔书》)。

苏东坡的这种自省,不是一种走向乖巧的心理调整,而是一种极其诚恳的自我剖析,目的是想找回一个真正的自己。他在无情地剥除自己向上每一点异己的成分,哪怕这些成分曾为他带来过官职、荣誉和名声。他渐渐回归于清纯和空灵,在这一过程中,佛教帮了他大忙,使他习惯于淡泊和静定。艰苦的物质生活,又使他不得不亲自垦荒种地,体味着自然和生命的原始意味。

这一切,使苏东坡经历了一次整体意义上的脱胎换骨,也使他的艺术才情获得了一次蒸馏和升华,他,真正地成熟了——与古往今来许多大家一样,成熟于灭寂之后的再生,成熟于穷乡僻壤,成熟于几乎没有人在他身边的时刻。幸好,他还不年老,他在黄州期间,是四十岁到四十八岁,对一个男人说,正是最重要的年月,今后还大有可为。中国历史上,许多人觉悟在过于苍老的暮年,换言之,成熟在过了季节的年岁,刚要享用成熟所带来的恩惠,脚步却已踉跄蹒跚;与他们相比,苏东坡真是好命。

成熟是一种明亮而不刺眼的光辉,一种圆润而不腻耳的音响,一种不再需要对别人察言观色的从容,一种终于停止向周围申诉求告的大气,一种不理会哄闹的微笑,一种洗刷了偏激的淡漠,一种无须声张的厚实,一种并不陡峭的高度。勃郁的豪情发过了酵,尖利的山风收住了劲,湍急的细流汇成了湖,结果——

引导千古杰作的前奏已经鸣响,一道神秘的天光射向黄州,《念奴娇·赤壁怀古》和前后《赤壁赋》马上就要产生。

【作者简介】

余秋雨,上海戏剧学院教授,曾任上海戏剧学院副院长、院长、荣誉院长,国际知名的学者和作家。其文化散文集,在20世纪90年代至21世纪初的中国内地最畅销书籍中占据了非常重要的地位,在中国台湾、香港等地也有很大影响。现任《书城》杂志荣誉主编。

【阅读提示】

《苏东坡突围》讲述的是苏东坡在被贬黄州以后的转变,细致地剖析了苏东坡在乌台诗案以后思想的变化与成熟。苏东坡虽有满腹的才华,却逃不过强大的政治力量的迫害,最终在两个政治集团的夹击下被贬黄州。这次被贬黄州的灾难,使苏东坡重新反省了自己,剖析自己过去的种种。于是,他成熟了。从此,苏东坡诗文的风格发生了巨大的变化,少了年少时大漠长天挥洒自如的豪迈气概,越来越转向大自然、转向人生体悟。

苏东坡突围了,从政敌林立的朝廷,从思想闭塞的封建王朝,在思想上超脱了。他继续挥写自己奇迹般的成就。

【思考与练习】

1.苏东坡为什么被贬黄州?

2.作者对苏东坡被贬原因的分析是否客观?请谈谈你的看法。

《细节决定成败》

汪中求

【作品简介】

芸芸众生能做大事的实在太少,多数人的多数情况总还只能做一些具体的事、琐碎的事、单调的事,也许过于平淡,也许鸡毛蒜皮,但这就是工作、是生活、是成就大事的不可缺少的基础。中国绝不缺少雄韬伟略的战略家,缺少的是精益求精的执行者;决不缺少各类管理制度,缺少的是对规章条款不折不扣的执行。老子曾说:"天下难事,必做于易;天下大事,必做于细",它精辟地指出了想成就一番事业,必须从简单的事情做起,从细微之处入手。一心渴望伟大、追求伟大,伟大却了无踪影;甘于平淡,认真做好每个细节,伟大却不期而至。这也就是细节的魅力。一个人的价值不是以数量而是以他的深度来衡量的,成功者的共同特点,就是能做小事情,能够抓住生活中的一些细节。成大业若烹小鲜,做大事必重细节。我们必须改变心浮气躁、浅尝辄止的毛病,提倡注重细节、把小事做细……本书用大量鲜活的案例论述了"细节"在管理中的重要性,证明了在"精细化管理时代——细节决定成败"的观点。

【作品欣赏】

细节决定成败(节选)

细节是一种功力——我在《营销人的自我营销》中曾说:世界上最难遵循的规则是度,度源于素养,而素养则来自于日常生活一点一滴的细节的积累,这种积累是一种功夫。

成功的应聘者

我曾看这样一个故事,觉得对现在的企业和个人都具有借鉴意义:

某著名大公司招聘职业经理人,应者云集,其中不乏高学历、多证书、有相关工作经验的人。经过初试、笔试等 4 轮淘汰后,只剩下 6 个应聘者,但公司最终只选择一人作为经理。所以,第 5 轮将由老板亲自面试。看来,接下来的角逐将会更加激烈。

可是当面试开始时，主考官却发现考场上多出了一个人，出现7个考生，于是就问道："有不是来参加面试的人吗?"这时，坐在最后面的一个男子站起身说："先生，我第一轮就被淘汰了，但我想参加一下面试。"

人们听到他这么讲，都笑了，就连站在门口为人们倒水的那个老头子也忍俊不禁。主考官也不以为然地问："你连考试第一关都过不了，又有什么必要来参加这次面试呢?"这位男子说："因为我掌握了别人没有的财富，我自己本人即是一大财富。"大家又一次哈哈大笑了，都认为这个人不是头脑有毛病，就是狂妄自大。

这个男子说："我虽然只是本科毕业，只有中级职称，可是我却有着10年的工作经验，曾在12家公司任过职……"这时主考官马上插话说："虽然你的学历和职称都不高，但是工作10年倒是很不错，不过你却先后跳槽12家公司，这可不是一种令人欣赏的行为。"

男子说："先生，我没有跳槽，而是那12家公司先后倒闭了。"在场的人第三次笑了。一个考生说："你真是一个地地道道的失败者!"男子也笑了："不，这不是我的失败，而是那些公司的失败。这些失败积累成我自己的财富。"

这时，站在门口的老头子走上前，给主考官倒茶。男子继续说："我很了解那12家公司，我曾与同事努力挽救它们，虽然不成功，但我知道错误与失败的每一个细节，并从中学到了许多东西，这是其他人所学不到的。很多人只是追求成功，而我，更有经验避免错误与失败!"

男子停顿了一会儿，接着说："我深知，成功的经验大抵相似，容易模仿；而失败的原因各有不同。用10年学习成功经验，不如用同样的时间经历错误与失败，所学的东西更多、更深刻；别人的成功经历很难成为我们的财富，但别人的失败过程却是!"

男子离开座位，做出转身出门的样子，又忽然回过头："这10年经历的12家公司，培养、锻炼了我对人、对事、对未来的敏锐洞察力，举个小例子吧——真正的考官，不是您，而是这位倒茶的老人……"

在场所有人都感到惊愕，目光转而注视着倒茶的老头。那老头诧异之际，很快恢复了镇静，随后笑了："很好！你被录取了，因为我想知道——你是如何知道这一切的?"

老头的言语表明他确实是这家大公司的老板。这次轮到这位考生笑了。

我曾经说过，一个人的能力是一种不能用编程来表现的东西，因而是学不到的。世事洞明皆学问，人情练达即文章。这个考生能够从倒茶水的老头的眼神、气度、举止等，看出他是这个企业的老板，说明他是一个观察力很强的人。这种洞烛入微的功夫不是一朝一夕能够练就的，而需要长期的积累，在注重对一个细节的观察中不断地训练和提高。成功者的共同特点，就是能做小事情，能够抓住生活中的一些细节。不论什么事,实际上都是由一些细节组成的。

一心渴望伟大、追求伟大,伟大却了无踪影;甘于平淡,认真做好每个细节,伟大却不期而至。这就是细节的魅力,是水到渠成后的惊喜。

作为企业,在用人方面,不能光凭其嘴上讲的,纸上写的,而应多考察其生活中工作上的细节,而这些细节又不是科技尖端领域,是极其简单的、极其容易的事情。对于现代企业而言,不能以学历、职称、相貌等表面现象来选择人才,要更多地注重人才的能力。我在给许多家企业作咨询顾问时,在选拔人才中总结了如下一些要注意的细节:

简历并不能表示应聘者的能力,你要了解应聘者的缺点在哪里?

学历与工作经历哪个对你企业更重要?

求职者有没有个性特征?他(她)的个性特征表现在哪个方面?他(她)有无合作精神?是不是个偏激的人?

企业是不是给应聘者许下了过高的承诺?让应聘者对公司的期望值太高。

招聘人员是否给应聘人员更多的表现机会?双方的交流是否充分?

招聘人员对自己的形象是否足够注意?是否有足够好的口才?足够清楚的招聘风格?

教授的测试题

有位医学院的教授,在上课的第一天对他的学生说:“当医生,最要紧的就是胆大心细!”说完,便将一只手指伸进桌子上一只盛满尿液的杯子里,接着再把手指放进自己的嘴中,随后教授将那只杯子递给学生,让这些学生学着他的样子做。看着每个学生都把手指探入杯中,然后再塞进嘴里,忍着呕吐的狼狈样子,他微微笑了笑说:“不错,不错,你们每个人都够胆大的。”紧接着教授又难过起来:“只可惜你们看得不够心细,没有注意我探入尿杯的是食指,放进嘴里的却是中指啊!”

教授这样做的本意是教育学生在科研与工作中都要注意细节。相信尝过尿液的学生应该终生能够记住这次“教训”。

注意细节其实是一种功夫,这种功夫是靠日积月累培养出来的。谈到日积月累,就不能不涉及习惯,因为人的行为的95%都是受习惯影响的,在习惯中积累功夫,培养素质。爱因斯坦曾说过这样一句有意思的话:“如果人们已经忘记了他们在学校里所学的一切,那么所留下的就是教育。”也就是说“忘不掉的是真正的素质”。而习惯正是忘不掉的最重要的素质之一。

海尔总裁张瑞敏说:“什么是不简单?把每一件简单的事做好就是不简单;什么是不平凡?能把每一件平凡的事做好就是不平凡。”在海尔厂区上下班时工人走路全部靠右边走,没有其他企业员工潮进潮出的现象,完全按交通规则,这就是不简单。难吗？不难。行人靠右走这是小学生都懂的规则，可很多企业没做到，海尔却做到了。这就是素质，海尔人的素质，在小小的走路这一细节上就体现出来了！

如果没有良好习惯为基础，任何理想的大厦都难以建立起来。而习惯恰恰是由日常生活中的一点一滴的细微之处的不断积累所形成的。所以，中国古人说得好：勿以善小而不为，勿以恶小而为之。从更深刻的意义上讲，习惯是人生之基，而基础水平决定人的发展水平。大量事实证明，习惯如何常常可以决定一个人的成败，也可能导致事业的成败。俄罗斯教育家乌申斯基(1824—1870)说："良好的习惯是人在其思维习惯中所存放的道德资本，这个资本会不断增长，一个人毕生可以享受它的'利息'。"另一方面，"坏习惯在同样的程度上就是一笔道德上未偿清的债务，这种债务能以其不断增长的利息折磨人，使他最好的创举失败，并把他引到道德破产的地步……"。

要把重视细节、将小事做细培养成一种习惯。通过长期积累，自然会使你在所做的工作中有大的提高。如果只图一时，而不顾长远，自然起不到这样的效果。就像毛泽东所说的："一个人做一件好事并不难，难的是一辈子做好事。"不在一时，而在一世，在每一个细节上把事情做好是相当难的。

所以，成功是一个日积月累、持续不断的过程，任何希图侥幸、立时有成的想法都注定要失败的。中华武术中的"功夫"，就是基本动作天天做，本身就有日积月累的含义。

【作者简介】

汪中求，清华大学EMBA。先后担任香港恒雅(深圳)公司市场部总裁秘书，清华同方股份有限公司商务部经理，泰豪科技股份有限公司市场总监等职务。目前为北大、清华等多所高校职业经理人训练班的特聘培训师、北京大学民营经济研究所特聘研究员。

他具有13年的企业管理生涯，足迹遍布28个省、市、自治区，审定和签订了超过2 000份合同、协议。在企业工作的过程中，他积累了丰富的营销和管理经验，并与企业管理的理论界有广泛的联系与交流，发表了100万字以上的市场营销和经济管理文章。

汪中求先生的著作《营销人的自我营销》一书，被誉为"中国5 000万营销人第一堂必修课"，在业内以及社会各界有着广泛的影响。2004年1月，又推出《细节决定成败》一书，提出"精细化管理时代——细节决定成败"的观点，被誉为"扎在当今社会浮躁穴位上的一根针"，在全国范围内掀起了"细节管理"研究实践的热潮。《细节决定成败》也创造了本土财经类图书畅销的奇迹，该书被中国书刊发行协会评为"全国优秀畅销书"。目前该书已再版加印11次，他本人也被誉为"细节专家"，并被第二届中国职业经理人年会评为"2004年度中国十大优秀管理培训师"。

【阅读提示】

《细节决定成败》这本书在列举大量案例的基础上，强调做足细节的重要性这一点，是值得肯定的，它不只是适用于企业中的精细化管理方面，在其他很多方面，注重细节都是非常必要的，而这也正是时下很多青年人缺乏的品质。所以，该书对即将踏入社会工作的青年人，或有志于今后在工作中作出更大成绩的人来说，无疑起到了"一语惊醒梦中人"的作用。

【思考与练习】

1.细节对于一个人走向成功而言到底有多么重要？读完这本书后，请说说自己的感受。

2.有人说《细节决定成败》这本书只一味地强调注重细节的重要，却没有把握好"度"，容易使人陷于各种琐碎事务中，从而抹杀人们的创造性。你是怎么看这个问题的？

抒情诗四首

汪国真

【作品简介】

汪国真的诗歌，主题积极向上、昂扬而又超脱，向读者传达了一种超然、豁达、平易、恬淡的人生态度——汪国真式的人生态度，这是他的诗深受读者欢迎的原因所在。而所谓这种人生态度，实际就是对中国自宋元以来传统诗歌那种豁达、飘逸、潇洒、超脱的人生哲学的创造性转化。

【作品欣赏】

跨越自己

我们可以欺瞒别人
却无法欺瞒自己
当我们走向枝繁叶茂的五月
青春就不再是一个谜
向上的路
总是坎坷又崎岖
要永远保持最初的浪漫
真是不容易
有人悲哀
有人欣喜
当我们跨越了一座高山
也就跨越了一个真实的自己

倘若才华得不到承认

倘若才华得不到承认
与其诅咒　不如坚忍
在坚忍中积蓄力量
默默耕耘
诅咒　无济于事
只能让原来的光芒黯淡
在变得黯淡的光芒中
沦丧的更有　大树的精神
飘来的是云
飘去的也是云
既然今天
没人识得星星一颗
那么明日
何妨做　皓月一轮

自　爱

你没有理由沮丧
为了你是秋日
彷徨
你也没有理由骄矜
为了你是春天
把头仰
秋色不如春光美
春光也不比秋色强

我微笑着走向生活

我微笑着走向生活
无论生活以什么方式回敬我
报我以平坦吗
我是一条欢乐奔流的小河
报我以崎岖吗
我是一座大山庄严地思索
报我以幸福吗
我是一只凌空飞翔的燕子
报我以不幸吗
我是一根劲竹经得起千击万磨
生活里不能没有笑声
没有笑声的世界该是多么寂寞
什么也改变不了我对生活的热爱
我微笑着走向火热的生活

【作者简介】

汪国真，当代诗人、书画家、作曲家。汪国真中学毕业后进入北京第三光学仪器厂当工人。1982 年毕业于暨南大学中文系。1985 年开始进行诗歌的创作。1990 年开始出版诗集。第一部诗集为《年轻的潮》，以后又出过多部诗集。曾经在 1990 年代掀起一股“汪国真热”。有人称汪国真是“中国诗歌最后一个辉煌的诗人”。汪国真在书画创作领域也取得了令人欣喜的成果。他的书法作品被镌刻在张家界、黄山、五台山等多处名胜风景区。2002 年他入选中国文联出版社当年出版的《中国百年书画走红名家》一书。进入新世纪以来，汪国真又开始了音乐的研究与创作。

【阅读提示】

汪国真的诗倾向于内心冥想，能给读者带来一种平淡、宁静、安谧的意境，仿佛一池夏荷中微微皱起波澜的清风；仿佛五月葡萄架下，架起一张靠椅，而远方飘来一声轻悠的洞箫；又恍然栀花上两只懒洋洋的蝴蝶。一种安详、平和，使人想起奶奶的慈爱、妈妈的吻，及偶尔翻起一张穿着裤衩的小男孩照片时的那种感觉，些许的怅然，些许的惋惜，微微的欣喜，微微的感伤。

汪国真的诗，情感细腻，他从现实中选取带泪的花草，忧郁的大海与沉幽的梦，穿缀在他完整的音韵里，韵律缓缓，如同老人舒缓的语调。汪国真的诗多以真切的内心感触为内容。

【思考与练习】

1.上述各诗分别告诉了我们什么道理？

2.试分析《跨越自己》一诗中“当我们跨越了一座高山”中的“高山”的含义。我们应该如何面对生活中的高山？

《子　夜》

茅　盾

【作品简介】

《子夜》是中国现代著名作家茅盾(1896—1981年)创作的长篇小说,原名《夕阳》。作者之所以以"子夜"命名,在于暗示故事是发生在中国黎明前的黑暗时刻——子夜,从而预示黑暗即将过去,光明定会到来。《子夜》是我国现代文学一部杰出的革命现实主义长篇。它以上海为中心,以民族资本家吴荪甫为中心,描写了当时中国社会的各种矛盾和斗争。写的是1930年5月至7月这两个月中的事件。贯穿《子夜》全书的主线,是民族工业资本家吴荪甫和买办金融资本家赵伯韬之间的矛盾和斗争。围绕这一主线,小说共写十九章,第一、第二两章交代人物,其余十七章虽各有重点但皆共同服从于全书的中心,小说结尾侧面带出中国工农红军日益强大,指出了中国革命的真正出路。

半个多世纪以来,《子夜》不仅在中国拥有广泛的读者,且被译成英、德、俄、日等十几种文字,产生了广泛的国际影响。日本著名文学研究家筱田一士在推荐10部20世纪世界文学巨著时,便选择了《子夜》,认为这是一部可以与普鲁斯特的《追忆逝水年华》、加西亚·马尔克斯的《百年孤独》相媲美的杰作。

【作品欣赏】

《子　夜》

十三

还没有闪电。只是那隆隆然像载重汽车驶过似的雷声不时响动。天空张着一望无际的灰色的幕,只有直西的天角像是破了一个洞,露出小小的一块紫云。夕阳的仓皇的面孔在这紫云后边向下没落。

裕华丝厂的车间里早就开亮了电灯。工作很紧张,全车间是一个飞快的转轮。电灯在浓厚的水蒸气中也都黄着脸,像要发晕。被丝车的闹声震惯了耳朵的女工们虽然并没听得外边天空的雷,却是听得她们自己中间的谈话;在她们中间也有一片雷声在殷殷然发动。她们的脸通红,她们的嘴和手一般地忙。管车们好像是"装聋”，却不“装哑”，有时轻轻说一两句，于是就在女工群中爆发了轻蔑的哄笑声。

忽然汽笛声呜呜地叫了，响彻全厂。全车间一阵儿扰乱，丝车声音低下去，低下去，人声占了上风。女工们提着空饭篮拥出了车间，杂乱地在厂门口受过检查，拥出了厂门。这时候，她们才知道外边有雷，有暴风雨前的阴霾，在等着她们！

厂里是静寂下去了，车间里关了电灯。从那边管理部一排房屋闪射出来的灯光就好像格外有精神。屠维岳坐在自己的房里，低着头；头顶上是一盏三十二支光的电灯，照见他的脸微微发青，冷静到像一尊石像。忽然那房门开了，莫干丞那慌张的脸在门边一探，就进来轻声叫道：

“屠世兄！刚才三先生又来电话，问起那扣减工钱的布告有没有贴出去呢！我回说是你的意思要等到明天发，三先生很不高兴！你到底是什么打算呀？刚才放工的时候，女工们嚷嚷闹闹的；她们又知道了我们要贴布告减扣工钱了，那不是跟上回一样——”

“迟早要晓得的，怕什么！”

屠维岳微笑着说，瞥了莫干丞一眼，又看看窗外。

“明儿三先生生气，可不关我的事！”

“自然！”

屠维岳很不耐烦了。莫干丞的一对老鼠眼睛在屠维岳脸上盯了一下，又缩缩颈脖，摆出了“那我就不管”的神气，转身就走了出去，把那房门很重地碰上。屠维岳微笑着不介意，可是现在他不能够再坐在那里冷静到像一尊石像了；他掏出表来看了一看，又探头到窗外去遥望，末后就开了房门出去。恰就在这时候，昏黑中赶来了两个人，直奔进屠维岳的房间。屠维岳眼快，已经看见，就往回走，他刚刚到了自己的房门外，背后又来一个人，轻轻地在屠维岳肩头拍一掌，克勒地笑了一声。

“阿珍！这会儿我们得正正经经！”

屠维岳回过头去轻声说，就走进了房；阿珍也跟了进去。

先在房里的是桂长林和李麻子，看见屠维岳进来，就一齐喊了声“哦”，就都抢着要说话。但是屠维岳用眼光制止了他们又指着墙角的一张长凳叫他们两个和阿珍都坐了，他自己却去站在窗前，背向着窗外。那一盏三十二支光的电灯突然好像缩小了光焰。房里的空气异常严肃。雷声在外边天空慢慢地滚过。屠维岳那微微发青的面孔泛出些红色来了，他看了那三个人一眼，就问道：

“唔！姚金凤呢？”

“防人家打眼，没有叫她！你要派她做什么事，回头我去关照她好了！”

阿珍抢先回答，她那满含笑意的眼光盯住了屠维岳的面孔；屠维岳只点一下头，却不回答阿珍，也没回答她那勾引性的眼光；他突然脸色一沉，嗓子提高了一些说：

“现在大家要齐心办事！吃醋争风，自伙淘里叽哩咕噜，可都不许！”

阿珍做一个鬼脸，嘴里“唷”了一声。屠维岳只当没有看见，没有听到，又接着说下去：

“王金贞，我另外派她一点事去办了，她不能到，就只我们四个人来商量罢。——刚才三先生又打了电话来，问我为什么还没发布告。这回三先生心急得很，肝火很旺！我答应他明天一定发。三先生也明白我们要一点工夫先布置好了再开刀。他是说得明白的！可是我们的对头冤家一定要在三先生面前拆壁脚。我们三分力量对付工人，七分力量倒要对付我们的对头冤家！长林，你看来明天布告一贴出去就会闹起来的罢？”

“一定要闹的！钱葆生他们也是巴不得一闹，就想乘势倒我们的台！这班狗东西，哼！”

“屠先生！我们叫齐了人，明天她们要是闹起来，我们老实不客气，请她们到公安局里‘吃生活’；我们干得快，哪怕钱葆生他们想要串什么鬼戏，也是来不及！”

李麻子看见桂长林并没提出办法来，就赶快抢着说，很得意地伸开了两只大手掌，吐上一口唾沫，搓一搓，就捏起两个拳头放在膝头上，摆出动手打的姿势了。屠维岳都不理会，微微一笑，就又看着阿珍问道：

“阿珍！你怎么不开口？刚才车间里怎么一个样子？我们放出了那扣工钱的风声去，工人们说些什么话？薛宝珠，还有那个周二姐，造些什么谣言？你说！快点！”

“我不晓得！你叫姚金凤来问她罢！”

阿珍噘起了嘴唇回答，别转脸去看着墙角。屠维岳的脸色突然变了。桂长林和李麻子笑了起来，对阿珍做鬼脸羞她。屠维岳的眼光红得要爆出火来，他跺了一脚，正要发作，那阿珍却软化了；她负气似地说：

“她们说些什么呀？她们说要‘打倒屠夜壶！’薛宝珠和周二姐说些什么呀？她们说‘都是夜壶捣的鬼！’，许许多多好听的话，我也背不全！——长林，你也不要笑。‘打倒’，你也是有份的！”

这时窗外来了第一个闪电。两三秒钟以后，雷声从远处滚了来。陡的一阵狂风吹进房来，房里的四位都打了个寒噤。

屠维岳突然摆一摆手，制止了李麻子的已经到了嘴边的怒吼，却冷冷地问道：

“钱葆生他们存心和我们捣蛋已经有了真凭实据了，我们打算怎么办？我是昨天晚上就对三先生说过，我要辞职。三先生一定不答应。我只好仍旧干。工会里分党分派，本来不关我的事；不过我是爱打不平的！老实说，我看得长林他们太委屈，钱葆生他们太霸道了！老李，你说我这话可对？”

“对！打倒姓钱的！”

李麻子和桂长林同声叫了起来，阿珍却在一旁掩着嘴笑。

屠维岳挺起了胸脯，松一口气，再说：

"并不是我们拆三先生的烂污,实在是钱葆生他们假公济私,抓住了工人替自己打地盘,他们在这里一天,这里一天不得安静!为了他们的一点私心,我们大家都受累,那真是太岂有此理了!明天他们要利用工人来反对我们,好呀,我们斗一下罢!我们先轰走了姓钱的一伙,再解决罢工;三天,顶多三天!"

"可是他们今天在车间里那么一哄,许多人相信他们了。"

阿珍扁着嘴唇说。桂长林立刻心事很重地皱了眉头。他自己在工人中间本来没有多大影响,最近有那么一点根基,还是全仗屠维岳的力。屠维岳一眼看清了这情形,就冷笑一声,心里鄙夷桂长林的不济事。他又转眼去看李麻子。这粗鲁的麻子是圆睁着一双眼睛,捏紧着两个拳头,露骨地表示出他那一伙的特性:谁雇用他,就替谁出力。屠维岳觉得很满意了。他走前一步,正站在那电灯下,先对阿珍说:

"工人相信他们么?难道你,阿珍,你那么甜蜜的嘴,还抵不过薛宝珠么?难道姚金凤抵不过他们那周二姐么?她们会骗工人,难道你们不会么?工人们还没知道周二姐是姓钱的走狗,难道你们脸上雕着走狗两个字么?难道你们不好在工人面前剥下周二姐的面皮让大家认识个明白么?去!阿珍!你去关照姚金凤,也跟着工人们起哄罢!反对钱葆生,薛宝珠,周二姐!明天来一个罢工不要紧!马上去!回头还有人帮你的腔!去罢!我记你的头功!"

"谁稀罕你记功劳呢!公事公办就好了。"

阿珍站了起来,故意对屠维岳白了一眼,就走出去了。屠维岳侧着头想了一想,再走前一步,拍着李麻子的肩膀轻声问道:

"老李,今天晚上能够叫齐二十个人么?"

"行,行!不要说二十个,五十个也容易!"

李麻子跳起来,高兴得脸都红了,满嘴的唾沫飞溅到屠维岳脸上。屠维岳笑了一笑。

"那就好极了!可是今晚上只要二十个,到工人们住家草棚那一带走走,——老李,你明白了罢?就在那里走走。碰到什么吵架的事情,不要管。可是有两个人要盯她们的梢:一个是何秀妹,一个是张阿新——那个扁面大奶奶的张阿新,你认识的罢?明天一早,你这二十个弟兄还要到厂里来。干些什么,我们明天再说,你先到莫先生那里拿一百块钱。好了,你就去罢!"

现在房里就剩下屠维岳和桂长林两个人,暂时都没有话。雷声在天空盘旋,比先前响些了,可是懒松松地,像早上的粪车。闪电隔三分钟光景来一次,也只是短短的一瞥。风却更大了,房里那盏电灯吹得直晃。窗外天色是完全黑了。屠维岳看表,正是七点半。

"屠先生,这回罢工要是挨的日子多了,恐怕我们也要吃亏。账房间里新来的那三个人,姓曾的,姓马的,还有吴老板那个远房侄儿,背后都说你的坏话。好像他们和钱葆生勾结上了。"

桂长林轻声儿慢慢地说,那口气里是掩饰不了的悲观。屠维岳耸耸肩膀微笑。他什么都不怕。桂长林闭起他的一只小眼睛,又轻声说:

"你刚才没有关照李麻子不要把我们的情形告诉阿祥,那是一个失着。阿祥这人,我总疑心他是钱葆生派来我们这里做耳朵的!李麻子却又和他相好。"

"长林,你那么胆小,成不得大事!此刻是用人之际,我们只好冒些儿险!我有法子吃住阿祥。难处还在工人一面。吴老板面前我拍过胸脯,三天内解决罢工,要把那些坏蛋一网打尽,半年六个月没有工潮。所以明天我让她们罢下工来,——自然我们想禁止也禁止不来,可是明天我还不打算就用武力。我们让她们罢了两天,让她们先打倒钱葆生一派,我们再用猛烈的手段收拾她们!所以,长林,你得努力活动!把大部分的工人抓到你手里来。"

"我告诉我的人也反对工钱打八折?"

"自然!我们先收拾了何秀妹她们,这才再骗工人先上工,后办交涉。我看准了何秀妹同张阿新两个人有花头,不过一定还有别人,我们要打听出来。长林,这一件事,也交给你去办,明天给我回音!"

屠维岳说着又看了一次表,就把桂长林打发走,他自己也离开了他的房间。

闪电瞥过长空,照见满天的乌云现在不复是墨灰的一片,而是分了浓淡;有几处浓的,兀然高耸,像一座山,愈近那根处愈黑。雷更加响了。屠维岳跑过了一处堆木箱的空场,到了一个房外。那是吴荪甫来厂时传见办事人的办公室,平常是没有人的,但此时那关闭得紧密的百叶窗缝儿里隐隐透着灯光。屠维岳就推门进去,房里的两个人都站了起来。屠维岳微笑,做手势叫她们坐下,先对那二号管车王金贞问道:

"你告诉了她没有?"

"我们也是刚来。等屠先生自己对她说。"

王金贞怪样地回答,又对屠维岳使个眼色,站起来想走了。但是屠维岳举手在空中一按,叫王金贞仍旧坐下,一面他就转眼去看那位坐在那里局促不安的年轻女工。这是二十来岁剪发的姑娘,中等身材,皮肤很黑,可是黑里透俏,一对眼睛,尤其灵活。在屠维岳那逼视的眼光下,她的脸涨成了紫红。

屠维岳看了一会儿,就微笑着很温和地说:

"朱桂英,你到厂里快两年了,手艺很不差,你人又规矩;我同老板说过了,打算升你做管车。这是跳升,想来你也明白的罢?"

朱桂英涨红了脸不回答,眼睛看在地下。她的心跳起来了,思想很乱;本来王金贞找她的时候,只说账房间里有话,她还以为是放工前她那些反对扣工钱的表示被什么走狗去报告了,账房间叫她去骂一顿,现在却听出反面来,她一时间就弄糊涂了。并且眼前这厂方有权力的屠维岳向来就喜欢找机会和她七搭八搭,那么现在这举动也许就是吊她的膀子;想到这一点,她更加说不出话来了。恰就在这当儿，王金贞又在旁边打起边鼓来：

“真是吴老板再公道没有，屠先生也肯帮忙，不过那也是桂英姐你人好！”

“王金贞这话就不错！吴老板是公道的，很能够体恤人。他时常说，要不是蚕丝跌价，他要亏本，那么前次的米贴他一定就爽爽快快答应了。要不是近来蚕丝价钱又跌，他也不会转念头到工钱打八折！不过吴老板虽然亏本，看到手艺好又规矩的人，总还是给她一个公道，跳升她一下！”

屠维岳仍旧很温和，尖利的眼光在朱桂英身上身下打量。朱桂英虽然低着头，却感受到那眼光。她终于主意定了，昂起头来，脸色转白，轻声地然而坚决地说：

“谢谢屠先生！我没有那样福气！”

这时外边电光一闪，突然一个响雷当头打下，似乎那房间都有点震动。

屠维岳的脸色也变了，也许为的那响雷，但也许为的朱桂英那回答。他皱着眉头对王金贞使了个眼色。王金贞点着头做个鬼脸，就悄悄地走出去了。朱桂英立即也站了起来。可是屠维岳拦住了她。

“屠先生！你要干吗？”

“你不要慌，我有几句话对你讲——”

朱桂英的脸又红得像猪肝一样了。她断定了是吊她的膀子了；在从前屠维岳还是小职员的时候，朱桂英确也有一时觉得这个小伙子不惹厌，可是自从屠维岳高升为账房间内权力最大者以后，她就觉得彼此中间隔了一重高山，就连多说几句话，也很不自在了；而现在这屠维岳骗她来，又拦住了不放她！

“我不要听！明天叫我到账房间去讲！”

朱桂英看定了屠维岳的脸回答，也就站住了。屠维岳冷冷地微笑。

“你不要慌！我同女人是规规矩矩的，不揩油，不吃豆腐！我就要问你，为什么你不愿意升管车？并没有什么为难的事情派你做，只要你也帮我们的忙，告诉我，哪几个人同外边不三不四的人——共产党来往，那就行了！我也不说出去是你报告！你看，王金贞我也打发她避开了！”

屠维岳仍旧很客气，而且声音很低；可是朱桂英却听着了就心里一跳，脸色完全灰白。原来还不是想吊膀子，她简直恨这屠维岳了！

“这个，我就不晓得！”

朱桂英说着就从屠维岳身边冲出去，一直跑了。她还听得王金贞在后面叫，又听得屠维岳喝了一声，似乎唤住了王金贞；可是朱桂英头也不回，慌慌张张绕过了那丝车间，向厂门跑。

离厂门四五丈远，是那茧子间，黑魆魆的一排洋房。朱桂英刚跑到这里，忽然一道闪电照得远远近近都同白天一样。一个霹雳当头打下来，就在这雷声中跳出一个人来，当胸抱住了她。因为是意外，朱桂英手脚都软了，心是扑扑地跳，嘴里喊不出声。那人抱住她已经走了好几步了。

“救命呀！你——”

朱桂英挣扎着喊了，心里以为是屠维岳。但是雷声轰轰地在空中盘旋，她的喊声无效。忽然又一道闪电，照得远远近近雪亮，朱桂英看清了那人不是屠维岳。恰就在这时候，迎面又来了一个人，手里拿着避风灯，劈头拦住了喝问道：

“干什么？”

这是屠维岳的声音了。抱着朱桂英的人也就放了手，打算溜走。屠维岳一手就把他揪住。提起灯来照一下，认得是曾家驹。屠维岳的脸色变青了，钉了他一眼。缓慢的拖着尾巴的雷声也来了。屠维岳放开了曾家驹，转脸看着朱桂英，冷冷地微笑。

“你不肯说，也不要紧，何必跑！你一个人走，厂门口的管门人肯放你出去么？还是跟王金贞一块儿走罢！”

屠维岳仍旧很客气地说，招呼过了王金贞，他就回去了。

朱桂英到了她的所谓“家”的时候，已经在下雨了；很稀很大的雨点子，打得她“家”的竹门吵吵地响。那草棚里并没点灯。可是邻家的灯光从破坏的泥墙洞里射过来，也还隐约分别得出黑白。朱桂英喘息了一会儿，方才听得那破竹榻上有人在那里哼，是她的母亲。

“什么？妈！病了么？”

朱桂英走到她母亲身边，拿手到老太婆那叠满皱纹的额角上按了一下。老太婆看见女儿，似乎一喜，但也忍不住哭出声音来了。老太婆是常常哭的，朱桂英也不在意，只叹一口气，心里便想到刚才那噩梦一般的经过，又想到厂里要把工钱打八折的风声。她的心里又急又恨，像是火烧。她的母亲又哽咽着喊道：

“阿英，这年成——我们穷人，——只有死路一条！”

朱桂英怔怔地望着她母亲，不作声。死路么？朱桂英早就知道她们是在“死路”上。但是从穷困生活中磨炼出勇敢来的十九岁的她却不肯随随便便就只想到死，她并且想到她应该和别人活得一样舒服。她拍着她母亲的胸脯，安慰似的问道：

“妈！今天生意不好罢？”

“生意不好？呀！阿英！生意难做，不是今天一天，我天天都哭么？今天是——你去看罢！看我那个吃饭家伙！”

老太婆忽然忿激，一骨碌爬了起来，扁着嘴巴，一股劲儿发恨。

朱桂英捡起墙角里那只每天挽在她母亲臂上的卖落花生的柳条提篮仔细看时，那提篮已经撕落了环，不能再用了。篮里是空的。朱桂英随手丢开了那篮，鼓起腮巴说：

“妈，和人家吵架了罢？”

“吵架？我敢和人家吵架么？天杀的强盗，赤老，平白地来寻事！抢了我的落花生,还说要捉我到行里去吃官司!”

“怎么无缘无故抢人家的东西。”

“他说我是什么——我记不明白了！你看那些纸罢！他说这些纸犯法!”

老太婆愈说愈忿激,不哭了,摸到那板桌边擦一根火柴,点着了煤油灯。朱桂英看那篮底,还有几张小方纸印着几行红字。是包落花生用的纸。记得十多天前隔壁拾荒的四喜子不知从什么地方拾来了挺厚的一叠,她母亲用一包落花生换了些来,当做包纸用,可是这纸就犯法么？朱桂英拿起一张来细看,一行大字中间有三个字似乎很面熟;她想了一想,记起来了,这三个字就是“共产党”,厂门边墙上和马路边电杆上常见这三个字,她的兄弟小三子指给她认过,而且刚才屠维岳叫她进去也就问的这个。

“也不是我一个人用这种纸。卖熟牛肉的老八也用这纸。

还有——”

老太婆抖着嘴唇叫屈咒骂。朱桂英聪明的心已经猜透了那是马路上“寻闲食”的瘪三借端揩油;她随手撩开那些纸,也不和她母亲多说,再拾取那提篮来,看能不能修补了再用。可是陡的她提起了严重的心事,手里的柳条提篮又落在泥地上了,她侧着耳朵听。

左右邻的草棚人家,也就是朱桂英同厂小姊妹的住所,嘈杂地在争论,在痛骂。雨打那些竹门的啲啲的声音,现在是更急更响了,雷在草棚顶上滚;可是那一带草棚的人声比雨比雷更凶。竹门呀呀地发喊,每一声是一个进出的人。这丝厂工人的全区域在大雨和迅雷下异常活动！另一种雷,将在这一带草棚里冲天直轰!

朱桂英再也坐不定了,霍地跳了起来,正想出去,忽然她自己家的竹门也呀地响了,闯进一个蓝布短衫裤的瘦小子,直着喉咙喊骂道:

“他妈的狗老板！嫖婊子有钱！赌有钱！造洋房有钱！开销工钱就没有！狗老子养的畜生!”

这人就是朱桂英的兄弟小三子,火柴厂的工人。他不管母亲和阿姊的询问,气冲冲地又嚷道:

“六角一天的工钱,今年春头减了一角;今天姓周的又挂牌子,说什么成本重,赔钱,再要减一角!”

说着,他拿起破桌上那一盒火柴重重拍一下,又骂道:

“这样的东西卖两个铜子一盒,还说亏本！——阿姊,给我八个铜子,买大饼。我们厂里的人今夜要开会;我同隔壁的金和尚一块儿去！他妈的姓周的要减工钱,老子罢他妈的工!”

老太婆听明白了儿子做工的那厂里又是要减工钱,就好像天坍了。小三子已经走了。朱桂英跟着也就出去。雨劈面打来,她倒觉得很爽快;她心里的怒火高冲万丈,雨到了她热烘烘的脸上似乎就会干。

竹门外横满了大雨冲来的垃圾。一个闪电照得这一带的草棚雪亮，闪电光下看见大雨中有些人急急忙忙地走。可是闪电过后那黑暗更加难受。朱桂英的目的地却在那草棚的东头，隔着四五丈路。她是要到同厂的小姊妹张阿新"家"里，她要告诉这张阿新怎样屠维岳叫了她去，怎样骗她，怎样打听谁和共产党有花头。她的心比她的脚还要忙些。然而快到了那张阿新家草棚前的时候，突然黑暗中跳出一个人来抱住了朱桂英。

"桂英姊！"

这一声在耳畔的呼唤，把朱桂英乱跳的心镇定了。她认识这声音，是厂里打盆的金小妹。十三岁的女孩子，却懂得大人的事情，也就是紧邻金和尚的妹子。那金小妹扭在朱桂英身上，又问道：

"阿姊你到哪里去？"

"到阿新姐那里去。"

"不用去了。她们都在姚金凤家里。我们同去！"

两个人于是就折回来往左走。一边走，一边金小妹又告诉了许多"新闻"；朱桂英听得浑身发热，忘记了雨，忘记了衣服湿透。——姚金凤这回又领头！那么上次薛宝珠说她是老板的走狗到底是假的！还有谁？周二姐和钱巧林么？啊哟！那不是工会里钱葆生的妹子？这回也起劲！天哪，工人到底还是帮工人！

不多时，她们就跑近了姚金凤的家。那也是草棚，但比较的整洁，并且有一扇木门。嚷叫的声音远远地就听得了。朱桂英快活得心直跳。上次"怠工"的时候，没有这么热闹，这么胆大；上次是偷偷地悄悄地商量的。

金小妹抢前一步去开了门，朱桂英刚挤进去，就觉得热烘烘一股汗气。满屋子的声音，满屋子的人头。一盏煤油灯只照亮了几尺见方的空间，光圈内是白胖胖一张脸，吊眼皮，不是钱巧林是谁！

"都是桂长林，屠夜壶，两个人拍老板的马屁！我们罢工！明天罢工！打这两条走狗！"

钱巧林大声嚷着，她那吊眼皮的眼睛落下一滴眼泪。

"罢工！罢工！虹口有几个厂已经罢下来了！"

"我们去同她们接头——"

"她们明天来冲厂，拦人，我们就关了车冲出去！"

五六个声音这么抢着说。朱桂英只听清楚了最后说话的叫做徐阿姨，三十多岁胆小的女工。

"叫屠夜壶滚蛋！叫桂长林滚蛋！"

钱巧林旁边伸出一个头来高声喊，那正是有名的矮子周二姐。但是立刻也有人喊道：

"叫钱葆生也滚出去！我们不要那骗人的工会！我们要自己的工会！"

突然那嚷闹的人声死一样静了。许多汗污的脸转来转去搜寻那发言的人。这是何秀妹，满脸通红，睁大了眼睛，死钉住了钱巧林。可是这紧张的沉默立刻又破裂了。姚金凤那细白麻粒的小圆脸在煤油灯光圈下一闪，尖厉地叫道：

"不错，叫钱葆生滚出去！钱葆生的走狗也滚出去！周二姐是钱葆生的走狗！"

"骚货！你才是屠夜壶的走狗！"

周二姐发狂似的喊着，跳起来就直扑姚金凤。两个人扭在一处了。但是旁的女工都帮助姚金凤，立刻分开了她们两个，把周二姐推得远远地，乱哄哄地嚷道：

"谁先动手，谁就没有理！"

"小姊妹！我说周二姐是钱葆生的走狗，我有凭据！她混进来要打听消息！"

姚金凤气喘喘地说，两道眼光在众人脸上滚过，探察自己的话起了什么作用。

纷乱的嚷闹起来了，谁也听不清谁的话语。但是大家又都知道大家的意思是一样的：周二姐不是好东西！在纷乱中，又有一个声音更响地喊着，那是张阿新：

"钱巧林也是来打听消息的！赶她出去！钱葆生的妹子不是好东西！"

"她还同新来厂里那个姓曾的吊膀子！姓曾的是老板的什么表弟！"

又一个声音叫着。于是混乱开始。这时候钱巧林她们只要稍稍有点反抗的表示，就会挨一顿打的。钱巧林和周二姐却也没有防着这意外的攻击，顿时没有了主意。两个人心里明白：莫吃眼前亏。觑一个空儿，她们就溜走了。朱桂英乘这机会也就再挤进些，差不多挤到了张阿新的身边了。

"她们都逃走了！一定去报告，我们赶快散罢！"

胆小的徐阿姨一边挤着，一边拉直了嗓子喊，想要叫大家听得。大家都听得了，但回答是相反的。

"不行，不行！怕什么！我们还没有讲定呢！"

"明天到车间里举好了代表，我们就冲出厂来！罢工！"

"我们再冲吴老板的'新厂'，冲别家的厂！闸北的厂全冲一个光！"

"还是先和虹口那几个罢下来的厂接好头，她们来冲，我们关车接应！"

又一个主张等人家来"冲"的急急忙忙说，恰正站在朱桂英旁边，朱桂英认得是陆小宝。

"呸，想等人家来冲，就是走狗！"

何秀妹怒叫，对陆小宝的脸上噗的一口唾沫。陆小宝也不肯退让。两个人就对骂了几句。

现在问题移到了等人家来"冲厂"呢，或是自己冲出去，又去"冲"别家的厂。那一屋子七八个人就分成了两派。何秀妹，张阿新她们，连朱桂英在内，主张自己冲出去。姚金凤也是这么主张。眼前这七八个人每人是代表了二排或是三排车的，所以她们今晚的决定，明天就可以实行。徐阿姨又请大家注意：

"快点！她们去报告了，一定有人来的！"

恰在这时候，金小妹又从人缝里钻进来，慌慌张张说她看见有七八个“白相人”在近段走来走去，好像要找什么人似的。大家脸上都一愣。只有姚金凤心里明白，阿珍已经告诉她一切了；可是她也乘势主张大家散了，明天到车间里再定。她的“任务”已经达到，她也巴望早点和阿珍碰头，报告她的成功。

雨小些了，外边很冷，散出来的人都打寒噤。朱桂英和张阿新，还有一个叫做陈月娥的，三个人臂挽着臂，挤得很紧，一路走。陈月娥在张阿新耳朵边悄悄地说：

“看来明天一定能罢下来的！玛金还在那里等我们的回音。”

“我们马上就去！可是冷得很。衣服干了又湿！”

张阿新也悄悄地回答。朱桂英在张阿新的左边也听得她们“要去”那话儿，她立刻想起了屠维岳用管车的位置来引诱她那件事。她正想说，猛看见路旁闪出一个黑大衫的汉子跟在她们后边走。她立刻推推张阿新的臂膊，又用嘴巴朝后努了一努。这时，陈月娥也看见了，也用肘弯碰着张阿新的腰，故意大声说：

“啊哟！乖乖！冷得很！阿新姐，我们要分路了，明天会！”

三个人的连环臂拆散了，走了三条路。

陈月娥走了丈把远，故意转个弯，留心细看，那黑大衫的汉子紧跟在张阿新的背后。陈月娥心里一跳，她知道张阿新是粗心的。她立刻站住了，大声喊道：

“阿新姐！你的绢头忘记在我手里了！”

张阿新站住了，回转头来，也看见那黑大衫的汉子了，应了一声“明天还我”，就一直回家去了。黑大衫的汉子又从路旁闪出来，紧跟在后面。

陈月娥看明白了自己背后确没有人盯梢，就赶快跑。她离开了那工人区域的草棚地带，跑进了一个龌龊的里弄。在末衖一家后门上轻轻打了三下，她一闪身就钻了进去。

楼上的“前楼”摆着三只破床，却只有一张方桌子。两个剪发的年青女子都坐在桌子边低着头，在那昏暗的电灯光下写什么东西。陈月娥的脚步很轻，然而写字的两位都已经听到了。两个中间那个眼睛很有神采的女子先抬起头来，和陈月娥行了个注目式的招呼，就又低下头去，再写她的东西。她一面写，一面却说道：

“蔡真，你赶快结束！月大姐来了，时候也不早，我们赶快开会！”

“那就开过了会再写也不迟。”

叫做蔡真的女子懒洋洋地伸一个懒腰，就搁下了笔。她站起来，又伸一个懒腰。她比陈月娥高些，穿着短到腰际的白洋布衫和黑洋布大脚管裤子，像一个丝厂女工。不过她那文绉绉的脸儿和举动表明了她终究还是知识分子。她的眼睛好像睡眠不足，她的脸色白中带青。

那一个也停笔了，尖利而精神饱满的眼睛先向陈月娥瞥了一下，就很快地问道：

“月大姐，你们厂里怎样了？要是明天发动起来，闸北的丝厂总罢工就有希望。”

于是陈月娥很艰难地用她那简单的句子说明了白天厂里车间的情形以及刚才经过的姚金凤家的会议；她勉强夹用了几个新学会的“术语”，反复说，“斗争情绪很高”，只要有“领导”，明天“发动”不成问题。她的态度很兴奋，在报告中间时时停一下喘气，她的额角上布满了汗珠。

“和虹口方面差不多！明天你们一准先罢下来再去冲厂，造成闸北的丝厂总罢工！”

蔡真检取了陈月娥报告中没有解决的问题，就很爽快地给了个结论。

但是玛金，那个眼神很好的女子，却不说话，不转睛地尖利地看着那陈月娥，似乎要看出她那些“报告”有没有夸大。她又觉到那“报告”中包含些复杂的问题，然而她的思想素来不很敏捷，一时间她还只感到而已，并不能立刻分析得很正确。

窗外又潇潇地下雨了，闪电又作。窗里是沉默的紧张。

“玛金，赶快决定！我们还有别的事呢！”

蔡真不耐烦地催促着，用笔杆敲着桌子；在她看来，问题是非常简单的：“工人斗争情绪高涨”，因为目前正是全中国普遍的“革命高潮”来到了呀！因为自从三月份以来，公共租界电车罢工，公共汽车罢工，法租界水电罢工，全上海各工厂不断的“自发的斗争”，而且每一个“经济斗争”一开始后就立刻转变为“政治斗争”，而现在就已经“发展到革命高潮”——这些，她从克佐甫那里屡次听来，现在已经成为她思想的公式了。

而且这种“公式”听去是非常明快，非常“合理”，就和其他的“术语”同样地被陈月娥死死记住，又转而灌给了张阿新，何秀妹了；她们那简单的头脑和忿激的情绪，恰好也是此项“公式”最适宜的培养料。

玛金却稍稍有点不同；她觉得那“公式”中还有些不对的地方，可是在学识经验两方面都不很充足的她，感是感到了，说却说不明白。并且她也不敢乱说。她常想从实际问题多研究，所以对于目前那陈月娥的报告就沉吟又沉吟了。她听得蔡真催促着，就只好把自己感到的一些意见不很完密地说出来：

“不要性急哟！我们得郑重分析一下。月大姐说今回姚金凤的表示比上回还要好，可是上一回姚金凤不是动摇么？还有，黄色工会里的两派互相斗争，也许姚金凤就是那桂长林的工具，她钻进来要夺取群众，夺取罢工的领导？这一些，我们先要放在估计里的！”

“不对！问题是很明白的：群众的革命情绪克服了姚金凤的动摇！况且你忽略了革命高潮中群众的斗争情绪，轻视了群众的革命制裁力，你还以为黄色工会的工具能够领导群众，你这是右倾的观点！”

蔡真立刻反驳，引用了“公式”又“公式”，“术语”又“术语”；她那白中带青的脸上也泛出红来了。陈月娥在旁边听去不很了了，但是觉得蔡真的话很不错。

玛金的脸也通红了，立即反问道：

“怎么我是右倾的观点？”

“因为你怀疑群众的伟大的革命力量，因为你看不见群众斗争情绪的高涨！”

蔡真很不费事地又引用了一个“公式”。玛金的脸色倏又转白了，她霍地站起来严厉地说：

“我不是右倾的观点！我是要分析那复杂的事实，我以为姚金凤的左倾表示有背景！”

“那么，难道我们为的怕姚金凤来夺取领导，我们就不发动了么？这不是右倾的观点是什么？”

“我并没说就此不发动！我是主张先要决定了策略，然后发动！”

“什么策略？你还要决定策略么！你忘记了我们的总路线了！右倾！”

“蔡真！我不同你争什么右倾不右倾！我只问你，裕华丝厂里各派走狗工贼在工人中间的活动，难道不要想个对付的方法么？”

“对付的方法？什么！你打算联合一派去打倒另一派么？你是机会主义了！正确的对付方法就是群众的革命情绪的尽量提高，群众伟大的革命力量的正确地领导！”

“嗳，嗳，那我怕不知道么？这些理论上的问题，我们到小组里讨论，现在单讲实际问题。月大姐等了许久了。我主张明天发动罢工的时候，就要姚金凤取一个确定的态度——”

“用群众的力量严重监视她就好了！”

蔡真举重若轻地说，冷冷地微笑。她向来是佩服玛金的；玛金工作很努力，吃苦耐劳，见解也正确；但此时她有些怀疑玛金了，至少以为玛金是在“革命高潮”面前退缩。

“当真不要怕姚金凤有什么花头。小姊妹们听说谁是走狗，就要打她！姚金凤不敢做走狗。”

陈月娥也插进来说了。她当真有点不耐烦，特别是因为她不很听得懂蔡真她们那许多“公式”和“术语”，但她是一个热心的革命女工，她努力想学习，所以虽然听去不很懂，还是耐心听着。

“只怕她现在已经是走狗了！——算了，我们不要再争论，先决定了罢工后的一切布置罢！”

玛金也撇开了那无断头的“公式”对“公式”的辩论，就从她刚才写着的那些纸中间翻出一张来，读着那上面记下了的预定节目。于是谈话就完全集中在事实方面了：怎样组织罢工委员会，哪些人？提出怎样的条件？闸北罢工各厂怎样联络一气？虹口各厂怎样接洽？……现在她们没有争论，陈月娥也不再单用耳朵。她们各人有许多话，她们的脸一致通红。

这时窗外闪电,响雷,豪雨,一阵紧一阵地施展威风。房屋也似乎岌岌震动。但是屋子里的三位什么都不知道。她们的全心神都沉浸在另一种雷,另一种风暴里!

【作者简介】

茅盾(1896—1981),原名沈德鸿,字雁冰,浙江桐乡人。幼年受到较开明的家教。1913 年他考入北京大学预科班,1916 年预科毕业。他父亲去世较早,遗嘱中希望他以后能成为实业家,但他却走了截然不同的路,成了写实业家的文学家。在小说领域内,他彻底改变了五四中长篇小说的幼稚状态,使之走向完善,他的中长篇小说从《蚀》三部曲到《子夜》是 30 年代长篇小说艺术的高峰。茅盾也是现代文坛上卓有成就的文艺批评家和理论家。他是中国现代批评的开创者之一。“茅盾”是他发表第一篇小说《幻灭》时使用的笔名。他的小说创作呈现出从幻灭小说到社会剖析小说再到暴露小说的特点。代表作《子夜》就属于社会剖析小说。

【阅读提示】

《子夜》是一部史诗性的作品,达到了一定的深广度。首先,它以 30 年代初上海为背景,全方位地再现了中国社会从农村到城市广阔的生活画面,展示了各阶层不同人物的生活状态。其次,它揭示了中国社会复杂的社会矛盾,从而证明中国不仅没有走上资本主义的发展道路,而且更加地殖民化了。这一主题形象地回应了当时关于中国性质的讨论。尤其是真实的 30 年代城乡经济普遍破产时期那种金压银、银压铜的经济连带关系。同时也展现了这些关系对人的影响,达到了一种人性深度。

茅盾在刻画个性形象时,更注意表现人物性格的多方面性与复杂性,注意从复杂的社会关系尤其是经济关系中刻画人物。在《子夜》中以民族资本家为中心,茅盾成功地刻画了众多的形象系列和个性鲜明的艺术形象,其中最值得关注的是吴荪甫这一形象。

【思考与练习】

1.试分析屠维岳是个什么样的人。

2.怎样理解“子夜”?

《围　城》

钱钟书

【作品简介】

《围城》以主人公方鸿渐的生活道路为主线，反映了那个时代某些知识分子（主要是部分欧美留学生、大学教授等）生活和心理的变迁沉浮。《围城》是钱钟书所写的唯一一部长篇小说。

全书共分九章。第一章至第四章，写方鸿渐在上海和家乡（江南某县）的生活情景，以写上海为主。其中，方鸿渐和苏文纨的“爱情”纠葛占了重要的分量。第五章写在个人生活上分别吃了败仗的方鸿渐和赵辛楣，从“爱情”牢笼中冲了出来，他们由假想的情敌变为真正的挚友，共同到湖南平成三闾大学谋事。第六、七章主要描写三闾大学里的明争暗斗。第八、九章写方鸿渐和孙柔嘉在返回上海途中结了婚。婚后，两人婚姻中不断产生种种矛盾，最后，方、孙的矛盾终因前者辞去报馆资料室主任而面临再次失业时激化。方鸿渐刚刚建立起来的新家解体，他再次冲出一个“围城”，又来到一个“围城”的入口——他打算投奔在重庆当官的赵辛楣谋取职业。小说在一阵老式自鸣钟的“当、当……”声中结束。

【作品欣赏】

第二章

据说“女朋友”就是“情人”的学名，说起来庄严些，正像玫瑰在生物学上叫“蔷薇科木本复叶植物”，或者休妻的法律术语是“协议离婚”。方鸿渐陪苏小姐在香港玩了两天，才明白女朋友跟情人事实上绝然不同。苏小姐是最理想的女朋友，有头脑，有身份，态度相貌算得上大家闺秀，和她同上饭馆戏院并不失自己的面子。他们俩虽然十分亲密，方鸿渐自信对她的情谊到此而止，好比两条平行的直线，无论彼此距离怎么近，拉得怎么长，终合不拢来成为一体。只有九龙上岸前看她害羞脸红的一刹那，心忽然软得没力量跳跃，以后便没有这个感觉。他发现苏小姐有不少小孩子脾气，她会顽皮，会娇痴，这是仇一向没想到的。可是不知怎样，他老觉得这种小妞儿腔跟苏小姐不顶配。并非因为她年龄大了；她比鲍小姐大不了多少，并且当着心爱的男人，每个女人都有返老还童的绝技。只能说是品格上的不相宜；譬如小猫打圈儿追自己的尾巴，我们看着好玩儿，而小狗也追寻过去地回头跟着那短尾巴橛乱转，说风趣减少了。那几个一路同船的学生看小方才去了鲍小姐，早换上苏小姐，对他打趣个不亦乐乎。

苏小姐做人极大方；船到上海前那五六天里，一个字没提到鲍小姐。她待人接物也温和了许多。方鸿渐并未向她谈情说爱，除掉上船下船走跳板时扶她一把，也没拉过她手。可是苏小姐偶然的举动，好像和他有比求婚、订婚、新婚更深远悠久的关系。她的平淡，更使鸿渐疑惧，觉得这是爱情热烈的安稳，仿佛飓风后的海洋波平浪静，而底下随时潜伏着汹涌翻腾的力量。香港开船以后，他和苏小姐同在甲板上吃香港买的水果。他吃水蜜桃，耐心地撕皮，还说："桃子为什么不生得像香蕉，剥皮多容易！或者干脆像苹果，用手帕擦一擦，就能连皮吃。"苏小姐剥几个鲜荔枝吃了，不再吃什么，愿意替他剥桃子，他无论如何不答应。桃子吃完，他两脸两手都持了幌子，苏小姐看着他笑。他怕桃子汁弄脏裤子，只伸小指头到袋里去勾手帕，勾了两次，好容易拉出来，正在擦手，苏小姐声音含着惊怕嫌恶道："啊哟！你的手帕怎么那么脏！真亏你——哙！这东西擦不得嘴，拿我的去，拿去，别推，我最不喜欢推。"

方鸿渐涨红脸，接苏小姐的手帕，在嘴上浮着抹了抹，说："我买了一打新手帕上船，给船上洗衣服的人丢了一半。我因为这小东西容易遗，他们洗得又慢，只好自己洗。这两天上岸玩儿没工夫洗，所有的手帕都脏了，回头洗去。你这块手帕，也让我洗了还你。"

苏小姐道："谁要你洗？你洗也不会干净！我看你的手帕根本就没洗干净，上面的油腻斑点，怕是马塞一路来留下的纪念。不知道你怎么洗的。"说时，吃吃笑了。

等一会，两人下去。苏小姐捡一块自己的手帕给方鸿渐道："你暂时用着，你的手帕交给我去洗。"方鸿渐慌得连说："没有这个道理！"苏小姐努嘴道："你真不爽气！这有什么大了不得？快给我。"鸿渐没法，回房舱拿了一团皱手帕出来，求饶恕似的说："我自己会洗呀！脏得很，你看了要嫌的。"苏小姐夺过来，摇头道："你这人怎么邋遢到这个地步。你就把东西擦苹果吃么？"方鸿渐为这事整天惶恐不安，向苏小姐谢了又谢，反给她说"婆婆妈妈"。明天，他替苏小姐搬帆布椅子，用了些力，衬衫上迸脱两个纽子，苏小姐笑他"小胖子"，叫他回头把衬衫换下来交给她钉纽子。他抗议无用，苏小姐说什么就要什么，他只好服从她善意的独裁。

方鸿渐看大势不佳，起了恐慌。洗手帕，补袜子，缝纽扣，都是太太对丈夫尽的小义务。自己凭什么受这些权利呢？受了丈夫的权利当然正名定分，该是她的丈夫，否则她为什么肯尽这些义务呢？难道自己言行有可以给她误认为丈夫的地方么？想到这里，方鸿渐毛骨悚然。假使订婚戒指是落入圈套的象征，纽扣也是扣留不放的预兆。自己得留点儿神！幸而明后天就到上海，以后便没有这样接近的机会，危险可以减少。可是这一两天内，他和苏小姐在一起，不是怕袜子忽然磨穿了洞，就是担心什么地方的纽子脱了线。他知道苏小姐的效劳是不好随便领情的；她每钉一个纽扣或补一个洞，自己良心上就增一分向她求婚的责任。

中日关系一天坏似一天，船上无线电的报告使他们忧虑。八月九日下午，船到上海，侥幸战事并没发生。苏小姐把地址给方鸿渐，要他去玩。他满嘴答应，回老乡望了父母，一定到上海来拜访她。苏小姐的哥哥上船来接，方鸿渐躲不了，苏小姐把他向她哥哥介绍。她哥哥把鸿渐打量一下，极客气地拉手道："久仰！久仰！"鸿渐心里想，糟了！糟了！这一介绍就算经她家庭代表审定批准做候补女婿了！同时奇怪她哥哥说"久仰"，准是苏小姐从前常向她家里人说起自己了，又有些高兴。他辞了苏氏兄妹去捡点行李，走不到几步，回头看见哥哥对妹妹笑，妹妹红了脸，又像喜欢，又像生气，知道在讲自己，一阵不好意思。忽然碰见他兄弟鹏图，原来上二等舱找他去了。苏小姐海关有熟人，行李免查放行。方氏兄弟等着检查呢，苏小姐特来跟鸿渐拉手叮嘱"再会"。鹏图问是谁，鸿渐说姓苏。鹏图道："唉，就是法国的博士，报上见过的。"鸿渐冷笑一声，鄙视女人们的虚荣。草草把查过的箱子理好，叫了汽车准备到周经理家去住一夜，明天回乡。鹏图在什么银行里做行员，这两天风声不好，忙着搬仓库，所以半路下车去了。鸿渐叫打个电报到家里，告诉明天搭第几班火车。鹏图觉得这钱浪费得无谓，只打了个长途电话。

他丈人丈母见他，欢喜得了不得。他送丈人一根在锡兰买的象牙柄藤手杖，送爱打牌而信佛的丈母一只法国货女人手提袋和两张锡兰的贝叶，送他十五六岁的小舅子一支德国货自来水笔。丈母又想到死去五年的女儿，伤心落泪道："淑英假如活着，你今天留洋博士回来，她才高兴呢！"周经理哽着嗓子说他太太老糊涂了，怎么今天乐日子讲那些话。鸿渐脸上严肃沉郁，可是满心惭愧，因为这四年里他从未想起那位未婚妻，出洋时丈人给他做纪念的那张未婚妻大照相，也搁在箱子底，不知退了颜色没有。他想赎罪补过，反正明天搭十一点半特别快车，来得及去万国公墓一次，便说："我原想明天一早上她的坟。"周经理夫妇对鸿渐的感想更好了。周太太领他去看今晚睡的屋子，就是淑英生前的房。梳妆桌子上并放两张照相：一张是淑英的遗容，一张是自己的博士照。方鸿渐看着发呆，觉得也陪淑英双双死了，萧条黯淡，不胜身后魂归之感。

吃晚饭时，丈人知道鸿渐下半年职业沿尚无着，安慰他说："这不成问题。我想你还是在上海或南京找个事，北平形势凶险，你去不得。你回家两个礼拜，就出来住在我这儿，我银行里为你挂个名，你白天去走走，晚上教教我儿子，一面找机会。好不好？你行李也不必带走，天气这样热，回家反正得穿中国衣服。"鸿渐真心感激，谢了丈人。丈母提起他婚事，问他有女朋友没有。他忙说没有。丈人说："我知道你不会有。你老太爷家教好，你做人规矩，不会闹什么自由恋爱，自由恋爱没有一个好结果的。”

丈母道：“鸿渐这样老实，是找不到女人的。让我为他留心做个媒罢。”

丈人道：“你又来了！他老太爷、老太太怕不会做主。咱们管不着。”

丈母道：“鸿渐出洋花的是咱们的钱，他娶媳妇，当然不能撇开咱们周家。鸿渐，对不对？你将来新太太，一定要做我的干女儿。我这话说在你耳里，不要有了新亲，把旧亲忘个干净！这种没良心的人我见得多了。”

鸿渐只好苦笑道：“放心，决不会。”心里对苏小姐影子说：“听听！你肯拜这位太太做干妈么？亏得我不要娶你。”他小舅子好像接着他心上的话说：“鸿渐哥，有个姓苏的女留学生，你认识她么？”方鸿渐惊骇得几乎饭碗脱手，想美国的行为心理学家只证明“思想是不出声的语言”，这小子的招风耳朵是什么构造，怎么心头无声的密语全给他听到！他还没有回答，丈人说：“是啊！我忘了——效成，你去拿那张报来——我收到你的照相，就文书科王主任起个稿子去登报。我知道你不爱出风头，可是这是有面子的事，不必隐瞒。”最后几句话是因为鸿渐变了脸色而说的。

丈母道：“这话对。赔了这许多本钱，为什么不体面一下！”

鸿渐已经羞愤得脸红了，到小舅子把报拿来，接过一看，夹耳根、连脖子、经背脊红下去直到脚跟。那张是七月初的《沪报》，教育消息栏里印着两张小照，铜版模糊，很像乩坛上拍的鬼魂照相。前面一张照的新闻说，政务院参事苏鸿业女公子文纨在里昂大学得博士回国。后面那张照的新闻字数要多一倍，说本埠商界闻人点金银行经理周厚卿快婿方鸿渐，由周君资送出洋深造，留学英国伦敦、法国巴黎、德国柏林各大学，精研政治、经济、历史、社会等科，莫不成绩优良，名列前茅，顷由德国克莱登大学授哲学博士，将赴各国游历考察，秋凉回国，闻各大机关正争相礼聘云。鸿渐恨不能把报一撕两半，把那王什么主任的喉咙扼着，看还挤得出多少开履历用的肉麻公式。怪不得苏小姐哥哥见面了要说：“久仰”，怪不得鹏图听说姓苏便知道是留学博士。当时还笑她俗套呢！自己这段新闻才是登极加冕的恶俗，臭气熏得读者要按住鼻子。况且人家是真正的博士，自己算什么？在船上从没跟苏小姐谈起学的事，她看到这新闻会断定自己吹牛骗人。德国哪里有克莱登大学？写信时含混地说得了学位，丈人看信从德国寄出，武断是个德国大学，给内行人知道，岂不笑歪了嘴？自己就成了骗子，从此无面目人！

周太太看方鸿渐捧报老遮着脸，笑对丈夫说：“你瞧鸿渐多得意，那条新闻看了几遍不放手。”

效成顽皮道：“鸿渐哥在仔细认那位苏文纨，想娶她来代替姐姐呢。”

方鸿渐忍不住道：“别胡说！”好容易克制自己，没把报纸掷在地下，没让羞愤露在脸上，可是嗓子都沙了。

周氏夫妇看鸿渐笑容全无，脸色发白，有点奇怪，忽然彼此做个眼色，似乎了解鸿渐的心理,异口同声骂效成道:“你这孩打。大人讲话,谁要你来插嘴?鸿渐哥今天才回来,当然想起你姐姐,心上不快活。你说笑话也得有个分寸,以后不许你开口——鸿渐,我们知道你天性生得厚,小孩子胡说,不用理他。”鸿渐脸又泛红,效成骨朵了嘴,心里怨道:“别装假!你有本领一辈子不娶老婆。我不稀罕你的笔,拿回去得了。”

方鸿渐到房睡觉的时候,发现淑英的照相不在桌子上了,想是丈母怕自己对物思人,伤心失眠,特来拿走的。下船不过六七个钟点,可是船上的一切已如隔世。上岸时的兴奋,都蒸发了,觉得懦弱、渺小,职业不容易找,恋爱不容易成就。理想中的留学回国,好像地面的水,化气升上天空,又变雨回到地面,一世的人都望着、说着。现在万里回乡,祖国的人海里,泡个大肥皂泡,未破时五光十色,经不起人一搠就不知去向。他靠纱窗望出去。满天的星又密又忙,它们声息全无,而看来只觉得天上热闹。一梳月亮像形容未长成的女孩子,但见人已不羞缩,光明和轮廓都清新刻露,渐渐可烘衬夜景。小园草地里的小虫琐琐屑屑地在夜谈。不知哪里的蛙群齐心协力地干号,像声浪给火煮得发沸。几星萤火优游来去,不像飞行,像在厚密的空气里漂浮;月光不到的阴黑处,一点萤火忽明,像夏夜的一只微绿的小眼睛。这景色是鸿渐出国前看惯的,可是这时候见了,忽然心挤紧作痛,眼酸得要流泪。他才领会到生命的美善、回国的快乐,《沪报》上的新闻和纱窗外的嗡嗡蚊声一样不足介怀。鸿渐舒服地叹口气,又打个大呵欠。

方鸿渐在本县火车站,方老先生、鸿渐的三弟凤仪,还有七八个堂房叔伯兄弟和方老先生的朋友们,都在月台上迎接。他十分过意不去,一个个上前招呼,说:“这样大热天,真对不住!”看父亲胡子又花白了好些,说:“爸爸,你何必来呢!”

方豚翁把手里的折扇给鸿渐道:“你们西装朋友是不用这老古董的,可是总比拿草帽扇好些。”又看儿子坐的是二等车,夸奖他道:“这孩子不错!他回国船坐二等,我以为他火车一定坐头等,他还是坐二等车,不志高气满,改变本色,他已经懂做人的道理了。”大家也附和赞美一阵。前簇后拥,出了查票口,忽然一个戴蓝眼镜穿西装的人拉住鸿渐道:“请别动!照个相。”鸿渐莫名其妙,正要问他缘故,只听得照相机咯嗒声,蓝眼镜放松手,原来迎面还有一个人把快镜对着自己。蓝眼镜一面掏名片说:“方博士哪天回到祖国的?”拿快镜的人走来了,也掏出张名片,鸿渐一瞧,是本县两张地方日报的记者。那两位记者都说:“今天方博士舟车劳顿,明天早晨到府聆教。”便转身向方老先生恭维,陪着一路出车站。凤仪对鸿渐笑道:“大哥,你是本县的名人了。”鸿渐虽然嫌那两位记者口口声声叫“方博士”,刺耳得很但看人家这样郑重地当自己是一尊人物,身心庞然膨胀,人格伟大了好些。他才知道住小地方的便宜,只恨今天没换身比较新的西装,没拿根手杖,手里又挥着大折扇,满脸的汗,照相怕不会好。

到家见过母亲和两位弟媳妇,把带回来的礼物送了。母亲笑说:“是要出洋的,学得这样周到,女人用的东西都会买了。"

父亲道:"鹏图昨天电话里说起一位苏小姐,是怎么一回事?"

方鸿渐恼道:"不过是同坐一条船,全没有什么。鹏图总——喜欢多嘴。"他本要骂鹏图好搬是非,但当着鹏图太太的面,所以没讲出来。

父亲道:"你的婚事也该上劲了,两个史弟都早娶了媳妇,孩子都有了。做媒的有好几起,可是,你现在不用我们这种老厌物来替你做主了。苏鸿业呢,倒有点名望,从前好像做过几任实缺官——"鸿渐暗想,为什么可爱的女孩子全有父亲呢?她孤独的个人可以藏匿在心里温存,拖泥带水地牵上了交亲、叔父、兄弟之类,这女孩子就不伶俐洒脱,心里不便窝藏她了,她的可爱里也就搀和渣滓了。许多人谈婚姻,语气仿佛是同性恋爱,不是看中女孩子本人,是羡慕她的老子或她的哥哥。

母亲道:"我不赞成!官小姐是娶不得的,要你服侍她,她不会服侍你。并且娶媳妇要同乡人才好,外县人脾气总有点不合适,你娶了不受用。这位苏小姐是留学生,年龄怕不小了。"她那两位中学没毕业,而且本县生长的媳妇都有赞和的表情。

父亲道:"人家不但留学,而且是博士呢。所以我怕鸿渐吃不消她。"——好像苏小姐是砖石一类的硬东西,非鸵鸟或者火鸡的胃消化不掉的。

母亲不服气道:"咱们鸿渐也是个博士,不输给她,为什么配不过她?"

父亲捻着胡子笑道:"鸿渐,这道理你娘不会懂了——女人念了几句书最难驾驭。男人非比她高一层,不能和她平等匹配。所以大学毕业生才娶中学女生,留学生娶大学女生。女人留洋得了博士,只有洋人才敢娶她,否则男人至少是双料博士。鸿渐,我这话没说错罢?这跟'嫁女必须胜吾家,娶妇必须不若吾家'一个道理。"

母亲道:"做媒的几起里,许家的二女儿最好,回头我给你看照相。"

方鸿渐想这事严重了。生平最恨小城市的摩登姑娘,落伍的时髦,乡气的都市化,活像那第一套中国裁缝仿制的西装,把做样子的外国人旧衣服上两方补丁,也照式在衣袖和裤子上做了。现在不必抗议,过几天向上海溜之大吉。方老先生又说,接风的人很多,天气太热,叫鸿渐小心别贪嘴,亲近的尊长家里都得去拜访一下,自己的包车让给他坐,等天气稍凉,亲带他到祖父坟上行礼。方老太太说,明天叫裁缝来做他的纺绸大褂和里衣裤,凤仪有两件大褂,暂时借一件穿了出门拜客。吃晚饭的时候,有方老太太亲手做的煎鳝鱼丝、酱鸡翅、西瓜煨鸡、酒煮虾,都是大儿子爱吃的乡味。方老太太挑好的送到他饭碗上,说:"我想你在外国四年可怜,什么都没得吃!"大家都笑说她又来了,在外国不吃东西,岂不饿死。她道:"我就不懂洋鬼子怎样活的!什么面包、牛奶,送给我都不要吃。"鸿渐忽然觉得,在这种家庭空气里,战争是不可相信的事,好比光天化日之下没人想到有鬼。父亲母亲的计划和希望,丝毫没为意外事故留个余地。看他们这样稳定地支配着未来,自己也胆壮起来,想上海的局势也许会和缓,战事不会发生,真发生了也可以置之不理。

明天方鸿渐才起床，那两位记者早上门了。鸿渐看到他们带来的报上，有方博士回乡的新闻，嵌着昨天照的全身像，可怕得自惭形秽。蓝眼镜拉自己右臂的那只手也清清楚楚地照进去了，加上自己侧脸惊愕的神情，宛如小偷给人捉住的摄影。那蓝眼镜是个博闻多识之士，说久闻克莱登大学是全世界最有名的学府，仿佛清华大学。那背照相机的记者问鸿渐对世界大势有什么观察、中日战争会不会爆发。方鸿渐好容易打发他们走了，还为蓝眼镜的报纸写"为民喉舌"、照相机的报纸写"直笔谠论"两名赠言。正想出门拜客，父亲老朋友本县省立中学吕校长来了，约方氏父子三人明晨茶馆吃早点，吃毕请鸿渐向暑期学校学生演讲"西洋文化在中国历史上之影响及其检讨"。鸿渐最怕演讲，要托词谢绝，谁知道父亲代他一口答应下来。他只好私下咽冷气，想这样热天，穿了袍儿套儿，讲废话，出臭汗，不是活受罪是什么？教育家的心理真与人不同！方老先生希望人家赞儿子"家学渊源"，向箱里翻了几部线装书出来，什么《问字堂集》《癸巳类稿》《七经楼集》《谈瀛录》之类，吩咐鸿渐细看，搜集演讲材料。鸿渐一下午看得津津有味，识见大长，明白中国人品性方正所以说地是方的，洋人品性圆滑，所以主张地是圆的；中国人的心位置正中，西洋人的心位置偏左；西洋进口的鸦片有毒，非禁不可，中国地土性和平，出产的鸦片，吸食也不会上瘾；梅毒即是天花，来自西洋等等。只可惜这些事实虽然有趣，演讲时用不着它们，该另抱佛脚。所以当天从大伯父家吃晚饭回来，他醉眼迷离，翻了三五本历史教科书，凑满一千多字的讲稿，插穿了两个笑话。这种预备并不费心血，身血倒赔了些，因为蚊子多。

明早在茶馆吃过第四道照例点心的汤面，吕校长付账，催鸿渐起身，匆匆各从跑堂手里接过长衫穿上走了，凤仪陪着方老先生喝茶。学校礼堂里早坐满学生，男男女女有二百多人，方鸿渐由吕校长陪了上讲台，只觉得许多眼睛注视得浑身又麻又痒，脚走路都不方便。到上台坐定，眼前的湿雾消散，才见第一排坐的都像本校教师，紧靠讲台的记录席上是一个女学生，新烫头发的浪纹板得像漆出来的。全礼堂的人都在交头接耳，好奇地赏着自己。他默默吩咐两颊道："不要烧盘！脸红不得！"懊悔进门时不该脱太阳眼镜，眼前两片黑玻璃，心理上也好隐蔽在浓荫里面，不怕羞些。吕校长已在致辞介绍，鸿渐忙伸手到大褂口袋里去摸演讲稿子，只摸个空，慌得一身冷汗。想糟了！糟了！怎会把要紧东西遗失？家里出来时，明明搁在大褂袋里的。除掉开头几句话，其余全吓忘了。拼命追忆，只像把筛子去盛水。一着急，注意力集中不起来，思想的线索要打成结又松散了。隐约还有些事实的影子，但好比在热闹地方等人，瞥眼人堆里像是他，走上去找，又不见了。心里正在捉着迷藏，吕校长鞠躬请他演讲，下面一阵鼓掌。他刚站起来，瞧凤仪气急败坏赶进礼堂，看见演讲已开始，便绝望地找个空位坐下。鸿渐恍然大悟，出茶馆时，不小心穿错了凤仪的衣服，这两件大褂原全是凤仪的，颜色材料都一样。事到如此，只有大胆老脸胡扯一阵。

掌声住了，方鸿渐强作笑容说："吕校长，诸位先生，诸位同学：诸位的鼓掌虽然出于好意，其实是最不合理的。因为鼓掌表示演讲听得满意，现在鄙人还没开口，诸位已经满意得鼓掌，鄙人何必再讲什么呢？诸位应该先听演讲，然后随意鼓几下掌，让鄙人有面子下台。现在鼓掌在先，鄙人的演讲当不起那样热烈的掌声，反觉到一种收到款子交不出货色的惶恐。"听众大笑，那记录的女孩也含着笑，走笔如飞。方鸿渐踌躇，下面讲些什么呢？线装书上的议论和事实还记得一二，晚饭后翻看的历史教科书，影踪都没有了。该死的教科书，当学生的时候，真亏自己会读熟了应的！有了，有了！总比无话可说好些："西洋文化在中国历史上的影响，各位在任何历史教科书里都找得到，不用我来重述。各位都知道欧洲思想正式跟中国接触，是在明朝中叶。所以天主教徒常说那时候是中国的文艺复兴。不过明朝天主教士带来的科学现在早过时了，他带来的宗教从来没有合时过。海通几百年来，只有两件西洋东西在整个中国社会里长存不灭。一件是鸦片，一件是梅毒，都是明朝所收的西洋文明。"听众大多数笑，少数笑，少数都张了嘴惊骇；有几个教师皱着眉头，那记录的女生涨红脸停笔不写，仿佛听了鸿渐最后的一句，处女的耳朵已经当众丧失贞操；吕校长在鸿渐背后含有警告意义的咳嗽。方鸿渐那时候宛如隆冬早晨起床的人，好容易用最大努力跳出被窝，只有熬着冷穿衣下床，断无缩回去道理。"鸦片本来又叫洋烟——"鸿渐看见教师里一个像教国文的老头子一面扇扇子，一面摇头，忙说："这个'洋'当然指'三保太监下西洋'的'西洋'而说，因为据《大明会典》，鸦片是暹罗和爪哇的进贡品。可是在欧洲最早的文学作品荷马史诗《十年归》Odyssey 里——"那老头子的秃顶给这个外国字镇住不敢摇动——"据说就有这东西。至于梅毒——"吕校长连声咳嗽——"更无疑是舶来口洋货。叔本华早说近代欧洲文明的特点，第一是杨梅疮。诸位假如没机会见到外国原本书，那很容易，只要看徐志摩先生译的法国小说《戆第德》，就可略知梅毒的渊源。明朝正德以后，这病由洋人带来。这两件东西当然流毒无穷，可是也不能一概抹煞。鸦片引发了许多文学作品，古代诗人向酒里找灵感，近代欧美诗人都从鸦片里得灵感。梅毒在遗传上产生白痴、疯狂和残疾，但据说也能刺激天才。例如——"吕校长这时候嗓子都咳破了，到鸿渐讲完，台下拍手倒还有劲，吕校长板脸哑声致谢词道："今天承方博士讲给我们听许多新奇的议论，我们感觉浓厚的兴趣。方博士是我世侄，我自小看他长大，知道他爱说笑话，今天天气很热，所以他有意讲些幽默的话。我希望将来有机会听到他的正经严肃的弘论。但我愿意告诉方博士：我们学校图书馆充满新生活的精神，绝对没有法国小说——"说时手打着空气，鸿渐羞得不敢看台下。

不到明天，好多人知道方家留洋回来的儿子公开提倡抽烟狎妓。这话传进方老先生耳朵，他不知道这都是自己教儿子翻线装书的结果，大不以为然，只不好发作。紧跟着八月十三日淞沪战事的消息，方鸿渐闹的笑话没人再提起。但那些有女儿要嫁他的人，忘不了他的演讲；猜想他在外国花天酒地，若为女儿嫁他的事，到西湖月下老人祠去求签，难保不是第四签："斯人也而有斯疾也！"这种青年做不得女婿。便陆续借口时局不靖，婚事缓议，向方家把女儿的照相、庚帖要了回去。方老太太非常懊丧，念念不忘许家二小姐，鸿渐倒若无其事。战事已起，方老先生是大乡绅，忙着办地方公安事务。县里的居民记得"一·二八"那一次没受敌机轰炸，这次想也无事，还不甚惊恐。方鸿渐住家一个星期，感觉出国这四年光阴，对家乡好像荷叶上泻过的水，留不下一点痕迹。回来所碰见的还是四年前那些人，那些人还是做四年前所做的事，说四年前所说的话。甚至认识的人里一个也没死掉；只有自己的乳母，从前常说等自己婚养了儿子来抱小孩子的，现在病得不能起床。这四年在家乡要算白过了，博不到归来游子的一滴眼泪、一声叹息。开战后第六天日本飞机第一次来投弹，炸坍了火车站，大家才认识战争真打上门来了，就有搬家到乡下避难的人。以后飞机接连光顾，大有绝世佳人一顾倾城、再顾倾国的风度。周经理拍电报，叫鸿渐快到上海，否则交通断绝，要困守在家里。方老先生也觉得在这种时局里，儿子该快出去找机会，所以让鸿渐走了。以后这四个月里的事，从上海撤退到南京陷落，历史该如洛高(fr. vonLogau)所说，把刺刀磨尖当笔，蘸鲜血当墨水，写在敌人的皮肤上当纸。方鸿渐失神落魄，一天看十几种报纸，听十几次无线电报告，疲乏垂绝的希望披沙拣金似的要在消息罅缝里找个苏息处。他和鹏图猜想家已毁了，家里人不知下落。阴历年底才打听出他们踪迹，方老先生的上海亲友便设法花钱接他们出来，为他们租定租界里的房子。一家人风了面唏嘘对泣。方老先生和凤仪嚷着买鞋袜；他们坐小船来时，路上碰见两个溃兵，抢去方老先生的钱袋，临走还逼方氏父子反脚上羊毛袜和绒棉鞋脱下来，跟他们的臭布袜子、破帆布鞋交换。方氏全家走个空身，只有方老太太棉袄里缝着两三千块钱的钞票，没给那两个兵摸到。旅沪同乡的商人素仰方老先生之名，送钱的不少，所以门户又可重新撑持。方鸿渐看家里人多房子小，仍住在周家，隔一两天到父母处请安。每回家，总听他们讲逃难时可怕可笑的经历；他们叙述描写的艺术似乎一次进步一次，鸿渐的注意和同情却听一次减退一些。方老先生因为拒绝了本县汉奸的引诱，有家难归，而政府并没给他什么名义，觉得他爱国而国不爱他，大有青年守节的孀妇不见宠于翁姑的怨抑。鸿渐在点金银行里气闷得很，上海又没有多大机会，想有便到内地去。

阴历新年来了。上海的寓公们为国家担惊受恐够了，现在国家并没有亡，不必做未亡人，所以又照常热闹起来。一天，周太太跟鸿渐说，有人替他做媒，就是有一次鸿渐跟周经理出去应酬，同席一位姓张的女儿。据周太太说，张家把他八字要去了，请算命人排过，跟他们小姐的命"天作之合，大吉大利"。鸿渐笑说："在上海这种开通地方，还请算命人来支配婚姻么？"周太太说，命是不可不信的，张先生请他去吃便晚饭，无妨认识那位小姐。鸿渐有点儿战前读书人的标劲，记得那张的在美国人洋会里做买办，不愿跟这种俗物往来，但转念一想，自己从出洋到现在，还不是用的市侩的钱？反正去一次无妨，结婚与否，全看自己中意不中意那女孩子，旁人勉强不来，答应去吃晚饭。这位张先生是浙江沿海人，名叫吉民，但他喜欢人唤他Jimmy。他在美国人花旗洋行里做了二十多年的事，从“写字”（小书记）升到买办，手里着实有钱。只生一个女儿，不惜工本地栽培，教会学校里所能传授熏陶的洋本领、洋习气，美容院理发铺所能帛造的洋时髦、洋姿态，无不应有尽有。这女儿刚十八岁，中学尚未毕业，可是张先生夫妇保有他们家乡的传统思想，以为女孩子到二十岁就老了，过二十没嫁掉，只能进古物陈列所供人凭吊了。张太太择婿很严，说亲的虽多，都没成功。有一个富商的儿子，也是留学生，张太太颇为赏识，婚姻大有希望，但一顿饭后这事再不提起。吃饭时大家谈到那几天因战事关系，租界封锁，蔬菜来源困难，张太太便对那富商儿子说：“府上人多，每天伙食账不会小罢？”那人说自己不清楚，想来是多少钱一天。张太太说：“那么府上的厨子一定又老实，又能干！像我们人数不到府上一半，每天厨房开销也要那个数目呢！”那人听着得意，张太太等他饭毕走了，便说：“这种人家排场太小了！只吃那么多钱一天的菜！我女儿舒服惯的，过去吃不来苦！”婚事从此作罢。夫妇俩磋商几次，觉得宝贝女儿嫁到人家去，总不放心，不如招一个女婿到自己家里来。那天张先生跟鸿渐同席，回家说起，认为颇合资格：“家世头衔都不错，并且现在没真做到女婿已住在挂名丈人家里，将来招赘入门，易如反掌。更妙是方家经这番战事，摆不起乡绅人家臭架子，这女婿可以服服帖帖地养在张府上。结果张太太要鸿渐来家相他一下。

方鸿渐因为张先生请他早到谈谈，下午银行办公室完毕就去。马路上经过一家外国皮货铺子看见獭绒西装外套，新年廉价，只卖四百元。鸿渐常想有这样一件外套，留学时不敢买。譬如在伦敦，男人穿皮外套而没有私人汽车，假使不像放印子钱的犹太人或打拳的黑人，人家就疑心是马戏班的演员，再不然就是开窑子的乌龟；只有在维也纳，穿皮外套是常事，并且有现成的皮里子卖给旅客衬在外套里。他回国后，看穿的人很多，现在更给那店里的陈列撩得心动。可是盘算一下，只好叹口气。银行里薪水一百块钱已算不薄，零用尽够，丈人家供吃供住，一个钱不必贴，怎好向周经理要钱买奢侈品？回国所余六十多镑，这次孝敬父亲四十镑添买些家具，剩下不过所合四百余元。东凑西挪，一股脑儿花在这件外套上面，不大合算。国难时期，万事节约，何况天气不久回暖，就省了罢。到了张家，张先生热闹地欢迎道：“Hello！ Doctor 方，好久不见！”张先生跟外国人来往惯了，说话有个特征——也许在洋行、青年会、扶轮社等圈子里，这并没有什么奇特——喜欢中国话里夹无谓的英文字。他并无中文难达的新意，需要借英文来讲；所以他说话里嵌的英文字，还比不得嘴里嵌的金牙，因为金牙不仅妆点，尚可使用，只好比牙缝里嵌的肉屑，表示饭菜吃得好，此外全无用处。他仿美国人读音，惟妙惟肖，也许鼻音学得太过火了，不像美国人，而像伤风塞鼻子的中国人。他说“very well”二字，声音活像小洋狗在咕噜——"vurry wul"。可惜罗马人无此耳福,否则决不单说R是鼻音的狗字母。当时张先生跟鸿渐拉手,问他是不是天天"go downtown"。鸿渐寒暄已毕,瞧玻璃橱里都是碗、瓶、碟子,便说:"张先生喜欢收藏瓷器?"

"Sure! have a look see!"张先生打开橱门,请鸿渐赏鉴。鸿渐拿了几件,看都是"成化""宣德""康熙",也不识真假,只好说:"这东西很值钱罢?"

"Sure! 值不少钱呢,Plenty of dough。并且这东西不比书画。买书画买了假的,一文不值,只等于waste paper。瓷器假的,至少还可以盛饭。我有时请外国friends吃饭,就用那个康熙窑'油底蓝五彩'大盘做salad dish,他们都觉得古色古香,菜的味道也有点old-time。"

方鸿渐道:"张先生眼光一定好,不会买假东西。"

张先生大笑道:"我不懂什么年代花纹,事情忙,也没工夫翻书研究。可是我有hunch;看见一件东西,忽然what'd you call灵机一动,买来准O.K.。他们古董掮客都佩服我,我常对他们说:'不用拿假货来fool我。O yeah,我姓张的不是sucker,休想骗我!'"关上橱门,又说:"咦,headache"便捺电铃叫佣人。

鸿渐不懂,忙问道:"张先生不舒服,是不是?"

张先生惊奇地望着鸿渐道:"谁不舒服?你?我?我很好呀!"

鸿渐道:"张先生不是说'头痛'么?"

张先生呵呵大笑,一面吩咐进来的女佣说:"快去跟太太小姐说,客人来了,请她们出来。Make it snappy!"说时右手大拇指从中指弹在食指上"啪"的一响。他回过来对鸿渐笑道:"headache是美国话指'太太'而说,不是'头痛'!你没到States去过罢!"

方鸿渐正自惭寡陋,张太太张小姐出来了,张先生为鸿渐介绍。张太太是位四十多岁的胖女人,外国名字是小巧玲珑的Tessie。张小姐是十八岁的高大女孩子,着色鲜明,穿衣紧俏,身材将来准会跟她老太爷那洋行的资本一样雄厚。鸿渐没听清她名字,声音好像"我你他",想来不是Anita,就是Juanita,她父母只缩短叫她Nita。张太太上海话比丈夫讲得好,可是时时流露本乡土音,仿佛罩褂太小,遮不了里面的袍子。张太太信佛,自说天天念十遍"白衣观世音咒",求菩萨保佑中国军队打胜;又说这观音咒灵验得很,上海打仗最紧急时,张先生到外滩行里去办公,自己在家里念,果然张先生从没遭到流弹。鸿渐暗想享受了最新的西洋徉学设备,而竟抱这种信爷,坐在热水管烘暖的客堂里念佛,可见"西学为用,中学为体"并非难事。他和张小姐没有多少可谈,只好问她爱看什么电影。跟着两个客人来了,都是张先生的结义弟兄。一个叫陈士屏,是欧美烟草公司的高等职员,大家唤他Z.B.,仿佛德文里"有例为证"的缩写。一个叫丁讷生,外国名字倒不是诗人Tennyson而是海军大将Nelson,也在什么英国轮船公司做事。张太太说,人数凑得起一桌麻将,何妨打八圈牌再吃晚饭。方鸿渐赌术极幼稚,身边带钱又不多,不愿参加,宁可陪张小姐闲谈。经不起张太太再三怂恿，只好入局。没料到四圈之后，自己独赢一百余元，心中一动，想假如这手运继续不变，那獭绒大衣偈有指望了。这时候，他全忘了在船上跟孙先生讲的法国迷信，只要赢钱。八圈打毕，方鸿渐赢了近三百块钱。同局的三位，张太太、"有例为证"和"海军大将"一个子儿不付，一字不提，都站起来准备吃饭。鸿渐唤醒一句道："我今天运气太好了！从来没赢过这许多钱。"

张太太如梦初醒道："咱们真糊涂了！还没跟方先生清账呢。陈先生，丁先生，让我一个人来付他，咱们回头再算得了。"便打开钱袋把钞票一五一十点交给鸿渐。吃的是西菜。"海军大将"信基督教，坐下以前，还向天花板眨白眼，感谢上帝赏饭。方鸿渐因为赢了钱，有说有笑。饭后散坐抽烟喝咖啡，他瞧沙发旁一个小书架，猜来都是张小姐的读物。一大堆《西风》、原文《读者文摘》之外，有原文小字白文《莎士比亚全集》《新旧约全书》《家庭布置学》、翻版的《居里夫人传》《照相自修法》《我国与我民》等不朽大著以及电影小说十几种，里面不用说有《乱世佳人》。一本小蓝书，背上金字标题道：《怎样去获得丈夫而且守住他》(How to gain a husband and keep him)。鸿渐忍不住抽出一翻，只见一节道："对男人该温柔甜蜜，才能在他心的深处留下好印象。女孩子们，别忘了脸上常带光明的笑容。"看到这里，这笑容从书上移到鸿渐脸上了。再看书面作者是个女人，不知出嫁没有，该写明"某某夫人"，这书便见得切身阅历之谈，想着笑容更廓大了。抬头忽见张小姐注意自己，忙把书放好，收敛笑容。"有例为证"要张小姐弹钢琴，大家同声附和。张小姐弹完，鸿渐要补救这令她误解的笑容，抢先第一个称"好"，求她再弹一曲。他又坐一会，才告辞出门。洋车到半路，他想起那书名，不禁失笑。丈夫是女人的职业，没有丈夫就等于失业，所以该牢牢捧住这饭碗。哼！我偏不愿意女人读了那本书当我是饭碗，我宁可他们瞧不起我，骂我饭桶。"我你他"小姐，咱们没有"举碗齐眉"的缘分，希望另有好运气的人来爱上您。想到这里，鸿渐顿足大笑，把天空月当作张小姐，向她挥手作别。洋车夫疑心他醉了，回头叫他别动，车不好拉。

客人全散了，张太太道："这姓方的不合适，气量太小，把钱看得太重，给我一试就露出本相。他那时候好像怕我们赖账不还的，可笑不可笑？"

张先生道："德国货总比不上美国货呀。什么博士！还算在英国留过学，我说的英文，他好多听不懂。欧战以后，德国落伍了。汽车、飞机、打字机、照相机，哪一件不是美国花样顶新！我不爱欧洲留学生。"

张太太道："Nita，看这姓方的怎么样？"

张小姐不能饶恕方鸿渐看书时的微笑，干脆说："这人讨厌！你看他吃相多坏！全不像在外国住过的。他喝汤的时候，把面包去蘸！他吃铁排鸡，不用刀叉，把手拈了鸡腿起来咬！我全看在眼睛里。吓！这算什么礼貌？我们学校里教社交礼节的 Miss Prym 瞧见了准会骂他猪猡相 piggy wiggy！"

当时张家这婚事一场没结果，周太太颇为扫兴。可是方鸿渐小时是看《三国演义》《水浒》《西游记》那些不合教育原理的儿童读物的；他生得太早，还没福气捧读《白雪公主》《木偶奇遇记》这一类好书。他记得《三国演义》里的名言：“妻子如衣服，”当然衣服也就等于妻子；他现在新添了皮外套，损失个把老婆才不放心上呢。

【作者简介】

钱钟书，原名仰先，字哲良，字默存，号槐聚，曾用笔名中书君，中国现代著名作家、文学研究家。曾为《毛泽东选集》英文版翻译小组成员。晚年就职于中国社会科学院，任副院长。书评家夏志清先生认为小说《围城》是“中国近代文学中最有趣、最用心经营的小说，可能是最伟大的一部”。钱钟书在文学、国故、比较文学、文化批评等领域的成就，推崇者甚至冠以“钱学”。其夫人杨绛也是著名作家，育有一女钱瑗（1937—1997 年）。

【阅读提示】

《围城》是钱先生唯一的长篇小说，也是一部家喻户晓的现代文学经典，有论者认为是现代中国最伟大的小说之一。

《围城》内涵充盈，兼以理胜于情，是小说中的宋诗。所谓“围城”，如书中人物所说，是脱胎于两句欧洲成语。英国人说：“结婚仿佛金漆的鸟笼，笼子外面的鸟想住进去，笼内的鸟想飞出来，所以结而离、离而结，没有了局。”法国人的说法是：结婚犹如“被围困的城堡 fortressassiegee，城外的人想冲进去，城里的人想逃出来。”本书的主人公方鸿渐本来不知道有“围城”之说，然而，当他听人说到“围城”，并且经过后来的坎坷，便对“人生万事，都有这个想法。”“围城”是对一种人生情境的形象概括，也是对一种心理意态的巧妙把捉。“围城”所描绘的，乃是人类理想主义和幻想破灭的永恒循环。古往今来，多少人都是从自以为天佑神助开始，而从意识到造化弄人结束。《围城》中时起时伏，处处申说的，都是理想的不断升腾和一再破灭。经常是事将成矣而毁即随之，浪抛心力而已。许多人终身处于“围城”境遇而不察，因此，“围城”完全可以作为人类身处困境、屡遭挫折的象征。钱钟书先生旁观浮生，思虑沉潜；指点世态，寄慨遥深，以形而下示形而上，使读者对人生恍然如有所知。

小说风格幽默，妙譬可人，读之颇可领略汉语文字的丰赡粹美。

【思考与练习】

1.请说一说“围城”的含义。

2.请你举例说明《围城》在语言方面的特色。

《呐　喊》

鲁　迅

【作品简介】

《呐喊》是鲁迅1918年至1922年所作的短篇小说的结集。这部小说集于1923年8月由北京新潮出版社出版，集中有《狂人日记》《药》《明天》《阿Q正传》《孔乙己》《一件小事》《头发的故事》《风波》《故乡》《端午节》《白光》《兔和猫》《鸭的喜剧》《社戏》14篇小说。作品真实地描绘了从辛亥革命到五四运动时期的社会生活，从革命民主主义出发，抱着启蒙主义目的和人道主义精神，揭示了种种深层次的社会矛盾，对中国旧有制度及陈腐的传统观念进行了深刻的剖析和比较彻底的否定，表现出对民族生存浓重的忧患意识和对社会变革的强烈愿望。

【作品欣赏】

鸭的喜剧[(1)]

俄国的盲诗人爱罗先珂[(2)]君带了他那六弦琴到北京之后不久，便向我诉苦说："寂寞呀，寂寞呀，在沙漠上似的寂寞呀！"

这应该是真实的，但在我却未曾感得；我住得久了，"入芝兰之室，久而不闻其香"[(3)]，只以为很是嚷嚷罢了。然而我之所谓嚷嚷，或者也就是他之所谓寂寞罢。

我可是觉得在北京仿佛没有春和秋。老于北京的人说，地气北转了，这里在先是没有这么和暖。只是我总以为没有春和秋；冬末和夏初衔接起来，夏才去，冬又开始了。

一日就是这冬末夏初的时候，而且是夜间，我偶尔得了闲暇，去访问爱罗先珂君。他一向寓在仲密君的家里；这时一家的人都睡了觉了，天下很安静。他独自靠在自己的卧榻上，很高的眉棱在金黄色的长发之间微蹙了，是在想他旧游之地的缅甸，缅甸的夏夜。"这样的夜间，"他说，"在缅甸是遍地是音乐。房里，草间，树上，都有昆虫吟叫，各种声音，成为合奏，很神奇。其间时时夹着蛇鸣：'嘶嘶！'可是也与虫声相和谐……"他沉思了，似乎想要追想起那时的情景来。

我开不得口。这样奇妙的音乐，我在北京确乎未曾听到过，所以即使如何爱国，也辩护不得，因为他虽然目无所见，耳朵是没有聋的。

“北京却连蛙鸣也没有……”他又叹息说。

“蛙鸣是有的！”这叹息，却使我勇猛起来了，于是抗议说，“到夏天，大雨之后，你便能听到许多虾蟆叫，那是都在沟里面的，因为北京到处都有沟。”

“哦……”

过了几天，我的话居然证实了，因为爱罗先珂君已经买到了十几个蝌蚪子。他买来便放在他窗外的院子中央的小池里。那池的长有三尺，宽有二尺，是仲密所掘，以种荷花的荷池。从这荷池里，虽然从来没有见过养出半朵荷花来，然而养虾蟆却实在是一个极合适的处所。蝌蚪成群结队的在水里面游泳；爱罗先珂君也常常踱来访他们。有时候，孩子告诉他说，“爱罗先珂先生，他们生了脚了。”他便高兴的微笑道，“哦！”

然而养成池沼的音乐家却只是爱罗先珂君的一件事。他是向来主张自食其力的，常说女人可以畜牧，男人就应该种田。所以遇到很熟的友人，他便要劝诱他就在院子里种白菜；也屡次对仲密夫人劝告，劝伊养蜂，养鸡，养猪，养牛，养骆驼。后来仲密家果然有了许多小鸡，满院飞跑，啄完了铺地锦的嫩叶，大约也许就是这劝告的结果了。

从此卖小鸡的乡下人也时常来，来一回便买几只，因为小鸡是容易积食，发痧，很难得长寿的；而且有一匹还成了爱罗先珂君在北京所作唯一的小说《小鸡的悲剧》(4)里的主人公。有一天的上午，那乡下人竟意外的带了小鸭来了，咻咻的叫着；但是仲密夫人说不要。爱罗先珂君也跑出来，他们就放一个在他两手里，而小鸭便在他两手里咻咻的叫。他以为这也很可爱，于是又不能不买了，一共买了四个，每个八十文。

小鸭也诚然是可爱，遍身松花黄，放在地上，便蹒跚地走，互相招呼，总是在一处。大家都说好，明天去买泥鳅来喂他们罢。爱罗先珂君说，“这钱也可以归我出的。”

他于是教书去了；大家也走散。不一会，仲密夫人拿冷饭来喂他们时，在远处已听得泼水的声音，跑到一看，原来那四个小鸭都在荷池里洗澡了，而且还翻筋斗，吃东西呢。等到拦他们上了岸，全池已经是浑水，过了半天，澄清了，只见泥里露出几条细藕来；而且再也寻不出一个已经生了脚的蝌蚪了。

“伊和希珂先，没有了，虾蟆的儿子。”傍晚时候，孩子们一见他回来，最小的一个便赶紧说。

“唔，虾蟆？”

仲密夫人也出来了，报告了小鸭吃完蝌蚪的故事。

“唉，唉！……”他说。

待到小鸭褪了黄毛，爱罗先珂君却忽而渴念着他的“俄罗斯母亲”(5)了，便匆匆地向赤塔去。

待到四处蛙鸣的时候，小鸭也已经长成，两个白的，两个花的，而且不复咻咻的叫，都是"鸭鸭"的叫了。荷花池也早已容不下他们盘桓了，幸而仲密的住家的地势是很低的，夏雨一降，院子里满积了水，他们便欣欣然，游水，钻水，拍翅子，"鸭鸭"地叫。

现在又从夏末交了冬初，而爱罗先珂君还是绝无消息，不知道究竟在那里了。

只有四个鸭，却还在沙漠上"鸭鸭"地叫。

1922 年 10 月

【注释】

(1)本篇最初发表于 1922 年 12 月上海《妇女杂志》第 8 卷第 12 号。

(2)爱罗先珂(1889—1952)：俄国诗人和童话作家。童年时因病双目失明。曾先后到过日本、泰国、缅甸、印度。1921 年在日本因参加"五一"游行被驱逐出境，后辗转来到我国。1922 年从上海到北京，曾在北京大学、北京世界语专门学校任教。1923 年回国。他用世界语和日语写作，鲁迅曾译过他的作品《桃色的云》《爱罗先珂童话集》等。

(3)"入芝兰之室，久而不闻其香"：语见《孔子家语·六本》。

(4)《小鸡的悲剧》：童话。鲁迅于 1922 年 7 月译出，发表于同年 9 月上海《妇女杂志》第 8 卷第 9 号，后收入《爱罗先珂童话集》。

(5)"俄罗斯母亲"：俄罗斯人民对祖国的爱称。

【作者简介】

鲁迅(1881 年 9 月 25 日—1936 年 10 月 19 日)，中国文学家、思想家和革命家。原名周树人，字豫才，浙江绍兴人。出身于破落封建家庭。青年时代受进化论、尼采超人哲学和托尔斯泰博爱思想的影响。1902 年去日本留学，原在仙台医学院学医，后从事文艺工作，企图用以改变国民精神。1918 年 5 月，首次用"鲁迅"的笔名，发表中国现代文学史上第一篇白话小说《狂人日记》，奠定了新文学运动的基石。五四运动前后，参加《新青年》杂志工作，成为五四新文化运动的主将。1918 年到 1926 年间，陆续创作出版了小说集《呐喊》《彷徨》，论文集《坟》，散文诗集《野草》，散文集《朝花夕拾》，杂文集《热风》《华盖集》《华盖集续编》等专集。其中，1921 年 12 月发表的中篇小说《阿 Q 正传》，是中国现代文学史上的不朽杰作。1930 年起，先后参加中国自由运动大同盟、中国左翼作家联盟和中国民权保障同盟，反抗国民党政府的独裁统治和政治迫害。1936 年 10 月 19 日因肺结核病逝于上海，上海上万名民众自发举行公祭、送葬，葬于虹桥万国公墓。1956 年，鲁迅遗体移葬虹口公园，毛泽东为重建的鲁迅墓题字。其主要作品有小说集《呐喊》《彷徨》《故事新编》，散文诗集《野草》，散文集《朝花夕拾》，杂文集《华盖集》《二心集》

《热风》《而已集》等。

【阅读提示】

《鸭的喜剧》是写俄国盲诗人爱罗先珂在居住北京期间用养小鸭的乐趣来排除寂寞的失败尝试。爱罗先珂先生企图用点缀生活的方法来排除黑暗社会所造成的无尽的寂寞的做法是不切实际的。作者通过鸭的喜剧——也就是蝌蚪的悲剧，揭示了生存竞争，弱肉强食的生命现象所折射出的社会现象，委婉地表达了人间不可能无所不爱，唯有反抗强暴，才能保护弱者的思想。本篇在写作上有散文化特色，情节性不强，但语言朴实、亲切、雅致，别有一番韵味。

【思考与练习】

1.请说一说你读了《鸭的喜剧》后的感受。

2.《呐喊》是一部什么样的作品？

和谐的生命形态

——《边城》

沈从文

【作品简介】

《边城》是沈从文的代表作，展示给读者的是湘西世界和谐的生命形态。《边城》发表于1934年，小说描写了山城茶峒码头团总的两个儿子天保和傩送与摆渡人的外孙女翠翠的曲折爱情故事。

【作品欣赏】

大清早，帮忙的人从城里拿了绳索杠子赶来了。

老船夫的白木小棺材，为六个人抬着到那个倾圮了的塔后山岨上去埋葬时，船总顺顺，马兵，翠翠，老道士，黄狗皆跟在后面。到了预先掘就的方阱边，老道士照规矩先跳下去，把一点朱砂颗粒同白米安置到阱中四隅及中央，又烧了一点纸钱，爬出阱时就要抬棺木的人动手下肂。翠翠哑着喉咙干号，伏在棺木上不起身。经马兵用力把她拉开，方能移动棺木。一会儿，那棺木便下了阱，拉去绳子，调整了方向，被新土掩盖了，翠翠还坐在地上呜咽。老道士要回城去替人做斋，过渡走了。

船总把一切事托给老马兵，也赶回城去了。帮忙的皆到溪边去洗手，家中各人还有各人的事，且知道这家人的情形，不便再叨扰，也不再惊动主人，过渡回家去了。于是碧溪岨便只剩下三个人，一个是翠翠，一个是老马兵，一个是由船总家派来暂时帮忙照料渡船的秃头陈四四。黄狗因被那秃头打了一石头，对于那秃头仿佛很不高兴，尽是轻轻地吠着。

到了下午，翠翠同老马兵商量，要老马兵回城去把马托给营里人照料，再回碧溪岨来陪她。老马兵回转碧溪岨时，秃头陈四四被打发回城去了。

翠翠仍然自己同黄狗来弄渡船，让老马兵坐在溪岸高崖上玩，或嘶着个老喉咙唱歌给她听。过三天后船总来商量接翠翠过家里去住，翠翠却想看守祖父的坟山，不愿即刻进城。只请船总过城里衙门去为说句话，许杨马兵暂时同她住住，船总顺顺答应了这件事，就走了。

杨马兵既是个上五十岁了的人，说故事的本领比翠翠祖父高一筹，加之凡事特别关心，做事又勤快又干净，因此同翠翠住下来，使翠翠仿佛去了一个祖父，却新得了一个伯父。过渡时有人问及可怜的祖父，黄昏时想起祖父，皆使翠翠心酸，觉得十分凄凉。但这分凄凉日子过久一点，也就渐渐淡薄些了。两人每日在黄昏中同晚上，坐在门前溪边高崖上，谈点那个躺在湿土里可怜祖父的旧事，有许多是翠翠先前所不知道的，说来便更使翠翠心中柔和。又说到翠翠的父亲，那个又要爱情又惜名誉的军人，在当时按照绿营军勇的装束，如何使女孩子动心。又说到翠翠的母亲，如何善于唱歌，而且所唱的那些歌在当时如何流行。

时候变了，一切也自然不同了，皇帝已不再坐江山，平常人还消说！杨马兵想起自己年轻作马夫时，牵了马匹到碧溪岨来对翠翠母亲唱歌，翠翠母亲不理会，到如今这自己却成为这孤雏的唯一靠山唯一信托人，不由得不苦笑。

因为两人每个黄昏必谈祖父以及这一家有关系的事情，后来便说到了老船夫死前的一切，翠翠因此明白了祖父活时所不提到的许多事。二老的唱歌，顺顺大儿子的死，顺顺父子对于祖父的冷淡，中寨人用碾坊作陪嫁妆奁，诱惑傩送二老，二老既记忆着哥哥的死亡，且因得不到翠翠理会，又被家中逼着接受那座碾坊，意思还在渡船，因此赌气下行，祖父的死因，又如何与翠翠有关……凡是翠翠不明白的事，如今可全明白了。翠翠把事弄明白后，哭了一个夜晚。

过了四七，船总顺顺派人来请马兵进城去，商量把翠翠接到他家中去，作为二老的媳妇。但二老人既在辰州，先就莫提这件事，且搬过河街去住，等二老回来时再看二老意思。马兵以为这件事得问翠翠。回来时，把顺顺的意思向翠翠说过后，又为翠翠出主张，以为名分既不定妥，到一个生人家里去不好，还是不如在碧溪岨等，等到二老驾船回来时，再看二老意思。

这办法决定后，老马兵以为二老不久必可回来的，就依然把马匹托营上人照料，在碧溪岨为翠翠做伴，把一个一个日子过下去。

碧溪岨的白塔，与茶峒风水有关系，塔圮坍了，不重新作一个自然不成。除了城中营管、税局以及各商号各平民捐了些钱以外，各大寨子也有人拿册子去捐钱。为了这塔成就并不是给谁一个人的好处，应尽每个人来积德造福，尽每个人皆有捐钱的机会，因此在渡船上也放了个两头有节的大竹筒，中部锯了一口，尽过渡人自由把钱投进去，竹筒满了马兵就捎进城中首事人处去，另外又带了个竹筒回来。过渡人一看老船夫不见了，翠翠辫子上扎了白线，就明白那老的已作完了自己分上的工作，安安静静躺到土坑里去了，必一面用同情的眼色瞧着翠翠，一面就摸出钱来塞到竹筒中去。"天保佑你，死了的到西方去，活下的永保平安。"翠翠明白那些捐钱人的意思，心里酸酸的，忙把身子背过去拉船。

到了冬天，那个圮坍了的白塔，又重新修好了。可是那个在月下唱歌，使翠翠在睡梦里为歌声把灵魂轻轻浮起的年轻人，还不曾回到茶峒来。

…………

这个人也许永远不回来了，也许"明天"回来！

【作者简介】

沈从文(1902—1988),京派小说代表作家,原名沈岳焕,生于荒僻神秘的湘西凤凰县,有苗汉土家族的血统。14岁高小毕业后入伍,看尽人世黑暗而产生厌恶心理。接触新文学后,他于1923年寻至北京,欲入大学而不成,窘困中开始用"休芸芸"等笔名进行创作。至20世纪30年代起,他开始用小说构造他心中的"湘西世界"完成一系列代表作,如《边城》《长河》等。他以"乡下人"的主体视角审视当时城乡对峙的现状,批判现代文明在进入中国的过程中所显露出的丑陋,这种与新文学主将们相悖反的观念大大丰富了现代小说的表现范围。

【阅读提示】

《边城》写的是一个恋爱的故事,情节简朴优美,湘西山城茶峒掌水码头顺顺的两个儿子天保和傩送,同时爱上了城边碧溪老船夫的孙女翠翠,但翠翠心里爱的却是傩送。当天保明白了这个三角恋爱的实情,深知不能勉强,主动退出了竞争,驾船下辰州,好忘却那里的一切,却不幸遇难,傩送虽然仍然爱着翠翠,但哥哥为此而死,使他心中压抑,又对老船夫有误会,也在痛苦中离家去了桃源。而翠翠独自承担所有的变故,在等着,等着那个也许永远不回来,也许明天回来的人。

如诗的边城,诗意地演绎着人生,诗意地演绎着生活。书中所示的人性美浸透着完美,而翠翠的无限期等待又显示着不完美。她的爱情悲剧可以说是那个年代造成的,她和傩送本来完全可以结合在一起,培育出美丽的爱情之花,可惜二人却失之交臂,留下了悠长的遗憾。

【思考与练习】

1.试用自己的语言描述沈从文笔下的湘西世界。

2.阅读《边城》后说说作品中体现出的人性美。

现代话剧成熟的标志

——《雷雨》

曹　禺

【作品简介】

《雷雨》是曹禺先生1933年创作的优秀话剧剧本，是一部杰出的现实主义悲剧。《雷雨》以20世纪20年代半封建半殖民地的中国社会为背景。通过一个反动的封建资本家周朴园家庭内部的种种纠葛和周、鲁两家错综复杂的矛盾冲突，揭露了以周朴园为代表的封建资本家腐朽、伪善、凶残的阶级本性，鞭挞了黑暗的社会。

【作品欣赏】

周朴园　(点着一支吕宋烟，看见桌上的雨衣，向侍萍)这是太太找出来的雨衣么？

鲁侍萍　(看着他)大概是的。

周朴园　不对，不对，这都是新的。我要我的旧雨衣，你回头跟太太说。

鲁侍萍　嗯。

周朴园　(看她不走)你不知道这间房子底下人不准随便进来么？

鲁侍萍　不知道，老爷。

周朴园　你是新来的下人？

鲁侍萍　不是的，我找我的女儿来的。

周朴园　你的女儿？

鲁侍萍　四凤是我的女儿。

周朴园　那你走错屋子了。

鲁侍萍　哦。——老爷没有事了？

周朴园　(指窗)窗户谁叫打开的？

鲁侍萍　哦。(很自然地走到窗户，关上窗户，慢慢地走向中门)

周朴园　(看她关好窗门，忽然觉得她很奇怪)你站一站。

侍萍停

周朴园　你——你贵姓？

鲁侍萍　我姓鲁。

周朴园　姓鲁。你的口音不像北方人。

鲁侍萍　对了，我不是，我是江苏的。

周朴园　你好像有点无锡口音。

鲁侍萍　我自小就在无锡长大的。

周朴园　（沉思）无锡？嗯，无锡，（忽而）你在无锡是什么时候？

鲁侍萍　光绪二十年，离现在有三十多年了。

周朴园　哦，三十年前你在无锡？

鲁侍萍　是的，三十多年前呢，那时候我记得我们还没有用洋火呢。

周朴园　（沉思）三十多年前，是的，很远啦，我想想，我大概是二十多岁的时候。那时候我还在无锡呢。

鲁侍萍　老爷是那个地方的人？

周朴园　嗯，（沉吟）无锡是个好地方。

鲁侍萍　哦，好地方。

周朴园　你三十年前在无锡么？

鲁侍萍　是，老爷。

周朴园　三十年前，在无锡有一件很出名的事情——

鲁侍萍　哦。

周朴园　你知道么？

鲁侍萍　也许记得，不知道老爷说的是哪一件？

周朴园　哦，很远的，提起来大家都忘了。

鲁侍萍　说不定，也许记得的。

周朴园　我问过许多那个时候到过无锡的人，我也派人到无锡打听过。可是那个时候在无锡的人，到现在不是老了就是死了，活着的多半是不知道的，或者忘了。不过也许你会知道。三十年前在无锡有一家姓梅的。

鲁侍萍　姓梅的？

周朴园　梅家的一个年轻小姐，很贤慧，也很规矩，有一天夜里，忽然地投水死了。后来，后来，——你知道么？

鲁侍萍　不敢说。

周朴园　哦。

鲁侍萍　我倒认识一个年轻的姑娘姓梅的。

周朴园　哦？你说说看。

鲁侍萍　可是她不是小姐，她也不贤慧，并且听说是不大规矩的。

周朴园　也许，也许你弄错了，不过你不妨说说看。

鲁侍萍　这个梅姑娘倒是有一天晚上跳的河，可是不是一个，她手里抱着一个刚生下三天的男孩。听人说她生前是不规矩的。

周朴园　（苦痛）哦！

鲁侍萍　她是个下等人，不很守本分的。听说她跟那时周公馆的少爷有点不清白，生了两个儿子。生了第二个，才过三天，忽然周少爷不要了她。大孩子就放在周公馆，刚生的孩子她抱在怀里，在年三十夜里投河死的。

周朴园　（汗涔涔地）哦。

鲁侍萍　她不是小姐，她是无锡周公馆梅妈的女儿，她叫侍萍。

周朴园　（抬起头来）你姓什么？

鲁侍萍　我姓鲁，老爷。

周朴园　（喘出一口气，沉思地）侍萍，侍萍，对了。这个女孩子的尸首，说是有一个穷人见着埋了。你可以打听得她的坟在哪儿么？

鲁侍萍　老爷问这些闲事干什么？

周朴园　这个人跟我们有点亲戚。

鲁侍萍　亲戚？

周朴园　嗯，——我们想把她的坟墓修一修。

鲁侍萍　哦，——那用不着了。

周朴园　怎么？

鲁侍萍　这个人现在还活着。

周朴园　（惊愕）什么？

鲁侍萍　她没有死。

周朴园　她还在？不会吧？我看见她河边上的衣服，里面有她的绝命书。

鲁侍萍　她又被人救活了。

周朴园　哦，救活啦？

鲁侍萍　以后无锡的人是没见着她，以为她那夜晚死了。

周朴园　那么，她呢？

鲁侍萍　一个人在外乡活着。

周朴园　那个小孩呢？

鲁侍萍　也活着。

周朴园　（忽然立起）你是谁？

鲁侍萍　我是这儿四凤的妈，老爷。

周朴园　哦。

鲁侍萍　她现在老了，嫁给一个下等人，又生了个女孩，境况很不好。

周朴园　你知道她现在在哪儿？

鲁侍萍　我前几天还见着她！

周朴园　什么？她就在这儿？此地？

鲁侍萍　嗯,就在此地。

周朴园　哦!

鲁侍萍　老爷,你想见一见她么?

周朴园　(连忙)不,不,不用。

鲁侍萍　她的命很苦。离开了周家,周家少爷就娶了一位有钱有门第的小姐。她一个单身人,无亲无故,带着一个孩子在外乡,什么事都做:讨饭,缝衣服,当老妈子,在学校里伺候人。

周朴园　她为什么不再找到周家?

鲁侍萍　大概她是不愿意吧?为着她自己的孩子,她嫁过两次。

周朴园　以后她又嫁过两次?

鲁侍萍　嗯,都是很下等的人。她遇人都很不如意,老爷想帮一帮她么?

周朴园　好,你先下去吧。

鲁侍萍　老爷,没有事了?(望着朴园,泪要涌出)

周朴园　啊,你顺便去告诉四凤,叫她把我樟木箱子里那件旧雨衣拿出来,顺便把那箱子里的几件旧衬衣也捡出来。

鲁侍萍　旧衬衣?

周朴园　你告诉她在我那顶老的箱子里,纺绸的衬衣,没有领子的。

鲁侍萍　老爷那种纺绸衬衣不是一共有五件?您要哪一件?

周朴园　要哪一件?

鲁侍萍　不是有一件,在右袖襟上有个烧破的窟窿,后来用丝线绣成一朵梅花补上的?还有一件,——

周朴园　(惊愕)梅花?

鲁侍萍　旁边还绣着一个萍字。

周朴园　(徐徐立起)哦,你,你,你是——

鲁侍萍　我是从前伺候过老爷的下人。

周朴园　哦,侍萍!(低声)是你?

鲁侍萍　你自然想不到,侍萍的相貌有一天也会老得连你都不认识了。

周朴园不觉地望望柜上的相片,又望侍萍。

半晌。

周朴园　(忽然严厉地)你来干什么?

鲁侍萍　不是我要来的。

周朴园　谁指使你来的?

鲁侍萍　(悲愤)命!不公平的命指使我来的。

周朴园　(冷冷地)三十年的工夫你还是找到这儿来了。

鲁侍萍　(怨愤)我没有找你,我没有找你,我以为你早死了。我今天没想到到这儿来,这是天要我在这儿又碰见你。

周朴园　你可以冷静点。现在你我都是有子女的人。如果你觉得心里有委屈,这么大年纪,我们先可以不必哭哭啼啼的。

鲁侍萍　哭?我的眼泪早哭干了,我没有委屈,我有的是恨,是悔,是三十年一天一天我自己受的苦。你大概已经忘了你做的事了!三十年前,过年三十的晚上我生下你的第二个儿子才三天,你为了要赶紧娶那位有钱有门第的小姐,你们逼着我冒着大雪出去,要我离开你们周家的门。

周朴园　从前的旧恩怨,过了几十年,又何必再提呢?

鲁侍萍　那是因为周大少爷一帆风顺,现在也是社会上的好人物。可是自从我被你们家赶出来以后,我没有死成,我把我的母亲可给气死了,我亲生的两个孩子你们家里逼着我留在你们家里。

周朴园　你的第二个孩子你不是已经抱走了么?

鲁侍萍　那是你们老太太看着孩子快死了,才叫我带走的。(自语)哦,天哪,我觉得我像在做梦。

周朴园　我看过去的事不必再提起来吧。

鲁侍萍　我要提,我要提,我闷了三十年了!你结了婚,就搬了家,我以为这一辈子也见不着你了;谁知道我自己的孩子偏偏要跑到周家来,又做我从前在你们家做过的事。

周朴园　怪不得四凤这样像你。

鲁侍萍　我伺候你,我的孩子再伺候你生的少爷们。这是我的报应,我的报应。

周朴园　你静一静。把脑子放清醒点。你不要以为我的心是死了,你以为一个人做了一件于心不忍的事就会忘了么?你看这些家具都是你从前顶喜欢的东西,多少年我总是留着,为着纪念你。

鲁侍萍　(低头)哦。

周朴园　你的生日——四月十八——每年我总记得。一切都照着你是正式嫁过周家的人看,甚至于你因为生萍儿,受了病,总要关窗户,这些习惯我都保留着,为是不忘你,弥补我的罪过。

鲁侍萍　(叹一口气)现在我们都是上了年纪的人,这些话请你也不必说了。

周朴园　那更好了。那么我们可以明明白白地谈一谈。

鲁侍萍　不过我觉得没有什么可谈的。

周朴园　话很多。我看你的性情好像没有大改,——鲁贵像是个很不老实的人。

鲁侍萍　你不要怕。他永远不会知道的。

周朴园　那双方面都好。再有，我要问你的，你自己带走的儿子在哪儿？

鲁侍萍　他在你的矿上做工。

周朴园　我问，他现在在哪儿？

鲁侍萍　就在门房等着见你呢。

周朴园　什么？鲁大海？他！我的儿子？

鲁侍萍　就是他！他现在跟你完完全全是两样的人。

周朴园　（冷笑）这么说，我自己的骨肉在矿上鼓励罢工，反对我！

鲁侍萍　你不要以为他还会认你做父亲。

周朴园　（忽然）好！痛痛快快的！你现在要多少钱吧！

鲁侍萍　什么？

周朴园　留着你养老。

鲁侍萍　（苦笑）哼，你还以为我是故意来敲诈你，才来的么？

周朴园　也好，我们暂且不提这一层。那么，我先说我的意思。你听着，鲁贵我现在要辞退的，四凤也要回家。不过——

鲁侍萍　你不要怕，你以为我会用这种关系来敲诈你么？你放心，我不会的。大后天我就会带四凤回到我原来的地方。这是一场梦，这地方我绝对不会再住下去。

周朴园　好得很，那么一切路费，用费，都归我担负。

鲁侍萍　什么？

周朴园　这于我的心也安一点。

鲁侍萍　你？（笑）三十年我一个人都过了，现在我反而要你的钱？

周朴园　好，好，好，那么你现在要什么？

鲁侍萍　（停一停）我，我要点东西。

周朴园　什么？说吧。

鲁侍萍　（泪满眼）我——我——我只要见见我的萍儿。

周朴园　你想见他？

鲁侍萍　嗯，他在哪儿？

周朴园　他现在在楼上陪着他的母亲看病。我叫他，他就可以下来见你。不过是——（顿）他很大了，——（顿）并且他以为他母亲早就死了的。

鲁侍萍　哦，你以为我会哭哭啼啼地叫他认母亲么？我不会那样傻的。我明白他的地位，他的教育，不容他承认这样的母亲。这些年我也学乖了，我只想看看他，他究竟是我生的孩子。你不要怕，我就是告诉他，白白地增加他的烦恼，他也是不愿意认我的。

周朴园　那么，我们就这样解决了。我叫他下来，你看一看他，以后鲁家的人永远不许再到周家来。

鲁侍萍　好，我希望这一生不要再见你。

周朴园　（由衣内取出支票，签好）很好，这是一张五千块钱的支票，你可以先拿去用。算是弥补我一点罪过。

侍萍接过支票，把它撕了。

周朴园　侍萍。

鲁侍萍　我这些年的苦不是你拿钱算得清的。

周朴园　可是你——

外面争吵声。鲁大海的声音："放开我，我要进去。"三四个男仆声："不成，不成，老爷睡觉呢。"

周朴园　（走至中门）来人！

仆人由中门进。

周朴园　谁在吵？

仆　人　就是那个工人鲁大海！他不讲理，非见老爷不可。

周朴园　哦。（沉吟）那你就叫他进来吧。等一等，叫人到楼上请大少爷下来，我有话问他。

仆　人　是，老爷（由中门下）

周朴园　（向侍萍）侍萍，你不要太固执。这一点钱你不收下，将来你会后悔的。鲁侍萍望着周朴园，一句话也不说。

仆人领大海进。大海站在左边，三四仆人立一旁。

鲁大海　（见侍萍）妈，您还在这儿？

周朴园　（打量鲁大海）你叫什么名字？

鲁大海　你不要同我摆架子，难道你不知道我是谁么？

周朴园　我只知道你是罢工闹得最凶的工人。

鲁大海　对了，一点儿也不错，所以才来拜望拜望你。

周朴园　你有什么事吧？

鲁大海　董事长当然知道我是为什么来的。

周朴园　（摇头）我不知道。

鲁大海　我们老远从矿上来，今天我又在您府上大门房里从早上六点钟一直等到现在，我就是要问问董事长，对于我们工人的条件，究竟是答应不答应？

周朴园　哦，——那么，那三个代表呢？

鲁大海　我跟你说吧，他们现在正在联络旁的工会呢。

周朴园　哦，——他们没有告诉你旁的事情么？

鲁大海　告诉不告诉与你没有关系。——我问你，你的意思，忽而软，忽而硬，究竟是怎么回事？

周萍由饭厅上，见有人，想退回。

周朴园　（看周萍）不要走，萍儿！（望了一下侍萍）

周　萍　是，爸爸。

周朴园　（指身侧）你站在这儿。（向大海）你这么只凭意气是不能交涉事情的。

鲁大海　哼，你们的手段，我都明白。你们这样拖延时候，不过是想花钱收买少数不要脸的败类，暂时把我们骗在这儿。

周朴园　你的见地也不是没有道理。

鲁大海　可是你完全错了。我们这次罢工是有团结的，有组织的。我们代表这次来，并不是来求你们。你听清楚，不求你们。你们答应就答应；不答应，我们一直罢工到底，我们知道你们不到两个月整个地就要关门的。

周朴园　你以为你们那些代表们，那些领袖们都可靠吗？

鲁大海　至少比你们只认识洋钱的结合要可靠得多。

周朴园　那么我给你一件东西看。

周朴园在桌上找电报，仆人递给他；此时周冲偷偷由左书房进，在旁谛听。

周朴园　（给大海电报）这是昨天从矿上来的电报。

鲁大海　（拿过去看）什么？他们又上工了。（放下电报）不会。

周朴园　矿上的工人已经在昨天早上复工，你当代表的反而不知道么？

鲁大海　（怒）怎么矿上警察开枪打死三十个工人就白打了么？（笑起来）哼，这是假的。你们自己假作的电报来离间我们的。你们这种卑鄙无赖的行为！

周　萍　（忍不住）你是谁？敢在这儿胡说？

周朴园　没有你的话！（向大海）你就这样相信你那同来的几个代表么？

鲁大海　你不用多说，我明白你这些话的用意。

周朴园　好，那我把那复工的合同给你瞧瞧。

鲁大海　（笑）你不要骗小孩子，复工的合同没有我们代表的签字是不生效力的。

周朴园　合同！

（仆人进书房把合同拿给周朴园）

周朴园　你看，这是他们三个人签字的合同。

鲁大海　（看合同）什么？（慢慢地）他们三个人签了字？（伸手去拿，想仔细看一看）他们不告诉我，自己就签了字了？

周朴园　（顺手抽过来，交给仆人）对了，傻小子，没有经验只会胡喊是不成的。

鲁大海　那三个代表呢?

周朴园　昨天晚车就回去了。

鲁大海　(如梦初醒)这三个没有骨头的东西!他们就把矿上的工人们卖了!哼,你们这些不要脸的董事长,你们的钱这次又灵了。

周　萍　(怒)你混账!

周朴园　不许多说话。(回头向鲁大海)你现在没有资格跟我说话——矿上已经把你开除了。

鲁大海　开除了!?

周　冲　爸爸,这是不公平的。

周朴园　(向周冲)你少多嘴,出去!

(周冲愤然由中门下)

鲁大海　好,好。(切齿)你的手段我早明白,只要你能弄钱,你什么都做得出来。你叫警察杀了矿上许多工人,你还——

周朴园　你胡说!

鲁侍萍　(至大海前)走吧,别说了。

鲁大海　哼,你的来历我都知道,你从前在哈尔滨包修江桥,故意叫江堤出险,——

周朴园　(厉声)下去!

仆人们　(拉大海)走!走!

鲁大海　你故意淹死了二千二百个小工,每一个小工的性命你扣三百块钱!姓周的,你发的是绝子绝孙的昧心财!你现在还——

周　萍　(冲向大海,打了他两个嘴巴)你这种混账东西!

(鲁大海还手,被仆人们拉住)

周　萍　打他。

鲁大海　(向周萍)你!

(仆人们一齐打大海,大海流了血)

周朴园　(厉声)不要打人!

(仆人们住手,仍拉住大海)

鲁大海　(挣扎)放开我,你们这一群强盗!

周　萍　(向仆人们)把他拉下去。

鲁侍萍　(大哭)这真是一群强盗!(走至周萍前)你是萍,……凭,——凭什么打我的儿子?

周　萍　你是谁?

鲁大海　妈,别理这东西,小心吃了他们的亏。

鲁侍萍　(呆呆地看着周萍的脸,又哭起来)大海,走吧,我们走吧!

【作者简介】

曹禺(1910—1996),原名万家宝,现、当代剧作家。祖籍湖北潜江,生于天津一个封建官僚家庭。从小爱好文学和戏剧,读了不少古今中外的文学作品。中学时代就参加演出中外剧作,显示了表演才能。1928 年考入南开大学政治系,1930 年转清华大学西洋文学系,广泛接触欧美文学作品,深为古希腊悲剧作家及莎士比亚、契诃夫等人的剧作所吸引,同时也陶醉于中国的传统戏剧艺术。1933 年创作了处女作四幕剧《雷雨》,暴露了具有浓厚封建性的资产阶级家庭的腐朽和罪恶,揭示了旧制度必将灭亡的历史趋势,以高度的艺术成就和现实主义的艺术力量震动了当时的戏剧界,标志着中国话剧艺术开始走向成熟,成为几十年来最受观众欢迎的话剧之一。1933 年大学毕业后,曹禺入清华研究院当研究生,专事戏剧研究,翌年到天津河北女子师范学校任教。1935 年写成剧本《日出》,深刻解剖了 20 世纪 30 年代中国的都市生活,批判了那个“损不足以奉有余”的罪恶社会,曾获《大公报》文艺奖。它与《雷雨》前后辉映于剧坛,奠定了曹禺在中国话剧史上的地位。其他剧作还有《原野》《蜕变》《北京人》和根据巴金的小说《家》改编的剧本,还译有《罗密欧与朱丽叶》等。解放后他创作了话剧《明朗的天》(获全国第一届话剧观摩演出剧本一等奖)、历史剧《胆剑篇》(执笔)、《王昭君》等。曹禺的剧作,思想深沉、结构严谨,对话凝练有力,人物个性鲜明。曹禺曾担任过国立南京戏剧学院教授,解放后,长期任文艺界领导职务,1951 年,北京人民艺术剧院成立,担任首任院长。

【阅读提示】

多幕剧《雷雨》,是一部纠缠着复杂的血缘关系和聚集着许多巧合但却透露着必然性的悲剧。周朴园虽曾留学德国,又是一个现代厂矿的董事长,但他的性格冷酷、自私、虚伪。30 年前,他的家庭为了给他娶一个门当户对的小姐,硬是把与他相爱并为他生了两个儿子的侍女侍萍逼走了。侍萍走投无路,投河自尽,却被人所救,后嫁给了一个下层佣人鲁贵。岂料 30 年后,鲁贵到周家当差,他与侍萍所生的女儿四凤也成了周家的女仆。四凤重蹈母亲的覆辙,与周家大少爷周萍(实为她同母异父的哥哥)发生了恋情,并已有孕在身。不谙世情的周家次子周冲,也宣称他喜欢四凤。侍萍因找寻女儿来到周家,平生最让她担心的事情到底还是全都发生了,她感到老天太不公平了。当血缘的谜底被揭破之后,惨绝的悲剧不可避免地发生了:四凤自杀了,周冲触电身亡,周萍开枪自杀,繁漪疯了,侍萍痴了。

《雷雨》剧作完全运用了“三一律”,以集中的场景(周公馆客厅)和集中的时间(同一天上午至午夜),表现了周鲁两家以爱情的、血缘的、阶级的复杂关系为内容的尖锐的戏剧冲突。两个家庭八个人物在短短一天之内发生的故事,却牵扯了过去 30 年的恩恩怨怨。狭小的舞台上不仅突现了伦常的矛盾,阶级的矛盾,还有个体对于环境，时代强烈不谐调的矛盾，在种种剧烈的冲突中完成了人物的塑造。

《雷雨》广泛地吸收了西方戏剧的优点，明显受到易卜生戏剧“社会悲剧”、莎士比亚戏剧“性格悲剧”和古希腊戏剧“命运悲剧”等西方戏剧观念和创作方法的影响，并将它们有机地结合在一起，成功地表现了20世纪20年代中国带有浓厚封建性色彩的资产阶级家庭中各种人物的生活、思想和性格，揭示了处于半封建、半殖民地状态下中国人的社会悲剧和人性悲剧，成为中国现代第一出真正的悲剧，从而使话剧这种外来的艺术形式完全中国化，成为我国新文学中一种独特的艺术样式。易卜生戏剧“社会悲剧”的影响，主要表现在周朴园形象的塑造和作品的主题思想方面；莎士比亚戏剧“性格悲剧”的影响，主要表现在繁漪形象的塑造上；古希腊戏剧“命运悲剧”的影响，则主要表现在侍萍形象的塑造上。

《雷雨》的戏剧结构复杂而严谨，人物形象个性鲜明而富有典型性，情节发展曲折多变，激荡人心。特别是它的戏剧语言，既是清新、流畅的现代口语，又富含深刻的寓意和丰富的潜台词，也具有鲜明的个性化和动作性。

【思考与练习】

一、选择题

1.剧本和小说的情节基本相同，一般可以分为________、________、________、________四个部分，有的还有________和________。

2.剧本的演出，由于受________和________的限制，要求故事的时间地点和人物尽可能地集中。

3.《日出》属现代剧，作者是________；《王昭君》属历史剧，作者是________；《上海屋檐下》属现代剧，作者是________；《茶馆》属现代剧，作者是________。

4.戏剧必须有集中、尖锐的矛盾冲突。根据矛盾冲突的性质，戏剧又可分为________、________和正剧。《雷雨》属于________剧。

5.戏剧语言是戏剧的灵魂，它包括人物语言和舞台说明。人物语言也叫台词，包括________、________、________等。好的台词总是以最少的语言表达最丰富的内容。

二、分析理解题

1.30年后侍萍与周朴园不期而遇，周朴园没有认出她，她也没有立刻表明自己的身份或者斥责周朴园对她的迫害，但也没有马上离开。“周朴园（看她不走）你不知道这间房子底下人不准随便进来吗？……周朴园　那你走错屋子了。鲁侍萍　哦。——老爷没有事了？周朴园　……好，你先下去吧。鲁侍萍　老爷，没有事了？（望着朴园，泪要涌出）”为什么这样？你怎么理解鲁侍萍的语言和动作？

2.“你是萍，……凭——凭什么打我的儿子？”这句话表现了鲁侍萍怎样的感情？

3.侍萍撕了周朴园的支票后又冷冷地说“我这些年的苦不是你拿钱算得清的”，这充分表达了她对周朴园的什么样的感情？

一幅幅真实感人的生活画面

——《激流三部曲》

巴　金

【作品简介】

《激流三部曲》包括《家》《春》《秋》三部连续性的长篇，是中国现代著名的小说家、散文家、翻译家巴金的早期代表作。其中《家》的艺术成就最高，是巴金文学道路上树起的第一块丰碑，堪称中国现代文学史上最优秀的现实主义杰作之一。《激流三部曲》是巴金呼吁自由、民主、尊重人格、人性解放的最鲜明的一面旗帜。在中国现代文学史上占据着重要的地位和起着巨大的作用。

《激流三部曲》不仅展现了封建家庭内部的罪恶和腐败、倾轧和迫害，还着力表现了青年一代在五四新思潮影响下的觉醒和对封建势力的不妥协斗争，满怀激情地歌颂了他们叛逆封建家庭、封建制度的革命行动。

《激流三部曲》是20世纪20年代初中国社会变动的一份珍贵的艺术记录。作为向封建势力讨还血债的檄文和鼓舞青年掌握自己命运的号角，它对于三四十年代许多知识青年冲出旧家庭的藩篱，走向革命，起到启蒙的作用。直到今天，它仍激动着许多中国的和外国的青年的心。

【作品欣赏】

《家》(节选)

风止了，空气还是跟先前一样地冷。夜来了，它却没有带来黑暗。上面是灰色的天空，下面是堆着雪的石板地。一个大天井里铺满了雪。中间是一段垫高的方形石板的过道，过道两旁各放了几盆梅花，枝上积了雪。

觉民在前面走，刚刚走上左边厢房的一级石阶，正要跨过门槛进去，一个少女的声音在左上房窗下叫起来："二少爷，二少爷，你们回来得正好。刚刚在吃饭。请你们快点去，里头还有客人。"说话的婢女鸣凤，是一个十六岁的少女，脑后垂着一根发辫，一件蓝布棉袄裹着她的苗条的身子。瓜子形的脸庞也还丰润，在她带笑说话的时候，脸颊上现出两个酒窝。她闪动着两只明亮的眼睛天真地看他们。觉慧在后面对她笑了一笑。

"好,我们放了伞就来,"觉民高声答道,并不看她一眼就大步跨进门槛去了。

"鸣凤,什么客?"觉慧也踏上了石阶站在门槛上问。"姑太太和琴小姐。快点去罢,"她说了便转身向上房走去。

觉慧望着她的背影笑了一笑,他看见她的背影在上房门里消失了,才走进自己的房间。觉民正从房里走出来,便说:"你在跟鸣凤说些什么?快点去吃饭,再晏点恐怕饭都吃完了。"觉民说毕就往外面走。

"好,我就这样跟你去罢,好在我的衣服还没有打湿,不必换它了。"觉慧回答道,他就把伞丢在地板上,马上走了出来。

"你总是这样不爱收拾,屡次说你,你总不听。真是江山易改,本性难移!"觉民抱怨道,但是他的脸上还带着笑容。他又回转身走进房去拾起了伞,把它张开,小心地放在地板上。

"这又有什么办法呢?"觉慧在门口看着他做这一切,带笑地说,"我的性情永远是这样。可笑你催我快,结果反而是你耽搁时间。"

"你总是嘴硬,我说不过你!"觉民笑了笑,就往前走了。觉慧依旧带笑地跟着他的哥哥走。他的脑海里现出来一个少女的影子,但是马上又消失了,因为他走进了上房,在他的眼前又换了新的景象。

围着一张方桌坐了六个人,上面坐着他的继母周氏和姑母张太太,左边坐着张家的琴表姐和嫂嫂李瑞珏,下面坐着大哥觉新和妹妹淑华,右边的两个位子空着。他和觉民向姑母行了礼,又招呼了琴,便在那两个空位子上坐下。女佣张嫂连忙盛了两碗饭来。

"你们今天怎么回来得这样晏?要不是姑妈来玩,我们早吃过饭了,"周氏端着碗温和地说。

"今天下午朱先生教我们练习演戏,所以到这个时候才回来,"觉民答道。

"刚才还下大雪,外面想必很冷,你们坐轿子回来的吗?"张太太半关心、半客气地问道。

"不,我们走路回来的,我们从来不坐轿子!"觉慧听见说坐轿子,就着急地说。

"三弟素来害怕人说他坐轿子,他是一个人道主义者。"觉新笑着解释道;众人都笑了。

"外面并不太冷。风已经住了。我们一路上谈着话,倒也很舒服。"觉民客气地回答姑母的问话。

"二表哥,你们刚才说演戏,就是预备开游艺会的时候演的吗?你们学堂里的游艺会什么时候开?"琴向觉民问道。琴和觉民同年,只是比他小几个月,所以叫他做表哥。琴是小名。她的姓名是张蕴华。在高家人们都喜欢叫她做"琴"。她是高家的亲戚里面最美丽、最活泼的姑娘,现在是省立一女师三年级的走读生。

"大概在明年春天,下学期开始的时候。这学期就只有一个多礼拜的课了。琴妹,你们学堂什么时候放假?”觉民问道。“我们学堂上个礼拜就放假了。说是经费缺少,所以早点放学,”琴回答道,她已经放下了饭碗。

“现在教育经费都被挪去充作军费用掉了。每个学堂都是一样地穷。不过我们学堂不同一点,因为我们校长跟外国教员订了约,不管上课不上课,总是照约付薪水,多上几天课倒便宜些。……据说校长跟督军有点关系,所以拿钱要方便一点,”觉民解释说。他也放下了碗筷,鸣凤便绞了一张脸帕给他送过来。

“这倒好,只要有书读,别的且不管,”觉新在旁边插嘴道。

“我忘了,他们进的是什么学堂?”张太太忽然这样地问琴。

“妈的记性真不好,”琴带笑答道,“他们进的是外国语专门学校。我早就告诉过妈了。”

“你说得不错。我现在老了,记性坏了,今天打牌有一次连和也忘记了,”张太太带笑地说。

这时大家都已放下了碗,脸也揩过了。周氏便对张太太说:“大妹,还是到我屋里去坐罢,”于是推开椅子站起来。众人也一齐站起,向旁边那间屋子走去。

琴走在后面,觉民走到她的旁边低声对她说:“琴妹,我们学堂明年暑假要招收女生。”

她惊喜地回过头,脸上充满光辉,一双水汪汪的大眼睛发光地盯着他的脸,好像得到了一个大喜讯似的。

“真的?”她问道,还带了一点不相信的样子。她疑心他在跟她开玩笑。

“当然是真的。你看我什么时候说过谎话?”觉民正经地说,又回头看一眼站在旁边的觉慧,加了一句:“你不相信,可以问三弟。”

“我并没有说不相信你,不过这个好消息来得太突然了,”琴兴奋地含笑说。

“事情倒是有的,不过能不能实行还是问题,”觉慧在旁边接口说。“我们四川社会里卫道的人太多了。他们的势力还很大。他们一定会反对。男女同校,他们一辈子连做梦都不曾梦到!”他说着,现出愤慨的样子。

“这也没有多大的关系!只要我们校长下了决心就行了,”觉民说,“我们校长说过,假使没有女学生报名投考,他就叫他的太太第一个报名。”

“不,我第一个去报名!”琴好像被一个伟大的理想鼓舞着,她热烈地说。

“琴儿,你为什么不进来?你们站在门口说些什么?”张太太在里面唤道。

“你去对姑妈说,你到我们屋里去耍,我把这件事情详细告诉你,”觉民小声怂恿琴道。

琴默默地点一下头,就向着她的母亲那边走去,在母亲的耳边说了两三句话,张太太笑了一笑说道:“好,可是不要耽搁久了。”琴点点头,向着觉民弟兄走来,又和他们一路走出了上房。她刚走出门,便听见麻将牌在桌子上摩擦的声音。她知道她的母亲至少还要打四圈麻将。

【作者简介】

巴金(1904—2005-10-17),是20世纪中国文学发展史中的一个重要人物,原名李尧棠、字芾甘,笔名佩竿、余一、王文慧等。四川成都人。1920年入成都外国语专门学校。1923年从封建家庭出走,就读于上海和南京的中学。1927年初赴法国留学,写成了处女作长篇小说《灭亡》,发表时使用巴金的笔名。1928年底回到上海,从事创作和翻译。从1929年到1937年中,创作了主要代表作长篇小说《激流三部曲》中的《家》,以及《海的梦》《春天里的秋天》《砂丁》《萌芽》(《雪》)《新生》《爱情三部曲》。以其独特的风格和丰硕的创作令人瞩目,被鲁迅称为"一个有热情的有进步思想的作家,在屈指可数的好作家之列的作家"。

【阅读提示】

《家》原名《激流》,因在这部作品之后,作家又写出了续篇《春》《秋》,才将三部合在一起,合称《激流三部曲》。

《家》以娴熟的艺术手法,塑造了众多富有典型的形象。每个形象都写得血肉丰满、个性鲜明、栩栩如生。

小说中的人物不下于70个,其中既有专横、衰老的高老太爷,荒淫残忍的假道学冯乐山,腐化堕落的五老爷克定这些形形色色的人物;又有敢于向封建专制抗议的刚烈丫头鸣凤,温顺驯良的梅芬,善良厚道的长孙媳瑞钰等;以及受新潮思想、向往自由平等的觉慧、觉民、琴等青年觉悟者和叛逆者的形象。

小说着重刻画了觉新这个接受过五四新思潮的激荡人物形象,但处于"长房长孙"的特殊地位,深受封建伦理纲常,特别是"孝"的熏染,他的一生陷入极大的矛盾痛苦中,大大加强了这个人物的悲剧力量。

【思考与练习】

1.请用自己的语言分析《家》中的一个人物形象。

2.请写一篇读后感,谈谈《家》中的女性形象。

中国四大古典名著之一

——《西游记》

吴承恩

【作品简介】

《西游记》的主要篇幅是写孙悟空等保护唐僧去西天取经，一路上降妖伏怪的故事。唐僧取经是历史上的一个真实事件。唐太宗时，年轻的僧人玄奘只身西行，前后历时十几年，终于从天竺(今印度)取经回国。在当时山川阻塞、旅途艰险的条件下，玄奘竟能实现这一惊人的壮举，这件事本身就带有传奇色彩。所以，后来民间就引起各种神奇的传说。从唐朝以后，直到明朝初年，还产生了不少以取经故事为题材的话本和杂剧。吴承恩就在民间传说和前人作品基础上，进行再创作，写出了这部著名的文学作品。

《西游记》全书共100回。开头7回叙述孙悟空出世，通过大闹天宫、大闹龙宫、大闹地府等情节，塑造了孙悟空这个叛逆的英雄形象。此后叙述唐僧师徒西行取经，主要描写孙悟空一路上降妖伏怪的斗争，表现了他不畏强暴、战胜困难的坚强毅力和英雄气概。书中所写的天宫的玉帝、地府的阎罗王、取经途中遇到的妖魔鬼怪，实际上都是现实社会中各种人物的写照。《西游记》以讽刺、幽默的笔调，通过幻想的形式，曲折地反映和歌颂劳动人民蔑视封建统治阶级的法权和传统观念，以及反抗压迫、坚决同一切邪恶势力作斗争的精神，揭露和抨击了封建社会的丑恶现实，表达了苦难的人民摆脱封建压迫，要求征服自然，掌握自己命运的强烈愿望。

【作品欣赏】

第五十七回　真行者落伽山诉苦
假猴王水帘洞誊文

却说孙大圣恼恼闷闷，起在空中，欲待回花果山水帘洞，恐本洞小妖见笑，笑我出乎尔反乎尔，不是个大丈夫之器；欲待要投奔天宫，又恐天宫内不容久住；欲待要投海岛，却又羞见那三岛诸仙；欲待要奔龙宫，又不服气求告龙王。真个是无依无倚，苦自忖量道："罢，罢，罢！我还去见我师父，还是正果。"

遂按下云头，径至三藏马前侍立道："师父，恕弟子这遭！向后再不敢行凶，一一受师父教诲，千万还得我保你西天去也。”唐僧见了，更不答应，兜住马，即念紧箍儿咒，颠来倒去，又念有二十余遍，把大圣咒倒在地，箍儿陷在肉里有一寸来深浅，方才住口道：“你不回去，又来缠我怎的？”行者只教：“莫念，莫念！我是有处过日子的，只怕你无我去不得西天。”三藏发怒道：“你这猢狲杀生害命，连累了我多少，如今实不要你了！我去得去不得，不干你事！快走，快走！迟了些儿，我又念真言，这番决不住口，把你脑浆都勒出来哩！”大圣疼痛难忍，见师父更不回心，没奈何，只得又驾筋斗云，起在空中，忽然省悟道：“这和尚负了我心，我且向普陀崖告诉观音菩萨去来。”

好大圣，拨回筋斗，那消一个时辰，早至南洋大海，住下祥光，直至落伽山上，撞入紫竹林中，忽见木叉行者迎面作礼道：“大圣何往？”行者道：“要见菩萨。”木叉即引行者至潮音洞口，又见善财童子作礼道：“大圣何来？”行者道：“有事要告菩萨。”善财听见一个告字，笑道：“好刁嘴猴儿！还像当时我拿住唐僧被你欺哩！我菩萨是个大慈大悲，大愿大乘，救苦救难，无边无量的圣善菩萨，有甚不是处，你要告他？”行者满怀闷气，一闻此言，心中怒发，咄的一声，把善财童子喝了个倒退，道：“这个背义忘恩的小畜生，着实愚鲁！你那时节作怪成精，我请菩萨收了你，皈正迦持，如今得这等极乐长生，自在逍遥，与天同寿，还不拜谢老孙，转倒这般侮慢！我是有事来告求菩萨，却怎么说我刁嘴要告菩萨？”善财赔笑道：“还是个急猴子，我与你作笑耍子，你怎么就变脸了？”

正讲处，只见白鹦哥飞来飞去，知是菩萨呼唤，木叉与善财遂向前引导，至宝莲台下。行者望见菩萨，倒身下拜，止不住泪如泉涌，放声大哭。菩萨教木叉与善财扶起道：“悟空，有甚伤感之事，明明说来，莫哭，莫哭，我与你救苦消灾也。”行者垂泪再拜道：“当年弟子为人，曾受那个气来？自蒙菩萨解脱天灾，秉教沙门，保护唐僧往西天拜佛求经，我弟子舍身拼命，救解他的魔障，就如老虎口里夺脆骨，蛟龙背上揭生鳞。只指望归真正果，洗业除邪，怎知那长老背义忘恩，直迷了一片善缘，更不察皂白之苦！”菩萨道：“且说那皂白原因来我听。”行者即将那打杀草寇前后始终，细陈了一遍。却说唐僧因他打死多人，心生怨恨，不分皂白，遂念紧箍儿咒，赶他几次，上天无路，入地无门，特来告诉菩萨。菩萨道：“唐三藏奉旨投西，一心要秉善为僧，决不轻伤性命。似你有无量神通，何苦打死许多草寇！草寇虽是不良，到底是个人身，不该打死，比那妖禽怪兽、鬼魅精魔不同。那个打死，是你的功绩；这人身打死，还是你的不仁。但祛退散，自然救了你师父，据我公论，还是你的不善。”行者噙泪叩头道：“纵是弟子不善，也当将功折罪，不该这般逐我。万望菩萨舍大慈悲，将松箍儿咒念念，褪下金箍，交还与你，放我仍往水帘洞逃生去罢！”菩萨笑道：“紧箍儿咒，本是如来传我的。当年差我上东土寻取经人，赐我三件宝贝，乃是锦襕袈裟、九环锡杖、金紧禁三个箍儿，密授与咒语三篇，却无什么松箍儿咒。”行者道：“既如此，我告辞菩萨去也。”菩萨道：“你辞我往那里去？”行者道：“我上西天，拜告如来，求念松箍儿咒去也。”菩萨道：“你且住，我与你看看祥晦如何。”行者道：“不消看，只这样不祥也了。”菩萨道：“我不看你，看唐僧的祥晦。”好菩萨，端坐莲台，运心三界，慧眼遥观，遍周宇宙，霎时间开口道：“悟空，你那师父顷刻之际，就有伤身之难，不久便来寻你。你只在此处，待我与唐僧说，教他还同你去取经，了成正果。”孙大圣只得皈依，不敢造次，侍立于宝莲台下不题。

却说唐长老自赶回行者，教八戒引马，沙僧挑担，连马四口，奔西走不上五十里远近，三藏勒马道：“徒弟，自五更时出了村舍，又被那弼马温着了气恼，这半日饥又饥，渴又渴，那个去化些斋来我吃？”八戒道：“师父且请下马，等我看可有邻近的庄村，化斋去也。”三藏闻言，滚下马来。呆子纵起云头，半空中仔细观看，一望尽是山岭，莫想有个人家。八戒按下云来，对三藏道：“却是没处化斋，一望之间，全无庄舍。”三藏道：“既无化斋之处，且得些水来解渴也可。”八戒道：“等我去南山涧下取些水来。”沙僧即取钵盂，递与八戒，八戒托着钵盂，驾起云雾而去。那长老坐在路旁，等多时，不见回来，可怜口干舌苦难熬。有诗为证，诗曰：保神养气谓之精，情性原来一禀形。心乱神昏诸病作，形衰精败道元倾。三花不就空劳碌，四大萧条枉费争。土木无功金水绝，法身疏懒几时成！

沙僧在旁，见三藏饥渴难忍，八戒又取水不来，只得稳了行囊，拴牢了白马道：“师父，你自在着，等我去催水来。”长老含泪无言，但点头相答。沙僧急驾云光，也向南山而去。

那师父独炼自熬，困苦太甚。正在仓皇之际，忽听得一声响亮，唬得长老欠身看处，原来是孙行者跪在路旁，双手捧着一个磁杯道：“师父，没有老孙，你连水也不能喝哩。这一杯好凉水，你且吃口水解渴，待我再去化斋。”长老道：“我不吃你的水！立地渴死，我当任命！不要你了！你去罢！”行者道：“无我你去不得西天也。”三藏道：“去得去不得，不干你事！泼猢狲！只管来缠我做甚！”那行者变了脸，发怒生嗔，喝骂长老道：“你这个狠心的泼秃，十分贱我！”轮铁棒，丢了磁杯，望长老脊背上砑了一下，那长老昏晕在地，不能言语，被他把两个青毡包袱，提在手中，驾筋斗云，不知去向。

却说八戒托着钵盂，只奔山南坡下，忽见山凹之间，有一座草舍人家。原来在先看时，被山高遮住，未曾见得；今来到边前，方知是个人家。呆子暗想道：“我若是这等丑嘴脸，决然怕我，枉劳神思，断然化不得斋饭。须是变好，须是变好！”好呆子，捻着诀，念个咒，把身摇了七八摇，变作一个食痨病黄胖和尚，口里哼哼的，挨近门前，叫道：“施主，厨中有剩饭，路上有饥人。贫僧是东土来往西天取经的，我师父在路饥渴了，家中有锅巴冷饭，千万化些儿救口。”原来那家子男人不在，都去插秧种谷去了，只有两个女人在家，正才煮了午饭，盛起两盆，却收拾送下田，锅里还有些饭与锅巴，未曾盛了。那女人见他这等病容，却又说东土往西天去的话，只恐他是病昏了胡说，又怕跌倒，死在门首，只得哄哄翕翕，将些剩饭锅巴，满满的与了一钵。呆子拿转来,现了本相,径回旧路。正走间,听得有人叫"八戒"。八戒抬头看时,却是沙僧站在山崖上喊道:"这里来,这里来!"及下崖,迎至面前道:"这涧里好清水不舀,你往那里去的?"八戒笑道:"我到这里,见山凹子有个人家,我去化了这一钵干饭来了。"沙僧道:"饭也用着,只是师父渴得紧了,怎得水去?"八戒道:"要水也容易,你将衣襟来兜着这饭,等我使钵盂去舀水。"

二人欢欢喜喜,回至路上,只见三藏面磕地,倒在尘埃。白马撒缰,在路旁长嘶跑跳,行李担不见踪影。慌得八戒跌脚捶胸,大呼小叫道:"不消讲,不消讲!这还是孙行者赶走的余党,来此打杀师父,抢了行李去了!"沙僧道:"且去把马拴住!"只叫:"怎么好,怎么好!这诚所谓半途而废,中道而止也!"叫一声:"师父!"满眼抛珠,伤心痛哭。八戒道:"兄弟且休哭,如今事已到此,取经之事,且莫说了。你看着师父的尸灵,等我把马骑到那个府州县乡村店集卖几两银子,买口棺木,把师父埋了,我两个各寻道路散伙。"沙僧实不忍舍,将唐僧扳转身体,以脸温脸,哭一声:"苦命的师父!"只见那长老口鼻中吐出热气,胸前温暖,连叫:"八戒,你来!师父未伤命哩!"那呆子才近前扶起。长老苏醒,呻吟一会,骂道:"好泼猢狲,打杀我也!"沙僧、八戒问道:"是那个猢狲?"长老不言,只是叹息,却讨水吃了几口,才说:"徒弟,你们刚去,那悟空更来缠我。是我坚执不收,他遂将我打了一棒,青毡包袱都抢去了。"八戒听说,咬响口中牙,发起心头火道:"叵耐这泼猴子,怎敢这般无礼!"教沙僧道:"你服侍师父,等我到他家讨包袱去!"沙僧道:"你且休发怒,我们扶师父到那山凹人家化些热茶汤,将先化的饭热热,调理师父,再去寻他。"八戒依言,把师父扶上马,拿着钵盂,兜着冷饭,直至那家门首,只见那家只有个老婆子在家,忽见他们,慌忙躲过。沙僧合掌道:"老母亲,我等是东土唐朝差往西天去者,师父有些不快,特拜府上,化口热茶汤,与他吃饭。"那妈妈道:"适才有个食痨病和尚,说是东土差来的,已化斋去了,又有个什么东土的。我没人在家,请别转转。"长老闻言,扶着八戒,下马躬身道:"老婆婆,我弟子有三个徒弟,合意同心,保护我上天竺国大雷音拜佛求经。只因我大徒弟唤孙悟空一生凶恶,不遵善道,是我逐回。不期他暗暗走来,着我背上打了一棒,将我行囊衣钵抢去。如今要着一个徒弟寻他取讨,因在那空路上不是坐处,特来老婆婆府上权安息一时。待讨将行李来就行,决不敢久住。"那妈妈道:"刚才一个食痨病黄胖和尚,他化斋去了,也说是东土往西天去的,怎么又有一起?"八戒忍不住笑道:"就是我。因我生得嘴长耳大,恐你家害怕,不肯与斋,故变作那等模样。你不信,我兄弟衣兜里不是你家锅巴饭?"那妈妈认得果是他与的饭,遂不拒他,留他们坐了,却烧了一罐热茶,递与沙僧泡饭。沙僧即将冷饭泡了,递与师父。师父吃了几口,定性多时,道:"那个去讨行李?"八戒道:"我前年因师父赶他回去,我曾寻他一次,认得他花果山水帘洞,等我去,等我去!"长老道:"你去不得。那猢狲原与你不和,你又说话粗鲁,或一言两句之间,有些差池,他就要打你。着悟净去罢。"沙僧应承道:"我去,我去。"长老又吩咐沙僧道："你到那里，须看个头势。他若肯与你包袱，你就假谢谢拿来；若不肯，切莫与他争竞，径至南海菩萨处，将此情告诉，请菩萨去问他要。"沙僧一一听从，向八戒道："我今寻他去，你千万莫篸飘，好生供养师父。这人家亦不可撒泼，恐他不肯供饭，我去就回。"八戒点头道："我理会得。但你去，讨得讨不得，次早回来，不要弄做尖担担柴两头脱也。"沙僧遂捻了诀，驾起云光，直奔东胜神州而去。真个是：身在神飞不守舍，有炉无火怎烧丹。黄婆别主求金老，木母延师奈病颜。此去不知何日返，这回难量几时还。五行生克情无顺，只待心猿复进关。

那沙僧在半空里，行经三昼夜，方到了东洋大海，忽闻波浪之声，低头观看，真个是黑雾涨天阴气盛，沧溟衔日晓光寒。他也无心观玩，望仙山渡过瀛洲，向东方直抵花果山界。乘海风，踏水势，又多时，却望见高峰排戟，峻壁悬屏，即至峰头，按云找路下山，寻水帘洞。步近前，只听得一派喧声，见那山中无数猴精，滔滔乱嚷。沙僧又近前仔细再看，原来是孙行者高坐石台之上，双手扯着一张纸，朗朗的念道——东土大唐王皇帝李，驾前敕命御弟圣僧陈玄奘法师，上西方天竺国娑婆灵山大雷音寺专拜如来佛祖求经。朕因促病侵身，魂游地府，幸有阳数臻长，感冥君放送回生，广陈善会，修建度亡道场。盛蒙救苦救难观世音菩萨金身出现，指示西方有佛有经，可度幽亡超脱，特着法师玄奘，远历千山，询求经偈。倘过西邦诸国，不灭善缘，照牒施行。大唐贞观一十三年秋吉日御前文牒。别大国以来，经度诸邦，中途收得大徒弟孙悟空行者，二徒弟猪悟能八戒，三徒弟沙悟净和尚。

念了从头又念。沙僧听得是通关文牒，止不住近前厉声高叫："师兄，师父的关文你念他怎的？"那行者闻言急抬头，不认得是沙僧，叫："拿来，拿来！"众猴一齐围绕，把沙僧拖拖扯扯，拿近前来，喝道："你是何人，擅敢近吾仙洞？"沙僧见他变了脸，不肯相认，只得朝上行礼道："上告师兄，前者实是师父性暴，错怪了师兄，把师兄咒了几遍，逐赶回家。一则弟等未曾劝解，二来又为师父饥渴去寻水化斋。不意师兄好意复来，又怪师父执法不留，遂把师父打倒，昏晕在地，将行李抢去。后救转师父，特来拜兄，若不恨师父，还念昔日解脱之恩，同小弟将行李回见师父，共上西天，了此正果。倘怨恨之深，不肯同去，千万把包袱赐弟，兄在深山，乐桑榆晚景，亦诚两全其美也。"

行者闻言，呵呵冷笑道："贤弟，此论甚不合我意。我打唐僧，抢行李，不因我不上西方，亦不因我爱居此地。我今熟读了牒文，我自己上西方拜佛求经，送上东土，我独成功，教那南赡部洲人立我为祖，万代传名也。"沙僧笑道："师兄言之欠当，自来没个孙行者取经之说。我佛如来造下三藏真经，原着观音菩萨向东土寻取经人求经，要我们苦历千山，询求诸国，保护那取经人。菩萨曾言：取经人乃如来门生，号曰金蝉长老，只因他不听佛祖谈经，贬下灵山，转生东土，教他果正西方，复修大道。遇路上该有这般魔障，解脱我等三人，与他做护法。兄若不得唐僧去，那个佛祖肯传经与你！却不是空劳一场神思也？"那行者道："贤弟，你原来懞懂，但知其一,不知其二。谅你说你有唐僧,同我保护,我就没有唐僧?我这里另选个有道的真僧在此,老孙独力扶持,有何不可!已选明日起身去矣。你不信,待我请来你看。”叫:“小的们,快请老师父出来。”果跑进去,牵出一匹白马,请出一个唐三藏,跟着一个八戒,挑着行李;一个沙僧,拿着锡杖。这沙僧见了大怒道:“我老沙行不更名,坐不改姓,那里又有一个沙和尚!不要无礼!吃我一杖!”好沙僧,双手举降妖杖,把一个假沙僧劈头一下打死,原来这是一个猴精。那行者恼了,轮金箍棒,帅众猴,把沙僧围了。沙僧东冲西撞,打出路口,纵云雾逃生道:“这泼猴如此惫懒,我告菩萨去来!”那行者见沙僧打死一个猴精,把沙和尚逼得走了,他也不来追赶,回洞教小的们把打死的妖尸拖在一边,剥了皮,取肉煎炒,将椰子酒、葡萄酒,同众猴都吃了。另选一个会变化的妖猴,还变一个沙和尚,从新教道,要上西方不题。

沙僧一驾云离了东海,行经一昼夜,到了南海。正行时,早见落伽山不远,急至前低停云雾观看。好去处!果然是——包乾之奥,括坤之区。会百川而浴日滔星,归众流而生风漾月。潮发腾凌大鲲化,波翻浩荡巨鳌游。水通西北海,浪合正东洋。四海相连同地脉,仙方洲岛各仙宫。休言满地蓬莱,且看普陀云洞。好景致!山头霞彩壮元精,岩下祥风漾月晶。紫竹林中飞孔雀,绿杨枝上语灵鹦。琪花瑶草年年秀,宝树金莲岁岁生。白鹤几番朝顶上,素鸾数次到山亭。游鱼也解修真性,跃浪穿波听讲经。

沙僧徐步落伽山,玩看仙境,只见木叉行者当面相迎道:“沙悟净,你不保唐僧取经,却来此何干?”沙僧作礼毕道:“有一事特来朝见菩萨,烦为引见引见。”木叉情知是寻行者,更不题起,即先进去对菩萨道:“外有唐僧的小徒弟沙悟净朝拜。”孙行者在台下听见,笑道:“这定是唐僧有难,沙僧来请菩萨的。”菩萨即命木叉门外叫进。这沙僧倒身下拜,拜罢抬头正欲告诉前事,忽见孙行者站在旁边,等不得说话,就掣降妖杖望行者劈脸便打。这行者更不回手,彻身躲过。沙僧口里乱骂道:“我把你个犯十恶造反的泼猴!你又来影瞒菩萨哩!”菩萨喝道:“悟净不要动手,有甚事先与我说。”

沙僧收了宝杖,再拜台下,气冲冲的对菩萨道:“这猴一路行凶,不可数计。前日在山坡下打杀两个剪路的强人,师父怪他。不期晚间就宿在贼窝主家里,又把一伙贼人尽情打死,又血淋淋提一个人头来与师父看。师父唬得跌下马来,骂了他几句,赶他回来。分别之后,师父饥渴太甚,教八戒去寻水,久等不来,又教我去寻他。不期孙行者见我二人不在,复回来把师父打一铁棍,将两个青毡包袱抢去。我等回来,将师父救醒,特来他水帘洞寻他讨包袱,不想他变了脸,不肯认我,将师父关文念了又念。我问他念了做甚,他说不保唐僧,他要自上西天取经,送上东土,算他的功果,立他为祖,万古传扬。我又说:没唐僧,那肯传经与你?他说他选了一个有道的真僧。及请出,果是一匹白马,一个唐僧,后跟着八戒、沙僧。我道我便是沙和尚,那里又有个沙和尚?是我赶上前,打了他一宝杖,原来是个猴精。他就率众拿我，是我特来告请菩萨。不知他会使筋斗云，预先到此处，又不知他将甚巧语花言，隐瞒菩萨也。”菩萨道：“悟净，不要赖人，悟空到此今已四日，我更不曾放他回去，他那里有另请唐僧、自去取经之意？”沙僧道：“见如今水帘洞有一个孙行者，怎敢欺诳？”菩萨道：“既如此，你休发急，教悟空与你同去花果山看看。是真难灭，是假易除，到那里自见分晓。”这大圣闻言，即与沙僧辞了菩萨。这一去，到那花果山前分皂白，水帘洞口辨真邪。毕竟不知如何分辨，且听下回分解。

【作者简介】

吴承恩（约1504—1582年），字汝忠，号射阳山人。明朝杰出文学家。山阳（今江苏淮安）人。少时家贫，他的曾祖父和祖父都做过小官，到他父亲一代家境已经没落。吴承恩从小聪慧好学，少年时就有文名，后来更是博览群书，写诗作文，下笔立成。他想走科举做官的道路，但多次应考都没有考上，直到中年以后，才补得一个“岁贡生”（每年从府、州、县学中选送去京师国子监学习的生员）。40岁时，他去北京吏部应选，也没有选上。不久到浙江长兴县当了县令的副手，但只干了一两年便弃职回乡。他晚年一直住在家乡，直到去世。

【阅读提示】

《西游记》有着极高的艺术成就。它的问世标志着我国古代文学中的浪漫主义文学达到了一个新的高峰。它构思奇特，想象丰富，情节曲折，生动有趣。作者善于用夸张的笔调，通过幻想境界的矛盾冲突，塑造人物形象。作者笔下西行路上的41个小故事，巧妙安排，波澜起伏，或正面冲突，或内部矛盾，或格斗，或智取，天上变幻，人间喜怒，错落有致，引人入胜。书中的语言也明快流利，诙谐幽默，极富艺术性。

【思考与练习】

1.为什么在“唐僧取经”这个团队里，最没有能耐的唐僧却成为领袖？

2.如果把“取经”看作一个目标的话，在这个团队里，每个人各象征着什么？

3.如果把四个人看作一个人的话，要想成功，应该如何去做呢？

中国四大古典名著之一

——《红楼梦》

曹雪芹

【作品简介】

《红楼梦》以贵族封建家庭生活素材为基础，以贾宝玉和林黛玉的爱情悲剧及贾宝玉与薛宝钗的婚姻悲剧为经线，纵向剖析了造成悲剧的深刻社会根源；同时，以贾府的兴衰为纬线，通过贾、史、王、薛四大家族间卫道者与叛逆者之间的矛盾冲突，横向展示了由众多人物构成的广阔的社会生活环境。由此揭露了封建社会的种种罪恶及其不可克服的内在矛盾。广泛深刻地反映了当时中国的社会现实，有力抨击了封建家庭的荒淫、腐败，展示出封建制度濒于崩溃和必然灭亡的历史趋势。

【作品欣赏】

第三十三回　手足眈眈小动唇舌　不肖种种大承笞挞

却说王夫人唤上金钏儿的母亲来，拿了几件簪环当面赏了，又吩咐："请几众僧人念经超度他。"金钏儿的母亲磕了头，谢了出去。

原来宝玉会过雨村回来，听见金钏儿含羞自尽，心中早已五内摧伤，进来又被王夫人数说教训了一番，也无可回说。看见宝钗进来，方得便走出，茫然不知何往，背着手，低着头，一面感叹，一面慢慢的信步走至厅上。刚转过屏门，不想对面来了一人正往里走，可巧撞了个满怀。只听那人喝一声："站住！"宝玉唬了一跳，抬头看时，不是别人，却是他父亲。早不觉倒抽了一口凉气，只得垂手一旁站着。贾政道："好端端的，你垂头丧气的干什么？方才雨村来了要见你，那半天才出来！既出来了，全无一点慷慨挥洒的谈吐，仍是委委琐琐的。我看你脸上一团私欲愁闷气色！这会子又哎声叹气，你那些还不足、还不自在？无故这样，是什么缘故？"宝玉素日虽然口角伶俐，此时一心却为金钏儿感伤，恨不得也身亡命殒；如今见他父亲说这些话，究竟不曾听明白了，只是怔怔地站着。

贾政见他惶悚，应对不似往日，原本无气的，这一来倒生了三分气。方欲说话，忽有门上人来回:“忠顺亲王府里有人来,要见老爷。”贾政听了,心下疑惑,暗暗思忖道:“素日并不与忠顺府来往,为什么今日打发人来?”一面想,一面命:“快请厅上坐。”急忙进内更衣。出来接见时,却是忠顺府长府官,一面彼此见了礼,归座献茶。未及叙谈,那长府官先就说道:“下官此来,并非擅造潭府,皆因奉命而来,有一件事相求。看王爷面上,敢烦老先生做主,不但王爷知情,且连下官辈亦感谢不尽。”贾政听了这话,摸不着头脑,忙赔笑起身问道:“大人既奉王命而来,不知有何见谕?望大人宣明,学生好遵谕承办。”那长府官冷笑道:“也不必承办,只用老先生一句话就完了。我们府里有一个做小旦的琪官,一向好好在府,如今竟三五日不见回去,各处去找,又摸不着他的道路。因此各处察访,这一城内十停人倒有八停人都说:他近日和衔玉的那位令郎相与甚厚。下官辈听了,尊府不比别家,可以擅来索取,因此启明王爷。王爷亦说:‘若是别的戏子呢,一百个也罢了;只是这琪官,随机应答,谨慎老成,甚合我老人家的心境,断断少不得此人。’故此求老先生转致令郎,请将琪官放回:一则可慰王爷谆谆奉恳之意,二则下官辈也可免操劳求觅之苦。”说毕,忙打一躬。

贾政听了这话,又惊又气,即命唤宝玉出来。宝玉也不知是何缘故,忙忙赶来,贾政便问:“该死的奴才!你在家不读书也罢了,怎么又做出这些无法无天的事来!那琪官现是忠顺王爷驾前承奉的人,你是何等草莽,无故引逗他出来,如今祸及于我!”宝玉听了,唬了一跳,忙回道:“实在不知此事。究竟‘琪官’两个字,不知为何物,况更加以‘引逗’二字!”说着便哭。贾政未及开口,只见那长府官冷笑道:“公子也不必隐饰。或藏在家,或知其下落,早说出来,我们也少受些辛苦,岂不念公子之德呢!”宝玉连说:“实在不知。恐是讹传,也未见得。”那长府官冷笑两声道:“现有证据,必定当着老大人说出来,公子岂不吃亏?既说不知,此人那红汗巾子怎得到了公子腰里?”宝玉听了这话,不觉轰去魂魄,目瞪口呆。心下自思:“这话他如何知道?他既连这样机密事都知道了,大约别的瞒不过他。不如打发他去了,免得再说出别的事来。”因说道:“大人既知他的底细,如何连他置买房舍这样大事倒不晓得了。听得说他如今在东郊离城二十里有个什么紫檀堡,他在那里置了几亩田地,几间房舍。想是在那里,也未可知。”那长府官听了,笑道:“这样说,一定是在那里了。我且去找一回,若有了便罢;若没有,还要来请教。”说着,便忙忙的告辞走了。

贾政此时气得目瞪口歪,一面送那官员,一面回头命宝玉:“不许动!回来有话问你!”一直送那官去了。才回身时,忽见贾环带着几个小厮一阵乱跑。贾政喝命小厮:“给我快打!”贾环见了他父亲,吓得骨软筋酥,赶忙低头站住。贾政便问:“你跑什么?带着你的那些人都不管你,不知往哪里去,由你野马一般!”喝叫:“跟上学的人呢?”贾环见他父亲甚怒,便乘机说道:“方才原不曾跑,只因从那井边一过,那井里淹死了一个丫头,我看脑袋这么大,身子这么粗,泡得实在可怕,所以才赶着跑过来了。”贾政听了，惊疑问道：“好端端，谁去跳井？我家从无这样事情。自祖宗以来，皆是宽柔待下，大约我近年于家务疏懒，自然执事人操克夺之权，致使弄出这暴殄轻生的祸来。若外人知道，祖宗的颜面何在！”喝命：“叫贾琏、赖大来！”小厮们答应了一声，方欲去叫，贾环忙上前拉住贾政袍襟，贴膝跪下道：“老爷不用生气。此事除太太屋里的人，别人一点也不知道。我听见我母亲说——”说到这句，便回头四顾一看。贾政知其意，将眼色一丢，小厮们明白，都往两边后面退去。贾环便悄悄说道：“我母亲告诉我说：宝玉哥哥前日在太太屋里，拉着太太的丫头金钏儿，强奸不遂，打了一顿，金钏儿便赌气投井死了。”话未说完，把个贾政气得面如金纸，大叫：“拿宝玉来！”一面说，一面便往书房去，喝命：“今日再有人来劝我，我把这冠带家私，一应就交与他和宝玉过去！我免不得做个罪人，把这几根烦恼鬓毛剃去，寻个干净去处自了，也免得上辱先人、下生逆子之罪！”众门客仆从见贾政这个形景，便知又是为宝玉了，一个个咬指吐舌，连忙退出。贾政喘吁吁直挺挺地坐在椅子上，满面泪痕，一叠连声：“拿宝玉！拿大棍！拿索子捆上！把各门都关上！有人传信往里头去，立刻打死！”众小厮们只得齐声答应，有几个来找宝玉。

那宝玉听见贾政吩咐他“不许动”，早知凶多吉少，哪里知道贾环又添了许多的话？正在厅上旋转，怎得个人往里头捎信，偏偏的没个人来，连焙茗也不知在那里。正盼望时，只见一个老妈妈出来。宝玉如得了珍宝，便赶上来拉他，说道：“快进去告诉：老爷要打我呢！快去，快去！要紧，要紧！”宝玉一则急了说话不明白，二则老婆子偏偏又耳聋，不曾听见是什么话，把“要紧”二字只听做“跳井”二字，便笑道：“跳井让他跳去，二爷怕什么？”宝玉见是个聋子，便着急道：“你出去叫我的小厮来罢！”那婆子道：“有什么不了的事？老早的完了。太太又赏了银子，怎么不了事呢？”

宝玉急得手脚正没抓寻处，只见贾政的小厮走来，逼着他出去了。贾政一见，眼都红了，也不暇问他在外流荡优伶，表赠私物，在家荒疏学业，逼淫母婢，只喝命：“堵起嘴来，着实打死！”小厮们不敢违，只得将宝玉按在凳上，举起大板，打了十来下。宝玉自知不能讨饶，只是呜呜地哭。贾政还嫌打得轻，一脚踢开掌板的，自己夺过板子来，狠命地又打了十几下。宝玉生来未经过这样苦楚，起先觉得打得疼，不过还乱嚷乱哭，后来渐渐气弱声嘶，哽咽不出。众门客见打得不祥了，赶着上来，恳求夺劝。贾政哪里肯听？说道：“你们问问他干的勾当，可饶不可饶！素日皆是你们这些人把他酿坏了，到这步田地，还来劝解！明日酿到他弑父弑君，你们才不劝不成？”众人听这话不好，知道气急了，忙乱着觅人进去给信。王夫人听了，不及去回贾母，便忙穿衣出来，也不顾有人没人，忙忙扶了一个丫头赶往书房中来，慌得众门客小厮等避之不及。

贾政正要再打，一见王夫人进来，更加火上浇油，那板子越下去得又狠又快。按宝玉的两个小厮忙松手走开，宝玉早已动弹不得了。贾政还欲打时，早被王夫人抱住板子。贾政道:“罢了,罢了!今日必定要气死我才罢!”王夫人哭道:“宝玉虽然该打,老爷也要保重。且炎暑天气,老太太身上又不大好,打死宝玉事小,倘或老太太一时不自在了,岂不事大?”贾政冷笑道:“倒休提这话!我养了这不肖的孽障,我已不孝;平昔教训他一番,又有众人护持。不如趁今日结果了他的狗命,以绝将来之患!”说着,便要绳来勒死。王夫人连忙抱住哭道:“老爷虽然应当管教儿子,也要看夫妻分上。我如今已五十岁的人,只有这个孽障,必定苦苦的以他为法,我也不敢深劝。今日越发要弄死他,岂不是有意绝我呢?既要勒死他,索性先勒死我,再勒死他!我们娘儿们不如一同死了,在阴司里也得个倚靠。”说毕,抱住宝玉,放声大哭起来。贾政听了此话,不觉长叹一声,向椅上坐了,泪如雨下。王夫人抱着宝玉,只见他面白气弱,底下穿着一条绿纱小衣,一片皆是血渍。禁不住解下汗巾去,由腿看至臀胫,或青或紫,或整或破,竟无一点好处,不觉失声大哭起“苦命的儿”来。因哭出“苦命儿”来,又想起贾珠来,便叫着贾珠哭道:“若有你活着,便死一百个我也不管了!”此时里面的人闻得王夫人出来,李纨、凤姐及迎、探姊妹两个也都出来了。王夫人哭着贾珠的名字,别人还可,唯有李纨禁不住也抽抽搭搭地哭起来了。贾政听了,那泪更似走珠一般滚了下来。

正没开交处,忽听丫鬟来说:“老太太来了!”一言未了,只听窗外颤巍巍的声气说道:“先打死我,再打死他,就干净了!”贾政见母亲来了,又急又痛,连忙迎出来。只见贾母扶着丫头,摇头喘气地走来。贾政上前躬身赔笑说道:“大暑热的天,老太太有什么吩咐,何必自己走来,只叫儿子进去吩咐便了。”贾母听了,便止步喘息,一面厉声道:“你原来和我说话!我倒有话吩咐,只是我一生没养个好儿子,却叫我和谁说去!”贾政听这话不像,忙跪下含泪说道:“儿子管他,也为的是光宗耀祖。老太太这话,儿子如何当得起?”贾母听说,便啐了一口,说道:“我说了一句话,你就禁不起!你那样下死手的板子,难道宝玉儿就禁得起了?你说教训儿子是光宗耀祖,当日你父亲怎么教训你来着。”说着也不觉泪往下流。贾政又赔笑道:“老太太也不必伤感,都是儿子一时性急,从此以后再不打他了。”贾母便冷笑两声道:“你也不必和我赌气,你的儿子,自然你要打就打。想来你也厌烦我们娘儿们,不如我们早离了你,大家干净。”说着,便令人:“去看轿!我和你太太、宝玉儿立刻回南京去!”家下人只得答应着。贾母又叫王夫人道:“你也不必哭了。如今宝玉儿年纪小,你疼他;他将来长大,为官作宦的,也未必想着你是他母亲了。你如今倒是不疼他,只怕将来还少生一口气呢!”贾政听说,忙叩头说道:“母亲如此说,儿子无立足之地了。”贾母冷笑道:“你分明使我无立足之地,你反说起你来!只是我们回去了,你心里干净,看有谁来不许你打!”一面说,一面只命:“快打点行李车辆轿马回去!”贾政直挺挺跪着,叩头谢罪。

贾母一面说话,一面又记挂宝玉,忙进来看时,只见今日这顿打不比往日,又是心疼,又是生气,也抱着哭个不了。王夫人与凤姐等解劝了一会,方渐渐地止住。

早有丫鬟媳妇等上来要搀宝玉。凤姐便骂:“糊涂东西！也不睁开眼瞧瞧,这个样儿,怎么搀着走的？还不快进去把那藤屉子春凳抬出来呢!”众人听了,连忙飞跑进去,果然抬出春凳来,将宝玉放上,随着贾母王夫人等进去,送至贾母屋里。

彼时贾政见贾母怒气未消,不敢自便,也跟着进来。看看宝玉果然打重了,再看看王夫人,“儿”一声“肉”一声地哭道:“你替珠儿早死了,留着珠儿,也免你父亲生气,我也不白操这半世的心了！这会子你倘或有个好歹,撂下我,叫我靠那一个?”数落一场,又哭“不争气的儿”。贾政听了,也就灰心,自悔不该下毒手打到如此地步。先劝贾母,贾母含泪说道:“儿子不好,原是要管的,不该打到这个分儿。你不出去,还在这里做什么！难道于心不足,还要眼看着他死了才算吗?”贾政听说,方诺诺地退出去了。

此时薛姨妈、宝钗、香菱、袭人、湘云等也都在这里。袭人满心委屈,只不好十分使出来。见众人围着,灌水的灌水,打扇的打扇,自己插不下手去,便索性走出门,到二门前,命小厮们找了焙茗来细问:“方才好端端的,为什么打起来？你也不早来透个信儿!”焙茗急的说:“偏生我没在跟前,打到半中间,我才听见了。忙打听缘故,却是为琪官儿和金钏儿姐姐的事。”袭人道:“老爷怎么得知道的?”焙茗道:“那琪官儿的事,多半是薛大爷素日吃醋,没法儿出气,不知在外头唆挑了谁来,在老爷跟前下的火。那金钏儿的事是三爷说的,我也是听见老爷的人说的。”袭人听了这两件事都对景,心中也就信了八九分。然后回来,只见众人都替宝玉疗治。调停完备,贾母令“好生抬到他房内去”。众人答应,七手八脚,忙把宝玉送入怡红院内自己床上卧好。又乱了半日,众人渐渐散去,袭人方进前来经心服侍,问他端的。且听下回分解。

【作者简介】

曹雪芹(约1715—1764):清代小说家。名霑,字梦阮,号雪芹,又号芹溪、芹圃。祖籍河北省丰润县。清初,入满洲正白旗籍。他本人生于南京。

曹雪芹生活在一个“百年望族”的大官僚地主家庭,从曾祖父起三代世袭江宁织造达60年之久。祖曹寅当过康熙的“侍读”,曾祖母又是康熙的乳母,曹家与皇室的关系非常密切。少年时代,他在南京“锦衣纨绔”“饫甘餍肥”,过了一段豪门公子的奢侈生活。雍正五年(1727),他父亲曹頫因事受到株连,被革职抄家。从此,家族的权势和财产都丧失殆尽。他的家庭居处屡迁,生活极不安定,有时甚至不得不投亲靠友,以维持生活,还常常受到歧视和凌辱。经历了由锦衣玉食到举家食粥的平民百姓的沧桑之变,使他对封建统治阶级的没落命运有了切身感受,对社会上的黑暗和罪恶有了全面而深刻的认识。

曹雪芹从小受到文学、艺术的熏陶,他的祖父曹寅工诗词、善书法,是当时著名的藏书家。曹雪芹深受其祖父的影响,工诗善画,具有多方面的艺术才能。迁居北京西郊后，他在艰难困苦的境遇中，呕心沥血，“披阅十载，增删五次”，创作了不朽的现实主义巨著《红楼梦》。今传本《红楼梦》共 120 回，后 40 回一般认为是高鹗续成。

【阅读提示】

《红楼梦》第三十三回书目是《手足眈眈小动唇舌　不肖种种大承笞挞》，其中心事件就是“宝玉挨打”。写父亲贾政毒打儿子贾宝玉这样一幅日常生活图画，反映封建正统势力同封建叛逆者之间的尖锐矛盾，具有深刻的社会意义。这一回也是全书情节发展的一次高潮，对于揭示小说的主题思想，有重要意义。

这回书的情节是按照宝玉挨打的起因、经过、结局的时间顺序安排的，脉络清楚有致，内容波澜起伏，人物形象鲜明，语言简练生动，富有生活情趣，既独立成章，又同全书浑然一体。

【思考与练习】

1.曹雪芹出生在一个什么样的家庭？他的身世和生活同《红楼梦》的创作有什么样的关系？

2.宝玉挨打的原因是什么？

3.“宝玉挨打”一节，表现出《红楼梦》在艺术构思、人物刻画、细节描写方面的哪些特色？

诗词三首

苏　轼

【作品简介】

1.《吴中田妇叹》是一首反映民生疾苦的政治诗。该诗反映了王安石新法实行中的某些流弊,表现了作者对人民生活的关心和深切同情。

2.《和子由渑池怀旧》是一首唱和之作。嘉祐六年的冬天,苏轼途经渑池出任凤翔府签判任,得到苏辙的寄诗《怀渑池寄子瞻诗》,因而和韵。该诗表达了一种耐人寻味的人生哲理。

3.《江城子》这首词是苏轼为怀念亡妻王弗而作,该诗通过写梦境表现了作者对亡妻的真挚爱情和深沉思念。

【作品欣赏】

吴中田妇叹(1)

今年粳稻(2)熟苦迟,庶见霜风来几时(3)。
霜风来时雨如泻,杷头出菌镰生衣(4)。
眼枯泪尽雨不尽,忍见黄穗卧青泥!
茆苫一月垄上宿(5),天晴获稻随车归。
汗流肩赪(6)载入市,价贱乞与如糠秕(7)。
卖牛纳税拆屋炊(8),虑浅不及明年饥(9)。
官今要钱不要米(10),西北万里招羌儿(11)。
龚黄(12)满朝人更苦,不如却作河伯妇(13)!

和子由(14)渑池怀旧

人生到处知何似(15),应似飞鸿踏雪泥。
泥上偶然留指爪,鸿飞哪复计东西。
老僧已死成新塔(16),坏壁无由见旧题。
往日崎岖还记否(17)? 路长人困蹇驴嘶。

江城子

乙卯正月二十日记梦[18]

十年生死两茫茫[19],不思量[20],自难忘。千里孤坟[21],无处话凄凉[22]。纵使相逢应不识[23],尘满面,鬓如霜。夜来幽梦[24]忽还乡,小轩窗[25],正梳妆。相顾无言,唯有泪千行。料得年年肠断处,明月夜,短松冈[26]。

【注释】

(1)这首诗作与神宗西宁五年(1072)。五种:指浙江一带。时作者在杭州任通判,当时亲见亲闻有所感而作。

(2)粳(jīng)稻:稻子中的一种,米粒短而粗。

(3)“庶见”句:幸好不多久霜风一起就入秋了。庶:庶几,将近。几时,不多时。

(4)杷:同“耙”,整地的工具。生衣:指生锈。

(5)茆苫(shān):用茅草搭的棚子。茆,同“茅”。苫,草帘子。这句写农民看守和抢收稻子时紧张劳动的情景。

(6)赪(chēng):红色。

(7)乞与:乞求卖出。秕:一作“粞”,碎米。

(8)“买牛”句:是说为了解救眼前的急难而不顾将来。

(9)“虑浅”句:考虑不到明年饿肚子的问题。

(10)“官今”句:王安石实行新法以后,规定国家收税要钱不要米,造成钱荒米贱的现象,给农民生活带来极大的困难。

(11)“西北”句:宋神宗为了灭西夏,采用王韶的建议,花大量的钱财去“招抚”边境上的羌人部落。

(12)龚黄:龚,指龚遂,渤海太守;黄,指黄霸,颍川太守。都是汉代著名的清官。这里用来带指当朝的变法派,是讽刺性的反语。

(13)“不如”句:意思是无法生活,不如投河自尽。褚少孙《史记·西门豹传》载,巫婆借口说水神要娶妇,以此来向人民敲诈勒索,残害民女。后西门豹作邺县令,将巫婆投入河中,为民除害。河伯妇:河神的妻子,意即投河自尽。

(14)子由:作者的弟弟苏辙,字子由。

(15)“人生”四句:以飞鸿在雪泥上留下爪印比喻人生漂泊无定在各处留下的痕迹,成语“雪泥红爪”出此。苏辙原诗开头两句是:“相携话别郑原上,共道长途怕雪泥。”和诗就此发挥。

(16)“老僧”两句:苏辙原诗有句“旧宿僧房壁共题”,自注云:“辙昔与子应举,过宿县中寺舍，题其老僧奉闲之壁。”苏轼在过时，奉闲已死。新塔：僧人死后火葬，建塔以藏骨灰。

（17）“往日”二句：句下苏轼有自注：“往岁马死于二陵，骑驴至渑池。”王遂：指嘉祐元年春，兄弟二人相携过渑池时。二陵：指东崤和西崤二山，在渑池县西。蹇（jiǎn）：跛脚，蹇驴：指驽劣的驴子。

（18）乙卯：神宗熙宁八年（1075）。

（19）“十年”句：这首词是为悼念作者的亡妻王弗而作。王弗死于英宗治平二年（1065），至作此词时正好是十年。两茫茫：是从生者和死者两方面说的，生死幽隔，渺茫不见。

（20）思量（liáng）：思念。

（21）千里孤坟：王弗葬于眉州东北彭山县安镇乡可龙里，时作者知密州（今山东诸城县），远隔千里。

（22）无处话凄凉：这句也是就生者和死者两方面说的，一生一死，又相隔千里，彼此都不能诉说内心的悲伤。

（23）“纵使”三句：伤叹别后自己生活蹭蹬，人已衰老。

（24）幽梦：迷离飘忽的梦。

（25）轩：有窗槛的小室。

（26）短松冈：种着松树的山冈，承前“千里孤坟”句意，指亡妻坟墓所在之地。

【作者简介】

苏轼（1037—1101 年），字子瞻，又字和仲，号“东坡居士”，北宋眉州眉山（即今四川眉山）人，是宋代著名的文学家、书画家。他与他的父亲苏洵、弟弟苏辙皆以文学名世，世称“三苏”；与汉末“三曹父子”（曹操、曹丕、曹植）齐名。苏轼一生经历了仁宗、英宗、神宗、哲宗、徽宗五朝，为官期间，在新旧党争中屡遭打击，饱经忧患。但他始终能以豁达开朗的情怀面对，从不悲观失望，即使是后来远谪荒僻的海南，也是如此。元符三年（1101 年）大赦，苏轼复任朝奉郎，北归途中，卒于常州，谥号文忠。享年 66 岁。

【阅读提示】

《吴中田妇叹》是在江南秋雨成灾的背景下写的。诗人借田妇的口吻，集中描绘了江浙一带农民悲惨生活情景。全诗分为两大段，前八句为第一大段，写雨灾造成的苦难，后八句为第二大段，写虐政害民更甚于秋涝。

苏轼这首讥讪新法的诗篇，它的特点并不是用政治的图解的方式来表达思想倾向，而是选取典型的生活情景和人物的行动，通过叙事抒情，间以议论的方式，形象地反映社会现实生活，读来感到真实动人。全诗的结构布局紧紧扣住诗题的

"叹"字，写得层次分明而又步步深入。首先叹息稻熟苦迟，其次哀叹秋雨成灾，复次喟叹谷贱伤农，末了嘲讽官吏，逼民投河作结，更令人触目惊心。整个诗篇的字里行间充满了诗人对劳动农民苦难遭遇的深切同情。

《和子由渑池怀旧》这首诗是写诗人对往事的眷念。用"雪泥鸿爪"来比喻人无意中留下的踪迹，就如飞鸿在雪地上踏出爪印一样。如老僧新塔，坏壁旧题，都是泥上爪印而已，感叹人生无定，但是往日的坎坷遭遇，仍然留在人们记忆中，心上的爪痕是难以磨灭的。全诗比喻新奇，属对工巧，写出了对生活的无限深情。

《江城子》这首感情深挚的悼亡词，作于宋神宗熙宁八年(1075)，时年苏轼四十岁，刚任密州(今山东诸城)知州不久。序云："乙卯正月二十日记梦。"乙卯即熙宁八年。题为记梦，实际是通过记梦来抒写对亡妻真挚的爱情和深沉的思念。诗人19岁娶王弗为妻，二人恩爱和睦，感情笃厚。王弗随苏轼官居京师，不幸于宋英宗治平二年(1065)五月亡故，先葬于汴京西郊，次年归葬故里四川眉州东北之彭山县安镇乡。诗人与朝中权贵不和，外任多年，悒郁不得志，夜中梦见亡妻，凄楚哀婉，于是写下这篇著名的悼亡词。全词感情深挚，充满一种凄婉哀伤的调子。

词的上阕写自己对亡妻的无限怀念和人世沧桑的悲戚。起句"十年生死两茫茫"，显示了他对亡妻的思念之深，展现在读者面前的便是一种沉甸甸的哀情，为全词定下了主调，凄哀至极，也点出夫妻死别的时间——十年。俗话说"日有所思，夜有所梦"，梦妻是思妻的必然，也正合题旨。有了上阕的"日有所思"，也就有下阕的"夜有所梦"了，境换而意相连。作为过渡句"夜来幽梦忽还乡"，笔墨轻巧地一转，即十分自然地折入写梦。纵观全词，诗人将现实和梦境，生者和死者交织在一起来描写，上阕写现实，下阕写梦境；"千里"二句从生者的角度写，"纵使"三句从死者的角度写；而"料得"三句，更是将生者和死者的感情融会在一起，这样便创造了一个迷离恍惚而又情真意切的境界。这首词在章法上紧扣记梦，以悼亡之情为主线，按照梦前的忆念及感情上的起伏、梦中的悲喜和梦后的喟叹顺序层层写来，情节，有起有伏；用笔，有进有退；感情，有悲有喜；极尽曲折变化之能事，虚实结合，结构严谨。

【思考与练习】

1.简析《吴中田妇叹》一诗。

2.《和子由渑池怀旧》一诗揭示了怎样的人生哲理？

3.试描述《江城子·记梦》的意境。

宣州谢朓楼饯别校书叔云(1)

李　白

【作品简介】

《宣州谢朓楼饯别校书叔云》又作《陪侍御叔云登楼歌》。这首诗是天宝末年(755年)李云行至宣城与李白相遇,李白为之饯行而作。李白此时正在宣城隐居,自天宝三载(744年)离别长安,已近十年。十年中,虽然他高言放世,访名山,受道箓,但内心深处却无时不在祈望着再度奉召,一展其"王霸"之图。但十年竟成蹉跎,这就是他深重的"昨日愁"。由于与李云相知甚深,故而能与饯别席上倾吐心曲,挥洒愤激。全诗词语慷慨豪放,抒发了诗人怀才不遇的激烈愤懑。既表达了诗人的自信与抱负,也有诗人对理想的向往与追求。

【作品欣赏】

弃我去者,昨日之日不可留;(2)
乱我心者,今日之日多烦忧。
长风万里送秋雁,对此可以酣高楼。(3)
蓬莱文章建安骨,中间小谢又清发。(4)
俱怀逸兴壮思飞,欲上青天览明月。(5)
抽刀断水水更流,举杯消愁愁更愁。
人生在世不称意,明朝散发弄扁舟。(6)

【注释】

(1)宣州:今安徽宣城县。谢朓(tiǎo)楼:又称谢公楼,也称北楼。相传为南朝齐诗人谢朓任宣城太守时所建,唐时重建。校书叔云:李云。李云,又名华,李白的族叔,是当时著名的散文家,曾任秘书省校书郎 ,天宝十一年任监察御史,为官刚直清正,不畏权贵。饯别:设宴送行。校书:官名,秘书省校书郎的简称。

(2)弃我去者:抛弃我而去的。

(3)"长风"句:通过写景,点明时令。秋雁:喻李云。此:指上句秋景。酣(hān)高楼:在谢楼上畅饮。

(4)蓬莱:神话传说中的海上仙山。传说仙府图书都集中藏在这里。汉代官家著述和藏书之所称为东观,学者又称为"老氏藏书室,道家蓬莱山"。唐人多以蓬山、蓬阁指秘书省。蓬莱文章:这里借指在秘书省的李云所写的文章。建安骨:指汉献帝建安年间,曹操父子和建安七子的作品风格刚健清新,被后世称为“建安风骨”。小谢:指谢朓。世称刘宋时代的诗人谢灵运为大谢,称谢朓为小谢。清发:指清新秀发的诗风。

(5)俱:都。逸兴:雅兴。览:同“揽”,摘取。

(6)散发:古人束发戴冠,散发表示闲适自在,有狂放不羁和隐逸不仕的意思。扁(piān)舟:小舟。

【作者简介】

李白(701—762),字太白,号青莲居士。我国古代伟大的诗人,有“诗仙”美誉,与杜甫齐名,世称“李杜”。李白祖籍陇西成纪(今甘肃静宁西南),生于碎叶城(唐时属安西都护府,在今吉尔吉斯斯坦共和国境内),少时随父客居绵州昌隆(今四川江油)青莲乡。少年即显露才华,吟诗作赋,博学广览,并好行侠。25岁起离川,壮游天下,对社会生活多所体验。其间曾任唐玄宗翰林供奉。安史乱起,李白隐于庐山。永王璘起兵,军过浔阳,辟他为幕府。本怀平乱志愿,却因兵败遭牵累,流放夜郎。途中遇赦东还。晚年漂泊困苦,卒于当途(今安徽当涂)。

李白的诗充满浪漫色彩,感情奔放豪迈,想象奇特丰富,词采瑰伟绚丽,风格飘逸自然。诗作体裁以古体、绝句见长,有《李太白集》。

【阅读提示】

这首诗是李白的代表性诗作之一。本诗借“饯别”,抒心怀,轻“饯别”,重咏怀。对于“饯别”,仅用了两句话带过,大量的笔墨用在抒发诗人对理想的追求以及怀才不遇、壮志难酬的苦闷、烦恼,也表达了求之不得、愁怀不解而归隐江湖的意愿。诗中不无逃避现实的因素,却也表达了诗人不屈于现实又不知路在何方的内心痛苦。

本诗体裁属七古,充分展现了李白诗歌豪放不羁的艺术特色。诗歌由两个十一字句开篇,不受常规拘勒,尽显情感的高潮、奔放的本色。情感强烈,直抒胸臆,内心郁结直吐无遗。接下来,情绪一转,面对美景,心情获得了难得的爽快,由沉郁而入豪迈。随后的四句诗,不仅交代了主客双方均有不凡的文采,更具有崇高的理想和远大的志向,而且反映出诗人因对现实不满所产生的对理想境界的向往与追求。不仅言志而且抒情,使豪迈的情感达到高潮。然而理想与现实的矛盾仍然存在,难以排遣,使诗人的情绪由豪迈转入苦闷。但诗人并未被苦闷击倒,而是转入旷达,使强烈的愁情得以宣泄。整首诗大开大合,陡起陡落,感情变化剧烈而又不显突兀。语言奔放,意气豪放,具有极强的艺术感染力。

【思考与练习】

一、选择题

1.以下有“诗仙”美誉的诗人是(　　)。

A.李白　　B.杜甫　　C.白居易　　D.张若虚

2.诗句“蓬莱文章建安骨,中间小谢又清发”中,“小谢”指(　　)。

A.谢安　　B.谢朓　　C.谢玄　　D.谢灵运

3.将李白比作“清新庾开府,俊逸鲍参军”的人是(　　)。

A.王安石　　B.杜甫　　C.严羽　　D.苏轼

二、填空题

1.李白字__________,号__________。

2.“举杯邀明月,________________。”

3.“弃我去者,昨日之日不可留;____________,____________。”

4.“俱怀逸兴壮思飞,欲上青天览明月。”中“览”的意思是______________。

三、分析理解题

1.分析李白《宣州谢朓楼饯别校书叔云》一诗的艺术特色。

2.李白是创作歌行体和乐府诗的能手。在这两种诗歌体裁中,李白独特的艺术个性得以充分展露。试将《宣州谢朓楼饯别校书叔云》与他的乐府诗名篇《将进酒》相比较,看看两者在风格、气势、感情、语言等方面有什么相似之处。

附《将近酒》原文:

君不见黄河之水天上来,奔流到海不复回。君不见高堂明镜悲白发,朝如青丝暮成雪。人生得意须尽欢,莫使金樽空对月。天生我材必有用,千金散尽还复来。烹羊宰牛且为乐,会须一饮三百杯。岑夫子、丹丘生,将进酒,杯莫停。与君歌一曲,请君为我侧耳听。钟鼓馔玉不足贵,但愿长醉不愿醒。古来圣贤皆寂寞,唯有饮者留其名。陈王昔时宴平乐,斗酒十千恣欢谑。主人何为言少钱,径须沽取对君酌。五花马,千金裘,呼儿将出换美酒,与尔同销万古愁。

儒家经典

——《论语》

【作品简介】

《论语》是记录孔子及其弟子的言行的一部作品，是诸子散文的早期代表，具有鲜明的艺术特色和风格。《论语》作为一部典范的语录体散文著作，对后世散文的发展有着深远的影响。其文学价值表现在高超的语言运用水平和极强的文字表现力上。首先，《论语》的语言言简意赅，含蓄隽永，也可以说是言近旨远，词约义丰。《论语》以最简单、最自然的语言形式，传达出极为丰富而深刻的意蕴，既具有极强的概括力，又具有卓越的表现力。其次，语言幽默风趣，善于运用各种语气表达思想情感，语言体现着情感、性格特征。再次，一些语句富于形象性、启发性和哲理性，成为警句、格言、成语。最后，在记言的同时也表述了人物的神情语态，展示了人物形象，也有精彩的场面和人物行为的描写。

孔子（前551—前479）春秋末期思想家、教育家，儒学学派的创始人。因父母曾为生子而祷于尼丘山，故名丘，字仲尼。鲁国陬邑（今山东曲阜东南）人。曾修《诗》《书》，定《礼》《乐》，序《周易》，作《春秋》。孔子的思想及学说对后世产生了极其深远的影响。

【作品欣赏】

子曰："由！诲女知之乎！知之为知之，不知为不知，是知也。"

子曰："吾十有五而志于学，三十而立，四十而不惑，五十而知天命，六十而耳顺，七十而从心所欲，不逾矩。"

子曰："君子和而不同；小人同而不和。"

子曰："君子泰而不骄；小人骄而不泰。"

子曰："君子道者三，我无能焉：仁者不忧；知者不惑；勇者不惧。"子贡曰："夫子自道也！"

宰予昼寝。子曰："朽木不可雕也，粪土之墙不可(木亏)也；於予与何诛？"子曰："始吾於人也，听其言而信其行；今吾於人也，听其言而观其行。於予与改是。"

子贡问"为仁"。子曰："工欲善其事，必先利其器。居是邦也，事其大夫之贤者，友其士之仁者。"

子贡问曰："有一言而可以终身行之者乎？"子曰："其恕乎！己所不欲，勿施於人。"

孔子曰："益者三友，损者三友。友直，友谅，友多闻，益矣；友便辟，友善柔，友便佞，损矣。"

孔子曰："君子有三戒；少之时，血气未定，戒之在色；及其壮也，血气方刚，戒之在斗；及其老也，血气既衰，戒之在得。"

【阅读提示】

在两千年的封建社会中，儒学在整个思想界占据了统治地位，孔子其人被神化，儒家与儒学成了诸子之渊源和中国文化的核心，被尊列于"诸子"之外；而近代许多激进文化人抨击儒学的文化正统时，也往往把儒家与"诸子"分开讨论。世纪之交，儒学正统的文化格局被打破，虽然"打倒孔家店"的冲动有失理智，但对认识孔子与儒学的真面目，却不无裨益。20 世纪的百年中，随着对孔子以及儒学思想研究的深入，《论语》的文学价值与写作艺术特征也逐渐为人所认识，学者们就《论语》的文体特征、人物描写、修辞手法、语言艺术及其对文学发展的影响等进行了多方面的论述，取得了可喜的成绩。

【思考与练习】

1.在两千多年后的今天，我们学习《论语》有怎样的意义？

2.结合《论语》谈谈你对"交友之道"的看法。

3.选择《论语》中的一则谈谈其现实意义。

蒹 葭

《诗经》

【作品简介】

《诗经》是中国最早的诗歌总集。《诗经》原本叫《诗》,共有诗歌 305 首(另外还有 6 篇有题目无内容,称为笙诗),因此又称“诗三百”。从汉朝起儒家将其奉为经典,因此称为《诗经》。汉朝毛亨、毛苌曾注释《诗经》,因此又称《毛诗》。《诗经》中的诗的作者绝大部分已经无法考证。《诗经》所录诗歌多来自民间,据说,周朝设有专门的采诗官,采集民歌,以体察民俗风情、政治得失。《诗经》所录诗歌时间跨度长,从西周初年直至春秋中叶,涵盖地域广泛,黄河以北直至江汉流域的都有。《诗经》被儒家奉为经典,成为《六经》(包括《诗》《书》《礼》《乐》《易》《春秋》)及《五经》(无《乐》)之一。

《诗经》分《风》《雅》《颂》三部分。《风》有十五国风,是出自各地的民歌,这一部分文学成就最高,有对爱情、劳动等美好事物的吟唱,也有怀故土、思征人及反压迫、反欺凌的怨叹与愤怒。《雅》分《大雅》《小雅》,多为贵族祭祀之诗歌,祈丰年、颂祖德。《小雅》中也有部分民歌。《颂》则为宗庙祭祀之诗歌。《雅》《颂》中的诗歌,对于我们考察早期历史、宗教与社会有很大价值。《诗经》以其“饥者歌其食,劳者歌其事”的现实主义精神,成为我国现实主义诗歌的创作源头。句式以四言为主,间以杂言,多用赋、比、兴的表现手法,采用重章叠句的形式,语言朴实、优美、准确、形象、自然,对我国后世的文学产生了深远的影响。

本诗选自于《诗经·秦风》。秦:周朝时诸侯的国名,在今陕西中部和甘肃东部一带。

【作品欣赏】

蒹葭苍苍(1),白露为霜。所谓伊人(2),在水一方(3)。
溯洄从之(4),道阻且长(5)。溯游从之(6),宛在水中央(7)。
蒹葭萋萋(8),白露未晞(9)。所谓伊人,在水之湄(10)。
溯洄从之,道阻且跻(11)。溯游从之,宛在水中坻(12)。
蒹葭采采(13),白露未已。所谓伊人,在水之涘(14)。
溯洄从之,道阻且右(15)。溯游从之,宛在水中沚(16)。

【注释】

(1)蒹葭(jiān jiā):芦荻,芦苇。苍苍:茂盛的样子。

(2)伊人:这个人。指诗人所追寻的人。

(3)方:边也。“在水一方”就是说在水的另一边。

(4)溯洄:逆水而行。“洄”是回曲盘纡的水道。从之:追寻他。

(5)阻:难也。

(6)“游”通“流”,流是直流的水道。

(7)宛:宛然,真好像。

(8)萋萋:与“苍苍”同义。

(9)晞(xī):干。

(10)湄:水草交接之处。

(11)跻(jī):升,高。

(12)坻(chí):水中的小洲或高地。

(13)采采:与“苍苍”同义。

(14)涘(sì):水边。

(15)右:迂回曲折。

(16)沚(zhǐ):小沙洲。

【阅读提示】

这是《诗经》中历来备受赞赏的一首抒情诗。诗分三章,每章首两句借景起兴;三、四句点明主题:隔河企望、追寻“伊人”;后四句描述追寻境况:一是道阻且长,二是幻象迷离,两者皆以“伊人”不可得为旨归。全诗流溢着诗人对“伊人”的真诚向往、执著追求以及追寻不得的失望、惆怅心情。意境朦胧、含蕴不尽是这首诗的主要特点。“伊人”无具体的形象,飘忽不定、幻象丛生,给人以扑朔迷离、悠渺难测之感,引人遐想。有人认为这是一首招贤诗,“伊人”指隐居的贤人;有人认为这是一曲怀念情人的恋歌,“伊人”指意中人;也可以指人的理想、追求,皆可讲得通。其实,只要把“在水一方”视作一种象征,世间各种可望而不可及的人生境遇,贤才难觅、情人难得的怅惘乃至前途渺茫、理想不能实现的失望等,也就都可以从《蒹葭》的意境中得到回应。

本诗所采用的重章叠句形式,不仅有回环往复、一唱三叹之美,而且有层层推进、步步深化诗歌意境的作用。白露之“为霜”“未晞”“未已”,体现了时间的推移,暗示了追求时间的漫长与追求者的执著;“伊人”“在水一方”“在水之湄”“在水之涘”，体现了空间的转移，暗示了追寻对象的飘忽难觅。虽然只用了几个字来表现，但其间的微妙变化和幽深意蕴却十分耐人寻味。

【思考与练习】

1.你认为《蒹葭》的中心意象是什么？请谈谈你对这一意象的理解。

2.以《蒹葭》为例，请谈谈你对诗歌中存在的“朦胧美”的看法。

外国文学部分

《富爸爸　穷爸爸》

罗伯特·T.清崎　莎伦·L.莱希特

【作品简介】

清崎有两个爸爸:"穷爸爸"是他的亲生父亲,一个高学历的教育官员;"富爸爸"是他好朋友的父亲,一个高中没毕业却善于投资理财的企业家。清崎遵从"穷爸爸"为他设计的人生道路:上大学,服兵役,参加越战,走过了平凡的人生初期。直到1977年,清崎亲眼目睹一生辛劳的"穷爸爸"失了业,"富爸爸"则成了夏威夷最富有的人之一。清崎毅然追寻"富爸爸"的脚步,踏入商界,从此登上了致富快车。

清崎以亲身经历的财富故事展示了"穷爸爸"和"富爸爸"截然不同的金钱观和财富观:穷人为钱工作,富人让钱为自己工作!

该书1999年4月在美国出版,仅仅半年时间就创下销售100万册的佳绩。2000年3月,韩语版面市;2000年6月,登陆澳大利亚……一时间,世界各地的大小书店为紫色所覆盖。简体中文版于2000年9月面市后,连续18个月蝉联全国图书销售排行榜第1名,连续两年半名列畅销书排行榜前10名。"富爸爸"系列图书已发行109个国家和地区,总销量超过2 900万册!

【作品欣赏】

第一课　富人不为钱工作

怎样才能变得富有?

"爸,你能告诉我怎样才能变得富有吗?"爸爸放下手中的晚报,问:"你为什么想变得富有呢,儿子?""因为这个周末基米的妈妈会开一辆新的卡迪拉克带基米去海滨别墅度周末。基米还说要带三个朋友去,但我和迈克没有被邀请,他们说我们不被邀请是因为我们是穷孩子。"

"他们真这么说了吗?"爸爸不相信地问。

"是啊,他们说了!"我带着一种受到伤害的声调答道。

爸爸沉默地摇了摇头,把他的眼镜往鼻梁上推了推,然后又去读报纸了。我站在那儿期待着答案……

那年是1956年,我9岁。由于命运的安排,我进了一所公立学校,许多富人把他们的孩子也送到那所学校。我们镇基本上是个糖料种植场,种植场的经理和其他富裕的人,比如医生、商人、银行家都把孩子送进了这所学校,一到六年级都有。六年级之后他们的孩子通常会被送进私立学校。因为我家就在这个街区,所以我也进了这所学校。如果我家住在街的另一边,或许我会去另外一所学校,和那些家庭背景与我差不多的孩子们在一起了。

并且六年级之后,我会和那些孩子一道去上公立的中学和高中,因为没有为我们这类孩子设立的私立中学。

爸爸终于放下了报纸,我敢说他刚才一定是在思考我的话。

"哦,儿子,"他慢慢地开口了,"如果你想变得富有,你就必须学会挣钱。"

"那么怎么挣钱呢?"我问。"用你的头脑,儿子。"他说着,并微笑了一下,这种微笑意味着"这就是我要告诉你的全部",或者"我不知道答案,别为难我了"。

建立合伙关系

第二天一早,我就把爸爸的话告诉了我最好的朋友迈克。迈克和我可以说是学校里仅有的两个穷孩子。他和我一样由于命运的捉弄而进了这所学校。其实我们俩的家里并不是真的很穷,但我们感觉我们很穷,因为其他的男孩都有新棒球手套、新自行车,他们的东西都是新的。

妈妈和爸爸也为我们提供了基本生活品,像吃的、戴的、穿的,什么都不缺,但也仅此而已。我爸爸常说:"想要什么东西,自己挣钱买。"我们想要东西,但的确没有什么工作可以提供给像我们这样大的9岁男孩。

"我们该怎么挣钱呢?"迈克问。"我不知道,"我说,"你想做我的合伙人吗?"

于是,就在那个星期六的早晨,迈克成了我的第一个业务伙伴。我们花了整整一个上午去想挣钱的法子,其间常常不由自主地谈起那些"冷酷的家伙"正在基米家的海滨别墅里玩乐。这实在有些伤人,但却是好事,它刺激我们继续努力去想挣钱的法子。最后,到了下午,一个念头在我们的头脑中闪过,这是迈克从以前读过的一本科普书里得到的主意。

我们兴奋地握手,现在我们的合伙关系终于有了实质的业务内容。

在接下来的几星期里,迈克和我跑遍了邻近各家,敲开他们的门问他们是否愿意把用过的牙膏皮攒下来给我们。迷惑不解的大人们微笑着答应了,有的问我们要它做什么,对此我们回答道:"这是商业秘密"。

几星期过去了,我妈变得心烦起来,因为我们选了一个靠近她洗衣机的地方放置我们的原料。在一个曾用来盛番茄酱的大罐子里,积攒在那儿的用过的牙膏皮正在慢慢变多。

看到邻居们脏乱、卷曲的废牙膏皮都到了她这儿，妈妈最后采取了行动。“你们两个到底想要干什么？”她问，“我不想再听到‘商业秘密’之类的话，赶快处理掉这些股东西，否则我就会把它们全扔出去！”

迈克和我苦苦哀求，说我们已经快攒够了，只等一对邻居夫妇用完他们的牙膏后，我们就可以马上开始生产了。经过一番口舌，最后妈妈给了我们一周的延期。

来自妈妈的压力使我们的生产日期提前了。我的第一桩生意，由于货仓收到了妈妈的逐客令而出现危机，迈克的任务变成了告诉邻居们快些用完他们的牙膏，告诉他们牙医希望他们比平常更多地刷牙，我则开始组装生产线。按照时间表，生产将于一星期后正式开始。开始生产的日子终于到了。爸爸带着一个朋友驱车而至，来看两个 9 岁男孩在公路边合力操弄一条生产线。空气中飞扬着的是细细的白色粉末，在一个长桌上是一些从学校拿来的废牛奶纸盒以及家里的烧烤架，烧烤架已经被发红的炭烤到了极热，发着白光。

爸爸小心地走过来，由于生产线挡住了车位他不得不把车停在路边。当他和他朋友走近时，他们看见一个钢壶架在炭上，里面的废牙膏皮正在熔化。在那个时候，牙膏皮还不是塑料做的，而是铅制的。所以一旦牙膏皮上的涂料被烧掉后，被放在钢壶中的铅皮就会烧熔，直到变成液体。当铅皮到达熔点时，我们就用妈妈的抓锅布垫着，将溶液从牛奶盒顶的小孔中小心地注入到牛奶盒中。

牛奶盒里装满了熟石膏，满地的白色粉末是我们将灰和水混合时弄的，由于我一时匆忙，打翻了小包，所以弄得到处是白灰，好似下了场雪。牛奶盒就是石灰模的外部容器。

爸爸和他的朋友注视着我们小心翼翼地把熔铅注入到灰管顶部的小孔中。

“小心！”老爸说。

我也顾不上抬头了，只是点点头。

最后，当溶液全部倒入石灰模后，我放下钢壶，向老爸绽开了笑脸。

“你们在干什么？”他带着谨慎的微笑问道。

“我们正在按你告诉我的话做，我们就要变成富人了！”我说。

“是的，”迈克咧嘴笑着点头说道：“我们是合伙人。”

“这些灰模子里面是什么东西？”老爸有些好奇地问。

“看，”我说，“这是已经铸好的一炉”。我用一个小锤子敲开了密封物并把管子分成两半，我小心地抽掉灰模的上半部，一个铅制的五分硬币便掉了下来。

“噢，天啊，”老爸叫了起来，用手摸着额头：“你们在用铅造硬币！”

“对啊，”迈克说，“我们按你说的，在自己挣钱呐。”

爸爸的朋友转过身去爆发出一阵大笑，爸爸则微笑着摇着头。在一堆火和一堆废牙膏皮旁，他面前的两个白灰满面的小男孩正在开心地笑着。

爸爸要我们放下手里的东西和他坐到屋外的台阶上，然后他微笑着和蔼地向我们解释了“伪造”一词的含义。

我们的梦想破灭了！“你的意思是说这么做是违法的?”迈克用颤抖的声音问。

“别怪他们，”我爸爸的朋友说，“他们也许会成为天才呢。”

我爸爸瞪了他一眼。

“对，这是违法的。”爸爸温和地说，“但是，孩子们，别灰心，我为你们刚才表现出来的巨大的创造性和独立思考精神而感到骄傲。”

失望之中，迈克和我在沉默中坐了20分钟才开始收拾残局。

我们的生意在刚开始的第一天就结束了。把粉扫拢时，我望着迈克沮丧地说：“我想基米和他的朋友们是对的，我们只能当穷人了。”

爸爸正要离开时听到了这话，“孩子，”他转过身来说，“如果你们放弃了你们才真的只能当穷人了。一件事情的成败并不重要，重要的是你们曾经尝试过。要知道大多数人只是谈论和梦想发财，而你们已经付出了行动。我再说一遍，我为你们骄傲，孩子们，别灰心、别放弃。”

迈克和我沉默地站在那儿，话挺对，但我们仍不知应该干些什么。

“那你为什么不富有呢，爸爸?”我问。

“因为我选择了当中学老师。中学老师要专心教书，不该去想怎么发财。我希望我能帮你们，但我真的不知道如何才能赚大钱。”

迈克和我又回去继续清理现场。

爸接着说：“如果你们希望了解如何致富，不要问我，去和你爸谈谈，迈克。”

“我爸?”迈克皱着眉头。

“对，你爸爸。”爸爸微笑着说，“你爸爸和我都认识的一个银行经理，他对你爸爸非常崇拜。他有好几次对我提过说你爸爸在赚钱方面是个天才。”

“我爸?”迈克难以置信地问，“那我家为什么没有好车和好房子，就像学校里的那些有钱的孩子一样呢?”

“高级车和高档房子并不必然意味着你很富有或你懂得如何赚钱，”爸爸答道，“基米的爸爸为糖料种植园工作，他和我并没有多大差别，他为公司工作而我为政府工作，是公司为他买了那辆车。但据说种植园正处于财务困境之中，基米的爸爸可能过不了多久就什么都没有了。而你爸爸则不同，迈克，他似乎正在建立一个属于自己的帝国。我相信几年之内他就会成为一个非常富有的人。”

听到这番话，我和迈克又兴奋起来了。带着新的希望，我们迅速清理了首次失败的生意所造成的混乱。我们还一边清理一边制订了一个与迈克爸爸谈话的计划，例如该怎样谈，何时谈。问题在于迈克的爸爸工作时间很长，并且经常很晚才回家。他爸爸有一个货仓，一个建筑公司，一些店铺和三个餐馆。正是这些餐馆使他在外面要待到很晚。

清理完毕后迈克搭上了回家的公共汽车，他会在他爸爸晚上回家后和他谈谈，并问他是否愿意教我们如何赚钱。迈克答应和他爸爸谈完后无论多晚都给我回电话。

晚上8:30电话响了。

“下周六,太好了!”迈克的爸爸同意与我们会面。

课程开始了

“我每小时付给你10美分”。

即使以1956年的报酬标准看,10美分1小时也是极低的。

迈克和我在那天上午8点和他爸爸会面了。他仍然很忙而且会面前已经工作了1个多小时了。他的建筑监理人刚坐着他的卡车离开,我就进了他那窄小而简朴整洁的家,迈克站在门口迎接我。

“我爸正在打电话,他让我们在走廊后面等着。”迈克边说边开门。

当我举步跨过这座老房子的门槛时,旧木地板发出“嘎嘎” 的响声。门内地板上有个廉价的垫子,这个垫子的磨损程度记录了经年累月无数次踏上这个地板的脚步,虽然很干净,但还是该换了。

当我进入到狭小的卧室时感到有些害怕,这间卧室里塞满了陈旧发霉而厚重的家具,它们早该成为收藏者的藏品了。在沙发上坐着两个女人,她们的岁数比我妈大一些,她们的后面还坐着一个穿工作服的男人。他穿着卡其布的衬衫和外套,衣服烫得很平整,但没有浆过,他手上拿着磨得发光的工作簿。他大概比我爸爸大10岁的样子,我想大概45岁吧。

当我和迈克走过他们身边时他们冲我们微笑着,我们朝厨房走去,穿过厨房可以到后院。

我也有点腼腆地冲他们笑笑。

“他们是什么人?”我问迈克。

“噢,他们是给我爸干活的。那个老点的男人负责管理货仓,那两个女人是餐馆经理。

刚才在门口你也看到建筑监理人了;他在离这儿50英里远的一个公路项目中工作。还有一些监理正在负责房屋建设的项目,不过他们在你到这里之前就已经走了。”

“每天都是这样的吗?”我问。

“并不总是,但经常是这样的。”迈克说着拉了一张椅子坐在我身边。

“我问过他愿不愿意教我们挣钱。”迈克说。

“哦,那他怎么说?”我急切地问。

“嗯,开始时他脸上有一种取笑的表情,然后他说会给我们一个建议。”

“噢!”我说着,用两个椅子后腿撑着,把椅子靠着墙翘起来。

迈克也学着我这么做。

“会是什么建议呢?”我又问。

“不知道,但很快就会清楚了。”迈克说。

突然,迈克的爸爸推开那扇摇摇晃晃的门走进了门廊,迈克和我跳了起来,不是出于尊敬而是因为吓了一跳。

“准备好了吗,孩子们?”迈克的爸爸问道,随手拖了把椅子坐到我们旁边。

我们点着头,把椅子移到他面前坐下。

他也是个大块头的男人,大约有6英尺高,200磅重。我爸的个子要更高些,但和他差不多重。我爸比迈克的爸爸大5岁,他们看上去很像同一类人,但气质有些不同,也许他们的力气都那么大,我在想。

“迈克说你们想学赚钱,对吗,罗伯特?”

我快速地点点头,心里有点儿忐忑,在他的微笑和话语后面似乎隐藏着一股很强的力量。

“好,这就是我的建议:由我来教你们赚钱,但我不会像在教室里教学生那样教你们,你们得为我工作,否则我就不教。因为通过工作我可以更快地教会你们,如果你们只想坐着听讲,就像在学校里那样的话,那我就是在浪费时间了。怎么样?小伙子们,这就是我的建议,你们可以接受也可以拒绝”。

“嗯……我可以先问个问题吗?”我问。

“不能,你只能告诉我是接受还是拒绝。因为我有太多的事要做,不能浪费时间。如果你不能下定决心,就永远也学不会如何赚钱。要知道,机会总是转瞬即逝,要想成功必须迅速作出决定。你看,现在你有一个你想要的机会,但这个赚钱学校可以在10秒钟内开学或者关门,那么你……”迈克的爸爸微笑着看着我们,却并没有说下去。

“接受。”我说。

“接受。”迈克也说。

“好!”迈克的爸爸说道,“马丁夫人会在几分钟内到达。等我和她办完事后,你们跟她去我的杂货店,你们可以在那儿开始工作了。我每小时付给你们10美分,你们每周六来工作3个小时。”

“但我今天有一场棒球比赛!”我说。

迈克的爸爸降低声调严厉地说:“接受或者拒绝。”

“我接受。”我赶忙回答,我决定去工作和学习而不去打棒球了。

30美分

以后从一个美好的星期六早上9点起,迈克和我正式开始给马丁夫人干活了。

马丁夫人是一个慈祥而有耐心的女人，她总是说迈克和我使她想起她的两个儿子，她的两个儿子长大后就离开了她。马丁夫人虽然很慈祥，却强调应该努力工作，她让我们不停地干活。她是一个很好的监工，3 个小时里，我们不停地把罐装食品从架子上拿下来，用羽毛掸弹去每个罐头上的灰尘，然后重新把它们码放好。这工作真的很乏味。

迈克的爸爸，就是我称为“富爸爸”的那一位，拥有 9 个这样的小型超市，它们是“7~11”便利店的早期版本，当时除了这些小型超市以外附近几乎没有可以买到牛奶、面包、黄油和香烟的杂货店，所以生意还不错。问题是，这是在空调出现之前的夏威夷，由于炎热，商店不可能关上门。而店的两边有许多停车位，每当一辆车开过或驶进车位，灰尘就漫天扬起飘入店内。

于是，在还没有空调的时代，我们就有事可干了。

此后的三个星期中，每周六迈克和我向马丁夫人报到并在她那儿工作 3 个小时。中午以前，我们的工作就结束了，她就在我们每人的手中放下三个小钢蹦儿。即使是在 50 年代中期，对于 9 岁的男孩来说，30 美分也并不十分令人激动，因为就算买一本小人书也得花上 10 美分呢。

第四个星期的星期三，我准备退出了。我答应工作是因为我想从迈克爸爸那里学会赚钱，而现在我却成了每小时 10 美分的奴隶。更糟糕的是，自从第一个星期六后我就一直没见到过我们的赚钱老师——迈克的爸爸。

“我要退出。”吃午饭的时候我对迈克说。学校的午饭糟透了，上课也没劲，而且我现在几乎一点也不盼着过星期六了。因为对我而言，现在的星期六换来的仅仅是每周的 30 美分。

迈克得意地笑了。

“你笑什么？”我沮丧而气恼地问。

“我爸说早料到了，他说如果你不想干了就让我带你去见他。”

“什么？”我感到受了愚弄，气愤地问，“他早就在等我去找他？”

“是的，我爸是个不一般的人，他跟你爸的教育方法不一样。

你爸你妈说得多，我爸说得少，不过他早就猜到了你会这么说的。你要等到这个周六，我会告诉他你已经准备好了。“你是说我被设计了？”

“还不肯定，但有可能。我爸会在周六说明的。”

星期六的排队等候

我已经准备好要面对迈克的爸爸说个明白，连我的亲爸爸也生气了。我的亲爸爸，就是我前面说的较穷的那个，认为我的富爸爸违反了童工法应该受到调查。

我那受过高等教育的爸爸要我去争取应有的待遇，每小时至少 25 美分。爸爸说如果我得不到加薪,就应该立即退出。

爸爸气愤地说:“你根本不需要那份该死的工作。”

星期六早上 8 点,我又穿过了迈克家那扇摇晃着的大门。

“坐下等着。”迈克的爸爸在我进门时对我说,说完便转身消失在他那卧室边的小办公室里。

我四下看看,没发现迈克,我感到有些局促,小心地坐到了沙发上,四个星期前见过的那两个女人笑着给我挪出了点地方。

45 分钟过去了,我开始冒火,那两个女人已经在 30 分钟前会见完毕离开了。那个老绅士在呆了 20 分钟后,也办完事走了。

一个小时过去了,那天夏威夷阳光灿烂,外边时不时地传来大人、孩子嬉戏的笑声,而我却仍在那幢陈旧黑暗的屋子里坐着,等候一个剥削童工的小商人的召见。我能听见他在办公室里沙沙地走动、打电话,但就是不理我。我真的想出去了,但不知为什么我没有走。

又过了 15 分钟,正好 9 点,富爸爸终于走出了他的办公室。

他什么也没说,用手示意要我跟着他去那间小办公室。

“你要求加薪,否则你就不干了,是吗?”他边说边在椅子里摇来摇去。

“你不讲信用!”我脱口而出,眼泪差点掉下来。这样的事对一个 9 岁的小男孩来说是觉得挺委屈的。

“你说过如果我为你工作,你就会教我。好,我给你干活,我工作努力,我甚至放弃了棒球比赛来为你工作,而你却说话不算数,你什么也没教我!就像镇上每个人说的那样,你言而无信,还贪心。你想要所有的钱而毫不关心你的雇员。此外,你一点儿也不尊重我,让我等了这么久。我只是个小孩,我应该得到优待!”。

富爸爸在摇椅里向后一靠,手摸着下巴盯着我,好像在研究我。

“不错,”他说,“还不到 1 个月,你已经有点像我的其他雇员了。”

“什么?”我问。我并未听明白他的话,心里更加气愤不已。

“我想你会如约教我,然而你却想折磨我?这太残忍了,真的太残忍了!”

“我正在教你。”富爸爸平静地说。

“你教我什么了?什么也没有!”我生气极了,“自从我为那几个小钱干活以来,你甚至没和我说过话!10 美分 1 小时!哈,我应该到政府那儿告你!你知道,我们有《童工法》,我爸可是为政府工作的。”

“哇!”富爸爸叫道:“现在你看上去就像大多数给我干过活的人了,他们要么被解雇要么辞职不干了。”

“这正是我想要做的!”我说道。作为一个小孩,我觉得自己很有勇气。“你骗了我,我为你工作,而你却不守信用,你什么也没教我。”

“你怎么知道我什么都没教你?”富爸爸仍然平静地问我。

“你从不和我说话,我给你干了三个星期,而你什么也没教给我。”我撅着嘴说。

“教东西一定要说或讲吗?”富爸爸问。

“是呀。”我回答道。

“那是学校教你们的法子,”他笑着说,“但生活可不是这样的教法。你知道吗,生活才是最好的老师,大多数时候,生活并不对你说些什么,它只是推着你转,每一次推,它都像是在说‘喂,醒一醒,有些东西我想让你学学’。”

“这家伙在说些什么?”我暗自问自己。“生活推着我转就是生活在对我说话?”现在我知道我必须辞职了,我正在和一个应该被关进精神病院的家伙说话。

但富爸爸仍在说:“假如你弄懂了生活这门大课,做任何事情你都会游刃有余。但就算你学不会,生活照样会推着你转。所以生活中,人们通常会做两件事。一些人在生活推着他转的同时,抓住生活赐予的每个机会;而另一些人则听任生活的摆布,不去与生活抗争。他们埋怨生活的不公平,因此就去讨厌老板,讨厌工作,讨厌家人,他们不知道生活也赐予了他们机会。”

当时我还是不太明白富爸爸的话。

“生活推着我们所有的人,有些人放弃了,有些人在抗争。”

“学会了这一课的少数人会进步,他们欢迎生活来积极地推动他们,对他们来说,这种推动意味着他们又可以去学习一些新的东西,然后再进步。当然,大多数人还是放弃了,一部分人像你一样还在抗争。”富爸爸站起来,推开那扇破旧失修的窗子,“如果你学会了这一课,你就会成为一个智慧、快乐而富有的人。如果你没有学会,你就只会终生抱怨工作、报怨低报酬和难以相处的老板,你会生活在一劳永逸地把你所有的钱的问题都解决的幻想中。”

富爸爸抬眼看我是否在听。他的眼光与我相遇,我们互相对视着,通过眼睛互相交流着,最后,当我接收了他全部的信息后,我将眼睛转开了。我知道他是对的,我需要向他学习。

富爸爸继续说:“如果你是那种没有毅力的人,你将放弃生活对你的每一次推动。这样的话,你的一生会过得稳稳当当,不做错事、随时准备着当永远不会发生的事情发生时解救自己,然后,在无聊中老死。你会有许多像你一样的朋友,希望生活稳定、处世无误。但事实是,你对生活屈服了,不敢承担风险。你的确想赢,但失去的恐惧超过了成功的兴奋,事实是从内心深处,你就始终认为你不可能赢,所以你选择了稳定。”

我们的眼光又相遇了。十秒钟之久,我们互相注视着,直到相互明白了对方的心意。

“你一直想推动我吗?”我问。

“可以这样说,但我宁愿说我是在让你品尝生活的滋味。”富爸爸笑道。

“什么是生活的滋味?”我问,怒气未消,但充满好奇,甚至准备聆听教诲了。

“你们俩是第一个请求我教授如何赚钱的人,我有 150 多个雇员,但没有一个人请教过我这个问题。他们只是要求工作,并获得报酬。他们把一生中最好的年华用来为钱而工作,却不愿去弄明白工作到底是为了什么。”

我坐在那儿专心地听着。

“所以当迈克告诉我你们想赚钱时,我决定设计一个和真实生活相近的课程。虽然我也可以说得精疲力尽,但你们会左耳进,右耳出,所以我决定让生活给你们演示一下,这样你们就会听懂我想说的话了,这也就是为什么我每小时只给你们 10 美分的用意。”

“那么 10 美分一小时的工作又有什么教益呢?”我问,“是说工人很便宜,可以去剥削他们吗?”

富爸爸向后靠去并开心地笑了起来,随后说:“你最好改变一下观点,停止责备我,你是不是以为我有毛病。如果你认为我有病,你得想法儿改变我;如果你认为问题在你那儿,你就得去学习,然后改变自己,让自己变得更聪明。大多数人认为世界上除了自己外,其他人都应该改变。让我告诉你吧,改变自己比改变他人更容易。”

“我不明白。”我说。

“别拿你的毛病来责备我。”富爸爸说,他开始有些不耐烦了。

“可你每小时只给我 10 美分哪!”

“那么你学到了什么?”他笑着问。

“我很便宜。”我不好意思地笑着说。

“瞧,你还是觉得问题在我这儿呢。”富爸爸说。

“可的确是这样呀。”

“好吧,如果你继续保持这种态度,你就什么也学不到。反过来,如果问题的确在我,你该怎么办?”

“嗯,请你提高我的工资,对我更尊重些并教我如何赚钱。”

“噢,是吗?”富爸爸说,“大部分人会这么干,他们辞职,然后去找另一份工作,期望能得到更好的机会、更高的报酬,认为一份新的工作或更高的报酬会解决所有问题。

而在大多数情况下,这是不可能的。”

“那我该怎么办呢?”我问,“接受这可怜兮兮的每小时 10 美分然后还要微笑吗?”

富爸爸笑了。“有些人会这么做的,仅仅因为他们和他们的家庭需要钱而接受这份工资,但他们所做的只是等待,等待着能有机会让他们挣到更多的钱使问题解决。于是大部分人接受了,有些人做两份工并且非常努力地工作,但仍只能得到很少的报酬。”

我坐在那里，眼睛盯着地板，开始听懂富爸爸的这一课。我感到这的确是生活的原味。

最后，我抬起头，又重复了前面的问题："那么怎样才能解决问题呢？"

"用这个，"他说着轻轻地拍着我的脑袋，"你两个耳朵之间的这个家伙。"

直到那一刻富爸爸才显示了他区别于他的职员和我穷爸爸的关键的东西——这一点让他最终成为了夏威夷最富的人之一。而我受过良好教育的爸爸则一生都在与财务问题抗争。

富爸爸独特的观念使他的一生都与众不同。

富爸爸后来又一遍一遍不厌其烦地讲到这个观点，这就是我称之为"第一课"的内容。

穷人和中产阶级为钱而工作，富人让钱为他们工作

在那个明媚的星期六上午，我接受了一种与穷爸爸教我的方式完全不同的学习方式。就在那一刻，我意识到两位爸爸都希望我去学习，鼓励我去研究，但研究的内容不同。

我那受过高等教育的爸爸建议我按他的模式去做。"儿子，我希望你努力学习，得到好成绩，这样你就能在大公司里找一份稳定的工作，而且会收入不菲。"富爸爸却希望我去研究钱的运动规律，好让钱为我所用。在他的指导下我会在生活中而不是在教室里学习这些课程。

富爸爸继续着我的第一课："我很高兴你为每小时10美分而生气，如果你不生气而是高兴地接受了它，那我只能告诉你我没法教你。真正的学习需要精力、激情和热切的愿望。

愤怒是其中一个重要的成分，因为激情正是愤怒和热爱的结合物。说到钱，大多数人希望稳稳妥妥地挣到，他们很少有挣钱的激情，于是，只好有没钱的恐惧。"

"这就是他们接受低工资工作的原因喽？"我问。

"是呀，"富爸爸说，"因为我比种植园和政府付给员工的少，有人说我剥削人，我说是他们自己剥削自己，而不是我。"

"但你没觉得你该多给点儿吗？"我问。

"没这必要。而且，再多一点的钱也不会解决问题。比如你父亲，挣钱也不少，但仍会欠账。对大多数人而言，给的钱越多，他欠的债也就越多。"

"这就是1小时10美分的原因？"我笑了，"课程的第一部分。"

"没错。"富爸爸也笑了，"你瞧，你爸进了大学而且受到很好的教育，所以他能得到一份高薪的工作。他的确也得到了，但他还是为钱所困，原因就是他在学校里从来没学过关于钱的知识。而且最大的问题是，他相信工作就是为了钱。"

“你不这么认为吗?”我问。

“当然不是,”他说,“如果你想为钱而工作,那就呆在学校里学吧,那可是一个学习这种事的好地方。但是如果你想学习怎样使钱为你所用,那就让我来教你。不过首先你得想学。”

“难道不是每个人都想学吗?”我问。

“不是,”他说,“因为学习为钱工作很容易,特别是当你谈到钱时的第一感觉是恐惧时,学习为钱工作就更容易了。可学习怎样使钱为你工作却要难得多。”

“我不明白。”我皱着眉头。

“别担心,你只需知道,正是出于恐惧心,人们大多害怕失去工作,害怕付不起账单,害怕遭到火灾,害怕没有足够的钱,害怕挨饿,大多数人期望得到一份稳定的工作。为了寻求稳定,他们会去学习某种专业,或做生意,拼命为钱而工作,大多数人成了钱的奴隶,然后把怒气对准他们的老板。”

“学习让钱为我所用是一种完全不同的课程吗?”我问。

“是的,”他重复道,“绝对不同。”

在这个美丽的夏威夷的早晨,我们安静地坐着。我的朋友们应该已经开始他们新一季的棒球联赛了,但不知为什么,我现在开始庆幸决定干这 1 小时 10 美分的工作了,我感到我学到了我的朋友们在学校里所学不到的一些东西。

“准备好了吗?”富爸爸问。

“是的。”我咧嘴笑了。

“我可是遵守了诺言的,我已经带你去看到了你的未来。”富爸爸说。“9 岁时,你已经有了为钱而工作的体验。只需把上个月重复 50 年,你就知道大多数人是如何度过一生的了。”

“我不明白。”我说。

“你两次等着见我时有何感觉? 一次是被雇用,一次是要求加薪。”

“真可怕。”我说。

“如果选择为钱而工作,这就是许多人所过的生活。”

“那么每次三小时工作结束,马丁太太给你三个硬币时,你又有什么感觉?”

“我觉得不够。看上去就像什么也没给似的,真让人失望。”

“这也正是大多数雇员拿到他们工资单时的感觉,此外还要扣除税和其他一些项目。

至少,你拿到的还是 100%的工资。”

“你是说工人们拿到的不是全部工资?”我吃惊地问。

“当然不是,政府要先拿走一份,这就是税。”富爸爸说,“你有收入时得交税,当你消费时也得交税。你存钱时得交税,你死时还得交税。”

“政府怎么能这样?”

富爸爸坐在那儿沉默不语,我猜想他希望我认真地听而不是插嘴胡说。

于是我安静了下来。说真的,我不喜欢听到关于税的事。我知道爸爸总是抱怨税收太高了,但也没办法。生活是否也推过他?

富爸爸在椅子里缓缓摇着,眼睛看着我。

“真的准备好跟我学习了吗?”他问。

我慢慢点点头。

“我得说,这里头有不少东西要学。学习怎样让钱为你所用将是一个漫长的、不断学习的过程,或许会持续一生。大多数人上了四年大学后,教育也就到头了,可我知道我会一辈子去研究钱这东西,因为我研究得越深,知道的东西也就越多。大多数人从不研究这个题目,他们去上班,挣工资,然后去开销,总也不明白为何老被钱所困扰,于是以为多点钱就能解决问题,却几乎没有人意识到缺乏财务知识才是他们真正的问题所在。”

“那我爸总头疼税的问题也是因为他没有财务方面的知识吗?”我疑惑地问。

“税只是如何让钱为你所用的一个极小的部分。今天,我只是想弄清你是否有热情去了解钱这东西。大多数人都没有这样的愿望,他们只想进学校,学点专业技能,轻松工作并且挣大钱。

当他们某一天醒来面临严重的财务问题时,他们已不能停止工作。这就是只知道为钱工作而不知如何让钱为你工作的代价。你有热情学习吗?”

我点了点头。

“好,”他说,“现在回去干活,这次我什么报酬也不给。”

“什么?”我大吃一惊。

“听着。什么也不给。你每周六同样干三个小时,但这次不会再有每小时的10美分了。

你不是说你想学不为钱而工作吗? 所以我什么也不给你。”

我几乎不相信我的耳朵。

“我已经和迈克谈过了,他已经开始免费干活了,掸干净罐头上的尘土再把它们重新码好。你最好快点回去和他一块儿干。”

“这不公平,”我说,“你总得给点什么呀。”

“你说过你想学习。如果你现在不学,将来长大了就会像坐在会客室里的那两个女人和老头一样,为钱而工作并且希望我别解雇他们。或是像你爸那样,挣很多钱却眼看着债台高筑,希望靠更多的钱来解决问题。如果你想这样,我可以每小时付你10美分,你可以像其他大人那样,抱怨这里工资太低,辞职另找工作。”

“我还是不明白?”我问。

富爸爸又拍了拍我的头,“动动脑子,”他说,“如果你好好想一想,你会感谢我给了你一个机会,让你成为有钱人。”

我站在那儿，依旧不相信我达成的新协议。我是来要求增加工资的，而现在却被告知以后得白干。

富爸爸又一次拍着我的头说："慢慢想去吧，现在出去开始工作。"

富人不为钱工作

我没对爸爸说我没工钱了，他不会理解的，而且我也不想对他解释我自己也还弄不明白的事。

接下来的三个星期里，我和迈克每周六白干三小时。这工作不再让我心烦，过程也容易些了。只是无法参加球赛以及不能再买小人书让我耿耿于怀。

富爸爸在第三周周末的中午来了。我们听见他的卡车泊进了车位，以及发动机熄火的声音。他走进小店并且与马丁太太拥抱致意。在视察了店面的运营情况后，他走向冰淇淋柜，取出两个冰淇淋，付了钱，然后对我和迈克打了个手势说："孩子们，我们出去走走。"

闪开来往的汽车，我们穿过街道，又走过一大片草地，草地上许多大人正在打垒球。

最后我们坐到一张草地远处的野餐桌前，富爸爸把冰淇淋递给我和迈克。

"还好吗？"他问。

"挺好。"迈克说。

我也点头同意。

"那学到了什么没有？"

迈克和我面面相觑，一起耸耸肩摇了摇头。

避开人一生中最大的陷阱

"你们正在学习一生中最重要的一课，你们应该学会思考。"

富爸爸说道，"如果你学会了这一课，你将一生享受自由和安宁；如果没有学好这一课，你们就会像马丁太太和其他在这空场里玩垒球的人一样了此一生。他们为一点点钱而勤奋工作，兼有一种有工作的虚幻安全感，盼着一年三周的假期和工作 45 年后获得的一小笔养老金。如果你喜欢这样，我就把工资提到每小时 25 美分。"

"但他们都是努力工作的好人啊，你在嘲笑他们吗？"我问道。

一丝笑容浮上了富爸爸的面庞。

"马丁太太对我就像妈妈一样，我决不会那么残忍地对她。

我上面的话可能听起来很无情，可是我正尽力向你俩说明一些事情。我想拓宽你们的视野以便让你们看清一些东西。这些东西甚至大多数成年人也从未有看见过，因为他们眼界狭窄，大多数人从未认识到他们身处困境。”

迈克和我还是不太明白他的话。他听起来很无情，然而我们能感到他确实急于想让我们明白一些事情。

富爸爸笑着又说了：“25 美分 1 小时怎么样？这样是否能让你们心跳加速？”

我摇摇头说：“不会啊”，可事实上，25 美分 1 小时对我而言可真是一大笔钱啊！

“好，我每小时给你 1 美元。”富爸爸带着狡黠的笑容说。

我的心开始狂跳，头也开始发晕。“接受，快接受。”我的心里在喊，但我不相信我所听到的，所以什么也没说。

“好吧，每小时 2 美元。”

我那 9 岁的大脑和心脏几乎要爆炸了。毕竟这是 1956 年，每小时 2 美元将使我成为世界上最有钱的孩子！我无法想象能挣到这么多钱。我想说“好的”，我真想达成这笔交易。

我似乎看见一辆新自行车，一副新棒球手套，以及当我拿出钱时同学们羡慕的表情。最重要的是，基米和他的朋友再也不能叫我穷人了，但不知怎么我仍未开口。

也许我的脑袋已经热昏了，但内心深处，我极其想要那每小时的 2 美元。

冰淇淋化了，流到了我手上。冰淇淋筒已经空了，蚂蚁正在享受着一团香精和巧克力。

富爸爸看着两个孩子盯着他，眼睛睁很大大的，脑子里却空空如也。事实上，他正在考验我们，而且他也知道我们很想接受这笔交易。他知道每个人都有可以被击中的弱点，也知道每个人都有一种强大、坚定、无法用金钱收买的精神。问题在于哪一部分更强大。他在一生中考验了成百上千的人，每次的招工面试都是一番考验。

“好，5 美元 1 小时。”

我的内心突然平静下来了，内心发生了一些变化。这个出价太高了，显得有些荒谬。

在 1956 年，连成年人也没有几个人可以每小时挣 5 美元的。诱惑消失了，平静回来了。我慢慢地转过头去看迈克，他也在看我。我灵魂中软弱而贫乏的一面沉默了，而无法用钱收买的一面占了上风。面对钱，我开始心安神定。我知道迈克也一样。

“很好，”富爸爸轻轻地说，“大多数人都希望有一份工资收入，之所以会这样是因为他们有恐惧和贪婪之心。先说恐惧感，没钱的恐惧会刺激我们努力工作，当我们得到报酬时，贪婪或欲望又开始让我们去想所有钱能买到的东西。于是就形成了一种模式。”

“什么模式?”我问。

“起床,上班,付账,再起床,再上班,再付账……他们的生活就是在无穷尽地为这两种感觉而奔忙:恐惧和贪婪。给他们更多的钱,他们就会以更高的开支重复这种循环。

这就是我所说的‘老鼠赛跑’。”

“有什么法子吗?”迈克问。

“有,但只有少数人知道。我希望你俩能在工作和跟我学习的过程中找到解决的办法。

这就是我不给你们任何工资的原因。”

“有什么提示吗?”迈克问,“我们工作得很累,尤其是白干的时候。”

“哦,第一步是讲真话。”富爸爸说。

“我们可没撒谎。”我叫道。

“我没说你们撒谎,我是说要分清真相。”

“那什么是真相?”

“靠你感觉,除了你自己谁也不能真正明白你的感觉。”

“你说这公园里的人,那些为你工作的人,还有马丁夫人,他们都没弄清楚这些东西?”

“我想是的。他们害怕没有钱,不愿面对没钱的恐惧,对此他们作出了反应,但不是用他们的头脑。”富爸爸说着拍拍我们的头。“他们会去挣了点小钱,可快乐、欲望、贪婪会接着控制他们,他们会再作出反应,仍然是不加思考。”

“他们的感情代替了他们的思想。”迈克说。

“正是如此,他们不去分辨真相,不去思考,只是对感受作出反应。他们感到恐惧,于是去工作,希望钱能消除恐惧,但钱不可能消除恐惧。于是,恐惧追逐着他们,他们只好又去工作,希望钱能消除恐惧,但还是无法摆脱恐惧。恐惧使他们落入工作的陷阱,挣钱—工作—挣钱,希望有一天能消除恐惧。但每天他们起床时,就会发现恐惧又同他们一起醒来了。恐惧使成千上万的人彻夜难眠,忧心忡忡。所以他们又起床去工作了,希望薪水能杀死那该死的恐惧。钱主宰着他们的生活,他们拒绝去分辨真相,钱控制了他们的情感和灵魂。”

富爸爸静静地坐着,让他的话音渐渐消失。迈克和我听着他的话,但不能完全明白他在讲些什么。我经常奇怪于大人们为什么总是急急忙忙去工作,这事看起来真是无趣,而且他们看上去也不快活,但好像总有些东西使他们不断地急着去工作。

意识到我们已经尽可能地吸收了他的话后,富爸爸说:“我希望你俩避开这个陷阱,这就是我想教你们的,而不只是发财,发财并不能解决问题。”

“不能吗?”我惊奇地问。

“不能。让我谈谈另一种感情:欲望,有人把它称为贪婪,但我宁可用欲望。希望一些东西更好、更漂亮、更有趣或更令人激动,这是相当正常的。所以人们总为了实现欲望而最终变成是为钱工作。他们认为钱能买来快乐,可用钱买来的快乐往往是短暂的,所以他们不久就需要更多的钱来买更多的快乐、更多的开心、更多的舒适和更多的安全。于是他们工作又工作,以为钱能使他们那被恐惧和欲望折磨着的灵魂平静下来,但实际上钱无法满足他们的欲望。”

“即使是富人?”迈克问。

“富人也是如此。事实上,许多人致富并非出于欲望而是由于恐惧,他们认为钱能消除那种没有钱、贫困的恐惧,所以他们积累了很多的钱,可是他们发现恐惧感更加强烈了,他们更加害怕失去钱。我有一些朋友,已经很有钱了,但还在拼命工作,甚至有些百万富翁比他们穷困时还要恐惧。这种恐惧使他们过得很糟糕,他们精神中虚弱贫乏的一面总是在大声尖叫:我不想失去房子、车子和钱给我带来的上等生活。他们甚至担心一旦没钱了,朋友们会怎么说。许多人变得绝望而神经质,尽管他们很富有。”

“那穷人是不是要快活些?”我问。

“我可不这么认为。闭口不谈钱就像依赖钱一样是一种心理疾病。”

这时,就像约好了似的,镇上的乞丐走过我们的桌子,停在一大堆垃圾罐旁翻捡起来。

我们三个极有兴趣地注视着他,刚才我们几乎没意识到他的存在。

富爸爸掏出1美元,向乞丐招招手。看到钱,乞丐立即走过来,他收了钱,含糊不清地道了谢就欣喜若狂地拿着他的钱走了。

“他与我的大多数雇员并没有太大差别,”富爸爸说,“我遇到过很多人,他们说‘我对钱没兴趣’,可他们却一天工作8小时并不停地抱怨工作无聊。如果他们对钱没兴趣,又何必干自己不喜欢的工作呢?这种人比敛财的人病得更重。”

当我坐在那儿听着富爸爸的话时,脑中无数次地闪出了我爸爸的话:“我对钱不感兴趣。”他常说这句话,他说:“我工作是因为我热爱这个职业。”

“那我们该怎么办?”我问,“不为钱工作直到所有的恐惧和贪婪都消失吗?”

“那只会浪费时间。人需要有感情,它使我们真实,感情这个词表达着行动的动力。

真实地看待你的感情,以你喜欢的方式运用你的头脑和感情,而不是与自己作对。”

“啊哟!”迈克叫了起来。

“别对我的话担心,它会让你受用一生的。好好观察你的感情,别急于行动。大多数人不懂得是他们的感情代替了他们的思想,感情是感情,你还必须学会独立思考。”

“你能给我们举一个例子吗？”我问。

“可以。当一个人说‘我得去找份工作’，这就很可能是感情代替了思考。害怕没钱的感觉便产生了找工作的念头。”

“但是如果人们要付账的话他们是需要钱的呀。”我说。

“的确如此。所以，我说感情常常过多地代替了思考。”

“不懂。”迈克说。

“比如说吧，如果人们害怕没有钱花，就立刻去找工作，然后挣到了钱，使恐惧感消除。这样做似乎很对。可一旦这样理解，他就不会去思考这样一个问题，一份工作能长期解决你的经济问题吗？依我看，答案是‘不能’，尤其从人的一生来看更是如此。工作只是试图用暂时的办法来解决长期的问题。”

“但我爸总是说‘去上学，取得好成绩，这样你就能找到稳定的工作’，”我有些迷惑地说。

“是啊，我懂他的意思。大多数人都这么给人建议，而且对于大多数人来说这也确实是个好主意。但人们作出这种建议基本上仍是出于恐惧。”

“你是说我爸这么说是因为害怕？”

“是的，他担心你将来挣不到钱并且不适应这个社会。别误解了我的话，他爱你而且希望你好，而且他的担心也不无道理。

教育和工作是很重要的，可它们对付不了恐惧。实际上，他恐惧，所以每天去上班挣钱；为工作担心，所以热衷于让你去上学。”“那你说该怎么办？”我问。

“我想教你们学会支配钱，而不是害怕它，这在学校里是学不到的。如果你不学，你就会变成钱的奴隶。”

显而易见，他想使我们扩展视野，这一切，马丁太太看不见，他的雇员们看不见，我爸爸也看不见。富爸爸用了听起来很无情的例子，但这些例子我始终不会忘记。我的视野在那天被打开了，开始注意到大多数人所面临着的“陷阱”。

“你看，我们最终都是雇员，只不过处于不同层次而已。我只希望孩子们有机会避开由恐惧和欲望组成的陷阱，能按你喜爱的方式选用恐惧和欲望，别让恐惧和欲望控制你。”

“这就是我想教你们的。我对教你们如何挣大把的钱没有兴趣，那解决不了问题。如果你们不先控制恐惧和欲望，即使你们有钱，也只不过是高薪的奴隶而已。”

“那我们该怎样避开陷阱？”

“造成贫穷和财务问题的主要原因是恐惧和无知，而非经济环境、政府或富人。自身的恐惧和无知使人们难以自拔，所以你们应该去上学并且接受大学教育，而我教你们怎样不落入陷阱。”

谜底渐渐显露出来。我爸爸受过高等教育，有着很好的职业，但学校从不告诉他如何处理金钱或恐惧。我可以从两个爸爸那里学习不同的但同样都是很重要的事情。

“你谈到对缺钱的担心,那么对钱的欲望会怎样影响到我们的思想呢?”迈克问。

“当我用更高的工资引诱你们时,你们有什么感觉?你感到欲望在膨胀吗?”

我们点点头。

“但你们没有对感觉屈服,你们推迟了决定的作出。这是极为重要的。我们总是有着恐惧或贪婪之心。从现在开始,对你们来说,重要的是运用这些感情为你们的长期利益谋利,别让你们的感情控制了思想。大多数人让他们的恐惧和贪婪之心来支配自己,这是无知的开始。因为害怕或贪婪,大多数人生活在挣工资、加薪、劳动保护之中,而不问这种感情支配思想的生活之路通向哪里。这就像一幅画:驴子在拼命拉车,因为车夫在它鼻子前面放了个胡萝卜。车夫知道该把车驶到哪里,而驴却只是在追逐一个幻觉。但第二天驴依旧会去拉车,因为又有胡萝卜放在了驴子的面前。”

“你的意思是,当时在我脑海中的那些棒球手套、糖果和玩具的影像就像那驴子面前的胡萝卜一样喽?”

“不错。当你长大后,你的玩具会变贵,会变成要给你的朋友留下深刻印象的汽车、汽艇、大房子,”富爸爸笑着说,“恐惧把你推出门外,愿望又召唤你过去,诱惑你去触礁。这就是陷阱。”

“那答案是什么呢?”

“强化恐惧和欲望是无知的表现,这就是为什么很多有钱人常常会担惊受怕。钱就是胡萝卜人是幻象。如果驴能看到整幅图像,它可能会重新想想是否还要去追求胡萝卜。”

富爸爸解释说人生实际上是在无知和幻觉之间的一场斗争。

他说一旦一个人停止寻求知识和信息,就会变得无知。因此,人们需要不停地与自己作斗争:是通过学习打开自己的心扉,还是封闭自己的头脑。

“学校是非常非常重要的地方。在学校,你学习一种技术或一门专业,并成为对社会有益的人。每一种文明都需要教师、医生、工程师、艺术家、厨师、商人、警察、消防队员、士兵等等。学校培养了这些人才,所以我们的社会可以兴旺发达。但不幸的是,对许多人来说,学校是终止而不是开端。”

接下来是长长的沉默。富爸爸依旧微笑着,我还没弄明白那天他说的全部。但我已经意识到富爸爸是个很伟大的老师,他的话在我耳边回响了很多年,直到现在我还在回味其中的道理。

“今天我有点无情,但无情得有理,”富爸爸说,“我希望你们永远记住这次谈话,我希望你们多想想马丁太太,多想想那头驴。永远别忘记,会有两种感情——

恐惧和欲望,使你落入一生中最大的陷阱,如果你让它们来控制自己的思想,你的一生就会生活在恐惧中,从不探求你的梦想,这是残酷的。为钱工作,以为钱能买来快乐,这也是残酷的。半夜醒来想着许多的账单要付是一种可怕的生活方式,以工资的高低来安排生活不是真正的生活。这些都很残酷,而我希望你们能避开这些馅饼,如果可能的话,别让这些问题在你们身上发生,别让钱支配你们的生活。"

一个垒球滚到了桌下,富爸爸拾起来扔了回去。

"无知是怎样与恐惧、贪婪相联的?"我问。

"对钱的无知导致了如此之多的恐惧和贪婪的产生。我可以给你一些例子。一个医生,想多挣些钱来更好地养活家人,就提高了收费,这就使每个人的医疗支出增加,这一切最无情地损害了穷人的利益,所以穷人的医疗状况比富人差。由于医生提高收费,则律师也提高收费;由于律师提高收费,学校老师也想增加收入,这就迫使政府提高税收。这样一环套一环,不久,在富人和穷人之间就有了一条可怕的鸿沟,混乱就会爆发。当鸿沟大到了极点时,一个社会就会崩溃。美国同样身在其中,这种历史一再重演,因为人们没有以史为鉴。我们只是记住了历史事件发生的时间和名称,却没有记住教训。"

"价格难道不能上涨吗?"我问。

"在一个教育水平高和政府管理良好的社会中价格不会上涨,实际上应该下降,价格上涨的原因是由无知引起的贪婪和恐惧。

如果学校教学生认识钱,社会就有可能会变得更富有而且物价低廉。但学校关注的只是教学生为钱而工作,而不是如何开发和利用钱的力量。""但我们不是有商学院吗?"迈克问,"你不是在鼓励我进商学院拿博士学位吗?"

"是的,但这并不够!"富爸爸说,"商学院更擅长的是制造精确而廉价的'计算器',他们不可能干成大事。他们所做的只是看看数字,解雇人并把生意搞糟,他们所想的只是降低成本提高价格,事实上这会带来更多的问题。计算是重要的,我希望更多的人懂得计算,但计算并不是全部。"

"那该怎么办呢?"迈克问。

"学会让感情跟随你的思想,而不要让思想跟着你的感情。

当你俩控制了感情,同意免费干活时,我就知道你们还有希望。

当你们在我用更多的钱诱惑你们时,你们抵制住了感情,你们就又一次进行了思考而不是任由感情控制你们。这是第一步。""这一步为什么如此重要?"我问。

"噢,这要由你自己来找答案了。如果你想学,我将把你们带上这条布满荆棘的道路,大多数人都会选择避开这条路。我会带你们去大多数人都怕去的地方,跟着我,你们将学会让钱为你们所用的方法,而不仅仅是为钱而工作。"

"我们跟着你会得到什么呢?我们同意跟你学,可我们能学到什么呢?"我问。

"自由。"

“那是一条布满荆棘的路吗?”

“是的,所谓的荆棘就是我们的恐惧和贪婪。走进我们的恐惧,直面我们的贪婪、弱点和缺陷。这条路的出路就是用心去确定你的思想。”

“确定思想?”迈克不解地问。

“是的,确定我们该怎样思考而不只是对情感作出反应。不要用因为害怕没钱付账而起床工作的方法来解决你的问题。你要花时间去想这样的问题,更努力地工作是解决问题的最好方法吗? 许多人都害怕对自己说出真相。他们被恐惧所支配,不敢去思考,于是就出门去找工作,因为恐惧在支配着他们。这就是我说的确定你的思想。”

“我们怎样才能做到这点?”迈克问。

“那是我将来要教你们的。我会教你三思而后行,而不是条件反射式地行动,就像匆忙咽下早餐的咖啡后跑出去工作一样。”

“记住我以前所说的:工作只是面对长期问题的一种暂时的解决办法。大多数人心里只有一个问题,并且是短期的,那就是月末要付账了,于是又感到恐惧了。钱控制了他们的生活,或者说对钱的无知或恐惧控制了他们的生活。所以他们就像他们的父母一样生活,早早起来去工作挣钱,而从不抽时间问问,有什么别的法子吗? 他们的思想由他们的感情控制着的,而不是他们的头脑。”

“你能说说感情和理智的区别吗?”迈克问。

“噢,当然。我总是听到这种话,‘每个人都必须去工作’,或是‘富人是骗子’、‘我要换份工作’,‘我应该得到更高的工资’,‘你不能任意摆布我’、‘我喜欢这份工作因为它很安定’,而不是说,‘我失去了什么东西吗’,这样的话才会避免你感情用事而留给你仔细思考的时间。”“我得承认,这的确是重要的一课,即知道人什么时候是在表达感受而不是表达清楚的思想。这一课令我终生受益,尤其是当我的话也仅仅是出于反应而非出于深思时。”

我们走回小店的路上,富爸爸解释说富人的确是在“造钱”,他们不为钱而工作。他接着解释当我和迈克铅铸 5 分钱的硬币时,我们想着那是在“造钱”,我们的想法和富人的想法实际上是很接近的,问题是我们的做法不合法,只有政府和银行才能合法地做这种事。他解释了挣钱的合法方式与非法方式。

富爸爸继续解释说富人知道钱是虚幻的东西,就像驴子的胡萝卜一样。正是由于恐惧和贪婪使无数的人抱着这个幻觉还以为它是真实的。钱的确是造出来的,正是由于对钱的幻觉以及无知使得人们不敢去“造钱”。“事实上,从许多方面来说,驴的胡萝卜都比钱有价值。”

他说到美国正处于金本位制,每一张美钞实际就是一枚金属货币。他感兴趣的是关于我们会撤销金本位制并且我们的美钞将不再与金属货币对值的传言。

“这种事如果真的发生,孩子们,地狱之门就快开了。穷人、中产阶级和无知的人的生活将被毁掉，因为他们相信钱是真实的财富，而且相信他们为之效力的公司、政府会安排他们的一切。”

我们的确不太明白那天这席话的涵义，但多年以后，他的话在越来越多的地方应验了。

看见了别人看不见的

当他上了停在店外的小卡车时，说：“继续工作，孩子们，很快你们就会忘了工资的事，这对你们来说比大人容易做到，继续用你们的脑子思考，无代价地工作，很快你们就会发现挣钱的方法，用这种方法挣来的钱会比我付给你的多许多。

你们会看到别人看不见的东西，机会就在你面前。大多数人看不见这种机会因为他们忙着寻找金钱和安定，所以他们得到的也就有限。当你看到一个机会时，你就已经学会了并且会在一生中不断地发现机会。当你找到机会时，我会教你其他的事。学会了这些，你就能避开生活中最大的陷阱，就不会感到恐惧了。

迈克和我收拾好东西与马丁太太道了别。我们走回公园，又坐回到那张长椅上，花了几个小时思考和讨论。

第二个星期在学校里，我们仍然在思考和讨论这些问题。接下来的两个星期，我们一直这么进行着，同时继续免费工作。

第二个星期六工作结束时，我再次向马丁太太道别了，道别时我的眼睛留在了架子上的小人书上。每周六没了 30 美分使我没有钱去买小人书了。而就在马丁太太对我和迈克说再见时，她做了一件我以前从未留意过的事。事实上，我以前也见她这样做过，但从未引起我的注意。

马丁太太把小人书的封面撕成两半，她把封面的上半部留下，将剩下的书扔进了棕色的书橱。我问她这是做什么，她说：“我要把这些没有卖掉的旧书处理掉。当书商送新书的时候，我会把封面的上半部交给他，作为没有卖掉的证明，他一小时后就到。”

一小时后，书商来了。我问他是否能把那些即将被扔掉的小人书送给我们。他回答说：“如果你们是替这家店干活的并且保证不把它们卖掉，我就送给你们。”

于是，我们达成了协议。迈克的妈妈在地下室里有间空房子，我们把它清理出来，把几百本的小人书搬了过去。很快我们的小人书阅览室就对外开放了。我们雇了迈克的妹妹——她很爱读书——来做图书管理员。她向每个来看书的孩子收 10 美分，阅览室从下午 2:30 开到 4:30，每天放学后都开。顾客呢，包括邻家的孩子，他们可以在这两个小时内看个够。10 美分 1 人是相当便宜的，而且两小时内他们可以看五六本书。

当顾客离开时迈克的妹妹要负责检查，确保他们不把书带出去。她还要保管书,记录每天有多少人来,他们的名字,以及他们的要求。迈克和我在三个月内平均每周可得9.5美元。我们每周付给他妹妹1美元,而且允许她免费看书,她的确看了不少书,因为她是那么爱读书。

迈克和我仍然每周六去小店干活,从各个店收集不要的小人书。我们对书商恪守了诺言,没有卖一本小人书,当书太破旧了我们就烧掉它。我们试图开一家分支机构,但我们实在找不到一个像迈克的妹妹那样可以信任的管理员。

小小年纪,我们就已发现找个好职员非常困难。

阅览室开张三个月后,发生了一场争斗,附近的小流氓插手进来盯上了这桩生意。迈克的爸爸建议我们关门,所以我们的小人书生意结束了,同时我们也停止了在小店的工作。

不管怎样,富爸爸十分兴奋,他有新东西要教我们了。他很高兴,因为我们的第一课学得如此之好。我们已经在学习怎样让钱为我所用了。

由于没有从商店的工作中得到报酬,我们不得不发挥我们的想象力去寻找挣钱的机会。

从一开始我们自己的小人书阅览室起,我们开始自己赚钱,而不是依赖雇主。尤其是我们的生意给我们带来了钱,甚至于当我们不在那儿时,它也在生钱,我们的钱为我们工作了。

没有付给我们工钱,富爸爸却给了我们更多的东西。

【作者简介】

罗伯特·T.清崎:罗伯特生在夏威夷,长在夏威夷,是第四代日裔美国人。他出生于一个教师家庭,父亲在夏威夷州教育部任职。高中毕业以后,罗伯特在纽约接受教育,大学毕业后加入了美国海军陆战队,作为军官和舰载武装直升机驾驶员,被派往越南战场。从战场上归来后,开始经商。1985年,他离开商界,与别人共同创建了一家国际教育公司,向成千上万的学生教授商业和投资课程,以传播他的教育理论。他还发明了一种教育玩具——“现金流”游戏。帮助人们学会原本只有富人才懂的金钱游戏。所以,人们称他为“百万富翁学校的教师”“金钱教练”。

莎伦·L.莱希特:莎伦毕业于佛罗里达州立大学萨马卡姆劳德学院,获会计学学位。随后,她进入了当时的八大会计师事务所之一,成为跻身这一行业的首批妇女。后来,她陆续做过电脑行业的一家增长迅速的公司的财务总监,一家全国性保险公司的税务指导,威斯康辛州第一家地区性妇女杂志的创刊者和联合出版者,同时她还一直保持着一位注册会计师的职业声誉。

作为一位妻子和三个孩子的母亲,作为一位注册会计师、玩具和出版业的一位资深经理和咨询专家,莎伦·L.莱希特把她的专业知识奉献给了教育事业。作为

《富爸爸　穷爸爸》一书的作者之一，她将自己的注意力转向现行教育体制的一大缺憾，即对财务基础知识教育的完全忽视上。对任何有兴趣提高自己的财商和改善财务状况的人来说，《富爸爸　穷爸爸》一书都是一个很好的教育工具。

【阅读提示】

《富爸爸　穷爸爸》的作者之一罗伯特·T.清崎说："世界上绝大多数人奋斗终生却不能致富，因为他们在学校中从未真正学习关于金钱的知识，所以他们只知道为钱而拼命工作，却从不学习如何让钱为自己工作……"

该书告诉读者要分清资产与负债，从容面对个人财富的变化，不要做金钱的奴隶，要让金钱为我们工作，从而最终达到财务自由的最高境界。这是一本根本转变中国人传统价值观、金钱观、人生观的书，这是该书为什么创造了中国内地销售奇迹的根本所在，将在今后很长的时间具有生命力，并继续上演销售的奇迹。

通过阅读此书，可以让我们懂得：

一、学校也许教了我们很多知识、道德规范、专业技能，却没有教我们如何增长和管理自己的财富。普通的学校教育使大多数人缺乏"财商"。

二、如果你不想整日拼命地工作仅仅为了生活需要和应付购买奢侈品的储蓄，那么你应该先用你的收入去投资，再以投资的收入去购买奢侈品。这样购买奢侈品的欲望不但不会成为你财务危机的原因，反而是增加财富的动力。

三、如果你想成为富人，获得金钱自由所带来的自由生活，那么进入一家令人羡慕的高校和大公司，都不是大功告成，而是刚刚开始。在这个意义上，作者不鼓励人们把自己定位为白领或高级专业人士，而主张终身的继续教育和自己创立公司。人们需要在不同的领域里学习不同的商业知识，然后在自己的公司里寻找商机、创造属于自己的财富。

四、世界上没有天上掉富人的事情，财富的积累都是从点滴开始的。不能一味地等待大投资和大商机，必须从小开始训练自己的头脑，也必须从小生意、小收益开始训练自己的实际操作能力和投资时的心理素质。

【思考与练习】

1.《富爸爸　穷爸爸》一书给你的最大启示是什么？

2.富爸爸是怎样成为"富爸爸"的？

再现拉丁美洲历史社会图景的鸿篇巨著

——《百年孤独》

加西亚·马尔克斯

【作品简介】

《百年孤独》是加西亚·马尔克斯的代表作,也是拉丁美洲魔幻现实主义文学作品的代表作。曾被译成十多种文字,在世界上引起了极大影响和广泛关注,被认为是20世纪最重要的小说之一。作品主要通过布恩地亚家族7代人充满神秘色彩的坎坷经历,反映了哥伦比亚乃至拉丁美洲的历史演变和社会现实,要求读者思考造成马孔多百年孤独的原因,从而去寻找摆脱命运拨弄的正确途径。他把读者引入到这个不可思议的奇迹和最纯粹的现实交错的生活之中,不仅让你感受许多血淋淋的现实和荒诞不经的传说,也让你体会到最深刻的人性和最令人震惊的情感。

【作品欣赏】

第一章

多年以后,奥雷连诺上校站在行刑队面前,准会想起父亲带他去参观冰块的那个遥远的下午。当时,马孔多是个二十户人家的村庄,一座座土房都盖在河岸上,河水清澈,沿着遍布石头的河床流去,河里的石头光滑、洁白,活像史前的巨蛋。这块天地还是新开辟的,许多东西都叫不出名字,不得不用手指指点点。每年三月,衣衫褴褛的吉卜赛人都要在村边搭起帐篷,在笛鼓的喧嚣声中,向马孔多的居民介绍科学家的最新发明。他们首先带来的是磁铁。一个身躯高大的吉卜赛人,自称梅尔加德斯,满脸络腮胡子,手指瘦得像鸟的爪子,向观众出色地表演了他所谓的马其顿炼金术士创造的世界第八奇迹。他手里拿着两大块磁铁,从一座农舍走到另一座农舍,大家都惊异地看见,铁锅、铁盆、铁钳、铁炉都从原地倒下,木板上的钉子和螺丝嘎吱嘎吱地拼命想挣脱出来,甚至那些早就丢失的东西也从找过多次的地方兀然出现,乱七八糟地跟在梅尔加德斯的魔铁后面。"东西也是有生命的,"

吉卜赛人用刺耳的声调说，“只消唤起它们的灵性。”霍·阿·布恩蒂亚狂热的想象力经常超过大自然的创造力，甚至越过奇迹和魔力的限度，他认为这种暂时无用的科学发明可以用来开采地下的金子。

梅尔加德斯是个诚实的人，他告诫说：“磁铁干这个却不行。”可是霍·阿·布恩蒂亚当时还不相信吉卜赛人的诚实，因此用自己的一匹骡子和两只山羊换下了两块磁铁。这些家畜是他的妻子打算用来振兴破败的家业的，她试图阻止他，但是枉费工夫。“咱们很快就会有足够的金子，用来铺家里的地都有余啦。”——丈夫回答她。在好几个月里，霍·阿·布恩蒂亚都顽强地努力履行自己的诺言。他带着两块磁铁，大声地不断念着梅尔加德斯教他的咒语，勘察了周围整个地区的一寸寸土地，甚至河床。但他掘出的唯一的东西，是15世纪的一件铠甲，它的各部分都已锈得连在一起，用手一敲，铠甲里面就发出空洞的回声，仿佛一只塞满石子的大葫芦。

三月间，吉卜赛人又来了。现在他们带来的是一架望远镜和一只大小似鼓的放大镜，说是阿姆斯特丹犹太人的最新发明。他们把望远镜安在帐篷门口，而让一个吉卜赛女人站在村子尽头。花五个里亚尔，任何人都可从望远镜里看见那个仿佛近在咫尺的吉卜赛女人。“科学缩短了距离。”梅尔加德斯说。“在短时期内，人们足不出户，就可看到世界上任何地方发生的事儿。”在一个炎热的晌午，吉卜赛人用放大镜作了一次惊人的表演：他们在街道中间放了一堆干草，借太阳光的焦点让干草燃了起来。磁铁的试验失败之后，霍·阿·布恩蒂亚还不甘心，马上又产生了利用这个发明作为作战武器的念头。梅尔加德斯又想劝阻他，但他终于同意用两块磁铁和三枚殖民地时期的金币交换放大镜。乌苏娜伤心得流了泪。这些钱是从一盒金币里拿出来的，那盒金币由她父亲一生节衣缩食积攒下来，她一直把它埋藏在自个儿床下，想在适当的时刻使用。霍·阿·布恩蒂亚无心抚慰妻子，他以科学家的忘我精神，甚至冒着生命危险，一头扎进了作战试验。他想证明用放大镜对付敌军的效力，就用阳光的焦点射到自己身上，因此受到灼伤，伤处溃烂，很久都没痊愈。这种危险的发明把他的妻子吓坏了，但他不顾妻子的反对，有一次甚至准备点燃自己的房子。霍·阿·布恩蒂亚待在自己的房间里总是一连几个小时，计算新式武器的战略威力，甚至编写了一份使用这种武器的《指南》，阐述异常清楚，论据确凿有力。他把这份《指南》连同许多试验说明和几幅图解，请一个信使送给政府；这个信使翻过山岭，涉过茫茫苍苍的沼地，游过汹涌澎湃的河流，冒着死于野兽和疫病的危险，终于到了一条驿道。当时前往首都尽管是不大可能的，霍·阿·布恩蒂亚还是答应，只要政府一声令下，他就去向军事长官们实际表演他的发明，甚至亲自训练他们掌握太阳战的复杂技术。他等待答复等了几年。最后等得厌烦了，他就为这新的失败埋怨梅尔加德斯，于是吉卜赛人令人信服地证明了自己的诚实：他归还了金币，换回了放大镜，并且给了霍·阿·布恩蒂亚几幅葡萄牙航海图和各种航海仪器。梅尔加德斯亲手记下了修道士赫尔曼著作的简要说明，把记录留给霍·阿·布恩蒂亚，让他知道如何使用观象仪、罗盘和六分仪。在雨季的漫长月份里，霍·阿·布恩蒂亚都把自己关在宅子深处的小房间里，不让别人打扰他的试验。他完全抛弃了家务，整夜整夜呆在院子里观察星星的运行；为了找到子午线的确定方法，他差点儿中了暑。他完全掌握了自己的仪器以后，就设想出了空间的概念，今后，他不走出自己的房间，就能在陌生的海洋上航行，考察荒无人烟的土地，并且跟珍禽异兽打上交道了。正是从这个时候起，他养成了自言自语的习惯，在屋子里踱来踱去，对谁也不答理，而乌苏娜和孩子们却在菜园里忙得喘不过气来，照料香蕉和海芋、木薯和山药、南瓜和茄子。可是不久，霍·阿·布恩蒂亚紧张的工作突然停辍，他陷入一种神魂颠倒的状态。好几天，他仿佛中了魔，总是低声地嘟囔什么，并为自己反复斟酌的各种假设感到吃惊，自己都不相信。最后，在十二月里的一个星期吃午饭的时候，他忽然一下子摆脱了恼人的疑虑。孩子们至死都记得，由于长期熬夜和冥思苦想而变得精疲力竭的父亲，如何洋洋得意地向他们宣布自己的发现：

"地球是圆的，像橙子。"

乌苏娜失去了耐心，"如果你想发癫，你就自个儿发吧！"她嚷叫起来，"别给孩子们的脑瓜里灌输古卜赛人的胡思乱想。"霍·阿·布恩蒂亚一动不动，妻子气得把观象仪摔到地上，也没有吓倒他。他另做了一个观象仪，并且把村里的一些男人召到自己的小房间里，根据在场的人谁也不明白的理论，向他们证明说，如果一直往东航行，就能回到出发的地点。马孔多的人以为霍·阿·布恩蒂亚疯了，可兄梅尔加德斯回来之后，马上消除了大家的疑虑。他大声地赞扬霍·阿·布恩蒂亚的智慧：光靠现象仪的探测就证实了一种理论，这种理论虽是马孔多的居民至今还不知道的，但实际上早就证实了；梅尔加德斯为了表示钦佩，赠给霍·阿·布恩蒂亚一套东西——炼金试验室设备，这对全村的未来将会产生深远的影响。

这时，梅尔加德斯很快就衰老了。这个吉卜赛人第一次来到村里的时候，仿佛跟霍·阿·布恩蒂亚同样年岁。可他当时仍有非凡的力气，揪住马耳朵就能把马拉倒，现在他却好像被一些顽固的疾病折磨坏了。确实，他衰老的原因是他在世界各地不断流浪时得过各种罕见的疾病，帮助霍·阿·布恩蒂亚装备试验室的时候，他说死神到处都紧紧地跟着他，可是死神仍然没有最终决定要他的命。从人类遇到的各种瘟疫和灾难中，他幸存下来了。他在波斯患过癞病，在马来亚群岛患过坏血病，在亚历山大患过麻风病，在日本患过脚气病，在马达加斯加患过淋巴腺鼠疫，在西西里碰到过地震，在麦哲伦海峡遇到过牺牲惨重的轮船失事。这个不寻常的人说他知道纳斯特拉马斯的秘诀。此人面貌阴沉，落落寡合，戴着一顶大帽子，宽宽的黑色帽檐宛如乌鸦张开的翅膀，而他身上的丝绒坎肩却布满了多年的绿霉。然而，尽管他无比聪明和神秘莫测，他终归是有血有肉的人，摆脱不了人世间日常生活的烦恼和忧虑。他抱怨年老多病，苦于微不足道的经济困难，早就没有笑容，因为坏血病已使他的牙齿掉光了。霍·阿·布恩蒂亚认为，正是那个闷热的晌午，梅尔加德斯把自己的秘密告诉他的时候，他们的伟大友谊才开了头。吉卜赛人的神奇故事使得孩子们感到惊讶。当时不过五岁的奥雷连诺一辈子都记得，梅尔加德斯坐在明晃晃的窗子跟前，身体的轮廓十分清晰；他那风琴一般低沉的声音透进了最暗的幻想的角落，而他的两鬓却流着汗水，仿佛暑热熔化了的脂肪。奥雷连诺的哥哥霍·阿卡蒂奥，将把这个惊人的形象当作留下的回忆传给他所有的后代。至于乌苏娜，恰恰相反，吉卜赛人的来访给她留下了最不愉快的印象，因为她跨进房间的时候，正巧梅尔加德斯不小心打碎了一瓶升汞。

“这是魔鬼的气味，”她说。

“根本不是，”梅尔加德斯纠正她。“别人证明魔鬼只有硫磺味，这儿不过是一点点升汞。”

接着，他用同样教诲的口吻大谈特谈朱砂的特性。乌苏娜对他的话没有任何兴趣，就带着孩子祈祷去了。后来，这种刺鼻的气味经常使她想起梅尔加德斯。

除了许多铁锅、漏斗、曲颈瓶、筛子和过滤器，简陋的试验室里还有普通熔铁炉、长颈玻璃烧瓶、点金石仿制品以及三臂蒸馏器；此种蒸馏器是犹太女人马利姬曾经用过的，现由吉卜赛人自己按照最新说明制成。此外，梅尔加德斯还留下了七种与六个星球有关的金属样品、摩西和索西莫斯的倍金方案、炼金术笔记和图解，谁能识别这些笔记和图解，谁就能够制作点金石。霍·阿·布恩蒂亚认为倍金方案比较简单，就入迷了。他一连几个星期缠住乌苏娜，央求她从密藏的小盒子里掏出旧金币来，让金子成倍地增加，水银能够分成多少份，金子就能增加多少倍。像往常一样，乌苏娜没有拗过丈夫的固执要求。于是，霍·阿·布恩蒂亚把三十枚金币丢到铁锅里，拿它们跟雌黄、铜屑、水银和铅一起熔化。然后又把这一切倒在蓖麻油锅里，在烈火上熬了一阵。直到最后熬成一锅恶臭的浓浆，不像加倍的金子，倒像普通的焦糖。经过多次拼命的、冒险的试验：蒸馏啦，跟七种天体金属一起熔炼啦，加进黑梅斯水银和塞浦路斯硫酸盐啦，在猪油里重新熬煮啦（因为没有萝卜油），乌苏娜的宝贵遗产变成了一大块焦煳的渣滓，粘在锅底了。

吉卜赛人回来的时候，乌苏娜唆使全村的人反对他们，可是好奇战胜了恐惧，因为吉卜赛人奏着各式各样的乐器，闹嚷嚷地经过街头，他们的宣传员说是要展出纳希安兹人最奇的发明。大家都到吉卜赛人的帐篷去，花一分钱，就可看到返老还童的梅尔加德斯——身体康健，没有皱纹，满口漂亮的新牙。有些人还记得他坏血病毁掉的牙床、凹陷的面颊、皱巴巴的嘴唇，一见吉卜赛人神通广大的最新证明，都惊得发抖。接着，梅尔加德斯从嘴里取出一副完好的牙齿，刹那间又变成往日那个老朽的人，并且拿这副牙齿给观众看了一看，然后又把它装上牙床，微微一笑，似乎重新恢复了青春，这时大家的惊愕却变成了狂欢。甚至霍·阿·布恩蒂亚本人也认为，梅尔加德斯的知识到了不大可能达到的极限，可是当吉卜赛人单独向他说明假牙的构造时，他的心也就轻快了，高兴得放声大笑。霍·阿·布恩蒂亚觉得这一切既简单又奇妙，第二天他就完全失去了对炼金术的兴趣，陷入了沮丧状态，不再按时进餐，从早到晚在屋子里踱来踱去。“世界上正在发生不可思议的事，”他向乌苏娜唠叨。“咱们旁边，就在河流对岸，已有许多各式各样神奇的机器，可咱们仍在这儿像蠢驴一样过日子。”马孔多建立时就了解他的人都感到惊讶，在梅尔加德斯的影响下，他的变化多大啊！

从前，霍·阿·布恩蒂亚好像一个年轻的族长，经常告诉大家如何播种，如何教养孩子，如何饲养家畜；他跟大伙儿一起劳动，为全村造福。布恩蒂亚家的房子是村里最好的，其他的人都力求像他一样建筑自己的住所。他的房子有一个敞亮的小客厅、摆了一盆盆鲜花的阳台餐室和两间卧室，院子里栽了一棵挺大的栗树，房后是一座细心照料的菜园，还有一个畜栏，猪、鸡和山羊在栏里和睦相处。他家里禁养斗鸡，全村也都禁养斗鸡。

乌苏娜像丈夫一样勤劳。她是一个严肃、活跃和矮小的女人，意志坚强，大概一辈子都没唱过歌，每天从黎明到深夜，四处都有她的踪影，到处都能听到她那浆过的荷兰亚麻布裙子轻微的沙沙声。多亏她勤于照料，夯实的泥土地面、未曾粉刷的土墙、粗糙的自制木器，经常都是干干净净的，而保存衣服的旧箱子还散发出紫苏轻淡的芳香。

霍·阿·布恩蒂亚是村里最有事业心的人，他指挥建筑的房屋，每家的主人到河边去取水都同样方便；他合理设计的街道，每座住房白天最热的时刻都能得到同样的阳光。建村之后过了几年，马孔多已经成了一个最整洁的村子，这是跟全村三百个居民过去住过的其他一切村庄都不同的。这是一个真正幸福的村子；在这村子里，谁也没有超过三十岁，也还没有死过一个人。

建村的时候，霍·阿·布恩蒂亚开始制作套索和鸟笼。很快，他自己和村中其他的人家都养了金莺、金丝雀、蜂虎和知更鸟。许多各式各样的鸟儿不断地喊喊喳喳，乌苏娜生怕自己震得发聋，只好用蜂蜡把耳朵塞上。梅尔加德斯一伙人第一次来到马孔多出售玻璃球头痛药时，村民们根本就不明白这些吉卜赛人如何能够找到这个小小的村子，因为这个村子是隐没在辽阔的沼泽地带的；吉卜赛人说，他们来到这儿是由于听到了鸟的叫声。

可是，霍·阿·布恩蒂亚为社会造福的精神很快消失，他迷上了磁铁和天文探索，幻想采到金子和发现世界的奇迹。精力充沛、衣着整洁的霍·阿·布恩蒂亚逐渐变成一个外表疏懒、衣冠不整的人，甚至满脸胡髭，乌苏娜费了大劲才用一把锋利的菜刀把他的胡髭剃掉。村里的许多人都认为，霍·阿·布恩蒂亚中了邪。不过，他把一个袋子搭在肩上，带着铁锹和锄头，要求别人去帮助他开辟一条道路，以便把马孔多和那些伟大发明连接起来的时候，甚至坚信他发了疯的人也扔下自己的家庭与活计，跟随他去冒险。

霍·阿·布恩蒂亚压根儿不了解周围地区的地理状况。他只知道，东边耸立着难以攀登的山岭，山岭后面是古城列奥阿察，据他的祖父——奥雷连诺·布恩蒂亚说，从前有个弗兰西斯·德拉克爵士，曾在那儿开炮轰击鳄鱼消遣；他叫人在轰死的鳄鱼肚里填进干草，补缀好了就送去献给伊丽莎白女王。年轻的时候，霍·阿·布恩蒂亚和其他的人一起，带着妻子、孩子、家畜和各种生活用具，翻过这个山岭，希望到海边去，可是游荡了两年又两个月，就放弃了自己的打算；为了不走回头路，才建立了马孔乡村。因此，往东的路是他不感兴趣的——那只能重复往日的遭遇，南边是一个个永远杂草丛生的泥潭和一大片沼泽地带——据吉卜赛人证明，那是一个无边无涯的世界。西边呢，沼泽变成了辽阔的水域，那儿栖息着鲸鱼状的生物：这类生物，皮肤细嫩，头和躯干都像女子，宽大、迷人的胸脯常常毁掉航海的人。据吉卜赛人说，他们到达驿道经过的陆地之前，航行了几乎半年。霍·阿·布恩蒂亚认为，跟文明世界接触，只能往北前进。于是，他让那些跟他一起建立马孔多村的人带上铁锹、锄头和狩猎武器，把自己的定向仪具和地图放进背囊，就去从事鲁莽的冒险了。

最初几天，他们没有遇到特殊的困难。他们顺着遍布石头的河岸下去，到了几年前发现古代铠甲的地方，并且沿着野橙子树之间的小径进入一片树林。到第一个周末，他们侥幸打死了一只牡鹿，拿它烤熟，可是决定只吃一半，把剩下的储备起来。他们采取这个预防措施，是想延缓以金刚鹦鹉充饥的时间；这种鹦鹉的肉是蓝色的，有强烈的麝香味儿。在随后的十几天中，他们根本没有见到阳光。脚下的土地变得潮湿、松软起来，好像火山灰似的，杂草越来越密，飞禽的啼鸣和猴子的尖叫越来越远——四周仿佛变得惨淡凄凉了。这个潮湿和寂寥的境地犹如“原罪”以前的蛮荒世界；在这儿，他们的鞋子陷进了油气腾腾的深坑，他们的大砍刀乱劈着血红色的百合花和金黄色的蝾螈，远古的回忆使他们受到压抑。整整一个星期，他们几乎没有说话，像梦游人一样在昏暗、悲凉的境地里行进，照明的只有萤火虫闪烁的微光，难闻的血腥气味使他们的肺部感到很不舒服。回头的路是没有的，因为他们开辟的小径一下子就不见了，几乎就在他们眼前长出了新的野草。“不要紧，”霍·阿·布恩蒂亚说。“主要是不迷失方向。”他不断地盯住罗盘的指针，继续领着大伙儿往看不见的北方前进，终于走出了魔区。他们周围是没有星光的黑夜，但是黑暗里充满了新鲜空气，经过长途跋涉，他们已经疲惫不堪，于是悬起吊床，两星期中第一次安静地睡了个大觉。醒来的时候，太阳已经升得很高，他们因此惊得发呆。在宁静的晨光里，就在他们前面，矗立着一艘西班牙大帆船，船体是白色、腐朽的，周围长满了羊齿植物和棕榈。帆船微微往右倾斜，在兰花装饰的索具之间，桅杆还很完整，垂着肮脏的船帆碎片，船身有一层石化贝壳和青苔形成的光滑的外壳，牢牢地陷入了坚实的土壤。看样子，整个船身处于孤寂的地方，被人忘却了，没有遭到时光的侵蚀，也没有受到飞禽的骚扰，探险队员们小心地察看了帆船内部，里面除了一大簇花卉，没有任何东西。

帆船的发现证明大海就在近旁，破坏了霍·阿·布恩蒂亚的战斗精神。他认为这是狡诈的命运在捉弄他：他千辛万苦寻找大海的时候，没有找到它；他不想找它的时候，现在却发现了它——它像一个不可克服的障碍横在他的路上。多年以后，奥雷连诺上校也来到这个地区的时候（那时这儿已经开辟了驿道），他在帆船失事的地方只能看见一片罂粟花中间烧煳的船骨。那时他相信，这整个故事并不是他父亲虚构的，于是向自己提出个问题：帆船怎会深入陆地这么远呢？可是，再经过四天的路程，在离帆船十二公里的地方，霍·阿·布恩蒂亚看见大海的时候，并没有想到这类问题。在大海面前，他的一切幻想都破灭了；大海翻着泡沫，混浊不堪，灰茫茫一片，值不得他和伙伴们去冒险和牺牲。

"真他妈的！"霍·阿·布恩蒂亚叫道。"马孔多四面八方都给海水围住啦！"

探险回来以后，霍·阿·布恩蒂亚绘了一幅地图：由于这张主观想出的地图，人们长时期里都以为马孔多是在一个半岛上面，他是恼怒地画出这张地图的，故意夸大跟外界往来的困难，仿佛想惩罚自己轻率地选择了这个建村的地点，"咱们再也去不了任何地方啦，"他向乌苏娜叫苦："咱们会在这儿活活地烂掉，享受不到科学的好处了。"在自己的小试验室里，他把这种想法反刍似的咀嚼了几个月，决定把马孔多迁到更合适的地方去，可是妻子立即警告他，破坏了他那荒唐的计划。村里的男人已经开始准备搬家，乌苏娜却像蚂蚁一样悄悄地活动，一鼓作气唆使村中的妇女反对男人的轻举妄动。霍·阿·布恩蒂亚说不清楚，不知什么时候，由于什么对立的力量，他的计划遭到一大堆借口和托词的阻挠，终于变成没有结果的幻想。有一天早晨乌苏娜发现，他一面低声叨咕搬家的计划，一面把自己的试验用具装进箱子，她只在旁边装傻地观察他，甚至有点儿怜悯他。她让他把事儿干完，在他钉上箱子，拿蘸了墨水的刷子在箱子上写好自己的缩写姓名时，她一句也没责备他，尽管她已明白（凭他含糊的咕噜），他知道村里的男人并不支持他的想法。只当霍·阿·布恩蒂亚开始卸下房门时，乌苏娜才大胆地问他要干什么，他有点难过地回答说："既然谁也不想走，咱们就单独走吧。"乌苏娜没有发慌。

"不，咱们不走，"她说。"咱们要留在这儿。因为咱们在这儿生了个儿子。"

"可是，咱们还没有一个人死在这儿，"霍·阿·布恩蒂亚反驳说，"一个人如果没有亲属埋在这儿，他就不是这个地方的人。"

乌苏娜温和而坚决地说：

"为了咱们留在这儿，如果要我死，我就死。"

霍·阿·布恩蒂亚并不相信妻子那么坚定，他试图用自己的幻想迷住她，答应带她去看一个美妙的世界；那儿，只要在地里喷上神奇的药水，植物就会按照人的愿望长出果实；那儿，可以贱价买到各种治病的药物。可是他的幻想并没有打动她。

“不要成天想入非非，最好关心关心孩子吧，”她回答。“你瞧，他们像小狗儿似的被扔在一边，没有人管。”

霍·阿·布恩蒂亚一字一句体会妻子的话，他望了望窗外，看见两个赤足的孩子正在烈日炎炎的菜园里；他觉得，他们仅在这一瞬间才开始存在，仿佛是乌苏娜的咒语呼唤出来的。这时，一种神秘而重要的东西在他心中兀然出现，使他完全脱离了现实，浮游在往事的回忆里。当乌苏娜打扫屋子、决心一辈子也不离开这儿时，霍·阿·布恩蒂亚继续全神贯注地望着两个孩子，终于望得两眼湿润，他就用手背擦了擦眼睛，无可奈何地发出一声深沉的叹息。

“好啦，”他说，“叫他们来帮我搬出箱子里的东西吧。”

大儿子霍·阿卡蒂奥满了十四岁，长着方方的脑袋和蓬松的头发，性情像他父亲一样执拗。他虽有父亲那样的体力，可能长得像父亲一般魁伟，但他显然缺乏父亲那样的想象力。他是在马孔多建村之前翻山越岭的艰难途程中诞生的。父母确信孩子没有任何牲畜的特征，都感谢上帝。奥雷连诺是在马孔多出生的第一个人，三月间该满六岁了。这孩子性情孤僻、沉默寡言。他在母亲肚子里就哭哭啼啼，是睁着眼睛出世的。人家给他割掉脐带的时候，他把脑袋扭来扭去，仿佛探察屋里的东西，并且好奇地瞅着周围的人，一点儿也不害怕。随后，对于走到跟前来瞧他的人，他就不感兴趣了，而把自己的注意力集中在棕榈叶铺盖的房顶上；在倾盆大雨下，房顶每分钟都有塌下的危险。乌苏娜记得后来还看见过孩子的这种紧张的神情。有一天，三岁的小孩儿奥雷连诺走进厨房，她正巧把一锅煮沸的汤从炉灶拿到桌上。孩子犹豫不决地站在门槛边，惊惶地说：“马上就要摔下啦。”汤锅是稳稳地放在桌子中央的，可是孩子刚说出这句话，它仿佛受到内力推动似的，开始制止不住地移到桌边，然后掉到地上摔得粉碎。不安的乌苏娜把这桩事情告诉丈夫，可他把这种事情说成是自然现象。经常都是这样：霍·阿·布恩蒂亚不关心孩子的生活，一方面是因为他认为童年是智力不成熟的时期，另一方面是因为他一头扎进了荒唐的研究。

但是，从他招呼孩子们帮他取出箱子里的试验仪器的那天下午起，他就把他最好的时间用在他们身上了。在僻静的小室墙壁上，难以置信的地图和稀奇古怪的图表越来越多；在这间小室里，他教孩子们读书、写字和计算。同时，不仅依靠自己掌握的知识，而且广泛利用自己无限的想象力，向孩子们介绍世界上的奇迹。孩子们由此知道，非洲南端有一种聪明、温和的人，他们的消遣就是坐着静思，而爱琴海是可以步行过去的，从一个岛屿跳上另一个岛屿，一直可以到达萨洛尼卡港。这些荒诞不经的夜谈深深地印在孩子们的脑海里，多年以后，政府军的军官命令行刑队开枪之前的片刻间，奥雷连诺上校重新忆起了那个暖和的三月的下午，当时他的父亲听到远处吉卜赛人的笛鼓声，就中断了物理课，两眼一动不动，举着手愣住了；这些吉卜赛人再一次来到村里，将向村民介绍孟菲斯学者们惊人的最新发明。

这是另一批吉卜赛人。男男女女都挺年轻，只说本族话，是一群皮肤油亮、双手灵巧的漂亮人物。他们载歌载舞，兴高采烈，闹嚷嚷地经过街头，带来了各样东西：会唱意大利抒情歌曲的彩色鹦鹉；随着鼓声一次至少能下一百只金蛋的母鸡；能够猜出人意的猴子；既能缝纽扣、又能退烧的多用机器；能够使人忘却辛酸往事的器械，能够帮助消磨时间的膏药，此外还有其他许多巧妙非凡的发明，以致霍·阿·布恩蒂亚打算发明一种记忆机器，好把这一切全都记住。瞬息间，村子里的面貌就完全改观，人群熙攘，闹闹喧喧，马孔多的居民在自己的街道上也迷失了方向。

霍·阿·布恩蒂亚像疯子一样东窜西窜，到处寻找梅尔加德斯，希望从他那儿了解这种神奇梦境的许多秘密。他手里牵着两个孩子，生怕他们在拥挤的人群中丢失，不时碰见镶着金牙的江湖艺人或者六条胳膊的魔术师。人群中发出屎尿和檀香混合的味儿，叫他喘不上气。他向吉卜赛人打听梅尔加德斯，可是他们不懂他的语言。最后，他到了梅尔加德斯往常搭帐篷的地方。此刻，那儿坐着一个脸色阴郁的亚美尼亚吉卜赛人，正在用西班牙语叫卖一种隐身糖浆，当这吉卜赛人刚刚一下子喝完一杯琥珀色的无名饮料时，霍·阿·布恩蒂亚挤过一群看得出神的观众，向吉卜赛人提出了自己的问题。吉卜赛人用奇异的眼光瞅了瞅他，立刻变成一滩恶臭的、冒烟的沥青，他的答话还在沥青上发出回声："梅尔加德斯死啦。"霍·阿·布恩蒂亚听到这个消息，不胜惊愕，呆若木鸡，试图控制自己的悲伤，直到观众被其他的把戏吸引过去，亚美尼亚吉卜赛人变成的一滩沥青挥发殆尽。然后，另一个吉卜赛人证实，梅尔加德斯在新加坡海滩上患疟疾死了，尸体抛入了爪哇附近的大海。孩子们对这个消息并无兴趣，就拉着父亲去看写在一个招牌上的孟菲斯学者的新发明，如果相信它所写的，这个帐篷从前属于所罗门王。孩子们纠缠不休，霍·阿·布恩蒂亚只得付了三十里亚尔，带着他们走进帐篷，那儿有个剃光了脑袋的巨人，浑身是毛，鼻孔里穿了个铜环，脚踝上拴了条沉重的铁链，守着一只海盗用的箱子，巨人揭开盖子，箱子里就冒出一股刺骨的寒气。箱子里只有一大块透明的东西，这玩意儿中间有无数白色的细针，傍晚的霞光照到这些细针，细针上面就现出了许多五颜六色的星星。

霍·阿·布恩蒂亚感到大惑不解，但他知道孩子们等着他立即解释，便大胆地嘟囔说：

"这是世界上最大的钻石。"

"不，"吉卜赛巨人纠正他。"这是冰块。"

莫名其妙的霍·阿·布恩蒂亚向这块东西伸过手去，可是巨人推开了他的手。"再交五个里亚尔才能摸，"巨人说。霍·阿·布恩蒂亚付了五个里亚尔，把手掌放在冰块上呆了几分钟；接触这个神秘的东西，他的心里充满了恐惧和喜悦，他不知道如何向孩子们解释这种不太寻常的感觉，又付了十个里亚尔，想让他们自个儿试一试,大儿子霍·阿卡蒂奥拒绝去摸。相反的,奥雷连诺却大胆地弯下腰去,将手放在冰上,可是立即缩回手来。"这东西热得烫手!"他吓得叫了一声。父亲没去理会他。这时,他对这个显然的奇迹欣喜若狂,竟忘了自己那些幻想的失败,也忘了葬身鱼腹的梅尔加德斯。霍·阿·布恩蒂亚又付了五个里亚尔,就像出庭作证的人把手放在《圣经》上一样,庄严地将手放在冰块上,说道:

"这是我们这个时代最伟大的发明。"

【作者简介】

加西亚·马尔克斯(1927—),哥伦比亚作家,记者,拉美魔幻现实主义的经典作家。生于马格达莱纳省的阿拉卡塔卡镇。父亲是个电报报务员兼顺势疗法医生,母亲出身世家。他自小在外祖父家中长大。外祖父当过上校军官,性格善良、倔强,思想比较激进;外祖母博古通今,善讲神话传说及鬼怪故事,这对作家日后的文学创作有着重要的影响。13 岁时,他迁居首都波哥大,就读于教会学校。18 岁进国立波哥大大学攻读法律,并加入自由党。1948 年,哥伦比亚发生内战,中途辍学。不久,他进入报界,任《观察家报》记者,同时从事文学创作。1954 年起,任该报驻欧洲记者。1961 年起,任古巴拉丁社记者。1961 年至 1967 年侨居墨西哥,从事文学、新闻和电影工作。1971 年获美国哥伦比亚大学名誉文学博士称号,1972 年获拉美文学最高奖——委内瑞拉加列戈斯文学奖,1982 年获诺贝尔文学奖和哥伦比亚语言科学院名誉院士称号。

加西亚·马尔克斯作品的主要特色是把幻想与现实巧妙结合,以此来反映社会生活,审视人生和世界。重要作品有长篇小说《百年孤独》(1967)、《家长的没落》(1975)、《霍乱时期的爱情》(1985),中篇小说《枯枝败叶》(1955)、《恶时辰》(1961)、《没有人给他写信的上校》(1961)、《一件事先张扬的凶杀案》(1981),短篇小说集《蓝宝石般的眼睛》(1955)、《格兰德大妈的葬礼》(1962),电影文学剧本《绑架》(1984),文学谈话录《番石榴飘香》(1932)和报告文学集《一个海上遇难者的故事》(1970)、《米格尔·利廷历险记》(1986)等。

【阅读提示】

被誉为"再现拉丁美洲历史社会图景的鸿篇巨著"的《百年孤独》,通过布恩地亚家族 7 代人的坎坷命运,反映了哥伦比亚乃至拉丁美洲的历史演变和广阔的社会生活,以及原始风光,现代人情,神话传说的泛文化传统;深刻地揭示了马孔多百年孤独的深层原因;人与人之间,民族与民族之间,家族与家族之间,党派与党派之间都缺乏沟通,都陷入一种绵绵无穷的孤独之中。就主题思想而言,这是一部反帝、反封建、反独裁、反保守的作品。

《百年孤独》是魔幻现实主义的经典作品,在艺术上有其独特之处,主要表现在四个方面：

首先，在叙述上，作为一部叙事性的作品，它既包含着许多现实的历史的真实成分，同时又打破了传统的时空观念，打破了主观世界与客观事物的界限，而且把许多非理性的幻想因素掺杂进来，从而把现实与幻想、真实与荒诞、写实与夸张、严肃与嘲讽等都巧妙地结合在一起，形成了一个独特的世界，这个世界，似历史而非历史，似神话而非神话，似现实而非现实。

其次，在人物与情节的安排上，这部小说虽然描写了拉丁美洲的百年历史，但是它的重点不在交代事件，叙述过程，而在塑造人物，更确切地讲，是在描写人物的心灵，刻画人物群体中的不同个性及他们的总体特征——孤独。作家以简练的笔法，直接刻画人物的多种意识层面和心理活动，甚至有意忽视外形的描写，舍弃那些对表现人物心理无关的细节。因此，他笔下的那些人物，就其外形和经历来讲，往往是模糊不清的，而就其心理和性格特征来讲，却是极其鲜明而突出的。从这个意义上讲，《百年孤独》是一部描写拉丁美洲人的心灵历史的小说。

第三，魔幻无疑是这部小说的又一重要特征。构成其中魔幻特色的根源是多种多样的，而神话传说是构成这部小说魔幻特征的最重要的根源。作家把古代神话和印第安神话互相结合，建立了一种现代神话的开放体系。在这里，神话作为一种隐喻，加强了作品的艺术思维，扩大了作品的时空范围。神话又作为一种文化积淀，引发了读者的文化认同感，使作品中的历史反思、现实描写都具有纵深感。

第四，小说的魔幻因素也来源于作者的独创及他所用的象征手法。譬如在书中，黄色是一种不祥的象征。黄色实际上暗示黄金。作家用象征手法来说明金钱的祸害。

【思考与练习】

1.怎样理解“百年孤独”的含义？

2.小说在艺术上有何特色？

《雪　国》

川端康成

【作品简介】

《雪国》是日本现代著名作家川端康成于1934—1937创作的中篇小说，是川端康成获诺贝尔文学奖的作品之一。该小说首章创作并发表于1934年，主要部分至1937年大体完成。其时，川端康成已经越过了刻意学习西方表现主义的“新感觉派”阶段，正自觉地回归传统，探索着现代主义与日本古典文学融合的途径。如果说，在此之前的短篇《伊豆舞女》(1926)显示了川端康成这一探索的最初成就，那么，《雪国》则标志着他的探索达到了成熟境界。《雪国》之后，虽然作者还有大量作品问世，但其意蕴、境界以及表现方式，基本可视为《雪国》的延续或变奏。

【作品欣赏】

01(节选)

穿过县界长长的隧道，便是雪国。夜空下一片白茫茫。火车在信号所前停了下来。

一位姑娘从对面座位上站起身子，把岛村座位前的玻璃窗打开。一股冷空气卷袭进来。姑娘将身子探出窗外，仿佛向远方呼唤似地喊道：

“站长先生，站长先生！”

一个把围巾缠到鼻子上、帽耳耷拉在耳朵边的男子，手拎提灯，踏着雪缓步走了过来。

岛村心想：已经这么冷了吗？他向窗外望去，只见铁路人员当作临时宿舍的木板房，星星点点地散落在山脚下，给人一种冷寂的感觉。那边的白雪，早已被黑暗吞噬了。

“站长先生，是我。您好啊！”

“哟，这不是叶子姑娘吗！回家呀？又是大冷天了。”

“听说我弟弟到这里来工作，我要谢谢您的照顾。”

“在这种地方，早晚会寂寞得难受的。年纪轻轻，怪可怜的！”

“他还是个孩子，请站长先生常指点他，拜托您了。”

"行啊。他干得很带劲,往后会忙起来的。去年也下了大雪,常常闹雪崩,火车一抛锚,村里人就忙着给旅客送水送饭。"

"站长先生好像穿得很多,我弟弟来信说,他还没穿西服背心呢。"

"我都穿四件啦!小伙子们遇上大冷天就一个劲儿地喝酒,现在一个个都得了感冒,东歪西倒地躺在那儿啦。"站长向宿舍那边晃了晃手上的提灯。

"我弟弟也喝酒了吗?"

"这倒没有。"

"站长先生这就回家了?"

"我受了伤,每天都去看医生。"

"啊,这可太糟糕了。"

和服上罩着外套的站长,在大冷天里,仿佛想赶快结束闲谈似地转过身来说:"好吧,路上请多保重。"

"站长先生,我弟弟还没出来吗?"叶子用目光在雪地上搜索,"请您多多照顾我弟弟,拜托啦。"

她的话声优美而又近乎悲戚。那嘹亮的声音久久地在雪夜里回荡。

火车开动了,她还没把上身从窗口缩回来。一直等火车追上走在铁路边上的站长,她又喊道:

"站长先生,请您告诉我弟弟,叫他下次休假时回家一趟!"

"行啊!"站长大声答应。

叶子关上车窗,用双手捂住冻红了的脸颊。

这是县界的山,山下备有三辆扫雪车,供下雪天使用。隧道南北,架设了电力控制的雪崩报警线。部署了五千名扫雪工和二千名消防队的青年队员。

这个叶子姑娘的弟弟,从今冬起就在这个将要被大雪覆盖的铁路信号所工作。岛村知道这一情况以后,对她越发感兴趣了。

但是,这里说的"姑娘",只是岛村这么认为罢了。她身边那个男人究竟是她的什么人,岛村自然不晓得。两人的举动很像夫妻,男的显然有病。陪伴病人,无形中就容易忽略男女间的界限,侍候得越殷勤,看起来就越像夫妻。一个女人像慈母般地照拂比自己岁数大的男子,老远看去,免不了会被人看作是夫妻。

岛村是把她一个人单独来看的,凭她那种举止就推断她可能是个姑娘。也许是因为他用过分好奇的目光盯住这个姑娘,所以增添了自己不少的感伤。

已经是三个钟头以前的事了。岛村感到百无聊赖,发呆地凝望着不停活动的左手的食指。因为只有这个手指,才能使他清楚地感到就要去会见的那个女人。奇怪的是,越是急于想把她清楚地回忆起来,印象就越模糊。在这扑朔迷离的记忆中,也只有这手指所留下的几许感触,把他带到远方的女人身边。他想着想着,不由地把手指送到鼻子边闻了闻。当他无意识地用这个手指在窗玻璃上划道时，不知怎的，上面竟清晰地映出一只女人的眼睛。他大吃一惊，几乎喊出声来。大概是他的心飞向了远方的缘故。他定神看时，什么也没有。映在玻璃窗上的，是对座那个女人的形象。外面昏暗下来，车厢里的灯亮了。这样，窗玻璃就成了一面镜子。然而，由于放了暖气，玻璃上蒙了一层水蒸气，在他用手指揩亮玻璃之前，那面镜子其实并不存在。

玻璃上只映出姑娘一只眼睛，她反而显得更加美了。

岛村把脸贴近车窗，装出一副带着旅愁观赏黄昏景色的模样，用手掌揩了揩窗玻璃。

姑娘上身微倾，全神贯注地俯视着躺在面前的男人。她那小心翼翼的动作，一眨也不眨的严肃目光，都表现出她的真挚感情。男人头靠窗边躺着，把弯着的腿搁在姑娘身边。这是三等车厢。他们的座位不是在岛村的正对面，而是在斜对面。所以在窗玻璃上只映出侧身躺着的那个男人的半边脸。

姑娘正好坐在斜对面，岛村本是可以直接看到她的，可是他们刚上车时，她那种迷人的美，使他感到吃惊，不由得垂下了目光。就在这一瞬间，岛村看见那个男人蜡黄的手紧紧攥住姑娘的手，也就不好意思再向对面望去了。

镜中的男人，只有望着姑娘胸脯的时候，脸上才显得安详而平静。瘦弱的身体，尽管很衰弱，却带着一种安乐的和谐气氛。男人把围巾枕在头下，绕过鼻子，严严实实地盖住了嘴巴，然后再往上包住脸颊。这像是一种保护脸部的方法。但围巾有时会松落下来，有时又会盖住鼻子。就在男人眼睛要动而未动的瞬间，姑娘就用温柔的动作，把围巾重新围好。两人天真地重复着同样的动作，使岛村看着都有些焦灼。另外，裹着男人双脚的外套下摆，不时松开耷拉下来。姑娘也马上发现了这一点，给他重新裹好。这一切都显得非常自然。那种姿态几乎使人认为他俩就这样忘记了所谓距离，走向了漫无边际的远方。正因为这样，岛村看见这种悲愁，没有觉得辛酸，就像是在梦中看见了幻影一样。大概这些都是在虚幻的镜中幻化出来的缘故。

黄昏的景色在镜后移动着。也就是说，镜面映现的虚像与镜后的实物好像电影里的叠影一样在晃动。出场人物和背景没有任何联系。而且人物是一种透明的幻象，景物则是在夜霭中的朦胧暗流，两者消融在一起，描绘出一个超脱人世的象征的世界。特别是当山野里的灯火映照在姑娘的脸上时，那种无法形容的美，使岛村的心都几乎为之颤动。

在遥远的山巅上空，还淡淡地残留着晚霞的余晖。透过车窗玻璃看见的景物轮廓，退到远方，却没有消逝，但已经黯然失色了。尽管火车继续往前奔驰，在他看来，山野那平凡的姿态越是显得更加平凡了。由于什么东西都不十分惹他注目，他内心反而好像隐隐地存在着一股巨大的感情激流。这自然是由于镜中浮现出姑娘的脸的缘故。只有身影映在窗玻璃上的部分,遮住了窗外的暮景,然而,景色却在姑娘的轮廓周围不断地移动,使人觉得姑娘的脸也像是透明的。是不是真的透明呢？这是一种错觉。因为从姑娘面影后面不停地掠过的暮景,仿佛是从她脸的前面流过。定睛一看,却又扑朔迷离。车厢里也不太明亮。窗玻璃上的映像不像真的镜子那样清晰了。反光没有了。这使岛村看入了神,他渐渐地忘却了镜子的存在,只觉得姑娘好像漂浮在流逝的暮景之中。

这当儿,姑娘的脸上闪现着灯光。镜中映像的清晰度并没有减弱窗外的灯火。灯火也没有把映像抹去。灯火就这样从她的脸上闪过,但并没有把她的脸照亮。这是一束从远方投来的寒光,模模糊糊地照亮了她眼睛的周围。她的眼睛同灯火重叠的那一瞬间,就像在夕阳的余晖里飞舞的妖艳而美丽的夜光虫。

叶子自然没留意别人这样观察她。她的心全用在病人身上,就是把脸转向岛村那边,她也不会看见自己映在窗玻璃上的身影,更不会去注意那个眺望着窗外的男人。

岛村长时间地偷看叶子,却没有想到这样做会对她有什么不礼貌,他大概是被镜中暮景那种虚幻的力量吸引住了。也许岛村在看到她呼唤站长时表现出有点过分严肃,从那时候起就对她产生了一种不寻常的兴趣。

火车通过信号所时,窗外已经黑沉沉的了。在窗玻璃上流动的景色一消失,镜子也就完全失去了吸引力,尽管叶子那张美丽的脸依然映在窗上,而且表情还是那么温柔,但岛村在她身上却发现她对别人似乎特别冷漠,他也就不想去揩拭那面变得模糊不清的镜子了。

约莫过了半小时,没想到叶子他们也和岛村在同一个车站下了车,这使他觉得好像还会发生什么同自己有关的事似的,所以他把头转了过去。从站台上迎面扑来一阵寒气,他立即对自己在火车上那种非礼行为感到羞愧,就头也不回地从火车头前面走了过去。

【作者简介】

川端康成,日本新感觉派作家,著名小说家。1899 年 6 月 14 日生于大阪,代表作有《伊豆的舞女》《雪国》《千只鹤》等。1968 年,以《雪国》《古都》《千只鹤》三部代表作,获诺贝尔文学奖。1972 年 4 月 16 日在工作室自杀身亡。已有多部作品在中国翻译出版。

【阅读提示】

《雪国》篇幅不长,情节线索也不复杂,主要叙写来自东京的文人岛村与艺妓驹子在温泉旅馆的邂逅和恋情。小说从岛村二来雪国写起,首章一段车窗景象的描写历来为人们所称道：暮霭中的车窗镜面上，浮现出一个少女的美丽面庞，静止而透明；镜面后的朦胧景色，却不停地匆匆流逝。人物与背景，似乎毫无关联，却重合叠印在一起，相互映衬烘托，“特别是当山野里的灯光映照在姑娘脸上时，那无法言说之美，使岛村的心都几乎为之颤动。”这段文字，最为突出地表现了川端康成视觉感觉的异乎寻常，也最为集中地凝缩了《雪国》的基本意旨和结构方式。在虚与实、真与幻交错的情节发展中，车窗镜像作为中心意象向读者暗示，《雪国》所努力营造和倾心赞颂的，正是这镜中之像的虚幻之美。

【思考与练习】

1.《雪国》的艺术特点是什么？

2.《雪国》反映的主题是什么？

《钢铁是怎样炼成的》

尼古拉·奥斯特洛夫斯基

【作品简介】

《钢铁是怎样炼成的》是苏联作家尼古拉·奥斯特洛夫斯基所著的一部长篇小说，写于1933年。小说通过保尔·柯察金的成长道路，告诉人们：一个人只有在革命的艰难困苦中战胜敌人也战胜自己，只有在把自己的追求和祖国、人民的利益联系在一起的时候，才会创造出奇迹，才会成长为钢铁战士。革命者在斗争中百炼成钢，是小说的一个重要主题。1942年，苏联根据原著小说拍摄了一部同名的电影。

《钢铁是怎样炼成的》这部小说的最大成就，就是成功地塑造了保尔·柯察金这个在布尔什维克党的培养下，在革命烽火和艰苦环境中锻炼出来的共产主义新人的典型形象。他以爱憎分明的阶级立场、崇高的道德风貌、高昂的革命激情、奇迹般的生命活力和钢铁般的坚强意志，谱写着把一切献给党和人民的壮丽诗篇。该书也因此成为了一部"青年生活的教科书"。

【作品欣赏】

第一部　第五章

红军步步紧逼，不断向大头目佩特留拉的部队发动进攻。

戈卢勃团被调上了前线。城里只留下少量后方警卫部队和警备司令部。

人们又走动起来。犹太居民利用这暂时的平静，掩埋了被杀的亲人。犹太居民区的那些小屋里又出现了生机。

寂静的夜晚，隐隐约约可以听到枪炮声。战斗就在不远的地方进行。

铁路工人都离开了车站，到四乡去找活干。

中学关门了。

城里宣布了戒严。

这是一个黑沉沉的、阴郁的夜。

乌云犹如远方大火腾起的团团浓烟，在昏暗的天空缓慢浮动，移近一座佛塔，便用浓重的烟雾把它遮掩起来。佛塔变得模糊了，仿佛抹上了一层污泥，而逼近的乌云仍在不断给它着色，越着越深。昏黄的月亮发出微微颤抖的光，也沉没在乌云之中，如同掉进了黑色的染缸。

在这样的时刻，即使你把眼睛睁得滴溜圆，也难以穿越这重重夜幕。于是人们只好像瞎子走路，张开手去摸，伸出脚去探，而且随时都有跌进壕沟、摔得头破血流的危险。

在这样的时刻，一个人鬼迷心窍迈出家门，到大街上去乱跑，头破血流的事还少得了吗？更何况又是在1919年4月这样的岁月，脑袋或者身上让子弹钻个把窟窿，嘴里让铁枪托敲落几颗牙齿，本来就是稀松平常的事。

小市民都知道，这种时候得坐在家里，最好也别点灯。灯可是个惹祸的货色。这不，有人不是不请自到，奔灯光去了？

真是，硬是自个儿给自个儿找麻烦。屋里黑洞洞的，最保险。

要是有人耐不得寂寞，非要出门，那就让他去好了。确实有那么一些人，没个老实的时候。那好，悉听尊便，见鬼去吧。

这跟小市民有什么相干？小市民自己才不出去乱跑呢。放心好了，绝不会出去的。

可就是在这样一个深夜，却有一个人匆匆地在街上行走。

他双脚不时陷进泥里，遇到特别难走的地方，嘴里骂骂咧咧地吐出几句脏话。

他走到柯察金家的小屋前，小心翼翼地敲了敲窗框。没有人应声。他又敲了敲，比第一次更响些，也更坚决些。

保尔正在做梦。他梦见一个似人非人的怪物用机枪对着他，他想逃，可是又无处可逃。那挺机枪发出了可怕的响声。

外面还在固执地敲着窗子，震得玻璃直响。

保尔跳下床，走到窗前，想看看是谁在敲。但是，外面只有一个模糊的人影，根本看不清是谁。

家里只有他一个人。母亲到他姐姐家去了。他姐夫在一家糖厂开机器。阿尔焦姆在邻近的村子里当铁匠，靠抡大锤挣饭吃。

敲窗的人一定是阿尔焦姆。

保尔决定打开窗子。

“谁？”他朝人影问了一声。

窗外的人影晃了一下，用压低了的粗嗓门说：“是我，朱赫来。”

接着，他两手按住窗台，纵身一跳，头就同保尔的脸一般高了。

“我到你家借宿来了，小弟弟，行吗？”他小声地问。

“当然行，那还用说！”保尔友好地回答。“你就从窗口爬进来吧。”

朱赫来粗壮的身体从窗口挤了进来。

他随手关好窗户，但是没有立刻离开那里。

他站在窗旁，倾听着窗外有没有动静。月亮从云层里钻出来，照亮了大路。他仔细观察了路上的情形，然后才转过身来，对保尔说："咱们会把你母亲吵醒吗？她大概睡了吧？"

保尔告诉他，家里只有他一个人，水兵朱赫来这才放心，提高了嗓音说："小弟弟，那帮吃人的野兽正在到处抓我。为了车站上最近发生的事，他们要找我算账。虐杀犹太人的时候，要是大伙心再齐点，本来可以给那帮灰狗子一点厉害看的。可是人们还没有下火海的决心，所以没有干成。现在敌人正盯着我，已经两次设埋伏要抓我了。今天差点给逮住。刚才，我正回住处，当然啦，是从后门走的。走到板棚旁边一瞧，有个家伙藏在院子里，身子紧贴大树，可是刺刀露在外面，让我看见了。不用说，我转身就跑。这不是，一直跑到你家来了。小弟弟，我打算在你家抛锚，停几天船。你不反对吧？行。那就好了！"

朱赫来吭哧着，脱下那双沾满泥的靴子。

朱赫来的到来使保尔十分高兴。最近发电厂停工，他一个人呆在家里，冷冷清清的，觉得非常无聊。

两个人躺到床上。保尔马上就入睡了，朱赫来却一直在抽烟。后来，他又从床上起来，光着脚走到窗前，朝街上看了很久，才回到床上。他已经十分疲倦，躺下就睡着了。他的一只手伸到枕头底下，按在沉甸甸的手枪上，枪柄被焐得暖烘烘的。

朱赫来突然深夜到保尔家借宿，同保尔一起住了八天，这件事成了保尔生活中的一件大事。保尔第一次从水兵朱赫来嘴里听到这么多重要的、令人激动的新鲜道理。这八天对年轻锅炉工的成长，有着决定的意义。

水兵朱赫来已经两次遇险，他像关进铁笼的猛兽一样，暂时呆在这间小屋里。他对打着蓝黄旗蹂躏乌克兰大地的匪帮充满了仇恨。现在他就利用这段迫不得已而闲着的时间，把满腔怒火和憎恨都传给如饥似渴地听他讲话的保尔。

朱赫来讲得鲜明生动，通俗易懂。他对一切问题都有明确的认识。他坚信自己走的道路是正确的。保尔从他那里懂得了，那一大堆名称好听的党派，什么社会革命党、社会民主党、波兰社会党等等，原来都是工人阶级的凶恶敌人；只有一个政党是不屈不挠地同所有财主作斗争的革命党，这就是布尔什维克党。以前保尔总是被这些名称弄得糊里糊涂的。

费奥多尔·朱赫来，这位健壮有力的革命战士，久经狂风巨浪的波罗的海舰队水兵，1915 年就加入俄国社会民主工党的坚强的布尔什维克，对年轻的锅炉工保尔讲述着严峻的生活真理。保尔两眼紧紧地盯着他，听得入了神。

"小弟弟，我小时候跟你差不多，"朱赫来说。"浑身是劲，总想反抗，就是不知道力气往哪儿使。我家里很穷。一看见财主家那些吃得好穿得好的小少爷，我就恨得牙痒痒的。我常常狠劲揍他们。可是有什么用呢，过后还得挨爸爸一顿痛打。单枪匹马地干，改变不了这个世道。保夫鲁沙，你完全可以成为工人阶级的好战士，一切条件你都有，只是年纪还小了点，阶级斗争的道理，你还不大明白。小弟弟，我看你挺有出息，所以想跟你说说应该走什么路。我最讨厌那些胆小怕事、低声下气的家伙。现在全世界都燃起了烈火。奴隶们起来造反了，要把旧世界沉到海里去。但是，干这种事，需要的是勇敢坚强的阶级弟兄，而不是娇生惯养的公子哥儿；需要的是坚决斗争的钢铁战士，而不是战斗一打响就像蟑螂躲亮光那样钻墙缝的软骨头。”

朱赫来紧握拳头，有力地捶了一下桌子。

他站起身来，两手插在衣袋里，皱着眉头在屋里大步走来走去。

朱赫来闲得太难受了。他后悔不该留在这个倒霉的小城里。他认为再待下去已经没有什么意义，所以，毅然决定穿过火线，找红军部队去。

城里还有一个九个人的党组织，可以继续进行工作。

“没有我，他们照样可以干下去。我可不能再在这儿闲呆着。已经浪费了十个月，够了。”朱赫来生气地想。

“费奥多尔，你到底是干什么的？”有一天，保尔问他。

朱赫来站起来，把手插在衣袋里。他一时没有弄明白这句话的意思。

“难道你还不知道我是干什么的吗？”

“我想你一定是个布尔什维克，要不就是个共产党。”保尔低声回答。

朱赫来哈哈大笑起来，逗乐似的拍拍被蓝白条水手衫紧箍着的宽胸脯。

“小弟弟，这是明摆着的事。不过布尔什维克就是共产党，共产党就是布尔什维克，这也是明摆着的事。”他接着严肃地说：“既然你已经知道了，你就应当记住：要是你不愿意他们整死我，那你不论在什么地方，不论对什么人，都不能泄漏这件事。懂吗？”

“我懂。”保尔坚定地回答。

这时，从院子里突然传来了说话声，没有敲门，人就进来了。朱赫来急忙把手伸到衣袋里，但是立刻又抽了出来。进来的是谢廖沙，他头上缠着绷带，脸色苍白，比以前瘦了。瓦莉亚和克利姆卡跟在他后面。

“你好，小鬼头！”谢廖沙笑着把手伸给保尔。“我们三个一道来看你。瓦莉亚不让我一个人来，不放心。克利姆卡又不放瓦莉亚一个人来，也是不放心。别看他一脑袋红毛，傻呵呵的，活像马戏团的小丑，倒还懂点好歹，知道让一个人独自到哪儿去有危险。”

瓦莉亚笑着捂住谢廖沙的嘴，说：“尽胡扯！今天他一直跟克利姆卡过不去。”

克利姆卡憨厚地笑着，露出洁白的牙齿。

“对病人只能将就点了。脑瓜子挨了一刀，难怪要胡说八道。”

大家都笑了。

谢廖沙还没有完全复原，就靠在保尔床上。朋友们随即热烈地交谈起来。谢廖沙一向高高兴兴，有说有笑，今天却显得沉静、抑郁，他把佩特留拉匪兵砍伤他的经过告诉了朱赫来。

朱赫来对来看保尔的这三个青年都很了解。他到勃鲁扎克家去过多次。他喜欢这些青年人。在斗争的旋涡中他们虽然还没有找到应该走的道路，但是却已经鲜明地表现出他们的阶级意识。朱赫来认真地听这些年轻人讲，他们每个人怎样把犹太人藏在自己家里，帮助他们躲过虐犹暴行。这天晚上，朱赫来也给青年们讲了许多关于布尔什维克和列宁的事情，帮助他们认识当前发生的种种事件。

保尔把客人送走的时候，天已经很晚了。

朱赫来每天傍晚出去，深夜才回来。他正忙着在离开之前，同留在城里的同志们商量今后的工作。

有一天，朱赫来一夜没有回来。保尔早上醒来，看见床铺还空着。

保尔模糊地预感到出了什么事情，慌忙穿好衣服，走了出去。他锁好屋门，把钥匙藏在约定的地方，就去找克利姆卡，想打听朱赫来的消息。克利姆卡的母亲是一个大脸盘、生着麻子的矮胖妇女，正在洗衣服。保尔问她知道不知道朱赫来在什么地方，她没好气地说："怎么，我没事干，专给你看着朱赫来的？就是为了这个家伙，佐祖利哈家给翻了个底朝天。你找他干什么？你们凑在一起，倒真是好搭档，克利姆卡、你……"她一边说，一边狠狠地搓着衣服。

克利姆卡的母亲一向就是嘴皮子厉害，爱唠叨。

保尔从克利姆卡家出来，又去找谢廖沙。他把自己担心的事告诉了他。瓦莉亚在一旁插嘴说："你担什么心呢？他也许在熟人家里住下了。"可是她的语气并不怎么自信。

保尔打算走了。瓦莉亚知道，保尔这几天在饿肚子，家里能卖的东西，全卖掉换吃的了，再也没有什么可卖的。她强迫保尔留下吃饭，否则便不再和他好。保尔也确实感到饥肠辘辘，于是留下饱餐了一顿。

保尔走近家门的时候，满心希望能在屋里看到朱赫来。

但是，屋门还是紧锁着。他心情沉重地站住了，真不愿走进这间空屋子。

他在门口站了几分钟，左思右想，一种说不出的力量推着他向板棚走去。他拨开蜘蛛网，把手伸到棚顶下面，从那个秘密的角落里掏出一支用破布包着的沉重的曼利赫尔手枪。

保尔从板棚出来，朝车站走去。口袋里装着那支沉甸甸的手枪，他心里有些紧张。

在车站上也没有打听到朱赫来的下落。回来的路上，刚好经过林务官家那熟悉的花园，他放慢了脚步，怀着连自己也不明白的希望，瞧着房子的窗户。但是花园里和房子里都没有人。走过去之后，他又回头朝花园的小径看了一眼。只见遍地都是去年的枯叶，整个花园显得十分荒凉。显然，那位爱护花草的主人已经好久没有侍弄过这座花园了。古老的大房子,冷落而又空荡的景象,更增添了保尔的愁思。

他和冬妮亚最后一次拌嘴,比以往任何一次都厉害。这是一个月以前突然发生的事。

保尔两手深深插在衣袋里,漫步朝城里走去,一面回忆着他和冬妮亚争吵的经过。

那天,他和冬妮亚偶然在路上相遇。冬妮亚邀他到家里去玩。

“我爸和我妈就要到博利尚斯基家去参加命名礼。只有我一个人在家。保夫鲁沙,你来吧,咱们一起读列奥尼德·安德列耶夫[列·安德列耶夫(1871—1919),俄国作家。——译者]的《萨什卡·日古廖夫》。这本小说很有意思。我已经看过了,可是非常愿意和你一起再读一遍。晚上你来,咱们一定可以过得很愉快。你来吗?”

一顶小白帽紧紧扣住她那浓密的栗色头发,帽子下面那双大眼睛期待地望着保尔。

“我一定来。”

他们分手了。

保尔急忙去上班。一想到他要和冬妮亚在一起度过整整一个晚上,炉火都显得分外亮,木柴的噼啪声也似乎格外欢畅。

当天黄昏,冬妮亚听到他的敲门声,亲自跑来打开宽大的正门。她有点抱歉地说:

“我来了几个客人。保夫鲁沙,我没想到他们会来,不过你可不许走。”

保尔转身想走,但是冬妮亚拉住他的袖子,说:“进来吧。让他们跟你认识认识,也有好处。”说着,就用一只手挽着他,穿过饭厅,把他带到自己的住室。一进屋,她就微笑着对在座的几个年轻人说:“你们不认识吧?这是我的朋友保尔·柯察金。”

房间里的小桌子周围坐着三个人:一个是莉莎·苏哈里科,她是个漂亮的中学生,肤色微黑,生着一张任性的小嘴,梳着风流的发式;另一个是保尔没有见过的青年,他穿着整洁的黑外衣,细高个子,油光光的头发梳得服服帖帖的,一双灰眼睛现出寂寞忧郁的神情;第三个坐在他们两个人中间,穿着非常时髦的中学制服,他就是维克托·列辛斯基。冬妮亚推开门的时候,保尔第一眼看到的就是他。

维克托也立刻认出了保尔,他诧异地扬起尖细的眉毛。

保尔在门口一声不响地站了几秒钟,用充满敌意的眼光盯着维克托。冬妮亚急于打破这种令人难堪的僵局,一边请保尔进屋,一边对莉莎说:“来,给你介绍一下。”

莉莎好奇地打量着保尔,欠了欠身子。

保尔一个急转身，大步穿过半明半暗的饭厅，朝大门走去。冬妮亚一直追到台阶上才赶上他。她两手抓住保尔的肩膀，激动地说："你为什么要走呢？我是有意叫他们跟你见见面的。"

但是保尔把她的手从肩上推开，不客气地说："用不着拿我在这些废物跟前展览。我跟这帮家伙坐不到一块。也许你觉得他们可爱，我可是恨他们。我不知道他们是你的朋友，早知道这样，我是决不会来的。"

冬妮亚压住心头的火气，打断他的话头说："谁给你的权利这样对我说话？我可是从来没问过你，你跟谁交朋友，谁常到你家去。"

保尔走下台阶，进入花园。一边走，一边斩钉截铁地说："那就让他们来好了，我反正是不来了。"说完，就朝栅栏门跑去。

从那以后，他再没有见到冬妮亚。在发生虐犹暴行期间，保尔和电工一道忙着在发电厂藏匿犹太人家属，把这次口角忘掉了。但是今天，他却又很想见到冬妮亚。

朱赫来失踪了，家里等待着保尔的是孤独寂寞，一想到这里，他的心情就特别沉重。春天化冻以后，公路上的泥泞还没有全干，车辙里满是褐色的泥浆。整个公路像一条灰色的带子，拐到右边去了。

紧挨着路边有一座难看的房子，墙皮已经剥落，像长满疥癣一样。公路拐过这所房子，分成了两股岔道。

公路十字路口上有一个废弃的售货亭，门板已经毁坏，"出售矿泉水"的招牌倒挂着。就在这个破售货亭旁边，维克托正在同莉莎告别。

他久久握着莉莎的手，情意缠绵地看着她的眼睛，问："您来吗？您不会骗我吧？"

莉莎卖弄风情地回答："来，我一定来。您等我好了。"

临别的时候，莉莎那双懒洋洋的脉脉含情的棕色眼睛又对他微笑了一下。

莉莎刚走出十来步，就看见两个人从拐角后面走出来，上了大路。走在前面的是一个矮壮的、宽肩膀的工人，他敞着上衣，露出里面的水手衫，黑色的帽子低低地压住前额，一只眼睛又青又肿。

这个工人穿着一双短筒黄皮靴，腿略微有点弯曲，坚定地朝前走着。

在他后面约三步远，是一个穿灰军装的佩特留拉匪兵，腰带上挂着两盒子弹，刺刀尖几乎抵着前面那个人的后背。

毛茸茸的皮帽下面，一双眯缝着的眼睛警惕地盯着被捕者的后脑勺。他那给马合烟熏黄了的胡子朝两边翘着。

莉莎稍微放慢了脚步，走到公路的另一边。这时，保尔在她的后面也走上了公路。

当他向右转，往家走的时候，也发现了这两个人。

他马上认出了走在前面的是朱赫来。他的两只脚像在地上生了根一样，再也挪不动了。

“怪不得他没回家呢！”

朱赫来越走越近了。保尔的心猛烈地跳动着。各种想法一个接一个地涌上心头，简直理不出个头绪来。时间太紧迫了，一时拿不定主意。只有一点是清楚的：朱赫来这下子完了！

他瞧着他们走过来，心里乱腾腾的，不知道怎样办才好。

“怎么办？”

在最后一分钟，他才骤然想起口袋里的手枪。等他们走过去，朝这个端枪的家伙背后放一枪，朱赫来就能得救。一瞬间作出了这样的决定之后，他的思绪立即变得清晰了。他紧紧地咬着牙，咬得生疼。就在昨天，朱赫来还对他说过：“干这种事，需要的是勇敢坚强的阶级弟兄……”

保尔迅速朝后面瞥了一眼。通往城里的大路上空荡荡的，连个人影也没有。前面的路上，有一个穿春季短大衣的女人急急忙忙地走着。她不会碍事的。十字路口另一侧路上的情况，他看不见。只是在远处通向车站的路上有几个人影。

保尔走到公路边上。当他们相距只有几步远的时候，朱赫来也看见了保尔。

朱赫来用那只好眼睛看了看他，两道浓眉微微一颤，他认出了保尔，感到很意外，一下子愣住了。于是刺刀尖立刻杵着了他的后背。

“喂，快走，再磨蹭我就给你两枪托！”押送兵用刺耳的假嗓子尖声吆喝着。

朱赫来加快了脚步。他很想对保尔说几句话，但是忍住了，只是挥了挥手，像打招呼似的。

保尔怕引起黄胡子匪兵的疑心，赶紧背过身，让朱赫来走过去，好像他对这两个人毫不在意似的。

正在这时，他的脑子里突然又钻出一个令人不安的想法：“要是我这一枪打偏了，子弹说不定会打中朱赫来……”

那个佩特留拉匪兵已经走到他身旁了，事到临头，难道还能多想吗？

接下来发生的事是这样：当黄胡子押送兵走到保尔跟前的时候，保尔猛然向他扑去，抓住他的步枪，狠命向下压。

刺刀啪嗒一声碰在石头路面上。

佩特留拉匪兵没有想到会有人袭击，愣了一下。他立刻尽全力往回夺枪。保尔把整个身子的重量都压在枪上，死也不松手。突然一声枪响，子弹打在石头上，蹦起来，落到路旁的壕沟里去了。

朱赫来听到枪声，往旁边一闪，回过头来，看见押送兵正狂怒地从保尔手里往回夺枪。那家伙转着枪身，扭绞着少年的双手。但是保尔还是紧紧抓住不放。押送兵简直气疯了，猛一使劲，把保尔摔倒在地。就是这样，枪还是没有夺走。保尔摔倒的时候,就势把那个押送兵也拖倒了。在这样的关头,简直没有什么力量能叫保尔撒开手里的武器。

朱赫来两个箭步,蹿到他们跟前,他抡起拳头,朝押送兵的头上打去。紧接着,那个家伙的脸上又挨了两下铅一样沉重的打击。他松手放开躺在地上的保尔,像一只装满粮食的口袋,滚进了壕沟。

还是那双强有力的手,把保尔从地上扶了起来。

维克托已经从十字路口走出了一百多步。他一边走,一边用口哨轻声吹着《美人的心朝三暮四》。他仍然在回味刚才同莉莎见面的情景,她还答应明天到那座废弃的砖厂里去会面,他不禁飘飘然起来。

在追逐女性的中学生中间有一种传言,说莉莎是一个在谈情说爱问题上满不在乎的姑娘。

厚颜无耻而又骄傲自负的谢苗·扎利瓦诺夫有一次就告诉过维克托,说他已经占有了莉莎。维克托并不完全相信这家伙的话,但是,莉莎毕竟是一个有魅力的尤物,所以,他决意明天证实一下,谢苗讲的话是不是真的。

"只要她一来,我就单刀直入。她不是不在乎人家吻她吗?要是谢苗这小子没撒谎……"他的思路突然给打断了。迎面过来两个佩特留拉匪兵,维克托闪在一旁给他们让路。一个匪兵骑着一匹秃尾巴马,手里晃荡着帆布水桶,看样子是去饮马。另一个匪兵穿着一件紧腰长外套和一条肥大的蓝裤子,一只手拉着骑马人的裤腿,兴致勃勃地讲着什么。

维克托让这两个人过去以后,正要继续往前走,公路上突然响了一枪。他停住了脚步,回头一看,骑马的士兵一抖缰绳,朝枪响的地方驰去。另一个提着马刀,跟在后面跑。

维克托也跟着他们跑过去。当他快跑到公路的时候,又听到一声枪响。骑马的士兵惊慌地从拐角后面冲出来,差点撞在维克托身上。他又用脚踢,又用帆布水桶打,催着马快跑。跑到第一所士兵的住房,一进大门,就朝院子里的人大喊:"弟兄们,快拿枪,咱们的人给打死了!"

立刻有几个人一边扳动枪机,一边从院子里冲出来。

他们把维克托抓住了。

公路上已经捉来了好几个人。其中有维克托和莉莎。莉莎是作为见证人被扣留的。

当朱赫来和保尔从莉莎身旁跑过去的时候,她大吃一惊,呆呆地站住了。她认出袭击押送兵的竟是前些日子冬妮亚打算向她介绍的那个少年。

他们两人相继翻过了一家院子的栅栏。正在这个时候,一个骑兵冲上了公路,他发现了拿着步枪逃跑的朱赫来和挣扎着要从地上爬起来的押送兵,就立即驱马向栅栏这边扑来。

朱赫来回身朝他放了一枪，吓得他掉头就跑。

押送兵吃力地抖动着被打破的嘴唇，把刚才发生的事说了一遍。

“你这个笨蛋，让犯人从眼皮底下跑了！这回不打你屁股才怪，少不了二十五通条。”

押送兵恶狠狠地顶了他一句：“我看就你聪明！从眼皮底下跑了，是我放的吗？谁知道哪儿蹦出来那么一个狗崽子，像疯了一样扑到我的身上？”

莉莎也受到了盘问。她讲的和押送兵一样，只是没有说她认识袭击押送兵的那个少年。抓来的人都被带到了警备司令部。

直到晚上，警备司令才下令释放他们。

警备司令甚至要亲自送莉莎回家，但是她谢绝了。他酒气熏人，要送她回家，显然是不怀好意的。

后来由维克托陪她回家去。

从这里到火车站有很长一段路。维克托挽着莉莎的手，心里为这件偶然发生的事情感到乐滋滋的。

快要到家的时候，莉莎问他：“您知道救走犯人的是谁吗？”

“不知道，我怎么会知道呢？”

“您还记得那天晚上冬妮亚要给咱们介绍的那个小伙子吗？”

维克托停住了脚步。

“您说的是保尔·柯察金？”他惊奇地问。

“是的，他好像是姓柯察金。您还记得吗，那天他多么古怪，转身就走了？没错，就是他。”

维克托站在那里呆住了。

“您没认错人吧？”他又问莉莎。

“不会错的。他的相貌我记得很清楚。”

“那您怎么不向警备司令告发呢？”

莉莎气愤地说：“您以为我能干出这种卑鄙的事情来吗？”

“怎么是卑鄙呢？告发一个袭击押送兵的人，您认为就是卑鄙？”

“那么照您说倒是高尚的了？您把他们干的那些事都忘记了？您难道不知道学校里有多少犹太孤儿？您还让我去告发柯察金？谢谢您，我可真没想到。”

维克托想不到她会这样回答。他并不打算同莉莎争吵，所以就尽量把话题岔开。

“您别生气，莉莎，我是说着玩的。我不知道您竟会这样认真。”

“您这个玩笑开得可不怎么好。”莉莎冷冷地说。

在莉莎家门口分手的时候，维克托问：“莉莎，您明天来吗？

他得到的是一句模棱两可的回答：“再说吧。”

在回城的路上,维克托心里思量着:“好嘛,小姐,您尽可以认为这是卑鄙的,我可有我的看法。当然喽,谁放跑了谁,跟我都不相干。”

他,列辛斯基,一个波兰的世袭贵族,对冲突的双方都十分厌恶。反正波兰军队很快就要开来。到了那个时候,一定会建立一个真正的政权——正牌的波兰贵族政权,眼下,既然有干掉柯察金这个坏蛋的好机会,当然也不必错过。他们会马上把他的脑袋揪下来的。

维克托一家只有他一个人留在这座小城里。他寄居在姨母家,他的姨父是糖厂的副经理。维克托的父亲西吉兹蒙德·列辛斯基在华沙身居要职,母亲和涅莉早就跟着父亲到华沙去了。

维克托来到警备司令部,走进了敞开的大门。

过了一会儿,他领着四名佩特留拉匪兵向柯察金家走去。

他指着那个有灯光的窗户,低声说:“就是这儿。”然后,转身问他身旁的哥萨克少尉:“我可以走了吗?”

“您请便吧,我们自己能对付。谢谢您帮忙。”

维克托急忙迈开大步,顺人行道走了。

保尔背上又挨了一拳,被推进了一间黑屋子,伸出的两手撞在墙壁上。他摸来摸去,摸到一个木板床似的东西,坐了下来。他受尽了折磨和毒打,心情十分沉重。

保尔完全没有想到会被捕。“佩特留拉匪徒怎么会知道的呢?压根儿没人看见我呀!现在该怎么办呢?朱赫来在哪儿呢?”

保尔是在克利姆卡家同水兵朱赫来分手的。他又去看了谢廖沙,朱赫来就留在克利姆卡家,好等天黑混出城去。

“幸亏我把手枪藏到老鸹窝里去了,”保尔想。“要是让他们翻到,我就没命了。但是,他们怎么知道是我呢?”这个问题叫他伤透了脑筋,就是找不到答案。

佩特留拉匪徒并没有从柯察金家里翻到什么有用的东西。衣服和手风琴被哥哥拿到乡下去了。妈妈也带走了她的小箱子。匪兵们翻遍各个角落,捞到的东西却少得可怜。

然而,从家里到司令部这一路上的遭遇,保尔却是永远忘不了的。漆黑的夜,伸手不见五指。天空布满了乌云。匪兵们推搡他,从背后或两侧对他不停地拳打脚踢,毫不留情。

保尔昏昏沉沉地木然向前走着。

门外有人在谈话。司令部的警卫就住在外间屋。屋门下边透进一条明亮的光线。保尔站起身来,扶着墙壁,摸索着在屋里走了一圈。在板床对面,他摸到了一个窗户,上面安着结实的参差不齐的铁栏杆。用手摇了一下——纹丝不动。看样子这里以前是个仓库。

他又摸到门口,停下来听了听动静。然后,轻轻地推了一下门把手。门讨厌地吱呀了一声。

“妈的,真活见鬼!”保尔骂了一句。

从打开的门缝里,他看见床沿上有两只脚,十个脚趾叉开着,皮肤很粗糙。他又轻轻地推了一下门把手,门又毫不留情地尖叫起来。一个睡眼惺忪、头发蓬乱的家伙从床上坐了起来。他用五个手指头恶狠狠地挠着生满虱子的脑袋,懒洋洋地扯着单调的嗓音破口大骂起来。骂过一通之后,摸了一下放在床头的步枪,有气无力地吆喝说:“把门关上! 再往外瞧,就打死你……”

保尔掩上门,外面房间里响起了一阵狂笑声。

这一夜保尔翻来覆去想了许多。他柯察金第一次参加斗争,就这么不顺利,刚刚迈出第一步,就像老鼠一样让人家捉住,关在笼子里了。

他坐在那里,心神不宁地打起瞌睡来。这时候,母亲的形象在脑海中浮现出来:她面孔瘦削,满脸皱纹,那双眼睛是多么熟悉,多么慈祥啊! 他想:“幸亏妈不在家,少受点罪。”

从窗口透进来的光线照在地上,映出一个灰色的方块。

黑暗在逐渐退却。黎明已经临近了。

【作者简介】

尼古拉·奥斯特洛夫斯基(1904—1936),苏联作家。1904 年 9 月 29 日出生在乌克兰维里亚村一个贫困的工人家庭,他排行第五,11 岁便开始当童工。1919 年加入共青团,随即参加国内战争。1923 年到 1924 年担任乌克兰边境地区共青团的领导工作,1924 年加入共产党。由于他长期参加艰苦斗争,身体健康受到严重损害,到 1927 年,健康情况急剧恶化,但他毫不屈服,以惊人的毅力同病魔作斗争。1934 年底,他着手创作一篇关于科托夫斯基师团的“历史抒情英雄故事”(即《暴风雨所诞生的》)。1927 年底,奥斯特洛夫斯基在与病魔作斗争的同时,创作了一篇关于科托夫骑兵旅成长壮大以及英勇征战的中篇小说。两个月后小说写完了,他把小说封好让妻子寄给敖德萨科托夫骑兵旅的战友们,征求他们的意见,战友们热情地评价了这部小说。不幸的是,这份手稿在寄给朋友们审读时被邮局弄丢了。这一残酷的打击并没有挫败他的坚强意志,反而使他更加顽强地同疾病作斗争。

1929 年,他全身瘫痪,双目失明。1930 年,他用自己的战斗经历作素材,以顽强的意志开始创作长篇小说《钢铁是怎样炼成的》。小说获得了巨大成功,受到同时代人的真诚而热烈的称赞。1934 年,奥斯特洛夫斯基被吸收为苏联作家协会会员。1935 年底,苏联政府授予他列宁勋章,以表彰他在文学方面的创造性劳动和卓越的贡献。1936 年 12 月 22 日,由于重病复发,奥斯特洛夫斯基在莫斯科逝世。

【阅读提示】

《钢铁是怎样炼成的》是一部描写新人成长历程和揭示新人优秀品质的优秀小说。当一位英国记者问作者为什么以《钢铁是怎样炼成的》为书名时，奥斯特洛夫斯基回答说："钢是在烈火与骤冷中铸造而成的。只有这样它才能成为坚硬的，什么都不惧怕，我们这一代人也是在这样的斗争中、在艰苦的考验中锻炼出来的，并且学会了在生活面前不颓废。"

《钢铁是怎样炼成的》是一部自传性的小说，小说中的许多故事都来自于作者的亲身经历，因此读起来更加真实可信，亲切感人。但作者又不拘泥于生活事实，对人物和情节做了大量典型化处理。《钢铁是怎样炼成的》和高尔基的"自传体三部曲"一样，对自传体小说的革新做出了重要的贡献。

小说的全部描写都围绕着主人公的成长来展开，结构紧凑自然。在刻画主人公性格的时候，又从不同的侧面来表现他的优秀品质。通过描写保尔怎样对待监狱、战争、工作、友谊、爱情、疾病、挫折，亦即怎样对待革命与个人、公与私、生与死等重大问题的态度，把保尔这一钢铁战士的形象塑造得格外丰满生动，光彩照人。

【思考与练习】

1.看完这部作品，你能概括出"钢铁是怎样炼成的"吗？

2.有人说保尔的精神在现今已经过时了，你怎样看？

《变形记》

卡夫卡

【作品简介】

《变形记》描述了小职员格里高尔·萨姆沙突然变成一只使家人都厌恶的大甲虫的荒诞故事，借以揭示人与人之间——包括伦常之间——表面上亲亲热热，内心里却极为孤独和陌生的实质，生动而深刻地再现了资本主义社会中人与人之间的冷漠。在荒诞的、不合逻辑的世界里描绘“人类生活的一切活动及其逼真的细节”，这正是著名小说家卡夫卡的天赋所在。

【作品欣赏】

第一章（节选）

一天早晨，格里高尔·萨姆沙从不安的睡梦中醒来，发现自己躺在床上变成了一只巨大的甲虫。他仰卧着，那坚硬得像铁甲一般的背贴着床，他稍稍抬了抬头，便看见自己那穹顶似的棕色肚子分成了好多块弧形的硬片，被子几乎盖不住肚子尖，都快滑下来了。比起偌大的身躯来，他那许多只腿真是细得可怜，都在他眼前无可奈何地舞动着。

“我出了什么事啦?”他想。这可不是梦。他的房间，虽是嫌小了些，的确是普普通通人住的房间，仍然安静地躺在四堵熟悉的墙壁当中。在摊放着打开的衣料样品——萨姆沙是个旅行推销员——的桌子上面，还是挂着那幅画，这是他最近从一本画报上剪下来装在漂亮的金色镜框里的。画的是一位戴皮帽子围皮围巾的贵妇人，她挺直身子坐着，把一只套没了整个前臂的厚重的皮手筒递给看画的人。

格里高尔的眼睛接着又朝窗口望去，天空很阴暗——可以听到雨点敲打在窗槛上的声音——他的心情也变得忧郁了。“要是再睡一会儿，把这一切晦气事统统忘掉那该多好。”他想。但是完全办不到，平时他习惯于向右边睡，可是在目前的情况下，再也不能采取那样的姿态了。无论怎样用力向右转，他仍旧滚了回来，肚子朝天。他试了至少一百次，还闭上眼睛免得看到那些拼命挣扎的腿，到后来他的腰部感到一种从未体味过的隐痛，才不得不罢休。

“啊，天哪，”他想，“我怎么单单挑上这么一个累人的差使呢！长年累月到处奔波,比坐办公室辛苦多了。再加上还有经常出门的烦恼,担心各次火车的倒换,不定时而且低劣的饮食,而萍水相逢的人也总是些泛泛之交,不可能有深厚的交情,永远不会变成知己朋友。让这一切都见鬼去吧!”他觉得肚子上有点儿痒,就慢慢地挪动身子,靠近床头,好让自己头抬起来更容易些;他看清了发痒的地方,那儿布满着白色的小斑点,他不明白这是怎么回事,想用一条腿去搔一搔,可是马上又缩了回来,因为这一碰使他浑身起了一阵寒颤。

他又滑下来恢复到原来的姿势。“起床这么早,”他想,“会使人变傻的。人是需要睡觉的。别的推销员生活得像贵妇人。比如,我有一天上午赶回旅馆登记取回定货单时,别的人才坐下来吃早餐。我若是跟我的老板也来这一手,准定当场就给开除。也许开除了倒更好一些,谁说得准呢。如果不是为了父母亲而总是谨小慎微,我早就辞职不干了,我早就会跑到老板面前,把肚子里的气出个痛快。那个家伙准会从写字桌后面直蹦起来!他的工作方式也真奇怪,总是那样居高临下坐在桌子上面对职员发号施令,再加上他的耳朵又偏偏重听,大家不得不走到他跟前去。但是事情也未必毫无转机;只要等我攒够了钱还清了父母欠他的债——也许还得五六年——可是我一定能做到。到那时我就会时来运转了。不过眼下我还是起床为妙,因为火车五点钟就要开了。”

他看了看柜子上滴滴嗒嗒响着的闹钟。天哪!他想到。已经六点半了,而时针还在悠悠然向前移动,连六点半也过了,马上就要七点差一刻了。闹钟难道没有响过吗?从床上可以看到闹钟明明是拨到四点钟的;显然它已经响过了。是的,不过在那震耳欲聋的响声里,难道真的能安宁地睡着吗?嗯,他睡得并不安宁,可是却正说明他睡得不坏。那么他现在该干什么呢?下一班车七点钟开;要搭这一班车他得发疯似的赶才行,可是他的样品都还没有包好,他也觉得自己的精神不甚佳。而且即使他赶上这班车,还是逃不过上司的一顿申斥,因为公司的听差一定是在等候五点钟那班火车,这时早已回去报告他没有赶上了。那听差是老板的心腹,既无骨气又愚蠢不堪。那么,说自己病了行不行呢?不过这将是最不愉快的事,而且也显得很可疑,因为他服务五年以来没有害过一次病。老板一定会亲自带了医药顾问一起来,一定会责怪他的父母怎么养出这样懒惰的儿子,他还会引证医药顾问的话,粗暴地把所有的理由都驳掉,在那个大夫看来,世界上除了健康之至的假病号,再也没有第二种人了。再说今天这种情况,大夫的话是不是真的不对呢?格里高尔觉得身体挺不错,只除了有些困乏,这在如此长久的一次睡眠以后实在有些多余,另外,他甚至觉得特别饿。

这一切都飞快地在他脑子里闪过,他还是没有下决心起床——闹钟敲六点三刻了——这时,他床头后面的门上传来了轻轻的一下叩门声。“格里高尔,”一个声音说,——这是他母亲的声音——“已经七点差一刻了。你不是还要赶火车吗?”好温和的声音!格里高尔听到自己的回答声时不免大吃一惊。没错,这分明是他自己的声音，可是却有另一种可怕的叽叽喳喳的尖叫声同时发了出来，仿佛是伴音似的，使他的话只有最初几个字才是清清楚楚的，接着马上就受到了干扰，弄得意义含混，使人家说不上到底听清楚没有。格里高尔本想回答得详细些，好把一切解释清楚，可是在这样的情形下他只得简单地说："是的，是的，谢谢你，妈妈，我这会儿正在起床呢。"隔着木门，外面一定听不到格里高尔声音的变化，因为他母亲听到这些话也满意了，就拖着步子走了开去。然而这场简短的对话使家里人都知道格里高尔还在屋子里，这是出乎他们意料之外的，于是在侧边的一扇门上立刻就响起了他父亲的叩门声，很轻，不过用的却是拳头。"格里高尔，格里高尔，"他喊道，"你怎么啦？"过了一小会儿他又用更低沉的声音催促道："格里高尔！格里高尔！"在另一侧的门上他的妹妹也用轻轻的悲哀的声音问："格里高尔，你不舒服吗？要不要什么东西？"他同时回答了他们两个人："我马上就好了。"他把声音发得更清晰，说完一个字过一会儿才说另一个字，竭力使他的声音显得正常。于是他父亲走回去吃他的早饭了，他妹妹却低声地说："格里高尔，开开门吧，求求你。"可是他并不想开门，所以暗自庆幸自己由于时常旅行，他养成了晚上锁住所有门的习惯。即使回到家里也是这样。

首先他要静悄悄地不受打扰地起床，穿好衣服，最要紧的是吃饱早饭，再考虑下一步该怎么办，因为他非常明白，躺在床上瞎想一气是想不出什么名堂来的。他还记得过去也许是因为睡觉姿势不好，躺在床上时往往会觉得这儿那儿隐隐作痛，及至起来，就知道纯属心理作用，所以他殷切地盼望今天早晨的幻觉会逐渐消逝。他也深信，他之所以变声音不是因为别的而仅仅是重感冒的征兆，这是旅行推销员的职业病。

要掀掉被子很容易，他只需把身子稍稍一抬被子就自己滑下来了。可是下一个动作就非常之困难，特别是因为他的身子宽得出奇。他得要有手和胳臂才能让自己坐起来；可是他有的只是无数细小的腿，它们一刻不停地向四面八方挥动，而他自己却完全无法控制。他想屈起其中的一条腿，可是它偏偏伸得笔直；等他终于让它听从自己的指挥时，所有别的腿却莫名其妙地乱动不已。"总是呆在床上有什么意思呢。"格里高尔自言自语地说。

他想，下身先下去一定可以使自己离床，可是他还没有见过自己的下身，脑子里根本没有概念，不知道要移动下身真是难上加难，挪动起来是那样的迟缓；所以到最后，他烦死了，就用尽全力鲁莽地把身子一甩，不料方向算错，重重地撞在床脚上，一阵彻骨的痛楚使他明白，如今他身上最敏感的地方也许正是他的下身。

于是他就打算先让上身离床，他小心翼翼地把头部一点点挪向床沿。这却毫不困难，他的身躯虽然又宽又大，也终于跟着头部移动了。可是，等到头部终于悬在床边上，他又害怕起来，不敢再前进了，因为，老实说，如果他就这样让自己掉下去，不摔坏脑袋才怪呢。他现在最要紧的是保持清醒，特别是现在；他宁愿继续待在床上。可是重复了几遍同样的努力以后，他深深地叹了一口气，还是恢复了原来的姿势躺着，一面瞧他那些细腿在难以置信地更疯狂地挣扎；格里高尔不知道如何才能摆脱这种荒唐的混乱处境，他就再一次告诉自己，待在床上是不行的，最最合理的做法还是冒一切危险来实现离床这个极渺茫的希望。可是同时他也没有忘记提醒自己，冷静地，极其冷静地考虑到最最微小的可能性还是比不顾一切地蛮干强得多。这时节，他竭力集中眼光望向窗外，可是不幸得很，早晨的浓雾把狭街对面的房子也都裹上了，看来天气一时不会好转，这就使他更加得不到鼓励和安慰。“已经七点钟了，”闹钟再度敲响时，他对自己说，“已经七点钟了，可是雾还这么重。”有片刻工夫，他静静地躺着，轻轻地呼吸着，仿佛这样一养神什么都会恢复正常似的。

可是接着他又对自己说：“七点一刻前我无论如何非得离开床不可。到那时一定会有人从公司里来找我，因为不到七点公司就开门了。”于是他开始有节奏地来回晃动自己的整个身子，想把自己甩出床去。倘若他这样翻下床去，可以昂起脑袋，头部不至于受伤。他的背似乎很硬，看来跌在地毯上并不打紧。他最担心的还是自己控制不了的巨大响声，这声音一定会在所有的房间里引起焦虑，即使不是恐惧。可是，他还是得冒这个险。

当他已经半个身子探到床外的时候——这个新方法与其说是苦事，不如说是游戏，因为他只需来回晃动，逐渐挪过去就行了——他忽然想起如果有人帮忙，这件事该是多么简单。两个身强力壮的人——他想到了他的父亲和那个使女——就足够了；他们只需把胳臂伸到他那圆鼓鼓的背后，抬他下床，放下他们的负担，然后耐心地等他在地板上翻过身来就行了，一碰到地板他的腿自然会发挥作用的。那么，姑且不管所有的门都是锁着的，他是否真的应该叫人帮忙呢？尽管处境非常困难，想到这一层，他却禁不住透出一丝微笑。

他使劲地摇动着，身子已经探出不少，快要失去平衡了，他非得鼓足勇气采取决定性的步骤了，因为再过五分钟就是七点一刻——正在这时，前门的门铃响了起来。“是公司里派什么人来了。”他这么想，身子就随之而发僵，可是那些细小的腿却动弹得更快了。一时之间周围一片静默。“他们不愿开门。”格里高尔怀着不合常情的希望自言自语道。可是使女当然还是跟往常一样踏着沉重的步子去开门了。格里高尔听到客人的第一声招呼就马上知道这是谁——是秘书主任亲自出马了。真不知自己生就什么命，竟落到给这样一家公司当差，只要有一点小小的差错，马上就会招来最大的怀疑！在这一个所有的职员全是无赖的公司里，岂不是只有他一个人忠心耿耿吗？他早晨只占用公司两三个小时，不是就给良心折磨得几乎要发疯，真的下不了床吗？如果确有必要来打听他出了什么事，派个学徒来不也够了吗——难道秘书主任非得亲自出马，以便向全家人，完全无辜的一家人表示，这个可疑的情况只有他自己那样的内行来调查才行吗？与其说格里高尔下了决心，倒不如说他因为想到这些事非常激动，因而用尽全力把自己甩出了床外。砰的一声很响，但总算没有响得吓人。地毯把他坠落的声音减弱了几分，他的背也不如他所想象的那么毫无弹性，所以声音很闷，不惊动人。只是他不够小心，头翘得不够高，还是在地板上撞了一下；他扭了扭脑袋，痛苦而愤懑地把头挨在地板上磨蹭着。

"那里有什么东西掉下来了。"秘书主任在左面房间里说。格里高尔试图设想，今天他身上发生的事有一天也让秘书主任碰上了；谁也不敢担保不会出这样的事。可是仿佛给他的设想一个粗暴的回答似的，秘书主任在隔壁的房间里坚定地走了几步，他那漆皮鞋子发出了吱嘎吱嘎的声音。从右面的房间里，他妹妹用耳语向他通报消息："格里高尔，秘书主任来了。""我知道了。"格里高尔低声嘟哝道，但是没有勇气提高嗓门让妹妹听到他的声音。

"格里高尔，"这时候，父亲在左边房间里说话了，"秘书主任来了，他要知道为什么你没能赶上早晨的火车。我们也不知道怎么跟他说。另外，他还要亲自和你谈话。所以，请你开门吧。他度量大，对你房间里的凌乱不会见怪的。""早上好，萨姆沙先生，"与此同时，秘书主任和蔼地招呼道。"他不舒服呢，"母亲对客人说，这时他父亲继续隔着门在说话，"他不舒服，先生，相信我吧。他还能为了什么原因误车呢！这孩子只知道操心公事。他晚上从来不出去，连我瞧着都要生气了；这几天来他没有出差，可他天天晚上都守在家里。他只是安安静静地坐在桌子旁边，看看报，或是把火车时刻表翻来覆去地看。他唯一的消遣就是做木工活儿。比如说，他花了两三个晚上刻了一个小镜框；您看到它那么漂亮一定会感到惊奇；这镜框挂在他房间里；再过一分钟等格里高尔打开门您就会看到了。您的光临真叫我高兴，先生；我们怎么也没法使他开门；他真是固执；我敢说他一定是病了，虽然他早晨硬说没病。"——"我马上来了，"格里高尔慢吞吞地小心翼翼地说，可是却寸步也没有移动，生怕漏过他们谈话中的每一个字。"我也想不出有什么别的原因，太太，"秘书主任说，"我希望不是什么大病。虽然另一方面我不得不说，不知该算福气还是晦气，我们这些做买卖的往往就得不把这些小毛病当作一回事，因为买卖嘛总是要做的。"——"喂，秘书主任现在能进来了吗？"格里高尔的父亲不耐烦地问，又敲起门来了。"不行。"格里高尔回答。这声拒绝以后，在左面房间里是一阵令人痛苦的寂静；右面房间里他妹妹啜泣起来了。

他妹妹为什么不和别的人在一起呢？她也许是刚刚起床，还没有穿衣服吧。那么，她为什么哭呢？是因为他不起床让秘书主任进来吗，是因为他有丢掉差使的危险吗，是因为老板又要开口向他的父母讨还旧债吗？这些显然都是眼前不用担心的事情。格里高尔仍旧在家里，丝毫没有弃家出走的念头。的确，他现在暂时还躺在地毯上，知道他的处境的人当然不会盼望他让秘书主任走进来。可是这点小小的失礼以后尽可以用几句漂亮的辞令解释过去，格里高尔不见得马上就给辞退。

格里高尔觉得，就目前来说，他们与其对他抹鼻子流泪苦苦哀求，还不如别打扰他的好。可是，当然啦，他们的不明情况使他们大惑不解，也说明了他们为什么有这样的举动。

“萨姆沙先生，”秘书主任现在提高了嗓门说，“您这是怎么回事？您这样把自己关在房间里，光是回答‘是’和‘不是’，毫无必要地引起您父母极大的忧虑，又极严重地疏忽了——这我只不过顺便提一句——疏忽了公事方面的职责。我现在以您父母和您经理的名义和您说话，我正式要求您立刻给我一个明确的解释。我真没想到，我真没想到。我原来还认为您是个安分守己、稳妥可靠的人，可您现在却突然决心想让自己丢丑。经理今天早晨还对我暗示您不露面的原因可能是什么——他提到了最近交给您管的现款——我还几乎要以自己的名誉向他担保这根本不可能呢。可是现在我才知道您真是执拗得可以，从现在起，我丝毫也不想袒护您了。您在公司里的地位并不是那么稳固的。这些话我本来想私下里对您说的，可是既然您这样白白糟蹋我的时间，我就不懂为什么您的父母不应该听到这些话了。近来您的工作叫人很不满意；当然，目前买卖并不是旺季，这我们也承认，可是一年里整整一个季度一点儿买卖也不做，这是不行的，萨姆沙先生，这是完全不应该的。”

“可是，先生，”格里高尔喊道，他控制不住了，激动得忘记了一切，“我这会儿正要来开门。一点儿小小的不舒服，一阵头晕使我起不了床。我现在还躺在床上呢。不过我已经好了。我现在正要下床。再等我一两分钟吧！我不像自己所想的那样健康。不过我已经好了，真的。这种小毛病难道就能打垮我不成！我昨天晚上还好好儿的，这我父亲母亲也可以告诉您，不，应该说我昨天晚上就感觉到了一些预兆。我的样子想必已经不对劲了。您要问为什么我不向办公室报告！可是人总以为一点点不舒服一定能顶过去，用不着请假在家休息。哦，先生，别伤我父母的心吧！您刚才怪罪于我的事都是没有根据的，从来没有谁这样说过我。也许您还没有看到我最近兜来的定单吧。至少，我还能赶上八点钟的火车呢，休息了这几个钟点我已经好多了。千万不要因为我而把您耽搁在这儿，先生；我马上就会开始工作的，这有劳您转告经理，在他面前还得请您多替我美言几句呢！”

格里高尔一口气说着，自己也搞不清楚自己说了些什么，也许是因为有了床上的那些锻炼，格里高尔没费多大气力就来到柜子旁边，打算依靠柜子使自己直立起来。他的确是想开门，的确是想出去和秘书主任谈话的；他很想知道，大家这么坚持以后，看到了他又会说些什么。要是他们都大吃一惊，那么责任就再也不在他身上，他可以得到安静了。如果他们完全不在意，那么他也根本不必不安，只要真的赶紧上车站去搭八点钟的车就行了。起先，他好几次从光滑的柜面上滑下来，可是最后，在一使劲之后，他终于站直了；现在他也不管下身疼得像火烧一般了。接着他让自己靠向附近一张椅子的背部，用他那些细小的腿抓住了椅背的边。这使他得以控制自己的身体，他不再说话，因为这时候他听见秘书主任又开口了。

“你们听得懂哪个字吗？”秘书主任问，“他不见得在开我们的玩笑吧？”“哦，天哪，”他母亲声泪俱下地喊道，“也许他病害得不轻，倒是我们在折磨他呢。葛蕾特！葛蕾特！”接着她嚷道。“什么事，妈妈？”他妹妹打那一边的房间里喊道。她们就这样隔着格里高尔的房间对嚷起来。“你得马上去请医生。格里高尔病了。去请医生，快点儿。你没听见他说话的声音吗？”“这不是人的声音。”秘书主任说，跟母亲的尖叫声一比他的嗓音显得格外低沉。“安娜！安娜！”他父亲从客厅向厨房里喊道，一面还拍着手，“马上去找个锁匠来！”于是两个姑娘奔跑得裙子飕飕响地穿过了客厅——他妹妹怎能这么快就穿好衣服的呢？——接着又猛然打开了前门，没有听见门重新关上的声音；她们显然听任它洞开着，什么人家出了不幸的事情就总是这样。

格里高尔现在倒镇静多了。显然，他发出来的声音人家再也听不懂了，虽然他自己听来很清楚，甚至比以前更清楚，这也许是因为他的耳朵变得能适应这种声音了。不过至少现在大家相信他有什么地方不太妙，都准备来帮助他了。这些初步措施将带来的积极效果使他感到安慰。他觉得自己又重新进入人类的圈子，对大夫和锁匠都寄予了莫大的希望，却没有怎样分清两者之间的区别。为了使自己在即将到来的重要谈话中声音尽可能清晰些，他稍微嗽了嗽嗓子，他当然尽量压低声音，因为就连他自己听起来，这声音也不像人的咳嗽。这时候，隔壁房间里一片寂静。也许他的父母正陪了秘书主任坐在桌旁，在低声商谈，也许他们都靠在门上细细谛听呢。

格里高尔慢慢地把椅子推向门边，接着便放开椅子，抓住了门来支撑自己——他那些细腿的脚底上倒是颇有黏性的——他在门上靠了一会儿，喘过一口气来。接着他开始用嘴巴来转动插在锁孔里的钥匙。不幸的是，他并没有什么牙齿——他得用什么来咬住钥匙呢？——不过他的下颚倒好像非常结实；靠着这下颚总算转动了钥匙，他准是不小心弄伤了什么地方，因为有一股棕色的液体从他嘴里流出来，淌过钥匙，滴到地上。“你们听，”门后的秘书主任说，“他在转动钥匙了。”这对格里高尔是个很大的鼓励；不过他们应该都来给他打气，他的父亲母亲都应该喊：“加油，格里高尔。”他们应该大声喊道：“坚持下去，咬紧钥匙！”他相信他们都在全神贯注地关心自己的努力，就集中全力死命咬住钥匙。钥匙需要转动时，他便用嘴巴衔着它，自己也绕着锁孔转了一圈，好把钥匙扭过去，或者不如说，用全身的重量使它转动。终于屈服的锁发出响亮的咔嗒一声，使格里高尔大为高兴。他深深地舒了一口气，对自己说：“这样一来我就不用锁匠了。”接着就把头搁在门柄上，想把门整个打开。门是向他自己这边拉的，所以虽然已经打开，人家还是瞧不见他。他得慢慢地从对开的那半扇门后面把身子挪出来，而且得非常小心，以免背脊直挺挺地跌倒在房间里。他正在困难地挪动自己，顾不上作任何观察，却听到秘书主任

“哦!”的一声大叫——发出来的声音像一股猛风——现在他可以看见那个人了,他站得靠近门口,一只手遮在张大的嘴上,慢慢地往后退去,仿佛有什么无形的强大压力在驱逐他似的。格里高尔的母亲——虽然秘书主任在场,她的头发仍然没有梳好,还是乱七八糟地竖着——她先是双手合掌瞧瞧他父亲,接着向格里高尔走了两步,随即倒在地上,裙子摊了开来,脸垂到胸前,完全看不见了。他父亲握紧拳头,一副恶狠狠的样子,仿佛要把格里高尔打回到房间里去,接着他又犹豫不定地向起坐室扫了一眼,然后把双手遮住眼睛,哭泣起来,连他那宽阔的胸膛都在起伏不定。

【作者简介】

弗兰兹·卡夫卡(1883 年 7 月 3 日—1924 年 6 月 3 日),20 世纪德语小说家。卡夫卡生于捷克(当时属奥匈帝国)首府布拉格一个犹太商人家庭,是家中长子,有三个妹妹(另有两个早夭的弟弟)。自幼爱好文学、戏剧,18 岁进入布拉格大学,初习化学、文学,后习法律,获博士学位。毕业后,在保险公司任职。多次与人订婚,却终生未娶,41 岁时死于肺痨。他的作品主要有长篇小说《美国》(1912—1914)、《诉讼》(1914—1918)、《城堡》(1922);短篇小说《变形记》(1912)、《地洞》(1923—1924)等。

【阅读提示】

《变形记》是卡夫卡的代表作,也是西方现代派文学的经典之作。它深刻而尖锐地揭示了现代资本主义社会一些带本质性的问题,如普遍存在的人的“异化”现象,如人掌握不了自己的命运、时刻都有的灾难感,如人与人之间不能理解、沟通的孤独感等。作品通过格里高尔的变形、变形后的遭遇及悲惨结局,深刻地揭露了资本主义社会里人与人之间赤裸裸的利害关系,表现了人的“异化”。

【思考与练习】

1.简述《变形记》的故事梗概。

2.卡夫卡的《变形记》是如何表现异化主题的?

《尼尔斯骑鹅历险记》

塞尔玛·拉格洛芙

【作品简介】

本书是瑞典女作家塞尔玛·拉格洛芙于1906—1907年创作的儿童文学作品，也是迄今为止世界文学史上第一部而且是唯一一部获得诺贝尔文学奖的童话作品。

该作品讲述了一个名叫尼尔斯的14岁小男孩的故事。尼尔斯住在瑞典南部，父母都是善良、勤劳却又十分贫困的农民。他不爱读书学习，调皮捣蛋，好捉弄小动物。一个初春，尼尔斯的父母上教堂去了，他在家里因为捉弄一个小精灵而被精灵用妖法变成一个拇指一般大的小人儿。正在这时，一群大雁从空中飞过，家中一只雄鹅也想展翅跟随大雁飞行，尼尔斯为了不让雄鹅飞走，紧紧抱住鹅的脖子，不料却被雄鹅带上高空。从此，他骑在鹅背上，跟随着大雁走南闯北，周游各地，从南方一直飞到最北部的拉普兰省，历时8个月才返回家乡。他骑在鹅背上看到了自己祖国的奇峰异川、旖旎风光，学习了祖国的地理历史，听了许多故事传说，也饱尝了风险和苦难。在漫游中，他从旅伴和其他动物身上学到不少优点，逐渐改正了自己淘气调皮的缺点，培养了勇于舍己、助人为乐的优秀品德。当他重返家乡时，不仅重新变成了一个高大漂亮的男孩子，而且成了一个温柔、善良、乐于助人且又勤劳的好孩子。

【作品欣赏】

在农庄上

就在这几天里，斯康耐平原上发生了一桩咄咄怪事，非但大家你传我、我传你，而且在报上也登载出来了。不过许多人以为这件事必定是虚构出来的，因为谁也说不清其来龙去脉究竟是怎么回事。

事情是这样的，有人在维姆布湖岸上的榛树丛里逮住一只母松鼠，把她带到了附近的一个农庄上。农庄上的老老少少都很喜欢这只美丽的小动物，她长着大大的尾巴、聪明而好奇的眼睛和漂亮而小巧的脚爪。他们打算整个夏天都观赏她那轻盈的动作、啃剥坚果的灵巧办法还有逗人开心的滑稽游戏。他们很快就修理好一个旧的松鼠笼子，笼子里面有一间漆成绿色的小屋和一个铁丝编的吊环。这间小屋有门有窗，可以作为松鼠的餐厅和卧室。大家还用树叶在房子里面铺了一张床，放进去一碗牛奶和几个榛实。那只铁丝吊环就是她的游戏室，她可以在上面跑跑跳跳、爬上爬下和打秋千。

大家都以为他们给母松鼠安排得挺好了，可是令人惊奇的是，她的样子看起来并不喜欢这个环境。她反而烦躁生气地蜷曲在小房里，不时发出抱怨的尖叫，她碰都不碰那些食品，吊环一次也不肯去玩。“保准是她还害怕，”农庄上的人说道，“等明天习惯过来了，她就会又吃又玩了。”

当时，农庄上的妇女们正在为节日的盛宴而忙碌，抓到松鼠的那一天正好赶上她们在忙着烤一大批面包。不知道是因为她们运气不好面团没有发酵起来，还是她们手脚太慢的缘故，反正直到天黑以后她们还在那里忙个不停。

厨房里当然是一派忙忙碌碌、热热闹闹的景象，这样没有人顾得上分心去照管那只母松鼠了。可是农庄上有位老奶奶，因为上了年纪手脚不便，大家都没有让她去帮忙烤制面包。她自己对人家的一片好意也很领情，可是又不大乐意人家啥事都不让她过问。她心里一不自在就不想上床睡觉，坐在起居室窗下往外张望。厨房里的人嫌屋里太热，把房门大开着，灯光照到了院里。那是一个四面都有房子的院子，整个院子一片通亮，老奶奶连对面院墙上的裂缝和洞孔都能够看得一清二楚。那只松鼠笼子恰好挂在光线最明亮的地方，老奶奶当然看得见。她注意到那只松鼠整整一夜总是从卧室里钻出来奔到吊环上，再从吊环上奔回到卧室里，来来回回一时一刻也没有停过。她觉得很奇怪，那个小动物怎么会这样烦躁不安，她想那大概是灯光太亮使她难以睡眠的缘故。

那个农庄的牛棚和马厩隔着一个很宽阔的、有门沿的拱门，那里也正好被厨房里透出来的亮光照得通亮。在入夜之后不太久的时候，老奶奶看到有个小人儿从拱门里小心翼翼、蹑手蹑脚地走了出来，他的身材还不及巴掌那么高，穿着皮裤和木鞋，一身干活的打扮。老奶奶马上明白过来那是个小精灵，她一点也不觉得害怕。虽然她从来没有亲眼见到过，可是她老听人说小精灵是住在马厩里的，而且他在哪里显灵，就会给那里带来好运气。

小精灵一走进铺着石板的院子，就径直朝松鼠笼子跑过去。笼子挂得很高，他够不到，于是就到工具棚里找来一根棍棒，然后就像水手攀爬缆绳一样爬了上去。他到笼子跟前用力摇晃那间小绿房子的门，似乎想要把门打开。但是老奶奶还是很沉得住气，稳稳地坐在那儿不动，因为她知道那些孩子们生怕邻居家的孩子来偷走松鼠而在门上加了一把挂锁。老奶奶看到那小精灵打不开门，松鼠就钻出来跑到铁丝吊环上，他同小精灵在那儿叽叽喳喳地商量了老半天。小精灵等到被关在笼子里的那只小动物把话说完后，就顺着木棍滑到地上，从院子的大门跑了出去。

老奶奶估摸着当天晚上再也不会见到小精灵了，但是她仍旧坐在窗旁没有走开。过了不长工夫，小精灵却又返回来了，他脚步匆忙地奔向松鼠笼子，他奔跑得那么飞快，老奶奶几乎觉得他的双脚简直好像没有沾地一样。老奶奶朝远处看的眼力极好，所以她看见了他双手都拿着东西，但究竟拿的是什么东西她却看不清楚了。他把左手里拿着的东西放在石板地上，带着右手里的东西爬到了笼子上。他用木鞋使劲地猛踢那扇小窗户，玻璃哐啷一声被踢碎了，他把手里的东西递给了母松鼠，然后又滑下来，拿起先前放在地上的东西又爬了上去。随后他马上就跑了出去。他跑得那么飞快，老奶奶的目光差点儿追不上他。

这时候，老奶奶没有法子再安安稳稳地在屋里坐下去了。她轻轻地从椅子上站起来，悄手悄脚地走到院子里，站在水泵的阴影里等候着那个小精灵。这时候那家喂养的那只猫也发现了他，而且对他起了好奇心，猫儿也蹑手蹑脚地走过来，停在离开亮光大约两三步路的墙脚下。

在那春寒料峭的三月夜晚里，老奶奶和那只家猫等待了很久很久。老奶奶已经有点不耐烦起来，刚要转身返回屋里，却听见石板地上传来了吧嗒吧嗒的响声，举目一看那个模样像是小精灵的小人儿又迈着沉重的脚步回来了。他像上次一样，两只手里都拿着东西，而手里的东西还在一边蠕动一边吱吱叫。这时候老奶奶方才恍然大悟，她明白过来了，原来小精灵跑到棕树丛里去把松鼠妈妈的孩子们找来了，他把他们送回给母松鼠，免得他们活活饿死。

为了不去打扰小精灵，老奶奶站在那儿一动也不敢动，小精灵似乎也没有看见她。当他刚要把一只幼小的松鼠放在地上，把另一只送上笼子的时候，他忽然瞅见就在他身旁不远处那只家猫闪闪发亮的绿色眼睛。他双手各托着一只幼小的松鼠站在那儿，一时之间拿不定主意。

他回过头来朝四处张望，忽然看到了那位老奶奶，就毫不迟疑地走过去把一只小松鼠递给了她。

老奶奶不愿意辜负他的信任，她弯下腰去，把幼小的松鼠接了过来，托在自己的手里，一直等到小精灵爬上去把他手里的那一只递进了笼子里，又下来把托付给她的那一只取走。

第二天早晨，农庄上的人聚在一起吃早饭的时候，老奶奶再也憋不住了，便讲起了她昨天夜间亲眼见到的事情。大家都听得哈哈大笑，取笑说那只不过是她做了一个梦。他们还说在这么早的季节里哪儿来的幼松鼠。

然而她一口咬定自己亲眼所见的那些事情，并且要他们去看一看松鼠笼子。他们真的去看了。在松鼠卧室里树叶铺成的小床上，果然躺着四只身上还没有几根毛、眼睛还没有完全睁开的幼松鼠，看样子出生起码有两三天了。

当农庄主人亲眼看见了那几只肉团团的幼松鼠之后，他叹气说道：“不管这件事情究竟是怎么回事，可是有一点是错不了的，那就是我们农庄上的人做了一件不太光彩的事情，不管是对动物还是对人都不应该这样做。”他说着就把那只母松鼠和那几只幼松鼠都掏出来,放到老奶奶的围裙里。

"你把他们送回到榛树丛里去吧,"他吩咐说,"让他们重新获得自由吧!"

这件事情在这一带流传得很广,甚至还登在报纸上。不过大多数人还是不愿意相信,因为他们解释不了怎么会发生这样的事情。

在威特斯克弗莱

三月二十六日　星期六

两三天以后,又发生了一件稀奇古怪的事情。有一天早上,斯康耐东部在离威特斯克弗莱大庄园不远的地方,飞过来了一群大雁,他们降落在那儿的田野里。雁群里一共有十三只平常见到的灰色大雁,还有一只白色的雄鹅,雄鹅背上驮着一个上身穿着绿色背心,下身穿着黄皮裤,头戴白色尖顶帽的小人儿。

他们这时候离波罗的海不远,大雁降落下来的那片田地是海滩上常见的泥沙地。看样子过去这一带是一片飘移不定的流沙,因而不得不人工固定流沙,在好几个地方都可以见到大片大片的人工种植的松树林。

大雁们在地头寻觅了一会儿食物,这时有几个孩子沿着田埂走了过来。那只站岗放哨的大雁立即拍打翅膀呼啦一声冲天而起,以便使得整个雁群都明白马上就有危险要发生。所有大雁都一下子飞了起来,但是那只白鹅却还是若无其事地在地上走来走去。当他看到别的大雁腾空而飞的时候,他抬起头来朝他们高喊道:"你们用不着见了他们就逃跑,那只不过是几个孩子。"

曾经骑坐在白鹅身上飞行的那个小人儿这时候正坐在树林边的一个小土丘上,从松球里剥出松仁来。孩子们已经走到非常靠近他身边的地方,他就没有敢跑过田地到白鹅那边去。他赶快躲到一片蓟花菜的大枯叶底下,在此同时向白鹅发出了报警的喊叫。

可是那只大白鹅显然拿定主意不甘表示胆怯。他还是照样在地里慢慢吞吞地踱来踱去,连孩子们朝哪个方向走过来都不看一眼。

然而孩子们从路上拐弯进来,越过田地,向雄鹅这边走了过来。当他终于抬起头来张望的时候,他们已经来到了他的身边。他这才张皇失措,不知怎么办才好,竟然忘记了自己会飞,只顾在地上奔来奔去,躲避孩子们的追逐。孩子们在后面追赶着,把雄鹅赶进了一个坑里,把他抓住了。他们中间那个最大的孩子把他夹在胳肢窝底下就带走了。

躲在蓟花菜叶底下的那个小人儿看到了这一切情景,他立刻跑了出来,想要把雄鹅从孩子们的手里夺回来。但是他马上又想起了自己是那么弱小无力,于是就扑倒在小土丘上,捏紧了双拳在地上狂怒地捶打起来。

雄鹅拼命地呼救道:"大拇指儿,快来救我!大拇指儿,快来救我!"本来焦急万分的那个小人儿听到了又哈哈大笑起来,“咳,我倒成了最合适的人啦!我哪儿有力气帮得上呵!”他说道。

可是他到底还是爬起身来去追赶雄鹅了。“我虽说帮不上他多少忙,”他想道,“我起码要亲眼看看他们究竟怎么对待他。”

孩子们早就走了一会儿工夫,不过他还是能够不算太难地盯住他们。可是后来他走进了一个峡谷,那里有一条小溪。小溪并不宽,水流也不急,但是他仍旧不得不在岸边转悠了很久,才找到一个地方跳了过去。

他走出峡谷的时候,那几个孩子早已不见踪影了。不过,他还是能够在一条小路上看到他们的脚印。那几行脚印是朝向森林走去的。于是他就继续往前追赶。

不久,他走到了一个十字路口,孩子们大概是在这里分手各奔东西的,因为两个方向都有脚印。这一下使得小人儿觉得事情毫无指望了。

可是,就在这时候,小人儿在一个长满了灌木丛的小山丘上发现了一小根白色的鹅毛。他明白了,那是雄鹅扔在路边来告诉他自己被抓走的去向的,所以他又继续向前走。他沿着孩子们的脚印穿过了整个森林。他虽然看不到雄鹅的踪影,但是当他快要迷路的时候,总会有一小根白色鹅毛为他指引方向。

小人儿放心大胆地跟随那些鹅毛继续追赶下去。一路上,那些鹅毛把他指引出森林,穿越过两三块耕地,走上了一条大路,最后到了通向一个贵族庄园的林荫大道。在林荫大道的尽头处,隐隐约约可以见到红砖砌成的、有不少闪闪发亮的装饰物的山墙和塔楼。小人儿一看到眼前的那个大庄园,便大致估摸出雄鹅的命运垂危了。“不消说,那些孩子准是把大鹅带到这个庄园里来,说不定他早就被人宰了。”他自言自语地说道。可是他没有得到确凿消息毕竟还不死心,于是更加心急如焚地向前飞奔过去。在林荫大道他一直没有遇上什么人,这正是他求之不得的,因为像他这副模样,他是唯恐被人瞅见的。

他走到的那个庄园是一座巍峨壮观的老式建筑物,四周平房环绕,中央是一个大城堡。东边是一个非常深长的拱形门道,一直通到城堡的院子里。在走到大门口之前,小人儿毫不犹豫地一直向前奔跑,可是当他走到那儿便停下了脚步。他不敢再往前走了,站在那里发愁,不知该怎么做才好。

正当小人儿手指撳着鼻尖在沉思的时候,忽然听到身后传来了一阵嗒嗒的脚步声。他回头一看,只见一大群人从林荫大道上走了过来。他赶忙走到拱门旁边一个水桶的背后躲藏起来。

原来那是一所农村平民中学的二十来个年轻男学生,他们是出门远足来到这里的。有一位教师陪着他们一起走来。这支队伍走到拱形门道前面时,那位教师让他们先在外面稍候片刻,他自己走进去问问,看是不是可以允许参观一下威特斯克弗莱城堡。

这些刚刚到来的人似乎走了很远的路,所以又热又渴。其中有个人实在口渴得厉害,便走到水桶旁边弯下腰去喝几口水。他脖子上挂着一个锡皮的植物标本罐。他觉得带着它喝水很不方便,就摘下来顺手撂在地上。撂下去的时候锡皮罐的盖子张开了,可以看得见里面放着采集来的几株迎春花。

那个植物标本罐正好就撂在小人儿面前,他觉得进入城堡去弄清楚雄鹅下落的大好机会来了。于是他当机立断,马上跳进了这个植物标本罐里,就在银莲花和款冬花底下严严实实地躲藏起来。

他刚刚藏好身,那个年轻人就把标本罐拎了起来,挂到脖子上,并且啪嗒一声把盖子关紧了。

这时候那位教师走回来了。他告诉大家说可以到城堡里去参观。他把学生们带进城堡的内院里,站在那儿向他们讲解起这座古老的建筑物来。

他向学生们讲道,从前这个国家刚刚开始有人聚居的时候,他们不得不居住在山洞里或者泥洞里,后来住在用兽皮绷起来的帐篷里,再往后居住在树枝搭成的小木棚里。经过了悠长的岁月,人类才逐渐学会砍伐树木盖起木屋。后来又过了不知多少时间,经过艰巨的奋斗并付出了不少劳动,人类才能从光会盖只有一间房间的小木房发展到竟然可以兴建起像威特斯克弗莱那样宏伟的、有上百间房间的大城堡。

这是三百五十年前有财有势的人建造的城堡,他告诉大家说。可以清楚地看出来,威特斯克弗莱城堡建于斯康耐平原被战争和掠夺者闹得鸡犬不宁的那个时代。所以城堡四周环绕着一条壕宽水深的护城沟,古时候沟上还有一座可以随闭随启的吊桥。拱形门道上的哨楼至今还在。堡垒四周的城墙上筑有卫兵巡逻时走的小路,城堡的四个角上都有墙壁达一米多厚的瞭望塔楼。幸好这座城堡还不是建造在最为兵荒马乱的战争动乱年代,所以城堡的建造者詹斯·布拉赫不惜工本地把它建造成一座富丽堂皇的宏伟大厦。如果人们有机会看到比它早几十年建造在格里姆格的那幢坚固而巨大的石头建筑的话,他们就会很容易地注意到,城堡的主人詹斯·哈尔格森·乌夫斯但德只顾一味追求建造得坚固和巨大,根本没有想到美观和舒适。如果人们看到了马茨温岛、斯文斯托埔和上威德修道院这些地方的华丽宫殿的话,他们就会注意到这些宫殿比威特斯克弗莱城堡修建得晚了一二百年,那些年代更平静安定了,于是建造那些宫殿的贵族老爷就舍弃了城堡,改而追求建筑宽敞豪华的住宅。

那位教师侃侃讲来,讲得无止无休,小人儿关在植物标本罐里憋得实在忍耐不下去了。但是他不得不安安生生地躺着,那个背着植物标本罐的人一点也没有发觉他躲在里面。

后来,这群人终于走进了城堡。不过,小人儿本来要想找个机会从植物标本罐里溜出来,那么他这一下算是上当了。那个学生一直背着那个罐子没有放下来,害得小人儿也不得不跟着走遍了各个房间。

他们参观得很慢，那位老师每走一步都要停下来详详细细讲解一番。

在一间屋子里有个古老的炉灶。老师在炉灶面前停住脚步，讲起了人类在不同的时代用过的不同的生火煮东西的法子。第一个室内炉灶是在农舍中央地上用石头砌成的火塘，在屋顶上有个出烟的洞孔，不过这个洞孔也透风透雨。第二个是一个很大的、用泥土砌成的炉灶，但是没有烟囱，火一生屋里十分暖和，可是屋里到处是滚滚浓烟和呛人鼻息的烟味。在兴建威特斯克弗莱城堡的时候，人类刚好学会在炉灶上加盖一个又粗又大的烟囱，浓烟固然放出屋外去了，可惜大部分热量也随之放跑到空中去了。

倘若小人儿过去性情急躁，毫无耐心的话，那么这一天对他来说却是一次很好的耐性锻炼。他居然一动不动地躺在那里足足有一个小时了。

那位教师走进下一个房间之后，就站在一张顶篷很高、四周挂着华丽的床幔的古色古香的大床前面，他马上开始介绍古代的床和床架。

教师不慌不忙地讲着，他当然不知道有一个可怜的小人儿躺在植物标本罐里，盼着他赶快讲完。他走进一间用烫金兽皮挂毯装饰起来的房间，就会滔滔不绝地从人类最初怎样装饰墙壁讲起。当他走近一张旧得褪色的全家合影的照片时，他就讲述节日盛装在各个时代的千变万化。当他走进那些宴会厅的时候，他就大讲特讲古时候庆祝婚礼的仪式和安葬收殓的礼仪。

在此之后，他还把曾经在这座城堡里居住过的那许许多多精明强干的男男女女逐一进行了介绍。他谈到了历史悠久的布拉赫家族和古老望族巴纳可夫家族；讲了克里斯田·巴纳可夫怎样在大撤退途中把自己的战马让给国王当坐骑；讲到了玛格丽塔·阿希贝格在嫁给契尔·巴纳可夫之后不久就丧夫寡居，以遗孀身份治理了这个庄园和整个地区长达三十五年之久；讲到了银行家哈格曼怎样从威特斯克弗莱的一个出身贫贱的佃农家孩子变得后来那么有钱，他买下了整个庄园；还讲到了以铸造刀剑闻名的谢尔恩家族怎样为斯康耐的农民制造出了一种比较轻便灵巧的耕犁，使他们终于摆脱了那种三对公牛还拉不动的旧式木犁。

在整个这段时间里，小人儿躺在那儿一动不动。他过去淘气捣蛋的时候曾经把爸爸或者妈妈偷偷地关在地窖里，那么现在他自己不得不亲身领受这种难受的滋味了，因为教师讲个没完没了，一直讲了几个钟头才住了口。

教师终于从屋里走了出来，来到了城堡院子里。他在那里又讲起人类通过世世代代的长期辛勤劳动才学会了制作工具和武器，缝衣服和盖房子，还有造家具和装饰品。他说，像威特斯克弗莱这样巍巍壮观的城堡是历史进程中的一个里程碑。在这里可以看到人类在三百五十年以前就进步到了什么地步。至于这以后人类是前进了还是倒退了，这就见仁见智各随各便了。

可是这段话那个小人儿却没有来得及听见，因为背着他的那个学生这时候又口渴起来了，他悄悄地溜到厨房里去找水喝。当小人儿来到了这里，他就忍不住朝四处偷看想要知道雄鹅的着落。他开始爬动起来,可是用力太猛,无意之中顶撞了一下植物标本罐的盖子,盖子就张开了。植物标本罐的盖子有时候会自己弹开的,所以那个学生没有太在意,随手就把盖子盖上了。可是那个厨娘却问他有没有在标本罐里放了一条蛇。

“没有哇,我只在里面放了几株花草,”那个学生莫名其妙地回答说。

“不对,里面一定有东西在爬动,”厨娘一口咬定说。

那个学生就把盖子打开,想让她看看是她错了。“你不妨自己来看看吧!”

他还没有来得及讲下去,那个小人儿不敢再在标本罐里待下去,就纵身一跃跳到地板上,一溜烟往门外奔跑出去。那些女仆没有看清楚地上是什么东西在跑,但是她们还是跟着从厨房里追了出去。

那位教师还站在那里口若悬河地讲着。突然之间一阵高声呼喊打断了他。“抓住他! 抓住他!”厨房里跑出来的那些人高喊道。那些年轻人也纷纷转身去追赶那个比老鼠还窜得快的小人儿。他们想在大门口截住他,可是却没有堵住,因为想要抓住那么小的一个玩意儿倒也不是一件轻而易举的事情。小人儿终于脱身出来,跑到了露天之下。

小人儿没有敢从那条宽敞的林荫大道方向那边跑,而是一转身朝着另一个方向跑了。他奔跑着穿过花园进入了后院。那些人一直高声大叫大笑地追赶他。这个小人儿用尽力气拼命奔跑,有好几次总算化险为夷幸而逃脱了,但是看样子似乎迟早要给人抓住的。

当他跑过一幢雇工住的小屋时,他猛听得有一只鹅在那里呼叫,他低头一看,见到台阶上有一根白色的鹅毛。啊! 原来就在这里面,雄鹅就在这里面! 真是踏破铁鞋无觅处,他早先白费了工夫走错了路。这时候他已经顾不得在后面追赶的那些女仆和男学生了,马上爬上台阶,奔进门廊。可是他再也没有法子往前走了,因为房门是锁着的。他听得很分明,雄鹅在里面哀哀啼叫和呻吟,但是他却打不开门。而后面那些人却追得越来越近了,屋里雄鹅哀号得也越来越凄惨了。在这种危急的处境之中,小人儿鼓足了勇气,用出全身力气在门上捶得乒乓直响。

一个小孩走出来把门打开。小人儿乘机朝屋子里一看,但见有个女人坐在地板的中央,手里紧紧攥住了雄鹅,正要剪掉他的翅膀尖。雄鹅是她的孩子找回家来的,她没有什么恶意,只不过想把雄鹅的翅尖剪短,使他没法再飞走,这样就可以把他留在家里喂养了。雄鹅其实没有遭受到更大的不幸,但是不断地拼命哀叫。

幸亏那个女人动手晚,还没有真正下剪刀。在门被打开,小人儿站在门槛上的时候,只有两根长翼毛被剪刀剪了下来。像他这样一副模样,那个女人过去从来没有看见过。她吓了一大跳,心想保准是小精灵显灵了,她吓得手一松剪刀掉到了地上。她双手绞在一起,忘记了去攥紧雄鹅。

雄鹅觉得自己身上被放松了,就立即跑向门口。他脚不停步地向前飞奔,顺便就一口叼住小人儿的衣领把他带走了。他在台阶上张开翅膀飞向天空。与此同时,他那长长的颈脖姿势优美地往后一扭,把小人儿驮到他的羽毛平滑的背上。

他们就这样飞向了天空,整个威特斯克弗莱地区的居民们都站在那儿,仰起了头,凝目观望。

【作者简介】

塞尔玛·拉格洛芙(1858—1940)是瑞典的优秀女作家,1909 年获得了诺贝尔文学奖。拉格洛芙生于瑞典中部的一个陆军中尉家中。她从小喜欢听祖母讲故事,喜欢读书,立志要当一个作家。长大后,她在一座小城当了十年的中学地理教师。在任教期间,她开始了文学创作,写出了许多优秀的短篇小说。《尼尔斯骑鹅历险记》是她唯一的长篇童话,它是根据瑞典教育部的要求,作为一部学校地理教育读物而写的,不料它在以后竟成为世界文学艺术的珍品。因为拉格洛芙的巨大成就,1914 年她被选为瑞典皇家学会会员。在瑞典,现在有一项最重要的儿童文学奖,就是用尼尔斯这名字命名的。

【阅读提示】

《尼尔斯骑鹅历险记》是一部讴歌爱国、爱家、勇敢善良、锄恶扶弱、助人为乐、舍己为人为主题的优秀儿童作品。它不仅传授地理知识、天文知识,更重要的是宣传要培养人类的优秀品德和优良的道德风尚。这是一部集知识、教育、娱乐为一体的老少皆宜、雅俗共赏的艺术佳作。

作品在叙述时采用了大故事套小故事的结构模式,与《一千零一夜》有异曲同工之妙。

作品采用了拟人化的手法,把人类世界发生的事件、情感纠葛或情感交流放到动植物世界去演绎,让人的世界与动植物世界直接接触交流,使读者觉得十分自然、真实、生动。此外,作品大量运用生动的比喻,增加了文学情趣和可读性。

【思考与练习】

1.说说你眼中的小男孩尼尔斯。

2.读了这部作品,你有什么收获?

《新月集》

泰戈尔

【作品简介】

《新月集》主要译自1903年出版的孟加拉文诗集《儿童集》。诗集中,诗人生动描绘了儿童们的游戏,巧妙地表现了孩子们的心理,以及他们活泼的想象。它特殊的隽永艺术魅力,把我们带到了一个纯洁的儿童世界,勾起了我们对于童年生活的美好回忆。

本书是一部诗坛圣者的巅峰之作,一首母爱与童真的不朽乐章,一幅梦想与现实交织的绚丽画卷。

【作品欣赏】

孩童之道(第二首)

只要孩子愿意,他此刻便可飞上天去。

他所以不离开我们,并不是没有缘故。

他爱把他的头倚在妈妈的胸间,他即使是一刻不见她,也是不行的。

孩子知道各式各样的聪明话,虽然世间的人很少懂得这些话的意义。

他所以永不想说,并不是没有缘故。

他所要做的一件事,就是要学习从妈妈的嘴唇里说出来的话。那就是他所以看来这样天真的缘故。

孩子有成堆的黄金与珠子,但他到这个世界上来,却像一个乞丐。

他所以这样假装了来,并不是没有缘故。

这个可爱的小小的裸着身体的乞丐,所以假装着完全无助的样子,便是想要乞求妈妈的爱的财富。

孩子在纤小的新月的世界里,是一切束缚都没有的。

他所以放弃了他的自由,并不是没有缘故。

他知道有无穷的快乐藏在妈妈的心的小小一隅里,被妈妈亲爱的手臂所拥抱,其甜美远胜过自由。

孩子永不知道如何哭泣。他所住的是完全的乐土。

他所以要流泪,并不是没有缘故。

虽然他用了可爱的脸儿上的微笑,引逗得他妈妈的热切的心向着他,然而他的因为细故而发的小小的哭声,却编成了怜与爱的双重约束的带子。

偷睡眠者(第四首)

谁从孩子的眼里把睡眠偷了去呢?我一定要知道。

妈妈把她的水罐挟在腰间,走到近村汲水去了。

这是正午的时候,孩子们游戏的时间已经过去了;池中的鸭子沉默无声。

牧童躺在榕树的荫下睡着了。

白鹤庄重而安静地立在檬果树边的泥泽里。

就在这个时候,偷睡眠者跑来从孩子的两眼里捉住睡眠,便飞去了。

当妈妈回来时,她看见孩子四肢着地地在屋里爬着。

谁从孩子的眼里把睡眠偷了去呢?我一定要知道。我一定要找到她,把她锁起来。

我一定要向那个黑洞里张望,在这个洞里,有一道小泉从圆的有皱纹的石上滴下来。

我一定要到醉花[(1)]林中的沉寂的树影里搜寻,在这林中,鸽子在它们住的地方咕咕地叫着,仙女的脚环在繁星满天的静夜里丁当地响着。

我要在黄昏时,向静静的萧萧的竹林里窥望,在这林中,萤火虫闪闪地耗费它们的光明,只要遇见一个人,我便要问他:"谁能告诉我偷睡眠者住在什么地方?"

谁从孩子的眼里把睡眠偷了去呢?我一定要知道。

只要我能捉住她,怕不会给她一顿好教训!

我要闯入她的巢穴,看她把所有偷来的睡眠藏在什么地方。

我要把它都夺来,带回家去。

我要把她的双翼缚得紧紧的,把她放在河边,然后叫她拿一根芦苇在灯心草和睡莲间钓鱼为戏。

黄昏,街上已经收了市,村里的孩子们都坐在妈妈的膝上时,夜鸟便会讥笑地在她耳边说:

"你现在还想偷谁的睡眠呢?"

开始(第五首)

"我是从哪儿来的,你,在哪儿把我捡起来的?"孩子问他的妈妈说。

她把孩子紧紧地搂在胸前,半哭半笑地答道——

"你曾被我当作心愿藏在我的心里,我的宝贝。"

"你曾存在于我孩童时代玩的泥娃娃身上;每天早晨我用泥土塑造我的神像,那时我反复地塑了又捏碎了的就是你。"

"你曾和我们的家庭守护神一同受到祀奉,我崇拜家神时也就崇拜了你。"

"你曾活在我所有的希望和爱情里,活在我的生命里,我母亲的生命里。"

"在主宰着我们家庭的不死的精灵的膝上,你已经被抚育了好多代了。"

"当我做女孩子的时候,我的心的花瓣儿张开,你就像一股花香似地散发出来。

"你的软软的温柔,在我的青春的肢体上开花了,像太阳出来之前的天空上的一片曙光。"

"上天的第一宠儿,晨曦的孪生兄弟,你从世界的生命的溪流浮泛而下,终于停泊在我的心头。"

"当我凝视你的脸蛋儿的时候,神秘之感淹没了我;你这属于一切人的,竟成了我的。"

"为了怕失掉你,我把你紧紧地搂在胸前。是什么魔术把这世界的宝贝引到我这双纤小的手臂里来呢?"

【注释】

(1)醉花(bakula),学名 MimusopsElengi。印度传说美女口中吐出香液,此花始开。

【作者简介】

泰戈尔(1860—1941),印度著名诗人、作家、艺术家和社会活动家,生于加尔各答市一个富有哲学和文学艺术修养的家庭,13 岁即能创作长诗和颂歌体诗集。曾赴英国学习文学和音乐,十余次周游列国,与罗曼·罗兰、爱因斯坦等大批世界名人多有交往,毕生致力于东西文明的交流和协调。泰戈尔以诗人著称,创作了《吉檀迦利》等 50 多部诗集,被称为"诗圣"。他又是著名的小说家、剧作家、作曲家和画家,先后完成 12 部中长篇小说,100 多篇短篇小说,20 多部剧本,1 500 多幅画和 2 000 多首歌曲。天才的泰戈尔还是一位哲学家、教育家和社会活动家。1913 年,泰戈尔以诗歌集《吉檀迦利》荣获诺贝尔文学奖。他与黎巴嫩诗人纪·哈·纪伯伦齐名,并称为"站在东西方文化桥梁的两位巨人"。1915 年,陈独秀在《青年杂志》(《新青年》)第 2 期上发表他译的《赞歌》4 首。作品中"信爱、童心、母爱"的思想,博大仁慈的胸怀,独具魅力的人格,赢得了无数中国读者的敬仰。

他的作品有诗集:《故事诗集》(1900)、《园丁集》(1913)、《新月集》(1913)、《采果集》、《边缘集》(1938)、《飞鸟集》(1916)、《吉檀迦利》(1910)、《爱者之礼物》、《流萤集》(1928)、《岐道》、《生辰集》(1941);剧本:《牺牲及其他》、《邮局》、

《暗室之王》、《春之循环》;论文集:《生之实现》、《人格》;小说:短篇有《还债》(1891)、《弃绝》(1893)、《素芭》(1893)、《人是活着,还是死了?》(1892)、《摩诃摩耶》(1892)、《太阳与乌云》(1894),中篇有《四个人》(1916),长篇有《沉船》(1906)、《戈拉》(1910)、《家庭与世界》(1916)、《两姐妹》(1932)等。

【阅读提示】

《新月集》是泰戈尔的代表作之一。诗人将自己的灵魂穿织于诗章词篇里,使诗句充满了灵性的芬芳。阅读这些诗篇,能陶冶性情,净化人格,美化心灵。诗人还注意将童真与母爱紧紧联系在一起,加以讴歌、赞美,把二者看做相辅相成的东西。这不仅为表现孩子们的童心童真提供了一个更广阔的背景,而且还写出了童真赖以存在的感情基础。

【思考与练习】

1.选择一首小诗读一读,说说诗中体现了怎样的童真和母爱?

2.举例说说作者在诗中运用了哪些活泼的想象。

《红与黑》

司汤达

【作品简介】

小说紧紧围绕主人公于连个人奋斗与最终失败的经历这一主线，广泛展现了“19世纪最初30年间压在法国人民头上的历届政府所带来的社会风气”，反映了19世纪早期法国的政治和社会生活中的一些本质问题。

在艺术上，小说以深刻细腻的笔调，广泛运用独白和自由联想等多种艺术手法，充分展示了主人公的心灵空间，挖掘出了主人公深层意识的活动，从而开创了后世“意识流小说”“心理小说”的先河，司汤达因此被后人称为“现代小说之父”。

【作品欣赏】

第五章　谈　判

“看你能老实回答我，臭书呆子；你在哪儿认识德·莱纳夫人的？你什么时候跟她说过话？”

“我从来没跟她说过话，”于连答道，“我只在教堂看见过这位夫人。”

“那你是不是看她啦？不要脸的下流胚子。”

“从来没有：您知道我在教堂里只看上帝，”于连说，多少有一点假正经的样子，反正怎么样都行，只要脑袋上不再挨巴掌。

“这里面总是有点名堂，”狡猾的乡巴佬说，接着顿了顿，又说道，“我是不能从你这儿套出什么啦，该死的伪君子。总之，我要甩掉你了，而我的锯木厂只会办得更好。你讨得了本堂神父先生或其他什么人的欢心，他们给你找了个好位置。收拾你的东西吧，我送你去德·莱纳先生家，你要当孩子们的家庭教师啦。”

“那给我什么？”

“吃，穿，还有三百法郎的工钱。”

“我不愿意当仆人。”

“畜生，谁说让你当仆人啦？难道我愿意我的儿子当仆人吗？”

“可是，我跟谁一起吃饭呢？”

这个问题把老索莱尔问住了，他觉得不能再谈下去，言多语失啊；于是他暴跳如雷，大骂于连，说他就知道吃，撇下他找另外两个儿子商量去了。

过了一会儿，于连看见他们各自拄着一把斧子，正在商量。于连看了很久，觉得也猜不出什么，又怕被人撞见，就往锯子的另一侧去。他想好好考虑一下这个改变他命运的意外消息，但是他觉得静不下心来，他的想象力全部用来描画他将在德·莱纳先生的漂亮房子里看到的东西了。

他心想："宁可放弃这一切，也不能沦落到和仆人一起吃饭的地步。我父亲想强迫我，那我就去死。我有十五个法郎八个苏的积蓄，今夜就逃走；走小路碰不上宪兵，两天就到了贝藏松；我在那儿当兵，需要的话，就去瑞士。不过，这么一来，前程完了，雄心壮志完了，无所不能的教士这一类好职业也完了。"

于连厌恶跟仆人一起吃饭，并非天生如此，为了飞黄腾达，他可以做令人痛苦得多的事情，他的这种厌恶得之于卢梭的《忏悔录》。他全靠这本书来想象世界是一副什么样子。大军公报汇编和《圣赫勒布岛回忆录》则补足了他的《可兰经》。为了这三本书，他可以豁出命去。他绝不相信任何别的一本书，他相信老外科军医的话，认为世上其他的书都是谎言，是一些骗子为了升官发财而写出来的。

于连有一颗火热的心，还有一种常常与愚蠢相结合的惊人的记忆力，他看出他的前途取决于年老的本堂神父谢朗，为了讨得他的欢心，竟把一部拉丁文的《新约全书》背下；他也熟悉德·迈斯特先生的《论教皇》，虽然这两本书他都不相信。

好像双方有了默契，索莱尔和他的儿子这一天都避免和对方说话。傍晚，他到本堂神父那儿去上神学课，他认为把别人向他父亲提出的奇怪的建议告诉神父是不谨慎的。"也许这是个圈套，"他想，"应该装作已经忘了的样子。"

第二天一大早，德·莱纳先生便差人来叫老索莱尔，而这个老索莱尔让他等了一二个钟头，一进门便百般道歉，又百般表示敬意。他提出了各种各样的异议，终于弄明白他的儿子将和男主人女主人同桌吃饭，如有客人则独自在另一个房间和孩子们一起吃，便提出越来越多的附加条件，再说他心里还充满了怀疑和惊奇，就要求看看他儿子睡觉的房间。那是一个布置得十分整洁的大房间，已经有人忙着把孩子们的床往里面搬了。

此情此景使这位老人大受启发，他立刻坚定要求看看他儿子要穿的衣服。德·莱纳先生拉开抽屉，拿出一百法郎。

"您和儿子拿这笔钱到呢绒商杜郎先生的店里，可以做一套黑衣服。"

"那么，即使我把他从这里领回去，"乡巴佬说，他一下子把他的繁文缛节得干干净净，"这衣服还是他的吗？"

"那当然。"

"那好吧，"索莱尔拿着一种慢悠悠的腔调说，"我们就这一件事要达成一致意见：您给他多少钱。"

"什么！"德·莱纳先生生气地叫了起来，"我们昨天已经一致同意：我出三百法郎；我认为这已经够了，也许太多了。"

"这是您出的数，我不否认，"老索莱尔说得更慢了；他紧紧地盯着德·莱纳先生，使出只有不了解弗郎什·孔泰的农民的人才会感到惊奇的那种天才，补了一句："我们找得到更好的地方。"

听了这句话，市长大惊失色。不过，他还是恢复了镇静，他们足足周旋了两个钟头，字斟句酌，没有一句信口胡说，农民的精明终于战胜了富人的精明，富人毕竟不以此为生啊。一大堆安排于连的新生活的条款一一商定；他的薪水不仅定为四百法郎，而且每月一号预先付清。

"好吧，我每月给他三十五法郎，"德·莱纳先生说。

"凑个双数吧，"乡巴佬用谄媚的声调说，"像我们的市长先生这样有钱又慷慨的人，一定会改成三十六法郎的。"

"行，"德·莱纳先生说，"不过别再啰唆了。"

这一回，愤怒使他的口气变得强硬，乡巴佬也看出他得见好就收。这下轮到德·莱纳先生占上风了。他始终不肯把第一个月的三十六法郎交给急于为儿子领钱的老索莱尔。德·莱纳先生突然想到，他必须把在整个谈判中起的作用讲给妻子听。

"把我刚才给您那一百法郎还给我，"他生气地说："杜朗先生还欠着我呢。我跟您的儿子一块去扯黑呢料子。"

索莱尔见到这一强硬之举，便老老实实又拣起那些毕恭毕敬的套话，足足说了一刻钟。最后，他看出确实再捞不到什么了，便告辞。他最后鞠了一躬，以下面这句话结束：

"我回头就把我的儿子送到公馆来。"

每当市长先生的子民们想讨好他的时候，就这样称呼他的房子。

索莱尔回到锯木厂到处找不到儿子，原来于连对可能发生的事情心怀疑虑，半夜里就出门了。他想为他的书和荣誉团勋章找个安全的地方。他把这些东西都送到一个年轻的木材商那里，此人是他的朋友，名叫富凯，住在俯瞰维里埃的大山里。

当他回来的时候，他的父亲劈头便说："该死的懒鬼，天知道你是不是争这口气，会把这么多年的饭钱还给我。拿着你的破烂，滚到市长先生那里去吧。"

于连感到惊奇，居然没有挨打，赶紧走了。然而，一当他那可怕的父亲看不见他，他就放慢了脚步。他认为到教堂转一圈儿对他的虚伪有好处。

"虚伪"这个词使您感到惊讶吗？在到达这个可怕的词之前，这年轻农民的心灵曾走过很长一段路呢。

还在很小的时候，于连看见第六团的几个龙骑兵，身披白色大氅，头戴饰有黑色鬃毛的盔，从意大利回来。他看见他们把马拴在父亲的房子的窗栅上，这使他发疯般地爱上了军人的职业。后来，他又激动地聆听老外科军医讲述洛迪桥战役、阿尔科战役和里沃利战役。他注意到老人投向他的十字勋章的火一样燃烧的目光。

然而当于连十四岁时，维里埃开始建一座教堂，对于一个如此小的城市来说，这教堂可称壮丽。尤其是那四根大理石柱，于连印象极深；这四根柱子曾在治安法官和年轻的副本堂神父之间挑起不共戴天的仇恨,因此在当地出了名,年轻的副本神父是从贝藏松来的,据说是圣会的密探,治安法官险些丢了位置,至少舆论是这么说的。他怎么敢与一位教士不和?此人每半个月去一次贝藏松,据说是去晋见主教大人。

就在这时,膝下儿女成行的治安法官似乎有几件案子判得不公,而都是针对居民中看《立宪新闻》的人。正确的一方终于胜诉。其实不过是三五法郎的事,但是这些轻微的罚款中的一笔要由一个制钉工人出。这制钉工人是于连的教父。这人大怒,喊道:“世道真是变了!还说二十多年来治安法官一直被看作正派人呢!”外科军医,于连的朋友,此时已经去世。

于连突然不再谈论拿破仑,宣布他要当教士,人们看见他在父亲的锯木厂里孜孜不倦地背诵那本神父借给他的拉丁文圣经。这位善良的老人对于连的进步大为赞叹,常常用整个晚上教他神学,于连只在他面前表露虔诚的感情。谁能猜得到,他脸色如此苍白,如此温柔,一副女孩子的容貌,心里竟藏着宁可死上一千次也要飞黄腾达的不可动摇的决心呢!

对于连来说,飞黄腾达首先就是离开维里埃,他恨透了他的家乡。他在那里看到的一切使他的想象力都冻住了。

他自幼年起,就常有兴奋的时刻。他曾美滋滋地梦想过,有朝一日被介绍给巴黎的美妇人,他会用辉煌的壮举邀得她们的垂青。为什么他就不能被其中的一个爱上呢?波拿巴不是还在穷困的时候就被光彩照人的德·博阿尔内夫人爱上了吗?多年以来,于连大概无时不对自己说,波拿巴,一个默默无闻又没有财产的中尉,靠他的剑做了世界的主人。这个想法给自认为极不幸的他带来安慰,又使他在快乐的时候感到加倍的快乐。

教堂的兴建和治安法官的宣判使他一下子恍然大悟;他有了一个念头,好几个星期里他就像疯了一样,最后,这个念头至高无上的威力完全控制了他。一个充满激情的人自认为他所创造的第一个念头,往往具有这种至高无上的威力。

“波拿巴名扬天下之日,正是法国害怕受到侵犯之时;战功不仅必要,而且时髦。可如今一些四十岁的教士就有十万法郎的年俸,相当于拿破仑的那些著名将领收入的三倍。一定有人支持他们。看这位治安法官,如此聪明,一直是如此正派,又如此年长,只因害怕得罪一个三十岁的年轻副本堂神父,就坏了自己的名声。应该当教士。”

一次,他学习神学已经两年,新的虔诚正当盛时,那股噬咬着他的灵魂的火突然迸发出来,揭去了他的假面。那是在谢朗先生家里有许多教士参加的一次晚餐上,善良的本堂神父把他当作神童介绍给大家,他却突然狂热地颂扬起拿破仑来了。事后他自己把右臂吊在胸前,说是翻转枞树干时脱了臼,这种不舒服的姿势他保持了两个月,这次体罚之后,他才饶恕自己。看,这个十九岁的年轻人,外表柔弱,看上去至多十七岁,正夹着一个小包,走进维里埃的壮丽的教堂。

他觉得这教堂阴暗、僻静,每逢节日,教堂的窗户都挂上深红色的帷幔,阳光射入,产生出一种最富庄严和宗教性的炫目的光线效果。于连战栗了。教堂里只有他一个人,他在一把外观最漂亮的椅子上坐下,这把椅子饰有德·莱纳先生家的纹章。

于连注意到跪凳上有一张印着字的小碎纸片,摊开在那儿,像是为了让人读到。他拾起凑近眼睛,读到:

……日,路易·让莱尔在贝藏松伏法,其处决及临终前之细节。

这张纸残破不全,背面还有一行字的头几个字:第一步。

“这纸能是谁放在这儿的呢?”于连想,“可怜的不幸的人啊,”他叹了一口气,“他的姓的结尾和我的一样……”他把纸揉成一团。

于连走出教堂,以为看见圣水缸旁有血,那是洒出来的圣水,窗子上的红帐的反光照在上面,看起来像是血。

最后,于连对自己内心中的恐惧感到羞愧。

“我是一个懦夫吗!”他自语道,“拿起武器。”

这句话,在老外科军医的战争故事中经常出现,对于连来说充满了英雄气概。他站起身来,快步朝德·莱纳先生的府邸走去。

尽管他下定了决心,但当他看见那幢房子就在二十步外的时候,还是被一种不可克服的胆怯攫住。铁栅栏门开着,他觉得很豪华,他必须进去。

来到这幢房子里而感到心慌意乱的,不止于连一个人。德·莱纳夫人胆子极小,一想到这个外人便仓皇失措,而根据职责这个人是要经常处在她和孩子们之间的。她习惯于让儿子们睡在她的房间里。早晨,她看见他们的小床被搬进指定给家庭教师的房间里,眼泪不住地流。她央求丈夫把小儿子斯坦尼斯拉·克萨维埃的床再搬回她的房间,但是没有用。

在德·莱纳夫人身上,女性的敏感到了过分的程度。她想象出一个最令人厌恶的家伙,粗鲁,蓬头垢面,只是因为会拉丁文就被雇来训斥她的孩子,为了这种野蛮的语言,她的儿子们还可能挨鞭子呢。

第六章　烦　恼

德·莱纳夫人瞥见大门口有一张年轻的乡下人的脸,就从客厅开向花园的落地长窗走出来,活泼而优雅,没有丝毫的做作,像她平常远离男人的目光时一样。那乡下人几乎还是个孩子,脸色极苍白,刚刚哭过。他身着雪白的衬衫,臂下挟着一件很干净的紫色平纹格子花呢上衣。

这个小乡下人面色那么白,眼睛那么温柔,有点儿浪漫精神的德·莱纳夫人开始还以为可能是一个女扮男装的姑娘,来向市长先生求什么恩典的。她同情这个可怜的小家伙,他站在门口不动,显然是不敢抬手按门铃。她走过去,暂时排解了家庭教师的到来所引起的悲伤和忧愁。于连面对着大门，没有看见她走过来。他听见耳畔有温柔的话音响起，不由地打了个哆嗦："您到这儿来干什么，我的孩子？"

于连猛地转过身，德·莱纳夫人的温情脉脉的目光打动了他，他不那么胆怯了。很快，他惊异于她的美，就把什么都忘了，甚至把他来干什么也忘了。德·莱纳夫人又问了一遍。

"我来当家庭教师，夫人，"他终于说，对自己的眼泪感到很不好意思，尽量揩干净。

德·莱纳夫人愣住了，他们互相望着，离得很近。于连从未见过穿得这么好的人，尤其是一个如此光艳照人的女人，而且还用一种温柔的口吻跟他说话。德·莱纳夫人望着他颊上的大颗泪珠，这年轻的乡下人的脸刚才还那么苍白，现在却变得那么红润。很快，她笑了起来，小姑娘般疯也似地快活，她笑自己，想不出自己有多幸福。怎么，这就是家庭教师，这就是她想象中的那个来训斥和鞭打她的孩子们的衣冠不整的肮脏教士！

"怎么，先生，"她终于开口，"您会拉丁文？"

"先生"这个词使于连大为惊讶，他想了片刻。

"是的，夫人，"他怯生生地回答。

德·莱纳夫人真是喜出望外，大着胆子问于连："您不会过分地责骂这些可怜的孩子吧？"

"我，责骂他们，"于连感到奇怪，"为什么？"

"您会对他们很温和，是吗，先生？"她停了一会儿，说话声越来越激动，"您答应我吗？"

听见又一次被郑重其事地称作先生，而且出自一位穿得如此讲究的夫人之口，这是于连万万没有想到的，他少年时想入非非，对自己说，只有穿上漂亮的军装，体面的太太才肯跟他说话。德·莱纳夫人呢，她完全被于连好看的面色，大而黑的眼睛迷惑了，还有他那漂亮的头发比平时更加卷曲，因为他为了凉快，刚刚在公共水池中浸过。她高兴极了，这个不祥的家庭教师居然神情羞怯如年轻的姑娘，而她却曾经为孩子们那样地担惊受怕，以为他必是心肠冷酷，面目可憎。德·莱纳夫人的心灵一向那样地平静，这种恐惧和所见之间的对照对她来说真是非同小可。她感到惊讶，她竟和这年轻人这样地站在自家的门口，他几乎只穿着衬衣，而她又离他这样近。

"我们进去吧，先生，"她对他说，神色挺尴尬。从未有一种纯粹是令人愉快的感觉如此深地打动过德·莱纳夫人的心，也从未有一种如此亲切的景象紧接着揪心的恐惧出现在她的面前。这下好了，她精心照料的这些漂亮孩子不会落入一个肮脏阴郁的教士之手了。刚一进前厅，她回头看了看于连，他正怯生生地跟着呢。于连看见一幢如此漂亮的房子时的惊讶表情，在德·莱纳夫人的眼中又添了一个可爱之处。她简直不能相信自己的眼睛了，她特别觉得一个家庭教师应该穿黑色的衣服。

"可是，这是真的吗，先生，"她停下来回他，"您真的会拉丁文吗？"她若是确信无疑，会使她多么的幸福啊，她真怕自己弄错了。

这句话刺伤了于连的自尊心，一刻钟以来的陶醉顿时烟消云散。

"是的，夫人，"他说，竭力作出冷冰冰的样子，"我的拉丁文和神父先生的一样好，甚至有时候他还肯说我比他强呢。"

德·莱纳夫人发现于连的表情很凶恶，他早就在距她两步远的地方停住了。她走近他，低声说："开头的几天，您是不是别用鞭子抽我的孩子，哪怕他们的功课不好？"

一位如此漂亮的夫人的如此温柔、近乎哀求的口吻一下子打掉了于连作为优秀的拉丁语学者的傲气。德·莱纳夫人的脸挨近他的脸，他闻到了一个女人的夏装的香气，这对一个穷乡下人来说并非一件寻常的事。于连的脸涨得通红，叹了口气，呻吟似地说："您别害怕，夫人，我一切听您吩咐。"

德·莱纳夫人对孩子们的担心完全消除了，只是在这个时候，她才注意到于连的不寻常的美。他那近乎女性的容貌和困窘的神态，对一个自己就十分腼腆的女人来说，并不显得可笑。一般人认为男性美所必备的那种阳刚之气反倒教她害怕。

"您多大了，先生？"她问于连。

"很快就十九岁了。"

"我的大儿子十一岁，"德·莱纳夫人完全放心了，"差不多可以做您的朋友呢，您可以跟他讲道理。有一次他父亲要打他，他就足足病了一个星期，其实只是轻轻的一下。"

"这跟我多么地不同啊，"于连想，"昨天我父亲还打了我呢。这些有钱人多幸福啊！"

德·莱纳夫人已经能够看出这位家庭教师内心中所发生的最细微的变化，她把这种突然的悲伤当成了胆怯，想给他一点儿勇气。

"您叫什么名字，先生？"她问，那声调，那风度，于连都能感到其全部的魅力，然而是何原因，他就茫然了。

"我家叫我于连·索莱尔，夫人。我生平第一次进入陌生人的家，心里害怕，我需要您的保护，开头几天有好多事情您得多加原谅。我从未进过学校，我太穷了；除了我的表亲外科军医，他是荣誉团成员，和谢朗神父先生之外，我没跟任何人说过话。神父先生可以向您证明我的人品。我的哥哥们经常打我，如果他们跟您说我的坏话，您不要相信，如果我做错了事，请您原谅，夫人，我绝不会有不好的意图。"

这段话很长，他说着说着心里就有了底，他在仔细观察德·莱纳夫人。这就是完美的风度的效果，当风度乃本性天成的时候，尤其是有风度的人没有想到有风度的时候，就会有这种效果，于连对女性美是个内行，这个时候他会发誓说她只有二十岁。他突然生出一个大胆的念头，要吻她的手。他很快就害怕了，过了一会儿，他心想："一个可能对我有用的行动，一个可能减少这位美丽的太太多半会对一个刚刚离开锯木厂的可怜工人所怀有的轻蔑的行动，我若不去完成，那我就是个懦夫。"于连也许多少受到"漂亮小伙子"这个词的鼓舞，近半年来，他每礼拜日都听见一些女孩子这样说他。他的内心斗争不已，德·莱纳夫人跟他说了二三句话，告诉他开始时如何对待这些孩子。于连极力克制，脸色又变得苍白，很不自然地说道：

"夫人，我绝不会打您的孩子，我在天主面前发誓。"

他一边说，一边大着胆子抓住德·莱纳夫人的手，拉到唇边。她对这举动吃了一惊，想了想，又觉得受到了冒犯。天气很热，她的胳膊光光的，只盖着披肩，于连把她的手拉到唇边的动作使她的胳膊完全暴露出来，过了一会儿，她责备起自己来了，她觉得她的气愤来得不够快。

德·莱纳先生听见有人说话，就从工作间里出来，用他在市政厅主持婚礼时的那种既庄严又慈祥的语气对于连说："我必须在孩子们见到您之前跟您谈一谈。"

他让于连进入一个房间，他的妻子想让他们单独谈话，但被他留住了。德·莱纳先生把门关上，坐下，态度很严肃。

"本堂神父先生对我说您是一个品行端正的人，这里的人都会尊敬您的，如果我感到满意，我会帮助您谋个小小的前程。我要求您不再和亲戚以及朋友见面，他们的举止谈吐对我的孩子是不适宜的。这是第一个月的三十六法郎，但您要向我保证不给您父亲一个子儿。"

德·莱纳先生对那老头儿很恼火，因为在这笔交易中，那老头儿比他更精明。

"现在，先生，根据我的命令，这里的人都要称您先生，您将感到进入一个体面人家的好处。现在，先生，您还穿着短上衣，这让孩子们看见是很不成体统的。仆人们看见他了吗？"德·莱纳先生问妻子。

"还没有，我的朋友，"她答道，还沉浸在冥想中。

"太好了。穿上这件吧，"他对感到惊讶的年轻人说，把自己的一件礼服递给他。"我们现在到呢绒商杜朗先生那儿去吧。"

一小时以后，德·莱纳先生带着一身黑的新家庭教师回来了，他看见妻子还坐在老地方。有于连在，德·莱纳夫人感到心里平静了，她端详着他，忘记了害怕。于连可压根儿没想到她，尽管他对命运和人都不信任，此刻他的心情究竟还只是一个孩子的心情，他觉得打从他在教堂里发抖那一刻起，三个钟头以来，他已经生活了好几年了。他注意到德·莱纳夫人的冰冷的神情，知道她还在为他竟敢吻她的手而生气。然而，穿上一套与从前如此不同的衣服所产生的自豪感使他忘乎所以，他真想掩饰自己的快乐，却一举一动都露出生硬和狂乱。德·莱纳夫人望着他，吃惊地睁大了眼睛。

"庄重点，先生，"德·莱纳先生说，"假使您想获得我的孩子和我的下人的尊敬。"

"先生，"于连答道，"我穿着这身新衣服感到很不自在；我是个穷乡下人，我从来只穿短上衣；如果您允许，我去自己的房间了。"

"你觉得这个新收获怎么样?"德·莱纳先生问他的妻子。

德·莱纳夫人心中一动,几乎出于一种她自己肯定不曾意识到的本能,向她的丈夫隐瞒了真情。

"对这个小乡下人,我可不像您那么高兴,您的殷勤将使他变成一个傲慢无礼的人,不出一个月您就得打发他走。"

"好吧,那我们就打发他走,这不过破费我百把法郎,可维里埃城将习惯于看见德·莱纳先生的孩子有一位家庭教师。如果我让于连仍旧一身工人打扮,这个目的就根本达不到。打发他走的时候,我当然要留下我刚刚在呢绒商那儿做的这套黑衣服。他只能拿走我刚刚在裁缝那儿买的成衣,就是我让他穿的那一套。"

德·莱纳夫人觉得于连在房间里只待了一小会儿。孩子们听说家庭教师来了,围着她问个不停。终于,于连出来了。简直是换了一个人。说他庄重还不对,他真正是庄重的化身。他被介绍给孩子们,他跟他们说话的态度连德·莱纳先生都感到惊讶。

"先生们,我来到这里,"他在结束讲话时说,"是为了教你们拉丁文。你们当然知道背书是怎么回事。这是《圣经》,"他说,指给他们看一本三十二开黑面精装的小书,"特别是我主耶稣的故事,就是大家称为《新约》的那部分。我要常常让你们背诵,你们让我来背背看。"

最大的那个孩子阿道夫拿起书。

"请您随便翻开,"于连继续说,"找一段,把第一个字告诉我。我就把这本圣书,我们的行为准则,背下去,直到您让我停止。"

阿道夫打开书,念出一个字,于连就背下一整页,像他说法国话一样流利。德·莱纳先生望着他的妻子,好不得意。孩子们看到他们父母的惊讶表情,也都一个个睁大了眼睛。一个仆人走到客厅门口,于连还在说拉丁文。这仆人先是呆立不动,随即不见了。很快,夫人的女仆和女厨子来到门旁,这时,阿道夫已经把书翻了八个地方,于连总是背得那么流利。

"啊,我的天主:这小教士好漂亮,"女厨子高声说道,她是个极虔诚的好姑娘。

德·莱纳先生的自尊心动摇了,他不再想如何考察家庭教师,而是一门心思在记忆中翻腾,想找出几句拉丁文来;终于,他好不容易念出一句贺拉斯的诗。于连只知道《圣经》,就皱着眉头说:"我所献身的圣职禁止我读一位如此世俗的诗人。"

德·莱纳先生背了不少所谓贺拉斯的诗。他向孩子们解释谁是贺拉斯,但是孩子们已对于连佩服得要命,对父亲的话没听进几句。他们眼睁睁地望着于连。

仆人们一直站在门口,于连认为应该让考验继续下去。

"斯坦尼斯拉·克萨维埃先生也该在圣书中指一段,"他对最小的孩子说。

小斯坦尼斯拉很得意,好歹总算念出了某一行的第一个字,于连紧接着背出了一整页。合该德·莱纳先生大获全胜,正当于连倒背如流之际,诺曼底骏马的拥有者瓦勒诺先生和专区区长夏尔科·德·莫吉隆先生进来了。这个场面为于连赢得了先生的称呼，仆人们也不敢不这样称呼他了。

市长先生家里来了个奇才，当晚满城争睹，络绎不绝。于连沉着脸，不冷不热地一一应付过去。他的声名在城中迅速传播，几天之后，德·莱纳先生怕他被抢走，向他提出签订两年的合同。

“不行，先生，”于连冷冷地回答，“您要辞退我，我不得不走。一份合同拴住了我，您却不承担任何义务，这不平等，我不能接受。”

于连真行，来此不足一个月，连德·莱纳先生本人都敬重他了。本堂神父已与德·莱纳先生和瓦勒诺先生闹翻，无人再能泄露于连往日对拿破仑的激情，他此后每谈及这个人，深恶痛绝之情都溢于言表。

【作者简介】

司汤达（1783—1842），是19世纪法国杰出的批判现实主义作家。他的一生并不长，不到60年，而且他在文学上起步很晚，三十几岁才开始发表作品。然而，他却给人类留下了巨大的精神遗产：数部长篇，数十个短篇或故事，数百万字的文论、随笔和散文、游记。

【阅读提示】

《红与黑》这部小说的故事据悉是采自1828年2月29日《法院新闻》所登载一个死刑案件。在拿破仑帝国时代，红与黑代表着“军队”与“教会”，是有野心的法国青年发展的两个管道（一说是轮盘上的红色与黑色）。

《红与黑》是19世纪欧洲批判现实主义的奠基作品。小说围绕主人公于连个人奋斗的经历与最终失败，尤其是他的两次爱情的描写，广泛地展现了“19世纪初30年间压在法国人民头上的历届政府所带来的社会风气”，强烈地抨击了复辟王朝时期贵族的反动、教会的黑暗和资产阶级新贵的卑鄙庸俗、利欲熏心。因此小说虽以于连的爱情生活作为主线，但不是爱情小说，而是一部“政治小说”。

但是，于连的两次爱情最终还是失败了。这是因为在复辟时期，封建势力向市民阶层猖狂反扑。于连不是统治阶级圈子里的人，那个阶级决不会容忍于连那样的人实现其宏愿。

《红与黑》在典型环境典型性格的塑造、匀称的艺术结构和白描手法的运用上都有突出的成就，而司汤达所以被评论家称为“现代小说之父”则是因为他在《红与黑》中表现了卓越的心理描写天才。

【思考与练习】

1.“红”与“黑”有什么象征意义？

2.于连是个什么样的人？你喜欢这个人物形象吗？请说一说原因。

《悲惨世界》

维克多·雨果

【作品简介】

《悲惨世界》是雨果的代表作之一。该书从1828年起构思,到1845年动笔创作,直至1861年才终于写完全书,历时三十余年。小说共分五部,以冉阿让一生的经历贯穿全书。《悲惨世界》通过冉阿让等人的悲苦遭遇广泛地展现了从拿破仑帝国后期到七月王朝初期的法国社会的政治生活,表达了作者的人道主义和民主主义思想。

【作品欣赏】

第一部　第二卷(节选)

第十一章　他干的事

冉阿让侧耳细听。绝没有一点动静。

于是他推门。

他用手指尖推门,轻轻地,就像要进屋的猫那样,悄悄地又胆怯地推门。

门被推动了,没有发出一点声响,不易觉察地开大了一点缝儿。

他等了一下,接着第二次推门,这次胆子大些了。

房门无声地继续开启,现在足能容人通过了。然而,门旁有一张小桌子,和门形成碍事的角度,挡住去路。

冉阿让看出难以通过,无论如何还要把门开大些。

他打定主意,再第三次推门,比前两次用劲更大了。这回,一个润滑油干了的门合页,在黑暗中突然发出吱呦一声嘶哑的长音。

冉阿让浑身一抖。门合页的响声传到他耳中,仿佛特别响亮,犹如最后审判的号角。

开头由于幻觉的扩大,他几乎想象这门合页活起来,突然有了巨大的生命力,像狗一样狂吠,要向大家报警,要把睡觉的人叫醒。

他住了手,浑身发抖,不知所措,踮起走路的脚跟也落了地。他听见太阳穴的脉搏砰砰作响，就像打铁的两只大锤，只觉得胸中呼出的气息像空穴的风声。愤怒的门合页这声断喝，好似地震一般，他认为不可能不震动整所房子；他推开的门发出警报，发出呼号；那老人要起来，那两个老太婆要喊叫，邻人要来救助；用不了一刻钟，就会闹得满城风雨，警察也要出动。一时间，他以为自己完蛋了。

他站在原地呆若木鸡，一动也不敢动。

几分钟过去了。房门完全敞开了。他壮着胆子朝房间里望一眼，里边什么也没有动。他侧耳细听，这所房子也没有一点动静。上锈的门合页的响声没有惊醒任何人。

初遇的危险过去了，但他内心仍然惊恐万状。然而，他并不退却。甚至在他以为自己完蛋了的时候，他也没有往后退。他只有一个念头：赶快了结。他朝前跨了一步，进入隔壁房间。

房间里寂静无声，只见散乱的有些模糊不清的形状，如在白天就能看出，那是放在桌上的零散纸张、展开的对开本书、摞在凳子上的书籍、搭着衣服的一把安乐椅、一张祈祷凳，而在此刻，这些东西都成为黑糊糊的角落和白蒙蒙的场所。冉阿让小心翼翼地朝前走，避免碰着家具，他听见主教在房间里端睡觉，发出均匀平静的呼吸。

他猛地站住。已经到了床前，没有料到这么早就走到了。

大自然有时以其姿态和景象参与我们的行为，显示一种深沉而聪明的契合，就好像要促使我们思考似的。大约半个钟头以来，一大片乌云遮住天空；就当冉阿让站到床前的时候，乌云忽然散开，好像特意让一束月光射进长窗，忽然照亮主教那张苍白的脸。他睡得十分安稳，在床上几乎和衣而眠，因为下阿尔卑斯地区夜晚很冷。他穿着一件长袖棕褐色毛衣，头仰在枕头上，是一种完全放松休息的姿势；戴着主教指环的手垂在床外，而这只手完成多少善事和圣事。他脸上表现隐隐显示满足、期望和至福至乐。那不仅是一种笑容，还几乎神采奕奕；那额头难以描摹，反射着肉眼看不见的灵光。正义者的灵魂在睡眠中，正瞻仰神秘的天空。

这天空的一束反光射在主教身上。

这额头同时也是通明透亮的，因为这天空也在他心中。这天空，就是他的良心。

可以这么说，月光射来，与主教内心的明光重合的时候，他的睡容就好像罩在灵光中。不过，这灵光始终非常柔和，而周围半明半暗，形成一种难以形容的氛围。这天空的月亮、这沉睡的自然、这纹丝不动的园子、这十分宁静的房舍，此时此刻，万籁俱寂，给这圣贤可敬的睡容增添一种说不出来的庄严，并以一种崇高安详的光环，罩住这头白发和闭着的眼睛，罩住这张唯有期望唯有信赖的面孔，罩住这老人的头和这孩子的睡眠。

在这如此圣洁而不自知的人身上,可以说有一种神性。

冉阿让站在暗处,手里拿着铁烛扦,一动不动,畏惧地看着这光明的老人。他从未见过这种情景。这种信赖令他惊慌失措。道德世界没有比这更伟大的场面了:一个心神不宁、濒于作恶的人,瞻仰一个义人的睡眠。

这种睡眠,在这种孤独中,旁边站着这样一个人,确实有某种崇高的意味,他隐约地,但是强烈地感觉到了。

谁也说不清他内心的活动,连他自己也不清楚。要想领会,就必须想象出最狂暴的东西面对最温柔的东西。即使他那张脸,也根本分辨不出是什么神色。这是一种惶恐的惊奇。他看着眼前的情景。仅此而已。但是他想什么呢?这是无从猜测的。有一点显而易见,就是他很激动,又惊慌不安。然而,他为什么这样激动呢?

他目不转睛地注视老人。他那姿态和面部表情唯一明显的流露,是一种古怪的犹豫不决,就好像徘徊在两个深渊之间,即自绝和自救。他仿佛准备好击碎这个头颅,或者亲吻这只手。

过了半晌,他缓缓地把左手举到额头,摘下帽子,又同样缓缓地放下手臂。冉阿让重又陷入冥思,他左手拿着帽子,右手拿着铁扦,粗野的头上毛发倒竖。

在这可怕目光的注视下,主教继续安然酣睡。

一缕月光依稀照见壁炉上的耶稣受难像:耶稣似乎向他们二人张开双臂,为一个赐福,为另一个赦罪。

突然,冉阿让又戴上帽子,不再看主教,顺着床快步走去,径直走到挨着床头隐约可见的壁橱;他举起铁扦,仿佛要撬锁;可是钥匙放在上面,他打开橱门,看见的头一样东西,就是盛银器的篮子;他抓起篮子,大步流星穿过房间,不再加小心,也不怕弄出声响了;他走到房门,又回到祈祷室,打开窗户,操起棍子,跨过窗台,将银器倒进旅行袋里,扔掉篮子,穿过园子,像只猛虎似的跳过围墙,逃之夭夭了。

第十二章　主教工作

第二天迎着日出,卞福汝主教在园中散步。马格洛太太慌慌张张地朝他跑来。

“大人,大人”她嚷道,“您可知道盛银器的篮子在哪儿吗?”

“知道。”主教回答。

“谢天谢地!”她又说道,“我不知道哪儿去了。”

主教从花坛中拾起篮子,递给马格洛太太。

“给您。”

“啊?”她说道,“里面空啦!银器呢?”

“唔!”主教又说道,“您原来您是找银器呀?我也不知道哪儿去了。”

“上帝老天爷呀!银器给人偷啦!就是昨晚来的那人偷走的!”

于是,动作敏捷的老太婆风风火火,转眼工夫就跑到祈祷室,进入内室,又回到主教跟前。主教则弯下腰,惋惜篮子落到花坛压折的一株吉永的特产辣根菜。他听见马格洛太太的惊叫声,又直起身来。

“大人,那人走啦!银器给偷走啦!”

她一面惊叫,一边察看,目光落到园子的一角,只见那里有越墙的痕迹,墙头掀掉了一块。

“瞧!他就是从那儿逃走的。他跳墙到船网巷!噢!真该死!他偷走了我们的银器!”

主教默然半晌,继而抬起严肃的目光,和颜悦色地对马格洛太太说:“首先,那些银器是我们的吗?”

马格洛一时语塞。主教又沉默一会儿,才继续说道:

“马格洛太太,我不该这么久占用那些银器。那本来就是穷人的。那个人是什么人呢?显然是个穷人了。”

“唉,耶稣啊!”马格洛太太又说道,“这不是为我,也不是为小姐。我们都无所谓。这可是为大人啊。现在,大人用什么餐具吃饭呢?”

主教惊讶地看着她:“嗳!怎么这么说!不是有锡餐具吗?”

马格洛太太耸耸肩膀。

“锡餐具总有一股怪味儿。”

“那就用铁盘吧。”

马格洛太太不屑地做了个鬼脸。

“铁盘子有一股锈味儿。”

“那好,”主教说,“就用木制餐具吧。”

过了一会儿用早餐,还是昨晚冉阿让就座的餐桌。卞福汝主教一边用餐,一边让一言不发的妹妹和咕咕哝哝的马格洛太太注意,往牛奶杯里泡面包,根本用不着勺子,也不用叉子,连木制的也不用。

“怎么想得出来!”马格洛太太走来走去,一边自言自语,“就这么随便接待一个人,还让他睡在身旁!幸好他只偷了东西!上帝啊!一想起来就叫人心惊胆战!”

兄妹二人正要离开餐桌的时候,有人敲门。

“请进。”主教说道。

房门打开了,门口出现几个怪模怪样、气势汹汹的人。三个人揪住另一个人的衣领;那三人是警察,另一个人是冉阿让。

一个带队模样的小队长站在房门旁边,他进了屋,走过去朝主教行了个军礼。

“主教大人……”他说道。

冉阿让一直垂头丧气,好像十分沮丧,一听这种称呼,立刻愕然地抬起头。

“主教大人,”他咕哝道,“这么说,他不是本堂神父了? ……”

“住口!”一个警察喝道,“这是主教大人。”

卞福汝主教尽管高龄,这时也尽量快步迎上去。

“哦! 是您啊!”他看着冉阿让,高声说道,“很高兴看见您。怎么回事儿! 烛台我也送给您了,跟其他几件都是银器,您可以卖上二百法郎。为什么您没有把烛台连同餐具一齐带走呢?”

冉阿让睁大眼睛,注视年高德劭的主教,脸上的表情用人类任何语言都难描述。

“主教大人,”警察小队长说道,“这人讲的是真话啦? 我们遇见他,看他急匆匆的样子像个逃跑的人,就把他叫住检查一下,发现他带着这些银器……”

“于是他就对你们说,”主教笑呵呵地接口说道,“这是一个老神父送给他的,他还在那神父家住了一宿? 我明白是怎么回事。你们就把他带这儿来啦? 这是一场误会。”

“既然这样,我们就可以放他走啦?”小队长又说道。

“当然。”主教回答。

警察放开冉阿让,而冉阿让退了两步。

“真放我了吗?”他含混不清地问道,仿佛是在说梦话。

“对,放你了,你没听见吗?”一名警察说。

“我的朋友,”主教又说道,“这是您的烛台,您走之前拿着吧。”

他走到壁炉前,拿起两支银烛台,送给冉阿让。两位妇人看着他这么做,没讲一句话,没有动一下,也没有使个眼色阻挠主教。

冉阿让四肢颤抖,他神态怔怔地,机械地接过两支烛台。

“现在,”主教说道,“您可以放心走了。——对了,我的朋友,下次您再来时,不必穿园子。您随时都可以从临街的房门进出。无论白天晚上,这扇门只搭上一根活闩。”

他转身对警察说:“先生们,你们可以走了。”

几名警察便离去了。

冉阿让这时的样子,就好像要昏倒的人。

主教走到跟前,低声对他说:“不要忘记,永远也不要忘记您向我作过的保证:您用这钱是为了当个诚实的人。”

冉阿让瞠目结舌,他根本不记得做过什么保证。主教讲这些话时还加重了语气。他又郑重地说道:

“冉阿让,我的兄弟,您不再属于恶的一方,而属于善的一方了。我买下了您的灵魂;我把您的灵魂从邪恶的念头和沉沦的思想中赎出来,交给上帝了。”

第十三章　小杰尔卫

冉阿让像逃窜似地出了城。他脚步匆急，慌不择路，也不管大道小径，遇到便走，根本没有发觉在田野里总是原地兜圈子。整个上午，他就是这样游荡，没有吃饭，也不觉得饿。乱纷纷的新感触萦绕心头。他感到无名火起，却又不知道冲谁发；难说他究竟是受了感动还是受了侮辱。不时萌生一股奇异的柔情，每次他都想压下去，拿他近二十年来的冷酷无情与之对抗。这种状态令他疲惫。他不安地看到，不公正的惩罚毁了他一生，在他内心所形成的凶险的冷静，渐渐动摇了。他不禁想到，能用什么取而代之呢？有时，他真希望事情不是这样，还不如让警察押进监狱，也免得让这事搅得意乱心烦。尽管已是晚秋，绿篱间还时有晚开的野花，他走过时闻到清香，便忆起童年往事。那些往事长久没有再现，现在几乎不堪回首了。

难以表述的思绪，就这样整整一天在他心头堆积起来。

太阳西沉了，照得地面上最小的石子也拖长了影子。冉阿让坐到一片荆丛的后面，这是一大片红土平原，渺无人迹，只有远处的阿尔卑斯山，连远村的钟楼也不见。估计离迪涅有三法里。离开荆丛几步远，有一条小路横贯平野。

有人若是撞见，看他思索的神态，再看他那身褴褛的衣服，一定会感到格外可怕。他正思索的时候，忽然听见欢快的声音。

他扭头望去，只见从小路走来一个十岁左右的小男孩，看似瓦萨人，斜挎着一把手摇弦琴，背着套箱，裤子破洞里露出膝盖，是一个走村串乡的快活的乖孩子。

那孩子边走边唱，时而停下脚步，抛着几枚铜钱做“抓子儿”游戏；那几枚铜钱大约是他的全部财富，其中有一枚银币，面值四十苏。

孩子停到荆丛旁边，没有看见冉阿让；他相当灵巧，抛起几枚铜钱，总能用手背全部接住。

可是这回失了手，那个值四十苏的钱币掉下去，朝荆丛滚去，到了冉阿让的脚边。

冉阿让一脚踩住。

可是，孩子的目光盯着钱币，看见他的动作了。

他一点也不惊讶，径直朝那人走去。

这地方寂无一人。举目四望，平原和小路上不见一个人影儿，只听见掠过高空的一群飞鸟的微弱鸣声。孩子背对着夕阳，在日光中，他的头发变成缕缕金丝，而冉阿让的野蛮面孔血红血红。

“先生，”萨瓦孩子说，带着儿童那种又无知又天真的自信的口气，“我的钱呢？”

“你叫什么名字？”冉阿让问他。

“小杰尔卫，先生。”

“走开。”冉阿让说。

“先生，”孩子又说，“把钱还给我。”

冉阿让低下头，不再答理。

孩子又说：“我的钱，先生！”

冉阿让的目光仍然盯着地上。

“我的钱！”孩子嚷道，“我的白币！我的银币！”

冉阿让好像根本没听见。孩子抓住他的外衣领摇晃，同时用力要推开踩着他那宝贝的铁掌大鞋。

“我要我的钱！我这四十苏钱！”

孩子哭了。冉阿让又抬起头。他一直坐着，现在眼神有点慌乱。他有点惊奇地打量着小孩子，接着伸手去抓棍子，厉声喊道：“谁在这儿？”

“是我，先生，”孩子答道，“小杰尔卫！是我！是我！请把四十苏钱还给我！请您把脚挪开，先生！”

他恼火了，虽然人小，口气变了，几乎威胁地说：

“哼！您的脚挪开不挪开？嗳，挪开您的脚！”

“啊！又是你！”冉阿让说着，霍地站起来，但是那只脚始终踩着银币，他又补充说，“不要命啦，还不快逃！”

孩子吓坏了，看着他，接着，就开始从头到脚打哆嗦，怔住几秒钟，这才撒腿拼命逃掉，没敢回头，也没有叫一声。

不过，他跑了一段距离，喘不过气来，不得不停下；冉阿让在胡思乱想中，听见他哭泣。

又过了一会，孩子不见了。

太阳也落下去了。

冉阿让周围渐渐昏暗。他一天没吃东西，也许他正发高烧。

他始终站在原地，自从那孩子逃掉之后，他就没有变换姿势。他的胸膛起伏，呼吸不均匀，间歇很长。他的目光投向十几米远，仿佛在专心研究掉在杂草中的一块蓝色旧瓷片的形状。突然，他打了个寒战，他刚刚感到夜晚的寒冷。

他压低鸭舌帽，遮住额头，还机械地抿了抿外套并扣上，走了一步，哈腰拾起地上的棍子。

就在这时，他瞧见那四十苏的银币，有半截被他的脚踩进土里，在石子中闪闪发亮。

他就像触了电似的，低声咕哝一句：“这是什么东西？”接着倒退三步，站住，但是目光无法移开，仍然盯住他刚才脚踏的那一点，仿佛那闪光的东西，在黑暗中就是一只瞪着他的眼睛。

过了几分钟,他痉挛一般扑向银币,一把抓起它,又直起身,开始向平原四周远眺,目光投向天边的每一点,他站在那儿瑟瑟发抖,就好像一只受惊的野兽要寻找藏身之所。

他什么也没看见。夜幕降临,大片的紫雾从暮色中升起,平原寒气袭人,一片苍茫。

他“啊!”了一声,便急忙朝那孩子消失的地方走去。走出百来步远,他又站住,用目光搜寻,什么也看不见。

于是,他全力呼喊:“小杰尔卫!小杰尔卫!”

他住了声等待。

没人应答。

平野荒凉凄迷。四周一片空旷,只有望不穿的黑影和叫不应的岑寂。

一阵寒风吹来,赋予周围的景物一种阴森可怕的活力。几棵矮树摇动短小枯瘦的手臂,显示一种不可思议的愤怒,就好像在威胁并追赶什么人。

他又往前走,继而跑起来,但是跑跑停停,在荒野中呼喊,声音特别凄惨又特别瘆人:“小杰尔卫!小杰尔卫!”

不用说,那孩子若能听见,也一定吓得要命,不敢露面。不过,那孩子无疑走远了。

他遇见一个骑马的教士,便走上前去打听:

“神父先生,您看见有个孩子走过去了吗?”

“没看见。”教士答道。

“一个叫小杰尔卫的孩子?”

“一个人影儿我也没看见。”

他从他钱袋里掏出两枚五法郎的硬币,送给教士。

“神父先生,这是给您的穷人的。——神父先生,那孩子有十岁左右,我想是背着套箱,还有一把手摇弦琴。他朝那边去了。是萨瓦地方的人,您知道吗?”

“我根本就没看见。”

“小杰尔卫?他不是这一带村庄里的人吗?您能告诉我吗?”

“照您这么说,我的朋友,那他就是个外乡的孩子。他们经过这地方,不会有人认识。”

冉阿让又猛然掏出两枚五法郎的银币,给了教士。

“给您的穷人。”他说道。

接着,他又昏头昏脑地补充说:

“神父先生,您让人把我抓起来吧。我是个窃贼。”

教士吓得魂不附体,双腿一夹镫,催马跑掉。

冉阿让继续朝他认定的方向跑去。

他跑了好长一段路,左右张望,连声呼唤喊叫,可是再也没有碰见一个人。他在平野上,有两三回望见像是卧着或蹲着的东西,便跑过去,近前一看却是一簇荆草,或是露出地面的一块石头。最后,他来到一个三岔路口,便停下脚步。月亮升起来了。他向远处眺望,最后又喊了一次:"小杰尔卫!小杰尔卫!小杰尔卫!"他的呼叫消失在迷雾中,没有唤起一点回音。他又喃喃说了一句:"小杰尔卫!"但是声音微弱,有些含混不清。这是他最后的努力,他的双膝忽然一弯,就好像有一种无形的威力,用他黑良心的重负一下子将他压垮似的;他颓然倒在一块大石头上,两个拳头插进头发里,脸埋在双膝之间,他喊道:"我是个无赖!"

这时,他的心碎了,失声痛哭。十九年来,他这是第一次流泪。

看得出来,冉阿让离开主教家的时候,也摆脱了他一贯的思想,一时还不明白内心发生了什么变化。他还故意对抗那老人天使般的行为和温柔的话语。"您向我保证要当个诚实的人。我买下了您的灵魂。我把您的灵魂从邪恶的思想中赎出来,交给慈悲的上帝了。"这话萦绕在他的脑际。他以傲气对抗这种上天的宽宥,而傲气在人身上好似恶的堡垒。他模模糊糊地感到,那个教士的宽恕是最强大的攻势、最猛烈的冲击,给他以极大的震撼;如果他顶住了这种宽恕,那么他就会顽梗到底,至死不悟;如果他退让了,那么他就必须放弃仇恨,放弃多年来别人的行为在他心中积满的、他也自鸣得意的那种仇恨;而这一战,非胜即败,这是一场大决战,在他的凶恶和那人的仁慈之间展开。

他头脑里充满这种种闪念,像醉汉一样往前走。他眼神忡怔,这样行走的时候,是否明确地领悟到,他在迪涅的奇遇可能给他带来的后果呢?他是否听到在人生的某些时候,警告或搅扰思想的这种神秘的嗡鸣呢?是否有个声音对着他耳朵说,他正经历命运的庄严时刻,他再也没有中间的道路可走,从今以后,他不是做最高尚的人,就要成为最卑鄙的人,可以说,现在他必须升得比主教还要高,否则就会跌得比苦役犯还要低;如果他愿意向善,他就得成为天使,如果执意为恶,他就得化为魔鬼,是否有个声音对着他耳朵这样说呢?

在这里,我们还要提出在别处已经提过的问题:对这一切,他在思想里是否隐约抓住点影子呢?诚如我们讲过的,不幸遭遇是一种教育,使人增长智慧;然而他能否理清我们在此所指出的这一切,还是值得怀疑的。他即使想到这些,也不能洞悉,只能像雾中看花,而结果他只能陷入难以忍受的、几乎是痛苦的困惑中。刚从叫做苦役场的那种畸形而黑暗的东西里出来,主教就触痛了他的灵魂,正如眼睛刚离开黑暗会被强烈的光线刺痛一样。从此向他提供的未来生活,可能实现的完全纯洁、光辉灿烂的生活,反而使他心惊肉跳,惴惴不安。他确实再也弄不清自己到了什么地步。正如一只猫头鹰突然看见日出一样,这个苦役犯也像被美德晃花了眼睛,一时目眩神摇。

有一点可以肯定,而他却没有意识到,这就是他已不再是同一个人,他身上一切都变了,他再怎么做,也不可能消除主教对他讲过话并触动了他的事实。

就在这种思想状态中,他遇见了小杰尔卫,抢了那四十苏钱。为什么呢?肯定他自己也解释不了:难道这是他从狱中带出来的恶念的余威,仿佛最后挣扎,是冲动的余力,就像静力学所说的"致动力"的效果吧?是这种情况,也许比这种情况还要轻得多。一言以蔽之,抢钱的并不是他,并不是他这个人,而是这只兽,正是这只兽凭着习惯和本能,愚蠢地把脚踏在银币上,尽管当时他感触万端,心智还在搏斗。等心智清醒了,才看到这种兽性的行为。于是冉阿让惶恐地退却,惊叫起来了。

他抢那孩子的钱,干了一件他已经干不出来的事情,这种怪现象,只有处于他这种思想状态里,才有可能发生。

无论怎样,这最后一次恶劣的行为,对他却产生了决定性的效果:这次行为突然穿越心智,廓清混乱,将晦暗浊重排到一边,将光明清亮排到另一边,而且作用于他那种状态的心灵,就像催化剂作用于一种混浊液体那样,使一种物质沉淀,使另一种物质变清了。

事情一发生,他还没有自省和思考,先就像要逃命的人那样惊慌失措,他企图找到那孩子,把钱还给人家,等他明白这是徒劳而不可能的,他才停了下来,悲痛欲绝。他喊着"我是个无赖!"的时候,开始看清他的样子了,而在相当程度上,他同自身分离了,就觉得他不过是个鬼魂,面对着一个血肉之躯,正是凶相毕露的苦役犯冉阿让:手里拿着木棍,身上穿着破罩衫,身后背着装满偷来的东西的行囊,脸上一副毅然决然的阴沉相,头脑里装满了为非作歹的方案。

我们已经注意到,过分深重的苦难,在一定程度上使他产生幻觉。他眼前恰似一种幻景。他确确实实看见了这个冉阿让,面对着这副狰狞的面孔。他几乎产生疑问:此人是谁,而且他非常憎恶。

他的头脑正处于汹涌纷扰、又极度平静的时刻,幻想深不可测,吞噬了现实。再也看不见周围的实物,却恍若看见心中的影像在体外活动了。

可以说,他同自身面面相觑,与此同时,他穿过这种幻视,望见一种神秘的幽深之处有光亮,起初以为是火炬;再仔细观察在他心中出现的亮光,便认出那火炬具有人形,而且正是主教。

他的良心轮番打量这样立在面前的两个人:主教和冉阿让。少了前一个,是不可能消除第二个的。这种凝望往往产生特别效果,他幻想的时间越久,在他眼里,主教的形象就越发高大,越放光彩,而冉阿让却越来越小,越来越模糊了。到了一定时候，冉阿让便成为一个影子，继而倏然消失了。只剩下主教一个人了。

他使这个无赖的整个灵魂充满灿烂的光辉。

冉阿让哭了很久，热泪满面，泣不成声，哭得比女人还脆弱，比孩子还惊慌。

就在他哭泣的时候，他的头脑渐渐敞亮了，这是一种异乎寻常的光，既迷人又可怕的光。他以往的生活、头一个过失、长期的赎罪，以及他的外表如何变得粗野，内心如何变得残忍，打算出狱后如何大肆报复，他在主教家里干了什么事，而他最后干的这件事，如何抢了一个孩子的四十苏钱，还是在得到主教宽恕之后干的，罪行就尤为卑鄙，尤为可恶，这一切都重新浮现在脑海，显得十分清晰，而且笼罩在他从未见过的明光里。他看自己的生活，觉得十分可恶；他看自己的灵魂，觉得十分丑恶。然而，在这种生活和这颗灵魂上面，却有一片柔和的光。他仿佛借着天堂的光看到了撒旦。

他究竟哭了多久呢？哭过之后他又做了什么呢？他去了哪里？从来没有人知道。只有一个情况似乎得到证实，就在那天晚上，格勒诺布尔的驿车大约凌晨三点到达迪涅城，在穿过主教府街时，黑暗中车夫看见有个人跪在马路上，好像对着卞福汝主教家的门在祈祷。

【作者简介】

维克多·雨果（1802—1885），诗人、小说家、政治活动家，19 世纪前期积极浪漫主义文学运动的领袖，法国文学史上卓越的资产阶级民主作家。贯穿他一生活动和创作的主导思想是人道主义、反对暴力、以爱制“恶”，他的创作期长达 60 年以上，作品包括 26 卷诗歌、20 卷小说、12 卷剧本、21 卷哲理论著，合计 79 卷之多，给法国文学和人类文化宝库增添了一份十分辉煌的文化遗产。尤其是他的浪漫主义小说精彩动人，雄浑有力，对读者具有永久的魅力。

【阅读提示】

《悲惨世界》所展现的社会环境是一轴辉煌的历史画卷。在这浓墨重彩、气势磅礴的背景下，作者揭示了下层人民的悲惨命运。这里节选的是第一部第二卷中的第十一、十二、十三章，写的是主人公冉阿让受米里哀（即卞福汝）主教感化的故事。

冉阿让是生活在拿破仑时代的一名勤劳朴实的修剪树枝的工人，有一年冬天，他失业了，为了姐姐 7 个年幼的孩子，他偷了一块面包，被判刑 5 年，几次越狱使他坐了 19 年牢。出狱后，受米里哀主教的感化，他立志从善，扶危济贫，解救了芳汀、商马弟、珂赛特、马吕斯等人，甚至以德报怨，救了一直追捕他的冷血警探沙威一命，而苦役犯的身份却使他饱受社会的歧视与压迫，直到临终时，养女珂赛特和女婿马吕斯才以爱心守候着他安详地离开了这个悲惨的世界。冉阿让的人生道路是那么坎坷，他所遇到的厄运和磨难是那么严峻，他的生活中充满了那么多惊险，然而，他以惊人的刚毅、非凡的体力、罕见的勇敢机智、近乎神奇的本领一次又一次战胜了迫害，成为一个治理有方、改变了一个小城整个面貌的行政长官。他是一个浪漫主义色彩浓厚的传奇性的主人公。冉阿让从出身、经历、品德、习性各方面来说，他都是一个劳动者，是被压迫、被损害、被侮辱的劳苦人民的代表。他的全部经历与命运，都具有一种崇高的悲怆性，这种有社会代表意义的悲怆性，使得《悲惨世界》成为劳苦大众在黑暗社会里挣扎与奋斗的悲怆的史诗。

【思考与练习】

1.米里哀主教是一个什么样的人？

2.冉阿让在米里哀主教的感化下，有什么变化？

3.阅读《悲惨世界》全文，概括小说的故事梗概。

4.阅读小说节选的部分，写一篇读后感。

《鲁宾孙漂流记》

丹尼尔·笛福

【作品简介】

《鲁宾孙漂流记》是丹尼尔·笛福1719年3月根据水手亚历山大·尔柯克的一部分经历和自己的构思而创作完成的一部长篇小说。小说讲述一个在海难中逃生的水手在一个荒岛上通过自己的智慧与勇气，战胜险恶的自然环境，终于获救回到英国的故事。

小说情节曲折，引人入胜，采用自述方式，叙述语言通俗易懂，可读性强。又由于该书的出版迎合了当时追求冒险、倡导个人奋斗的社会风气，所以一经问世就风靡英国。小说从出版至今，已出了几百版，几乎译成了世界上所有的文字。据说，除了《圣经》之外，《鲁宾孙漂流记》是出版得最多的一本书。该书被誉为英国文学史上的第一部长篇小说，成了世界文学宝库中一部不朽的名著。

【作品欣赏】

第三章

首先，我感到目前居住的地方不太合适。一则因离海太近，地势低湿，不大卫生；二则附近没有淡水。我得找一个比较卫生，比较方便的地方建造自己的住所。

我根据自己的情况，拟定了选择住所的几个条件：第一，必须如我上面所说的，要卫生，要有淡水；第二，要能遮荫；第三，要能避免猛兽或人类的突然袭击；第四，要能看到大海，万一上帝让什么船只经过，我就不至于失去脱险的机会，因为我始终存有一线希望，迟早能摆脱目前的困境。

我按上述条件去寻找一个合适的地点，发现在一个小山坡旁，有一片平地。小山靠平地的一边又陡又直，像一堵墙，不论人或野兽都无法从上面下来袭击我。在山岩上，有一块凹进去的地方，看上去好像是一个山洞的进口，但实际上里面并没有山洞。

在这山岩凹进去的地方，前面是一片平坦的草地，我决定就在此搭个帐篷。这块平地宽不过一百码，长不到二百码。

若把住所搭好，这块平坦的草地犹如一块草皮，从门前起伏连绵向外伸展形成一个缓坡，直至海边的那块低地。这儿正处小山西北偏北处，日间小山正好挡住阳光，当太阳转向西南方向照到这儿时，也就快要落下去了。

搭帐篷前，我先在石壁前面划了一个半圆形，半径约十码，直径有二十码。

沿这个半圆形，我插了两排结实的木桩；木桩打入泥土，仿佛像木橛子，大头朝下，高约五尺半，顶上都削得尖尖的。

两排木桩之间的距离不到六英寸。

然后，我用从船上截下来的那些缆索，沿着半圆形，一层一层地堆放在两排木桩之间，一直堆到顶上，再用一些两英尺半高的木桩插进去支撑住缆索，仿佛柱子上的横茶。这个篱笆十分结实牢固，不管是人还是野兽，都无法冲进来或攀越篱笆爬进来。这项工程，花了我不少时间和劳力，尤其是我得从树林里砍下粗枝做木桩，再运到草地上，又一一把它们打入泥土，这工作尤其费力费时。

至于住所的进出口，我没有在篱笆上做门，而是用一个短梯从篱笆顶上翻进来，进入里面后再收好梯子。这样，我四面都受保护，完全与外界隔绝，夜里就可高枕无忧了。不过，我后来发现，对我所担心的敌人，根本不必如此戒备森严。

我又花了极大的力气，把前面讲到的我的全部财产，全部粮食、弹药武器和补给品，一一搬到篱笆里面，或者可以说搬到这个堡垒里来。我又给自己搭了一个大帐篷用来防雨，因为这儿一年中有一个时期常下倾盆大雨。我把帐篷做成双层的；也就是说，里面一个小的，外面再罩一个大的，大帐篷上面又盖上一大块油布。那油布当然也是我在船上搜集帆布时一起拿下来的。

现在我不再睡在搬上岸的那张床上了，而是睡在一张吊床上，这吊床原是船上大副所有，质地很好。

我把粮食和一切可能受潮损坏的东西都搬进了帐篷。完成这工作后，就把篱笆的出入口堵起来。此后，我就像上面所说，用一个短梯翻越篱笆进出。

做完这些工作后，我又开始在岩壁上打洞，把挖出来的土石方从帐篷里运到外面，沿篱笆堆成一个平台，约一英尺高。这样，帐篷算是我的住房，房后的山洞就成了我的地窖。

这些工作既费时又费力，但总算一一完成了。现在，我再回头追述一下其他几件使我煞费苦心的事情。在我计划搭帐篷打岩洞的同时，突然乌云密布，暴雨如注，雷电交加。在电光一闪，霹雳突至时，一个思想也像闪电一样掠过我的头脑，使我比对闪电本身更吃惊："哎哟，我的火药啊！"想到一个霹雳就会把我的火药全部炸毁时，我几乎完全绝望了。因为我不仅要靠火药自卫，还得靠其猎取食物为生。当时，我只想到火药，而没有想到火药一旦爆炸自己也就完了。假如真的火药爆炸，我自己都不知道死在谁的手里呢。

这场暴风雨使我心有余悸。因此，我把所有其他工作，包括搭帐篷、筑篱笆等都先丢在一边。等雨一停，我立刻着手做一些小袋子和匣子，把火药分成许许多多小包。这样，万一发生什么情况，也不致全部炸毁。我把一包包的火药分开贮藏起来，免得一包着火危及另一包。这件工作我足足费了两个星期的时间。火药大约有二百四十磅，我把它们分成一百多包。至于那桶受潮的火药，我倒并不担心会发生什么危险，所以我就把它放到新开的山洞里；我把这山洞戏称为我的厨房，其余的火药我都藏在石头缝里，以免受潮，并在储藏的地方小心地作上记号。

在包装和储藏火药的两星期中，我至少每天带枪出门一次。这样做可以达到三个目的：一来可以散散心；二来可以猎获点什么东西吃；三来也可以了解一下岛上的物产。第一次外出，我便发现岛上有不少山羊，使我十分满意。可我也发现这于我来说并非是件大好事。因为这些山羊胆小而又狡猾，而且跑得飞快，实在很难靠近他们。但我并不灰心，我相信总有办法打到一只的。不久我真的打死了一只。我首先发现了山羊经常出没之地，就采用打埋伏的办法来获取我的猎物。我注意到，如果我在山谷里，哪怕它们在山岩上，它们也准会惊恐地逃窜；但若它们在山谷里吃草，而我站在山岩上，它们就不会注意到我。我想，这是由于小羊眼睛生的部位，使它们只能向下看，而不容易看到上面的东西吧。因此，我就先爬到山上，从上面打下去，往往很容易打中。我第一次开枪，打死了一只正在哺小羊的母羊，使我心里非常难过。母羊倒下后，小羊呆呆地站在它身旁；当我背起母羊往回走时，那小羊也跟着我一直走到围墙外面。于是我放下母羊，抱起小羊，进入木栅，一心想把它驯养大。可是小山羊就是不肯吃东西，没有办法，我只好把它也杀了吃了。这两只一大一小的山羊肉，供我吃了好长一段时间，因为我吃得很省我要尽量节省粮食，尤其是面包。

住所建造好了，我就想到必须要有一个生火的地方，还得准备些柴来烧。至于我怎样做这件事，怎样扩大石洞，又怎样创造其他一些生活条件，我想以后在适当的时候再详谈。

现在想先略微谈谈自己，谈谈自己对生活的看法。在这些方面，你们可以想象，确实有不少感触可以谈的。

我感到自己前景暗淡。因为，我被凶猛的风暴刮到这荒岛上，远离原定的航线，远离人类正常的贸易航线有数百海里之遥。我想，这完全是出于天意，让我孤苦伶仃，在凄凉中了却余生了。想到这些，我眼泪不禁夺眶而出。有时我不禁犯疑，苍天为什么要这样作践自己所创造的生灵，害得他如此不幸，如此孤立无援，又如此沮丧寂寞呢！在这样的环境中，有什么理由要我们认为生活对于我们是一种恩赐呢？

可是，每当我这样想的时候，立刻又有另一种思想出现在我的脑海里，并责怪我不应有上述这些念头。特别有一天，当我正带枪在海边漫步时，我思考着自己目前的处境。这时，理智从另一方面劝慰我："的确，你目前形单影只，孑然一身，这是事实。可是，你不想想，你的那些同伴呢？他们到哪儿去了？你们一同上船时，不是有十一个人吗？那么，其他十个人到哪儿去了呢？为什么他们死了，唯独留下你一个人还活着呢？是在这孤岛上强呢，还是到他们那儿去好呢？"说到去他们那儿时，我用手指了指大海——"他们都已葬身大海了！真是，我怎么不想想祸福相倚和祸不单行的道理呢？"这时，我又想到，我目前所拥有的一切，殷实充裕，足以维持温饱。要是那只大船不从触礁的地方浮起来飘近海岸，并让我有时间从船上把一切有用的东西取下来，那我现在的处境又会怎样呢？要知道，像我现在的这种机遇，真是千载难逢的。假如我现在仍像我初上岸时那样一无所有；既没有任何生活必需品，也没有任何可以制造生活必需品的工具，那我现在的情况又会怎么样呢？"尤其是，"我大声对自己说，"如果我没有枪，没有弹药，没有制造东西的工具，没有衣服穿，没有床睡觉，没有帐篷住，甚至没有任何东西可以遮身，我又该怎么办呢？"可是现在，这些东西我都有，而且相当充足，即使以后弹药用尽了，不用枪我也能活下去。我相信，我这一生决不会受冻挨饿，因为我早就考虑到各种意外，考虑到将来的日子；不但考虑到弹药用尽之后的情况，甚至想到我将来体衰力竭之后的日子。

我得承认，在考虑这些问题时，并未想到火药会被雷电一下子炸毁的危险；因此雷电交加之际，忽然想到这个危险，着实使我惊恐万状。这件事我前面已叙述过了。

现在，我要开始过一种寂寞而又忧郁的生活了；这种生活也许在这世界上是前所未闻的。因此，我决定把我生活的情况从头至尾，按时间顺序一一记录下来。我估计，我是九月三十日踏上这可怕的海岛的；当时刚入秋分，太阳差不多正在我头顶上。所以，据我观察，我在北纬九度二十二分的地方。

上岛后约十一二天，我忽然想到，我没有书、笔和墨水，一定会忘记计算日期，甚至连安息日和工作日都会忘记。为了防止发生这种情况，我便用刀子在一根大柱子上用大写字母刻上以下一句句子："我于一六五九年九月三十日在此上岸。"我把柱子做成一个大十字架，立在我第一次上岸的地方。

在这方柱的四边，我每天用刀刻一个凹口，每七天刻一个长一倍的凹口，每一月刻一个再长一倍的凹口。就这样，我就有了一个日历，可以计算日月了。

另外，我还应该提一下，我从船上搬下来的东西很多，有些东西价值不大，但用处不小，可是前面我忘记交代了。我这里特别要提一下那些纸、笔、墨水；船长、大副、炮手和木匠的一些东西，三四个罗盘啦，一些观察和计算仪器啦，日规仪啦，望远镜啦，地图啦，以及航海书籍之类的东西。当时我不管有用没用，通通收拾起来带上岸。同时，我又找到了三本很好的《圣经》，是随我的英国货一起运来的。我上船时，把这几本书打在我的行李里面。此外，还有几本葡萄牙文的书籍，其中有两三本天主教祈祷书和几本别的书籍。所以这些书本我都小心地保存起来。我也不应忘记告诉读者，船上还有一条狗和两只猫。关于它们奇异的经历，我以后在适当的时候还要谈到。我把两只猫都带上岸；至于那条狗，我第一次上船搬东西时，它就泅水跟我上岸了，后来许多年中，它一直是我忠实的仆人。我什么东西也不缺，不必让它帮我猎取什么动物，也不能做我的同伴帮我干什么事，但求能与它说说话，可就连这一点它都办不到。我前面已提到，我找到了笔、墨水和纸，但我用得非常节省。你们将会看到，只要我有墨水，我可以把一切都如实记载下来，但一旦墨水用完，我就记不成了，因为我想不出有什么方法可以制造墨水。

这使我想到，尽管我已收集了这么多东西，我还缺少很多很多东西，墨水就是其中之一。其他的东西像挖土或搬土用的铲子、鹤嘴斧、铁锹，以及针线等等我都没有。至于内衣内裤之类，虽然缺乏，不久我也便习惯了。

由于缺乏适当的工具，一切工作进行得特别吃力。我花了差不多整整一年的时间，才把我的小木栅或围墙建筑好。就拿砍木桩而言，木桩很重，我只能竭尽全力选用我能搬得动的。我花很长时间在树林里把树砍下来削好，至于搬回住处就更费时间了。有时，我得花两天的时间把一根木桩砍下削好再搬回来，第三天再打入地里。作为打桩的工具，我起初找了一块很重的木头；后来才想到了一根起货用的铁棒；可是，就是用铁棒，打桩的工作还是非常艰苦、非常麻烦的。

其实，我有的是时间，工作麻烦一点又何必介意呢？何况筑完围墙，又有什么其他工作可做呢？至少我一时还没有想到要做其他什么事情，无非是在岛上各处走走，寻找食物而已。这是我每天多多少少都要做的一件事。

我开始认真地考虑自己所处的境遇和环境，并把每天的经历用笔详细地记录下来。我这样做，并不是为了留给后人看，因为我相信，在我之后，不会有多少人上这荒岛来；我这样做，只是为了抒发胸中的心事，每日可以浏览，聊以自慰。现在，我已开始振作起来，不再灰心丧气，因此，我尽量自勉自慰。我把当前的祸福利害一一加以比较，以使自己知足安命。我按照商业簿记的格式，分“借方”和“贷方”，把我的幸运和不幸，好处和坏处公允地排列出来：

祸与害：

我流落荒岛，摆脱困境已属无望。

唯我独存，孤苦伶仃，困苦万状。

我与世隔绝，仿佛是一个隐士，一个流放者。

我没有衣服穿。

我无法抵御人类或野兽的袭击。

我没有人可以交谈，也没有人能解救我。

福与利：

唯我独生，船上同伴皆葬身海底。

在全体船员中，我独免一死；上帝既然以其神力救我一命，也必然会救我脱离目前的困境。

小岛虽荒凉，但我尚有粮食，不致饿死。

我地处热带，即使有衣服也穿不住。

在我所流落的孤岛上，没有我在非洲看到的那些猛兽。假如我在非洲沿岸覆舟，那又会怎样呢？

但上帝神奇地把船送到海岸附近，使我可以从船上取下许多有用的东西，让我终身受用不尽。总而言之，从上述情况看，我目前的悲惨处境在世界上是绝无仅有的。但是，即使在这样的处境中，也祸福相济，有令人值得庆幸之处。我希望世上的人都能从我不幸的遭遇中取得经验和教训。那就是，在万般不幸之中，可以把祸福利害一一加以比较，找出可以聊以自慰的事情，然后可以归入账目的“贷方金额”这一项。

现在，我对自己的处境稍感宽慰，就不再对着海面望眼欲穿，希求有什么船只经过了。我说，我已把这些事丢在一边，开始筹划度日之计，并尽可能地改善自己的生活。

前面我已描述过自己的住所。那是一个搭在山岩下的帐篷，四周用木桩和缆索做成坚固的木栅环绕着。现在，我可以把木栅叫做围墙了，因为我在木栅外面用草皮堆成了一道两英尺来厚的墙，并在大约一年半的时间里，在围墙和岩壁之间搭了一些屋椽，上面盖些树枝或其他可以弄到的东西用来挡雨。因为，我发现，一年之中总有一段时间，大雨如注。

前面我也说过，我把一切东西都搬进了这个围墙，搬进了我在帐篷后面打的山洞。现在我必须补充说一下，就是那些东西起初都杂乱无章地堆在那里，以致占满了住所，弄得我连转身的余地都没有。于是我开始扩大和挖深山洞。好在岩石质地是一种很松的沙石，很容易挖，当我觉得围墙已加固得足以防御猛兽的袭击时，我便向岩壁右边挖去，然后再转向右面，直至把岩壁挖穿，通到围墙外面，做成了一个可供出入的门。

这样，我不但有了一个出入口，成了我帐篷和贮藏室的后门，而且有了更多的地方贮藏我的财富。

现在，我开始着手制造日常生活应用的一些必需家具了，譬如说椅子和桌子，没有这两样家具，我连世上一些最起码的生活乐趣都无法享受。没有桌子，我写字吃饭无以为凭，其他不少事也无法做，生活就毫无乐趣可言。

于是，我就开始工作。说到这里，我必须先说明一下，推理乃是数学之本质和原理,因此,如果我们能对一切事物都加以分析比较,精思明断,则人人都可掌握任何工艺。我一生从未使用过任何工具,但久而久之,以我的劳动、勤勉和发明设计的才能,我终于发现,我什么东西都能做,只要有适当的工具。然而,尽管我没有工具,也制造了许多东西,有些东西我制造时,仅用一把手斧和一把斧头。我想没有人会用我的方法制造东西,也没有人会像我这样付出无穷的劳力。

譬如说,为了做块木板,我先砍倒一棵树,把树横放在我面前,再用斧头把两面削平,削成一块板的模样,然后再用手斧刮光。确实,用这种方法,一棵树只能做一块木板,但这是没有办法的办法,我唯有用耐心才能完成,只有花费大量的时间和劳力才能做一块板;反正我的时间和劳动力都已不值钱了,怎么用都无所谓。

上面讲了,我先给自己做了一张桌子和一把椅子,这些是用我从船上运回来的几块短木板做材料制成的;后来,我用上面提到的办法,做了一些木板,沿着山洞的岸壁搭了几层一英尺半宽的大木架,把工具,钉子和铁器等东西分门别类地放在上面,以便取用。我又在墙上钉了许多小木钉,用来挂枪和其他可以挂的东西。

假如有人看到我的山洞,一定会以为是一个军火库,里面枪支弹药应有尽有。一切物品,安置得井然有序,取用方便。我看到样样东西都放得井井有条,而且收藏丰富,心里感到无限的宽慰。

现在,我开始记日记了,把每天做的事都记下来。在这之前,我天天匆匆忙忙,辛苦劳累,且心绪不宁。即使记日记,也必定索然无味。例如,我在日记中一定会这样写:“九月三十日,我没被淹死,逃上岸来,吐掉了灌进胃里的大量海水,略略苏醒了过来。这时,我非但不感谢上帝的救命之恩,反而在岸上胡乱狂奔,又是扭手,又是打自己的头和脸,大叫大嚷自己的不幸,不断地叫嚷着‘我完了,我完了!’直至自己精疲力尽,才不得不倒在地上休息,可又不敢入睡,唯恐被野兽吃掉。”几天之后,甚至在我把船上可以搬动的东西都运上岸之后,我还是每天爬到小山顶上,呆呆地望着海面,希望能看到船只经过。妄想过甚,有时仿佛看到极远处有一片帆影,于是欣喜若狂,以为有了希望;这时,我望眼欲穿,帆影却消失得无影无踪,我便一屁股坐在地上,像小孩似地大哭起来。

这种愚蠢的行为,反而增加了我的烦恼。

这个心烦意乱的阶段多少总算过去了,我把住所和一切家什也都安置妥当。后来又做好了桌子和椅子,样样东西安排得井井有条,我便开始记日记了。现在,我把全部日记抄在下面(有些前面提到过的事不得不重复一下)。但后来墨水用光了,我也不得不中止日记了。

日记

一六五九年九月三十日,我,可怜而不幸的鲁宾孙·克罗索,在一场可怕的大风暴中,在大海中沉船遇难,流落到这个荒凉的孤岛上。我且把此岛称之为“绝望岛”吧。同船伙伴皆葬身鱼腹,我本人却九死一生。

整整一天,我为自己凄凉的境遇悲痛欲绝。我没有食物,没有房屋,没有衣服,没有武器,也没有地方可逃,没有获救的希望,只有死路一条,不是被野兽吞嚼,被野人饱腹,就是因缺少食物而活活饿死。夜幕降临,因怕被野兽吃掉,我睡在一棵树上。虽然整夜下雨,我却睡得很香。

十月一日清晨醒来,只见那只大船随涨潮已浮起,并冲到了离岸很近的地方。这大大出于我意料。使我感到快慰的是,大船依然直挺挺地停在那儿,没有被海浪打得粉碎。我想,待风停浪息之后,可以上去弄些食物和日用品来救急。但又想到那些失散了的伙伴,这使我倍感悲伤。我想,要是我们当时都留在大船上,也许能保住大船,至少也不至于被淹死。假如伙伴们不死,我们可以用大船残余部分的木料,造一条小船,我们可乘上小船划到别处去。这一天,大部分的时间我为这些念头所困扰。后来,看到船里没进多少水,我便走到离船最近的沙滩,泅水上了船。这一天雨还是下个不停,但没有一点风。

从十月一日至二十四日,我连日上船,把我所能搬动的东西通通搬了下来,趁涨潮时用木排运上岸。这几天雨水很多,有时也时停时续。看来,这儿当前正是雨季。

十月二十日木排翻倒,上面的货物也都翻到水里去了,但木排翻倒的地方水很浅,那些东西又都很重,所以没有被冲走。一等退潮,我还是捞回了不少东西。

十月二十五日雨下了一天一夜,还夹着阵阵大风。风越刮越凶,最后竟把大船打得粉碎。退潮时可以看到大船的碎片,但大船已不复存在。这一整天,我把从船上搬回来的东西安置好并覆盖起来,以免给雨水淋坏。

十月二十六日我在岸上跑了差不多一整天,想寻找一个合适的地方做住所,我最担心的是安全问题,住地必须能防御野兽或野人在夜间对我进行突然袭击。傍晚,我终于在一个山岩下找到了合适的地方。我划了一个半圆形作为构筑住所的地点,并决定沿着那个半圆形安上两层木桩,中间盘上缆索,外面再加上草皮,筑成一个坚固的防御工事,像围墙或堡垒之类的建筑物。

二十六日至三十日我埋头苦干,把全部货物搬到新的住地,虽然有时大雨倾盆。

三十一日早晨我带枪深入孤岛腹地,一则为了找点吃的,一则为了查看一下小岛环境。我打死了一只母山羊,她的一只小羊跟着我回家,后来我把它也杀了,因为它不肯吃食。

十一月一日我在小山下搭起了一个帐篷,我尽可能把帐篷搭大些,里面再打上几根木桩用来挂吊床,我第一夜在帐篷里睡觉。

十一月二日我把所有的箱子、木板,以及做木排用的木料,沿着半圆形内侧堆成一个临时性的围墙，作为我的防御工事。

十一月三日我带枪外出，打死两只野鸭似的飞禽，肉很好吃，下午开始做桌子。

十一月四日早晨，开始计划时间的安排。规定了工作的时间，带枪外出的时间，睡眠的时间以及消遣的时间。我的计划是这样的：每天早晨，如果不下雨，就带枪出去跑上二三小时，回来后再工作到十一点左右；然后，就有什么吃什么；十二点至二点为午睡时间，因为这儿天炎热异常；傍晚再开始工作。今天和明天的全部工作时间，我都用来做桌子。目前我还是个拙劣的工匠，做一样东西要花很多时间。但不久我就成了一个熟练工了。什么事做多了就熟能生巧，另一方面也是迫于需要。我相信，这在其他任何人也是办得到的。

十一月五日今天我带枪外出，并且把狗也带上了。打死了一只野猫，其毛皮柔软，但肉却不能吃。我每打死什么动物，都剥下毛皮保存起来。从海边回来时，看到各种不同的水鸟，我都叫不上名字。还看到两三只海豹，使我大吃一惊。我开始看到它们时，一时还不知道究竟是什么动物。后来它们游向了大海。这一次，它们从我眼皮底下逃掉了。

十一月六日早晨外出回来后就继续做桌子，最后终于完成了，但样子很难看，我自己都不满意。不久，我又设法把桌子改进了一下。

十一月七日天气开始晴朗起来。七日，八日，九日，十日以及十二日的一部分时间（十一日是礼拜日），我都用来做一把椅子，费了好大的劲，才勉强做成椅子的样子，连差强人意都谈不上。在做的过程中，我做了再拆，拆了再做，折腾了好几次。

附记：我不久就不再做礼拜了。因为我忘记在木桩上刻凹痕了，因而也就记不起哪天是哪天了。

十一月十三日今天下雨，令人精神为之一爽。天气也凉快多了，但大雨伴随着闪电雷鸣，吓得我半死，万分惊恐，因为我担心火药会被雷电击中而炸毁。因此，雷雨一停，我就着手把火药分成许许多多小包，以免不测。

十一月十四日，十五日，十六日。这三天，我做了许多小方匣，每个匣子大约可以装一两磅火药。我把火药装入匣内，并分开小心安全地贮藏好。其中有一天，我打到了一只大鸟，肉很好吃，但我不知道是什么鸟。

十一月十七日今天开始，我在帐篷后的岩壁上开始挖洞，以扩大我住所的空间，使生活更方便些。

附记：要挖洞，我最需要的是三样工具：一把鹤嘴锄，一把铲子和一辆手推车或一只箩筐。我就先不挖洞，而是考虑制造一些必不可少的工具。我用起货钩代替鹤嘴锄，还凑合用，只是重了点。此外，还需要一把铲子，这是挖土的重要工具，没有铲子，什么事也别想做，可我不知道怎样才能做把铲子。

十一月十八日第二天，我去树林里搜寻，发现一种树，像巴西的“铁树”，因为这种树的木质特别坚硬。我费了好大的劲才砍下了一块，几乎把我的斧头都砍坏了。又费了不少力气，才把木块带回住所，因为这种木头实在太重了。

这种木料确实非常坚硬，可是我别无他法，所以，我花了好大的功夫才做成一把铲子。我慢慢把木块削成铲子的形状，铲柄完全像英国铲子一样，只是铲头没有包上铁，所以没有正式的铁铲那么耐用。不过，必要时用一下也还能勉强对付。我想，世界上没有一把铲子是做成这个样子的，也决不会化这么长的时间才做成一把铲子。

虽然有了鹤嘴锄和铲子，但工具还是不够，我还缺少一只箩筐或一辆手推车。箩筐我没有办法做，因为我没有像编藤皮用的细软的枝条，至少现在我还没有找到。至于手推车，我想除了轮子外，其他都可以做出来。可做轮子却不那么容易，我简直不知从何处着手。此外，我也无法做一个铁的轮子轴心，使轮子能转动。因此，我决定放弃做轮子的念头，而做一个灰斗似的东西——就是小工替泥水匠运泥灰用的灰斗，这样就可把石洞里挖出来的泥土运出来。

这工作不像做铲子那么难。但制造这些工具——灰斗和铲子，以及试图做手推车最终又不得不放弃，一共花费了整整四天时间，当然不包括每天早晨带枪外出的时间。可以说，我几乎没有一天不出去，也几乎没有一天不带回些猎物作吃食。

十一月二十三日因为做工具，其他工作都搁了下来，等这些工具制成，我又继续做所耽搁了的工作。只要有精力和时间，我每天都工作，花了整整十八天的工夫扩大和加深了岩洞；洞室一拓宽，存放东西就更方便了。

附记：这几天，我的工作主要是扩大洞室。这样，这个山洞成了我的贮藏室和军火库，也是我的厨房、餐室和地窖。

我一般仍睡在帐篷里，除非在雨季，雨下得太大，帐篷漏雨，我才睡到洞室里。所以，我后来把围墙里的所有地方，通通用长木条搭成屋椽的样子，架在岩石上，再在上面铺些草和大树叶，做成一个茅屋的样子。

十二月十日我本以为挖洞的工程已大功告成，可突然发生了塌方。也许我把洞挖得太大了，大量的泥土从顶上和一旁的岩壁上塌下来，落下的泥土之多，简直把我吓坏了。我这般惊恐，当然不是没有理由的。要是塌方时我正在洞内，那我肯定用不着掘墓人了。这次灾祸一发生，我又有许多工作要做了。我不但要把落下来的松土运出去，还安装了天花板，下面用柱子支撑起来，免得再出现塌方的灾难。

十二月十一日今天我按昨天的计划动手工作，用两根柱子作为支撑，每根柱子上交叉搭上两块木板撑住洞顶。这项工作第二天就完成了。接着我支起了更多的柱子和木板，花了大约一星期的时间把洞顶加固。洞内一行行直立的柱子，把洞室隔成了好几间。

十二月十七日今天至二十日，我在洞里装了许多木架，又在柱子上敲了许多钉子，把那些可以挂起来的东西都挂起来。现在，我的住所看上去有点秩序了。

十二月二十日我把所有的东西都搬进洞里，并开始布置自己的住所。我用木板搭了个碗架似的架子，好摆吃的东西。但木板已经越来越少了。另外，我又做了一张桌子。

十二月二十四日整夜整日大雨倾盆，没有出门。

十二月二十五日整日下雨。

十二月二十六日无雨，天气凉爽多了，人也感到爽快多了。

十二月二十七日打死了一只小山羊，又把另一只小山羊的一条腿打瘸了。我抓住了瘸腿的小山羊，用绳子牵回家。

到家后我把山羊的断腿绑了起来，还上了夹板。

附记：在我精心照料下，受伤的小山羊活下来了，腿也长好了，而且长得很结实。由于我长期抚养，小山羊渐渐驯服起来，整日在我住所门前的草地上吃草，不肯离开。这诱发了我一个念头：我可以饲养一些易于驯服的动物，将来一旦弹药用完也不愁没有东西吃。

十二月二十八日、二十九、三十日酷热无风。整天在家，到傍晚才外出寻食。整日在家里整理东西。

一月一日天气仍然很热。我早晚带枪各外出一次，中午午睡。傍晚我深入孤岛中心的山谷里，发现许多野山羊，但极易受惊，难以捕捉。我决定带狗来试试是否能猎取几只。

一月二日照着昨天的想法，我今天带狗外出，叫它去追捕那些山羊；可是，我想错了，山羊不仅不逃，反而一起面对我的狗奋起反抗。狗也知道危险，不敢接近群羊。

一月三日我动手修筑篱笆和围墙，因为我一直担心受到攻击。我要把围墙筑得又厚又坚固。

附记：关于围墙，我前面已交代过了，在日记中，就不再重复已经说过的话了。这里只提一下：从一月三日至四月十四日，我一直在修筑这座围墙。最后终于完成了，并尽可能做得完满。围墙呈半圆形，从岩壁的一边，围向另一边，两处相距约八码，围墙全长仅二十四码，岩洞的门正好处于围墙中部后面。

在这段时间里，我努力工作，尽管雨水耽搁了我许多天，甚至好几个星期。我觉得，围墙不做好，我住在里面就没有安全感。我做的每件工作所花的劳动，简直难以令人置信。尤其是那些木桩，要把木桩从树林里搬回来，又要打进土里，实在非常吃力，因为我把木桩做得太大了，而实际上并不需要那么大。

墙筑好后，又在墙外堆了一层草皮泥，堆得和墙一般高。

这样，我想，即使有人到岛上来，也不一定看得出里面有人住。我的这一做法是非常明智的，后来，事实证明了这一点。

在此期间，只要雨不大，我总要到树林里去寻找野味，并常有一些新的发现，可以改善我的生活。尤其是我发现了一种野鸽，它们不像斑尾林鸽那样在树上作窠，而像家鸽一样在石穴里作窝。我抓了几只小鸽子，想把它们驯养大。养倒是养大了，可一大就飞走了。想来也许我没有经常给它们喂食；事实上，我也没什么东西可喂它们。然而，我经常找到它们的窝，就捉些小鸽子回来，这种鸽子的肉非常好吃。

在料理家务的过程中，我发现还缺少许多许多东西；有些东西根本没办法制造，事实也确实如此。譬如，我无法制造木桶，因为根本无法把桶箍起来。前面我曾提到，我有一两只小桶；可是，我花了好几个星期的工夫还是做不出一只新桶来。我无法把桶底安上去，也无法把那些薄板拼合得不漏水。最后，我只好放弃了做桶的念头。

其次，我无法制造蜡烛，所以一到天黑就只得上床睡觉。

在这儿一般七点左右天就黑下来了。我记得我曾有过一大块蜜蜡，那是我从萨累的海盗船长手里逃到非洲沿岸的航程中做蜡烛用的，现在早已没有了。我唯一的补救办法是：每当我杀山羊时，把羊油留下来。我用泥土做成一个小盘子，经太阳暴晒成了一个小泥盘，然后把羊油放在泥盘里，再弄松麻绳后取下一些麻絮做灯芯。这样总算做成了一盏灯，虽然光线没有蜡烛明亮和稳定，但也至少给了我一点光明。

在我做这些事的时候，我偶尔翻到了一个小布袋。我上面已提到过，这布袋里装了一些谷类，是用来喂家禽的，而不是为这次航行供船员食用的。这袋谷子可能是上次从里斯本出发时带上船的吧。袋里剩下的一点谷类早已被老鼠吃光了，只留下一些尘土和谷壳。因为我很需要这个布袋，就把袋里的尘土和谷壳抖在岩石下的围墙边。当时，想必是我要用这布袋来装火药吧，因为，我记得我给闪电雷鸣吓坏了，急于要把火药分开包装好。

我扔掉这些东西，正是上面提到的那场大雨之前不久的事。扔掉后也就完了，再也没有想起这件事情。大约一个月之后，我发现地上长出了绿色的茎干。起初我以为那只是自己以前没有注意到的某种植物罢了。但不久以后，我看到长出了十一二个穗头，与欧洲的大麦，甚至与英国的大麦一模一样，这使我十分惊讶。

我又惊愕，又困惑，心里的混乱难以用笔墨形容。我这个人不信教，从不以宗教戒律约束自己的行为，认为一切出于偶然，或简单地归之于天意，从不去追问造物主的意愿及其支配世间万物的原则。但当我看到，尽管这儿气候不宜种谷类，却长出了大麦；何况我对这些大麦是怎么长出来的一无所知，自然吃惊不小。于是我想到，这只能是上帝显示的奇迹——没有人播种，居然能长出庄稼来。我还想到，这是上帝为了能让我在这荒无人烟的孤岛上活下去才这么做的。

想到这里，我颇为动情，禁不住流下了眼泪。我开始为自己的命运庆幸，这种世间少有的奇事，竟会在我身上发生。

尤其令我感到不可思议的是，在大麦茎干的旁边，沿着岩壁，稀稀落落长出了几枝其他绿色的茎干，显然是稻茎；我认得出那是稻子，因为我在非洲上岸时曾见过这种庄稼。

当时，我不仅认为这些谷类都是老天为了让我活命而赐给我的，并且还相信岛上其他地方一定还有。于是，我在岛上搜遍了我曾经到过的地方，每个角落，每块岩石边我都查看了一遍，想找到麦穗和稻秆，可是，再也找不到了。最后，我终于想起，我曾经有一只放鸡饲料的袋子，我把里面剩下的谷壳抖到了岩壁下。这一想，我惊异的心情一扫而光。老实说，我认为这一切都是极其平常的事，所以我对上帝的感恩之情也随之减退了。然而，对发生这样的奇迹，对意料之外的天意，我还是应该感恩戴德的。老鼠吃掉了绝大部分谷粒，而仅存的十几颗竟然没有坏掉，仿佛从天上掉下来似的，发生这样的奇迹难道不是天意又是什么呢？再说，我把这十几颗谷粒不扔在其他地方，恰恰扔在岩壁下，因而遮住了太阳，使其很快长了出来；如果丢在别处，肯定早就给太阳晒死了，这难道不是天意吗？

到了大麦成熟的季节，大约是六月底，我小心地把麦穗收藏起来，一颗麦粒也舍不得丢失。我要用这些收获的麦粒作种子重新播种一次，希望将来收获多了，可以用来做面包吃。后来，一直到第四年，我才吃到一点点自己种的粮食，而且也只能吃得非常节省，这些都是后事，我以后自会交代。第一次播种，由于季节不对头，我把全部种子都损失了。因为我正好在旱季来临前播下去，结果种子根本发不了芽，即使长出来了，也长不好。这些都是后话。

除了大麦，另外还有二三十枝稻秆，我同样小心翼翼地把稻谷收藏起来，目的也是为了能再次播种，好自己做面包吃，或干脆煮来吃，因为后来我发现不必老是用烘烤的办法，放在水里煮一下也能吃，当然后来我也烤着吃。现在，再回到我的日记上来吧。

这三四个月，我工作非常努力，修筑好了围墙。到四月十四日，完成了封闭围墙的工作，因为我原来就计划不用门进出，而是用一架梯子越墙而过。这样外来的人就看不出里面是住人的地方。

四月十六日我做好了梯子。我用梯子爬上墙头，再收起来放到围墙的内侧爬下去。围墙是全封闭的；墙内我有足够的活动空间，墙外的人则无法进入墙内，除非也越墙而入。

完成围墙后的第二天，我几乎一下子前功尽弃，而且差点送命。事情是这样的:正当我在帐篷后面的山洞口忙着干活时,突然发生了一件可怕的事情,把我吓得魂不附体。山洞顶上突然倒塌下大量的泥土和石块,从岩壁上也有泥土和石头滚下来,把我竖在洞里的两根柱子一下子都压断了,发出了可怕的爆裂声,我惊慌失措,全不知道究竟发生了什么事,以为只不过像上回那样发生了塌方,洞顶有一部分塌了下来。我怕被土石埋在底下,立即跑向梯子。后来觉得在墙内还不安全,怕山上滚下来的石块打着我,我爬到了围墙外面。等到我下了梯子站到平地上,我才明白发生了可怕的地震。我所站的地方在八分钟内连续摇动了三次。这三次震动,其强烈程度,足以把地面上最坚固的建筑物震倒。离我大约半英里之外靠近海边的一座小山的岩顶,被震得崩裂下来,那山崩地裂的巨响,把我吓得半死,我平生从未听到过这么可怕的声响。这时,大海汹涌震荡,我想海底下一定比岛上震动得更激烈。

我以前从未碰到过地震,也没有听到经历过地震的人谈起过,所以我一时吓得目瞪口呆,魂飞魄散。当时,地动山摇,胃里直想吐,就像晕船一样;而那山石崩裂发出震耳欲聋的巨响,把我从呆若木鸡的状态中惊醒过来,我感到胆战心惊。小山若倒下来,压在帐篷上和全部家用物品上,一下子就会把一切都埋起来。一想到这里,我心里就凉了半截。

第三次震动过后,过了好久,大地不再晃动了,我胆子才渐渐大起来。但我还是不敢爬进墙去,生怕被活埋。我只是呆呆地坐在地上,垂头丧气,闷闷不乐,不知如何才好。在惊恐中,我从未认真地想到上帝,只是像一般人那样有口无心地叫着“上帝啊,发发慈悲吧!”地震一过,连这种叫唤声也没有了。

我正这么呆坐在地上时,忽见阴云四布,好像马上要下雨了。不久,风势渐平,不到半小时,就刮起了可怕的飓风。

顷刻之间,海面上波涛汹涌,惊涛拍岸,浪花四溅,陆地上大树连根拔起。真是一场可怕的大风暴。风暴刮了大约三小时,就开始减退了;又过了两小时,风静了,却下起了滂沱大雨。

在此期间,我一直呆坐在地上,心中既惊恐又苦闷。后来,我突然想到,这场暴风雨是地震之后发生的。看来地震已经过去,我可以冒险回到我的洞室里去了。这样一想,精神再次振作起来,加上大雨也逼得我走投无路,只好爬过围墙,坐到帐篷里去。但大雨倾盆而下,几乎要把帐篷都压塌,我就只好躲到山洞里去,心里却始终惶恐不安,唯恐山顶塌下来把我压死。

这场暴雨逼使我去做一件新的工作。这就是在围墙脚下开一个洞,像一条排水沟,这样就可把水放出去,以免把山洞淹没。在山洞里坐了一会儿,地震再也没有发生,我才稍稍镇静下来。这时我感到十分需要壮壮胆,就走到贮藏室里,倒了一小杯甘蔗酒喝。我喝甘蔗酒一向很节省,因为我知道,喝完后就没有了。

大雨下了整整一夜,第二天又下了大半天,因此我整天不能出门。现在,我心里平静多了,就考虑起今后的生活。我的结论是,既然岛上经常会发生地震,我就不能老住在山洞里。我得考虑在开阔的平地上造一间小茅屋,四面像这里一样围上一道墙,以防野兽或野人的袭击。如果我在这里住下去,迟早会被活埋的。

想到这里,我决定要把帐篷从原来的地方搬开。现在的帐篷正好搭在小山的悬崖下面。如果再发生地震,那悬崖塌下来必定砸倒帐篷。于是我花了两天的时间,即四月十九日和二十日,来计划新的住址以及搬家的方法。

我唯恐被活埋,整夜不得安睡。但想到睡在外面,四周毫无遮挡,心里又同样害怕。而当我环顾四周,看到一切应用物品都安置得井井有条,自己的住地又隐蔽又安全,又极不愿意搬家了。

同时,我也想到,建个新家耗费时日,目前还不得不冒险住在这里。以后,等我建造好一个新的营地,并也像这儿一样保护起来,才能再搬过去。这样决定之后,我心里安定多了,并决定以最快的速度,用木桩和缆索之类的材料照这儿的样子筑一道围墙,再把帐篷搭在围墙里。但在新的营地建造好之前,我还得冒险住在原地。这是四月二十一日的事。

四月二十二日,今天早上,我开始考虑实施我搬家的计划,但却无法解决工具问题。我有三把大斧和许多小斧(我们带了许多小斧,是准备与非洲土人做交易用的),但由于经常用来砍削多节的硬木头,弄得都是缺口,一点也不快了。磨刀砂轮倒是有一个,但我却无法转动磨轮来磨工具。为了设法使磨轮转动,我煞费苦心,犹如政治家思考国家大事,也像法官决定一个人的生死命运。最后,我想出办法,用一根绳子套在一个轮子上,用脚转动轮子,两手就可腾出来磨工具了。

附记:在英国,我从未见过磨刀的工具,即使见过,自己也没注意过这种东西的样子,尽管在英国这种磨刀工具是到处可见的。此外,我的磨轮又大又笨重。我花了整整一个星期,才把这个磨刀机器做好。

四月二十八日、二十九日整整两天,我忙着磨工具。转动磨轮的机器效果不错。

四月三十日我发现食物大大减少了,就仔细检查了一下,决定减为每天只吃一块饼干,这使我心里非常忧虑。

五月一日早晨,我向海面望去,只见潮水已经退了。一个看上去像桶一样的大东西搁浅在岸边。我走过去一看,原来是一只小木桶,另外还有几艘破船的残骸;这些都是被飓风刮到岸上来的。再看看那只破船,只见比先前更高出水面。

我察看了一下冲上岸边的木桶,发现原来是一桶火药,但火药已浸水,结得像石头一样硬。不过,我还是暂时把它滚到岸上。然后踏上沙滩,尽量走近那破船,希望能再弄到点什么东西。

我走近船边，发现船的位置已大大变动了。在此之前，船头是埋在沙里的；现在，至少抬高了六英尺。至于那船尾，在我最后一次上船搜括东西之后不久，就被海浪打得粉碎，脱离了船身；现在，看样子被海水冲到一边去了。在船尾旁，原来是一大片水洼子，约四分之一海里宽；要接近破船，非得游泳不可。而现在，水洼被沙泥壅塞，堆得高高的。所以，一退潮，就可以直接走到船跟前。我起初对这一变化感到有点意外，但不久就马上明白，这是地震的结果。由于地震的激烈震动，船破得更不像样了。每天，总有些东西被海浪从船上打下来，风力和潮水又把这些东西冲到岸上。

这使我把搬家的计划暂时搁置一边。当天，我便想方设法要到船上去。但我发现，船上已没有什么东西可拿了，因为船里都被沙泥堆塞。可是我现在对什么事都不轻易放弃，所以决定把船上能拆下来的东西通通拆下来。我相信，这些东西将来对我总会有些用处的。

五月三日我动手用锯子锯断了一根船梁。我猜想，这根船梁是支撑上面的甲板或后面的甲板的。船梁锯断后，我尽力清除旁边积得很高的泥沙。但不久潮水开始上涨，我不得不暂时放弃这一工作。

五月四日今天去钓鱼，但钓到的鱼没有一条我敢吃的。

我感到不耐烦了，正想离开时，却钓到了一只小海豚。我用绞绳的麻丝做了一根长长的钓鱼线，但我没有鱼钩。不过我还是常能钓到鱼吃。我把钓到的鱼都晒干了再吃。

五月五日在破船上干活。又锯断了一根船梁。从甲板上取下三块松木板，把板捆在一起，趁涨潮时把它们飘到岸上。

五月六日继续上破船干活。从船上取下几根铁条和一些铁器。工作得很辛苦，回来时累坏了，很想放弃这种工作。

五月七日又到破船上去，但不想再干活了。由于船梁已锯断，破船已承受不住自己的重量，因此自己碎裂了。有几块木板散落下来，船舱裂开，看进去里面尽是水和泥沙。

五月八日到破船上去。这次我带了一只起货用的铁钩，撬开了甲板，因为甲板上已没有多少水和沙泥了。我撬下了两块木板，像前次那样趁着潮水送上岸。我把起货铁钩留在船上，以便明天再用。

五月九日到破船上去，用铁钩撬入船身，探到了几只木桶。我用铁钩把这几只桶撬松了，却无法把桶打开。我也探到了那卷英国铅皮，并已拨动了，但实在太重了，根本搬不动。

五月十日、十一日、十二日、十三日、十四日每天上破船，弄到了不少木料和木板，以及二三百磅的铁。

五月十五日我带了两把小斧上船，想用一把小斧的斧口放在那卷铅皮上，再用另一把去敲，试试能不能截一块铅皮下来。但因为铅皮在水下有一英尺半深，根本无法敲到放在铅皮上的手斧。

五月十六日刮了一夜大风，风吹浪打后，那条失事的船显得更破烂不堪了。我在树林里找鸽子吃，耽误了不少时间；等我想上船时，潮水已涨了上来，就无法再到船上去了。

五月十七日我看见几块沉船的残骸飘到岸上，离我差不多有两英里远，决心走过去看个究竟。原来是船头上的一块木料，但太重了，根本搬不动。

五月二十四日几天来，我每天上破船干活。我费尽力气，用起货铁钩撬松了一些东西。潮水一来，竟有几只木桶和两只水手箱子浮了出来。由于风是从岸上吹来的，那天飘到岸上的东西只有几块木料和一桶巴西猪肉，但那肉早被咸水浸坏，且掺杂着泥沙，根本无法食用。

我这样每天除了觅食就上船干活，直到六月十五日。在此期间，我总是涨潮时外出觅食，退潮时就上船干活。这么多天来，我弄到了不少木料和铁器。如果我会造船，就可以造条小艇了。同时，我又先后搞到了好几块铅皮，大约有一百来磅重。

六月十六日走到海边，看到一只大鳖。这是我上岛后第一次看到这种动物。看来，也许我运气不佳，以前一直没有发现，其实这岛上大鳖不少。后来我发现，要是我在岛的另一边居住，我每天肯定可以捉到好几百只，但同时因鳖满为患，将受害不浅。

六月十七日我把那大鳖拿来煮了吃。在它的肚子里，我还挖出了六十只蛋。当时，我感到鳖肉鲜美无比，是我平生尝到的最佳菜肴。因为自从我踏上这可怕的荒岛，除了山羊和飞禽，还没有吃过别的动物的肉呢！

六月十八日整天下雨，没有出门。我感到这回的雨有点寒意，身子感到有点发冷。我知道，在这个纬度上，这是不常有的事。

六月十九日病得很重，身子直发抖，好像天气太冷了。

六月二十日整夜不能入睡，头很痛，并发热。

六月二十一日全身不舒服。想到自己生病而无人照顾的惨状，不禁怕得要死。自从在赫尔市出发遭遇风暴以来，我第一次祈祷上帝。至于为什么祈祷，祈祷些什么，连自己也说不清楚，因为思绪混乱极了。

六月二十二日身子稍稍舒服一点，但因为生病，还是害怕极了。

六月二十三日病又重了，冷得直发抖，接着是头痛欲裂。

六月二十四日病好多了。

六月二十五日发疟疾，很厉害。发作一次持续七小时，时冷时热，最后终于出了点汗。

六月二十六日好了一点。因为没有东西吃，就带枪出门。身体十分虚弱，但还是打到了一只母山羊。好不容易把山羊拖回家，非常吃力。烤了一点山羊肉吃。很想煮些羊肉汤喝，可是没有锅子。

六月二十七日疟疾再次发作，且来势很凶。在床上躺了一整天，不吃不喝。口里干得要命，但身子太虚弱，连爬起来弄点水喝的力气都没有。再一次祈祷上帝，但头昏昏沉沉的；等头昏过去后，我又不知道该怎样祈祷，只是躺在床上，连声叫喊："上帝，保佑我吧！上帝，可怜我吧！上帝，救救我吧！"这样连续喊了两三小时，寒热渐退，我才昏昏睡去，直到半夜才醒来。醒来后，觉得身子爽快了不少，但仍软弱无力，且口里渴得要命。可是家里没有水，只得躺下等第二天早晨再说。于是，我又睡着了。这一次，我做了一个噩梦。

我梦见我坐在围墙外面的地上，就是地震后刮暴风雨时我坐的地方，看见一个人从一大片乌云中从天而降，四周一片火光。他降落到地上，全身像火一样闪闪发光，使我无法正眼看他。他面目狰狞可怖，非言语所能形容。当他两脚落到地面上时，我仿佛觉得大地都震动了，就像地震发生时一样。更使我惊恐的是，他全身似乎在燃烧，空中火光熠熠。

他一着地，就向我走来，手里拿着一根长矛样的武器，似乎要来杀我。当他走到离我不远的高坡上时，便对我讲话了，那声音真可怕得难以形容。他对我说的话，我只听懂了一句："既然所发生的一切事情都不能使你忏悔，现在就要你的命。"说着，他就举起手中的矛来杀我。

任何人读到我这段记述时，都会感到，这个可怕的梦境，一定把我吓得灵魂出窍，根本无法描绘当时的情景。虽然这仅仅是一个梦，但却十分恐怖。即使醒来后，明知是一场梦，在脑海里留下的印象，也还可怕得难以言传。

天哪！我不信上帝。虽然小时候父亲一直谆谆教诲我，但八年来，我一直过着水手的生活，染上了水手的种种恶习；我交往的人也都和我一样，邪恶缺德，不信上帝。所以，我从父亲那儿受到的一点点良好的教育，也早就消磨殆尽了。这么多年来，我不记得自己曾经敬仰过上帝，也没有反省过自己的行为。我生性愚蠢，善恶不分。即使在一般水手中，我也算得上是个邪恶之徒：冷酷无情，轻率鲁莽，危难中不知敬畏上帝，遇救时也不知道对上帝感恩。

从我前面的自述中，读者可以知道，至今我已遭遇了种种灾难，但我从未想到这一切都是上帝的意旨，也从未想到这一切都是对我罪孽的惩罚，是对我背逆父亲的行为，对我当前深重的罪行，以及对我邪恶生涯的惩罚。当我不顾一切，冒险去非洲蛮荒的海岸，我从未想到这种冒险生涯会给我带来什么后果，也没有祈祷上帝为我指引一条正路，保佑我脱离身边的危险，免遭野兽或野人的袭击。我完全没有想到上帝，想到天意；我的行为完全像一个畜生，只受自然规律的支配，或只听从常识的驱使,甚至连常识都谈不上。

当我在海上被葡萄牙船长救起来时,受到他优厚、公正和仁慈的待遇,但我心里没有对上帝产生一点感激之情。后来我再度遭受船难,并差一点在这荒岛边淹死,我也毫无忏悔之意,也没有把此当作对我的报应。我只是经常对自己说,我是个“晦气鬼”,生来要吃苦受罪。

确实,我一上岸,发现其他船员全都葬身大海,唯我一人死里逃生,着实惊喜了一番;在狂喜中,我若能想到上帝,就会产生真诚的感恩之情。但我仅仅欣喜一阵子而已,高兴过了也就算了。我对自己说,我庆幸自己能活下来,却没有好好想一下,别人都死了,单单我一人幸免于难,岂不是上帝对我的特殊恩宠;也没有深入思考一下,上天为什么对我如此慈悲。我像一般船员一样,沉船之后,侥幸平安上岸,当然欣喜万分;然后就喝上几杯甜酒,把船难忘得一干二净。我一生就过着这样的生活。

后来,经过了一番思考,对自己的状况有了清醒的认识,知道自己流落到这个可怕的荒岛上,远离人烟,毫无获救的希望。尽管自己知道身陷绝境,但一旦我发现还能活下去,不致饿死,我的一切苦恼也随之烟消云散了。我又开始过着无忧无虑的生活,一心一意干各种活儿以维持自己的生存。我一点也没有想到,我目前的不幸遭遇,是上天对我的惩罚,是上帝对我的报应。说实话,这种思想很少进入我的头脑里。

前面我在日记中已经提到过,在大麦刚刚长出来时,我曾一度想到上帝,并深受感动,因为我最初认为那是上帝显示的神迹。但后来发现这并非是上帝的神迹,我感受的印象也就随之消失了。关于这一点,我前面已记过了。

地震该是大自然最可怕的景象了吧,而且,这往往使人想到冥冥中的那种神力,这种神力往往又与上帝或天意联系在一起。可是,在最初的一阵恐惧过去之后,关于神力和上帝的印象也马上随之消失。我既不觉得有什么上帝,也不认为有所谓上帝的审判,也没有想到我目前可悲的处境是出于上帝的意旨,好像我一直生活得十分优裕舒适似的。

可是现在,我生病了,死亡的悲惨境遇渐渐在我面前呈现。由于病痛,我精神颓丧;由于发热,我体力衰竭。这时,我沉睡已久的良心开始苏醒,并开始责备自己过去的生活。在此之前,我罪大恶极,冒犯了上帝,所以现在上帝来惩罚我,给我以非同寻常的打击,用这种报应的手段来对待我。

我的反省,在我生病的第二天和第三天,把我压得透不过气来。由于发热,也由于良心的谴责,从嘴里逼出了几句类似祈祷的话。然而,这种祈祷,有口无心,既无良好的愿望,也不抱任何希望,只是恐惧和痛苦的呼喊而已。这时,我思想极度混乱,深感自己罪孽深重,而一想到自己将在如此悲惨的境况下死去,更是恐怖万分。我心灵惶恐不安，不知道自己嘴里说了些什么话，只是不断地呼喊着这样的话："上帝啊，我多可怜啊！我生病了，没有人照顾我，我是必死无疑了！我该怎么办啊？"于是，我眼泪夺眶而出，半天说不出话来。

这时，我想起了父亲的忠告，也想到了他老人家的预言。

这些我在故事一开始就提到了。父亲说，我如果执意采取这种愚蠢的行动，那么，上帝一定不会保佑我。当我将来呼援无门时，我会后悔自己没有听从他的忠告。这时，我大声说，现在，父亲的话果然应验了：上帝已经惩罚了我，谁也不能来救我，谁也不能来听我的呼救了。我拒绝了上天的好意，上天原本对我十分慈悲，把我安排在一个优裕的生活环境中，让我幸福舒适地过日子。可是，我自己却身在福中不知福，又不听父母的话来认识这种福分。我使父母为我的愚蠢行为而痛心，而现在，我自己也为我的愚蠢行为所带来的后果而痛心。本来，父母可以帮助我成家立业，过上舒适的生活；然而，我却拒绝了他们的帮助。现在，我不得不在艰难困苦中挣扎，困难之大，连大自然本身都难以忍受。而且，我孤独无援，没有人安慰我，也没有人照应我，也没有人忠告我。想到这里，我又大喊大叫："上帝啊，救救我吧！我已走投无路了啊！"多少年来，我第一次发出了祈祷，如果这也可算是祈祷的话。现在，让我重新回到日记上来吧。

六月二十八日睡了一夜，精神好多了，寒热也完全退了，我就起床了。尽管噩梦之后，心有余悸，但我考虑到疟疾明天可能会再次发作，还不如趁此准备些东西，在我发病时可吃喝。我先把一个大方瓶装满了水，放在床边的桌子上，为了减少水的寒性，又倒了四分之一公升的甘蔗酒在里面，把酒和水掺和起来。然后，又取了一块羊肉，放在火上烤熟，但却吃不了多少。我又四处走动了一下，可是一点力气也没有。

想到我当前可悲的处境，又担心明天要发病，心里非常苦闷，非常沉重。晚上，我在火灰里烤了三个鳖蛋，剥开蛋壳吃了，算是晚饭。就我记忆所及，我一生中第一次在吃饭时做祷告，祈求上帝的赐福。

【作者简介】

丹尼尔·笛福（约1660—1731），英国作家，18世纪英国现实主义小说的奠基人，有"英国和欧洲小说之父"的美誉。他生于商人家庭，早年经商，1692年破产后，从事写作。早年以写政论和讽刺诗著称，反对封建专制，主张发展资本主义工商业。1719年发表第一部长篇小说《鲁宾孙漂流记》，同年又写了续篇。此外，他的主要小说作品有1720年完成的《辛格尔顿船长》和1722年的《摩尔·弗兰德斯》。笛福还写了大量小册子与新闻报道，1722年法国马赛发生瘟疫，笛福出版以1665年伦敦大瘟疫为内容的《大疫年纪事》，迎合了当时市民的关注，颇受欢迎。

【阅读提示】

在《鲁宾孙漂流记》中，作者成功地塑造了鲁宾孙这个典型人物，他不仅赋予鲁宾孙种种人类优良的品质，像勇敢、智慧、意志坚强和挚爱劳动，并使他具有一个“理想的”资产者所应有的一切特征：实干精神、清教徒的宗教信仰和严谨等。所有这些又都是通过形象来表达的，鲁宾孙的坚毅的性格，就是通过具体的行动，如他怎样用整整42天工夫做一块木板，怎样费了那么多的时间和劳力做了一只独木舟，却不能使用，又顽强地开始造第二只船等。笛福就是通过许许多多真实的细节把人物性格突出出来。

笛福采用了“我”来叙述和回忆，给读者讲故事，并且经常取证于鲁宾孙的日记，将人物细微的思想活动刻画得纤毫毕见。作品语言自然流畅，文字通俗易懂，整部作品似乎在向读者讲述一个精彩的故事，两个多世纪过去了，这部作品还保持着巨大的魅力。

《鲁宾孙漂流记》最吸引人的地方是主人公惊险、新奇、真实的个人经历，但是其深层的吸引力却是普遍存在的人类的孤独感在读者心中产生的共鸣。其实每个身处闹市的人又何尝没有孤独的感受，而流落荒岛的鲁宾孙正是我们每个人的知音，笛福的《鲁宾孙漂流记》让每个人都在其中找到了自己的影子，读者又有什么理由不喜爱这本书呢？

【思考与练习】

1.说一说鲁宾孙最吸引你的是什么。

2.现在看这本书有什么现实意义？

《哈姆雷特》

莎士比亚

【作品简介】

《哈姆雷特》是莎士比亚的代表作，讲的是丹麦王子哈姆雷特为父报仇的故事。丹麦王子哈姆雷特在德国威登堡上大学时突闻父亲死讯，回国奔丧后又目睹了叔叔称王和母亲改嫁的情景。哈姆雷特怀疑叔叔克劳狄斯弑君篡位，不久就从先王的鬼魂和他特意安排的戏中戏里得到证实。但出于种种原因，哈姆雷特没能果断行动，终于造成大家同归于尽的悲剧。全局共有五幕，这里选的是第三幕第一场的内容。哈姆雷特为了不让他的叔叔对他产生怀疑，决定装疯。节选的一场是国王让大臣波洛涅斯的女儿奥菲利亚试探哈姆雷特的一段。

【作品欣赏】

第三幕　第一场　城堡中一室

（国王、王后、波洛涅斯、奥菲利娅、罗森格兰兹及吉尔登斯吞上。）

国　王　你们不能用迂回婉转的方法，探出他为什么这样神魂颠倒，让紊乱而危险的疯狂困扰他的安静的生活吗？

罗森格兰兹　他承认他自己有些神经迷惘，可是绝口不肯说为了什么缘故。

吉尔登斯吞　他也不肯虚心接受我们的探问；当我们想要引导他吐露他自己的一些真相的时候，他总是用假作痴呆的神气故意回避。

王　后　他对待你们还客气吗？

罗森格兰兹　很有礼貌。

吉尔登斯吞　可是不大自然。

罗森格兰兹　他很吝惜自己的话，可是我们问他话的时候，他回答起来却是毫无拘束。

王　后　你们有没有劝诱他找些什么消遣？

罗森格兰兹　娘娘，我们来的时候，刚巧有一班戏子也要到这儿来，给我们赶过了；我们把这消息告诉了他，他听了好像很高兴。现在他们已经到了宫里，我想他已经吩咐他们今晚为他演出了。

波洛涅斯　一点不错；他还叫我来请两位陛下同去看看他们演得怎样哩。

王　后　那好极了；我非常高兴听见他在这方面感到兴趣。请你们两位还要更进一步鼓起他的兴味，把他的心思移转到这种娱乐上面。

罗森格兰兹　是，陛下。（罗森格兰兹、吉尔登斯吞同下。）

国　王　亲爱的乔特鲁德，你也暂时离开我们；因为我们已经暗中差人去唤哈姆雷特到这儿来，让他和奥菲利娅见见面，就像他们偶然相遇一般。她的父亲跟我两人将要权充一下密探，躲在可以看见他们，却不能被他们看见的地方，注意他们会面的情形，从他的行为上判断他的疯病究竟是不是因为恋爱上的苦闷。

王　后　我愿意服从您的意旨。奥菲利娅，但愿你的美貌果然是哈姆雷特疯狂的原因；更愿你的美德能够帮助他恢复原状，使你们两人都能安享尊荣。

奥菲利娅　娘娘，但愿如此。（王后下。）

波洛涅斯　奥菲利娅，你在这儿走走。陛下，我们就去躲起来吧。（向奥菲利娅）你拿这本书去读，他看见你这样用功，就不会疑心你为什么一个人在这儿了。人们往往用至诚的外表和虔敬的行动，掩饰一颗魔鬼般的内心，这样的例子是太多了。

国　王　（旁白）啊，这句话是太真实了！它在我的良心上抽了多么重的一鞭！涂脂抹粉的娼妇的脸，还不及掩藏在虚伪的言辞后面的我的行为更丑恶。难堪的重负啊！

波洛涅斯　我听见他来了；我们退下去吧，陛下。（国王及波洛涅斯下。）

（哈姆雷特上）

哈姆雷特　生存还是毁灭，这是一个值得考虑的问题；默然忍受命运的暴虐的毒箭，或是挺身反抗人世的无涯的苦难，通过斗争把它们扫清，这两种行为，哪一种更高贵？死了；睡着了；什么都完了；要是在这一种睡眠之中，我们心头的创痛，以及其他无数血肉之躯所不能避免的打击，都可以从此消失，那正是我们求之不得的结局。死了；睡着了；睡着了也许还会做梦；嗯，阻碍就在这儿：因为当我们摆脱了这一具朽腐的皮囊以后，在那死的睡眠里，究竟将要做些什么梦，那不能不使我们踌躇顾虑。人们甘心久困于患难之中，也就是为了这个缘故；谁愿意忍受人世的鞭挞和讥嘲、压迫者的凌辱、傲慢者的冷眼、被轻蔑的爱情的惨痛、法律的迁延、官吏的横暴和费尽辛勤所换来的小人的鄙视，要是他只要用一柄小小的刀子，就可以清算他自己的一生？谁愿意负着这样的重担,在烦劳的生命的压迫下呻吟流汗,倘不是因为惧怕不可知的死后,惧怕那从来不曾有一个旅人回来过的神秘之国,是它迷惑了我们的意志,使我们宁愿忍受目前的折磨,不敢向我们所不知道的痛苦飞去？这样,重重的顾虑使我们全变成了懦夫,决心的赤热的光彩,被审慎的思维盖上了一层灰色,伟大的事业在这一种考虑之下,也会逆流而退,失去了行动的意义。且慢！美丽的奥菲利娅！——女神,在你的祈祷之中,不要忘记替我忏悔我的罪孽。

奥菲利娅　我的好殿下,您这许多天来贵体安好吗？

哈姆雷特　谢谢你,很好,很好,很好。

奥菲利娅　殿下,我有几件您送给我的纪念品,我早就想把它们还给您;请您现在收回去吧。

哈姆雷特　不,我不要;我从来没有给你什么东西。

奥菲利娅　殿下,我记得很清楚您把它们送给了我,那时候您还向我说了许多甜言蜜语,使这些东西格外显得贵重;现在它们的芳香已经消散,请您拿回去吧,因为在有骨气的人看来,送礼的人要是变了心,礼物虽贵,也会失去了价值。拿去吧,殿下。

哈姆雷特　哈哈！你贞洁吗？

奥菲利娅　殿下！

哈姆雷特　你美丽吗？

奥菲利娅　殿下是什么意思？

哈姆雷特　要是你既贞洁又美丽,那么你的贞洁应该断绝跟你的美丽来往。

奥菲利娅　殿下,难道美丽除了贞洁以外,还有什么更好的伴侣吗？

哈姆雷特　嗯,真的;因为美丽可以使贞洁变成淫荡,贞洁却未必能使美丽受它自己的感化;这句话从前像是怪诞之谈,可是现在时间已经把它证实了。我的确曾经爱过你。

奥菲利娅　真的,殿下,您曾经使我相信您爱我。

哈姆雷特　你当初就不应该相信我,因为美德不能熏陶我们罪恶的本性;我没有爱过你。

奥菲利娅　那么我真是受了骗了。

哈姆雷特　进尼姑庵去吧;为什么你要生一群罪人出来呢？我自己还不算是一个顶坏的人;可是我可以指出我的许多过失,一个人有了那些过失,他的母亲还是不要生下他来的好。我很骄傲,有仇必报,富于野心,我的罪恶是那么多,连我的思想也容纳不下,我的想象也不能给它们形像,甚至于我都没有充分的时间可以把它们实行出来。像我这样的家伙,匍匐于天地之间,有什么用处呢?我们都是些十足的坏人;一个也不要相信我们。进尼姑庵去吧。你的父亲呢?

奥菲利娅　在家里,殿下。

哈姆雷特　把他关起来,让他只好在家里发发傻劲。再会!

奥菲利娅　哎哟,天哪!救救他!

哈姆雷特　要是你一定要嫁人,我就把这一个诅咒送给你做嫁奁:尽管你像冰一样坚贞,像雪一样纯洁,你还是逃不过谗人的诽谤。进尼姑庵去吧,去;再会!或者要是你必须嫁人的话,就嫁给一个傻瓜吧;因为聪明人都明白你们会叫他们变成怎样的怪物。进尼姑庵去吧,去;越快越好。再会!

奥菲利娅　天上的神明啊,让他清醒过来吧!

哈姆雷特　我也知道你们会怎样涂脂抹粉;上帝给了你们一张脸,你们又替自己另外造了一张。你们烟视媚行,淫声浪气,替上帝造下的生物乱取名字,卖弄你们不懂事的风骚。算了吧,我再也不敢领教了;它已经使我发了狂。我说,我们以后再不要结什么婚了;已经结过婚的,除了一个人以外,都可以让他们活下去;没有结婚的不准再结婚,进尼姑庵去吧,去。(哈姆雷特下。)

奥菲利娅　啊,一颗多么高贵的心是这样殒落了!朝臣的眼睛、学者的辩舌、军人的利剑、国家所瞩望的一朵娇花;时流的明镜、人伦的典范、举世瞩目的中心,这样无可挽回地殒落了!我是一切妇女中间最伤心而不幸的,我曾经从他音乐一般的盟誓中吮吸芬芳的甘蜜,现在却眼看着他的高贵无上的理智,像一串美妙的银铃失去了谐和的音调,无比的青春美貌,在疯狂中凋谢!啊!我好苦,谁料过去的繁华,变作今朝的泥土!

(国王及波洛涅斯重上)

国　王　恋爱!他的精神错乱不像是为了恋爱;他说的话虽然有些颠倒,不像是疯狂。他有些什么心事盘踞在他的灵魂里,我怕它也许会产生危险的结果。为了防止万一,我已经当机立断,决定了一个办法:他必须立刻到英国去,向他们追索延宕未纳的贡物;也许他到海外各国游历一趟以后,时时变换的环境,可以替他排解去这一桩使他神思恍惚的心事。你看怎么样?

波洛涅斯　那很好,可是我相信他的烦闷的根本原因,还是为了恋爱上的失意啊,奥菲利娅!你不用告诉我们哈姆雷特殿下说些什么话;我们全都听见了。陛下,照您的意思办吧;可是您要是认为可以的话，不妨在戏剧终场以后，让他的母后独自一人跟他在一起，恳求他向她吐露他的心事；她必须很坦白地跟他谈谈，我就找一个所在听他们说些什么。要是她也探听不出他的秘密来，您就叫他到英国去，或者凭着您的高见，把他关禁在一个适当的地方。

国　王　就这样吧；大人物的疯狂是不能听其自然的。（国王及波洛涅斯同下。）

【作者简介】

威廉·莎士比亚（1564—1616），文艺复兴时期英国杰出的戏剧家、诗人，出生于一个富裕家庭。他曾经在文法学校读书，后因父亲破产，中途辍学。21 岁时到伦敦剧院工作，很快就登台演戏，并开始创作剧本和诗歌。他创作的大部分是诗剧，主要作品有《李尔王》《哈姆雷特》《奥赛罗》《罗密欧与朱丽叶》《威尼斯商人》等。他的作品是人文主义文学的杰出代表，在世界文学史上占有极重要的地位。

【阅读提示】

在历史传说素材基础上创作的《哈姆雷特》不是一出宫廷夺位争斗的戏，而是反映了文艺复兴时期的英国社会现实、折射出文艺复兴时期的人文主义精神光芒的一出戏。主人公哈姆雷特是人文主义者的悲剧典型。他肯定人生，赞美生活，追求真诚友谊，寻觅纯洁爱情，渴望平等自由，而且他本人是“朝臣的眼睛、学者的辩舌、军人的利剑、国家所瞩望的一朵娇花、时流的明镜、人伦的典范”的具有完美品德的人，这完全是人文主义理想的新人。但现实的丑恶粉碎了他的人文主义理想，他陷入苦苦思索之中，他处于彷徨之中，最终他刺中了克劳狄斯，刺中了丑恶现实，但单凭个人英雄行为是担当不起“重整乾坤的责任”的。这造成了必然的悲剧结果。

莎士比亚是一位语言大师。剧本里既有高雅的诗歌语言，又有通俗的散文语言，既可遇到深奥的哲学议论，又可碰到市井的俏皮话。他的语言往往带有比拟和隐喻，因而生动活泼。性格化的人物语言在典型又有个性人物的塑造上起着举足轻重的作用。

【思考与练习】

1.哈姆雷特为什么没有果断采取行动？

2.“一千个读者就有一千个哈姆雷特”，说说你心目中的哈姆雷特。

3.关于《哈姆雷特》的主题，有人认为是“复仇”，有人认为是对“生存还是毁灭”的思考，还有人认为体现了人文主义与社会恶势力之间的冲突。你怎样看？试说说理由。

《神　曲》

但丁·阿利基埃里

【作品简介】

《神曲》是意大利诗人但丁·阿利基埃里所写的长诗。原来作者给它取名为《喜剧》,后人为了表示对诗人的崇敬而给作品加上“神圣的”称谓,所以《神曲》的意大利文原意就是《神圣的喜剧》。中译本通称《神曲》。

《神曲》写于1307年至1321年,全诗为三部分《地狱》《炼狱》《天堂》。作品通过作者与地狱、炼狱及天国中各种著名人物的对话,反映出中古文化领域的成就和一些重大的问题,带有“百科全书”性质,从中也可隐约窥见文艺复兴时期人文主义思想的曙光。在这部长达一万四千余行的史诗中,但丁坚决反对中世纪的蒙昧主义,表达了执著地追求真理的思想,对欧洲后世的诗歌创作有极其深远的影响。

【作品欣赏】

第一首

森　林

我走过我们人生的一半旅程,
却又步入一片幽暗的森林,
这是因为我迷失了正确的路径。
啊!这森林是多么荒野,多么险恶,多么举步维艰!
道出这景象又是多么困难!
现在想起也仍会毛骨悚然,
尽管这痛苦的煎熬不如丧命那么悲惨;
但是要谈到我在那里如何逢凶化吉而脱险,
我还要说一说我在那里对其他事物的亲眼所见。
我无法说明我是如何步入其中,
我当时是那样睡眼蒙眬,
竟然抛弃正路,不知何去何从。

阳光照耀下的山丘

我随后来到一个山丘脚下，
那森林所在的山谷曾令我心惊胆怕，
这时山谷却已临近边崖；
我举目向上一望，
山脊已披上那星球射出的万道霞光，
正是那星球把行人送上大道康庄。
这时我的恐惧才稍稍平静下来，
而在我战战兢兢地度过的那一夜，
这恐惧则一直搅得我心潮澎湃。
犹如一个人吁吁气喘，
逃出大海，游到岸边，
掉过头去，凝视那巨浪冲天，
我也正是这样惊魂未定，
我转过身去，回顾那关隘似的森林，
正是这关隘从未让人从那里逃生。
随后我稍微休息一下疲惫的身体，
重新上路，攀登那荒凉的山脊，
而立得最稳的脚总是放得最低的那一只。

三头猛兽

瞧！几乎在山丘开始陡起之处，
一头身躯轻巧、矫健异常的豹子蓦地窜出，
它浑身上下，被五彩斑斓的毛皮裹住；
它在我面前不肯离去，
甚至想把我的去路拦阻，
我多次扭转身躯，想走回头路。
这时正是早晨的开始，
太阳正与众星辰冉冉升起，
从神灵的爱最初推动这些美丽的东西运转时起，
这群星就与太阳寸步不离；
这拂晓的时光，这温和的节气，

令我心中充满希冀，
对这头皮色斑斓的猛兽也望而不惧；
但是，我又看到有一头狮子向我走来，
这却不能不令我感到惊骇。
这狮子似乎要向我进攻，
它昂着头，饿得发疯，
空气也仿佛吓得索索抖动。
接着又来了一头母狼，
它瘦骨嶙峋，像是满抱种种贪婪欲望，
它曾使多少人遭受祸殃，
一见它，我就不禁心惊胆寒，
像是有一块重石压在心田，
登上山峰的希望也随之烟消云散。
犹如一个一心只图赢钱的赌徒，
时运不济，却使他一输再输，
他心中悲苦万分，不住流涕痛哭；
这猛兽也同样令我忐忑不宁，
它一步一步地向我逼近，
把我逼回到森林，那里连太阳也变得悄然无声。

维吉尔

我又陷入那低洼的地方，
这时有一个人在定睛向我张望，
他仿佛经过长久的缄默，几乎发不出声响。
我见他伫立在荒凉的山地，
便向他叫道："你是真人还是鬼？
不管你是什么，请可怜可怜我！"
他答道："我不是活人，但过去是，
我的父母祖籍伦巴迪，
他们俩都以曼图亚为出生地。
我出生在凯撒时代，可惜我生得太迟；
明君奥古斯都当政时，我在罗马度日，
那个时代正充斥着冒牌、伪装的神祇。
我是个诗人，我曾把一位义士歌颂，

他是安奇塞斯的儿子，只因雄伟的伊利昂城被焚，
他才逃离了特洛伊城。
但是，你又为何返回这痛苦的深渊，
为何不攀登那明媚的高山？
而这高山正是一切幸福的来由和开端。”
“那么你就是那位维吉尔，
就是那涌现出滔滔不绝的动人诗句的泉源？”
我向他答道，不禁满面羞惭。
“啊！众诗人的光荣和明灯啊！
我曾长期拜读你的诗作，
对你的无限爱戴也曾使我遍寻你的著说。
你是我的恩师，我的楷模，
我从你那里学到那优美的风格，
它使我得以声名显赫。
你瞧瞧那头猛兽，它迫使我退后，
著名的智者啊！请救我逃出它那血盆大口，
它使我的血管和脉搏都在不断颤抖。”
“倘若你想从这蛮荒的地界脱身，
你就该另寻其他路径”，
他答道，他看出我泪水涟涟；
“这头野兽曾吓得你大声呼救，
它不会让任何行人从它眼前溜走，
它要阻挡他的去路，甚而把他吞入血盆大口。
它本性就是如此凶恶，如此狠毒，
它的贪婪欲望从来不会得到满足，
它在饱餐后会感到比在饱餐前更加饥肠辘辘。

猎　犬

许多动物都与它为婚，这情况将来会更甚，
但是猎犬终会来临，
会叫它痛苦万分，丧失性命。
这猎犬食用的不是土地和钱财，
它据以为生的是：智慧、美德和仁爱，
它的诞生地在菲尔特罗与菲尔特罗之间的那片地带。

它会拯救那不幸的意大利，
圣女卡米拉、欧吕阿鲁斯、图尔努斯和尼苏斯，
猎犬会把母狼从一座座城市中赶出，
直到把它赶会阴曹地府，
原先把这畜生放出地府的正是嫉妒。

冥界之行

因此，我为你安全着想，
我认为你最好跟随我，我来做你的向导，
我把你带出此地，前往永恒之邦。
你在那里将会听到绝望的惨叫，
将会看到远古的幽灵在受煎熬，
他们都在为要求第二次死而不断呼号；
你还会看到有些鬼魂甘愿在火中受苦，
因为他们希望有朝一日，
前往与享受天国之福的灵魂为伍。
倘若你有心升上天去瞻望这些灵魂，
有一个魂灵则在这方面比我更能胜任，
届时我将离去，让你与她同行；
因为坐镇天府的那位皇帝，
不愿让我进入他统治的福地，
这正是由于我生前曾违抗过他的法律。
他威震寰宇，统辖天国；
天国正是他的都城，有他那崇高的宝座：
"啊！能被提升到天国的人真是幸福难得！"
于是，我对他说："诗人啊！我请求你，
以你不曾见识过的上帝名义，
帮我逃出这是非和受苦之地，
把我带到你方才所说的那个地方去，
让我能目睹圣彼得之门，
看一看你所说的如此悲惨的幽魂。"
于是他起步动身，我则在他身后紧跟。

第二首

但丁的困惑与恐惧

白昼在离去,昏暗的天色,
在使大地上一切生物从疲劳中解脱,
只有我独自一人,
在努力承受这艰巨的历程,
和随之而来的怜悯之情的折磨,
我记忆犹新的脑海将追述事情的经过。
啊！诗神缪斯啊！或者崇高的才华啊！现在请来帮助我;
要么则是我的脑海啊！请写下我目睹的一切,
这样,大家将会看出你的高贵品德。
我开言道:“指引我的诗人啊!
在你让我从事这次艰险的旅行之前,
请看一看我的能力是否足够强大。
你说过,西尔维乌斯的父亲还活着时,
也曾去过那永恒的世界,
尽管他依然带有肉体的感觉。
但如果说万恶之敌,
因为想到埃涅阿斯所必然产生的深远影响,
而对他相待以礼,
不论他的后代是谁,又有什么德能,也都似乎不会有,
违明智者的心意;
正是在净火天里,
他被选定为圣城罗马和罗马帝国之父:
这帝国和圣城——倘若想说实情——
也都曾被奠定为圣地,
被奠定为大彼得的后继者的府邸。
通过你所吟诵的那次冥界之行,
埃涅阿斯听到了一些事情,
得知他何以会取胜,教皇的法衣又何以会应运而生。
后来,‘神选的器皿’去到那里,
为信仰带来了鼓励,

而信仰正是走上获救之途的凭依。
但是，我为何要到那里去？又是谁容许我这样做？
我不是埃涅阿斯，我也不是保罗；
我自己和旁人都不会相信我有这样的资格。
因此，如果说我听任自己前往，
我却担心此行是否发狂。
你是明智的；你必能更好地理解我说的理由。”
正如一个人放弃了原先的念头，
由于有了新的想法，改变了主意，
把已经开始做的事全部抛弃，
我在昏暗的山地所做的也正是这样，
我原来的行为实在莽撞，
经过再三考虑，我才舍弃了这大胆的设想。

维吉尔的慰藉与贝阿特丽切的救援

“倘若我对你说的话没有听错”，
这个伟大的灵魂回答我，
“伤害你的心灵的是怯懦；
这怯懦曾不止一次起阻碍作用，
它阻挡人们去采取光荣的行动，
正如马匹看到虚假的现象而受惊。
为了消除你心中的惊恐，
我要告诉你我此来的原因，
我还要告诉你我何以从一开始便对你抱有怜惜之情。
我是悬在半空中的幽魂中间的一个，
那位享有天国之福的美丽圣女召唤我，
而我自己也欢迎她对我发号施令。
她那一双明眸闪闪发光，胜过点点繁星；
她开始用柔和而平静的、天使般的声音，
向我倾诉她的心情：
‘啊！曼图亚的温文尔雅的魂灵！
你的声誉至今仍在世上传颂，
并将和世界一样万古长存，
我的朋友——但他并不走运——

正在那荒凉的山地中途受阻，
他受到惊吓，正在转身走回头路；
我担心他已经迷失路途，
我又不能及时赶去救助，
尽管我在天府听到他陷于危难之中。
如今请你立即行动，
用你那华美的言辞和一切必要的手段救他一命，
你能助一臂之力，也便令我感到心松。
我是贝阿特丽切，是我请你去的；
我来自那个地方，我还要回到那里去，
是爱推动我这样说，是爱叫我对你说。
当我回到我的上帝面前时，
我一定要经常向他赞扬你’。
这时，她不再言语，
我随即说道：‘啊！贤德的圣女！
只是依靠你的贤德，人类才能超越，
存在于天上最小圆环之下的一切生灵，
你的命令使我感到喜悦欢欣，
即使我立即从命，似乎也嫌太迟；
你不必再多费心思，只需向我吐露你的心事。
不过，请告诉我：你为何不怕？
从那辽阔的空间下降到这地球的中心，
而你还要再返回原来的仙境’。
她答道：‘既然你心中是如此渴望知道其中原因，
我就简略地向你说明究竟，
说明我何以不怕到此一行。
人们只须害怕某些事情：
这些事情有能力去伤害别人；
对其他事情就无须顾忌，因为这些事情并不骇人听闻。
感谢上帝使我得以享有天国之福，
你们的不幸不会令我心动，
地狱酷刑的火焰也不会给我造成伤痛。
天上的慈悲女神怜悯此人面临危境，
命我来请你前往救援，使他绝处逢生，
因而她打破了上天所做的严厉决定。

这位女神把露齐亚召到他的面前，
她说：——如今你的忠实信徒需要你，
我也就把他托付给你——
露齐亚对任何残暴行为都深恶痛绝，
她立即起身，前来找我，
我正和古代的拉结一起，结伴同坐，
她说：——贝阿特丽切，上帝真正赞美的女神！
你为何不去搭救你如此心爱的人？
他曾为你脱离了世上的庸俗的人群。
难道你不曾听见他痛苦的哭泣？
难道你不曾看见威胁着他的死神？
那死神就伏在那大海也难以匹敌的波涛汹涌的江河！——
世上没有任何人会像我，
在听罢这番话之后立即迅速动作，
力图寻求安全，逃避灾祸，
我就这样离开我的天国福地，降落到这里，
我相信你的诚恳话语，
这话语使你自己和闻听此言的人都感到光荣无比'。
她向我讲述一番之后，
就转动着她那晶莹的泪眼，
暗示我尽快前来营救。
我如她所愿来到你的身边；
我要救你从这猛兽面前脱险，
这猛兽竟敢阻挡你径直登上那壮丽的高山。
那么，你这是怎么了？为何，为何你又踟蹰不前？
为何你心中仍让那怯懦的情绪纠缠？
为何你仍无胆量。你仍坦然？
既然有那三位上天降福的女神，
在天上的法庭保佑你安全脱身，
我自己也对你做了如此诚挚的应允？"

但丁恢复坦然的心情

正如低垂、闭拢的小花，在阳光照耀下，
摆脱了夜间的寒霜，

挺直了茎杆，竟相怒放，
我也就是这样重新振作精神，
鼓起我胸中的坚强勇气，
开始成为一个心胸坦荡的人：
"啊！那位大慈大悲、救我活命的女神！
还有你，如此温文尔雅的灵魂！
对她向你说的那些真情实话，你是那样立即听从！
你的一番叮咛，慰藉了我的心灵，
使我甘心情愿与你同行，
我回心转意，恢复我原来的决定。
现在，走罢！我们二人是同一条心：
你是恩师，你是救主，你是引路人。"
我对他这样说；他随即起步转身，
我于是走上这条坎坷、蛮荒的路径。

【作者简介】

但丁·阿利基埃里（1265—1321），意大利诗人，是欧洲中古到文艺复兴过渡时期的最重要作家，被恩格斯誉为"中世纪的最后一位诗人，同时又是新时代的最初一位诗人。"但丁出生在意大利的佛罗伦萨一个没落的贵族家庭，父母早逝，生活艰辛，但他好学深思，知识渊博，才气横溢。青年时期，富有政治抱负，积极参加新兴市民阶级反对封建贵族阶级的政治斗争，一度被任命为城邦行政官。1302年，代表教会势力的黑党以贪污和反对教皇罪名判他终身流放。近20年的流放生活使他游历了祖国各地，接触了社会，目睹了民间疾苦，认识了改革日益严重的社会政治问题的迫切性，这些都为他创作提供了坚实的思想和生活基础。1321年，他死于他乡腊维纳。

但丁一生著作甚丰，有《神曲》《新生》《论俗语》《飨宴》及《诗集》等著作。其中最有价值的无疑是《神曲》。

【阅读提示】

《神曲》采用中世纪文学特有的幻游形式，但丁以自己为主人公，假想他作为一名活人对冥府——死人的王国进行了一次游历。全诗分《地狱》《炼狱》《天堂》三部。在经过地狱、炼狱、天堂的一路上，但丁和所遇到的有名的灵魂交谈，包括历史上好的坏的许多著名人物，他将自己钦佩和厌恶的人物分别纳入各个部位，将教皇甚至他痛恨的一些佛罗伦萨人全打入地狱。有些详细情况圣经中并没有记载，是他自己发明的，但也符合逻辑。其中也包括许多他对神学问题的见解，系统地阐述了基督教对世界的看法。

《神曲》是一部充满隐喻性、象征性，同时又洋溢着鲜明的现实性、倾向性的作品。作品广泛地反映了意大利中世纪晚期的社会生活，揭露了中世纪宗教政治的黑暗，表达了人民反封建反教会的情绪。同时，作品肯定现实生活，强调人富有理性和自由意志，赞美人的才能和智慧，推崇追求崇高、荣誉和真理的美德；《神曲》还反对中世纪蒙昧主义，提倡古典主义文化的复兴和新文化的创造，并且传播古今中外的文化知识。无疑，《神曲》为欧洲文艺复兴的形成与发展开辟了道路。

《神曲》在艺术上达到较高的成就。诗人擅长于描绘形形色色的人物，众多人物在但丁的笔下构成了一座多姿多彩、形象鲜活的人物画廊。在写人绘景时，诗人常常喜欢采用来源于日常生活和自然界的极其通俗的比喻，产生极不寻常的艺术效果。

《神曲》的韵律形式是民间诗歌中流行的一种格律三韵句，即第三行为一音节，隔行押韵，连锁循环，贯穿全诗始终。

【思考与练习】

1.《神曲》在思想内容上有什么特色？

2.你觉得《神曲》中的主人公维吉尔是个什么样的人？

《源氏物语》

紫式部

【作品简介】

《源氏物语》是一部讲述平安时代日本皇族、贵族阶层生活状况的书。全书共五十四回,近百万字。故事涉及四代天皇,历 70 余年,所涉人物四百多位,其中形象鲜明的也有二三十人。人物以上层贵族为主,也有下层贵族,乃至宫廷侍女及平民百姓。全书以源氏家族为中心,上半部写了源氏公子与众妃、侍女的种种爱情生活;下半部以源氏公子之子熏君为主人公,铺陈了复杂纷繁的男女纠葛事件。

《源氏物语》的成书年份一直存在争议,而紫式部(其姓氏不详,因为《源氏物语》中的紫姬广受喜爱,故后人把著书者称为紫式部)在 1008 年 11 月 1 日的日记中,清楚地记载着这部作品已在当时的贵族之间争相传阅,于是 2008 年 11 月 1 日就被确定为《源氏物语》的千岁生日。所以就有"源氏物语千年纪"的活动。而"源氏物语千年纪"活动主要在平安时代的都城日本京都进行。

【作品欣赏】

第五章　紫　儿

却说源氏公子因患疟疾,四处找人念咒,画符,诵经,祈祷,均不见好,却仍旧发作。便有人提议道:"有一高明的修道僧,住北山某寺。去夏疟疾流行,别人念咒都无效,推此人神骏,医好无数病人。此病若拖延下去,特酿大难,万请早日一试。"源氏公子听得此言,便派使者到北山去唤请那位高僧。高僧推辞道:"贫僧年事已高,举步艰难,恕难从命。"使者归来如实禀报。源氏公子无可奈何。只得带了四五个亲随,在天色微明时微服前往北山。

高僧所在之寺隐于北山深处,虽时值三月下旬,京中花事已渐近尾声,山中樱花却开得正艳。入山渐深,但见春云绕树,随风飘移,甚是可爱。源氏公子生长在皇院深宫,不曾看过如此景色,又因身份高贵,难得远足出游,所以倍觉心旷神怡。寺院所在之地,地势险峻异常:寺后山峰直插云天,周围巨岩环抱。那老和尚便居此仙境之中。源氏公子走进寺内,并不曾报得姓名。老和尚一见,此人虽衣着简朴,仍挡不住其高贵风采,便吃了一惊,说道:"这定是昨日召唤贫僧的那位公子了。

有劳大驾，实不敢当！贫僧早已脱离尘世，符咒祈祷之事，渐已遗忘，怎敢屈尊亲临？”说时，打量公子，满面笑容。这位圣僧道行极高，他画了道符，请公子吞饮，又诵经祈祷，为公子消灾。此时红日初升，霞光四射，源氏公子便步出寺外，眺望四周景色。此处地势高峻，山中诸寺，尽收眼底。沿坡道曲折往下，有一所屋宇，也同这里一般围着茅垣，然而甚为整洁，内有齐整的房屋和边廊，庭中树木森森，颇有生趣。源氏公子问道：“何人居住在此？”随从答道：“是那位僧都，公子认识的，在此处已两年了。”公子叹道：“原来是有涵养的高僧仙居之处，看来，我此番微行，恐不成体统呢！大概他已经知道我到此罢。”此时，见宇中走出几个童男童女，个个眉清目秀，有的汲净水，有的采花，皆了然分明。随从人在下窃窃闲谈：“看，那里有女人呢。僧都不该会养女人吧。那么，究竟是些什么人呢？”有的下去窥探，回来报道：“里面有漂亮的年轻女人和女童。”

赏玩之后，源氏公子回到寺内，诵了一会经。近正午时，便开始担心疟疾是否发作。随从说道：“公子不如到外去散散心，倒可忘掉那病根也未可知。”他便依言出得寺来，登上后山，向京城方向眺望。但见云霞满天，四处弥漫；万木葱茏，时隐时现。他赞道：“真像画儿一般。住在里面的人，定如神仙般无忧无虑。”随从中有人言道：“这风景还算不上最好的。如果公子再走远些，到那高山大海边去，一定更是开心，那光景才胜似图画呢。譬如东部的富士山，某某岳……”也有人将西部的某浦、某矶的风景活灵活现地描绘出来。这些人说东道西，好让公子释怀，终于忘了疟疾。

有一名叫良清的随从，告诉公子道：“京城附近播磨国地方有个明石浦，风景极好。那地方无深幽之趣，却临大海。眺望海面，别是一番气象，真是海阔天空啊！此地的前任国守有一座远近闻名的邸宅，宏壮之极。还有个女儿，如花似玉，非常可爱。这个人出身高贵，按理仕途应当顺利。但他脾气古怪，落落寡合，难以与众人相合。弃了好端端的近卫中将不作，却到这里来当国守。谁知又得不到播磨国人的拥护，还颇瞧不起他。他悲伤之极，叹道：‘上下不是，活在这尘世还有何意义！’就此削发为僧了。这人也真是奇怪，既然遁入空门，那就应该迁居深山，他却选择海岸居住。这播磨一地，宜于静修的山乡比比皆是啊！大概顾虑深山之中人迹稀少，景象萧条，年轻的妻女常住不惯；抑或因为那所如意称心的邸宅吧，所以他不肯入山。前些时回乡省亲，我曾经去过他家。尽管京城失意，郡人也瞧不起他，却有广阔的土地和壮丽的宅院。此皆靠了国守的职权而备办起来的。这种人晚年无须操心，尽可富足安乐。而他当了法师后，反倒热心起来，为后世修福，做得不少好事呢！”

公子追问道：“那女儿如何？”良清说道：“容貌与人品皆属上乘。每一任国守都特别看中她，向她父亲求婚。可这法师一概不准，并立下遗言，道：'我今生一事无成，只待来世了。只此一女儿，但愿她将来能出人头地。倘若我身先死，她又发迹无缘，倒不如投身入海，与我共期来世。'"源氏公子听得这话颇觉好笑，随从者也笑道："这个女儿真是个宝贝啊，要她当海龙王的王后哩！真乃心比海深！"这随从良清，即现任播磨守的儿子，今年已从六位藏人晋爵为五位。朋辈议论道："这良清不怀好意，他想娶这女子作美，不时去那家窥探。不是要破坏和尚的遗言吗？"一人说道："哼，说得如此玄乎，恐怕不过是个村野姑娘吧！自幼生长于穷乡僻壤，父母又如此古板，能好到哪去？"良清说道："此言差矣！这姑娘母亲极有来历，交游甚广，遍访京城富贵之家，雇来许多年轻侍女和女童，专选那些容貌姣好者，充当女儿的礼仪老师，排场可不小呢！"有人插言道："但或她双亲死了，变成孤儿，怕摆不起排场了吧。"源氏公子也来了兴致，玩笑道："为什么非要到海底去呢？那里只长着水藻，怕不好看呢。"随从们对公子的心思十分清楚，他们想："我们这位公子元以慰藉，偏好离奇之事，虽是一位村野女子，恐怕他也记在心里了。"

游罢后山，公子一行返回寺里。是时天色渐晚，随从人提醒公子回京。那老僧即劝阻道："最好今夜在此地耽搁一晚，静静诵经祈祷，以去贵体妖魔，明日回去不迟。"随从等人皆以为然。不料此话也正中源氏公子下怀，他感到这种夜宿深山的机会难得，便欣然同意。

春日天黑迟。源氏公子无所事事，便乘着暮色，信步走到坡下，来到白日所见的那所屋宇的茅坦旁边。他遣散身边随从，只留惟光陪于身边。向室内看去，只见西间里供着佛像，室中立着一根柱子，帘子半卷。一个尼姑正在佛前供花。供花完毕，她靠柱子坐下，将佛经放在一张矮几上，静心低头念起经来。这尼姑年龄约四十，体态轻盈，皮肤白皙，身体虽瘦，但面庞饱满，眉目清秀，看起来仪态高贵，非同一般。虽留着短发，似比长发更为得体，别有一番风韵。源氏公子看了颇觉新奇。尼姑身边还有两个中年侍女，亦生得清秀异常，几个女孩戏要着跑进跑出。其中有一十岁左右女孩，衬衣雪白，配件核棠色外衣，模样甚是可爱。源氏公子想道："这女孩与众不同，长大以后，定是个绝代佳人。"她头发斜披肩上，飘曳不止。脸色鲜活红艳，大概是刚哭过吧，她走到尼姑面前站定。尼姑抬起头来看她，问道："又怎么了？和她们吵架了么？"两人的面貌有些相似。源氏公子便想："二人可是母女？"听这女孩诉道："犬君把小麻雀放走了，我好好关于熏笼里的麻雀，让犬君放走。"有个侍女在旁说道："这个毛手毛脚的犬君，真该追骂呀，尽闯些祸来。那小麻雀近来养得越发可爱了，现在不知在哪儿，真可惜啊！若乌鸦见着可就糟了。"说着便走了出去。她的头发又密又长，几乎飘动起来。听有人叫她"少纳言乳母"，猜想她便是这女孩的保姆了。尼姑道："你这孩子，尽拿些无聊的事烦我，真不懂事！我身子日衰,性命朝不保夕,你却只知道玩麻雀。生物皆有灵性,你这般玩弄,实是罪过,我不是常常对你说的么?”便吩咐那女孩到自己身边坐下。女孩的相貌十分乖巧,一股清秀之气流露眉间,粉额白嫩,短发俊美。源氏公子想道:“此女成人之后,不知何等艳丽悦人!”眼睛凝视着她。不久又想:“却道此女子何等勾我心魄,原来她似我那意中人呢!”一想到藤壶妃子,公子不免滴下泪来。

只见那尼姑伸手给小女孩梳头,说道:“长得一头好头发,却不知梳理!你这孩子,这般大了,还让我操心。全不似你那死去的母亲,十二岁时已十分懂事了。若我死后,你该如何是好?”说罢,叹息不已。源氏公子看这光景,亦觉不忍。这女孩似有所知,抬起头来,眼泪汪汪地注视着尼姑。又驯服地垂下眼睛,埋头默坐。额上头发光彩艳丽,柔滑可爱。尼姑吟诗道:

“悲怜细草生难保,薤露将尽未忍消。”旁边的一个侍女忍不住掩泪答道:

“嫩草青青犹未长,珍珠薤露岂能消?”

正巧此时僧都走了进来,对那女人说:“你在这儿,外边都瞧得见。为何不放下帘子来呢?我才听得:山上老和尚那里,源氏中将祈病来了。他此次微行,十分隐秘呢。我居于此处,该去向他请安的。”尼姑说道:“这如何是好?这般模样,怕已被他们瞧见了!”便赶忙将帘子放下。只听得僧都说道:“源氏公子,风采照人,天下闻名。你可愿拜见一番?似我这般和尚,虽已看破红尘,但遇见此人,也觉神志清爽,去病延年哩。我与他送个信去。”源氏公子怕被他撞见,赶忙返回。他心中想道:“今天真是奇遇。有这等美人,难怪世间人外出寻花问柳,四下寻觅呢!我难得出京游玩,如今也碰得这般美事。”不禁兴趣盎然。接着想道:“那个女孩实在使人心动,却不知是何家女子。我很想要她朝夕相伴,陪于身边,免去我与那人的相思之苦。”

回到山寺里,源氏公子匆匆躺下。僧都的徒弟随后而至,叫出惟光,向他传达僧都口信。相隔不远,公子只听那徒弟道:“贫僧在此修行,乃公子素知。大驾到此,贫僧刚刚闻知,本应即刻前来请安。但念公子秘密微行,怕不足与外人道,因此未敢贸然相扰。请泊宿山下寺中,以受供奉。”源氏公子求之不得,命惟光回他道:“十余日前,因忽患疟疾,久治不愈,便受人指点,来此求治。此寺高僧,德高望重,与众不同。但或治病不验,传扬开去,便对他不起,故而微服前来。我即刻前来拜访尊处。”徒弟去通信不久僧都便至。此僧都,人品甚高,万人敬仰。源氏公子自觉衣着简陋,与他相见,不甚自然。僧都见状,佯装不知,将入山修行情况,与公子一一道来。随后相邀道:“敝处乃一普通草庵,有一水池,或可聊供赏阅。”说得言词恳切。源氏公子想起他在尼姑面前的夸奖,此时便没了信心。但又想起那可爱的女孩,便随即答应去访。

这儿草木与山上确实并无不同，然而布置独具匠心，巧妙别致，雅趣十足。这晚没有月亮，庭中池塘四周燃着黄火，吊灯也点亮了。朝南一室，陈设也极为雅致整洁，佛前名香弥漫，沁人心脾，却不知出自何处。源氏公子的衣香更是别具风味，吸引内室妇女。僧都讲述起人世无常，来世因果报应之类佛说，源氏公子便想到自己的种种罪过，感到内心满是卑鄙无聊，一生一世恐会愁苦不休。至于来世，更不知将得何种沉痛报应！一想到此，心中不胜惶恐，也欲入山修行了。不料那女孩可爱的面貌，总挥之不去，不时浮现出来。便说道："我曾在梦中问你：'寺中住的什么人？'不想今日应验了。"

僧都有些诧异，不禁笑道："公子这梦有些奇怪呢。蒙公子下问，我便如实相告，只怕你听了扫兴。也许公子不认识那个按察大纳言吧。他已去世多年，他夫人即是我妹妹。大纳言故世之后，妹妹便出家为尼。近来因患疾病，前来投靠于我，在此修行。"公子又试探着问道："随便问一下：听说这按察大纳言有位女儿，现在何处呢？"僧都答道："大纳言去世大约也有十来年了吧。生前总想叫这女儿入宫，故而呕心沥血，悉心教养。可惜世事难料，大纳言早亡，这女儿便由那尼姑母亲抚养成人。这期间，也不知是何人牵线，使这女儿和那位兵部卿亲王私通了。此事传到兵部卿的正夫人耳里。这贵夫人哪能容她，百般恐吓，使这女儿不得安居，终于郁郁而死。真是'忧能伤人'啊！"

源氏公子猜想这寺中女孩为那女子所生。便想道："难怪如此相像。由此观之，这女孩有兵部卿亲王的血缘，是我那意中人的侄女呢。"心里与这女孩又多了一分亲近。想道："此女孩血统高贵，品貌端庄秀美，幼年元靖，与人容易相处，我或可随意调教她吧！"他想证实一下，又问："那么这位不幸的女儿可生有儿女？僧都答道："死前生了一个女孩，现在靠外婆扶养。这老尼姑年老多病，照料外孙女不免吃力，也只得叹苦呢。"源氏公子心中暗喜，便开口道："我有一事贸然相求：劳烦你同老师姑做主，将这女孩交与我抚养，可否？我虽已有妻室，终因人生旨趣有别，便与她不合，经常分居而卧。也许你们会按世俗常理，以为年龄太不相称，不甚妥当吧？"

僧都闻之，脸色一沉，冷冷答道："公子美意，实在令人感激，只恐怕这孩子毕竟年龄太小，不谙世事，为公子作戏耍伴侣也还差得远呢。女孩子总须受人照顾，方能成人。但贫僧已早脱凡尘，此事不便独自做主，恕我与其外祖母商榷后，再作决定。"源氏公子听得此话有些尴尬，便暂不提此事。僧都即想退下，说道："此刻正安设佛堂，须做功德。待初夜诵经结束之后，当即前来奉陪公子。"说罢，便起身去了。

源氏公子遭此冷落，正在烦恼之时，一阵小雨飘然而至。山风吹拂，寒气逼人。

远处瀑布在风中哀鸣，其间夹杂着起起落落的诵经声，声音混浊凄凉。此情此景，愚冥之人尚且懂得悲伤愁叹，何况多情善感的源氏公子。他辗转反侧，毫无睡意。夜深之时，还不见僧都前来。内屋里的妇女也在诵经，念珠碰撞矮几之声，隐约可闻，不时还有衣衫窸窣之音。源氏公子等待不及，便悄悄起身走到这房间门前，将外面围屏轻轻推开，拍拍扇子，向里面招呼。里面的人分明未曾料到，又不好佯装不理。其间一侍女膝行到门口，又退回两步，惊诧道："谁呀？我没听错吧？"源氏公子说："有佛菩萨指引，岂能走错？"这声音温柔优雅，高贵无比。那侍女当下觉得相形见绌，不敢言语了。半天才问道："请问公子想面晤何人，承蒙开导。"源氏公子道："今日唐突冒昧之极，怪不得你惊诧。你当明白：自窥细草芳姿后，游子青衫泪不干。烦请通报入内。"侍女心下疑惑，回道："此处并无公子受诗之人，与谁通报呢？"公子便说："我呈此诗，自有其理，务请通报罢了！"侍女无话可说，只得入内通报那老尼姑。老尼姑吓得想道："这源氏公子也太风流多情了！该不会是我家那小孩子吧。可是那'细草'之句又作何解呢？"她顾虑重重，心烦意乱。却不愿就此失礼，便吟道：

"游人夜泣湿青衫，山人孤身销权寒？我等有流不尽的泪呢。"侍女将诗句转给源氏公子。公子心中焦急，说道："近在咫尺，却要间接传言通话，我颇感不惯。值此良机，乞盼郑重面晤，具体申诉。愿此待命，不胜惶恐之至。"侍女便将此回报。老尼姑说："此事叫老尼好生为难，想必公子有所误解。如何答复这位贵公子呢？"侍女们说："若不会面，反被他怪罪，让他进来吧。"老尼姑道："此言极是。若是年轻，当有所嫌。老身有何不便？既然他如此郑重，就不用回避了。"便走了出来。源氏公子抢先说道："小生贸然造访，甚是轻率。乞望恕罪！但念小生心地赤诚，并无恶意。我佛在上，定蒙鉴察。"他见这老尼姑面貌肃然，气度高雅，心中大失坦然。不免畏缩起来，要说的言语，只是闷在胸中，开不得口。老尼姑答道："公子大驾光临，意外之至，实乃三生有幸。承蒙不吝赐教，我等受益匪浅！"源氏公子直接说道："闻尊处有一小孩，自小丧母。小生愿代为抚育，不知能否蒙得惠许？小生不幸幼失慈母，孤苦伶仃，难以言述。因我俩同病相怜，正合大生良伴。今日得见尊颜，实机缘难得。因此冒昧剖诚。"老尼姑答道："公子有此念头，老身感激不尽。唯恐传闻失实，令公子失望。虽有一无母之儿，与老村一起艰辛度日。但她年纪尚幼，不晓世事。公子气度宽宏，对此亦绝难容忍。因此难以奉命。"故有此言。源氏公子说道："所育种种，小生皆已详悉，师姑不必多虑。小生惜恋小姐，用心切切，务求察鉴。"老尼姑原以为公子尚不知情，二人年龄甚不相称，遂沉默不语。而公子呢，见老尼姑并不为之所动，而僧都又将到来。只得告退，说道："小生即已陈明心事，以后再议吧。"便回到室内。

天将破晓之时，佛堂里传出“法华忏法”的朗诵声，夹杂着瀑布和山风的吼叫声，这深山寺宇一派肃穆之色。僧都一到，源氏公子便赋诗道：“山风浩荡惊梦人，瀑布声声催泪流。”这僧都是何等雅致之人，随即答诗道：“君闻风水频垂泪，我老山林不动心。想来是久闻不惊罢了。”此时天色微明，东边霞光冉冉，绮丽动人。林中山鸟争鸣，野禽乱叫。本名的草木花卉，漫山遍野，五彩斑斓，美若锦缎。其间有康鹿出游，或行或立。源氏公子观得如此奇景，心中大悦，烦恼也随即烟消云散。山上寺里那老僧年迈体衰，行动不便，但也不辞辛劳，下山来为公子作护身祈祷。他念陀罗尼经文的嘶哑声音，从稀疏的齿缝里漏出，听起来却甚为微妙而庄严。

公子准备下山返京了，宫中也派来使者迎接公子。临行之前，僧都搜集许多果物，罗致种种珍品，皆俗世所无，为公子饯行。他说道：“贫僧因曾立誓言，年内不出此山，因此恕不能远送。此次公子来去匆忙，反倒让人生出不少遗憾。”便举杯敬酒。公子答谢道：“留连山水之间，我也不舍离去。无奈父是挂念，不便久留。山樱未谢时，定当复来拜访。即吟诗道：住山美景告官人，樱花开时邀重来。”公子气度优雅，声音清朗无比，见者皆神往。这僧都答诗：“只盼优昙花，平常樱花何足赏。”源氏公子对僧都笑道：“这优昙花三千年才开一次，难得一见吧。”同时赏酒与山上的老僧。这老僧感激不尽，几乎流下泪来，为公子吟道：“松底岩页个方启，平生初次识英姿。”最后老僧为答谢，赠献公子金刚杵一具，为护身之用。僧都则按自己的身份，奉赠公子一串金刚子数珠，装在一只中国式盒子里，外面套着结有五叶松枝的镂空花纹袋。此乃百济之物，为圣德太子所赐。另又奉赠药品种种，均装在红青色的琉璃瓶中，瓶上用藤花枝和樱花枝作为饰物，十分受看。源氏公子派人从京中取来诸种珍贵物品，上至老僧，下至诵经法师，各有赏赐。连人夫童仆也不例外。僧都趁正在诵经礼佛，众人准备回驾之时，入得内室，将源氏公子昨夜所托之事具告老尼姑。老尼姑说道：“如果公子真有心于她，过四五年再说不迟。眼下不易草率。”公子得僧都回复，心中不悦，作诗一首送与老尼姑道：“花貌隐约因是夜，游云今朝不忍归。”老尼姑答诗道：“心怜花客语真否？应识游云变幻无？”随意挥洒，趣味却高雅之至。源氏公子正欲起驾回京，左大臣家诸公子及众人赶到。他们吵嚷道：“公子未与我等言明行踪，原来隐行于此！”其中头中将及左中共等人，与公子平素异常亲近，此时愤怪公子道：“独自寻了这等好去处，也不相约共赏，未免太无情吧！”源氏公子道：“此间花色甚美，不妨就此稍稍小憩，也不负这良辰美景。”众人便在巨石下面的青苔地上，席地而坐，一起举杯畅饮。一旁山泉仅归，瀑布声声，别有一番情趣。头中将兴致勃发，从怀中取出笛来，吹出一支曲调，笛声清幽悦耳，与这情景甚为相合。左中并以扇击书，唱道：“闻道葛城寺，位在丰浦境……正是催马乐之歌。”此两位贵公子，自是卓尔不群，不同凡响。而源氏公子病体初愈，略显清瘦,倦依岩石之旁,丰姿秀美异常,引得众目凝滞,嗟叹不已。随后又有一个吹筚篥的随从,一个吹笙的少年,大家尽情欢乐。僧都抱来一张七弦琴,恳请公子道:“公子妙手,若弹奏一曲,定当声震林宇,山鸟惊飞。”源氏公子心情钦乱,推辞不过,也只弹奏一曲,随后与众人一同下山。送别众人,山中僧众及童孺,均慨叹惋惜,庆幸今日开得眼界。老尼姑等人,议论纷纷,相与赞叹道:“真是神仙下凡!”连见多识广的僧都也叹道:“如此天仙般人,而生于这污浊的尘世,反而令人于心不忍啊!”说罢不由生出悲伤,举袖拭泪。那女孩虽小,也羡慕不已。她说道:“这个人比爸爸好看呢!”众侍女便逗她道:“既如此,姑娘做他的女儿吧!”她听得此言,竟面露喜色,甚为向往。以后,每摆弄玩具或画画,心中总要假定一个源氏公子,替他穿衣打扮,爱护不已。

源氏公子返京之后,便入宫参见父皇。皇上向公子详细探问老僧祈祷,治病,以及效验诸事。公子如实禀复。皇上感叹道:“此人修行功夫如此之深,堪与阿阇梨相比,而满朝文武竟无一人闻知。”又见公子消瘦了许多,甚是担心。此时左大臣人见。见源氏公子在侧,便说道:“闻听公子乃微服出行,恐有不便,未前来迎接。请与我回邸好好休息一两天吧。”源氏公子虽不情愿,却也不便推辞,只得随同前往。左大臣百般体贴这爱婿,将车前自己的座位让与他,自己却坐于车后。源氏公子心中甚觉不安。左大臣家已早作准备,迎接源氏公子到来。但见玉楼金屋,装饰一新;诸般用品,井然有序。公子久不至此,不觉耳目一新。却照例不见葵姬出来迎接。左大臣多番规劝,半天才缓缓而出。然而见了公子,也只正襟危坐,泥塑木雕一般,冷格异常。公子想道:“此番山中见闻,胸中观感,多想有人听我畅叙,共同分享。可这人一味冷若冰霜,不愿开诚解怀。长此以往,会更生隔膜,叫人好不烦恼!”便对她说道:“我希望偶尔也见一见夫妇亲近和睦之状,可至今未能如愿。向来如此,原不为怪,只是我近日患病,痛苦不堪。你尚且如此冷落于我,使我心中不免怨恨。”葵姬这才开口答道:“你也知晓被人冷落的痛苦么?”说时秋波暗递,高贵的颜面上满是娇羞和无限怨恨。公子说:“你难开金口,可一开口说话就叫人难以理解。‘被人冷落是痛苦的’,乃情人之语,你我正式夫妻,怎说此话?你一向对我冷淡,我一直等你有所转变,百般讨好你。可到头来你对我仍这般厌恶。唉,看来只有等到我死的那回了。”说罢,不欲再与她交谈,便步入寝室。过了一会儿,葵姬才进去。公子已无谈兴,长叹一声,宽衣就寝。他佯装睡着,脑中却浮想联翩。他心中寻思:“那女孩虽若细草一般,长大后定是个绝色佳人。可老尼姑以为年龄悬殊,实在叫我难以开口。找得设法将她接到此处,朝夕看待她,以慰我心。这女孩不似她父亲兵部卿亲王,生得艳丽无比。使人一望便想到藤壶妃子。这大概是同一母后血统所致吧?”想到此处,更觉依恋不舍,费尽心力思虑起来。

第二日，公子叫人带信给北山老尼姑与僧都，一再提及此事。他在信中言道："前日请求，未蒙准允，不胜惶恐。未能详诉衷情，心甚遗憾，故今朝专函说明。小生之心，上天可鉴。若蒙体察，荣幸之至。"另一纸条，折叠成结，上面写道："山樱倩影动梦魂，此花更系无限情。但恐夜风将此花吹散。"包封小巧，手笔秀美，香艳绮丽无比，见之目眩。老尼姑与僧都收到此信，甚感为难，不知如何作答。思虑再三，谨回信道："前日公子所谈之事，我等皆视为一时戏言。如今公子特地传书，令人感激不已。然外孙女年轻幼稚，连《难波津之歌》都还写不规范，实难奉命。何况：山风厉吹花易散，片刻寄情何足凭。也无不叫人担忧。"源氏公子见信后，心中不悦，整日郁郁寡欢。如此过得二三日，公子又吩咐惟光去北山，与那少纳言乳母详谈。惟光忆起那晚见到那女孩模样。心想主人对女子用尽心思，连稚拙无知的小孩，也不愿放过，颇觉好笑。他先去见那僧都，奉上公子书信。僧都心中自是感激，便安排惟光与少纳言乳母见面。惟光将公子意图与自己所目睹的大致情状，一一详告这乳母。他巧言善辩，说得头头是道。少纳言乳母却想：如此黄毛稚子，源氏公子何以情有所钟呢？实在是奇怪啊。源氏公子于信中说道："我甚至想看看她那稚拙的习字。"言词十分恳切。照例另附一纸，折叠成结，上面写道："千尺情海尽相思，却恨万重蓬山隔。"老尼姑答诗道："来日须悔我深知，今朝三辞不足惜。"惟光只得返回，具实禀告公子道："老尼姑言明病愈迁京之后，再谋此事。"源氏公子心中不免惆怅不已。

此时藤壶妃子不幸身患小恙，暂回三条院娘家调养。皇上为此忧愁叹息。源氏公子见了，心中也觉不安。但又忍耐不住，一心想乘此时机，与藤壶妃子幽会，以致整日精神恍惚，疏懒了各处恋人。到了晚上，则去找那王命妇想法。王命妇也竭忠尽智，不辱使命，竟将两人拉拢来了。相会之时，两人如在梦境，心中不胜凄凉！藤壶妃子心有余悸，想起从前那伤心事，本已决意誓不再犯，岂料如今又遭此际遇！他细一想，更是黯然神伤，愁闷满怀！但此人历来温柔敦厚，腼腆多情。尽管暗里饮恨，外表却尽力克制，雍容不失高贵之相。源氏公子怪道："此人何以如此完美无缺呢？"一时竟有些难以忍受。无奈相逢时短，岂能畅叙？唯愿天长地久，双栖双宿于此黑夜。但春宵苦短，黎明在即。又只得依依惜别。真乃"相见时难别亦难"！公子吟道："相逢已是分别时，只愿梦身皆融入。"吟时声泪俱下，妃子不禁为之动容，便答诗道："身入长梦纵难醒，但忧声名太狼藉。"其忧心忡忡之态，见之生传。公子不忍多言。其时王命妇送来衣服，催公子动身。

源氏公子总是独自饮酒浇愁，忧思落泪。叫王命妇送过去的书信，急得不到回答。此虽为常事，但也是每每徒增不快。如此两三日，终日茫然若失，足不出户，也不去宫中朝觐，将自己关闭私邸中。只是想起父室或许有所担心，心中不免又是烦恼。这边三条院的藤壶妃子,也整日悲叹自己命苦,病情便日益加重。但她无意回宫,是上多次派人来催促,她也一天天拖延下去。她觉得此次病状大不同于往常:怕是怀孕了。如此一想,心中更觉烦闷,于是乱了方寸,不知如何是好。

藤壶妃子怀孕已有三月。夏天来时,已渐渐不能起床,身体变化明显。外人不知底细,都异常奇怪:"有喜三个月了,为何还不上奏皇上?"侍女们也议论纷纷。藤壶妃子有苦难言,尤觉心痛。只有妃子乳母的女儿井君,经常服侍妃子入浴,知道她身上的一切变化,也能推知内情;牵线的王命妇自然也明白。但此事不同寻常,她们也不敢向外人谈及。王命妇想不到会有如此结果,倒觉得这定是前世修定的宿缘,命运难测!此事终于奏闻皇上,借口有妖魔侵扰,长久未得怀孕征兆,故而至今奏闻。外人自然置信无疑,问讯的使者络绎不绝。皇上知道妃子怀孕,对她更加怜爱。藤壶妃子却更是惶恐不安,终日沉溺于愁思之中。

这源氏中将,自从上次惜别伤离后,终日神志恍惚。这一夜不想做得一个离奇古怪之梦,心中纳闷,便叫来占梦人释解。那占梦人说道:"此梦富贵,御天子之尊,龙子将临人世。但福线中含有凶兆,切不可大意。"此占语出乎源氏公子意外,使他大为惊恐。便对占梦人说道:"此梦非我所为,乃别人所托问占。未得奏验,切不可随便张扬!"他心中却想:"究竟会发生什么怪事?"便一直心绪不宁。直待闻知藤壶妃子怀孕,方才悟道:"原来是这事!"便更加思念妃子,要王命妇再次引见。但王命妇一想往事,心怀恐惧,不愿再造罪意。况且此后行事更为不便,因此终未成行。源氏公子以前尚且偶尔可得妃子音讯,此时已是完全断绝了。

这年七月,藤壶妃子回宫。久别重逢,皇上喜出望外,对她的恩宠无以复加。此时藤壶妃子的腹部稍稍膨大,面容稍瘦,不时呕吐。皇上却更觉一种莫名的可爱,照旧朝夕住在藤壶妃子宫中。早秋已至,管弦丝竹之乐渐兴,源氏公子也不时被宣召到御前表演技艺。他虽强忍心事,但思恋之情,却在琴笛声中时时外露。藤壶妃子听出他的心声,好生怜惜,也牵扯起了心中阵阵情思。

却说那老尼姑在北山僧寺里住得一段时间后,自觉病情稍愈,便下山返京了。公子派人打探,得知她的住处,即不时去信问候。老尼姑自然总是复信谢绝。源氏公子因藤壶妃子之事,近几月来一直心烦意乱,忧愁叹息,因而无暇顾及他事。时值秋,公子闲寂无聊,某一月白风清之夜,心情稍好,公子便出门寻访情人。此次访问的是离宫最远的六条。途中遇天阵阵雨,见路边一阴森邸宅,古树参天,荒凉冷落。一直跟随公子的惟光指点道:"这邸宅便是已故按察大纳言的。几日前我因事路过,顺便进去看看,听得那少纳言乳母说起:老尼姑身体衰弱,将不久于人世了。"源氏公子忙道:"唉!我该去看一下,你何不早说呢?现在就去慰问她吧。"惟光便派一随从过去通报,并吩咐他:言明公子是专程来访此地。随从便上前,叫守门的侍女传话："源氏公子专程前来拜访师姑。"侍女闻言，惊慌失措："啊，这如何是好？师姑病情沉重，不便见客呀！"但她又想：就这样叫他回返，怕是不好。便将一间朝南的厢房打扫干净，请公子进去稍坐。

侍女歉道："此处简陋之极，蒙公子大驾垂临，仓促不及准备，屈尊在此稍坐，乞恕简慢！"源氏公子心中不安，便说道："本想常来问候，只因屡蒙见拒，不敢贸然前来相扰。师姑玉体欠安，我未能及时探视，抱歉之至。"老尼姑得知公子前来造访，叫侍女传言道："老身一直病痛缠身，不久将永离人世。蒙公子屈尊慰问，又不能起身相迎，实在无礼。公子所嘱之事，若终有此心，待她稍长晓事，定当命其前来侍奉。若让这伶仃弱女无依无靠，老身死难瞑目啊！公子如此盛情，实不敢当。这孩子若大些就好了。"房间离此甚近。源氏公子听得她断断续续叮嘱之声，颇为感动，便说："若非前世宿缘，对此女情有独钟，倾心相慕，我岂肯在人前作此少年热狂之态，让人笑话？"又接着说道："今日特地来访，一来慰问师姑，二来看望小姐。倘若就此辞去，未免扫兴。可否与小姐一见？"侍女颇觉为难："姑娘幼稚无知，何况正酣睡之中呢。"忽然邻室传来脚步声，随即听得小孩叫道："那个源氏公子又来了，外婆快起来见他。侍女们便很尴尬，连忙阻止道："小声些，外婆病重呢！"哪知紫儿却道："咦？外婆说了：'见得源氏公子，病便好起来。'我是来告诉她的呀！"说时洋洋得意。源氏公子听了觉得有趣，但恐众侍女难堪，便装作没听见。心想："果然一点也不晓事。以后要好好调教她。"说过几句客套的安慰话后，便起身告辞。此后第二日，源氏公子再写一封安慰信送去。言词十分恳切。照例在一张打成结的小纸上写道："自闻雏鹤清音唤，苇里行舟进退难。我但思一人。"他有意习仿孩子笔迹，以致妙趣横生。侍女们一见，说道："姑娘正好还没习字帖呢。"少纳言乳母代为复信道："承蒙慰问，不胜感激。师姑病情日重，安危难测，已复迁居山寺。眷顾之恩，只求来世再报！"源氏公子看了回信，连声叹息。此时正值暮秋，源氏公子近来因不得见藤壶妃子，心神不宁，烦乱如麻。因紫儿与藤壶妃子的模样如出一辙，他转而热切地谋求这小姑娘来。他回忆起那晚老尼姑吟"薤露将尽未忍消"的情形，倍加怜爱紫儿。想到自己如此强求，心中又感不安。便独吟道："野草紫草根相通，摘来看视待何时。"

皇上将于十月里行幸朱雀院离宫。所预计舞乐中的舞人，除了殿上善舞者，均选用侯门子弟、公卿。一时朝中亲王及大臣等人，纷纷忙于演练，准备到时一试身手。源氏公子也不例外。一日，他偶然想起迁居北山的老尼姑，日久不曾传书，便遣使前去看望。使者未见此人，只带回僧都书信一封，信中言道："舍妹不幸已于上月二十日归西。生离死别，此乃人世之常理，无可逆料，但亦不免令人悲痛！"源氏公子见得此信，徒悲叹人生无常。念起那小女孩，如今失去外婆，孤苦伶仃，定然在终日恋念已故的亲人吧。又隐约忆起儿时母亲桐壶更衣离他而去的情形,因此便十分同情紫儿,派人前往隆重吊唁那尼姑。少纳言乳母代为答谢。三旬忌期已过,紫儿从北山回到京邸。几天后的一个黄昏,源氏公子择了闲暇亲自前往探望。见邸内人影稀稀,荒落沉寂,尤令他生畏,何况那小女孩!少纳言乳母仍将公子带至朝南那间厢房,向公子哭诉姑娘凄苦无依情状,令公子不忍聆听。少纳言乳母说道:"外婆去后,本当将姑娘送到兵部卿大人她父亲那里去。可是已故的老太太临死为此事忧愁叹息,担心兵部卿的正妻心狠无情,她妈妈生前已遭其害。如今这孩子虽对自己的身份略有知晓,却又不谙人情世故,正是上下不得之时。若再将她送去那里,夹于众多孩童中,岂不受欺负?现在想来,此事足虑。如蒙公子不弃,以前曾一时提及,我等也顾不得今后变心与否了。只是我家姑娘娇憨成性,不似平常孩童,令人放心不下。"源氏公子答道:"我三番五次诚心相求,岂是一时兴起之愚?你何必多虑。小姐天真烂漫,甚觉怜爱。我深感此乃前世已定之缘。纤纤弱柳难拜舞,春风已过再难回!如此归去,岂不扫兴之至?"少纳言乳母说道:"辜负盛情,不安之至。"便答吟道:"春风容颜未辨消,便是低头狂拜舞。此乃不情之请。"这乳母才思敏捷,应对如流,使源氏公子稍感心情畅快。兴之所至,便朗声吟起古歌:"焦急心如焚,无人问苦衷。经年盼待久,犹不许相逢。"众侍女听之动容。此时紫儿正在床上伤心哭泣,思念已故的外祖母。忽听伴她玩耍的女童对她说道:"外面有个穿官袍的人,怕是你爸爸呢。"紫儿立即不哭了,起身走向外面,边走边问道:"少纳言妈妈!那个人在哪里?是爸爸来了么?"声音稚嫩可爱。源氏公子亲切对她说:"不是爸爸,是我呢。也不是外人了。来,到这边来!"紫儿屏内听出了源氏公子的声音,知道叫错了,显得不好意思,拉着乳母的手,说:"走呀,我要睡了。"源氏公子说:"过来,就在我膝上睡吧!"少纳言乳母责怪说:"您看,真不懂事。"便将这小姑娘往公子身边推。紫儿却不上前,只是屏内呆呆坐着。源氏公子走上前,将手伸入屏内,抚弄她的头发。那头发长长的披在衣服上,既浓又软,妙不可言。接着又握住她的小手。紫儿见此人并不相熟,却如此亲近她,便畏缩不安,忙对乳母说:"我想睡觉了!"将身子退向里面。源氏公子趁机跟她钻进帷屏里面,对她说:"我会爱护你的,不要厌我。"少纳言乳母一套发窘,责怪不已:"太不像样了!无论对她怎样说,她都不听。"源氏公子说道:"她这般年幼,我能对她怎样?我只要表白我对她一片绝世仅有的真心。"此时天上雪粒飞舞,风越发急了,夜晚更觉凄凉。源氏公子说道:"这荒野寂寥之地,人迹罕至,怎叫人安寝!"说时,不禁泪流,终不忍心离去,便对侍女们说:"今夜天气可怕,关上窗户,让我来陪伴姑娘。大家都到这里来值夜吧。"便旁若无人般抱了这小姑娘,向寝台的帐幕里去了。众侍女见状,一时目瞪口呆,感到十分不解!那个少纳言乳母,更是觉得不妙。她异常紧张,又不便声张，只得眼睁睁地看着，隐声叹息。这小姑娘于公子怀中吓得发抖，不知所措。她仅穿一件夹衫，柔嫩的肌肤阵阵发冷。源氏公子此时的感觉异乎寻常。他紧紧地抱住她，轻轻在她耳边说道："到我那里去吧。那里有不少好看的画，还有许多玩偶，很有趣呢！"他声音柔和，神态亲切，尽说些孩子们爱听的话。小紫儿渐渐平静下来，不再害怕；但又总觉得局促不安，不能完全入睡。狂风彻夜不止。侍女们谈论道："倘若公子走了，我们不知会吓成怎样！只是公子这样对待小姐，也不大好啊！"少纳言乳母更是忧心不已，一直紧紧地坐陪在她身旁。天快亮时，风渐渐停息了。源氏公子要急着回去，心中恋恋不舍，似乎与情人幽会一般。他对那乳母说道："姑娘非常可怜，眼下尤需得人爱怜。不如将她迁居到我二条院邸内，以使我朝夕陪伴她。此地岂能长久居住？你们也太不替姑娘着想了！"乳母答道："兵部卿大人也说要来接她去。此事且过了老太太七七四十九日后再说吧。"公子说："兵部卿一直与她分离，虽为父亲，却同外人一样生疏。我今后尽心爱护她，一定胜过她父亲的。"说罢，他摸摸紫儿的头发，起身告辞，边走边回头望。

此时晨间景色幽奇，朝雾弥漫，遍地白霜，莽莽无际。源氏公子触景寻思：如此胜景，未曾幽会，总觉美中不足。忆起此途中有一隐秘情妇，经过门前时，便在那里停车下去敲门。然而没有人来开门。无奈之下，心生一计，叫一个嗓子好些儿的随从在门外唱起诗歌来："香闺朝寒浓雾起，过门岂有不入人？"唱过两遍之后，门开了，走出一个侍女，回答道："朝寒更在雾中行，蓬门未锁只为君。"她口齿伶俐，吟毕便进去了，此后再无动静。就此无功而返，公子觉得不免乏味。偏又天色微明，怕与人看见，只好望门兴叹，匆匆回二条院了。在二条院私邸，公子躺在床上，回味起昨夜那令人留恋的女孩，可爱之至，不禁会心微笑。日高时醒来，决定给紫儿写信。此信非同寻常，公子小心谨慎，费尽心思，好半天才写成，最后再赠上几幅美丽的图画。

自从源氏公子去后，兵部卿亲王正好也来到六条邸宅，看望紫儿。他见这深宅大院，年久失修，破败甚于往年。且屋多人少，一片阴森，慨然叹道："如此地方，小孩怎呆得下去？还是与我回去吧！那边乳母有专门房间，姑娘有许多游戏伙伴，不会感到寂寞。诸事皆甚方便。"他将紫儿唤到身边，闻得源氏公子沾在紫儿身上的浓浓香气，说道："好香啊！只是这衣服太旧了。"觉得孩子可怜，便对乳母说道："她这几年与患病的老太太住在一起，吃得不少苦头。我常劝老太太将她送到我那边，以便照顾她。然而老太太厌恶我家，终不愿意。如此一来，反倒使我家那人心生不快。如今送去倒不甚体面了。"这少纳言乳母回答说："请大人不必担心。此地虽是寂寞，却也不至久居。待姑娘年事稍长，略晓人情世故，再作此议，甚为妥帖。"接着叹气道："此间姑娘总思念老太太，不思饮食，瘦得不少呢。"紫儿瘦弱如此，却益显清秀艳丽。兵部卿便传措她道："你何必如此呢？如今外祖母已去，不能死而复生，悲伤又有何用？你不用担心，还有我呢。"天色渐暮，兵部卿准备返回了。紫儿啼啼哭哭，牵衣顿足不舍；弄得做父亲的也不禁泪流两行，再三地安慰她："想开些！我不久便来接你！"转身离去。父亲去后，紫儿更觉孤苦无依，常以泪洗面。她尚不懂得自己的身世，只是一味想念已故的外婆。多年来片刻不离，如今再不能见到，岂能不伤心？这孩子也懂得失亲忧愁；连日常游戏也不作了。白昼尚可略微散心，忘却忧愁，一到晚上，便悲哭声声，叫人闻之心酸。少纳言乳母不知如何是好，也陪着她哭，默想这日子如何过得下去！源氏公子这边也时时牵念着紫儿，派惟光前来问候。公子命惟光传道："本当亲自前来慰问，只因父皇宣召入宫，难得如愿。但时时想起凄凉之状，不免推心疼痛。"又命惟光带几个人前来值宿。少纳言乳母心中不安，说道："这可不行！虽然他们那晚只是形式而已，可是一开始就睡在一起，也太不成话了。倘若此事被兵部卿大人闻知，定将责备我们看护不周呢！孩子啊，当心别在爸爸面前提到源氏公子！"但这紫儿年幼，竟一点不懂其中要害，真是急人！少纳言乳母便向惟光讲述紫儿的悲苦身世，说道："倘若真有情缘，再过些时日，定让公子如愿，只是目前实在过早。公子这般恋她，到底用心何在，实在难以捉摸，叫人好生烦恼！今天兵部卿大人又来过了，叫我好好照顾姑娘，千万小心仔细。如此一来，对公子的奇怪行为，我更觉为难。"话一出口，又觉得有些过分。若引起惟光疑心，以为公子和姑娘之间已有事实关系，这可不好。便不再作哀叹之相。这惟光莫名其妙，不知公子和这小姑娘之间到底是何种关系。次日，惟光回到二条院，将那边情况禀复公子。公子默然无语，心想："时常亲去问候，若外人得知，会说我轻率，到底不大好。倒是接她来最为妥当。"此后他便常常去信慰问。

一日傍晚，惟光又传去公子书信。信中说道："本想今夜亲自来访，因有要事，未能成行，不会怪我疏远吧？"少纳言乳母此刻心烦意乱，冲惟光说道："兵部卿大人突然派人传信来：明日便要将姑娘接去。此时我心中纷乱。住惯了这破屋，便要离去，到底有些不舍，侍女们也都不忍呢。"她草草应付着，没有心思好好招待他们。惟光见她们整理衣服物件，一片忙乱，也不便久留，便匆匆回去报信。此时，源氏公子正在左大臣家，葵姬照例未立即出来见他。源氏公子姑且弹弹和琴，以慰心中不快。吟唱风俗歌曲"我在常陆勤耕田，胸无杂念心自专，你却疑我有外遇，超山过岭雨夜来"时，声情俱下，优美而飘荡。此时惟光急匆匆走来，将情况一一告知。源氏公子听了，心里甚是焦急。他想着："若迁居兵部卿家后，我就得专程前往求婚，再将她迎接至此。但这未免太轻薄显目。不告知兵部卿，便将这小姑娘接来，不过说我盗取小孩罢了。既如此，叫那乳母保密，在兵部卿迁居之前将她接来！"当下吩咐惟光："天亮之前，我要亲自去那边。车中装备与赴此地时相同，随身只带一二人。”惟光奉命匆匆而去。惟光去后，源氏公子心中却不安宁：“如此可否妥当？若被外人知晓，定要骂我轻率。若女子年事稍长，外人倒会推断男女同心，乃世间常情，不足为怪。可是情况并不如此，如何是好？况且万一被她父亲发现，脸面上会过不去，且作何解释？”一时心乱如麻，忧心似焚。但想到此乃最后机会，否则会遗恨无穷，便决心付诸行动。此时葵姬照例沉默寡言，任公子满腹心事，不与他说话。源氏公子急欲离去。便对她说道：“有一件要紧的事要办，今天非回二条院不可，我去去就来。”便悄悄走了出来，连侍女们都不曾察觉。他走到自己房间里，换上便服，但叫惟光一人骑马跟随，径直向六条去了。到了六条院那邸宅，一仆人不知底细，前来开门。车子很快进了院子。惟光下得车来，上前敲房间的门，又咳嗽几声。少纳言乳母听出他的声音，便起身开门。惟光对她说道：“源氏公子来了。”乳母说：“姑娘正在睡呢！半夜三更到此，是顺路来访吧？”源氏公子说道：“小姑娘明朝就要启程，趁现在还未离去，我对她说句话。”少纳吉乳母笑道：“有什么要紧话呢？想必她会乐意回答你的！”源氏公子便往内室走去，少纳言乳母慌了，忙道：“姑娘身边还睡着几个老婆子呢！”公子只管走进去，口中说道：“姑娘还没睡醒么？我来叫醒她。朝雾景致奇好，可别辜负了良辰美景。”侍女们惊慌失措，喊不出声来。这紫儿睡得正香，源氏公子将她抱起。她揉了揉眼，从梦中醒来，心想：父亲接我来了。源氏公子摸摸她的头发，说道：“紫儿，爸爸派我来接你了，走吧。”紫儿此时一见抱着自己的是外人，立时慌了，恐怖之极。源氏公子对她道：“不要怕！我也与你爸爸一样呀！”便抱了她出来。惟光和少纳言乳母等人皆神色大变：“这是干什么呀？”公子答道：“我因故不便常来探望她，因此想将她接到一个安乐可靠的地方去。不料此番用意屡遭拒绝。如若她迁居到父亲那边去，今后就更不便去那里探望了，故今有此举。快来一个人与她同去吧。”少纳言乳母狼狈不堪，欲加阻拦：“今日的确不便。她父亲就要来接她，到时叫我如何交代？公子稍等，老天有眼，你们缘分若深，日后自有机会。现在如此唐突，叫我们作下人的为难。”公子不耐烦，说道：“算了，侍者之事以后再说吧。”忙叫人将车子赶到廊下来。侍女们都被吓坏了，惊叫道：“可如何是好？”紫儿也忍不住哭了起来。少纳言乳母见事已至此，只得带上昨夜替姑娘缝好的衫子，自己匆忙换件衣服，随紫儿去了。

不多时，车子便到得二条院西殿前。此时天尚未破晓。源氏公子将紫儿轻轻抱下车来。少纳言乳母说道：“我似在梦中呢。怎会如此？”便不欲下车。公子对她道：“姑娘已经来了，你若要回去，随你罢了。”少纳言乳母毫无办法，只得下车。此事仿佛突从天降，她惊惧之极，心中忐忑不安，想道：“事情到这般地步，如何与紫儿的父亲交代？姑娘前途怎样呢？只可惜命苦，早早没了外婆与亲娘！”想到此，乳母泪流如柱，但想起今日初来乍到，讳忌哭泣，便强力忍住。此西殿平日少用，故屋内陈设简陋。源氏公子吩咐惟光叫人取来帐幕与屏风,布置一番。将帐屏的垂布放下,铺好席位,应用家具一并安置妥当,又命将东殿的被褥取来。就寝之时,紫儿四肢发抖,心中恐惧,不知源氏公子意欲何为。总算忍住,不曾哭出声来,只是一个劲道:"我要跟少纳言妈妈睡。"公子便开导道:"姑娘不小了,今后不该跟乳母睡了。"这孩子伤伤心地啼哭着睡了。少纳言乳母又哪里睡得着,只顾茫然落泪。天色微明之时,她环视四周,便觉目眩神移。但见宫殿的构造与装饰富丽堂皇,庭中的铺石像宝玉一般光亮剔透。而自己服饰简陋,未免有些自惭形秽。西殿原供接待不大亲近的客人住宿之用,因此只有几个男仆在邸外伺候。他们见昨夜有女客来临,便纷纷议论:"此为何等样人?一定受主人特别宠爱吧。"源氏公子起身时已日上三竿。盥洗用具与早膳也于此时送来。他吩咐道:"此处没有侍女,甚为不便。今晚叫几个适合的来此伺候。"又叫人到东殿去唤了四个年幼可爱的女童来与紫儿做伴。此时紫儿裹了源氏公子的衣衫,睡得正酣,却被公子叫醒。只听公子说道:"我非轻薄少年,真心关怀于你,你怎能对我心生厌恶?女孩子要心地柔顺才是。"紫儿的容貌,近看更觉清丽。源氏公子劝导她,亲切与她交谈。又叫人从东殿给她拿来许多好看的图画和玩具,作出种种游戏给她看。紫儿心中渐渐高兴,从床上起来。她身着家常的深灰色丧服,娇憨可爱,不时无邪发笑。源氏公子看见,也不觉笑了。源氏公子到东殿去时,紫儿走到帘前,隔帘观赏庭中的花水池塘。但见草木花卉,经霜色变,如在画中。从前不曾见得的四位、五位的官员穿着紫袍、红袍于花木之间往来不绝。还有室内屏风上好看的图画,趣味盎然,忘却了一切忧愁。此后两三日,源氏公子不入宫去,只一心与紫儿玩耍,因此很快熟悉起来。他写字、画画与她看,以此作为她的习字帖与画帖。他写画尽皆精美,其中一张写得一曲古歌:"不识武藏野,闻名亦可爱。只因生紫草,常把我心牵。"写于紫色纸上,笔致异常秀美。紫儿将它拿在手里,只见一旁尚有几行小字:"既慕武藏野,何须不堪行。我心传紫草,稚子亦可亲。"源氏公子说道:"你也写一张试试看。"紫儿笑着,仰望公子道:"我怕写不好呢!"神情娇羞可爱。公子一见,不由笑道:"写不好便不写吗?有我教你呢。"她便转向一旁去写了。握笔与运笔的姿势,孩子气十足,但叫公子无比怜爱。不一会,只听得紫儿说:"写差了!"羞羞的欲将纸藏起来。源氏公子急忙抢过。但见上面写着一首诗:"既慕武藏野,何须怜紫草?缘由未分明,疑问终难了。"虽显稚嫩,可笔致圆润饱满,足见可堪造就,与已故外祖母的笔迹绝似。源氏公子见了,心想若她临现世风的字帖,必定长进神速。同时又特地为她制造玩偶住的诸多屋子,与她一道玩耍。此种游戏方式,她甚感有趣。却说留在六条的侍女们,在源氏公子带走紫儿后,皆忧心忡忡,担心兵部卿前来问及。源氏公子与少纳言乳母临走之时,曾叮嘱她们暂不与人说起。因此兵部卿问起此事时,她们都守口如瓶。兵部卿暗自思忖道:"去世的老太太当初便不情愿送她到我处。可能少纳言乳母体念老太太心愿,因此带她出逃了。她不好言明姑娘不便去我处,便干了这越分之事。"他无计可施,只得洒泪而去。走时叮嘱众侍女道:"一旦有得姑娘下落,即来报告。"侍女们自然感到十分为难。这兵部卿再到北山的僧都那里去探问,也一无所获。可爱女儿下落不明,他心中不免挂念悲伤。正夫人虽是嫉恨紫儿的母亲,但如今此心早已冰释,也想将紫儿领来,亲自教养,如今却也颇觉遗憾。

二条院西殿,如今侍女日渐增多。众人见这一对漂亮的主人便甚感喜悦,经常游戏,过得无忧无虑。寂寞之夜,源氏公子不在家时,紫儿想起了外婆,不免啼泣。自幼离开父亲,并不亲近依恋,所以此时并不思念。现在她只是一味亲近这个源氏公子,如同后父,终日扭缠他。每当公子外出归来,她总是赶快出迎,欢呼雀跃,毫无顾忌地投入他怀抱,爱恋非同一般。

【作者简介】

源氏物语的作者是日本平安时代(794—1192)的著名女作家紫式部,紫式部本姓藤原,字不详。按照日本古代妇女没有名字的惯例,紫式部只是后人给她写的作品上加题上的名字。因其长兄任式部丞,而当时宫中女官往往以其父兄的官衔为名,以显其身份,所以称为藤氏部;后来因她所写《源氏物语》中女主人公紫姬为世人传诵,又改称紫式部。作者生卒年月不详,普遍认为是生于978年,死于1015年。紫式部出身于充满书香气的中等贵族家庭,是一位极富才情的女子,其祖父等辈及兄长都是当时有名的歌人,父亲更是长于汉诗和歌,对中国古典文学颇有研习。作者因此自幼得以随父学习汉诗,并熟读中国古代典籍,她不仅对白居易的诗有很深的造诣,而且还十分了解佛经和音乐,这就是为什么我国读者读《源氏物语》时,很容易感到是在读一部中国古典名著的原因之一。紫式部家道中落,曾给一个官吏做过小妾,丈夫去世后,依赖父兄生活,寡居十年。后进宫做了彰子皇后的侍读女官,这篇小说就是她写给皇后供天皇消遣的读物。因为有宫廷生活的直接体验,对当时日本贵族阶层的淫逸生活及男女间的情爱之事有全面的了解。加上作者内心细腻、敏感,所以《源氏物语》读来令人感动,就仿佛一部古典静雅而又美丽哀婉的"言情小说"。

【阅读提示】

《源氏物语》是世界上最早的长篇写实小说。作者紫式部也被评为全球五大伟人之一。

"源氏"是小说前半部男主人公的姓,"物语"意为"讲述",是日本古典文学中的一种体裁，类似于我国唐代的“传奇”。另外，从体裁看，该书颇似我国唐代的传奇、宋代的话本，但行文典雅，很具散文的韵味，加上书中引用白居易的诗句 90 余处，及《礼记》《战国策》《史记》《汉书》等中国古籍中的史实和典故，并巧妙地隐伏在迷人的故事情节之中，使该书具有浓郁的中国古典文学的气息，我国读者读来有读本国小说那种强烈的亲近感。而且该书与《红楼梦》一样，所涉人物都是皇族，虽然所展示的场景是日本的贵族阶层，但对爱情生活的着墨点染却与《红楼梦》有异曲同工之妙，但却比红楼梦早了 700 多年，因此，被认为是日本的《红楼梦》。

《源氏物语》在日本开启了“物哀”的时代，在这以后，日本的小说中明显带有一种淡淡的悲伤。而“物哀”也成为日本一种全国性的民族意识，随着一代又一代的诗人、散文家、物语作者流传了下来。

【思考与练习】

1.“源氏物语”是什么意思？你了解物语文学吗？

2.请你介绍一下《源氏物语》中的紫儿的情况。

阿拉伯民间文学的珍品

——《一千零一夜》

【作品简介】

《一千零一夜》又名《天方夜谭》，是一部脍炙人口的文学名著。它是中近东各国、阿拉伯地区广大市井艺人和文人学士在几百年过程中共同加工、提炼、编纂而成的一部优秀的民间故事集。它生动地描绘了中世纪阿拉伯帝国的社会生活，色彩斑斓，形象逼真，是一幅瑰丽多姿的历史画卷。由于它具有引人入胜的故事，流畅通俗的语言，奇妙的想象，对事物的鲜明爱憎和对理想的热烈追求，因而吸引着一代又一代的读者，为各国人民所喜爱，不愧是世界文学宝库中一串璀璨的明珠。

【作品欣赏】

阿里巴巴和四十大盗(节选)

这一天，强盗们照例返回洞中，发现戈西母的尸首已不在洞中，而且洞中又少了许多金币，这使他们感到非常诧异，不知所措。首领说："这件事必须认真追查清楚，否则，我们长年累月攒下来的积蓄，就会被一点一点偷光。"

匪徒们听了首领的话后，都感到此事不宜迟延，因为他们知道，除了被他们砍死的那个人知道开关洞门的暗语外，那个搬走尸首并盗窃金币的人，也势必懂得这句暗语。所以必须当机立断地追究这事，只有把那人查出来，才能避免财物继续被盗。他们经过周密的计划，决定派一个机警的人，伪装成外地商人，到城中大街小巷去活动，目的在于探听清楚，最近谁家死了人，住在什么地方。这样就找到了线索，也就能找到他们所要捉拿的人。

"让我进城去探听消息吧。"一个匪徒自告奋勇地向首领要求说，"我会很快把情况打听清楚的。如果完不成任务，随你怎样惩罚我。"

首领同意了这个匪徒的要求。

这个匪徒化好装，当天夜里就溜到城里去了。第二天清晨他就开始了活动，见街上的铺子都关闭着，只是裁缝巴巴穆司塔的铺子例外，他正在作针线活。匪徒怀着好奇心向他问好，并问：

"天才蒙蒙亮，你怎么就开始做起针线活来了？"

“我看你是外乡人吧。别看我上了年纪，眼力可是好得很呢。昨天，我还在一间漆黑的房里，缝合好了一具尸首呢。”

匪徒听到这里，暗自高兴，想：“只需通过他，我就能达到目的。”他不动声色地对裁缝说：“我想你这是同我开玩笑吧。你的意思是说你给一个死人缝了寿衣吧？”

“你打听此事干啥？这件事跟你有多大关系？”

匪徒忙把一枚金币塞给裁缝，说道：“我并不想探听什么秘密。我可是一个忠厚老实的人，我只是想知道，昨天你替谁家做零活？你能把那个地方告诉我，或者带我上那儿去一趟吗？”

裁缝接过金币，不好再拒绝，只好照实向他说：“其实我并不知道那家人的住址，因为当时我是由一个女仆用手帕蒙住双眼后带去的，到了地方，她才解掉我眼上的手帕。我按要求将一具砍成几块的尸首缝合起来，为他做好寿衣后，再由那女仆蒙上我的双眼，将我送回来。因此，我无法告诉你那儿的确切地址。”

“哦，太遗憾了！不过不要紧，你虽然不能指出那所住宅的具体位置，但我们可以像上次那样，照你所做的那样，我们也来演习一遍，这样，你一定会回忆点什么出来。当然，你若能把这件事办好了，我这儿还有金币给你。”说完匪徒又拿出一枚金币给裁缝。

巴巴穆司塔把两枚金币装在衣袋里，离开铺子，带着匪徒来到马尔基娜给他蒙眼睛的地方，让匪徒拿手帕蒙住他的眼睛，牵着他走。巴巴穆司塔原是头脑清楚、感觉灵敏的人，在匪徒的牵引下，一会儿便进入马尔基娜带他经过的那条胡同里。他边走边揣测，并计算着一步一步向前移动。他走着走着，突然停下脚步，说道：“前次我跟那个女仆好像就走到这儿的。”

这时候巴巴穆司塔和匪徒已经站在戈西母的住宅前，如今这里已是阿里巴巴的住宅了。

匪徒找到戈西母的家后，用白粉笔在大门上画了一个记号，免得下次来报复时找错了门。他满心欢喜，即刻解掉巴巴穆司塔眼上的手帕，说道：“巴巴穆司塔，你帮了我的大忙，我很感激，愿伟大的安拉保佑你。现在请你告诉我，是谁住在这所屋子里？”“说实在的，我一点也不知道。这一带我不熟悉。”

匪徒知道无法再从裁缝口中打听到更多的消息，于是再三感谢裁缝，叫他回去。他自己也急急忙忙赶回山洞，报告消息。

裁缝和匪徒走后，马尔基娜外出办事，刚跨出大门，便看见了门上的那个白色记号，不禁大吃一惊。她沉思一会，料到这是有人故意做的识别标记，目的何在，尚不清楚，但这样不声不响偷偷摸摸的，肯定不怀好意。于是她就用粉笔在所有邻居的大门上画上了同样的记号。她严守秘密，对谁也没有说，连男主人、女主人也不例外。

匪徒回到山中，向匪首和伙伴们报告了寻找线索的经过，首领和其他匪徒听到消息后，便溜到城中，要对盗窃财物的人进行报复。那个在阿里巴巴家的大门上作过记号的匪徒，直接将首领带到了阿里巴巴的家附近，说："呶！我们所要寻找的人，就住在这里。"

首领先看了那里的房子，再四下看了看，发现每家的大门上都画着同样的记号，觉得奇怪，问道："这里的房屋，每家的大门上都有同样的记号，你所说的到底是哪家呢？"

带路的匪徒顿时糊涂起来，不知所措。他发誓说："我只是在一间房子的大门上作过记号，不知这些门上的记号是从哪儿来的，现在我也不敢肯定哪个记号是我所画的了。"

首领沉思了一会，对匪徒们说："由于他没有把事情做好，我们要寻找的那所房屋没找到，使得我们白辛苦一场，现在暂且回山，以后再做打算。"

匪徒们乘兴而来，败兴而归地返回山洞后，首领便拿那个带路的匪徒出气，将他痛打一顿后，再命手下把他绑起来，并说："你们中谁再愿到城中去打探消息？如能把盗窃财物的人抓到，我就加倍赏赐他。"

听了匪首的话，又有一个匪徒自告奋勇道："我愿前去探听，并相信我能满足你的要求。"

匪首同意派他去完成这项使命。于是这个匪徒又找到裁缝铺里的巴巴穆司塔，用金币买通裁缝，利用他找到了阿里巴巴的家，在阿里巴巴屋子的门柱上，用红粉笔画了一个记号，这才赶忙返回山洞，向匪首报告。他得意地说道："报告首领，我已经找到那所房屋，这次我用红粉笔在门柱上打了记号。我可以轻易将其分辨出来。"

马尔基娜出房门时，发现门柱上又有个红色记号，便又在邻近人家的门柱上也画了同样的记号。

匪首派的第二个匪徒很快完成了任务，但情况却与第一次一样。当匪徒们进城去报复时，发现附近每家住宅门柱上都有红色记号，他们感到又被捉弄了，一个个只得垂头丧气地返回山洞。匪首怒不可遏，大发雷霆，又把第二个匪徒绑了起来，叹道："我的部下都是些酒囊饭袋，看来此事得由我亲自出马，才能解决问题。"

匪首打定主意，单枪匹马来到了城中，照例找到了裁缝巴巴穆司塔。在他的帮助下，顺利地来到阿里巴巴的家门前。他吸取前两个匪徒的教训，不再作任何记号，只是把那住宅的坐落和四周的景象记在心里，然后他马上赶回山洞，对匪徒们说："那个地点我已铭刻在心里，下次去找就很容易了。现在你们马上给我买十九匹骡子和一大皮袋菜，以及形状、体积一致的瓦瓮三十八个。再把这些瓮绑在驮子上，用十九匹骡马驮着，每骡驮两瓮。我扮成卖油商人，趁天黑时到那个坏蛋的家门前，求他容我在他家暂住一宿。然后，到晚上我们一起动手，结果他的性命，夺回被盗窃的财物。"

他提出的方案博得了匪徒们的拥护，一个个怀着喜悦的心情，分头前去购买骡子、皮囊、瓦瓮等物。经过三天的奔波，把所需要的东西全部备齐了，还在瓦瓮的外表涂上一些油腻。他们在匪首的指挥下，拿菜油灌满一个大瓮，全副武装的匪徒分别潜伏在三十七个瓮中，用十九匹骡子驮运。匪首扮成商人，赶着骡子，大模大样地运油进城，趁天黑时赶到阿里巴巴的家门外。

阿里巴巴刚吃过晚饭，还在屋前散步。匪首趁机走近他，向他请安问好，说道："我是从外地进城来贩油的，经常到这里来做生意。今天太晚了，我找不到合适的住处，恳求你发发慈悲，让我在你院中暂住一夜吧，也好减轻一下牲口的负担，当然也麻烦你为它们添些饲料充饥。"

阿里巴巴虽然曾见过匪首的面，但由于他伪装得很巧妙，加之天黑，一时竟没有分辨出来，因而同意了匪首的请求，为他安排了一间空闲的柴房，作堆放货物和关牲口之用，并吩咐女仆马尔基娜："家中来了客人，请给他预备些饲料、水，再为客人做点晚饭，铺好床让他住一夜。"

匪首卸下驮子，搬到柴房中，给牲口提水拿饲料，他本人也受到主人的殷勤招待。阿里巴巴叫来马尔基娜，吩咐道："你要好生招待客人，不要大意，满足客人的需要。明天一早我上澡堂沐浴，你预备一套干净的白衣服，以便沐浴后穿用。此外，在我回来前，为我准备一锅肉汤。"

"明白了，一定按老爷说的去做。"

阿里巴巴说了之后进寝室休息去了。

匪首吃过晚饭，随即上柴房照料牲口。他趁夜深人静、阿里巴巴全家安息时，压低嗓音，告诉躲在瓮中的匪徒们："今晚半夜，你们当听到我的信号时，就迅速出来。"匪首交代完毕后，走出柴房，由马尔基娜引着，来到为他准备的寝室里。马尔基娜放下手中的油灯，说："如还需要什么，请吩咐吧。"

"谢谢，不需要什么了。"匪首回答说，待马尔基娜走后，才灭灯上床休息。

马尔基娜按主人的吩咐，拿出一套干净的衣服，交给另一个男仆阿卜杜拉，以便主人沐后穿用。随后她给主人烧好肉汤。过了一会，她想看一看罐里的肉汤，但油灯已灭，一时又没油可添，阿卜杜拉看着马尔基娜为难的样子，便前来解围，提醒道："不必为难，柴房中有菜油呀！为何不取些来用？"

马尔基娜拿着油壶去柴房中，见到成排的油瓮。她来到第一个瓦瓮前，这时躲在瓮中的匪徒听到脚步声，以为是匪首来叫他们，便轻声问道："是行动的时候了吗？"马尔基娜突然听见瓦瓮中的说话声，吓得倒退一步，但她本是一个机智勇敢的人，当即应道："还不到时候呢。"她暗想道："原来这些瓮中装的不是菜油，而是人。看来这个贩油商人存心不良，也许想打什么坏主意，施展阴谋诡计。慈悲的安拉啊！求您保佑，别让咱们上他的圈套吧。"她挨到第二个瓮前，仍然压低嗓音，把"现在还不到时候呢"这句话重说了一遍。

她就这样一个挨一个地顺序从头说到尾。她暗自道："赞美安拉！我的主人还蒙在鼓里，不知道危险随时可能降临。这个自称卖油的家伙，一定是这伙匪徒的首领，而此时匪徒们正在等待他发出暗号。"此时她已来到最后一个瓮前，发现这个瓮里装的是菜油，便灌了一壶，拿到厨房，给灯添上油，然后再回到柴房中，从那个瓮中舀了一大锅油，架起柴火，把油烧开，这才拿到柴房中，依次给每瓮里浇进一瓢沸油。潜伏在瓮中的匪徒还不知是怎么回事，就一个个被烫死了。

马尔基娜以过人的智慧悄悄做完了这一切，屋里所有的人都还睡得正酣，无人知晓。她自己高兴地回到厨房，关起门来，给阿里巴巴热汤。

大约过了一个小时，匪首从梦中突然醒来，他打开窗户，见室外一片黑暗，寂静无声，便拍手发出了暗号，叫匪徒们立即出来行动。但四周却毫无动静。过了一会，他再次拍手，并出声呼唤，仍无回音。经过第三次拍手、呼唤，还得不到回答后，他才慌了，赶忙走出卧室，奔到柴房中，心想："大概他们一个个都睡熟了，我必须立刻叫醒他们，赶快行动，否则就来不及了。"

他走到第一个油瓮前，立刻嗅到一股熏鼻的油气味，心里非常吃惊，伸手一摸，觉得烫手。他一个个摸过去，发现全部油瓮的情况都是一样。这时候，他明白死亡落到他们这一伙人的头上了，同时对自身的安全也感到担心。他不敢再回到卧室，只得逾墙跳到后花园，怀着恐怖和绝望的心情，逃之夭夭。

马尔基娜呆在厨房里，窥探匪首的动静，但不见他从柴房中出来，想是逾墙逃跑了，因为大门是双锁锁着的。不过想到其余的匪徒还一个个静静地躺在瓮中，马尔基娜便安心地睡觉了。

离天亮还有两个小时的时候，阿里巴巴起床去澡堂沐浴。他对当夜家中发生的危险事一无所知，机智的马尔基娜没有惊动他，也没料到事情如此容易应付。原来她认为如果先向主人报告她的计划，然后动手，就可能失去先下手为强的机会，而吃强盗的亏了。

阿里巴巴从澡堂归来已是日上三竿，他见油瓮还原封不动地摆在柴房中，感到惊奇，嘀咕道："这位卖油的客人是怎么搞的！这个时候还不把油驮到市上去卖。"

马尔基娜说："老爷啊，万能之神安拉赐福于你，使你昨晚免受了伤害。那个商人企图干罪恶的勾当，被发现后已逃走，昨晚发生的事情，待一会我会慢慢讲给你听。"她引阿里巴巴走进柴房，关了房门，然后指着一个油瓮说"请老爷看吧，到底里面装的是油呢？还是别的东西？"

阿里巴巴打开瓮盖一看，里面躺着一个男人，他一下子吓得回头就跑。马尔基娜即刻安慰他："别害怕！这人已不可能再危害你，他已经死了。"

阿里巴巴听了才安静下来，说道："马尔基娜，咱们遭了大祸，刚安定下来，怎么这个卑鄙的家伙也会来找咱们的麻烦呢？"

"感谢伟大的安拉！事情的经过，我会详细报告老爷的。可是说话要小声，免得被邻居知道，给咱们带来麻烦。现在请老爷查看这些瓮里的东西，从头到尾，每一个都看一看吧。”

阿里巴巴果然依次看了一遍，发现每个瓮中都有一个全副武装的男人，幸亏都被沸油烫死了。这一惊把他吓得哑巴似的说不出话来。过了一会，他逐渐恢复常态，才问道：

“那个贩油商人哪儿去了？”

“老爷啊，你还不知道，那个家伙其实并不是生意人，而是个为非作歹的匪首。他满口甜言蜜语，骨子里却想要你的命。他的所作所为，我会详细报告的，不过老爷才从澡堂归来，先喝些肉汤再说吧。”

她伺候阿里巴巴回到屋里，立刻送上饮食。

阿里巴巴吃喝起来，对马尔基娜说：“我急于要知道这桩奇案的始末，你说吧，不要让我始终蒙在鼓里，这样我才会定下心来。”

马尔基娜把昨晚发生的事，从煮肉汤、点灯找油起，到发现匪徒，用油烫死匪徒，以及那个匪首逃跑等等，一五一十详细叙述了一遍。最后她说：

“这便是昨晚发生的事的全部经过。此外，几天以前，我对这件事就已有所感觉。我抑制着自己，不敢报告老爷，怕万一事情传开，叫邻居知道，现在不得不让老爷知道了。情况是这样的：有一天我回家时，见咱家大门上有个白粉笔画的记号，当时我虽然不知道是谁画的，有什么用处，但是我估计到可能是仇人搞的，存心危害老爷，所以我在周围每家大门上，都画上一模一样的记号，使坏人不容易分辨出来。现在看来，画的记号和昨夜的事，必然有联系，肯定是这伙人以此作为报复的标记，避免走错门路。按四十个强盗的数目计算，他们有两人下落不明，这当中的实际情况，我还不知道，因此不得不提防他们。而其余的匪徒，他们的头子逃跑了，人还活着。老爷必须格外注意，加倍提防，否则会遭他们的毒手，他肯定不会轻易放过你的。为此，我当全力保护老爷的生命财产不受损害，这也是我们奴婢的职责所在。”

阿里巴巴听了非常快慰，说道：“你的这个建议，我很满意，你勇敢果断，我这一辈子也忘不了。告诉我吧：我该怎样赏赐你？”

“这是我应尽的义务。我看目前最急迫的事是，赶快把那些死人埋了，不要把秘密泄露出去。”

阿里巴巴按马尔基娜的指点，亲自带仆人阿卜杜拉到后花园，在一棵树侧，挖了一个大坑，卸下尸体上的武器，再把三十七具尸首掩埋起来，把地面弄得跟先前一模一样，同时还把油瓮和其他什物全都收藏起来。接着阿里巴巴又打发阿卜杜拉每次牵两匹骡子往集市卖掉。这件大事算是处理妥了，不过阿里巴巴并未因此安心，因为他知道匪首和两个匪徒还活着，并且一定会再来报仇，所以他格外地小心谨慎，对消灭匪徒的经过和从山洞中获得财物的情况，他守口如瓶，从不透露。

【阅读提示】

《阿里巴巴和四十个强盗》的主人公阿里巴巴原来是一个出身穷苦、一贫如洗的樵夫。他为人忠厚老实，心地善良。在砍柴的路上无意之间发现了强盗集团的宝库，得到了大批财宝，但他并不据为己有。强盗们为除后患，秘密私访要谋害阿里巴巴。由于聪明、机智、嫉恶如仇的女仆马尔基娜的帮助，阿里巴巴才化险为夷、并战胜了强盗。马尔基娜先后三次机智地破坏了强盗们的罪恶计划，使两名匪徒死在自己同伴的刀下，另三十七名匪徒被她用滚油烧死。最后，又机警地发现匪首的险恶阴谋，她勇敢地利用献舞的机会，将他用匕首刺死。阿里巴巴把宝库的一半财物送给了她，并让自己的侄儿娶她为妻。这个故事除了描写阿里巴巴忠实、憨厚、善良的个性外，还突出地刻画了女仆马尔基娜的聪明、机智、勇敢的性格。

【思考与练习】

1.分析《一千零一夜》的思想内容。

2.结合作品，谈谈《一千零一夜》的艺术成就。

世界上最古老的寓言集

——《伊索寓言》

伊　索

【作品简介】

《伊索寓言》是古希腊民间流传的讽喻故事的汇编，相传为伊索所作，经后人加工，成为现在流传的《伊索寓言》。《伊索寓言》是世界上最早的寓言童话集之一，也是世界上流传最广的经典作品之一。阅读量仅次于《圣经》。

《伊索寓言》在明朝传入我国。我国第一个《伊索寓言》译本是1625年西安刊印的《况义》。清代之后，出现了许多种《伊索寓言》译本。这表明《伊索寓言》在我国流传已久，它至今仍令人喜闻乐见，爱不释手。是一本值得阅读的好书。

【作品欣赏】

《伊索寓言》八则

病　鸢

一只病得快要死的鸢对他妈妈说："妈妈，请您不要悲伤！还是赶快祈求神明，让他们保佑我的性命吧。"妈妈回答说："唉！我的孩儿，你想有哪位神会可怜你？几乎每一位神明都被你惹怒了，你总是从他们的祭坛上把人们献给神的祭品偷走。"

这故事是说，若要在患难中得到朋友的帮助，就必须在平时缔结友谊。

挤牛奶的姑娘

一个农家挤奶姑娘头顶着一桶牛奶，从田野里走回农庄。她忽然想入非非："这桶牛奶卖得的钱，至少可以买回三百个鸡蛋。除去意外损失，这些鸡蛋可以孵得二百五十只小鸡。到鸡价涨得最高时，便可以拿这些小鸡到市场中去卖。那么这样一年到头，我便可分得很多赏钱，用这些钱足够买一条漂亮的新裙子。圣诞节晚宴上，我穿上漂亮迷人的新裙子，年轻的小伙子们都会向我求婚，而我却要摇摇头拒绝他们。"想到这里，她真的摇起头来，头顶的牛奶倒在地上。她的美妙幻想也随之消失了。

这是说，想入非非不会给自己带来任何实惠。

运神像的驴子

有个人把神像放在驴子背上，赶着进城去。凡是遇见他们的人都对着神像顶礼膜拜。驴子以为人们是向它致敬，便洋洋得意，大喊大叫，再也不肯往前走了。驴夫见到这情形，明白了是什么回事，立刻狠狠地给他一棍，并骂道："喂，这蠢东西，人们给驴子鞠躬的时候还早得很哩！"

这故事说明，那些依靠别人获得尊敬的人太不自量了。

牧人与海

有个牧羊人在海边的草地上放牧羊群，看见海很宁静而温顺，便想去航海做生意。于是，他卖掉了羊群，买了些枣子，装船出发了。不料海上刮起了大风暴，船将要沉下去，他只得忍痛把所装的货物全都抛到海里，才乘坐着空船幸免于难。很久之后，有人路过海边，偶遇海面很宁静，大为赞美。牧羊人却对他说："好朋友，大海又在想要枣子了，所以才显得如此宁静。"

这故事说明，人们从患难中能得到学问。

口渴的乌鸦

乌鸦口渴得要命，飞到一只大水罐旁，水罐里没有很多水，他想尽了办法，仍喝不到。

于是，他就使出全身力气去推，想把罐推倒，倒出水来，而大水罐却推也推不动。这时，乌鸦想起了他曾经使用的办法，用口叼着石子投到水罐里，随着石子的增多，罐里的水也就逐渐地升高了。最后，乌鸦高兴地喝到了水，解了口渴。

这故事说明，智慧往往胜过力气。

蚂蚁与屎壳郎

夏天，别的动物都悠闲地生活，只有蚂蚁在田里跑来跑去，搜集小麦和大麦，给自己贮存冬季吃的食物。屎壳郎惊奇地问他为何这般勤劳。蚂蚁当时什么也没说。

冬天来了，大雨冲掉了牛粪，饥饿的屎壳郎，走到蚂蚁那里乞食，蚂蚁对他说："喂，伙计，如果当时在我劳动时，你不是批评我，而是也去做工，现在就不会忍饥挨饿了。"

这是说，尽管风云变化万千，但是未雨绸缪的人都能避免灾难。

朋友与熊

两个平常非常要好的朋友一道上路。途中，突然遇到一头大熊，其中的一个立即闪电般地抢先爬上了树，躲了起来，而另一个眼见逃生无望，便灵机一动马上躺倒在地上，紧紧地屏住呼吸，假装死了。据说，熊从来不吃死人。熊走到他跟前，用鼻子在他脸上嗅了嗅，转身就走了。躲在树上的人下来后，问熊在他耳边说了些什么。那人委婉地回答说："熊告诉我，今后千万注意，别和那些不能共患难的朋友一起同行。"

这故事说明，能够共患难的人才是真正的朋友

病人与医生

有个人生了病，医生问他怎么样，他说出汗过多。医生说："这很好。"第二次又问他怎么样，他说畏寒怕冷，抖得十分厉害。医生说："这也很好。"第三次医生再来问他的病情时，他说现在泻肚子。医生说："这仍很好。"病人有一个亲戚来看他，问他怎么样，他说："我就因这些很好而快丧命了。"

这故事是说，只讲好话的人会给人们带来危险。

【作者简介】

伊索，弗里吉亚人，公元前6世纪的希腊寓言家。他与克雷洛夫、拉·封丹和莱辛并称世界四大寓言家。据希罗多德记载，他原是萨摩斯岛雅德蒙家的奴隶，曾被转卖多次，但因知识渊博，聪颖过人，最后获得自由。

【阅读提示】

《伊索寓言》大多是动物故事，以动物为喻，常常在浅显的小故事中蕴含着深刻的寓意，教人处世和做人的道理，对后世影响很大。在欧洲文学史上，它为寓言创作奠定了基础。世界各国的文学作品甚至政治著作中，也常常引用《伊索寓言》，或作为说理论证时的比喻，或作为抨击与讽刺的武器。此书中的精华部分，至今仍有积极的现实意义。在欧洲寓言发展史上，古希腊寓言占有重要的地位。它开创了欧洲寓言发展的先河，并且影响到其后欧洲寓言发展的全过程。到今天，伊索寓言已成为西方寓言文学的范本。

《伊索寓言》篇幅短小，文字凝练，故事生动，想象丰富，饱含哲理，融思想性和艺术性于一体。其中《农夫和蛇》《狐狸和葡萄》《狼和小羊》《龟兔赛跑》《牧童和狼》《农夫和他的孩子们》《蚊子和狮子》等已成为全世界家喻户晓的故事。

【思考与练习】

1.《伊索寓言》是一部什么样的作品？

2.说说你阅读《伊索寓言》的感受。

《奥德赛》

荷　马

【作品简介】

《奥德赛》与《伊利亚特》并称为古希腊两大史诗，相传为荷马所作。描写希腊英雄俄底修斯战后还乡的故事。特洛伊战争后，俄底修斯在海上漂流了10年。这期间，有许多青年贵族觊觎他的财产，住在他家喧宾夺主，尽情消耗他的资财，向他的妻子求婚。第10年，俄底修斯漂流到斯刻里亚岛上，受到国王的款待，他向国王追述他离开特洛伊以后经历的种种艰险，国王听完了他的故事放他还家。俄底修斯终于回到祖国，夺回自己的财产，杀死向其妻求婚的人，夫妻得以团圆。《奥德赛》串联许多传说和神话，反映了古希腊氏族社会向奴隶社会过渡时期的家庭关系。

【作品欣赏】

　　告诉我，缪斯，那位聪颖敏睿的凡人的经历，
在攻破神圣的特洛伊城堡后，浪迹四方。
他见过许多种族的城国，领略了他们的见识，
心忍着许多痛苦，挣扎在浩淼的大洋，
为了保住自己的性命，使伙伴们得以还乡。但
即便如此，他却救不下那些朋伴，虽然尽了力量：
他们死于自己的愚莽，他们的肆狂，这帮
笨蛋，居然吞食赫利俄斯的牧牛，
被日神夺走了还家的时光。开始吧，
女神，宙斯的女儿，请你随便从哪里开讲。
　　那时，所有其他壮勇，那些躲过了灭顶之灾的人们，
都已逃离战场和海浪，尽数还乡，只有
此君一人，怀着思妻的念头，回家的愿望，
被卡鲁普索拘留在深旷的岩洞，雍雅的女仙，
女神中的佼杰，意欲把他招做夫郎。
随着季节的移逝，转来了让他
还乡伊萨卡的岁月，神明编织的

时光，但即使如此，他却仍将遭受磨难，
哪怕回到亲朋身旁。神们全都怜悯他的处境，
唯有波塞冬例外，仍然盛怒不息，对
神一样的俄底修斯，直到他返回自己的家邦。

　　但现在，波塞冬已去造访远方的埃西俄丕亚族民——
埃西俄丕亚人，居家最僻远的凡生，分作两部，
一部栖居日落之地，另一部在呼裴里昂升起的地方——
接受公牛和公羊的牲祭，
坐着享受盛宴的愉畅。与此同时，其他
俄林波斯众神全都汇聚宙斯的厅堂。
神和人的父亲首先发话，
心中想着雍贵的埃吉索斯，
死在俄瑞斯忒斯手下，阿伽门农声名远扬的儿郎。
心中想着此人，宙斯开口发话，对不死的神明说道：

　　"可耻啊——我说！凡人责怪我等众神，
说我们给了他们苦难，然而事实却并非这样：他们
以自己的粗莽，逾越既定的规限，替自己招致悲伤，一如
不久前埃吉索斯的作为，越出既定的规限，姘居阿特柔斯
之子婚娶的妻房，将他杀死，在他返家之时，
尽管埃吉索斯知晓此事会招来突暴的祸殃——我们曾明

　　告于他，派出赫耳墨斯，眼睛雪亮的阿耳吉丰忒斯，
叫他不要杀人，也不要强占他的妻房：
俄瑞斯忒斯会报仇雪恨，为阿特桑斯之子，
一经长大成人，思盼回返故乡。
赫耳墨斯曾如此告说，但尽管心怀善意，
却不能使埃吉索斯回头；现在，此人已付出昂贵的代价。"

　　听罢这番话，灰眼睛女神雅典娜答道：
"克罗诺斯之子，我的父亲，最高贵的王者，
埃吉索斯确实祸咎自取，活该被杀，
任何重蹈覆辙的凡人，都该遭受此般下场。
然而，我的心灵正为聪颖的俄底修斯煎痛，
可怜的人，至今远离亲朋，承受悲愁的折磨，
陷身水浪拥围的海岛，大洋的脐眼，
一位女神的家园，一个林木葱郁的地方。
她是歹毒的阿特拉斯的女儿，其父知晓

洋流的每一处深底，撑顶着粗浑的
长柱，隔连着天空和大地。
正是他的女儿滞留了那个愁容满面的不幸之人，
总用甜柔、赞褒的言词迷蒙他的
心肠，使之忘却伊萨卡，但俄底修斯
一心企望眺见家乡的炊烟，
盼愿死亡。然而你，俄林波斯大神，
你却不曾把他放在心上。难道俄底修斯
不曾愉悦你的心房，在阿耳吉维人的船边，
宽阔的特洛伊平野，为何如此无情，对他狠酷这般？”
　　听罢这番话，汇聚乌云的宙斯开口答道：
“这是什么话，我的孩子，崩出了你的齿隙？
我怎会忘怀神一样的俄底修斯？
论心智，凡生中无人可及；论敬祭，
对统掌辽阔天空的神明，他比谁都慷慨大方。
只因环拥大地的波塞冬中阻，出于对捅瞎
库克洛普斯眼睛的难以消泄的仇怨——
神样的波鲁菲摩斯力大无比，
库克洛佩斯中他最豪强。他母亲是仙女苏莎，
福耳库斯的女儿，前者制统着苍贫的[1]大海——
此女曾在深旷的岩洞里和波塞冬睡躺寻欢。
出于这个缘故，裂地之神波塞冬虽然不曾
把他杀倒，但却梗阻了他还乡的企愿。
这样吧，让我等在此的众神谋划他的回归，
使他得返故乡。波塞冬要平息
怨愤；面对不死的众神，连手的营垒，
此君孤身一个，绝难有所作为。”
　　听罢这番话，灰眼睛女神雅典娜答道：
“克罗诺斯之子，我们的父亲，最高贵的王者，
倘若此事确能欢悦幸福的神祇，
让精多谋略的俄底修斯回归，那么，
让我们派出赫耳墨斯，导者，斩杀阿耳戈斯的神明，
前往海岛俄古吉亚，以便尽快传送
此番不受挫阻的谕言，对长发秀美的女仙，
让心志刚强的俄底修斯起程，返回故乡。

我这就动身伊萨卡，以便催励
他的儿子，鼓起他的信心，
召聚长发的阿开亚人集会，对
所有的追求者发话，后者正没日没夜地
屠宰步履蹒跚的弯角壮牛，杀倒拱挤的肥羊。
我将送他前往斯巴达和多沙的普洛斯，
询问心爱的父亲回归的信息，抑或能听到些什么，
由此争获良好的名声，在凡人中间。"

【注释】

苍贫的：belikas，或作"奔腾不息的"解。

【作者简介】

荷马（约前9世纪—前8世纪），古希腊诗人，专事行吟的盲歌手。生于小亚细亚。相传记述公元前12世纪—前11世纪特洛伊战争及有关海上冒险故事的古希腊长篇叙事史诗《伊利亚特》和《奥德赛》，即是他根据民间流传的短歌综合编写而成。荷马史诗是《伊利亚特》与《奥德赛》的合称。荷马史诗被称为欧洲文学的老祖宗，是西方古代文艺技巧高度发展的结晶。

【阅读提示】

《奥德赛》着重描写了俄底修斯10年海上漂泊中最后40天的事情：俄底修斯历尽艰险最后到达斯刻里亚岛，受到国王菲埃克斯的隆重接待，酒席间应邀讲述他遇风暴、遇独目巨人、遇风袋、遇女妖、遭雷击等海上经历。后化装乞丐返乡，设计比武射杀了聚集在他宫中向他妻子逼婚的众多贵族，并与忠贞不渝的妻子佩涅洛佩和勇敢的儿子忒勒马科斯团圆。《奥德赛》以海上冒险和家庭生活为中心，描写俄底修斯的不畏艰险和佩涅洛佩的坚贞，歌颂了智慧、勇敢和忠诚。

【思考与练习】

《奥德赛》是一本什么样的作品？

附 录

读书工程阅读参考书目

《西游记》	吴承恩
《科学的历程》	吴国盛
《一分钟改变人生》	威力·乔利
《从鸦片战争到五四运动》	胡　绳
《希腊的神话和传说》	斯威布
《简·爱》	夏洛蒂·勃朗特
《鲁迅与中国文化》	王富仁
《圣经故事》	刘小江
《细节决定成败》	汪中求
《宋词选》	胡云翼
《水浒传》	施耐庵
《数理化通俗演义》	梁　衡
《左手倒影右手年华》	郭敬明
《牛虻》	伏尼契
《只有一个地球:对一个小小行星的关怀和维护》	巴巴拉·沃德
《三国演义》	罗贯中
《唐诗三百首》	蘅塘退士
《尘埃落定》	阿　来
《中国科学院院士自述》	(青少年版)
《不能承受的生命之轻》	米　兰
《西方哲学史》	罗　素
《红与黑》	司汤达
《古典的中国》	严凌君
《时间简史》	霍　金
《靠自己去成功》	刘　墉
《红楼梦》	曹雪芹
《执行力》	拉里·特西迪
《我是猫》	夏目漱石
《科学发现纵横谈》	王梓坤

《人性的弱点》	卡耐基
《子夜》	茅　盾
《悲惨世界》	雨　果
《傅雷家书》	傅　敏
《六顶思考帽》	爱德华·德·波诺
《科学之书——影响人类历史的250项科学发现》	泰勒克
《围城》	钱钟书
《谈美》	朱光潜
《老人与海》	海明威
《水煮三国》	成君忆
《大学生心理健康教育》	邢　莹
《第五项修炼》	彼特·圣吉
《家》	巴　金
《高老头》	巴尔扎克
《3000美金,我周游了世界》	朱兆瑞
《扣响生命——基因时代的争论》	方舟子
《态度决定一切》	皮　尔
《骆驼祥子》	老　舍
《福尔摩斯探案》	柯南·道尔
《居里夫人传》	艾里·居里
《外交十记》	钱其琛
《聊斋志异选》	张友鹤
《谁说大象不能跳舞》	郭士纳
《希腊的神话和传说》	斯威布
《挪威的森林》	村上春树
《101个年轻人要懂得的哲理》	艾密尔·贝克特
《人类的声音》	严凌君
《拥抱未来》	比尔·盖茨
《苦难中的财富》	申旭峰
《一千零一夜》	纳训(译)
《安娜·卡列尼娜》	托尔斯泰
《白话的中国》	李　镇
《动物庄园》	乔治·奥威尔

《同学少年都不贱》	张爱玲
《执行力》	保罗·托马斯
《雪国》	川端康成
《双城记》	狄更斯
《追随智慧——中国人在微软》	凌志军
《儒林外史》	吴敬梓
《21 世纪的管理挑战》	彼得·杜拉克
《自然科学狂想曲》	路易·傅尼叶
《长大》	花　棣
《孙子兵法》	孙　膑
《世界地理未解之谜全记录》	冠　楠
《向农民道歉》	马银录
《曹禺选集》	曹　禺
《青年心理学》	[日]依田新
《20 世纪震惊世界的瞬间》	赵非同
《嫉妒的奥秘》	[日]诧摩武俊
《影响未来的趋势》	[美]约翰·奈斯比特
《动物之谜》	舒　理
《医学之谜》	舒　理
《物理之谜》	舒　理
《化学之谜》	舒　理
《野人之谜》	舒　理
《演讲与论辩的艺术》	王　洁
《世界谋略宝典》(上、下)	白贵民
《世界五千年事物由来总结》(上、下册)	唐　麒　文　雅
《共和国内参——第三只眼睛看中国》(上、中、下册)	毕玉杰
《新编中国小百科全书》(1-12)	李　岩
《新世纪科技瞭望——空中帝国》	刘　村　尹　亮 赵志勇　蔡　芹
《新世纪科技瞭望——大脑的延伸》	周兆华　何炎祥
《新世纪科技瞭望——明天的家园》	李继龙　李永凤 李雪松

《新世纪科技瞭望——神光异彩》	刘晓明
《新世纪科技瞭望——蓝色的诱惑》	刘国庆　孙绍发　夏晓红
《新世纪科技瞭望——网络的奥秘》	张　进　孙　强
《新世纪科技瞭望——九天揽月》	徐光伟　周发兵　彭颜红
《新世纪科技瞭望——跨越时空》	傅兴荣　李承芳
《新世纪科技瞭望——创世新说》	毛绍麟　万红慧
《新世纪科技瞭望——重构世界》	詹才茂　吴蜀江　李　俊
《新编十万个为什么——社会卷》	李剑平
《新编十万个为什么——自然卷》	李剑平
《新编十万个为什么——科技卷》	李剑平
《新编十万个为什么——教育卷》	李剑平
《新编十万个为什么——文化卷》	李剑平
《新编十万个为什么——艺术卷》	李剑平
《震惊世界的战争》	佟明忠
《震惊世界的灾变》	徐鑫发
《震惊世界的发明》	徐德清
《震惊世界的事件》	蒋乾麟
《震惊世界的女人》	卜松林
《无法解释的存在(世界科技全景百卷书 35)》	章志彪　张金方
《考古大发现(世界科技全景百卷书 31)》	章志彪　张金方
《天文大发现(世界科技全景百卷书 36)》	章志彪　张金方
《医学大发现(世界科技全景百卷书 37)》	章志彪　张金方
《自然大灾难(世界科技全景百卷书 72)》	章志彪　张金方
《中国文化小百科》(一、二、三)	李福田　董延梅
《世界富豪的点子》	渠福启
《世界政治家的点子》	渠福启
《中国近现代名人的点子》	渠福启
《寻找文明遗迹》(32)	张金方
《东西方剧坛竞风流 外国古典戏剧》	黎继德
《婚庆丧葬礼仪》(21 世纪生活丛书)	

《中外奇闻荟萃》	傅民杰
《青年必知百部世界名著精华读本》	张　锋
《青年必知经营知识精华读本》	刘文清
《青年必知艺术知识精华读本》	刘文清
《青年必知历史人物知识精华读本》	张志银
《青年必知文学知识精华读本》	吴玉良
《青年必知科技知识精华读本》	王　军
《青年必知军事知识精华读本》	刘光军
《青年必知电脑与网络精华读本》	邹和成
《青年必知影视知识精华读本》	孟宏伟
《青年必知奥林匹克知识精华读本》	张　勇
《人类神秘现象全记录》	邢万里
《地球神秘记载》	东　方
《宇宙真相新探索》	东　方
《奇趣大自然》	东　方
《神奇的动物》	东　方
《古墓探索之迷》	东　方
《未解知识之谜》	东　方
《地外生命探索》	东　方
《人类神秘现象破译》	东　方
《地球奥秘之谜》(上、下册)	刘忠山
《宇宙奥秘之谜》(上册)	刘忠山
《世界历史名人悬案之谜》(上、中、下册)	刘忠山
《中外重大发明精粹》(上册)	刘忠山
《动植物奥妙之谜》(上册)	刘忠山
《人类未解之谜》(上册)	刘忠山
《失落的文明世界》(上册)	刘忠山
《中国历史未解之谜》(上、中、下)	刘忠山
《当代人必备八大新知识》	理　纲
《破译超自然现象》	刘景风
《宝藏探奇》	刘景风
《生命奥秘的破译》	中国戏剧出版社
《神秘的宗教》	中国戏剧出版社

《与飞碟外星人面对面》	中国戏剧出版社
《人类神秘现象大观》	刘景风
《跟踪野人怪兽》	刘景风
《天下奇事趣谈》	刘景风
《探索 发现 揭秘:迷雾重重的中国古迹》	中国戏剧出版社
《探索 发现 揭秘:解读世界名人迷案》	中国戏剧出版社
《探索 发现 揭秘:揭开中国帝王神秘面纱》	中国戏剧出版社
《探索 发现 揭秘:解读中国名人迷案》	中国戏剧出版社
《话说百家传奇故事》(1-10)	张古军

出版说明

本书是宜宾职业技术学院人文社科系“大学语文”课程组的教师多年来在实施“读书工程”过程中的教学成果总结，是集体智慧的产物，是参编教师辛勤工作的结晶。本书在编写过程中选用了国内外诸多名家的作品，在此向各位作家表示衷心的感谢。但因种种原因，未能逐一征得作家许可，请相关作者直接与重庆大学出版社或重庆市版权保护中心联系。